新中国70年70部
长篇小说典藏

新中国 70 年 70 部
长篇小说典藏

上海的早晨

四

周而复 —— 著

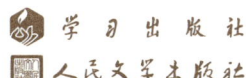

学习出版社
人民文学出版社

一

　　莫有财厨房的客人都走了,各个房间的电灯也熄了,马慕韩请客的那间房间的电灯虽然还亮着,但是客人也走得差不多了,只有冯永祥坐在沙发上,跷起二郎腿,嘴角上叼着一支香烟,抽得正起劲哩。唐仲笙见冯永祥坐在沙发上稳稳不动,知道他一定有事体要商量,陪他坐在沙发上。马慕韩是今天的东道主,冯永祥和唐仲笙不走,他不好告辞。他笑嘻嘻地问冯永祥:

　　"阿永,再来一杯咖啡,怎么样?"

　　"慕韩兄要请客,小弟怎么敢推辞?"

　　"那么,"唐仲笙插上来说,"干脆再来一瓶白兰地。"

　　"仲笙兄今天的酒还没有喝够?"

　　"还想喝一点。"

　　唐仲笙并不说明,他的眼光对着冯永祥。马慕韩立刻明白了,当即叫了咖啡和白兰地,然后问冯永祥:

　　"要不要再来点下酒的小菜?"

　　"用不着了。"

　　"有酒就行了。"唐仲笙指着墙角上一张空沙发说,"坐下来,慢慢喝他个痛快。"

　　茶房送进来浓香扑鼻的咖啡和陈年的白兰地。冯永祥一见了陈年白兰地,精神顿时振作起来。他倒了许多白兰地在咖啡里,搅了搅,喝了一口,对唐仲笙说:

　　"你也放点试试看。"

唐仲笙如法炮制，放了白兰地，喝了一口，回味地说：

"果然不错！"

"你虽然是老枪，这样喝咖啡恐怕还是第一次吧？"

"从来没这样喝过。"

"阿永喝咖啡大有讲究，在这方面是个老行家哩。"马慕韩也给自己杯里加了白兰地。

"祥兄在哪方面都是行家。"

"仲笙兄别把我捧到云里雾里去，弄得我昏昏沉沉的，那可吃不消。小弟在吃喝玩乐方面，倒是有点经验，说不上行家。拿抽烟来说吧，我是乌龟吃大麦，糟蹋粮食，一口进，一口出，不晓得胃口好坏。不像仲笙兄，闭着眼睛抽烟，只要抽这么一口两口，就晓得是啥牌子，这才是真正的行家哩！"

"品烟是小事，微不足道。怎么能够和你比哩。"

"税法该不是小事吧，你是这方面的专家。"

"全靠你们的抬举。"唐仲笙歪过头去望了马慕韩一眼说，"没有你们两位，在上海滩上谁晓得唐某人哩！"

"那你太客气啦，上海滩上抽烟的人谁不晓得东华烟草公司的仙鹤牌香烟呢？提到东华，大家都知道唐仲笙是大老板。"

"这是工商界朋友捧场。以后还要靠你们两位提携提携。……"

冯永祥看他要谈到民建改选上头去，想起徐义德拜托他的事，再不讲，今天就要失去机会，连忙打断他的话，插上去说：

"提携二字不敢当，以后有啥事体，互相帮助吧。工商界的事体，总少不了我们的智多星。比方说徐义德吧，他家里最近出了事，找我帮忙，我就想找你们两位商量商量……"

马慕韩感到有点意外，刚才吃饭，徐义德神色自若，不像有事体的样子，慌忙问道：

"出了啥事体?"

冯永祥把徐守仁被捕的事向他们叙述了一番,然后深深地叹了一口气,说:

"德公望子成龙,一会想送他上英国,一会又想叫他去美国,在香港读了一点书,又叫回上海。这孩子不好好读书,整天和阿飞流氓鬼混在一起,当然要出事体,听说现在已经解到提篮桥监狱里去了。你们看,我这个忙怎么帮法?"

"祥兄足智多谋,大概早想好了办法。"

"智多星这回可猜错了。"冯永祥摇摇头说,"正是没有想好办法,才同你们商量。我是受人之托,要了这个心愿。本来早就想约你们两位谈了,一直穷忙,没有找到机会。"

"智多星想想看,怎么帮忙好?"马慕韩把这件事体推在唐仲笙的身上,他自己暗中在猜想冯永祥的意图。

"我们工商界没有办法,点子要出在政府方面。"

冯永祥接过去说:

"对,和政府方面的人谈谈,大概不成问题。阿飞偷点物事,是小事体;何况守仁这孩子年纪轻,受旧社会的影响很深,养成这个坏习气,上了坏人的当,料想不是他本人有意要偷的。难道徐总经理的大少爷会缺这么一点钱花?他绝不是主犯,顶多是个从犯,说不定还是个嫌疑犯哩。"

"祥兄分析得完全正确。"

马慕韩不大同意唐仲笙的恭维,说:

"这要看他自己的口供,不了解他在监狱里怎么说的。"

"德公说,守仁关进牢里后能讲啥,肯定不是他偷的,好像是阿飞有意要陷害他。"

"那不用帮忙就可以出来了。"

冯永祥问马慕韩:

"为啥?"

"你们不是说阿飞有意要陷害他吗？那是冤枉好人了,政府调查清爽,当然就释放了。"

冯永祥马上把话收回来:

"我看德公也许不好意思承认自己儿子当了小偷,就是嫌疑犯,恐怕也很重。不然,为啥又解到提篮桥去呢?"

"这么说,比较接近事实。工商界真不幸,一桩桩丑事都出在我们工商界。这样的丑事,谁好意思向政府方面提？仲笙,你说是哦?"

"是啊。"

冯永祥心头一阵凉意掠过:他留下唐仲笙,本来想他会在旁边打边鼓,帮忙他劝说马慕韩,没料到马慕韩把唐仲笙抓过去,倒变成绊脚石了。他端起杯子,喝了一口咖啡,眼睛滴溜溜地一转动,笑了笑,慢吞吞地说:

"慕韩兄说得对,这的确是一件丑事,丢我们工商界的脸。不过事体已经发生了,如果不早点想法子,传扬开去,也不能增加我们脸上的光彩。……"

唐仲笙暗暗佩服冯永祥的口才,感到刚才自己说的那一句话得罪了冯永祥。目前正是酝酿改选民建上海分会的时机,谁也不能够得罪。他不等冯永祥说完,连忙补上一句:

"祥兄这个意见很值得考虑。"

"这还用说,阿永哪个意见不值得考虑?"

唐仲笙给马慕韩一质问,觉得今天晚上要特别小心,不能随便讲话。他没有再吭声,只是嘻嘻地笑了笑。冯永祥暗中支持了唐仲笙:

"不能这么说,我有些意见并不值得考虑。我讲话比慕韩兄差远了,没有你想得周密,也没有你的理论水平高。你要末不提意见,只要一提出来,嗨,没有一个人不五体投地佩服的。我这个小区区,在你面前算不了啥。"说到这里,他急转直下地说:"不过,我刚才提的这点小意见,倒值得两位明公考虑考虑。"

马慕韩见事体逼到面前,现在正是用冯永祥的时刻,不好给他难堪,便先发制人:

"阿永这个意见确是值得考虑。徐义德丢丑,我们工商界也没面子。这事,别人不好在政府首长面前提,只有德公亲自出马才行。"

冯永祥好容易打开了一点门路,马上又叫马慕韩堵住,幸亏他的话还没有说死;冯永祥等了一会,心想唐仲笙可能助他一臂之力,不料智多星守口如瓶,连气也不吭一声,只好自己开口了:

"慕韩兄说得再对也没有了,这事非德公亲自出马不可。听说,他已向区里提了这件事体,区里表示也愿意帮忙,双方头寸都不够,这件事便拖下来了。"

"双方头寸怎么都不够?德公在区里的地位并不低呀!"唐仲笙开口了。

"德公在区里的地位是不低,可是在市里的地位并不高呀!同时,守仁已经解到提篮桥了,越出长宁区的范围,这事非在市里解决不可了。"

"德公直接找市里好了。"马慕韩的态度依然很坚决。

"我也劝德公直接找市里,他正在四处想办法。我个人觉得,这是一个好机会。"

"好机会?"马慕韩困惑地望着冯永祥。

"当然是个好机会,简直是天上少有,地上绝无;千载难逢,万年不遇。你是我们工商界的领袖人物,凡是对工商界有利的事,你都应该出头露面。代表我们工商界说话,政府当然器重你,工商界朋友也永世不忘你的恩情。德公是我们工商界难得的人材,现在不过是刚露头角,将来大展鸿图,一定步步高升,飞黄腾达。我们工商界有事,少不了要找铁算盘,特别是棉纺业,更是少不了这把手。和政府方面作斗争,他也有两下子,各方面的人都想拉他一把。现在帮他一个忙,他一辈子不感激你才怪哩。你要是不帮忙,他通过江菊霞去找史步老,这点子事体还办不了吗?我一听到他儿子被捕,在他面前稍为透露了一点风声,我说慕韩兄是我们工商界的真正领袖,史步老、潘信老和宋其老这些老老,全是牌位,不顶事,真正有办法有前途的是我们慕韩兄。他急公好义,救困扶危,工商界哪位朋友有事找到他,唔,他总是竭力帮忙。他一帮忙,你一定成功。他听我这么一说,才不找别人,只等你的好消息。你说,这是不是个大好机会?"

"我在工商界算不了啥。"马慕韩嘴上虽然这么说,可是他心里认为:能够代表全国工商界的只有上海,能够代表上海工商界的只有棉纺业,而能够代表棉纺业的只有马慕韩,别人全不在话下。他认为自己在工商界应该坐第一把交椅,现在屈居在那些老老之下,不过因为自己年纪轻,阅历不深,资格也浅,要一步步来,在工商界里大显身手也不是一朝一夕之功。这次民建上海临工会的改选正是他活动的时机,也是上升的阶梯,而且是极其重要的阶梯。他在民建和工商联得势之后,少不了要用许多人,徐义德虽然桀骜不驯,但毕竟是个难得的人材,以后有用的。何况给徐义德帮了忙,也可以让工商界的朋友看到马某人确实肯帮朋友的忙的。别看冯永祥嬉皮笑脸,用的心机却很深,抓住这一批人在手里,许多事体就好办了。

"慕韩兄太客气了,你要是在工商界不算啥,那我们这些人更是马尾吊豆腐——提不起了。全国工商界哪个不晓得上海马慕韩?别说政府重视你,许多事体都要看看你的态度,连外宾到中国来访问,都要求到你家做客,和你亲自谈谈哩。"

"仲笙兄说的完全是真实情况。不过越是有地位的人越是谦虚,越是有办法的人越不肯随便答应人家帮忙。其实,德公这件事体,只要慕韩兄向政府首长便中提一下,一定十拿九稳。"冯永祥歪过头去问唐仲笙,"你说,是哦?"

"当然没问题。"

马慕韩顺势接上去说:

"老实说,德公的事体不大好办。他既然出了事,我们也不好袖手旁观。我不是不肯帮忙,不过要他向政府或者统战部方面提出来,我们再从旁说一下就方便了。"

他说完话,端起面前的杯子来想喝口咖啡。咖啡已经完全凉了,他把杯子放下。冯永祥见他已经答应的了,高兴地站起来说:

"这方面我去安排,要德公亲自到统战部去一趟,过两天,你再和政府首长谈。"他拿起那瓶陈年的白兰地,倒了满满三杯,分送他们两人面前,举起杯来,对马慕韩说,"我代表德公先谢谢你!"

大家碰了杯,一饮而尽。

二

　　棉纺织同业公会那座乳黄色的西式洋楼比过去更加热闹了，整天有人进进出出，大门的院子里老是停满崭新的小轿车，一律是黑色的，贼亮。进门向右手走去，是一间宽敞的阅览室，整整齐齐排列着最新的杂志和书籍。阅览室对面，隔着一条甬道，是文娱室。这个文娱室又分成两部分，左边进去，一排摆着三张落袋弹子台，碧绿的台呢，色泽光润，没有一点损伤，看上去刚装好没有几天。有几个人在打，因为电灯的光线都聚集在台子上，人的面孔倒反而看不大清楚。走进文娱室右边，便有一股油漆味扑鼻而来，使你不得不四面张望，那景象叫人另眼相看。四面墙壁全是乳黄色，油光发亮的地板是嫩黄色，地板上放着几大块软绵绵的浅蓝色的厚垫子，靠上面墙角的厚垫子上放着一匹没有腿的咖啡色木马，和木马并排放着的是一只没有底的赭色的木船，左右船舷上各有一把赭色的木桨，十分结实。在木马和木船后面不远的地方，从屋顶倒吊下两根手拇指粗细的绳子，尾端挂着两个紫黑色的皮吊圈。……

　　这些都是马慕韩的精心杰作。他骑在木马上，就像是在中山路骑在真正的马上一样，右手拿着缰绳，两腿夹紧，让它飞跃奔驰。他在上面不过骑了十来分钟的样子，已经汗流浃背了。他让马停了下来，回过头去看冯永祥：

　　"阿永，这滋味怎么样？"

　　冯永祥坐在木船里，两手抓着桨，正在吃力地一前一后划动，

额角上不断流下汗珠子来。他停下了桨,用手背拭去额角上的汗珠子,喘了一口气,说:

"这滋味妙极哪!就是有点吃不消。……乖乖龙的咚!我不过划了十多分钟,就弄得我满身大汗,要是再划十多分钟,一定要把身上的汗流个精光,吃多少剂补药也不顶事,说不定还要赔上我这条小命哩。"

"这么说,我害了阿永,要吃人命官司哪!"

"不,这和你没有关系。我是姜太公钓鱼,愿者上钩。和你一同来白相,完完全全是自觉自愿。"冯永祥从木船里站了起来,向四面扫了一眼,耸一耸肩膀,在马慕韩面前伸出大拇指来说,"你想得真妙,这个文娱室不仅在上海只此一家,就是在全国,也是独一无二的。"

"不,有些医院也有这种设备,不过一般俱乐部里是没有的。"

"我指的是一般俱乐部里,从来没有见过。华东医院有这个设备,我好像见过。"

"世界上没有你没见过的物事。"马慕韩从木马上下来,指着旁门说,"进去洗个澡吧。"

马慕韩和冯永祥洗了淋浴出来,走进紧靠隔壁的一间休息室,里面陈设简单朴素,墙上没有一幅字画,也没有任何装饰,只是正面墙上挂着一幅简易太极拳图表,靠下面窗户那里摆了两套沙发,形成一个半圆圈,在半圆圈的左边放着一张小圆桌和四张皮椅子,紫色丝绒呢的桌面上有两副美国玻璃扑克。这是棉纺工业资方代理人联谊会的密室。冯永祥一跨进休息室的门,不禁拍手叫好:

"妙,妙,实在太妙了,简直妙不可酱油!"

"满意哦?阿永。"

"太满意了,慕韩兄,你把密室放在文娱室里面,而且是在浴室隔壁,一点也不显眼,这一着想得再绝也没有了。"冯永祥走到小圆桌那里说,"嚯,这里还有两副扑克,布置得真细致!"

"现在办事不得不想得周到些,万一有人闯进来,一大堆人在屋子里,走不出去,打一副桥牌,便可以解围了。"

"老兄深谋远虑,办事周密细致,给我们工商界造福不浅,大家一定要好好感谢你才是。"

"要感谢的不是我,是你……"

"谁不知道你拿出五亿来办联谊会?文娱室电动的运动器具是你建议和设计的。怎么感谢起我来呢?"

"你忘记了吗?阿永,谁提议要布置密室的?"

"是我提议的。星二聚餐会解散之后,老实说,我心里感到有点空虚,闲下来没有一个去处,也没有一个谈心的地方。德公建议的那个轮流请客办法,当然也不错,可是究竟麻烦,要商量时间,要商量地点,还要发通知,叫厨子,没有星二聚餐会方便。再发起聚餐会吧,怕引起误会,有了联谊会的密室,活动就方便了,大家随时可以来,要谈到啥辰光就谈到啥辰光。谈完了,在这里吃饭也方便。我只是提议要有这么一个地方,要是没有你的精心设计也不会实现的,应该归功于你才是!"

"应该感谢你的建议!"

"不,不,应该感谢你的设计!"

休息室外边传来一阵黄莺般的娇滴滴的笑声:

"哎哟,别客气啦,再客气,要把文娱室弄垮啦!"

笑声还没有完全消逝,江菊霞带着一脸笑容走进来了,劈口就说:

"原来是你们两位在这里,我还以为是谁哩!"

冯永祥走上前去,对着她毕恭毕敬地一揖到底,曲着背,高声说道:

"小生不知宫主驾到,有失远迎,千万恕罪!"

10

江菊霞有意忍住笑,一本正经地问他:

"我不恕你的罪怎样?"

"那小生只有请求一死了之啊!"冯永祥低着头说。

"好,免你一死,下次不准再嬉皮笑脸了。"

"感谢皇恩浩荡,永世不忘!"

"平身。"

冯永祥又是一揖,然后才伸直了腰,笑着说:

"你这位宫主好厉害,差点叫我的脑袋搬家!"

"谁叫你给大姐开玩笑的?"

马慕韩站在旁边一直没吭声,见他们还要闹下去,便插上来说:

"别再演戏了,坐下来休息一会吧。"

"我的眼福浅,没有机会看到两位名角的戏。"唐仲笙从江菊霞身后走上来说。

"不忙,以后有的是机会。"马慕韩让大家坐下,说,"一切都准备好了吗?筹备主任。"

那次在棉纺织同业公会召开资方代理人座谈上,有些人希望有个活动场所,冯永祥说这是群众的一致要求,大家也跟着说这是群众的一致要求。会后,马慕韩要江菊霞向棉纺织同业公会公方副主委探听口气。公方副主委没有表示态度,说是要问工商联的意见。马慕韩和冯永祥商量,钻公方副主委的空子,让江菊霞先对工商联主委史步云谈,说公方副主委没有意见,要问工商联方面有没有意见。史步云当然没有意见,当工商联正副主委碰头会上,顺便提了一下这件事,大家听说棉纺织同业公会公方副主委没有意见,工商联方面自然不必提意见。于是便成立了筹备委员会,江菊霞是筹备主任,潘宏福是副主任。这一阵子江菊霞整天坐在公会里指挥,忙得上气不接下气,马慕韩在经济方面暗中大力支持,他和冯永祥又多方提出建议,亲自设计,一切事体办得倒也顺手。几个核心人物约好,今天下午四点钟在这里检查一下筹备工作。江菊霞提早半小时到达,没有想到还有人到得比她更早,因为马慕韩想了解一下所装的电动运动器具,拉冯永祥一道来试试。她对马慕韩说:

"准备得大体差不多了,懋廉兄要的厨子也找好了。我从莫有财那里找到了一个好的淮扬厨子;懋廉兄也介绍来一个福建厨子,手艺也不错,留哪个厨子还没有确定,你们的意见呢?"

"懋廉兄喜欢吃福建菜,我可不喜欢吃那些糟味。"马慕韩听到福建菜就摇头。

"江大姐花了一番心血,找来淮扬厨子,又是莫有财介绍,我想一定不错,就留下淮扬厨子吧。"

冯永祥在这些人当中,胃口数他最好。啥地方的名菜,哪一国的名酒,哪一种名牌烟,他都想尝尝。他见唐仲笙附和马慕韩的意见,怕得罪金懋廉,他答应金懋廉留下福建厨子。冯永祥答应的事,别人怎么能推翻?他说:

"江大姐找的淮扬厨子,我拥护;懋廉兄介绍的福建厨子,我也赞成。我们这个联谊会将来一定要大发展,说不定可以成立文化宫,多雇个把厨子算不了啥。好菜也不能常吃,有时要调换调换胃口。福建菜用糟是太多了一点,不过有些不用糟的菜倒也不错。慕韩兄,你说是哦?"

"阿永的话不会错。"

"慕韩兄是统帅风度,不但可以网罗各方面的人材,就是在吃饭方面也照顾各个方面,真了不起!"冯永祥在马慕韩面前伸出大拇指来。

"啥事体经过祥兄的嘴,意义就完全不同,连厨子问题也看得比我们深一层。"

冯永祥向唐仲笙拱拱手：

"多蒙夸奖,不敢领受,小弟怎么能够和军师相比？岂不折煞人也么哥！"

"你是工商界真正的军师,我不过是你手下一员末将罢了。"

"好一个末将！可别把我折死了！"

"厨子事就这么定吧。"江菊霞说,"联谊会组织简章也起草好了,请大家看看。"

她打开漆黑的手提包,取出三份简章草案分送给他们。马慕韩看了一遍,没有马上表示意见,问唐仲笙有啥地方要修改的？唐仲笙没有吭气,仿佛不大好说,江菊霞代他回答了：

"仲笙兄和我一道起草的。"

"怪不得写得这么周到。"

"军师和佳人的手笔,自然不凡！"

江菊霞瞪了冯永祥一眼。冯永祥伸了伸舌头,说：

"大姐的眼光真厉害,要把我吞下去的样子。"

"那我怎么敢？上海工商界少了你,成不了气候。"

"你是头排人物,比我这小区区重要得多了,工商界哪件事也少不了我们的江大姐。别的不说,就凭这份草案,写得多么简练有力,特别是第一条,你们听：'上海棉纺工业资方代理人,为了政治学习和交流经验,以期在思想上和技术上求得不断进步,更好为生产服务,特组织本联谊会。'只是短短五句话,什么意思都包括在里面了,写得十分含蓄,资方代理人看到一定满意,就是政府方面见到,也保证没有话说,简直是无懈可击！适合双方的胃口,这个文章可不好写,要不是江大姐,我想,任何人是写不出来的。"

"别忘记了,这里面还有仲笙兄的功劳哩！"

"主要是大姐起草的,我不过在个别字句方面提了一点建议,那算不了啥。"

13

"这个草案大体可以。请阿永和你们再研究研究,我看,可以拿出去了。"马慕韩说,"我现在担心的还是备案问题。"

"步老已经在工商联会上提过了。"江菊霞认为不成问题,说,"公会公方副主委也没有意见。"

"那是我们的想法。工商界同意好办,重要的是政府首长要点个头。办事总要于法有据。我们要立于不败之地,将来有啥风险也不怕了。"

"这一层我还没想到。"

唐仲笙和江菊霞一样,也以为没问题了。他们听了马慕韩这么一说,想了一条妙计:

"慕韩兄想得很对,政府首长不点头,联谊会不能正式开张,至少要打个招呼,这样就合法了。……"

唐仲笙的话没说完,马慕韩心急地插上来说:

"怎么打招呼呢?"

"这件事别人不行,只有一个人最合适……"

"谁?"江菊霞心里想的一定指的是她。

"祥兄。"

她听了冷了半截,没有吭气。

"你想得对,"马慕韩说,"阿永和政府首长常见面,闲谈中顺便提一下就可以了。"

冯永祥的脑袋摇了三摇,说:

"我吗,讲是可以讲,大体不会成问题,不过,"他的脑袋又摇了摇,才说,"这不是小事体,闲谈中提起显得有点轻率……"

"你正式找一下陈市长好了,你和陈市长不是很熟悉吗?"江菊霞说。

"陈市长吗,的确很熟,上海解放以前,我在南京、丹阳就认识陈市长了。这事找陈市长又感到太郑重了,陈市长日理万机,不能拿这些小事体去麻烦他。"

"那么,找一位副市长谈谈,怎么样?"又是江菊霞的主意。她这位筹备主任希望早日择吉开张。

"找副市长谈倒差不多,"冯永祥想起星二聚餐会的事。"五反"时,他演了一出"火烧赤壁",差一点过不了"关",现在回想起来,心中还有些余悸。他竭力支持联谊会,但希望隐蔽在第二线,让别人冲锋陷阵,他在后面坐享其成,可又不能不显得很积极。他说,"我也可以找,就是我的身份不合,诸公诸婆知道,我在棉纺织同业公会并无一官半职,名不正,言不顺,师出无名。"

"祥兄,你别忘记,你是工商联的委员,又是民建上海临工会的委员,是我们的领导同志,正因为不是棉纺织同业公会的人,讲起话来更显得超脱。"

"智多星想得果然不错,我不是不可以讲,但总得有个棉纺织界的人先和政府打个招呼,然后我在政府首长面前疏通疏通,一定十拿九稳。"

唐仲笙见冯永祥一再往外推,他不好再坚持,只好说了一句"这也有道理"。把文章留给马慕韩作。马慕韩也不愿出头,他问道:

"谁适合呢?"

"Marry Kiang。"

"对啦,筹备主任亲自出马,又郑重,又了解情况,首长问起来好回答……"

江菊霞红着脸说:

"我的头寸不够,要末,慕韩兄亲自出马。"

"慕韩兄头寸太大,不必亲自出马。"冯永祥眼睛一转动,一个好主意想出来了,说,"你找机会和史步老一道去,你们是亲戚,经常一道和首长见面,这次一道去,显得自然。你提的辰光,只要步老站在旁边,步老不必开口,首长就知道步老赞成这件事体,然后我就好说话了。"

马慕韩怕江菊霞再推辞,说:

"就这么办吧。"

"大老板不出面,要我们三流角色出马,我担心怕误了事体。"

"不要紧,只要你提了,这事体就包在我身上了。"冯永祥估计到他就是不疏通,政府首长也会答应的,乐得做个人情。他说,"承朋友们看得起,有事体找到我,我总要尽力去办,不是说大话,十次倒有十一次成功的。"

"别人十次有九次成功,就不错了,你怎么倒有十一次成功的呢?"江菊霞不理解冯永祥的妙语。

"奇怪吗?其实一点也不奇怪。不管是政府方面,还是工商界,多少总给我一点面子,只要冯某人一提,没有一件事不成功的。十回之中有这么回把,我没有提的事,也办成了。你说,不是十次倒有十一次成功吗?"

"你真会说话。"江菊霞眼睛里露出钦佩的眼光。

"连我们的江大姐也佩服,这可不简单。不管啥事体,只要祥兄答应了,没有不成功的。"

"有些事体,别人不找我,我当然无从效劳。"

唐仲笙知道冯永祥的脾气,凡是找党和政府方面的事,不经过他的手是不行的,即使别人亲自去谈,也得事先和他商量一下,至少在他面前打个招呼,否则,他是不满意的,而且要从中破坏。他听出冯永祥话里有话,仔细想了一下最近一些事体,他是特别谨慎小心的,没有越过冯永祥。他怕自己有疏忽,慌忙表示自己的态度,给自己撇清:

"啥人有事体能不通过祥兄?"

"当然有人。"

"谁?"江菊霞怀疑指的是自己,徐义德最近活动民建的事,她不好意思和冯永祥谈,曾经在史步云面前暗中赞许徐义德的才能,也不敢暴露她对徐义德的爱慕。难道冯永祥已经知道了吗?

"其老!"

马慕韩毫不客气地直呼其名:

"宋其文怎么样?"

"这次其老到北京,把上海工商界的情况直接反映给民建中央赵治国,赵治国又直接反映给中央统战部,中央统战部最近向上海市委统战部了解上海工商界的真实情况。市委统战部问到我,我一点也不知道究竟是怎么一回事。你叫我怎么说?市委统战部同志觉得很奇怪,上海工商界的事,冯永祥竟然不知道,其老想坍我的台?多承首长们看得起我,关于工商界的事都要和我商量,这以后叫我怎么好办事?"

江菊霞放心了,幸好不是指她。她轻松地说:

"其老也许没有想到这一层。"

"他老奸巨滑,啥事体都清楚,会不看到这一层?"

"其老不买祥兄的账,有意这么做。"

"仲笙说得对,我是小区区,买账不买账没有关系,得罪了统战部,却非同小可!"

"这和统战部又有啥关系?"

"慕韩兄你和党的方面关系浅,你不晓得我和党的方面首长讲话,也要三思而行。平常我们向中央反映,我都找机会向市委简单提一下,给他们心中有数,他们也好向中央反映。我们单从工商界的角度反映,他们就不见怪了,同时市委先知道了,解决问题也快一些。"

"祥兄用的心机比我们女人还细。"

"和共产党办事不好马马虎虎的,要按他们的章程办事。我和党的方面历史比较久,可以说摸到他们一些脾气。我担心的是其老这样的人,倚老卖老,横冲直撞,不把我们放在眼里,最近民建上海临工会改选,要是这样的人选上,我们这些人就要跟着倒霉了!"

唐仲笙顿时听懂冯永祥这一番话的用意,迎合地说:

"我们不选他。"

冯永祥心头一惊:智多星真厉害,一句话就说到他的心坎上。

"选不选还要看大家的意思。"冯永祥的眼光暗暗望了马慕韩一眼。

马慕韩想摸史步云的底,他问江菊霞:

"你看呢?"

"我还没有想过这个问题。"

马慕韩察觉史步云大概不准备甩掉宋其文,上海民建会要想刷掉宋其文也不是一件容易的事。如果少一个宋其文,马慕韩更容易选上副主委,这点马慕韩和大家一样明白。问题是宋其文不能甩掉。他望着这间新粉刷干净的密室,虽然四面墙壁空空洞洞,那幅简易太极拳图也说不上是艺术品,可是他感到这间房子的内容极其丰富,简直是妙处无穷。从今天谈话的内容来看,他暗中贴补联谊会那五亿头寸实在是太必要了。他对冯永祥说道:

"我看其老一定得选上。"

冯永祥大吃一惊:

"为啥?"

"宋其文那爿光华机器厂,老实说,还抵不上兴盛的一个小车间,要讲代表我们工商界,在上海滩上,讲资产,选一千名代表也轮不到宋其文头上。"

"说得对呀!"

冯永祥认为马慕韩这个意见对,他凝神听马慕韩往下说。

"他的企业代表性虽然不大,可是在抗日战争时期,光华是内迁厂,又是民建会的发起人之一,在民主革命时期有点贡献。记得毛主席说过,凡是对革命有过贡献的人,人民决不会忘记他们。在这一点上,信老也要让他三分。"

"那当然,"冯永祥熟悉工商界各位巨头的历史,说,"沦陷时期信老留在上海;要不,上海解放了,谁也比不上信老。"

马慕韩听了这话,脸刷的红了。他冷静地替潘信诚辩白:

"留在上海的人也不能说不革命,中共地下工作人员那时也留在上海的。"

冯永祥想起沦陷时期马慕韩还在大学里读书,慌忙把话收回来:

"当然不能一概而论,有些人不得已才留下来,有些人留下来起革命作用,不过信老不同,不但没走,民主革命时期也没有出来参加活动,当然不能和其老比。"

"我看统战部对其老也很尊重,认为是工商界的爱国人士。这样的人不选上是不可能的,与其反对不了,还不如主动选他,倒可以把他团结在我们周围。"

"这个意见十分高明。"

冯永祥见唐仲笙赞成马慕韩的意见,知道大势所趋,他孤掌难鸣。于是他马上改口:

"其老吗,一定要选,就是今后有一些事体不大好办。"

马慕韩早想到这一层,胸有成竹地说:

"上海民建主委,众望所归,是史步老……"

冯永祥插上来对江菊霞大声说道:

"这毫无问题,我双手赞成。"

"副主委,我想,不会只是其老一位,一定还有几位,将来几个副主委还会有个分工,让其老管宣传处,我们把秘书处组织处抓在手里,其老也就不会有多大作为了!"

"那些左派仁兄呢?"唐仲笙想起民建上海临工会各处负责人大半是左派青年,未必完全听马慕韩指挥,他有点担心。

"把他们统统选掉,要真正能够代表工商界利益的人担任,否则我就不参加上海分会的工作。"马慕韩说得非常肯定。

冯永祥猛然地从沙发里跳了起来,走到马慕韩面前,眉飞色舞地说:

"你想得真妙,给其老一个有名无实,真是统帅风度,运筹帷幄之中,决胜千里之外,赛过吴用,气死孔明。末将甘心情愿拜倒下风!"

接着他恭恭敬敬对马慕韩作了一个揖。

马慕韩霍地站了起来,谦辞道:

"你捧得我骨头都发酥了。"他向他们三位拱拱手,说,"今后还要靠各位帮忙。"

冯永祥曲着背,站在马慕韩右侧面,低着头说:

"听候慕韩兄的吩咐,小弟愿效犬马之劳。"

三

朱瑞芳一个人蹲在卧房里,两只眼睛木愣木愣地望着窗外蓝色的天空,太阳快落了。遨游了一天的飞鸟已经疲乏,在花园上空飞来飞去,不时发出吱吱喳喳的叫声,传到她的耳朵里,慢慢飞到隔壁花园榆树枝杈的窠里栖息了。她默默计算守仁被捕的天数,深深叹息了一声:

"连鸟也有个窠,为啥守仁不能回家呢?大不了是一辆自行车的事,拿钱赔还不行吗?"

她觉得监狱里的人太不讲理,就算守仁真的拿了别人的自行车,赔还,道个歉,应该了结啦,为啥一定要坐班房?从公安局还送到提篮桥!给人家知道了多难为情。纸包不住火。徐公馆里上上下下的人全知道大少爷出事体了,没有人再相信他到杭州白相去了。大家见面虽然不提大少爷的事体,但她一见到别人的眼光,便料到别人心中有数。她在徐公馆的地位忽然降了一级,好像比林宛芝矮一个头,自己也没有心思跟她争长论短,一心惦念着守仁,可是守仁一直没有出来的消息。

她回过头来,看到卧室里那套红木家具,非常结实,牢固地摆在原来的位置上,结婚以来,二十多年了,一直没移动过。送这套家具的人已经下土了;弟弟的企业第二次破产了;筱堂在无锡乡下,生活在风雨飘摇之中,今天不知道明天的事;娘家的人都完了,在无锡的靠山倒了。她现在唯一的指望是守仁,而守仁又关进监牢。她像是一匹没有笼头的马,到处奔走,希望寻找一条门路,花

21

多少钱也不在乎,只要守仁出来就行。可是钞票打不开门路。徐义德最近也在奔走,他应该比她的办法多,可是今天出去一整天了,还没有回来。她看看天时不早,站了起来,下楼去打听打听徐义德今天究竟到啥地方去了。

客厅里传出低语声。她在楼梯上停了下来,以为冯永祥又来和林宛芝胡缠了,正好给她一个机会,把他们的把柄抓在自己手里。她放轻了脚步,退回到楼上,站在楼梯口那里,两只手紧紧抓住扶手,把头微微伸出去,侧着耳朵在听客厅里的动静。

客厅里的低语声像是一条小河汩汩地流着,声音不高,也听不大清楚,但是一句接着一句,仿佛永远也讲不完。她走到楼梯旁边的窗户那里,向大门口一望:院子里没有冯永祥的汽车。冯永祥这家伙鬼得很,也许没有坐汽车来,或者是自己开着车子来,停在附近的马路上,然后走来的。她回到楼梯口那里,客厅里的声音更低了,像游丝一样飘荡在空中,不知道说啥。她心里想:她们两个人一定不做好事体,青天白日在客厅里就动手动脚了。林宛芝近来有点嚣张,以为守仁当了小偷,做娘的头也抬不起来了。这回落到老娘的手里,下去捉奸,狠狠地把林宛芝羞辱一顿,看她还有脸见人不!她轻轻移动脚步,抑制着一肚子怒气,慢慢走下去。

客厅的门半掩着。她没有马上闯进去,侧着身子站在门口,屏住呼吸,谛听里面的动静,里面的声音很琐碎而又低微,慢慢又高了起来:

"南无佛,南无法,南无僧,南无大慈大悲救苦救难又大灵威观世音菩萨,怛真哆唵,伽罗哦哆,伽罗哦哆,伽呵哦哆,罗伽哦哆,罗伽哦哆,娑诃,天罗神,地罗神,人离难,难离人,一切灾殃化为尘……"

她听了这声音,好生奇怪,便悄悄推门,伸了半个头进去望了望,没有冯永祥,没有林宛芝,只有大太太坐在沙发上,闭着眼睛,微微低着头,手里拿着一串檀香木佛珠,嘴里咕噜咕噜一阵,右手就拨过一个佛珠。在她面前的矮圆桌上,有一只小铜香炉,里面插了一根香,一缕青烟袅袅地上升。朱瑞芳在外边大声咳了一声,推门走了进去。

大太太抬起头来,见是朱瑞芳,她又虔诚地咕噜着。朱瑞芳走过去,伸出三个手指,说:

"我还以为是她在客厅讲话哩,原来是你在念经。怎么忽然又念起经来了呢?"

"已经念了三天啦。"徐守仁给抓走了,大太太心里很焦急。她无儿无女,娘家也没有亲人,在上海只有姨侄女吴兰珍,算是至亲,可惜是个女的,早晚要嫁出去的。徐守仁虽说不是她生的,但究竟是徐义德养的,也算是徐家一条根,她就拿他当自己的儿子看待,将来百年归山,也有个人穿麻戴孝,少不了还要哭她一场。她料想今生是不会有儿女了,只好修修来世,做点好事,积点阴德,便给徐守仁念经,恳求观音菩萨保佑徐家这条根,早点释放回来。她说,"是我在观音菩萨面前许的愿,给守仁这孩子念一万遍观音菩萨宝咒。等他从牢里放出来,我还要刻一万张观音菩萨宝咒布送,让天下善男信女朝夕焚香持诵,这样可以得到观世音菩萨暗中保佑,消灾延寿。"

"哦!原来是这样。"她听了心里很感动,忍不住簌簌地落下了几滴眼泪,激动地说,"这孩子不争气,还叫你操心,真叫人过意不去。"

"都是徐家的人呵!"

"有的人就不像你这样,巴不得守仁这孩子出事体,她好在旁边看笑话。"

"别理那骚货。好有好报,恶有恶报,不是不报,时间未到。不存好心的人将来一定会得到报应的。"

"你这话一点也不错。别说我啦,就连守仁这孩子也讨厌她,没事去洗煤也不到她跟前去。守仁常常提起你。这孩子死心眼，肚里想啥，嘴里就说啥。他可喜欢你哩。他说你待他很好，有啥好吃的，尽量让他吃。你就像亲生的娘一样爱他。"

"我无儿无女，他就是我的命啊！"

"这孩子本来很好的，就是叫坏人勾引坏了，关在牢里，叫他够受的。"她一想到这一点，恨不能伸手从监狱里把他拉了出来，焦急地问，"你晓得义德今天到啥地方去呢？"

"大概在厂里吧？"

"要是在厂里，早就该回来了。你没有听他说要到别的地方？"

"他哪里会同我讲，你问那骚货，她一定晓得。"

"我才不低声下气问她，现在人家眼睛长到额角头上去了，哪里还看上我们呢！"

"你问她，她敢对你怎么样？她不说，有我哩。"大太太站了起来，把佛珠攒在手里。

"我不问她。儿子也不是我一个人的，义德爱管不管，随他去！"

"义德这一阵子不是在托人说情吗？"

"可是他到现在还没有回来，义德这人真没有良心，亲生的儿子出了事，一点儿也不着急……"

"怎么，我没有良心？"

徐义德从外边推开门，走了进来，气呼呼地问：

"你又闹啥？"

"我还以为不回来哩。"

"不回来，到啥地方去？"徐义德摘下头上的深灰色呢帽，颤巍巍地拿在手里。

"你去的地方多得很，啥人晓得你到啥地方去！"

"大家都平平气，有话好好讲。"大太太接过他手上的呢帽，放在矮圆桌子上。

"说的是啊,有话好好讲,我刚从外面奔走了一天回来,没头没脑地就骂人,也不问个青红皂白,我不受这份气。"

"守仁这孩子出了事,她不是心思,你就让她两句。"

"难道守仁出了事,我心里高兴吗?"

"你心里不高兴,为啥这么晚才回来?"朱瑞芳怒冲冲地对着他。

"我也不是在外边白相,你不是要我托人讲情吗?"

"你不了解别人在家里等得多么心焦,晚回来,为啥不打只电话回来?"

"你就少说两句,"大太太一把把她按在沙发上,说,"让义德坐下来喘喘气,喝口茶,有话慢慢谈,好哦?"

她一屁股坐到沙发上去,板着面孔,一脸的气还没有消,说:

"谁也没有不准他喘气喝茶,你看你这人,同你讲话要吃糯米饭才行。"

大太太也有点儿忍不住了,受了委屈似的,说,"我也没有得罪你。"

"你究竟到啥地方去了?"朱瑞芳又问。

徐义德很沉着,若无其事地说:

"你说到啥地方去,就到啥地方去。"

"料你不敢说出来。"

"为啥不敢说?"他怕她一路追问下去,弄到后来不可收拾,便暗暗收篷,走过去,坐在大太太对面的沙发上,不胜忧愁地叹息了一声,"唉,守仁这小畜生,害得我又奔走了一个下午。"

"有好消息吗?"大太太的眼睛里露出了希望的光芒,静听他的回答。

"多少有点眉目。"

"可怜这孩子从来没有受过这样的罪,希望菩萨保佑,早点放他出来吧,阿弥陀佛。"

"守仁啥辰光可以出来呢?"一提到守仁,朱瑞芳就把别的事放在次要地位了。

"刚托人去打听,还没有回信;我也不是法官,哪能晓得?"

"守仁这孩子在里头够苦的哪。"说到这里,朱瑞芳的眼眶里有点红润了,她用雪白麻纱手帕拭了拭眼角,哭咽咽地说,"一想起这孩子,我心里就难过。"

"我也是的。"大太太的手指头又在拨弄着佛珠。

"谁不是的?"他想起等一会冯永祥要来谈民建的事,有朱瑞芳在,说不定会撞犯他,那会误事的。他想了一个主意,说,"你不是想明天和丽琳到牢里去探望吗?"

"赶快去和她约好。"

"那我明天一早去?"

"丽琳明天一早就到提篮桥去了,你今天要去约好,叫人家有个准备,别误了事。"

"那我现在就去。"

朱瑞芳匆匆上楼准备了一下,转眼之间,下了楼,跳上汽车走了。徐义德现在才感到身上轻松,吐了一口气,向客厅四周巡视了一下,看到矮圆桌上有一只小铜香炉,里面那根香已经烧了一半,青烟还不断袅袅上升。他惊奇地问:

"你怎么在这里烧起香来了,这是客厅,不是佛堂。"

"我给守仁念观音菩萨宝咒哩。"

"那你到楼上佛堂去念吧,待一会还有客人来哩。"

"好,好好,我让你们。"

她手里拨弄着佛珠,嘴里咕噜咕噜地念着:"南无佛,南无法,南无僧……"一步步向楼上走去。

四

　　那天夜里徐守仁给人民警察带上汽车,他很笃定,好像早就料到这一天要到来,并不觉得突然。他坐在汽车里,望着马路两旁的花园洋房迅速地往车窗两边闪过去,转眼之间,就经过了淮海中路,转到西藏路,向右一转弯,到了福州路,一路上没有看见行人。他不晓得要到啥地方去,等看到公安总局门口两个岗哨,汽车往里面开进去,这才意识到给抓进公安局了。

　　他被带到一间办公室里,屋子里的灯光刷亮,虽然已经是半夜了,里面的工作人员还十分忙碌。他们问了他姓名、籍贯和年龄,打了手印,解下他身上的皮带,取出他口袋里的人民币和一把木制的手枪。他看到那把小手枪,心头不禁一愣:怎么带到公安局来了,不是给自己增加麻烦吗?人民警察拿着那把手枪在他面前晃了晃,好像说:这也是你的罪证。他的心忐忑不安,要想拿过来扔掉,可是在别人的手里紧紧握着,怎么能拿过来呢?那些物事都叫他们留下,保存起来。他自己拿着漱口用具和临走时妈妈给的那件圆领大红绒线衣,随着人民警察走过一条通道,跨进一道铁门,两边是一间毗连一间的牢房,给一色的铁栏杆围着,里面黑洞洞的,啥也看不见,只是两排牢房当中有一盏电灯高高吊着,灯光微弱,显得阴森森的。

　　徐守仁给送进一间小的号子,他来不及看清里面的事物,只听见哗啷一声,牢门已经锁上了。这哗啷一声使他从迷迷糊糊的状态中逐渐清醒过来。他发现牢房里只有他一个人,三面墙壁是水门汀的,地也是水门汀的,只有正面是一根连着一根的铁栏杆。他没想到自己一个人关在这里,连个讲话的人也没有。过去,他只是听人家说坐班房,不知道是啥滋味,现在才知道是怎么回事。他透过铁栏杆,想看看左右两边的牢房是不是住了人,可是看不见。对面倒是看得见,但是里面的物事却看不清楚。他凝神谛听:一片鼾声,此起彼伏,萦绕在寂静的狱中。在不规则的鼾声中,可以听见橐橐的皮鞋声,那步调十分稳重而又均匀,不快,也不慢,走过去,又走过来。

徐守仁蹲在牢房里,心里惦念着楼文龙。楼文龙的声音在他耳边萦绕:"你老大说一句是一句,从来没有二话。我们有人在公安局里当承办员,捉进去的人都是他们管的。他们讲关几天就关几天,要释放就释放。如果你给捉进去,不是我说大话,只要我一只电话,马上就可以保你出来……"他想到这里,心里非常安静,觉得蹲在牢房里,等于住在旅馆里,不消几天工夫,只要楼文龙一只电话,他便可以出去,又和楼文龙一道上"七重天"白相,方便的话还可以到"又一村"下手。他觉得这一夜的生活十分新鲜,在他一生中从未经历过的。他认为这种经历是一个"英雄"人物少不了的。他读过一些英雄人物的故事,总是经过曲折、复杂而又惊险的斗争,最后才为众人景仰的。楼文龙说得好:"男子汉大丈夫,做事体要勇敢,畏首畏尾,成不了气候!"他要摆出一个"英雄"的样子,啥也不在乎。楼文龙真是一个了不起的人物,和他在一道,浑身是胆,没有一丝恐惧。

现在他唯一担忧的是怎样把消息透露给楼文龙。爸爸和妈妈不知道楼文龙住的地方,楼文龙也不会到他家去找。他们几天不见面,楼文龙也许看出点苗头,说不定知道他出了事,那就好办了。不过他曾经有一阵子没有见到楼文龙,那时他并没有被捕呀!现在一些日子不见面,楼文龙怎么猜到他被捕呢?楼文龙不知道他被捕,就没法给公安局的承办员打电话,他就不能出去了。那要在这间小小的牢房里蹲一辈子吗?想到这里,他身上不禁打了个寒颤。这种生活虽说是一个"英雄"人物一生中难免的遭遇,但是要在这间牢房里待一辈子也够乏味的,亲人见不到,好东西吃不到,好衣服穿不上,"七重天"和"又一村"当然更不消说了。

他顿时感到孤独和寂寞了。他像是坐在一只无依无靠的小舢板上,漂浮在茫茫的海洋上,啥物事也看不到,啥声音也听不见,不知道要漂到那啥地方去。他想大声喊叫,但是在这间水门汀和铁窗的牢房里,谁能够听见呢?他又怎么能够大声喊叫呢?

他把那件圆领大红绒线衣铺在膝盖上,腿上感到温暖,妈妈的慈爱的面孔出现在他的眼前。想来想去,妈妈是最喜欢他不过了。他现在睡不着觉,妈妈在家里一定也睡不着觉,可能就坐在他的卧房里,看着他的床铺,正在想念他哩!妈妈可知道守仁在监狱里也想念妈妈啊!

他为啥被捕,给关在牢房里?只怪爸爸不好,不给他钱花。他没有办法,才和楼文龙去偷自行车。要是有钱花,怎么会偷自行车呢?不偷自行车,怎么会被捕呢?他越想,越认为爸爸不是。

但是爸爸也给他带来了希望。爸爸是工商界的红人。工商界的大亨们,哪一位不认识大名鼎鼎的徐义德?党和政府的首长没有一个人不知道工商界这把铁算盘的。爸爸的名气大,儿子的名气自然不会小。徐守仁是徐义德的独生子,这也是无人不知无人不晓的。不管爸爸怎么不好,难道就让儿子关在监狱里,闭着眼睛不管?他不相信爸爸真的这样狠心;就是爸爸果真这样,妈妈也不会答应的。妈妈一定要爸爸出把力,找人说句把话,他马上可以出去了。这么说,纵或楼文龙不知道他被捕,他也可以靠爸爸的牌头出去的。他兀自点点头,心中很坦然了。

他双手抱住膝盖想着想着,头不断往下垂,最后干脆靠在膝盖上,沉沉睡觉了。等到看守把他叫醒,已经快开中饭了。他胡乱吃了一些饭菜,又迷迷糊糊睡去。

下午,他给叫出去过了堂,一一承认了自己的罪行,而且交待是和楼文龙一起动手的。他把楼文龙三个字说得非常清楚而又有力,果然那个像是承办员的人十分注意,详细地问了楼文龙的年龄住址和他们认识的经过,让他在口供上打了手印,随后他就回到号子里来了。

他心里想,楼文龙在公安局里确实有名气,一提到楼文龙三个字,个个都凝神静听,仿佛都认识楼文龙。唯一使他还有点不放心的是:那个承办员问得那么详细,不像是认识楼文龙。接着,他又给自己解释:可能怀疑他认识的楼文龙是另一个楼文龙,要问问清爽。他心里笃定了,等候楼文龙给承办员打一只电话。

一天过去了,又一天过去了。他在号子里没有得到任何消息,楼文龙没有消息,家里也没有消息。楼文龙也许还不知道他被捕了,当然不会给公安局打电话;爸爸和妈妈可是亲眼看着他给抓走的,为啥也不托人说说人情呢?为啥不来看看他呢?

第二天下午,铁门开了,看守要他出来,把随身的物事带着,他以为是释放了,心中暗自感谢楼文龙真够朋友,一定给他打了电话。走出号子,看守告诉他转送到提篮桥监狱。他兀自愣了一下,站在那里竟忘记走路。他上了囚车,闷在里面,啥也看不见,不知道经过了多少条马路,只听见电车压过轨道的震动的声音和汽车喇叭的鸣鸣声,他感到亲切。一个不好的兆头忽然闪过他的脑海:看守的话是不是骗他的?为啥突然要送到提篮桥监狱,是不是送到另外一个地方,只要一粒子弹就可以把他的性命结束了,以后啥人也见不到了,楼文龙见不到了,徐爱卿也见不到了,妈妈见不到了,爸爸也见不到了!

这个可怕的念头使他紧张起来,他木愣愣地望着囚车里的人,可惜里面黑洞洞的,人们的面孔也看不清爽,坐在囚车靠门那里的人民警察稍为可以看到一些轮廓,一双炯炯有光的眼睛正盯着他看。他不敢问人民警察,也不认识别人,低下头来,在想有啥办法让家里人知道:他已经从公安局给解到另一个地方去了。

他现在毫无办法。他恨不得打开囚车的门,然后跳下车来,飞奔而去。可是人民警察手里拿着枪,警惕地注视着他!

囚车开进了提篮桥监狱,他随着人民警察走进了高大的红砖墙,他的心稍为安定了。他抹了额角上的冷汗珠子,暗暗感到刚才在车上的恐惧是多余的。他的罪名顶多也不过是一名小偷,怎么会拉出去枪毙呢?

老看守段振立把他带进了一个大的号子,里面已经住了三个犯人了,年纪很轻,看上去不过二十上下。段振立指着那三个青年对徐守仁说:

"你们都是同行。"

那三个人望着徐守仁穿得整整齐齐,暗自有些吃惊,怀疑地异口同声地问段振立:

"大叔,他也是……"

"和你们一样,我也有点奇怪。"段振立看了徐守仁一眼,微微笑着说,"天下的怪事真多,我在这里混了二十年,还没有见过小开也多了一只手,变成了小偷。"

徐守仁轻轻低下了头,不好意思地抚摩着灰布人民装的口袋,没有理睬段振立。段振立又问他:

"你爸爸不是上海有名的资本家,你还少了钱花?为啥要去偷别人的自行车?"

他的脸绯红,受不了段振立的奚落,挺起胸脯来说:

"男子汉大丈夫,一人做事一人担。我做的事体,同你没有关系。"

"同我没有关系？当然没有关系；有关系，我也变成小偷了。"段振立抖一抖右手里那一大串钥匙，发出哗啷啷的响声，笑着说，"让你尝尝坐班房的滋味也好。"

他关切地注视了徐守仁一眼，觉得这样年纪轻轻的，当了小偷，有点可惜。他迈开步子，准备走去。三个青年当中，有一个矮胖子说：

"段大叔可是个好人，别错怪了他。"

徐守仁听了这话，发现自己刚才讲话有点过分。这位老看守既然是个好人，他马上想到楼文龙了，因为通过老看守，也许可以让楼文龙知道。楼文龙在公安局里有熟人，那在提篮桥监狱里也一定有熟人。在公安局里，没能让楼文龙知道，到了这里，得赶快设法把消息传出去。他把手里的圆领大红毛衣往床上一放，向段大叔弯腰鞠了一躬，走上一步说：

"刚才撞犯了你老人家，可别见怪。我爸爸虽说有钱，可是他不给我。我因为欠了一笔债要还，没有办法，才顺手推走了一辆自行车。我原来打算，等我有了钱，再把车子推还人家，没想到案子很快就发觉了。"

"现在是新社会，不像过去国民党反动派时期，哪个人作案，也逃不出人民警察的眼睛，天大的案子也要破的。你们这些刚出茅庐的毛孩子，只要一伸手，自然要给抓到的。你家里那么有钱，老头子不会不给你的，啥事体不好做，要干这一行？"

段振立伸出左手，在空中抓了一把。

"本来我也不会这一行，为了好白相，朋友们教的，谁知道一出手，就吃了官司。"

"那你是跟坏人学坏了。"

"我的朋友不是坏人，在南京路一带，可吃香哩，饭馆舞厅里，一提到楼文龙，没有一个人不知道的。"

"楼文龙?"

"对,楼文龙,我的好朋友。"徐守仁听见段大叔也叫楼文龙的名字,可见楼文龙在这里也很有名气,得意地说,"他真有本事。"

"看守……看守……"

"该开饭了,有人叫我哩。"

段振立提着一串钥匙,走了出去,哐啷一声,关上了门,然后咔哧一声,把门给锁上了。

徐守仁坐在床上想念楼文龙。他想段大叔可能认识楼文龙,明天段大叔出去一讲,或者等到礼拜出去一讲,楼文龙马上就知道了,一定给他打电话,然后他大摇大摆地走出监狱,回到家里,又可以和爸爸妈妈在一道了。

夜晚监狱里显得更加寂静,四面号子的铁窗对着铁窗,号子前面是一条走道,四方形的走道当中给一层坚固的铁丝网盖着。在上面二层楼上,也是相同的建筑结构。最上面那一层楼的走道上,时不时传来看守的有规律的脚步声,在走道上来回走着。徐守仁听着这脚步声,怎么也睡不着觉,静静地听着铁窗外的声音。

"是呀,这个日子可不好受,一天这么长,今天总算过去了,明天,又是明天,谁知道要住到啥辰光?"

"总要出去的,不能把我们关一辈子,就是关一辈子也不在乎,反正不愁吃,不愁穿,比住旅馆还好,连小账也不要,你到啥地方过这样舒服的生活?"

"可是不自由呀?"

"管他自由不自由,我可笃定泰山,让他们在两边瞎嚷,你欠我多少,我该你多少,反正是一笔糊涂账,不讲别人,连我自己也算不清哩,日子久了,谁也没有那么多工夫花在讨债上。放债的就怕拖,债户就怕不能拖,一拖,不了了之,那时再放我出去也不迟。现在要是释放,我还有点不情愿哩!……"

徐守仁听这讲话的声音好生熟悉,一时竟想不起来是谁,他奇怪怎么在监狱里还碰到熟人呢?是楼文龙?声音不像;楼文龙怎么会到这里来呢?就是给抓进公安局,也早就出去了。那么,是谁?他怎么也猜不到。他凝神地听下去:

"你别讲风凉话了,放你,你不出去?我才不信你的鬼话哩!"

"不信,你放我出去试试看!"

"你明知道我没这本事,才讲这样的大话。"

"不是说大话,是说真话,我一出去,那些债权人都找上门来,你说,我拿啥去清偿债务?我不出去,眼不见为净,他们有天大的本事,也奈何我不得!"

这个人讲话的声音越讲越高,好像忘记是在监狱里,更忘记了是在夜里。另一个的声音提醒了他:

"小声点,别让看守听见,又要吃批评了。"

"不要紧,今天是段振立值班,老好人一个!……"

这个人讲话的声音放低了些。徐守仁听不大清楚,也辨别不出来是啥人,一直到闭着眼睛睡觉了,他还是没有想起来是谁。

五

　　早晨,太阳刚刚照到最上一层玻璃屋顶上,号子里的犯人早已起床了。段振立拿着那串钥匙走到每个号子门前,把铁锁打开,犯人陆陆续续走了出去,徐守仁跟在大家后头,出去放风了。

　　一走出大铁门,他贪婪地呼吸着清新的空气。他从来没感到空气这么好,也没感到多么需要。在号子里闷久了,觉得院子里的天地广阔得多了。他抬头望着蓝蓝天空上的白云冉冉地飘动着,多么自由自在呀!一阵麻雀唧唧喳喳地啁啾着,展开两个翅膀高高兴兴地在天空飞翔。他心里十分羡慕,要是自己也有两个翅膀,马上便可以飞回家里去了。他看到院子四周高大的红墙,又显得院子狭窄,犯人在这里面也显得矮小,就是有两个翅膀,仿佛也飞不出去。他跟在别人屁股后头,一步步走去。段振立走在前面,贴着高大红墙脚下走成一条线,慢慢形成一个四方形。

　　徐守仁留心看每一个犯人的面孔,没有一个认识的,那号子里怎么听到熟悉的声音呢?走了两圈,他没有发现一个熟人,心里好不纳闷。他回过头去,向身后仔细一望,看到不远有一个人,差点要叫了出来。那个人向他摇摇手,指着前面的看守。他会意地点了点头,忍不住还是低低叫了一声:

　　"舅舅!"

　　他很奇怪怎么在这个地方碰到朱延年,想过去和舅舅谈谈,问个明白。前头的人脚步不停,他不好站下,舅舅又对他摇手,只好跟着大伙走去。他眼睛看着段振立,真想钻个空子,站下来谈个畅快。舅

35

舅就在这里,眼睛睁望着,不能接触,多么别扭呀!走了没两步,朱延年跳过前面人,走到徐守仁的背后,一边走着,一边小声地问:

"你怎么也来了?"

"天晓得!"他想起了看守和娘都知道他为啥被捕的,娘不说,看守还不会告诉舅舅吗?他补了一句,"他们说我偷了别人的自行车。"

"偷了别人的物事?"朱延年认真望了他一眼,仿佛不相信走在他前面的就是外甥,但看那架势,虽然和自己一样,穿着一身灰布的犯人棉衣,但他头发乌而发亮,高高隆起;那身黄皮茄克也是闪闪发光,脚下的黑漆皮鞋更是亮晶晶的,肩膀右边高左边低,走起路来一摇一耸,分明是徐守仁,丝毫不错。徐守仁怎么会偷人家的物事呢?他给外甥打抱不平,说,"别人诬告你,你可不能承认。你不承认,法官对你没有办法。好人总是受人欺侮的。"

"唔。"

"我也是受人欺侮的,说我有五毒行为。我做我的生意,将本求利,有啥五毒?人家要说,我有啥办法!"

徐守仁同情地望了舅舅一眼。他不大和舅舅往来,不了解福佑药房的内幕,只听说舅舅给关进监牢里,不了解具体情况。他困惑地问:

"有五毒也没啥关系,老头子也有五毒,坦白坦白就过关了。你为啥给抓进来呢?"

"我哪能和你爸爸比?他是上海滩上的红人,有多大的五毒也不要紧,政府会照顾他的。"朱延年想起被捕那天,徐义德翻脸不认人,公然主张政府逮捕朱延年法办。这像啥闲话!他看到外甥也关进来,幸灾乐祸,徐义德也有今天。他想不理睬徐守仁,看看他的笑话。想到他刚从外边来,一定知道不少事体,说不定还要借重他,他就按捺下心头的气,现出关怀他们的神情,说,"你爸爸他们好吗?"

"老头子过了关可开心啦,经常往厂里跑,一会忙生产,一会忙民改,没一天闲着,在家里就别想看到他的影子。"

"当然啦,红人么,怎么能闲着!"

"他经常请客,花多少钱也不在乎,就是和我计较,多给我一块钱也不肯,害得我吃官司。——我不晓得他留下那些钱做啥?死了能带着钞票去见阎王吗?"

"说的是呀,有钱的人总是吝啬,有时连给人担个保都不肯。"朱延年听了外甥的诉苦,心里得到一种安慰,姐夫不但对他这样,对自己的儿子也是这样,可见得不满意他是有理由的。他和外甥谈得很投机,觉得像他这样年纪轻轻也吃官司,并且娘老子有的是钱,一生一世也用不完,又是独生子,实在是太冤枉了。他走上一步,亲切地问外甥:"娘晓得你关进来吗?"

"我是从家里抓来的。"

"只要家里晓得就好了,他们在外边一定会想法子的。你顶多是个嫌疑犯,关两天就可以出去了。"

"不。"徐守仁差点要讲自己确实偷了自行车,看到前前后后那些人仿佛注意听他们讲话,不好意思说出来,改口道,"希望早点出去。……"

放风完了。段振立把犯人带进了牢房,关上铁门,开过早饭,每个号子的门又给锁上了。徐守仁坐在号子里,正愁没有问舅舅住在啥号子,忽然听到隔壁墙上有人嘭嘭敲了两下。他对着墙望了望,不知道是怎么回事。半晌,墙那边又嘭嘭敲了两下。他好奇地走过去,侧着耳朵,冲着垩白的墙凝神地谛听,又是嘭嘭两下。他屈起右手的食指,也对墙嘭嘭敲了两下。那边有人应了,听到低微的声音:

"守仁,你听见我说话吗?"

"听见,舅舅,你就住在隔壁?"

"唔,忘记告诉你了。"

"真没想到,昨天就听见你讲话的声音哩。"

"我们可以多谈谈。老段吃饭去了,现在弄堂这边没有人来。"

"没有关系吗?"他不了解监狱里的生活规律。

"当然没有关系,就是听去也不怕,我同他们都是老朋友了,谁不晓得我朱延年。"

"你在这里也很出名?"

"关了好几个月了,人头当然混熟了。有些人你慢慢也会认识的。"

"那很好,要靠舅舅给我介绍介绍。"

"这没问题,包在我身上。"朱延年刚才在院子里不方便多说话,吃过饭,是个空隙,敲墙找外甥,急于想了解福佑药房的情况,生怕话题岔开,马上问道,"你到我家里去过吗?"

"去过。"

"和娘一道去的吗?"朱延年料到姐姐一定不会把他忘记。

"和朱筱堂。"

朱延年大吃一惊:

"他也到上海?"

"他在无锡管制劳动,请假到上海的。"

"怎么想起到我家去呢?——我和哥哥多年不往来啦。"

"他想讨还你欠大舅舅的五条黄鱼。"

"五条黄鱼?"朱延年在墙那边两只眼睛睁得大大的,一个劲盯着墙望,仿佛想穿过墙来问个明白,焦急地说,"你舅母怎么说?"

"舅母不认账,说是不晓得这回事。"

朱延年松了一口气,眼光从墙上收了回来,不满地说:

"我们兄弟俩的账谁也算不清,我确实借过五条黄鱼,可是哥哥过去用我的钱,算起来一百条也不止。乡下的地,照道理讲,也应该有我一份,他还有笔据在我手里哩。不过,乡下已经土改了,我也不提这桩事体啦。好歹是兄弟么。筱堂这小畜生,不念旧情,叔叔关在提篮桥,到了上海,不来探望我也就罢了,还要到我家里讨五条黄鱼,这个没心肝的人!"

"舅母也很生气,一个钱没有给他,连顿饭也没有留他吃。"

"你舅母做得对。要是我在家里,不拿根棍子把他撵出去才怪哩!"

徐守仁心头一愣:幸亏那天舅舅不在,要不,说不定他也捎带地挨两句骂哩。他吓得没有答话。墙那边又传来低低的声音:

"你舅母日子过得好吗?"

"还好。"徐守仁想起了夏亚宾,接下去说,"看样子也不大好,店里常有人到她那里讨还欠薪。"

"谁?"

"那天我碰上了夏亚宾,是啥 X 光专家。"

"夏亚宾也讨欠薪?真是墙倒众人推。夏亚宾这家伙是我一手提拔的。他是屁 X 光专家。他不过懂得一点 X 光机器的名称和性能罢了,完全是我把他吹捧起来的。他不感恩报德,见我进了监狱,翻脸不认人,伸手要欠薪,那不是一心想搞垮福佑吗?这个没有良心的东西!患难当中见朋友。现在我可把这帮家伙的真面目看清楚了。"

"我在旁边看了也生气,为了几个臭钱,就不讲过去的交情,太不够朋友了。看他来势很凶,以为他是'英雄'好汉,给我几句话一问,就吓回去了,反过来还要请我吃饭哩。舅舅,你说,笑话不笑话?"

"这种人你别理他,离他越远越好。我这个人吃亏就吃在待人太好了,人家有困难,只要给我一说,我没有不答应的。要到我店里来做事,我也是尽量收留。我有困难,别人不单不帮忙,还要踩我两脚。这回我算懂啦,好人做不得。"

"你说得一点也不错。"

"谢谢你打发了那个忘恩负义的家伙。你听说店里的情形怎么样?"

"不大清楚,听说成立了物资保管委员会,童进他们在维持,政府照顾职工的生活。"

"真的吗?"

"真的,听我娘讲的。"

"我就害在童进手里,不是他检举,我也不会关在牢里。他会维持?你别听错了。"

"一点也没有错。童子的童,进退的进,我记得清清楚楚的。"

他原来以为童进是个好人,听舅舅一说,童进不够朋友,伙计竟然检举老板。他对舅舅说:

"童进是这样的人,太不讲义气了。"

"是呀。我吃够他们的苦头,害得我蹲在牢里。欠薪,也让他们尝点苦头。要是我在外边,别说欠薪,薪水也不会晚一天发,有时还给他们加薪。店里的生意在做吗?"

"好像停了,在清理吧。"

"停了好,让童进他们喝西北风去。我这里三餐茶饭现成的,一个钱也不要,不愁吃不愁穿,日子过得倒也惬意。"

"你不想出去吗?舅舅。"徐守仁进了监狱,没有一天不想出去的。天天等消息,楼文龙没有音讯,家里也没有信息,等得有点心焦。舅舅要是能够出去,可以给他带信回家,说不定还可以找到楼文龙,那他很快就可以出去了。

"出去,当然想出去;没到辰光,想出去也没用。"朱延年从外甥简单的叙述里,已经知道外边大概情况,觉得现在他还不会出去。福佑五毒问题还没解决,外边一屁股屎也没揩干净,他乐得在里面躲一阵子。他梦想"五反"的风头过去了,外边的屎揩干净了,说不定美国佬从朝鲜打过来,上海滩上又要换个朝代,那时共产党早不知道钻到哪条山沟沟里去了,谁来"五反"? 谁来算账? 过去的账一笔勾销,他可以大摇大摆从监狱出来,重整旗鼓,朱延年在汉口路一带飞黄腾达的时代又要到来了。他越想越得意,眉头高高扬起,兴致勃勃地说,"现在出去么,也可以。不过,我觉得这儿蹲蹲也蛮不错哩。我在上海滩上混了几十年,起早睡晚,从来没有这么安静过,晚点出去也好,不是你舅舅吹牛,要是想出去,只要找个铺保,随便啥辰光都可以出去。"

徐守仁听得入了神,不禁对舅舅肃然起敬了。他听娘说,舅舅神通广大,在上海滩上他没有办不到的事,一会穷得叮叮当当响,一会坐汽车出去兜风,花钱像是流水似的。舅舅在他心目中是一位了不起的"英雄"人物,因为自己在念书,一直没有机会跟舅舅一道出出进进,没想到在监狱里却关在一道了。这真是给他一个好机会,找不到楼文龙也不要紧,只要舅舅帮忙,看上去,他出去并不困难。他试探地说:

"你给我帮帮忙,好不好?"

"帮啥忙?"

"我想出去。"

"那不困难。"

徐守仁的耳朵几乎完全贴到墙上去了,恨不能穿过墙去紧紧抱着舅舅。舅舅真是个再好也没有的人了。他急促地问:

"啥辰光可以出去呢?"

"你想啥辰光出去呢?"

"越早越好,行吗?"

"当然行!"隔壁忽然沉默,半响,才接着说,"我先给你了解一下案情。"

徐守仁含含糊糊地说：

"就是为了那一辆自行车……"

"也许还有别的瓜葛……"

"我弗晓得。"他不知道舅舅的话的意思，想问一声，又怕给别人知道。

墙那边传过来关怀的问话：

"你在里面生活过得惯吗？"

"不习惯，不过很新鲜。"

"你的胃口不错，还感到新鲜。"

"你腻味了吗？"

"有点。你想不想吃点好的？"

"可想哩。近来嘴越变越馋了！"

"我有办法请你吃。"

"那太好，舅舅，晚上有吗？"

"有。只要有钱，这里照样可以买到好吃的物事。你带钱进来了吗？"

"带了一些。"

"交给我，我给你买。在里面，有啥事体，找我好了。这里上下人等，我没有一个不认识的。"朱延年信口吹牛说。

"幸亏遇到你，舅舅。要是我一个人在这里，真不晓得哪能打发这个日子哩！……"

弄堂口传来看守橐橐的脚步声，他们的谈话中断了。段振立走到每个号子门上的小洞那里，便停了下来，看看里面的动静，心中暗暗点一点人数，然后又向前面走去，那橐橐的皮鞋声有规律地飘荡在寂静的弄堂里。半响，段振立橐橐的皮鞋声走到徐守仁的号子前面，哗啷一声把门上的锁打开了，对徐守仁说：

"出来接见，你妈妈来探望你了。"

42

六

　　林宛芝听到从佛堂里传来念经的声音,她开了卧房的门,慢慢走下楼来。徐义德一见了她,立刻从客厅里迎了出来,笑嘻嘻地问道:

　　"我还以为你出去了,回来这半天没看见你。"

　　"别人在这里,我要是下来,不是自己找气受吗?"

　　"怎么?"他愣了一下,奇怪地问,"你们又吵架了吗?"

　　"我怎么敢和人家吵架。"

　　"那为啥讲这些不咸不甜的话?"

　　"孩子当小偷,丢徐家的人,也不是我叫他偷的,为啥给我脸色看?"

　　"守仁关在牢里,她也不是心思,你让她两句,不就过去了吗?"

　　她走进客厅,回过头去看他一眼:

　　"你说得倒好听,我也不是心思,她为啥不让我两句呢?我生来就该受人家的气?看人家的脸色?我晓得你偏心,哪里想到我。"

　　他紧跟着进来,扶着她的肩膀,对着她的耳朵,温柔地小声说:

　　"她给你脸色看,同我有啥关系?怎么忽然弄到我的头上来了。我整个心都给你了,你还不满意吗?你不信,我把心掏出来给你看。"

　　他解开咖啡色条子呢的西装上衣扣子,把她搂在怀里,让她耳朵听自己心房的跳动。她听了一会,马上用右手指指着他的心

43

窝说：

"你的心眼多得很,谁知你心里究竟喜欢哪个?"

"我可以对天发誓,我心里除了你,再也没有任何人。"

她不信任地撇一撇嘴：

"哟!"

他把她抱在怀里,轻轻吻着她红润的脖子,然后对着她的耳朵小声说：

"等一歇有客人来……"

"谁?"

"你一见面就晓得了,工商界红得发紫的人物。"

她心里已经猜到是谁,但她嘴上却说：

"这样的红人我还没见过哩。"

"今天让你见见,我有事体要拜托他,得好好招待招待他。"

"哪个工商界大亨来,你不是好好招待他的?"

"可是这个人物与众不同,要特别招待,你关照老王一声,今天晚上多准备一些好酒好菜。"

"你自己不会关照吗?"

"劳你驾去一趟,让我在这里养养神,待会好同他商量大事。"

她蹒蹒跚跚向餐厅走去,找老王一同到厨房安排今天的晚餐。等她回到客厅,冯永祥已经坐在徐义德对面了。她很客气地叫了一声"冯先生",便在靠墙那一排沙发上坐了下来,离冯永祥远远的。冯永祥只是对她随便点了一下头,暗中向她飞了一眼,便转过身来,矜持地对徐义德说：

"凡事只要慕韩兄答应,那就成功了一半。"

"那我就等慕韩兄的好消息了。"

"刚才不是给你说,你自己要设法先在首长面前谈这件事,慕韩兄然后再一提,就大体差不多了。"

"市里首长我不大认识,区委统战部杨部长我倒熟悉,跟这样的人物谈,怕不顶事。"

"你说的倒也是,别说是区委统战部,就是区委也不顶事。"

"那我就没有办法了。"

"这事摆在我身上,"冯永祥拍拍胸脯说,"这样好了,这两天找个机会,我带你到政协去一趟。市里首长常常出席我们政协座谈会,钻个空子,给你介绍,你顺便就把这个问题反映上去。"

"你是政协常务委员,我连委员也不是,能去吗?"

"这一层我早就想到了,我们政协开会,常常要工商界代表列席,下次我把你的名字列上,不就成了吗?"

"守仁要是出来了,我要好好谢谢你哩。"

"你别谢我,我们是好朋友,这点小事体,算不了啥。你倒是要谢谢马慕韩,他本来不肯帮忙的,抹不过我的小面子,才答应的。"

"事体办成了,你和慕韩兄那边都要重重谢谢。"

"我用不着,"冯永祥说到这里,身上忽然发痒,他伸手到怀里搔了搔。

徐义德以为他拿香烟,连忙拿起面前矮圆桌子上的福建漆制的香烟盒,揭开描着金龙飞舞的盖子,送到他面前:

"要烟吗?"

"不。两天没淴浴,身上有点发痒。"

"在这里淴浴好了。"

"我晚上回家去再说吧。"

"我们不是外人,这里也等于是你的家,反正热水现成的,不用客气。"

"没有准备淴浴,怕不方便。"

"没啥不方便的,你要啥,我这里全有。"徐义德对林宛芝说,"你去准备一下,先把水放好。"

45

林宛芝应了一声,上楼去了。她亲自洗刷了自己卧房的浴盆,放好水,下楼来请冯永祥。冯永祥坐在沙发上,有意不肯站起来。徐义德催促道:

"快去吧,别让水凉了。"

"真的澡浴?"冯永祥站了起来,可是没有迈动脚步,眼睛望着徐义德。

"没啥关系,"徐义德对林宛芝说,"你领祥兄去。"

冯永祥跟着林宛芝上了楼,走进她的卧房的卫生间,转到她的面前,嬉皮笑脸地望着她:

"我们好久不见了,可把我想死了。"

"你是红人,又是上海滩上的大忙人,还有工夫想到我吗?"

"我没有一天不想你,不但白天想你,连夜里也想你。"

"你夜里睡觉了,怎么想我?"

"昨天夜里还梦见你。"

"真的吗?"

"骗你是这个。"他伸出右手,突出中指,其余四个手指轻轻摆动。

"梦见我在啥地方?"

"在鄱阳湖旁边的一座大山上,太阳刚刚出来,把一望无边的湖水照得金光闪闪,我和你站在山头上,云雾没有散尽,往我们身边飘来飘去。那鄱阳湖恰巧在两个山峰之间,这两个山峰像是一个嘴似的,紧紧咬住鄱阳湖……"

"山峰还可以咬住一个大湖,你真会编故事。"

"那可不是,当地的老百姓还给它取了一个名字,叫做含鄱口。"

"真有这么美丽的地方?"

"就是大名鼎鼎的庐山,无人不知,无人不晓。中国有句古话:

不识庐山真面目,只缘身在此山中。我们俩人站在山上,飞鸟也十分愉快,在我们身边飞来飞去,放声歌唱。你也跟着唱了起来,唱得比黄莺鸟的声音还要美丽动听……"

"我从来不会唱歌,你别记错了,是另外一位小姐吧?"

"没有记错,千真万确,清清楚楚是你唱的,我还要你教我哩。我们俩人一边唱着,一边踏着山上的野草,走回山里的别墅,两个人的鞋子都叫露水打湿了。"

"你记得那么清楚?"

"这件事体我一辈子也不会忘记的。我们回到别墅,吃过早饭,俩人坐在阳台上的躺椅里,望着山上的美景,就像是中国画上绘的那么美丽幽雅。山上的云雾时不时从我们身旁飘过,我们俩人就如同升了天,成了神仙……"

"没有别人吗?"

他对着她的耳朵低声说道:

"度蜜月从来只有两个人的。"

这句话把她的脸说得绯红,心房剧烈地跳动,好像全身的血液顿时都循环到脸上来了。

"啐!你这个坏东西!"

她羞答答地从他身边溜走。他望着那一间宽大的卫生间,感到十分空虚,四面是粉红色的瓷砖,亮晶晶的可以照见人影,浴盆是乳黄色的,把一盆热水照得黄澄澄的,腾腾热气不断升起。离浴室约莫三步远近,有一个弹簧躺榻,上面铺着一床翠绿的毛巾毯子;躺榻对面是洗脸用具,它旁边有一张雪白的台子,上面摆着各色各样的化妆品,紧靠着台子是一面落地大穿衣镜。他看见这间卫生间和外边卧房差不多大小,越发显得自己孤单。他走到卫生间门口,看到她打开三斗柜在取物事,便问道:

"有来莎儿吗?"

"要这个做啥？"

"洗洗浴盆,消消毒。"

"水都给你放好了,还要洗浴盆,嫌脏吗？"

"不,我说错了,"他连忙改口说,"我是问你有没有爽身粉,洗完澡,不擦爽身粉,不惬意。"

"化妆台上有。"

"在哪里？"

"你自己找好了。"

"你的东西,我怎么好随便动,"他退到卫生间,说,"你拿给我。"

"真是工商界的红人,连个爽身粉也不肯自己动手拿,要我来侍候。"

她走了进来,在化妆台上伸手取过一盒爽身粉递给他:"还要啥？"

他没有接爽身粉,一把抓住她的右手,顺势把她搂在怀里。她想起大太太在佛堂里念经,徐义德也在客厅里,她猛可地从他怀里抽身出来,严肃地对他说:

"你怎么可以这样？"

"不可以吗？"

"当然不可以。"

"我偏要这样。"他迈开腿要走上来。

她举起手来制止他:

"祥！"

他嘻着嘴,问道:

"怎么样？"

"义德在楼下等我哩……"

她慌忙退出卫生间,走出卧房,反手把门轻轻关上,匆匆往楼下走去。走到楼梯中间,她踟蹰了,用绣着一朵水红牡丹的淡青麻纱手帕拭去额角上渗透出来的汗珠,扪着胸口,感到心里跳得慌,慢慢喘了一口气。在楼上,她给冯永祥纠缠了好半天,徐义德那个精灵鬼一定会疑心,问起来怎么回答呢?早知这样,不该领他上去。她一边想着,一边走下去,到客厅门口,迟疑了一下,终于硬着头皮走进去了。

徐义德一个人陷在沉思里。他深深抽了一口烟,吐出一个乳白色的烟圈,凝神地望着圆圆的烟圈慢慢变大,变扁,变成几缕青烟,袅袅地散开去。接着,他抽了一口,又吐出一个乳白色的圆圆的烟圈……他在想怎么和冯永祥谈民建上海分会的事。从旁听到,改选酝酿得快成熟了,而他在这次改选中能否有个职位,到现在还没有眉目。冯永祥最近更加忙碌,很难看到他,即使见上一面,一霎眼的工夫,又不知道他到啥地方去了。对于徐义德插足民建上海分会的事,冯永祥是支持的,可是总不具体,把徐义德吊在半空中,两脚不着地。今天冯永祥答应来吃晚饭,看上去事体大概有些苗头。他希望冯永祥今天的情绪很好,谈起来才有把握。他在想怎么样才能叫冯永祥高兴。今天是千载难逢的机会,绝不能错过。

林宛芝蹑着脚尖走到他的身旁,舒畅地吐了一口气,心里平静了一些,等了一会,才低低咳了一声。他转过脸来,关心地问:

"一切都给他准备好了?"

"准备好了。"

"水热吗?"

"热。"她怕他问为啥在楼上待这么久,暗中解释道,"他嫌水不热,又给他放了一遍。"

"对,他同我一样,喜欢洗热水澡,躺在盆里泡一阵,可真舒服。"

49

"你们真会享福。"

"他最讲究这些。他还要啥物事吗?"

她低下了头,一阵红潮从她脖子那儿升起,摇了摇头,说:

"没有。"她用眼角瞟了他一眼。

他没有注意她的表情,淡然地说:

"没要就算了。"他接着说,"你把家里藏的女儿红①拿一点出来。"

"这是上百年的陈酒,你不是说留着自己慢慢喝吗?我早叫他们封上了。"

"叫他们打开,今天要好好招待他一下。"

"不敢当,不敢当。"

冯永祥满面春风,微笑地走进来,向徐义德拱拱手。徐义德立刻站起来,迎上去:

"怎么这么快就洗完啦?"

"听说德公要请我喝上百年的女儿红,我就赶快下来了。"

"你在楼上哪能晓得?"

"我闻到酒香。"

"还没有开酒坛,你就闻到香味,鼻子真尖!"

"不是我的鼻子尖,是你的酒太香了。"冯永祥坐到沙发里,跷起二郎腿,摇了摇,说,"在你家淴浴,真舒服。"

她听到这一句话,有意转过脸去,不看冯永祥。徐义德听得心里高兴极了,连忙应道:

"只要你满意,欢迎你常到我家来淴浴。"

"那太惊扰了。"

"这点小事体不算啥。我们是好朋友。我的家就等于是你的

---

① 女儿红,绍兴名酒。当一生下女儿时,父母就买好整坛酒埋在地下,待女儿出嫁时取出备用,味醇。

家。"徐义德竭力奉承,一点也不感到害臊。

"岂敢,岂敢!"冯永祥偷偷地睨视了林宛芝一眼。

林宛芝实在听不下去,她站起来,借口去开女儿红,径自到餐厅里面去了。徐义德送了一支金头的三9牌英国香烟给冯永祥,亲自用打火机给他点了火,曲着背,说:

"以后麻烦你的事体多得很哩。"

"没问题,有啥事体,你给冯某人说好了,包在兄弟身上。"

"只要祥兄答应了的事,没有一件不成功的。"

"我办事最讲信用。只要别人托我的事,我总是努力去做,特别是德公的事,就是我自己的事,岂有不尽力而为的道理?"他用力抽了一口烟,得意地往外一吐,说,"冯永祥这块牌子,在上海滩上就是这点硬。"

"不,在全国工商界也吃得开。"

"那倒不见得吧?"

"你太谦虚了。我晓得越是有本事的人,越不肯承认自己本事。这次民建上海分会的改选,今后你不单是工商联的领导人,还是民建会的领导人哩。"

冯永祥察觉他提这件事的用意,愣了一下,说:

"唉,单是工商联的事体已经够烦的了,再加上民建分会的事体,更吃不消了。"

"众望所归,祥兄不出来领导,工商界许多朋友一定不愿意参加民建,就是参加了,也不愿在民建工作。不说别人,就说我吧,我是跟着你走的。你不负责民建分会的工作,我去了就没有意思。"

"像你这样的人才,民建分会实在太需要了。我早就和慕韩兄谈起你,大家都认为德公不能老是委屈在区里,你是市一级的人物,应该把你提起来。"

"全靠祥兄的提携。"

51

"慕韩兄也希望选上你。"

"那还不是因为你的关系,不是你介绍我参加星二聚餐会,工商界的大亨们谁晓得徐义德呀!"

"铁算盘哪个不知?谁个不晓?"

"我其实也没有啥能力,全靠你捧的。我到民建分会也起不了多大作用。谈棉纺业,我多少还有点经验,搞党派活动,老实讲,头一回呀。"

"这次参加民建的工商界的朋友,都是头一回,和老兄一样没有经验。有事体大家商量着办,你放心好了。"

"你看,我能做啥呢?"

"你……"

冯永祥没想到徐义德要他马上摊牌。把徐义德安插在民建分会,他早就打定了主意,可是要徐义德担任啥工作,却很难下决心。徐义德讲究实惠的,对名衔也不是不注意;讲能力,给他个副处长完全可以承担下来;论资产,在上海滩上虽不是大户,但也不是中户,勉强也可以算是大户;谈资格,在棉纺界也有代表性;在民建会却是一名新会员,马上就掌握实权还有点困难,一则摆不平,二则徐义德这种人棘手棘脚,一家伙提拔得太快,说不定会飞扬跋扈,目中无人,以后就难于领导他了。他等了一忽,反问他:

"你想做啥呢?"

"这个,"徐义德注视着他,感到他也不含糊,不但不露一点口风,反过来想摸他的底。他微微笑了笑,说,"这我还没有想过。"

"这一点我倒想过,只是还没有定下来,明天准备找慕韩兄商量一下。"

"找慕韩兄?"徐义德后悔过去在星二聚餐会上和马慕韩交锋,现在自己的命运似乎要操在他手里了。

"唔,这次民建分会改选,慕韩兄很积极,看上去,将来上海分会的事体,大半要归他管。"

"他管?"

冯永祥见他有些惊奇,不解地问:

"他管不好吗?慕韩兄不是外人。"

"当然好。"

"慕韩兄很关心你,只是你的位置不大好摆,高不成,低不就,实在煞费苦心。"

"只要在你手下,我做啥都行。"

从餐厅那边飘过一阵浓郁的香味,一眨眼的工夫,整个客厅都充满了这香味。冯永祥鼻子一嗅,用右手的食指在鼻尖上擦过去,眼光一个劲盯着餐厅,馋涎欲滴地说:

"好香的酒!"

"这女儿红是绍兴一个朋友送给我祖父的,到今年整整一百年,一直密封埋着,舍不得开坛。今天特地开了一坛招待你。"

"我的口福太好了。"

"现在先尝一点,边喝边谈,好不好?"

"那太妙了,那太妙了!"

冯永祥边说边站了起来,也不等徐义德让,就径自向餐厅走去。

七

宋其文的汽车开进中国民主建国会上海分会的新址,刚打开车门,冯永祥立刻迎了上去;等他走出车门,准备扶他,他抹了抹胡须,说:

"阿永,以为我老了吗?别看我快六十的人,至少还可以和你们这些年轻小伙子一道干二十年!"

他挺着胸脯,健步如飞,噔噔地走进去。冯永祥在他屁股后头几乎是用跑步的姿势追了上去,听他讲话不对头,没头没脑地给自己一闷棍,不好当面顶回去,就引他上楼,走进一间办公室,说道:

"这是你的办公室,看看有啥不合适的地方,我叫他们给你办。"

宋其文认真地向办公室一望,四面墙壁是新油漆的柔和的乳黄色,东面墙上挂了一幅王个簃的牡丹,画下面是一套赭色的皮沙发,迎窗那边摆着一张写字台,纸墨笔砚整整齐齐陈列在那里,没人用过。屋子里的热水汀已经烧得够热的了,宋其文看到地上铺着一寸来厚的大红地毯,更感到热气腾腾。他脱下瓦块式的水獭皮帽子和黑呢紫貂皮大衣,对冯永祥说:

"布置得很好。这屋子好暖和!"

"因为今天有不少老先生来,特地要他们烧暖一些,大概有七十五度。"

"你把我也算在老先生里面了吗?"

这句话难住了冯永祥,他眼睛一转动,幽默地说:

"也算也没算。"

"这是怎么讲法?"

"论资格和年龄,你当然算老一辈的;讲到精神和体力,你还年轻,甚至比我们青年还强,又不能算老先生。"

"你倒会说。"

冯永祥想起宋其文进门那几句意味深长的话,也许有啥风言风语传到他的耳朵里,便顺势说道:

"民建分会的事体不大好办……"

"怎么副秘书长刚上任,就发起牢骚来了?"

"不是我发牢骚。分会和过去不同了,这次许多大工商业家参加进来,都很积极,人多口杂,办一件事体要照顾各个方面。"

"你说得对,单照顾哪一方面也不行,必须面面俱到。"

"是呀!就是这次选举也不顺利……"冯永祥没有说下去,他窥视宋其文的脸色。

宋其文坐在写字台前面的皮转椅上,困惑地问:

"投票不是很顺利吗?"

"投票倒是顺利,可是酝酿各单位的名单并不顺利。"

"唔,我也听说了。"

宋其文右手的大拇指和食指搓弄着胡须,意味深长地静听冯永祥说下去:

"我觉得这个名单应该照顾各方面有代表性的人物,有人并不赞成,说要根据工作需要出发,新选的分会领导机构,要精力充沛的人,也就是说,要真能够办事的人,不能摆摆样子。新的领导机构不是样品间。把上了年纪的人说成是样品,你看恶毒不恶毒?"

宋其文一肚子的气几乎要发泄出来,他竭力忍住了,冷笑了一声,紧绷着脸,没有吭气。冯永祥不知道宋其文生谁的气,暗自吃了一惊,慌忙说道:

"我坚决反对这个意见。老实话,我们年轻人有啥能力?又懂得啥?嘴上无毛,办事不牢。上了年纪的人经验丰富,想得深,看得远。上海滩上这些大企业,哪一家不是老一辈人辛辛苦苦创办起来的?民建会今天在社会上有这样的地位,还不是老一辈人发起创办的?没有老一辈人艰苦奋斗,反对蒋光头,民建会能成为中国人民政治协商会议的一个发起单位吗?简直是数典忘祖啊!"

冯永祥看宋其文脸上的皮肤慢慢松弛了一些,还微微点了一点头,他的嗓子高了起来:

"我们上海分会有几位民建会的元老,是我们的光荣,改选分会,一位元老也不能少,而且要参加领导工作。特别是像其老这样的人,不出来领导分会,我冯永祥头一个就不干。"

"他们意见怎么样?"宋其文听出兴趣来了。

"给我这么一说,有些人就不好吱声了。"

"那些人是不是认为我妨碍他们的位置?"宋其文想了解谁反对他。

"可不是吗,一般会员对其老印象很好,中层骨干对其老十分钦佩,就是有些头儿脑儿,提出一些歪道理,想鼓动大家选他,其实各走各的阳关道,何必互相攻击呢?"

"大概以为我们老一辈压在头上,自己出不了头。要我们让路也可以,何必用这种手段。谈起来,我和这些人的父亲还是老朋友,他们小的辰光,我还抱过哩。"

"一定抱过,一定抱过。这些年轻人,我不提名道姓,料想其老也晓得,心太急啦,想出头露面,就不择手段,唉,政治这玩意真叫人寒心,到了利害关头,六亲全不认啦!"

"你这话说得对。"宋其文刚才对冯永祥一肚子不满的情绪顿时化为乌有,恍然大悟,怪不得马慕韩对民建分会这么积极哩。他现在认为冯永祥这青年,也有他可爱的地方,还懂得尊老敬贤的道

56

理。他说,"我们老一辈的人,心里无时无刻不想提掖晚辈,说老实话,我们究竟是上了年纪的人,精力总不如青年,真正办事还得靠你们。这次分会秘书长人选,我早就主张要青年来担任,这是实职,非年轻力壮的人不行。我曾经考虑请你出来担任……"

冯永祥听到这里心里暗暗惊诧:他从来没有听说宋其文有这个意见。这次他到处奔走,一心想活动秘书长的位置,别人当面一律奉承,背后却又是一个意见,选举结果,他不过是一个副秘书长。食之无味,弃之可惜。他料定是宋其文搞的鬼,平常他轻视宋其文的言语,难免不传到宋其文的耳朵里去。这次选举,他既没有把宋其文反对掉,自己又没有登上秘书长的宝座,心里十分苦闷,衷心希望上海分会下次早点改选,好重振旗鼓,努力再争取一番。谁知道宋其文曾经考虑要他担任秘书长,这就叫人奇怪了。他淡然地说:

"多谢你的好意。其老,你看我长大的,清楚我的底细。我这块材料,不是那个坯子。秘书长这职位太重要了,我怎么能担任?副秘书长的职务我也应付不了,其老了解的,我再三推辞,想让比我强的人来担任,大家一定要我出来,只怕将来下不了台,耽误了分会的工作,这责任可不轻呀!你看现在能不能挽回?你是新上任的副主委,可以不可以帮助我说两句?"

"那没问题。你同党与政府首长熟悉,了解他们的行情,工商界的人头你也熟悉,大中小户没有一个人不知道阿永的;对工商界情况你又有研究,还懂得政府的政策法令;你在分会可以起枢纽的作用。秘书长人选你最适合不过了,不过现在已成定局,我说话怕不起作用。"

"我不是这个意思。我是说,不担任副秘书长的工作,行不行?"

宋其文见他的神色有点紧张,捋着胡须,笑了笑,说:

"我了解你的意思。现在很难说话了。"

冯永祥心中十分难受,既不好承认,也不便否认,竭力保持镇静,轻声地问:

"为啥呢?"

"我和大家交换意见,都希望你出来担任秘书长工作,可以说,没有一个人反对的。"

"哦!"冯永祥的眼光一个劲盯着宋其文。

"没料到半路上杀出个程咬金来,步老对一部分人表示了,说有人要推荐江菊霞出来担任秘书长,步老自己不赞成,可是他接着说……"

冯永祥情不自禁地连忙问道:

"他怎么说?"

"他说,既然有人提了,他也不好反对,未始不可以让大家议一议。他说:'吾从众。'"

"这么说,实际上他支持江大姐呀!"

"你的眼光和大家一样,谁都了解步老办事稳健而又老练,没有把握的话,他不说;没有把握的事,他不做。别人提江菊霞还好办,步老提了,这事就很棘手。你了解,工商界的朋友,哪个不买步老的账?"

冯永祥酸溜溜地说:

"那就让江大姐担任好了,人家能文能武,才貌双全,能说会道,办事利落,又是步老的表妹!将来办事方便。"

"正是因为这个原因,大家嘴上虽不反对,心里却不赞成,认为步老一生办事谨慎,这一回有一点考虑不周。他已经是民建总会的副主任委员了,现在又兼任上海分会的主任委员,地位不低了呀!为啥对秘书长也要染指?真叫人想不通。"

"一个人的欲望是没有止境的。我了解步老想把上海工商联和民建分会都抓住在自己的手里。让他抓一个时期也好,等将来看!"

"大家不同意,也不好反对。"

"现在不是解决了吗?"

"那是我出的主意,步老侧面提出江菊霞,分明是因为我提了你,直接反对我,也是间接反对你。老实说,江菊霞那点才干,哪能和你比?我们分会又不好有两个秘书长,既然如此,那好,大家都别担任,我就提出最好由马慕韩副主任委员来兼任秘书长,亲自领导分会机关工作,可以多接触实际,显得大户重视民建工作,许多事体办起来也方便些。"

听到这里,冯永祥有点糊里糊涂了。因为江菊霞曾经告诉他:宋其文为了反对冯永祥担任秘书长,有意要马慕韩出来兼职,使得大家没法不赞成。她本来是主张冯永祥担任秘书长,她自己最好不担任实际工作,好把全部精力放在棉纺织公会上,在分会挂个名义就够了,顶多担任副秘书长,在冯永祥领导下做些具体工作也心满意足了。现在宋其文又这么说,叫他很难判断了。听其老这一番话,他觉得过去反对宋其文担任分会副主任委员有点鲁莽了,险些坏了自己的前程,少一个副主任委员支持他。他说:

"慕韩兄出来兼任秘书长最理想不过了,我曾经这么想过,现在可谓如愿以偿了。"

"慕韩老弟兼任秘书长,问题还没有完全解决。"

"啊!"

"副秘书长在名次上也有不同意见,有人主张江菊霞列为第一副秘书长,理由是上海工商界的大户大半在棉纺界,她排在前面,有代表性;江大姐能力很强,有个女的管分会机关工作,一定可以把会员们的生活管得舒舒服服。"

"这理由很妙!"冯永祥冷笑了一声。

"我说,要讲代表性,阿永更大,他不仅代表棉纺界,可以代表我们整个工商界,和大中小户都有接触,同政府首长的关系,江大姐更不能比了。至于谈到机关工作,那副秘书长是分工,江大姐可以多管一些。大家全赞成我的意见,慕韩老弟竭力支持。"

"江大姐放在前面,可能比我合适,我也有不如她的地方……"

宋其文不同意:

"你哪一点不如她?"

"有一点。"

"啥?"

"人家是女的,长得又风流潇洒!"

宋其文不禁格格地笑了:

"单凭那一点不行。分会的担子不轻,慕韩老弟是头面人物,整天到晚忙得很,哪里有许多工夫管分会的工作,第一副秘书长,老实说,就是秘书长。先干他几个月,只要慕韩老弟在常委会上提一下,辞掉兼职,秘书长还不是你的!"

宋其文这句话说到冯永祥的心坎上,他的脸顿时红了,心也跳动得特别快,平静了一下,说:

"那怎么成,那怎么成!我的能力不行!"

"阿永怎么忽然客气起来了?"

马慕韩穿着一套簇新的咖啡色西装走了进来,胸前打了一条紫色的领带,刚刚理的发,乌而发亮,一脸刮得雪白,显得那对浓黑的眉毛十分突出,满面喜气洋洋,精神焕发。宋其文一见马慕韩,心中顾虑,不知道他刚才讲的话马慕韩听到没有,说出去的话已经收不回来,避免马慕韩追问,防止冯永祥谈下去,他赶紧说道:

"慕韩老弟今天越发显得英俊了。"

"慕韩兄今天办喜事,新官上任么。"冯永祥站起来,向马慕韩曲着背,高声叫道,"副主委,小弟这厢有礼了,恭喜你平步青云!"

"怎么拿我开起玩笑来了？阿永。"

"慕韩老弟今后一定飞黄腾达，希望不要把我们老一辈的人忘了，有机会的辰光，照顾照顾。"

"其老和慕韩兄是世交，那没有问题。"

"那我就感激不尽了。"宋其文庄严地抚摩着胡须，喟然叹息，说，"不过，这副骨头硬了，也干不了多少日子啦，今后全靠慕韩老弟和阿永了。"

"我？不敢，不敢，主要靠慕韩兄。"

马慕韩见宋其文和冯永祥一唱一和，丈八和尚，摸不着头脑。他不能再不开口：

"其老说到哪里去了？我在其老面前，不过是子侄辈，可以说，你看我长大的。你是上海工商界的老前辈，也是民建会的元老，你参加民主革命的时期，我还在学校里念书哩！这次改选，论资格，论经历，不管从哪一方面说，我都不够资格担任副主任委员，严格讲起来，当一名委员也很勉强。大家晓得，上海解放后，我才参加民建的，在民建，我还是个新会员哩。承大家看得起我，一定选举我，我才勉强同意。这都是步老、其老培养我们年轻的一辈，正希望在各位老老领导之下，多多学习，怎么谈到要我照顾老老呢？别把人折死啦。"

"青出于蓝而胜于蓝，冰出于水而寒于水。现在年轻人都比年老人强。就算我们老一辈的培养年轻人吧，要年轻人将来照顾老年人不可以吗？"

"不是这个意思，其老。"马慕韩有点急了，涨红着脸说，"不是不可以。我是说青年人主要得靠前辈培养，我们年轻人没有啥能力，阅历也浅，怎么谈到照顾老老呢？老老要我们做啥，我们当然遵命。"

"老年和青年团结合作，取长补短，各得其所，岂不妙乎哉？"冯

61

永祥摇头晃脑文绉绉地哼了两句,像是一位冬烘先生。他怕宋其文当面开销马慕韩,赶紧把话题转到马慕韩身上,说:"慕韩兄,你实在太谦虚了,啥新会员老会员的,我们上海分会绝大多数都是新会员!很多人最近才参加的,对他们说来,你已经是老会员了。当然,你在其老面前不折不扣的是一名新会员。"

"在你面前,我也是一名新会员,你是老资格,上海解放以前就参加了。"

"我吗?既不能说老,也不能说新,我是老会员里面的新会员,又是新会员里面的老会员,又老又新,不老不新。我是姜太公的坐骑——四不像。"

"解放前参加的,应该都算老会员了。民主革命时期,阿永有过贡献,这次改选分会,阿永也出力不少。"

"其老太恭维我了。我做了那一点事,马尾吊豆腐——提不起。这次分会改选,慕韩兄出的力才大哩!你看,我们这座新会址,要是现在新盖起来,起码要一百个亿!有花园,有假山,有水池,有许多客厅卧房,还有一个小礼堂,走遍全上海,保险找不出第二家。特别是那礼堂,简直妙不可酱油,给分会开个会员大会,再适合也没有了。慕韩兄,怎么你们私人住宅也有个礼堂,是不是盖房子的辰光,就料到将来你要荣任民建上海分会的副主任委员?"

"我不是诸葛亮,不会神机妙算。我也不是冯永祥,没有那份聪明智慧的本事。盖房子的辰光,谁也没想到有今天。这礼堂,我们把它叫做跳舞厅。因为我们马家是大家族,房数多,人也多,年轻的一辈都喜欢跳舞白相,就盖了这么一个跳舞厅,常在这里举行'派队'①,有时也叫外边戏班子和评弹到这里来演唱。喜欢看电影的,可以在这里看电影。"

"现在分会还可以用来开会,一举数得。当然,我们也可以在

---

① 派队是英文 Party，的译音。即晚会的意思。

这里举行'派队',其老,可以吗?"

"这是慕韩老弟的家产,要问他。"

"慕韩兄,怎么样?"

"我租给民建分会就是民建分会的了,爱怎么使用就怎么使用。你是副秘书长,完全可以调度一切。"

"没有副主委的命令,我这个小区区怎么敢轻举妄动?"

"大家都是老朋友,怎么忽然分起彼此来了?这个副主委我真不想当,信老年高德劭都不肯当,我坐在这个位子上,不像个样子,心里实在不好受。"

"信老吗?他有另外的原因。"宋其文笑了笑,像是洞烛了潘信诚的心思,可是又不愿往下说。

"他对我说了,因为身体不好。"冯永祥问宋其文:"是不是这个原因?"

"这也是原因,但不是主要的。在上海工商界,老实说,没有一个比上信老的。他的阅历丰富极了,世故也深极了。啥事体都逃不过他的眼睛,他看人,入木三分。你们忘记了吗?上次全国工商联开筹备会议,他是上海代表,可是没去,也是因为身体不好。他要是去的话,一定选上筹委会的副主委。这次我和步老亲自到他家去谈,再三劝他出来领导民建分会的工作,他说年老体衰,实在难于从命,不肯挂名,表示分会有事找他,他一定遵命照办。我们说潘家是大户,在上海工商界有代表性,国际上也很有名望,谈到中国棉毛纺织,国际上常有人谈起潘信诚和潘家。分会方面总得有潘信诚这样的人担任工作才好。他拗不过我们,才答应让潘宏福出来做点具体工作,他自己仍然躲在他那温暖而又舒适的家里。"

"信老真的身体不行?"

"阿永,你问得对。我看,担任副主任是可以的,可是他坚决不肯。"

"那为啥?"马慕韩困惑地说,"是不是对我们有意见?"

"不是的。我猜想,大概是留一手。他看共产党的江山还没有坐稳,有事叫宏福出来做点。"

冯永祥猛可地站了起来,不断鼓掌,发出清脆的赞美的掌声。

"其老对问题看得又深又透,实在令人折服!"

马慕韩没有言语,也没有表情,他在思索自己的问题:上海一解放,他就毫无顾忌地跟共产党走,响应共产党和人民政府的号召,一个劲向前迈进。上海解放快四年啦,蒋光头没有回来的影子,就凭台湾那点实力能反攻大陆吗?美国佬在朝鲜打得很不顺手,连三八线也过不来,能打到东北吗?更不必说上海这些地方了。共产党的江山是坐稳了。没有共产党和解放军,他在工商界不可能有今天的地位。他的地位和荣誉和他们分不开的。他只有跟共产党走到底。他对宋其文说:

"信老的心思谁也摸不透。其老和他是多年的朋友,当然了解比我们深。依我看,蒋光头想推翻共产党的江山,那是白日做梦。解放快四年啦,共产党政权一天比一天牢固。"

"我也是这个想法。"宋其文点头称是,说,"蒋光头凭啥回来?我们这一代人,谁不吃够他的苦头?"

"只要大家跟共产党走,把国家建设好,蒋光头无论如何回不来的。"

"那倒不一定……"冯永祥没说下去。

宋其文听冯永祥的口气不对,他和党的方面首长很接近,也许听到内幕消息,惊奇地望着他:

"怎么不说下去?"

"照我看:蒋光头迟早要回来的。"

"有根据吗?"这回马慕韩也奇怪了,最近差不多天天和冯永祥

64

见面,从来没有听他说过这消息啊。

"当然有根据。请问两位,台湾要不要解放?"

"这还用问吗?"

"台湾一解放,蒋光头自然当俘虏,共产党不把他押到北京处理?蒋光头不是肯定要回来吗?"

"回来当俘虏,我倒很欢迎。"宋其文捋了胡须笑了,说,"阿永,你讲话真会绕弯子,脑筋笨的人,可听不懂你的话哩。"

"刚才差点把我也弄糊涂了。"

冯永祥对马慕韩和宋其文拱拱手:

"那算小弟不是,罪该万死,还请二位大人原谅则个。"

"你怎么又唱起京戏来了?"

宋其文忍不住流露出对冯永祥有点厌恶的心情。冯永祥正在兴头上,没有注意,以为是赞赏他的才能。他眉头一扬,卑恭地说:

"来个小小的堂会,庆祝二位副主委大人就职典礼啊!"

嘭,嘭嘭……门外忽然有人敲门。推门进来的是徐义德,他上气不接下气地说:

"原来你们都在这里……"

"出了事吗?"冯永祥感到他这个副秘书长的责任重大,怕管得不周到,引起别人笑话。

"到处找你们找不到,楼下委员到得差不多了,史步老也到了,他说三点钟快到了,找你们去开会哩!"

门外传来楼下乱哄哄的人声,大家高谈阔论,不断夹着格格的笑声,可听不清楚他们在议论些啥。冯永祥抹上深灰哔叽西装的袖子,看了看表,说:

"三点欠一刻,开会还有一歇,步老今天怎么到得这么早?"

"今天是分会第一次全体委员会议,他是新当选的主任委员,要他主持会议的,怎么能迟到?今天早上我接到总会赵副主委的信,他说本来也想来参加我们第一次会议,代表总会给我们祝贺,因为中央事情忙,走不开,他代总会拟了一个贺电寄来,他过两天再来。"

"赵副主任要到上海来?"徐义德早就听冯永祥说过,赵治国副主任委员是一位实业家,又是理论家,在全国工商界很有影响,是民建不可多得的人才。民建很多文件和报告就是出自他的手笔,在总会里的势力也不小。他和共产党的领导人还常有往来。徐义德心想认识这位大人物,可是一南一北,一直没有机会。他听到这消息十分欢喜,不禁大声说道,"那我们要好好欢迎他一番!"

冯永祥瞪了徐义德一眼,说:

"我了解赵副主任的脾气,他是洋派,啥事体都有计划,事先还得征求他的同意,不然的话,他不干。他要干的事,说干就干,而且是坚决地干!"

马慕韩对徐义德说:

"阿永是赵副主任肚里的蛔虫。"

"哦。"

"慕韩兄也开起我的玩笑来了。"冯永祥心里并不反对,他说,"因为是老朋友,稍为了解一些他为人的特点……"

"步老在楼下等得着急了,"宋其文站起来,说,"我们下去吧。"

"欢迎赵副主委的事,要不要先筹备起来?"徐义德赶上一步,亲自对宋其文说,生怕失去认识这位大人物的机会。

"待一会,等我和步老商量商量。"

宋其文显然不把徐义德放在眼里,给他讨了个没趣。他只好退回两步,跟在他们三人背后,垂头丧气地迈着懒散的步子。

八

汤阿英快走到中共沪江纱厂党支部办公室那里,步子忽然慢下来了。她每次到党支部办公室去都带着要求和希望,结果全得到满足,身上无形之中就生长出一种无限的新的力量。这一趟却和以往任何一次不同,她要走进伟大的革命行列,实现多少年来的愿望。她一想到这件事,心里十分激动。那一天余静在操场上柳树下边和她谈话,隐藏在她心里的愿望抬起了头。正好张小玲从俱乐部出来,她跑上去,一把抓住张小玲,上气不接下气地谈自己的心事,急切得一时说不大清楚。张小玲慢慢听出她的要求,猛地把她抱起,就地转了一个圆圈,然后放下,笑嘻嘻地问道:

"你怎么从来没有讲起?"

"不晓得行不行,哪能好随便讲?"

汤阿英说了这句话,脸上绯红,低下头去,不好意思看张小玲。她觉得张小玲这句话有两层意思:听到这个令人兴奋的消息叫她感到惊奇,不辜负张小玲对她的帮助;但她没有对张小玲提出要求,却直接对余静谈了,觉得对张小玲不住。等了一歇,她慢慢抬起头来,对张小玲解释,半路上给张小玲打断了:

"和余静同志谈再好也没有了。我不是多心菜,放心吧。我早就盼望你加入,没料到这么快就提出来了。"

"你快点帮我打个报告……余静同志说还要写个啥书……"她想了半晌,没想起来。

"入党申请书。"

"对啦,对啦,入党申请书,要写些啥?"

张小玲把她拉到俱乐部去,那里面的人全走光了。她们坐在一张小圆桌子前面,两人面对面,张小玲低声告诉她要写的内容。她凝神谛听,那些问题从来没有想过,以为打个报告,提出要求就行了,原来还要写那么多内容啊!她听得心里焦急,皱起眉头,望着张小玲:

"照你这么说,我得好好想一想哩。我从来没有认真整理过我的思想啊。"

"你说得对,要认真想想,理出个头绪来,看看自己的过去,提出今后的打算,报告给党组织,才好讨论你的问题哩。"

"今天写不成了?"

"等你想好了,上你家去写。"

"不。"

"不要我帮忙吗?"

"不要上我家写,还是到厂里来写吧。"

汤阿英离开张小玲便一心一意在想那些问题。幸好厂里进行了民主改革运动,使她对过去的事体有了认识,但也只是朱半天家里受苦受难的那几桩,现在要把过去的事体原原本本告诉组织,还要分析思想,这可难啦。她回到家里,一个人坐在窗前的桌子旁边,望着窗外一排柳树,透过柳条看到蓝色的天空上一片一片云彩,默默地在想那些问题。她的思想,如同天上的云彩,疏疏落落地布满天空,飘飘荡荡,慢慢聚拢,连成一片,一阵风又把云彩吹散,随风而去,叫人捉摸不定。散去的云彩,过了一忽,又慢慢聚拢,连结在一起了。张学海以为她丢了啥物事,巧珠奶奶认为她大概还在生气。她在厂里诉苦的事,给余静说清楚了,巧珠奶奶肚里的气早消了,也许媳妇还记在心里。巧珠奶奶怕引起她的心事,有意带巧珠上小学操场上去白相。她一个人在屋子里静静地坐着,往事像潮水一般涌到心头。

　　第二天一下班,连饭也顾不上吃,她就拉着张小玲到俱乐部去了,还是坐在近窗的那张小圆桌面前,把心里的事一一向张小玲诉说。张小玲边听边记,等她说完了,又问了一些问题。过了两天,张小玲整理好了,念给她听了一遍,她签了字,便送给余静了。细纱间党小组和党支部都研究了她的入党申请,决定今天开党支部大会讨论她的入党问题。她今天上午心情不定,盼望下午三点钟这个时刻早点到来,时不时看表,手表上的短针好像给她开玩笑,总不肯马上走到"三"字上头,像蜗牛似的慢慢蠕动。还不到三点,她便到党支部办公室去,走到门口,心跳得慌,不晓得能不能加入,也不清楚该谈些啥,这时却又希望长针走慢一点,好让自己再仔细想想。长针哪里肯听她的话,一个劲往前走。她走进党支部办公室,屋子里的人不多,余静正在写啥东西,叫她先坐下等一歇。她坐在靠门口的一张办公桌子旁边,表面显得安详,可是自己的心跳得厉害,噗咚噗咚的。

　　她看到有人轻快地走了进来,脚上穿着一双浅圆口的黑斜纹布的鞋子,深蓝布裤子,上身穿了一件绿格子布夹袄,身上披了一件灰布棉大衣,头上戴着蓝边的白布帽子,一屁股坐在她身边,拍着她的肩膀,惊奇地问道:

　　"我还到车间去找你,原来你比我到得还早。"

　　"你来得也早,还不到钟点哩。"她对张小玲说。

　　"我是你的介绍人,哪能迟到!"

　　"多谢你的帮助。"

　　"这是我的义务,谈不到感谢。"

　　"没有你的帮助,今天我也不会来参加会了。"

　　"主要还是靠你自己……"

　　郭彩娣像一阵风似的,唿的一声走了进来,接着高声自言自语：

"我还以为早着哩，原来你们比我还早。"

"三点还差十分，你也不迟。"张小玲看了看表说。

"比你们晚来了一步。"

"也不是赛跑，早到迟到没啥关系，只要准时到就行了。"坐在里面的管秀芬看了郭彩娣一眼，说，"别争，算你第一好啦。"

"啥人争的？看你嘴这么厉害，我要是个男的，可不敢讨你做老婆。"

"我也不敢嫁你这个男人，讲话没轻没重，冒里冒失的。"

"你不嫁我，谢谢一家门。天下哪个男人也不敢娶你。"

"嫁不了人更好，乐得一个人享清福。"

"别说空话了。"余静听管秀芬和郭彩娣在斗嘴，忍不住放下手里的钢笔，抬起头来，对她们两个人说，"一个不能娶，一个不会嫁，瞎嚷嚷，尽叫我们听风凉话。小管，你不要对象了吗？真要一个人享清福？"

"唔。"管秀芬抿着嘴苦笑。

郭彩娣见管秀芬右边一根修长的黑乌乌的辫子挂在胸前，有意问她：

"是不是要削发当尼姑？"

管秀芬两只手在玩弄辫子梢，向郭彩娣撇了撇嘴，生气地说：

"当不当尼姑，关你啥事体？狗捉耗子——多管闲事！"

"只要别人答应，当然用不着我管……"郭彩娣说到这里，见谭招弟从门外轻轻走了进来，就没说下去。

管秀芬了解郭彩娣讲的"别人"指的是陶阿毛，本想报复郭彩娣两句，因为见到谭招弟，脸红红的没有开口。

谭招弟在门外听里面讲得很热闹，特地悄悄走进来，听听是不是讲她。她一进来，大家都闭上嘴了。她想退出去。她了解郭彩娣和管秀芬她们一条心,拿她当外人看。她后悔不该来参加这个会,自己不是党员,不一定参加党支部大会,犯不着受管秀芬这些人的奚落。余静诚心诚意要她来,不看僧面看佛面,既然走进来了,马上退出去也不大好,便闷声不响坐在汤阿英斜对面的墙角落那里。

汤阿英歪过头去,小声问张小玲:

"招弟也加入了吗?"

"没有。"

"怎么也来参加?"

"今天党支部大会主要讨论你入党问题,请了少数群众列席,听听党外的意见。管秀芬不是党员,她不是也在吗!"

"你不说,我还以为她们都参加了哩。"

余静见人到齐了,宣布开会。她要汤阿英先报告自己的历史和申请入党的原因。汤阿英站了起来,看见满屋子都是人,大家就着两行写字台前面的木板凳上坐下,余静坐在她自己那张写字台前面的椅子上。正中墙上挂的那幅毛主席半身画像下面,新挂上一面红艳艳的斧头镰刀的党旗,显得十分庄严。

屋子里静静的,窗外飘着鹅毛似的雪花,无声地落下。车间机器的轰鸣给北风不断吹送过来。汤阿英把披在身上的那件灰布棉大衣脱下,放在身后板凳上,露出紫红布黑碎花的对襟棉袄,下面穿了一条藏青色的夹裤;鸭蛋形的脸上微微泛着红晕,机灵的眼睛向会场扫了一下,露出兴奋的光芒,大家的注意力都集中在她的身上。她老练地叙述她出生的家庭,在梅村镇的贫困生活,在朱半天毒手下的悲惨遭遇,母女俩夜奔上海的经过,进沪江纱厂前后的情况,伟大的五反运动使她看清了资本家的丑恶面目,民主改革让她认识了工人阶级身受的剥削和压迫,从工厂的历史和中国革命她看到工人阶级和党的伟大力量……她越说声音越高,讲得有声有

色,一句紧接着一句:

"我逃出朱半天的虎口,进了沪江,又掉进徐义德的狼窝,一样拿我们当牛当马,照样吸我们的血汗。这些剥削阶级,真是天下乌鸦一般黑,没有一个好东西。在'五反'和'民改'运动中,听了姐妹们吃的那些苦头,真叫人愤恨。我本来以为只是我们汤家吃朱半天一家的苦头,原来劳动人民都吃了许多苦哩。幸亏解放了,朱半天逮捕法办了,徐义德也要遵守《共同纲领》规规矩矩办厂,不能再压迫我们了,劳动人民真的翻了身啦。中国劳动人民翻了身,工人阶级当家做主,世界上还有许许多多的劳动人民没有翻身哩!余静同志说得好:站在家门口,要看到天安门!站在天安门,要看到整个世界!革命胜利了,只是万里长征的第一步,有许许多多革命事业要我们去做哩!一个人的力量是有限的,只有党,只有毛主席领导的共产党才有无穷的力量。我要跟毛主席闹革命,就向余静同志提出,要求加入我们的党!"

介绍人张小玲接着补充了一些汤阿英的历史情况和她思想的发展,认为她阶级觉悟不断提高,立场坚定,听党的话,响应党的每一次号召,根据党的路线政策办事,在厂里一贯劳动态度好,工作积极认真,群众关系也好,在厂里威信很高。最后,她说:

"根据阿英各方面的表现,她具备了入党条件,建议支部大会通过她为候补党员。"

秦妈妈站了起来,两只手扶着面前的写字台子,眼睛望着大家,不慌不忙地说道:

"我看阿英长大的。她刚才讲的都是事实,有些事我还在场哩。阿英是个好人,待人没有坏心眼,从来不占人家便宜,就是吃了亏,也是往肚子里咽,这是个缺点。党是领导斗争,闹革命的,吃了亏,受人欺负,该斗的就要斗,不斗争就不能胜利。阿英入了党,就不是一般的群众了,不只是自己闹革命,还得领导群众一道闹革命,需要加强斗争性。这方面,阿英进了沪江厂有了很大的进步,特别是在五反运动中,她和徐义德斗争得很有力量;在'民改'中,控诉旧社会,对大家的启发很大;回到家里,受了巧珠奶奶的气,一时想不通,余静同志帮她一把,问题解决了。党要她在全厂大会上诉苦,她也勇敢地接下了这个任务,第二回阿英控诉得更有力量,影响更大。我非常高兴。听说她要求入党,我兴奋得眼泪都流出来了。我自动要求做她的介绍人,赞成她加入我们的党。"

汤阿英听了秦妈妈这一番话,恍然想起和娘到上海那一天起的许许多多的事体。秦妈妈那样关心她帮助她,不只是因为是同乡是近邻,也不只是年纪大的人爱护她这个受迫害的年轻人,其中还有闹革命的意思哩。过去漫长的道路是秦妈妈领她走过来的。秦妈妈是她再生的母亲,不,比母亲还亲哩,是她走上革命道路的带路人,是革命同志。秦妈妈说的,过去也讲过,今天听得特别亲切感动。她感激地望着秦妈妈,轻轻点了点头,表示接受秦妈妈的意见。

秦妈妈发言后,会场上沉寂了一会。余静说明今天党支部大会邀请非党同志列席的意义,欢迎非党同志发言,积极提出意见和批评。谭招弟坐在墙角落的板凳上,听汤阿英和张小玲发言,觉得当个党员真不容易。听到秦妈妈讲的那些话,又觉得汤阿英当个党员还有点勉强。她比汤阿英会斗,斗争就是闹革命,有些人为啥对她不满意呢?她得意地望了郭彩娣一眼,好像在问:你们听见秦妈妈说的话吗?她真想把闷在肚里的话倒出来,但这不是车间小组会,也不是工会开会,是党支部大会,自己是被请来的,哪能随便讲话?她生平第一次参加这样的会,别叫管秀芬抓住话柄,要笑一辈子哩。她摆出一副长马脸,嘟着嘴,闷闷地坐着。听到余静说欢迎非党同志发言,她忍不住了,开口了:

"我是党外人,本来么,不该多嘴多舌的。承余静同志看得起,欢迎我们发言,我就发一个言。我觉得秦妈妈讲得再对也没有了。阿英为人真好,没人不称赞她的。只是有一点,我有意见,她劝我别那么好斗,何必争得面红耳赤的?我受不了别人的气,肚里也存不下一句半句的话,我也是人,同样长着一只鼻子两只眼睛,也不少一根眉毛,为啥要吃别人的亏?人家说我好斗,我就是好斗。革命就要斗争啊。"

谭招弟讲完话,有意盯了管秀芬一眼。

管秀芬有一肚子的心思。她要求入党的报告比汤阿英送得早,小组讨论了,支委会也讨论了,认为可以考虑吸收,但首先要弄清楚一个问题:她和陶阿毛的关系。解放前,陶阿毛是沪江纱厂的伪工会的副理事长;解放后,他虽然工作积极,要求进步,但行动有些鬼鬼祟祟,说话很左,有时却在人前人后讲些不三不四的话。"镇反"时,他是个嫌疑对象,因为证据不足,解放后表现不错,没有逮捕他。近来厂里发生一些事故,特别是中毒事件,到现在还没有破案,余静疑心到他。赵得宝也觉得他可疑,主张抓起来。余静不赞成,观察一下,暂缓一步再说。区里公安分局同意余静的意见,把陶阿毛列为侦查对象。余静曾经暗示管秀芬,婚姻是终身大事,找对象要谨慎,不然会一辈子吃尽了苦头。管秀芬先不承认有对象;但她心里认为陶阿毛是理想的对象:年纪轻,手艺好,能力强,威信高,人长得英俊,也会体贴人,只要你眉毛一动,他就猜出你的心思,挑你喜欢的话来讲,拣你喜欢的事去做,有时给你闹点小别扭,距离你远一点,叫你感到越发可爱,只想亲近他。她认为是陶阿毛的优点都想到了,对陶阿毛的缺点和可疑的问题,不是有意回避,就是给他解释,或者推在客观条件上。偏偏余静劝她找对象要谨慎。她以为自己够谨慎的了,厂里没有比陶阿毛更好的对象了。陶阿毛几次向她提出要结婚,因为听了余静的话,她再三迟疑,下不了决心,也没有理由对陶阿毛讲。最后,她想了个主意对陶阿毛说:等入了党以后再结婚。陶阿毛知道她打了入党报告,非常高兴,同意她的意见,鼓励她的志愿,并且表示自己也在争取入党。管秀芬心里想:如果两个人都入了党,然后再结婚,那是最完满幸福的婚姻了。她每天盼望支部找她谈入党的事。下班回家,她特地在党员面前转一转,聊聊天,探探口风。他们不提,她也不好一直跟在余静屁股后头追问。昨天张小玲通知她参加今天的支部大会,起初以为入党的事大概有苗头了,后来一问,是讨论汤阿英入党问题,她就冷了半截。今天来,她好像是为人做嫁衣,有一种说不出来的酸甜苦辣的滋味。她想汤阿英能入党,她为啥不能入?管秀芬越想越不服气。她正在气头上,见谭招弟盯着望她,以为是讲她,便冷讽热嘲地说道:

"好斗就是革命,那革命太容易了。好斗不等于革命。我理解秦妈妈的意思,指的是阶级斗争,对剥削阶级要斗,但要在党中央和毛主席领导下斗争,不能遇事就争,见人就斗……"

管秀芬的话没讲完,谭招弟脸刷的一下红了。她想站起来把管秀芬顶回去,余静看到了,怕她们两个在党的会上争执起来,影响讨论汤阿英的问题,便说:

"秦妈妈讲的是指阶级斗争,进行阶级斗争,不但要有领导,还要讲究党的路线和政策。你们两个对阿英有啥意见,欢迎你们提出来。"

谭招弟听余静一说,发觉自己讲得不完整,管秀芬的道理对,她就没有吱声了。钟佩文站起来说:

"我给阿英提个意见,她有个缺点,说大不大,说小不小……"

"那是啥缺点?"赵得宝脊背靠着墙,因为下雪,那只受伤的胳臂又隐隐地痛了,手放在桌子上,说,"别文绉绉做文章,快说吧。"

"阿英学文化不大积极,对唱歌的兴趣也不大,夜校里常缺课,有时练习题也忘记交。闹革命不但要善于斗争,还要有文化才行。别以为文化可有可无,不识字,不能看书读报,不晓得国家大事,不了解国际形势,怎么闹革命?老赵,你说,这个缺点是不是不大不小?"

"阿英以后别缺课,夜校老师对你有意见啦。"

赵得宝两句话,把钟佩文说急了,他连忙解释:

"大家别误会,并不是因为我在夜校教课才有意见,我就是不教课,也要提这条意见。"

张小玲不同意钟佩文的意见,她说:

"看人要从发展上看,要全面地看,阿英过去连夜校也不上,现在上了,可用功哩,因为家务事,两个孩子又吵又闹,不得已才缺课。头天缺了课,第二天就找你补课,跟上大家的进度。这一点你漏了,为啥不提?"

"你补上,很好。"

张小玲最关心汤阿英,也比较了解汤阿英。自从党支部分配她培养汤阿英,她经常和汤阿英在一道,亲眼看到汤阿英前进的脚印,一直看到汤阿英要求参加党。今天出席支部大会,她和汤阿英一样的高兴,完成了党交给她的任务,沪江党支部增加了新的血液。钟佩文对汤阿英提的批评,她感到难受。她准备和钟佩文争论一番,但钟佩文实际上接受了她的意见,便没吭声了。

"在党的会议上,大家都可以发表意见,别人可以同意,也可以不同意。不同意的,经过讨论,可能一致,不一致也没有关系,可以保留自己的意见,不要强迫别人同意。毛主席教导我们说:'因为我们是为人民服务的,所以,我们如果有缺点,就不怕别人批评指出。''有则改之,无则加勉。'大家对阿英有啥意见尽管提,对的,她接受;不对的,留给她今后参考。"

张小玲听了余静的话,很有启发,感到自己有些袒护汤阿英,她立即站了起来：

"余静同志说得对,今天暴露了我的缺点,听不得和自己看法不同的意见。我要求别人看人要全面看,我了解阿英也不够全面,就拿上夜校来说,详细情况我不如钟佩文同志了解。他对阿英提的意见,对阿英也有帮助,至少值得阿英今后参考。"

谭招弟吃惊地望着张小玲。她原先听张小玲的意见认为很对;经余静一分析,钟佩文的意见也不能说错,张小玲却马上坦率承认。要是她,这个弯一时还转不过来哩。共产党员对待批评和自我批评的态度真叫人服帖！

钟佩文说：

"我也有不对的地方,没有注意阿英进步的一面,对她的要求高了一些。"

"我倒认为阿英应该考虑这些意见,不努力学文化,进步怎么会快呢?"管秀芬想到自己的文章曾经在厂里黑板报上登过,汤阿英连封家信也不会写,反而在她前头要入党了。实在叫她心里不服。她说："不积极参加唱歌活动,这也不大好。"

"我对阿英提点希望,"赵得宝说,"每天要抽出点时间学习毛主席著作,这次张小玲给你讲了《中国革命和中国共产党》和《为人民服务》,配合你听党课的内容,还要认真学习毛主席关于共产党的理论,这样闹革命就有了方向,懂得怎样去工作。……"

"我赞成老赵的意见,"郭彩娣早就想发言,没想好讲些啥,见许多人都发了言,不能再等了,看赵得宝讲得差不多了,就插上来说："我补充一点,阿英阶级觉悟高,懂得党的政策,讲话办事都有谱,工作能力一天天提高,平时在车间讲话不多,但一讲话大家都赞成,威信很高。我对一些事体想得就没有她周到。阿英入党了,更要多和群众接近,带着群众一道前进。这也是我的希望。"

接着,大家对汤阿英又提了一些意见。余静再一次征求同志们的意见,没有人发言了。她要汤阿英谈谈。汤阿英站了起来,想了想,说:

"大家提的意见都好,对我有很大的帮助。"汤阿英感到今天这个会对她的教育很大,太有意义了。平时,她听不到这些意见。现在,她深深感到党的关怀和同志们的革命友情,每一个人都伸出援助的手,帮助她在革命道路上成长,使她从心里感到温暖。她激动地说:"同志们指出的缺点,我一定改正;提出的希望,我一定努力去做。我的缺点不少,有的同志还没有谈到,希望今后随时随地给我指出。在党和毛主席的领导下,我和同志们一道前进。"

余静望了大家一眼,等了一歇,没有人要求发言。她谈了汤阿英各个时期的进步表现,党有啥号召,阿英总是积极参加,一贯听党的话,执行党的路线政策,在"五反"和"民改"运动中表现得尤其突出。她说:

"同志提的意见对阿英都有帮助。尽管阿英现在还有某些缺点,那是次要的,也不难克服的。我们每个人都有一些这样那样的缺点,只要认识了这些缺点,可以逐渐克服。阿英历史是清楚的,家庭成分和本人成分都好,阶级觉悟高,政治上表现积极,工作努力,劳动态度是全厂最好当中的一个,各方面进步都很快。我个人同意接受阿英入党。现在我们来表决,赞成的举手。"

出席支部大会的全体正式党员都举起了手,接着掀起一阵热烈的欢迎掌声。在清脆的掌声中,余静走到汤阿英面前,紧紧握着她的手!

"我代表组织,欢迎你到我们党里来,一同为革命工作,阿英同志!"

"同志"这两个字,汤阿英听过无数次了,她称呼过别人,别人也这样叫过她,可是今天的意义不同了,仿佛是第一次听到,感到十分新鲜,非常有力,极大温暖。这两个字把她和余静联在一起了,把她和全党联在一起了。她看到挂在墙上的毛主席半身画像和那一面庄严的红旗,高兴得眼眶里忍不住流出了热泪,紧紧握着余静的右手,激动地说:

"余静同志,我一定听党的话,跟毛主席闹革命,为共产主义事业奋斗到底!"

"今天党支部通过你为中共候补党员,候补期三个月,要报告中共长宁区委审查,等区委批准了,再通知你。"

余静的话刚讲完,又是一阵热烈的掌声。秦妈妈她们纷纷走到汤阿英面前,把她团团围住,你一句她一句说个不停,不时爆发出爽朗的笑声……

九

沪江纱厂党支部把汤阿英入党的报告送到中共长宁区委员会去,没有多久,就批准了。这消息,谭招弟从张小玲那里知道了。恰巧这天汤阿英做夜班,谭招弟下了班,连饭也顾不上吃,就跑到漕阳新村向汤阿英报喜了。

这两天厂里把冷车子都平了。为了增加生产,工会号召工人们扩大看锭的能力,准备开动全部机器。汤阿英睡了一觉就起来,匆匆到厂里去了。巧珠上学还没有回来,巧珠奶奶一个人坐在窗下的方桌子前面,低着头在给巧珠做过年穿的鞋子,一针一线地纳鞋底。谭招弟一头闯进去,扑个空,惋惜地说:

"早晓得阿英不在,就在厂里等她了。"

巧珠奶奶放下鞋底,看她那个慌慌张张的神情,心里忍不住暗暗好笑,这么多年了,谭招弟讲话还是那么没头没脑,猛里猛撞,没有多少改变。她不慌不忙地问道:

"找阿英有要紧的事体吗?"

"当然有要紧的事体,不然也不会现在跑来。"

"告诉我也一样,等她回来,给你转告她,坐下来谈吧。"

"这桩事体,"谭招弟坐下来,神秘地笑了一笑,说,"不能告诉你。"

"好哇,招弟,我看你们两个干姐妹长大的,现在翅膀硬了,会飞了,拿我当外人哪。"

"不是这个意思,巧珠奶奶,这桩事体同你没有关系。"

"阿英是我的儿媳妇,她的事体就是我们张家的事体,哪能同我没关系?"

巧珠奶奶三言两语把谭招弟说急了,她越想解释,越解释不清楚,没有办法,她只好发誓了:

"老天爷在上,巧珠奶奶,你相信我,我决不会拿你当外人。"

"为啥不讲?"

"讲就讲吧,反正告诉你也没有关系。汤阿英入党的事,区委已经批准了。你看,这是不是一件要紧的事体?"

"阿英怎么啦?"巧珠奶奶还没听清楚,她伸过头来,用老花了的眼睛对谭招弟望。

"入党啦!"谭招弟大声叫道。

"哎哟,招弟,你讲话像打雷,差点把我的耳朵震聋哪。她入哪个党?"

"共产党!"

巧珠奶奶心头一愣,兀自吃了一惊。她从来没有听过阿英说要入党,这消息来得太突然了,她的身子不禁震动了一下。她想阿英参加共产党,怎么没有对她说呢,她心中有些不满,表面上却若无其事地说:

"哦,原来是这个。"

"你晓得哦?"

"这个,"巧珠奶奶想说出她不知道这件事,那显得没有面子;她含含糊糊地说,"晓得一点。"

"请你告诉她:我听党支部的人说,区里已经批准了。"谭招弟见巧珠奶奶神色不对,仿佛不高兴,她不便久留,站了起来,说,"我下班还没有回家哩,该回去啦。"

巧珠奶奶也站了起来,抓住她的手,热心地说:

"在我这里吃了饭再走。"

"不,我回去吃,省得麻烦你。"

"现成的,一热就行。"

"谢谢你,改天再来叨扰你。"

谭招弟一闪身就走了。巧珠奶奶望着她的背影又好气又好笑,自言自语地说:这丫头,疯疯癫癫的,来无影,去无踪,真像一阵风!

汤阿英第二天早上下夜班回来,躺到床上便睡了。她没有给巧珠奶奶提入党的事。巧珠奶奶也没有告诉她谭招弟来过,看阿英究竟告诉不告诉她这件重要的事体。阿英起来没提这件事体。吃过晚饭,汤阿英忙着在给巧珠做黑呢子鞋帮,巧珠奶奶忍不住先开口了:

"阿英,我看你这两天像有啥心事……"

她没有说下去,等阿英答话。阿英不了解奶奶指的啥事体,有点纳闷,反问道:

"我有啥心事?"

"心事吗!别人哪能晓得。"

"我没心事。"

"别人都知道了,就是你婆婆不晓得。"

"巧珠奶奶,你又多心了。别听外边风言风语,我哪件事体没有告诉你?"

"说得真好听,显得我这个婆婆挑肥拣瘦的,尽扳儿媳妇的错头。这么说,倒怪你婆婆不是了啊?"

"我……我没有这样讲。"汤阿英有点焦急了。

"娘,阿英不是这个意思。"

巧珠奶奶瞪了儿子一眼:

"阿英鼻子底下不是有张嘴巴吗?她不会说话,要你来帮衬!"

张学海把巧珠搂在怀里,用手抚摸着她的小辫子,没有再言语。汤阿英没有再让步,说,"你倒说说看,啥事体没告诉你?"

"好利的嘴,质问起婆婆来了。"巧珠奶奶满是皱纹的额头上暴露出几根青筋,打褶的皮肤气得一抖一抖的,冲着阿英问道,"你啥事体都告诉我了吗?"

"家里的事体,你都晓得。"

汤阿英斩钉截铁的口吻越发叫巧珠奶奶生气,但她心里因此也更有了把握,儿媳妇不承认,她的理由就更充足了。她问:

"要是有一件呢?"

"我承认不是。"汤阿英毫不畏惧地说,"要是没有呢?"

"学海你听听,这像是儿媳妇对婆婆说话的口气吗?没高没低,我看,要和我平起平坐了。学海,你怎么也不管教管教她?"

张学海刚才受了娘一肚子气,还没有地方发泄,现在正好给他一个机会。他幽默地说:

"阿英有嘴,你问她。你不是叫我不要多嘴吗?"

"好哇,你们两人穿了连裆裤,合起来对付我,我也不怕。学海,你忘记娘一把尿一把屎从小把你扶养长大,现在跟你媳妇一条心,不要我这个老不死的了。"

她讲到后来眼眶有点发红了。张学海看到这情形,不好再和娘开玩笑了,连忙出来圆场:

"娘,阿英有啥不对,尽管说她两句好了,何必生这么大的气?"他转过去又对阿英说,"你有啥事体没告诉娘,说出来,不就完了吗?"

"家里的事体,娘都晓得。"

巧珠奶奶用深蓝布罩衫的袖子拭了拭微微发红的眼眶,喘了口气,说:

"我倒问你一件。"

"你说好了。"

"你最近是不是入了党？"

"入党？"汤阿英没想到是这件事体。她没告诉巧珠奶奶,巧珠奶奶哪能晓得的？是张学海说的？她告诉张学海,她要求入党的事,不要对任何人讲,也许区委不批准,讲出去不好。她和张学海今天在厂里才知道区委已经批准了,他们一同回家,他没有时间给巧珠奶奶提这件事。那么是谁呢？这两天,她没有见到谭招弟。她猜不出巧珠奶奶从啥地方听来的。知道了也没有关系。她点了点头,说:"是有这回事体。"

"学海,你听见了吗？阿英参加了共产党,这么大的事体,把我这个婆婆完全蒙在鼓里,事先也不和我商量。你说,她眼里,还有我这个婆婆吗？"

张学海给娘一问,不知道怎么回答。但是娘的一对老花了的眼睛一直盯着他,在等他的回答哩。他往汤阿英身上一推,说:

"你问她呀。"

"阿英,我问你,你是不是我们张家的人？"巧珠奶奶愤愤不平地说。

"我怎么不是张家的人？"

"你既是张家的人,这样大的事体为啥不告诉我？"

"入党是我个人的事。我打了报告,也不晓得够不够条件,区委没有批准,怎么对你说呢！今天党支部才通知我批准了。我还没来得及给你说,你就发这么大的脾气！"

"入党是你个人的事体？"巧珠奶奶打断她的话,质问道,"你是不是张家的人？你加入了共产党,为啥不告诉我？倒给我说说看！"

"参加共产党是为了闹革命,是我个人的事,不是张家的事。"

"哎哟,说得倒轻巧。你参加共产党,同张家没关系,哼,一笔写不下两个张家,万一出了事,和张家能没关系？"解放以前,国民党反动派在上海乱抓乱杀共产党的事体,在巧珠奶奶脑筋里留下了深刻的印象。她以为现在生活好做了,又搬进漕阳新村,领了工资,钞票放在家里过夜不用发愁,既不愁吃,也不愁穿,学海在人民银行里还有点存款,应该安安分分过几天舒服日子,参加共产党做啥呢?

汤阿英猜出了巧珠奶奶的忧虑,直截了当地说:

"现在是共产党的天下,你怕啥呢?"

"谁还不晓得现在共产党解放军坐的江山,用不着你教训我。我这个老婆子再落后,这点事体还不了解?别把我看扁了。"

"你了解,怕啥呢?"

"万一国民党反动派……"

汤阿英不等她说完,插上去说:

"国民党反动派这一辈子别再想回上海了。就凭蒋该死手下那几个人,能派啥用场?他们要回来,我们一个人一口唾沫也把他们淹死了。娘,你放心好了。"

"这个我晓得。"巧珠奶奶发觉自己的顾虑不对,连忙改口,把话题岔开,问汤阿英,"当了党员,他们加你工资吗?"

"不,这和加工资没有关系。"

"那么,是不是提拔你领导啥工作呢?"

"党员就是党员,要啥提拔哩!"

巧珠奶奶困惑不解了:

"这么说,入了党,一点好处没有,还不是跟不入党一样,你为啥要入呢?"

"不是告诉你了吗?为的是革命,为了全世界共产主义的事业。当了党员,要吃苦在前,享福在后,做生活要当模范,只是增加了责任,没有特别的权力。"

"尽是吃苦,何必做党员呢?"巧珠奶奶还是不理解。

"革命为了大家,大家好了,自己也就好了。"阿英觉得今天和巧珠奶奶讲的话真费劲。

"革命就少你汤阿英一个吗?你不入党,人家就不革命了吗?看你自己捧的,简直不晓得天多高地多厚啦!"

汤阿英听婆婆的话感到受了莫大的污辱,怒火从胸中熊熊地燃烧起来,真想痛痛快快地批评她一通。一想到现在入党了,婆婆是个群众,整天在家里带孩子,烧茶弄饭,外边许多事体不了解,难怪她有这些不正确的看法。自己过去在这方面很少跟她谈起,讲起来,也有一份责任。现在应该慢慢给她谈谈,何况她又是长辈,不要给人家觉得当了党员,连婆婆也看不上眼了,那影响不好。她按捺下心里的怒火,心平气和地说:

"我不过是一个普普通通的工人,很多事体我也不懂。我没啥本事,现在有了一点进步,全靠党支部的培养,我怎么能够自高自大呢?革命少我一个,当然没有关系;可是,你不革命,他不革命,叫谁去革命呢?"

"让人家革命去好啦。"巧珠奶奶说,"我就看不出入党有啥好处!"

巧珠奶奶的话没有说完,余妈妈和张小玲走了进来,一见了汤阿英,余妈妈笑嘻嘻地对她说:

"恭喜你,阿英,区委批准你入党了。"余妈妈转过脸来,看见巧珠奶奶不声不响地坐在窗前,便过去招呼道:"也要恭喜你,巧珠奶奶,你的儿媳妇入党了,这是桩大喜事!"

巧珠奶奶没有吱声,脸上浮着勉强的微笑。余妈妈见她神色不对,便问汤阿英是不是出了啥事体,还是和谁吵嘴了。汤阿英不方便解释,巧珠奶奶又紧闭着嘴,张学海把刚才婆媳争论的事扼要地告诉余妈妈和张小玲。余妈妈一屁股坐在巧珠奶奶对面的长板凳上,中间隔着那张方桌,她说:

"巧珠奶奶,阿英入党事先没有告诉你,不能怪她。余静解放前入党,事先也没告诉我,组织上批准她入党很久了,我都不晓得。当时,经常有些同志到我家里来开会,要我坐在门口给他们留心过往的人,有宪兵警察和那些鬼鬼祟祟的坏人从弄堂里过,我就咳嗽一声,让余静她们在里头有个准备。她们开啥会,做啥事体,我从来不问。我慢慢看出来,她们在闹革命,一些事体不告诉我是应该的。我也不是党员,不应该随便打听这个探问那个。……"

巧珠奶奶不等余妈妈说完,插上来说:

"那是解放以前啊,我听你说过这些事。余静当时进进出出,忙得很,我也猜出了几分。她们在闹革命,让人晓得,有性命危险,当然不能告诉人。那时,我也没有问过余静。全国解放好几年了,阿英入党,为啥对我保密呢?"

"虽说解放了,余静也没有把党里的事都告诉我。"

"余静的嘴这么紧?"巧珠奶奶暗暗奇怪。

"不是她嘴紧;年轻人入党也好,厂里工作也好,都是他们自家的事体,我们不要去过问,也不该去过问。"

"阿英是张家的人啊!……"巧珠奶奶一向尊重余妈妈的意见,认为她见多识广,懂得的事体比她多,对她们也经常照顾。现在,听余妈妈说的话,却有点不同意。她仍然认为有权力过问汤阿英的事,点出汤阿英是张家的人,看余妈妈哪能回答。

余妈妈仿佛早就料到她会这么说的,她胸有成竹地笑着说:

"阿英当然是张家的人,一点不错。但她在厂里工作,有工会管,是国家的人;现在她入了党,党员有党支部管;她为党工作,为中国革命和世界革命工作,她今后一生属于党的了,用不着我们再给她操心了。"

余妈妈没有点破巧珠奶奶用老眼光看新问题,委婉地说明汤阿英没有告诉她入党的事,没啥不对的地方,劝她今后也少管阿英

的事。巧珠奶奶听得心里明白,想想余妈妈对余静也是这样,当时又找不到反对的理由,可是思想上一时还转不过弯来,便说:

"年轻人的事,当然用不着我们老一辈的人操心,有工会和党支部管阿英,那再好也没有了。"

张学海见巧珠奶奶面孔上皮肤松弛了,怒容也逐渐消逝,就相机插上来说:

"阿英入了党,保全部陶阿毛他们还向我祝贺哩!我脸上也有光彩。陶阿毛也想入党,可是到现在还没有苗头哩!"

"就是到我们家来给巧珠送玩具轮船和糖果的陶师傅吗?"陶阿毛伪装和蔼可亲的面影和虚情假意的关怀神态倏地出现在巧珠奶奶面前,她回忆地说,"陶师傅可是个好人呀,人很和气,手艺又好,他怎么还没有入党?"

"入党没那么容易,单是人和气、手艺好还不能入党,主要看一个人的政治条件,阶级觉悟和路线觉悟,不是随随便便就可以入党的。"张小玲今天到余妈妈家去找余静,余静到杨部长那里请示厂里的工作去了,没有见到。她和余妈妈闲谈了一阵。余妈妈听说区委批准汤阿英入党了,心里很高兴。她很久没见到巧珠奶奶了,便约张小玲一同到新村来看看她们。张小玲听张学海叙述巧珠奶奶和汤阿英的争论,她一直没做声,把巧珠搂着怀里,坐在汤阿英的床上,听余妈妈和巧珠奶奶谈。她了解巧珠奶奶受旧社会的思想影响相当深,解放后又不大出来走动,外面的事体她知道得不多,旧思想的影响又不是一朝一夕可以改变过来,在这件事体上谈通了,在另一件事体上又会表现出来。让余妈妈先和她谈谈,比她直接谈更好。余妈妈用亲身的体会和她谈,确实比较容易听得进。她很高兴巧珠奶奶态度有了转变,便接上去说,"陶师傅,解放前是我们厂里伪工会的副理事长,社会关系相当复杂,如果他和国民党反动派没啥关系,很难当上副理事长。他的历史党支部需要仔细慎重审查。他口头上表示希望参加共产党已经很久了,党支部没有立即接受他的要求,只是一般表示,希望他自己好好学习,努力争取。他的问题一时也不容易调查清楚,党支部不会考虑他的入党要求的。"

"哦,我以为陶师傅人不错,没想到他还有这些问题。"

"我们一个人了解的事体有限,党支部可不同了,上上下下,哪个地方都有共产党的支部,听说全国有上千万的党员哩,哪桩事体也瞒不过共产党。共产党了解人可仔细哩。"余妈妈对巧珠奶奶说。

巧珠奶奶听出了神,兴趣也浓了。张小玲一张开嘴,她就聚精会神地听:

"阿英历史清楚,阶级觉悟高,路线觉悟也高,厂里每次斗争,她都站在第一线冲锋陷阵。她原则性强,群众关系也好,斗争情绪高,劳动态度好,又是生产能手,是我们厂里的劳动模范。她要求入党,党内党外没有一个人不赞成的。宣布她入党后,群众反映很好,说共产党的眼光真准,吸收这样优秀的工人入党,没啥闲话好讲,大家都非常拥护。"

汤阿英惭愧地说:

"我还有不少缺点哩!"

"那是次要的。"张小玲说。

巧珠奶奶没想到入党这么难,真是百里挑一。汤阿英能入党,可不简单啊。听到张小玲说汤阿英那些优点,感到刚才错怪了汤阿英。她望了汤阿英一眼,发觉汤阿英果然不错。汤阿英能入党,倒确实如余妈妈所说的,该祝贺她哩。她把脸转过去,拉起窗口白布窗帷子,好像怕人知道她刚才在家里和儿媳妇争论的事。她微笑地说:

"这么说,入党真不容易。阿英能当上党员,我心里何尝不高兴。"

"祝贺你,"余妈妈对巧珠奶奶说,"你有阿英这样的好儿媳妇,我们大家都高兴。"

"阿英能有今天,又当上党员,说起来,还要谢谢秦妈妈和张小玲哩,全靠她们帮助领着阿英往正路上走!"

"主要靠阿英自己的努力。"张小玲谦虚地说,"要是对阿英有啥帮助,那也是党支部和余静同志的领导。"

"对啦,"巧珠奶奶会意地说,"也该谢谢余静同志和余妈妈!"

巧珠一听见娘是共产党员了,心里高兴得噗咚噗咚地跳,仿佛那颗小小的心脏要从嘴里跳出来一般。她在小学里听老师讲过许多共产党员的英雄故事,党员,在她小小的心灵上树立了庄严崇高的伟大形象。现在娘也是共产党员了,那多么好呀!在电灯光线的照耀下,她望着娘仿佛比过去高大,叫人敬佩。她欢天喜地跑过去,一把抱着娘,亲热地叫道:

"娘,我也祝贺你当上了光荣的共产党员!……"

阿英看她胸前飘着鲜红的领巾,长得快靠近她的肩膀了,心里十分欢喜,抚摩着她的红领巾的一角,说:

"好好学习,努力向上,将来长大了,你也像娘一样,争取做个共产党员。"

巧珠庄严地举起了右手,向娘行了个少先队的礼,宣读誓词似的,高声说道:

"我一定听娘的话!"

"不,好孩子,你要听党的话,听毛主席的话!"

巧珠严肃地重复阿英的话,说:

"我一定听党的话,听毛主席的话!"

汤阿英亲热地把她搂在怀里,不断地吻着她毛茸茸的小小的额角头。

十

汤阿英响应工会的号召,从平常看六百锭子,提高到七百五十锭子。她一向看惯了六百锭子,生活做得不错,也不紧张。她在生产会议上自己带头要求提高这么多,别人也跟着要求提高看锭能力。她入了党,和一般群众不同了,车间的姐妹们的眼睛都望着汤阿英哩。她鼓起勇气,一定要看好七百五十锭子,并且要少出白花。她一走进弄堂,眼睛睁得比往常大,只要车上断一个头,她马上就看见了,赶快跑过去接。她一边接头,一边打擦板,一边推木管盒子,同时还连带着扫地,不停地按着巡回路线走去。

一工时做完,管秀芬给她过完了磅,只出了六两白花。她放心了,可是满头满脸是汗,感到有些累了。

管秀芬把她的成绩记在车头的牌子上,引起对面弄堂里郭彩娣的注意。郭彩娣看见只出了六两白花,把嘴一撇,不信任地指着汤阿英说:

"你一定耍花枪。"

"这有啥花枪好耍,彩娣,白花都在这里,不信,你来看。"

郭彩娣真的跑过来看了,两只眼睛滴溜溜地转,从车顶看到车厢子里,又蹲下来看车底,都没有发现白花。她还是不相信,大声说:

"一定把白花丢到厕所里去了,要不,决不能出这样少。我挡车快二十年啦,从来没有出这样少的白花。"

郭彩娣低下头,看见自己油衣口袋里的白花满满的,越发怀疑。在生产会议上,她听汤阿英扩大到七百五十锭,心里就不服。

讲技术,郭彩娣不比汤阿英差。在车间里,啥事体郭彩娣也不落后,有时还走在汤阿英的前头。入党的事,汤阿英走到郭彩娣前头去了。她心里有一种说不出来的味道。入党不比别的,别的事,自己好做主,努把力,没有不行的,入党要组织上批准,自己却做不了主。这一条,可难倒了她。汤阿英一入了党就抖起来啦,突然提出来要扩大七百五十锭,这不是有意要压倒郭彩娣吗?她不能服这个输。她在会上提出来要扩大到八百锭。生产小组长秦妈妈不同意,觉得一下子扩大太多了,挡不过来,保证不了质量,她无论如何要看八百锭,振振有词地说:"这是工会的号召,我自觉地响应号召,你不应该阻挡我。"秦妈妈给她好说歹说,总算减少了四十锭,看七百六十锭,比汤阿英多十只锭子。她一心想在生产上压倒汤阿英。谁知道汤阿英出的白花这样少呢?这里面一定有赤佬。

管秀芬见郭彩娣一口咬定不止出这点白花,仿佛对她这个纪录工也有点怀疑的神情,便冷笑了一声,说道:"阿英,你大概把白花吃到肚里去了。"

汤阿英故意把嘴张开:

"你们看吧。"

管秀芬伸过头去,真的看了看她的喉咙,说:

"嘴里也没有,这就奇怪啦,大概白花长了翅膀,飞哪。"

"我从来不弄虚作假,有啥说啥,小管,你晓得的。"

"有人不相信,有啥办法呢?"

汤阿英不了解郭彩娣今天为啥怀疑她。

"不是我不相信,放长木棍,白花出得这么少,怎么不叫人奇怪呢?"

"我来给你过磅看看。"

"你要磅就磅吧。"郭彩娣跟过去,她估计今天她的白花出得不少。

管秀芬指着她的油衣面前的口袋说：

"那里面的也拿来。"

郭彩娣生气地把口袋里的白花向车头上一掼：

"全给你！"

管秀芬把白花磅过，讪笑地说道：

"不多不少，正好一磅零六两。"

"十磅零六两，也是我郭彩娣的，同你没有关系！"

"当然同我没有关系，我不姓郭，也不是挡车工，出多出少，是你们的事。出少了，我不能多写，出多了，我也不能少写。"

"谁要你少写的？你别冤枉人。以后，你看好了。"郭彩娣心里想：这一定是秦妈妈捉弄她，特地派给她两部难挡的老爷车子。汤阿英车子好，自然出的白花少。

郭彩娣走到弄堂口，看见陶阿毛笑嘻嘻地朝她走来，关怀地问她：

"今天白花出得不少吧？"

"一磅六。"

"这部老爷车子谁挡也不灵，幸亏是你挡，要是别人，我看要出两磅六哩！"

郭彩娣听了陶阿毛的赞扬，心里感到舒服，越发觉得自己的理由对，愤愤不平地说：

"人家还笑我出得多哩。"

"这一阵子，谁的白花出得也不少。"

"不，有的只出六两。"

"啥人？"

郭彩娣向汤阿英挡的弄堂撅撅嘴，陶阿毛心里明白了。他听说这两天郭彩娣和汤阿英在车间暗中比赛，觉得是挑拨离间工人的绝妙机会。郭彩娣这个火爆性子的人，不管谁播弄一下，随时都

93

可以爆炸的。他借故到车间看看车子有没有要修的,转到郭彩娣这条弄堂来,果然郭彩娣对汤阿英有些意见,他便火上加油,说:

"她挡的啥车子?她那排车在我们厂里是这个。"他伸出大拇指晃了晃,说,"出六两有啥稀奇,你去挡,我看,连五两也不会出!"

"我的额角头低,碰到这部老爷车子!"郭彩娣一边接头,一边说,"秦妈妈就不派好车子给我!"

"你可以提出要求,要秦妈妈给你调换车子,她能不答应?"

"我也在想这个问题,"郭彩娣心里想:保全部陶阿毛最了解车子的情况,他也认为汤阿英挡的车子比她挡得好,那还有啥怀疑呢!决定向秦妈妈提出这个要求。她担心地说,"不晓得秦妈妈答应不答应。"

"她是生产组长,你提出要求,只要态度坚决,为了搞好生产,没有理由不答应的。"

"明天我就向秦妈妈提。"

"秦妈妈要是给你调换了车子,凭你那双挡车的能手,你一定会赶上汤阿英,说不定还要超过她哩!"

"啊!"

"不信,你试试看!"

郭彩娣见陶阿毛的背影消逝在弄堂对面,她决心赶上和超过汤阿英,最好能把她压倒,才出心头这口气。

第二天一上班,还没有开车,她就找秦妈妈了,要求换车子。秦妈妈已经知道她昨天出的白花数量,好意劝道:

"彩娣,你是不是少看一些锭子?"

"为啥?"她把头一昂,说。

"你昨天白花出得很多。"

"我挡的啥车子?别人挡的啥车子?老爷车子当然要多出白花。出白花多的也不止我一个,你给我调换好车子,看我出多少白花?"

"你挡的车子不错呀,我从前挡过那排车。"

"你啥辰光挡的?过了七八年了,老掉了牙齿,怎么能比?"

"今年不是平过了吗?"

"平了车,不会再坏吗?"

"究竟有啥毛病呢?"

"你别再问长问短了,我的好妈妈,痛痛快快地给我调换好车子,我保险少出白花。"

"真的吗?"秦妈妈给她说动了心。

"不信,你和小管一道过来磅好了。"

"你想调换哪排车呢?"

郭彩娣望着大路上,有规律地平列着一排排的车子,上工的姐妹们陆陆续续地走进弄堂里去了。凭良心说,她挡的车子并不坏,现在要她挑,要是再多出白花,不就把自己的嘴给堵住了吗?她摇摇头,说:

"我也不是保全部的工人,哪能晓得哪排车子好呢?"

"那我是保全部的工人吗?"

"你,你……"郭彩娣给问得没有话说;愣了一会,说,"你是生产组长,又是老工人,当然晓得车子好坏。"

"我没那么大的本事。"秦妈妈的眼睛也朝大路上望去,两边排列的车子她确实比郭彩娣熟悉。她了解哪部车子有啥特点,就像了解车间里姊妹们有啥脾气一样熟悉。但她拿不定主意要调哪一排车给郭彩娣。快开车了,临时给人家调换生车子,别人也不乐意啊。她劝郭彩娣,"今天来不及了,明天再给你调换吧。"

郭彩娣想起一磅六两的白花,陶阿毛的建议,汤阿英只出六两,管秀芬的刻薄话,她无论如何也受不了那个气。今天不换,过磅的辰光,又要看管秀芬的脸色了。她用恳求的口吻说:

"秦妈妈,你今天就给我调换吧。我给你作个揖,好哦?"

她真的双手合十,恭恭敬敬地作了一个揖。

秦妈妈正想怎么答复郭彩娣,张小玲匆匆忙忙跑过来了,上气不接下气地问:

"你们这边白花出得多不多?"

"可多哩,"秦妈妈说,"彩娣逼我要调换车子。"

"这就奇怪了……"

郭彩娣以为张小玲在说她,便板着面孔问道:

"有啥奇怪?我命里注定该挡老爷车子吗?"

"谁说你的啊!"张小玲更觉得奇怪。

"那你说啥?"

"我们那边白花出得也很多,四十二支纱断头率有二百多根,皮辊花增加到百分之二点几,产量也下降了。今天缺勤率突然增加到百分之二十几,工人哇哇叫,郝建秀工作法很难执行了。我还以为我们那边生活难做,原来你们这边生活也不好做。"

"可不是一样的。二十一支纱断头多得要命,大家出的白花都比往常多,也在叫生活难做。我正在寻思原因,你来得很好,大家一道商量商量。"

郭彩娣站在旁边,心里稍为宽慰了一点:原来大家出的白花都很多,那就难怪她出一磅六两哪。小管那丫头为啥笑话人家呢?不是有意和她作对吗?她又想到单凭汤阿英那手艺,为啥只出六两白花?要不把白花扔到厕所里,一定车子比别人的好。她是秦妈妈介绍进厂的,又是秦妈妈介绍入党的,现在是党员了,更要特别照顾她。难道群众应该挡老爷车子吗?秦妈妈是老党员,又是生产组长,不应该偏心。就是别人出的白花多,郭彩娣有技术,也不该出一磅六,至少要比汤阿英少一些才像个样子。郭彩娣怎么能落在汤阿英的后头呢?不管别人出多少的白花,她总得调换车子才行。她想再一次向秦妈妈提出,一眼看见管秀芬从张小玲背后走过,大声叫住了管秀芬:"你来听听。"

"有啥好听的?"管秀芬蹒蹒跚跚地走了过来,站在张小玲旁边,正对着郭彩娣。

"你听一听就晓得了。"

管秀芬没注意郭彩娣不满的情绪,认真在听张小玲说:

"这样一来,问题就大啦。原来以为放长木棍,可以节省人力,现在原棉浪费,产量降低,损失不小啊!这真是得不偿失哟!"

"说的是呀。"秦妈妈见张小玲的看法和她接近,讲话的声音也高了,"这回工会号召提高看锭能力,本来很正确,有些人提高得猛了一点。彩娣原来要提高到八百锭,是我劝她压缩到七百六十,要不,出的白花一定不止一磅六……"

"那倒不一定,秦妈妈。"管秀芬插上来说,"提高看锭能力不能说没有一点影响,可也不能全怪提高看锭能力上,这也要看人,有的提高了,出的白花并不多呀!"

张小玲紧接着问:

"啥人?"

"汤阿英。她提高看七百五十锭子,只出了六两白花。"

郭彩娣本来要说服管秀芬别笑话她,没料到管秀芬还没有给说服,反而当着她的面提出汤阿英来了。这不是有意抬高汤阿英,打击郭彩娣吗?她忍不住大声说道:

"只是一天的记录,不能算的,何况车子也有好有坏。谁挡好车子,出的白花都不会多的。"

"一天的记录也是记录,"管秀芬一点也不让步,说,"总不能不承认啊。"

"往后再看吧。"郭彩娣还是不服。

张小玲听郭彩娣的话不对头,她问道:

97

"你说,那些出白花多的车子都是老爷车子吗?"

"小玲这个问题提得对呀!彩娣,你倒谈谈看。"管秀芬望着郭彩娣。

郭彩娣嘟着嘴,半晌说不出话来,过了一会,她找到了自以为是的理由:

"我也不是神仙,别人的车子好不好,我哪能晓得。反正我挡的是老爷车子,不信,给我调换车子,再来看看我的记录。"

郭彩娣没有找到充分的理由,秦妈妈从张小玲反映生活难做的情况里,倒找到了理由:

"彩娣,小玲说得对,出白花多的车子不会都是老爷车子。不是你一个人出的白花多,许多人出的白花都多。大家都嫌车子不好,要调换,我这个生产组长也不是孙悟空,不能拔根毫毛变车子,哪有这许多车子好调换呢?你今天还是先挡那排车再说。试试看,不行,过两天再给你调换,好哦?"

"这个……"郭彩娣犹豫不定。

管秀芬在一旁笑道:

"拉不出屎来,怪马桶不好。"

"你别笑我!"郭彩娣对管秀芬白了一眼,气呼呼地说,"不调换就不调换。我提出的要求,生产组长不会答应的。"

她拔起脚来走了。走了没两步,她看见汤阿英走进弄堂,准备开车了,便回过头来,对秦妈妈说:

"今天再挡一天看,不行,你给我调换!"

"好的,你去吧。不是你一个人的问题,我们要向上反映,想办法解决。"

秦妈妈向她挥挥手。她悻悻地走去,倔强的背影慢慢消逝在弄堂里。一会,整个车间里的车子都开动了,轰隆轰隆的响声淹没了讲话的声音。

十一

余静和赵得宝一走进厂长办公室,梅佐贤马上从写字台前面的转椅上站了起来,笑嘻嘻地过来招待:

"请沙发上坐。"

余静刚坐到沙发里去,梅佐贤那边就送过来一个十六开大的本子,装订得很整齐,像是一本薄薄的书:

"余静同志,请你先看看这个。"

"韩工程师的建议书吗?"

梅佐贤点点头。

"我已经看过了。"

"这么快?"梅佐贤吃了一惊。

"韩工程师送了一个副本给工会,我刚刚看完,得到你的通知,就和老赵一同来了。"余静把建议书递给赵得宝,说,"你看吧。"

"那么,老赵看吧。等一歇韩工程师和郭主任来,好一道研究。"

赵得宝接过建议书,在手里掂了掂,沉甸甸的。他笑着说:

"这么厚,真像一本书。韩工程师究竟是大学毕业的,一写就是这么一厚本。要是我,别说写了,就是抄这么多,手也要酸哪。"

"我看了一个多钟头才看完。"余静说。

"我得看上半天。"

赵得宝仔细地打开封面,认真地在看。

韩云程听到各个车间反映生活难做,他带着郭鹏亲自下了车间,从清花间一直看到细纱间,发现生产上有些混乱,断头率骤然上升,浪费了原棉,产量急剧地下降,深深感到问题相当严重。他原来就不主张提高工人看锭能力,认为是不可能的。现在果然看出问题来了,证明他的看法正确。提高看锭能力是工会号召的,余静在徐总经理和梅厂长面前拍了胸脯。徐总经理和梅厂长也赞成工会的主张,开足厂里的锭子,提高看锭能力,不增加工人,这再好也没有了。大家都赞成,他不好反对。但是他提了意见,厂方和工会都没接受,他只好执行了。问题出来了,他这个工程师不能说没有责任的。他想找厂方和工会谈谈,但是问题相当复杂,很不容易谈。他回到家里,也在想车间的问题。要是在"五反"以前,他这个工程师不过是挂挂空名,写写条子,开开门票,派派工作,做些名不符实的事务工作,在无谓的人事纠纷中浪费了大好的光阴,一切听徐总经理和梅厂长的指挥,根本不可能真正研究技术和生产上的问题。现在不同了,他归了队,是工人阶级队伍里的一个成员,这次又是工会号召的,原棉浪费,产量降低,是国家的损失啊!他花了一个晚上,详详细细写了一份建议书,正本送给梅厂长并转呈徐总经理,把副本送给工会余静同志。梅厂长很快看完了建议书,马上打电话向徐总经理请示,本想亲自带着建议书到徐公馆和总经理当面商量。徐总经理说这两天民建上海分会开会,没有工夫,要他找工会一道商量。好在这次提高看锭能力是工会出的主意,只要工会坚持,他并不反对,这对出纱数量是有利无害的。梅厂长根据徐总经理的指示,把大家请来了。

赵得宝把建议书刚看了一半,韩云程和郭鹏就走进来了。韩云程一见余静和赵得宝坐在沙发上,以为自己迟到了,立刻抹上袖子,看了看表:正好是四点。他说:

"你们早来了?"

"刚刚到。"

梅佐贤让大家坐下。他打扫了一下嗓子,大声说道:

"韩工程师,我把你建议书的内容详详细细向总经理汇报了,总经理很称赞你的科学态度,非常满意你办事这么认真。总经理这两天有事,没有空到厂里来,要我和大家商量商量。"

"这只是我从技术角度上发现一点问题,不一定正确,要请你们指教。"

"你太客气了。你是纺织专家,看问题一定有道理。不像我是半瓶子醋,办纱厂,我是半路出家的。"梅佐贤转过头来,对余静说,"你亲自挡过车,哪道工序都熟悉,一听机器的声音就晓得啥地方出了毛病。我在你们面前,可以说,是个十足的门外汉。要讨论韩工程师的建议书,主要听你的意见。"

余静见梅佐贤把问题推到她身上,不禁笑了笑,说:

"梅厂长,你说韩工程师太客气了,我看,你比韩工程师还要客气哩。你虽然半路出家,可是你出家的时间也不短哪!车间里的事,你哪样不了解?你不是说大家一道商量吗?怎么主要听我的意见呢?我倒想先听听你的意见哩!"

梅佐贤没想到余静回马一枪,把问题反而撂在他身上了。他尴尬地耸耸肩膀,说:

"听我的意见?"

"是呀,"赵得宝的眼光从建议书上移到梅佐贤身上,帮助余静说,"我也想听听你的意见。"

"我匆匆翻了一下,还来不及仔细想哩。余静同志不谈,那还是请韩工程师先讲讲吧。"

韩云程没有吭气。大家沉默着。梅佐贤向韩云程撅撅嘴。韩云程不好再犹豫了,慢条斯理地说道:

"我的意见都写在建议书里面了,没有其它意见。最近车间里生活难做,我和郭主任研究了很久,认为我们厂里工人技术水平低,和国营厂差得远,一下子扩大看这么多的锭子,当然照顾不过来。我早就料到生产上会发生问题的,所以我不大赞成提高看锭能力。行政上决定了,工会又号召,我当时不好再说话了。现在问题果然出来了,只有一个办法解决:恢复原来看锭数量,增加一些工人挡车。郭主任,你说,是哦?"

郭鹏说:

"我的看法和韩工程师一样。"

"我说得不完全,你补充补充。"

"建议书上说得很详细了,我没啥补充。"郭鹏说,"希望领导上快点下决心,再这样下去,给国家损失太大哪。……"

郭鹏的话没说完,秦妈妈和张小玲一头闯了进来,秦妈妈一见了余静,心里就安定了,高兴地说:

"原来你们都在这里!"

"有啥事体?"余静冷静地问。

"车间里的生活实在太难做了,工人哇哇叫,只顾忙接头,郝建秀工作法也执行不了,许多人都出了很多白花。有的说看这么多锭子照顾不过来,有的要求调换车子,有的干脆不来了,今天的缺勤率到了百分之三十,所有预备工都顶上去了,还不能开足车子。……"

她一口气说到这里,气喘喘地说不下去,张小玲接上去说:

"看上去,明天缺勤率还要高。我们两人商量,要把情况反映给领导上,早点想办法才好。刚才到工会去,小钟说你们在这里,我们就跑来了。你们看怎么办呢?"

秦妈妈喘了一口气,定了定心,又说道:

"我们厂里工人从来没有一次扩大看这么多锭子,是不是减少一点,过一阵子,再慢慢加上去。"

韩工程师聚精会神地听秦妈妈她们讲,听到后来,他的眉头提

起,充满信心地说:

"秦妈妈的意见和我们的意见可谓是不谋而合……"

"和你们的意见一样?"张小玲感到有些奇怪。

"唔。"韩工程师兴奋地把建议书的内容扼要地说了一下,很高兴工人当中居然也有人支持他的意见。他对梅佐贤说,"你看呢?"

梅佐贤刚才碰了余静一个软钉子,现在不好再往她身上推。他不得不表示一点意见:

"从秦妈妈的反映看,问题比较清楚了,这和提高看锭能力有关系,减少看锭能力,是不是可以好转呢?"

"这是肯定的。"郭鹏说。

"要是梅厂长不相信,可以先试验一两天看看。"韩工程师讲完了话,他注视余静的表情。

余静在冷静地思索建议书的意见,同时反复考虑秦妈妈反映的情况。她自己下过车间,看法和他们两个人的不一样。但她还想多了解一些情况,多听一点别人的意见。

"先试验一两天?"梅佐贤想起徐总经理的吩咐,他不能表示肯定的意见,硬着头皮还是问余静,"余静同志,这样好哦?"

余静没有正面回答,她问秦妈妈:

"提高看锭能力,就不能执行郝建秀工作法吗?"

"这个,当然不能这么说。"秦妈妈没有把握,但这确实是一些工人的反映,她吞吞吐吐地说,"不过,也不能说没有一点困难。"

"执行郝建秀工作法只能看六百锭子,多一两百锭子就不行了吗?这么说,郝建秀一辈子只能看六百锭啦。"

"不,"张小玲说,"我听她们讲郝建秀看八百多锭子哩!"

"这怎么解释呢?"

秦妈妈给余静问得一时答不上来。她愣了一会,才说:

"当然不能这么说。不过,郝建秀也许不是一下子扩大这么多锭子的。"

郭鹏点头赞成：

"对,看锭能力慢慢扩大,猛一下扩大多了,必然要出毛病。"

"是不是所有扩大看锭的生活都难做呢？"余静又提出了问题。

"可以这么说。"秦妈妈不假思索地马上回答。

"是不是也可以不这么说呢？"

秦妈妈叫余静问得不知道怎么回答,她想了想,反问道：

"怎么说呢？"

"应该这么说：提高看锭能力,大部分工人生活难做,小部分工人生活并不难做。"

余静提出一个又一个问题引起韩工程师的注意。他惭愧自己分析问题还不如一个挡车工人出身的余静。他用钦佩和惊异的眼光看着余静。他自以为下了车间,把问题摸清楚了,才提出建议书,现在发现有些问题值得重新研究了。他十分重视"小部分工人生活并不难做"这句话,紧接着问：

"啥人？"

"汤阿英出了多少白花？秦妈妈,你说给大家听听。"

"这两天她出的白花不多,六七两上下。"

"啊！"韩工程师张大了嘴,说,"这么少？"

"可不是么！"张小玲说,"断头也比别人少。"

"汤阿英原来看多少锭子？"余静问秦妈妈。

"六百。"

"现在呢？"

"七百五十。"

"她执行郝建秀工作法吗？"

"没听说不执行。"

余静站了起来,眼光敏锐地看了大家一眼,说道：

"问题就在这里了。为啥有的工人看锭子能力提高了,白花出得仍然不多,产量质量都很好;另外一些工人提高了看锭能力,白花就出得多,这是啥原因?生活难做的关键在哪里?用啥方法解决?不能笼笼统统地怪在提高看锭能力上。现在的问题不是减少看锭数量,要尽一切的努力,巩固看锭能力,稳定生产,增加生产。梅厂长,你的意见怎么样?"

"我完全赞成你的意见。我也觉得问题不是那么简单,可是我究竟没有在车间工作过,了解得没有你那么透彻,分析得没有你那样清楚。给你一说,把问题完全指出来了。厂方和工会的意见完完全全一致。不晓得韩工程师有啥意见。"

余静提的问题实际上把韩云程所罗列的理由全推翻了。韩云程本来有点不服,觉得他这份建议书算是白写了,面子有点抹不过去,一想到自己掌握的材料不全面,看法也就不全面,结论当然缺乏说服力。他的脸有点发红,惭愧地说:

"余静同志看问题比我全面,我同意她的意见。"

"我也同意余静同志的意见,"秦妈妈大声说道,"我虽说在车间里,比别人了解得多一些,可是没有深入研究,差点把问题看错了。生活难做,确实很复杂。余静同志,问题叫你找到了,那就快点解决吧。"

"发现问题,到解决问题,还有一个过程。"余静转过去对韩云程说,"你的建议书很好,引起这一次讨论,对我们大家都有帮助。现在还是请你负责研究,提出解决的办法。有啥困难,我们支持你。梅厂长,你说,好哦?"

"我完全赞成!"梅佐贤举起手来。

韩工程师意气风发,兴致勃勃地站了起来,愉快地说:

"有了你们的支持,我一定努力去完成这个任务!"

十二

　　金懋廉站在民建上海分会第三会议室的门口愣住了，以为走错了门，只见屋子里三面摆着崭新的紫色丝绒的沙发，排列成马蹄形，每张沙发面前都有一张暗红色檀香木的矮茶几；马蹄形沙发对面的墙上挂了一幅唐伯虎的山水；地上铺着一寸来厚的碧绿地毯，迎窗两个墙角的茶几上各放着一盆吊兰，长得郁郁葱葱，一丛一丛的清秀的绿叶几乎要拖到碧绿地毯上，把橙黄的花儿差点遮盖住了。他暗自思忖：这哪里像个会议室呢？可是沙发上已经有人坐着了。

　　冯永祥见他站在门口不进来，连忙迎上去，拱手笑道：

　　"懋廉兄，怎么站在那里发呆？"

　　他给冯永祥一问，这才注意到大家的眼光都集中在他身上，慌忙欠身答道：

　　"好漂亮的会议室！"

　　冯永祥眉宇间隐隐流露出得意的神情，问：

　　"满意吗？"

　　"满意极哪！"

　　"这是阿永的得意杰作。"江菊霞坐在马蹄形右边尾端的沙发上，说，"别人是为人民服务，他是为民族资产阶级服务。"

　　冯永祥并不在乎江菊霞带有醋意的讽刺，他的脑袋在空中一晃，说：

　　"在下就是为民族资产阶级服务的。我们民建开会，不能像人民政府开会那样,一张长桌子,四边放上一些硬邦邦的椅子,干巴巴开上几个钟点,乖乖龙的冬,真叫人吃不消。民建就是民建。在座各位都是大老板,开会当然有所不同。要是我这个副秘书长让你们坐硬板凳,保险你们二回就不来了。各位大老板生活习惯,鄙人了如指掌,就是开会,也应该舒舒服服,享受享受,大家才乐意来。你们说,是哦?"

"自从永祥兄担任了副秘书长,我们分会便大有起色,过去不肯参加民建的,现在肯参加了,过去不大来分会的,现在常来了。只要分会发通知,没有一个大亨缺席的。下了班,没事,有些人也欢喜到分会来坐坐。这和永祥兄的苦心布置,大有关系。"

"仲笙这话一点不错。"徐义德知道民建中央赵副主委要到上海来,他一有机会就要恭维冯永祥两句。冯永祥讲完了,不料唐仲笙抢了先,现在不能再错过机会。徐义德站起来说,"工商界的朋友都很高兴,有了永祥兄在民建会才有噱头,不说别的,单讲这会议室布置得又华丽又典雅,还很舒服,别说人民政府,就说工商联,也没有这么讲究的会议室。在这样会议室里开上一天会,一点也不觉得累。"

他坐了下去,把右腿放在左腿上,晃了晃,说:

"真惬意。"他一眼看到面前的黄澄澄的福建蜜橘和碧绿的胶东的香蕉苹果,水果旁边还有两碟子苏州稻香村松子糖和核桃糖,他拿了一粒松子糖放在嘴里,说,"还有这个,永祥兄想得真周到。"

江菊霞瞟了徐义德一眼,说:

"好戏还在后头哩!……"

冯永祥慌忙从门口走过来,双手对她直摇:

"我的好大姐,暂时不要宣布。"

"还要保守秘密吗?"

"不是的,"冯永祥说,"一说出来就不稀奇了。办事就要出其不意,这才有噱头。"

金懋廉跟着冯永祥走过来,跨上一步,歪着头,望着冯永样说:"你和江大姐之间有啥秘密吗?"

"当然有秘密。天知,地知,她知,我知,不足为外人道也。"

金懋廉学冯永祥的腔调,凑趣地说:

"可得而闻乎?"

冯永祥更加神秘地说:

"不可,不可。"

潘宏福在一旁起哄:

"啥秘密?应该向大家公布公布。"

"不能公布,"唐仲笙坐在沙发上,拼命吸了一口东华烟草公司出品的仙鹤牌香烟,觉得烟味淡而醇,精神焕发地说,"一公布,打破了醋坛子,我们的会也开不成了。"

他的眼睛朝徐义德身上扫了一下。徐义德无动于衷。他知道冯永祥的眼光高,不会看上江菊霞的,而且冯永祥不必走她的路,他和史步云可以直接往来。不过唐仲笙在众人面前敲她一记,却使人难堪。他不好插上去帮一手,那会露了马脚,证实了唐仲笙的话。他轻蔑地把包松子糖的玻璃纸往茶几上一扔,没理唐仲笙。

"仲笙,"江菊霞把眼睛一瞪,炯炯地对着唐仲笙,毫不客气地直呼其名,质问道:"你讲啥闲话?"

"讲啥闲话?"唐仲笙从冯永祥那里了解一点她和徐义德之间的暧昧关系,心里很有把握,并不惧怕她的威胁。但也觉得这一记太结棍了一点,叫她有点吃不消。他暗暗转了弯,说,"这是笑话。"

冯永祥不满意唐仲笙开了这么大的玩笑,差点叫他掌握的徐义德和江菊霞之间的秘密给泄露出来,收不回来,幸亏唐仲笙转了弯,他竭力把它掩盖过去:

"不要再讲笑话了。我和江大姐都是分会的副秘书长,分会一些事情都交给我们办,没有办好以前,当然是秘密。今天这个秘密,也不是啥秘密,散会以前,我保证让诸位大老板晓得。"

"为啥要等到散会的辰光?"

说这话的是马慕韩,他匆匆从门外走了进来。他听到冯永祥最后几句话,以为指的是赵副主委来上海的事。他认为无须保守秘密。冯永祥怕把话题岔开,没有给他解释,笑嘻嘻地迎上去,对他说道:

"报告马副主任兼秘座阁下,人都到齐了,只等你来主持会议。"

"有点事体,来迟了一步。不必等我,你们先谈起来,阿永。"

"这怎么行?秘书长不来,我们当助手的焉能越权?那不是要说我冯永祥篡夺领导吗?"

"我这个秘书长不过是挂挂名,其实挂这个名也是多余的,主要的还是靠你,……"马慕韩看见江菊霞穿了一件短袖墨绿的丝绒旗袍,右边大襟上绣了两朵大红玫瑰,和左边下摆那儿绣的五朵大红玫瑰遥遥呼应,两只雪白的胳臂放在红丝绒的沙发扶手上,显得益发细嫩。她一对风骚的眼睛正注意着他。他马上改口说,"主要的还是靠你们,你和江大姐偏劳一些,有些事体,你们办了,给我汇报一下就行了。"

"这次非等你不行。"冯永祥觉得马慕韩识相,够朋友,把分会具体的事交给他办。他虽然没有当上秘书长,心里也得到一些安慰。

"你来主持,了解情况更全面一些。"江菊霞也满意马慕韩这番话。她感激冯永祥刚才给她掩饰过去,唐仲笙要是追问,她就难处了。冯永祥是第一副秘书长,和政府首长又比她接近,更要另眼相看。她补了一句,"阿永总是客气,有些事,其实他办了向你汇报也一样,他总要等你。"

"以后不要等我了。"马慕韩坐了下来,喝了一口龙井茶,望了大家一眼,说,"那么,就谈起来吧。首先,向大家报告一个消息,也可以说是秘密吧,就是民建中央赵副主任委员这两天要到上海来视察工作,曾给史步老一封信,要我们先搜集一下工商界存在的问题,他到上海后,好和分会几个负责人研究。今天请大家来,就是为了这件事。大家觉得最近有啥问题?"

"工业问题么,中央两会以后,根据财经委郑主任的指示,基本问题确实解决了。"金懋廉坐在马慕韩旁边,想了想,说,"最近人民政府调整了商业中的公私关系问题,倒是可以谈谈。"

"就请你谈谈,好哦?"马慕韩当了民建分会的副主任委员以后,在工商界朋友们面前显得比过去谦逊一些,常常要征求一下别人的意见。他说,"信通银行和商业方面往来也不少,一定了解许多情况。"

"信通虽然了解一些情况,但在各位面前,就谈不上了。要谈商业问题,这里有行家,轮不到我的头上。"

"哪一位?"马慕韩在四处寻找,在座大多数是工业资本家和一些军师人物,不知道金懋廉指的是谁。

"你把我们惠光兄忘记了吗?"

金懋廉伸出右手来向左边角落一指。大家的眼光都跟他的手指转过去。柳惠光穿了一件古铜色的素绸面子的丝棉袍子,脚上穿了一双黑丝绒棉鞋,双手笼在袖筒里,背微微佝偻着,侧身坐在吊兰旁边的一张长靠椅上,手里抚弄着吊兰的清秀的叶子。刚才大家开江菊霞的玩笑,他紧紧闭着嘴,不敢吱声,得罪了谁也不好。听见有人叫了一声"惠光兄",他一怔,慌忙放下手里吊兰的叶子,转过身子来看大家,和他们的眼光碰个正着。他微微低下头来,把丝棉袍子下摆拉拉平,堆着笑容,谨慎地问道:

"啥事体?"

马慕韩把刚才的话说了一遍,然后说:

"懋廉兄推你谈。"

"我?"柳惠光睁大两只眼睛,说,"我算老几?利华不过是芝麻大的小药房,我能了解多少?懋廉兄的眼力,小弟一向佩服,这回可是错了。"

"不管怎么说,你总有亲身体会。这次政府调整批零差价,药材业不是很满意吗?"

"懋廉兄说得对,你从事商业的,总比我们了解多一点。你先开个头吧。"

马慕韩这么一说,柳惠光觉得不好再推辞了。他犹豫了一下,站了起来,拍拍丝棉袍子,走到马蹄形的沙发面前来,说:

"慕韩兄要我开个头,我只好遵命。说得不对地方,还请各位指教。这次政府调整商业,大家听到消息,喜形于色,奔走相告,互相恭喜道贺,都说国营照顾我们生意,就有生路,今后一定要拿出良心来做生意,保证完成税收任务,来报答政府。人民政府真是刮刮叫,啥事体都关心。过去同业认为有困难向政府反映,也是白搭;现在看来应该多和政府接近接近。甚至有人说:过去我们对政府不满,说学习《共同纲领》,只是小和尚念经,不得不念,现在看到共产党讲到做到,今后不叫我们学习,我们也要学习了。这次调整,把商业当中公私关系的主要问题都解决了,批零差价问题,地区差价问题,收购问题,利润问题,还有批发起点问题,全解决了。我遇到几个行业公会的主委,他们都说:国营对私营这样照顾,真是无微不至。有的资方曾经和职工讨论歇业问题,听到调整消息,立刻召开劳资协商会议,决心不再歇业。有的资方因为工资发不出,准备解雇职工,听到消息,资方不提解雇问题了,认为只要有利可图,工资发不出,借也得借来。南货业听了消息,更是高兴,他们说:商业调整,过去梦寐以求,今天居然实现,怎不叫人振奋?南货业准备扩大联购组,要大力发展业务了。"柳惠光喘了一口气,见大家都在凝神听他说,心里很高兴,"总之一句话,这次政府调整商业,大家是满意的。"

"我听到棉布业方面说,"潘宏福接上去说,"私营商业中批零差价,经营范围这些问题解决以后,其他资金等等问题,都是次要的,只要有利可图,老板会想办法来解决的。"

"没有一点问题吗?"唐仲笙本来靠在沙发上,为了让人家看见他,特地移到沙发前面来。

"这个,"柳惠光不知道怎么回答好,等了一会,说,"我还没有想。"

潘宏福因为爸爸今天没有来,他无拘无束,显得比往常活跃。他感到唐仲笙的问题也是问他的,柳惠光给他问住了,可难不倒潘宏福。他反问唐仲笙:

"你看有啥问题!"

"别的暂且不谈,这次调整批零差价,势必要提高存货估价,加重税款,政府又要捞一票。"

冯永祥的脑袋在空中晃了一晃,赞赏地说:

"仲笙兄真不愧是税法专家!三句话不离本行,一谈就谈到税法上来。这确实是个问题。"

"这是一个问题,也不是一个什么问题。"

徐义德这两句话引起全屋子的人注意。冯永祥歪着脑袋对他说:

"德公,倒要听听你的妙论。"

"批零差价提高,存货估价跟着提高,税款自然加重,从这方面看,确实是一个问题。可是批零差价提高,利润也跟着提高,加点税款,不算啥,这就不是一个问题了。我们不怕税款,这都由顾客身上出,我们自己不会拿出一张钞票来。"

冯永祥跷起右手的大拇指说：

"德公真了不起！"

"自然啦，"唐仲笙冷冷地说，"人家是铁算盘么，谁能算过他哩！"

冯永祥登时想起无意之中压低了唐仲笙，眉毛一皱，急中生智，马上补了两句：

"我们民建分会真是谋臣如雨，猛将如云，济济一堂，各有千秋。不管多么大的问题，只要我们一讨论，许多事体都看清楚了。"

马慕韩把话拉到正题上来：

"刚才仲笙兄只是从税法方面提了看法，其它方面一定还有不少问题，哪一位再谈谈？"

徐义德立刻接上去说：

"批零差价虽然已经调整了，有些行业认为调整幅度不大，利润不厚。棉布业希望由百分之十扩大到百分之十八；仪器文具业希望金笔能够由百分之十六扩大到二十；百货业也希望从现有差价调整到百分之二十……"

"这倒是个问题。"马慕韩记在黑皮的小笔记本上。这次调整和他关系不大。他兴趣缺缺。看到商业的朋友兴趣很浓，赵副主委又要了解上海工商界最近情况，这么一来，也引起他一些兴趣来了。他鼓励徐义德，说："这个问题提得很好。"

"我们新药业希望能够调整到百分之二十五到三十。"柳惠光说。

徐义德受到马慕韩的赞扬，兴致勃发了，提高了嗓子说：

"当然，如果政府肯调整到百分之二十以上，不但新药业，各业一定都欢喜。这一点，我看政府很难做到。至于私商经营范围问题，也没有完全解决。比方说国营公司和合作社到处扩充零售业务，卖的又是热门货和进口商品，这么一来，私商自然受了影响，经营范围不彻底解决,调整差价的利润也就有限了。……"

"你看经营范围怎么调整好呢?"唐仲笙手里夹着香烟没吸,蹙着眉头在想。

"私商也希望调整一下,最好国营公司和合作社不要继续扩充零售业务,多让一些私商经营;中国百货公司把热门货让一些给私商,同时,让热门货不要搭上冷背货;进出口公司再让一些进口商品给私商,这样,保险私商满意了。"

柳惠光听到刚才马慕韩赞扬了徐义德,以为徐义德的意见大概都是正确的。他刚才只是反映了这次调整中一般情况,有些问题也想到了,没有把握,不好随便提。徐义德提的经营范围问题,正是他想提的。这个问题和利华药房的利害关系太大了,忍不住真情流露,热烈附和道:

"德公真有见地,善于发现问题,又敢于提出意见。经营范围问题要是能照德公的意见解决,那是再好也没有了。别的行业我不大清楚,西药业是双手赞成的,特别是进口药品实在是,啊,实在是太需要了。顾客常来买,就是没有货,眼睁睁地看着钞票跑到国营药品公司去了,真可惜!"

"意见好是好,钞票要跑到私营商店来,国营公司经营啥呢?打烊吗?"

柳惠光不知道唐仲笙因为徐义德在马慕韩和大家面前抢了上风,心中不满,他懵里懵懂地伸出头来,无辜挨了唐仲笙一记。还没有醒悟过来,认真地辩白道:

"谁要国营公司打烊呢?那不是反对国营领导吗?我可没有这个意思。请你千万不要误会。我只是希望国营公司让点给私营商店做,这样,我们就更有油水了。"

"这不是误会不误会的问题,国营公司不是阿木林,他们不会想到这一层?有些意见在我们私商看是对的,可是从国营角度看,就不一定对,从发展国民经济来看,更不一定对了。"

"仲笙兄这个意见很好。我们要从全面来看问题。政府这次调整商业中的公私关系,一般说,是满足我们工商界要求的。这次调整,是新民主主义经济发展的必然规律。根据《共同纲领》规定,新民主主义经济是五种经济组成,其中就有资本主义经济的一份,但是要以国营经济为主体,在国营经济的领导之下有限制地发展,最后资本主义经济要走上社会主义道路。资本主义经济不能无限制发展的,老实说,在今天的社会里也不允许。我们不如识相点,就在一定范围内发展,谈具体条件,比较实惠。这次赵副主委到上海来,反映情况,要在这个范围以内考虑,不要让他感到我们上海没有水平。"

"究竟是慕韩兄,雄才大略,高瞻远瞩,又有理论,又有实际,理解政府的政策法令,又能站稳工商界的立场,代表大家利益讲话。就凭慕韩兄刚才一番宏论,不是我当面奉承,这么高的水平,全国工商界找不出第二位来。"冯永祥把右手大拇指一跷,说,"不折不扣是这个!大家谈得大概也累了,不要这么紧张,让我来给大家轻松轻松。"

他边谈边走过去,把门打开,外边登时飘进来一股刺鼻的浓郁的咖啡的香味。他的鼻子一皱,用右手食指向自己鼻尖一划,欣赏地说:

"道地的 S·W。"

徐义德在一旁帮腔:

"怪不得这么香哩!"

"停一歇你们尝一尝,就了解其中味道无穷,简直妙不可以酱油……"

冯永祥的话音还没有落地,门外的服务员手里托着两盘热气腾腾的白花花的扬州包子走了进来,包子散发出诱人食欲的香味,接着,又在每个人面前的矮茶几上放了一杯咖啡,一缕一缕热气如烟一般的在米色的厚瓷杯子上面飘荡。

潘宏福的肚子早就饿了,伸手抓了一个包子往嘴里塞,是干菜的,他特别喜欢又甜又咸的味道,嘻着嘴,乐滋滋地说:

"永祥兄,没想到今天能吃到这么好的点心,你这一手,真妙!"

"这就是阿永的秘密。"江菊霞给金懋廉开了一个玩笑,心里老是不愉快。她并不在乎金懋廉开玩笑,可是唐仲笙的笑话说得过火,尤其是当着徐义德的面,真叫她哭笑不得。要是换了别人,一定下不了台。唐仲笙给她一质问,虽说不再闹下去了,可是她心里总有一个疙瘩。她怕徐义德真的误会她,其实,她才不把冯永祥这样轻薄少年放在眼里。今天谈的又是商业上的问题,这方面她不熟悉,不要谈错了叫人笑话。她就默默坐在那里,用雪白的右边胳臂,托着涂了浓厚脂粉的喷香的腮巴,望着摆在对面壁炉上边的一盆水仙花静听。潘宏福一称赞冯永祥,正好给她一个解释的机会。她说完了,暗暗朝徐义德那边觑了一眼。他只顾低着头吃包子,仿佛没有听见她这句话。她心里说:他心中怎么会记住我哩。可是她还是怕徐义德误会,又娇声滴滴地补了两句,"因为慕韩兄喜欢吃扬州菜,阿永今天特地找了扬州厨子来,做些点心,请大家尝尝。我本来想早点告诉大家,他一定不答应。这个秘密大家都明白了吗?"

"叫你不要讲,你还是讲出来了。"冯永祥没有吃包子,他喝了一口咖啡,看今天咖啡煮得怎么样,觉得味道不错,放心了。他说,"凡事只讲七成,才有点味道,一讲穿了,就味道缺缺。"

"我喜欢有啥讲啥,谁像你那样咬文嚼字,叫人疑神疑鬼。"

"别人怕疑神疑鬼,你还怕吗?"

"啐!"

"哎哟,大姐生气了,小弟告罪,还请原谅则个!"

冯永祥几句京剧道白腔,说得大家哄堂大笑。徐义德嘴里刚咬了一口猪油豆沙包子,吐也不是,咽也不是,差点噎住了。他赶快吞下去,喝了一口咖啡,大声叫道:

"今天咖啡真好,我从来没有喝过这么香的咖啡!"

柳惠光连忙端起米色杯子尝了一口,仔细用舌头回味,点头说:

"确实很好。'红房子'的咖啡在上海最出名了,和今天的咖啡一比,显得差远了。"

马慕韩喝了一口,微微笑了笑,没有吱声。

潘宏福一口气喝了两口,还是辨别不出来,要求道,"能公布吗?"

"绝对不能。"冯永祥给潘宏福一再追问,更显得十分神秘。

"阿永在里面放了白兰地。"

马慕韩一语道破,大家不约而同地满意地点点头。只有冯永祥有点失望,耸一耸肩膀,说:

"这个秘密又让你暴露了!"

"天下没有永远的秘密,最大的秘密,最后总有人晓得的。"

"这又是马列主义。慕韩兄啥事体都提高到理论上来,确实比我们高一等!"

"能够理解慕韩兄的理论,可见永祥兄的水平也很高。"徐义德看见唐仲笙在注意他讲话,他就不再说下去。刚才唐仲笙指桑骂槐,他还没有还击哩。等了一会,室内悄悄的,只见大家细细在品咖啡的滋味,他慢慢说道,"慕韩兄说得对,反映情况,要有一个范围。我刚才不过是反映商业方面一些意见,在分会内部提出来研究,我个人也不完全同意那些看法,要不要反映给赵副主委,更值得研究了。"

"在分会内部可以敞开来谈,啥意见都可以研究。"马慕韩说完

117

了,等大家谈。"

江菊霞见大家都谈了一些意见,她不能再落后了,细声地说:

"对商业我是一窍不通,说不出个所以然来,不过,我耳边也听到一些意见……"

"不要客气了,我们的劳资专家,"冯永祥笑着说,"你哪一行哪一业不精通?怎么忽然这样谦虚起来了?"

"我啥辰光不谦虚的?阿永,你别乱嚼蛆。"江菊霞举起胳臂,用右手食指点了冯永祥一下。

冯永祥马上张开嘴,伸出一条红腻腻的舌头出来,过了一忽,说:

"我的好大姐,别这么厉害!我怕你,好哦!"

"你要怕人,人早就成了神仙。"江菊霞见他那副鬼脸,又好气又好笑。她不再理他,往下说道,"这次调整,批发商还有意见,只调整了批发差价,没提到批发和厂盘差价,批发商没有尝到甜头。上海批发商在全国来说,是最多的,他们在私营商业中也是一部分力量。要是政府能调整批发和厂盘差价,那么,商业同仁就皆大欢喜了。"

"这也是一个问题,"马慕韩在笔记本上记了一下,说,"我想政府不会不想到这一方面,这恐怕和政府对批发商的政策有关,现在国营公司直接批发给私营商店,批发商这个环节能维持多久,还是个问题。政府的底盘,我们还摸不透,要和赵副主委先商量一下,看该不该提。"

"批发起点也有问题,"江菊霞接着说,"这次提高了批发起点,小户是满意了,小户因为资金短绌,提高了反而感到困难,纸商就认为三令起批,小户无力购买,希望恢复一令起批。"

"这么一来,政府就难了,一令起批大中户不满意,三令起批小户又有意见,这个意见不好向赵副主委提。人家是中央大员,又是

上海的早晨 （四）

我们民建总会的有名理论家,到上海来是了解民建和工商界的重大问题,这样的问题摆在他面前,保险他不会看的。"

唐仲笙这么一说,不啻迎头给江菊霞泼了一盆冷水。她嘟着嘴,半晌说不出一句话来,见大家在等她讲话,便给自己辩解:

"我早就说我对商业一窍不通,没人说话,我不过补个空子。慕韩兄刚才不是讲了,在分会内部啥都可以谈,我也没有要反映给赵副主委,你何必操那份心?你是智多星,我倒要听听你的高见。"

"我没有高见,"唐仲笙见她认真生起气来了,马上堆着笑容,说,"就是有点看法,也是低见。"

"所见不论高低,有见则灵。"冯永祥插科打诨地说,"低见也欢迎!"

大家的眼光都对着唐仲笙,他给江菊霞"将"了这一"军",感到有点窘,随便应付过去吧,一定贻笑大方,真知灼见一时又想不起来。他镇静地举目四顾,见柳惠光又坐在斜对面角落上的长靠椅上,一丛吊兰遮住他半个面孔。他说:

"我现在连低见也没有,我是办烟厂的,要是让我尝烟的味道,不管你们拿啥牌子的香烟来,我闭着眼睛一尝,保证可以说出是啥牌子,哪路货色。至于商业中的问题,我也是一窍不通。现成行家在这里,你们不问,倒反而问我,这不是笑话!"

"你说是谁?"江菊霞紧接着追问。

"利华药房柳惠光大老板。"唐仲笙向角上一指,他缩进沙发,舒舒服服地靠在沙发上。

柳惠光对大家一个劲直摇手,讲话的声音都有些颤抖:

"这么大的问题,我怎么敢谈?在座都是上海工商界的大亨,见多识广,走过的桥比我走过的路还多。德公刚才谈得很内行,还是请他谈谈吧。"

"德公,有何高见?"冯永祥对柳惠光没有兴趣,料他也谈不出

119

啥名堂来，正愁怎么暗示他少说为妙，他自己倒识相，推到徐义德身上去了。

"我没有高见。"

"随便谈吧。"马慕韩催促徐义德。

徐义德不好再谦辞，喝了一口咖啡，说：

"上次我们在莫有财慕韩兄的宴会上，不是谈了工业和商业的关系，当时商业困难，不能起蓄水池的作用，影响了工业。现在商业一活跃，对工业也会有影响。这次调整商业，可以刺激私营工业的发展。大家关心这次调整，不是没有原因的。……"

马慕韩听到这里，心中十分折服。他本来对这次调整兴趣不大，认为和自己企业没有关系，没有看到商业对工业影响的这一方面。他一边记着，一边说：

"德公这个意见很对。"

"这次调整商业，好像是一阵春雷，令人振奋，使我们对政府政策有了进一步认识，受到实际教育，经营信心提高了，不少商店的寿命也可以延长了。这就是说，私营商业还有前途。这次调整，总的说来，应该满意的。但不能说没有问题，政府政策虽然正确，能不能认真贯彻，还要看干部。大家记得宛芝过生日那天，信老在书房里说的话吗？"

大家面面相觑，一时想不起来徐义德所指潘信诚讲的话，徐义德自己谈了出来：

"信老说：共产党的干部，一般的是上级好，中级差，下级糟。当时我不以为然，后来我留心观察，觉得也有道理。真正执行政策的是下级干部，就怕下级糟。我担心名为调整，实际落空。当然不好正面向政府这么提。但我们可以说，希望政府这次政策坚决贯彻到底；另外搜集少数没有很好贯彻的例子，政府首长问起，顺便提一下，就把意思暗示过去了。"

"这个办法妙极了!"金懋廉称赞说,"工业和商业都好转了,我们金融界也有了苗头。"

"还有利润问题也可以提一下,棉布业希望白坯,色布和零匹等平均有百分之十五的毛利,毛绒业照规定批发百分之八,零售百分之十五,平均实际开支是百分之十六,这也要合理调整。……"

"德公提的这个问题对,我想起了糖业也有意见。"金懋廉插上来说,"榴花砂糖,上海挂牌六十三万,和广州比起来,虽然有五万差价,因为运费关系,实际成本需要六十四万,卖出就要亏本,也希望有合理利润。"

"这是地区差价,属于另外一个问题了。当然也可以提。"徐义德接下去说,"利润问题,不能一个行业一个行业提,那太琐碎了,赵副主委是大人物,一定是从政策方针上看问题。我们只能这样提,希望各行各业有合理利润。郑主任在全国工商联筹备会议上不是说可以有百分之十到三十的利润吗?这次调整幅度狭了一点,提出个别行业利润太薄,不够维持开支,政府当然懂得我们要求扩大调整幅度,这样各行各业就会满意了,我们工业自然也就有了好处。"

冯永祥带头鼓掌,大家跟着啪啪地鼓掌。清脆的掌声还没有完全消逝,冯永祥站在马蹄形沙发当中,向徐义德伸出大拇指,说道:

"高见,高见!小弟六体投地佩服!"冯永祥讲话喜欢夸大,连"五体投地"也要说成"六体投地"。

"不过一些低见罢了。"

马慕韩迅速地把徐义德刚才那些意见记下。他认为今天的收获不小。看出徐义德的才干确实不凡。冯永祥把他放在自己的口袋里,实在有点埋没人才,要想法把他抓到自己手里,又感到有点烫手。他不露痕迹地说:

"今天谈得很好。德公从工商业关系来谈调整,和我们的看法完全一致。政府这次调整,虽然还有一些次要问题,但对私营经济确实起了刺激作用,对我们是有好处的。这次赵副主委要求,我们要很好反映存在的问题。大家可以多活动活动,听听同业的意见,有重要消息,不必等开会,可以先找我谈谈。"他望见冯永祥坐在江菊霞沙发的扶手上,两人叽叽咕咕地不知道在说啥,怕他们不满意,又补了一句,"找阿永、大姐谈也可以。"

十三

朱瑞芳坐在书房里,望着贴壁炉上首的三个玻璃书橱,那里面的四部丛刊和万有文库排列得整整齐齐。她想起儿子来了。她曾经在这间屋子里面教导过儿子,希望他把学校的功课做好,有空不要再到外边去胡闹,看看玻璃书橱里那些书,长大成人,也好帮着爸爸办厂。徐家只有这一条根。她把一切希望都寄托在儿子的身上。她怨恨儿子拿她这一番话当作耳旁风,从来没有好好的在家读过一天书,玻璃书橱里那些书他连一本也没有翻过。现在闹出这么大的事,做娘的脸上没有光彩,在徐公馆里讲话也伸不直腰。她真恨不得把守仁抓过来,狠狠地揍他一顿,出出心头的怨气。想起儿子还在监牢里太可怜了,她满肚子的怨恨顿时烟消云散了,儿子长得这么大,一向饭来张口衣来伸手,给人服侍惯了的,从来没有受过这个罪。如今春冷透骨寒,不知道监牢里睡的啥床,盖的啥被;也不知道他穿啥衣服。他带去的衣服不多,幸亏临走时给他一件圆领绒衣,衣服当然不够的。书房里的暖气烧得很热,一阵阵热气迎面扑来,她身上只穿了一件深灰色素呢旗袍,上身披了一件薄薄的紫色的羊毛衫,还感到有点热。儿子在牢里大概冷得发抖吧?一个人孤孤单单地关在里面,一定想念家里啊,可是一道无情的铁门,把他和父母隔开了。她想到这里,低着头,眼眶一热,忍不住簌簌地掉下眼泪来了,滴在深灰素呢的旗袍上,一点一点的,远远看去像是墨渍一般。

徐义德从外边悄悄走进书房,看见朱瑞芳一个人坐在那里低头不语,以为又是和林宛芝她们闹别扭了。他本来想在书房里安安静静地研究研究政府最近的政策,考虑沪江纱厂的发展,没想到她在这里。最近家里没有安静的地方。他想退出去,到外边花园去散散步,刚一迈开脚步往回走,朱瑞芳抬起头来,开口了:

"怎么,见了我就要走?我晓得你老是躲着我。"

"这是啥闲话?"

"那你为啥看见我在这里,也不言一声?人家夫妻在一道,总是有说有笑的。你从来没有和我好好坐下来谈过。"

"你别冤枉人,没给你谈过?谈到深更半夜,你都要睡觉了,那是谁和你谈的。"

"哟!有几回呀?数过来的。你和别人呢?"

他知道指的是林宛芝。他怕她把话匣子打开,那就没一个完,赶紧给她封住门:

"别老是张三李四的,你让我清静一下,好哦?"

"我晓得你心上没有我。"

"回到家里来,听说你在书房里,啥地方也没去,就来看你,还不满意吗?"

"你来看我?别哄人啦。连话也不说一句,就要走了,来看我?哼!我没那个福气。"

"我看你有心事,怕惊动你。"

"哎哟,想得真周到。"给他一提,她又想起儿子来了。她说,"守仁的事,不能再想点法子吗?"

"能走的门路都走了,能想的法子都想了。听说要判刑,是我再三向马慕韩求情,他向市委统战部提了一下,正在了解。"

"他一个人在里面,挨冷受饿,这样的日子怎么熬法?"

"现在的监狱不比以前,不会挨冷受饿的。"

"别说风凉话了,你在外头舒舒服服的,怎么晓得他在里头受的苦!"

"当然里头没有外头舒服。"

"那你为啥不想法子让他早点出来呢?"

"要是能够代替他,我倒愿意去坐牢,省得在外边操心。"

"谁要你去坐牢! 不要讲这些不吉利的话。孩子出了事,已经够烦的了。"

"我也不是法院院长,不能宣判他无罪释放。"

"你啥事体都会想出法子来,就是守仁的事,你不关心!"

"谁说我不关心的? 昨天不是对你讲了吗? 要你送点衣服送点钱进去,顺便也做点小菜带去。你不去,倒坐在这里和我吵闹,你这是关心守仁吗?"

"不要准备吗? 你们男人家懂得啥,一张嘴,好像啥物事都在旁边等着。……"

她的话没有讲完,忽然听见有人在外边轻轻敲了一下书房的门,徐义德应了一声,门开了,伸进一个头来:

"老爷,梅厂长来了,有事要见你!"

徐义德对老王说:

"告诉他我马上就来。"

徐义德正愁摆脱不开朱瑞芳的纠缠,梅佐贤给他带来离开书房的机会。他说:

"那你快点准备吧。孩子在里面怪可怜的。我没有一天不想他。你告诉他,这两天爸爸事体忙,下次我亲自去看他。要他在里面遵守规矩,好好学习,改邪归正,重新做人。"

她满意他想念儿子,觉得刚才有点错怪了他,不禁抿着嘴笑了。她用白纱手帕拭了拭眼泪,说:

"梅厂长在外边等你哩,快去吧。"

"好的,好的。"

徐义德一边说着一边走出书房,感到浑身轻松得多了。梅佐贤一见徐义德走进客厅,慌忙站了起来,笑嘻嘻地问总经理好。等徐义德坐到壁炉旁边的沙发上,他才在徐义德正对面的沙发边上坐下,两只腿紧紧靠拢,两只手交叉地放在膝盖上,曲着背微笑地对着徐义德,暗暗觑了他一下,试探地说:

"根据总经理的指点,这次和余静、韩工程师他们谈得很顺利。今天特地来向你报告。……"

"唔。"徐义德面部没有表情。

"总经理指点的再正确也没有了,这次提高看锭能力是工会号召的,我们闪在一边,顺着工会的口气说,工人要反对,反对的是工会;工人不反对,继续提高看锭能力,增加生产,对我们很有利。"

"这个我晓得。"徐义德有点不耐烦。

"是呀,是呀,总经理当然晓得。"梅佐贤不敢再扯下去,立刻转到正题,说:"讨论的结果,余静坚持巩固看锭能力,增加生产,并且要韩工程师负责研究,提出解决的办法。……"

"那很好啊!"徐义德圆圆的脸上有点笑意。

"韩工程师可积极哩,这两天和郭主任一道,从清花间跑到细纱间,又从细纱间跑到清花间,仔细研究每一个生产过程的机械设备和操作方法,又进行了测定,可是到现在也没找出生活难做的关键,车间里的断头率还是很高,白花也出得比过去多得多,缺勤率老是在百分之二十五上下……"

徐义德蹙着眉头,板着脸,连下巴垂着的肉仿佛忽然也绷紧了。

"总经理,你是不是想点办法?"

"这回生活难做同我们不相干!这不是花衣问题吧?也不是那个倒足了穷霉的'次泾阳'吧?现在厂里用的完全是花司的,同我徐义德丝毫没有关系。生活难做吗?很好,好极了!我倒要看看小辫子的本事。"

"对呀,对呀!"梅佐贤看徐义德怒目裂眦,他不好再说下去,便弯下腰,揿了一下面前短圆桌上银光闪闪的烟盒,一根烟马上跳了出来,正好放在一个细槽里,那头的电火立刻点燃,升起袅袅的青烟。透过微微轻飘的烟,看见徐义德望着室外的草地出神,好像在想另外一件重要的事。他得把这件事了结,回到厂里也有个主张。不了解让韩工程师他们这样去做是不是对。他右手摘下嘴上的香烟,低声下气地说:"这回生活难做当然和我们没有关系,余静也清楚,她一句也没说到我们身上。我看生活难做的关键其实也不难找,细纱看锭能力一家伙提高到百分之二三十,生活哪能不难做?韩工程师他们这样在车间里试验,我看是浪费了人力又消耗了原物料!……"

"依你说呢?"

"少看一点锭子,问题也许解决了。"

"人家不是要巩固看锭子能力吗?这对我们有啥害处呢?"

"能够巩固,当然更好;就怕巩固不了。"

"巩固不了有害处吗?"

"也没害处?那么,就让韩工程师他瞎搞去?"

"小辫子都会说支持他研究解决,漂亮人情你为啥不会做?我的梅厂长。"

"对!真是聪明一世,糊涂一时。我这个笨脑筋就是转不过弯来,给总经理一指点,我完全明白了。明天我到厂里去宣布,徐总经理坚决支持韩工程师研究解决生活困难的关键!"

他把香烟放在嘴角上,连抽几口,那大半截香烟在嘴角上一跳一跳的,好像也很高兴。

"这些事体,交给韩云程去解决就行了,用不着多动脑筋。"徐义德的眼光从室外草地上收回来,低声地说,"佐贤,我倒想给你商量另外一件事。"

梅佐贤见徐义德语气很神秘,显然是一件机密而又重大的事。也许是民建上海分会的事,因为他最近也参加了民建。他伸过头去,关切地问道:

"啥事体?"

"你看最近上海的市面怎么样?"

这个突然而来的问题可把梅佐贤问住了。他没想到是这个问题。总经理既然问了,梅佐贤怎么能够回答不出来呢?他拼命吸了一口烟,一直吸到肚子里去,等了好半晌,才又慢慢吐出来。幸好他最近参加了民建会,接触了不少会员,市面上的事体多少知道一点。他说:

"这次政府调整商业,市面比过去活跃得多了。"

"商业发展了,你看工业呢?"

"当然也有好处。"

徐义德很高兴梅佐贤的看法和他一样,沪江纱厂交给这样有眼光的人去办,他就不必操心了。重大的事体,梅佐贤从来不自作主张,总要向他请示的。这样,他可以腾出手来,考虑更大的问题,求得别的方面的发展。他把最近自己的想法慢慢说了出来:

"义信一个人留在香港,解放这几年了,一直没回来过。那六千锭子安放在香港,虽说转动起来了,但一直没有发展,赚了一点钱,正够厂里开销,叫我一心挂两头。最近了解共产党的政策,上海市面也逐渐活跃起来了,政府又看重大型企业的人,我想把六千锭搬回来,义信也回来,别老在香港。上海多点人手,活动起来也方便。现在我和市里的工商界巨头们,差不多都有些往来,以后就要靠自己的活动能力了。你说,是哦?"

"最近我也在考虑这个问题,总觉得人手不够,我么,给厂里的事绊住了脚,地位也低,不过是个资方代理人,说来实在惭愧,不能给总经理多出力。要是副总经理回来,那就完全不同了,总经理有了好帮手,大展宏图,可以飞黄腾达!"

"老二能回来,确实能做不少事。六千锭子又可以出不少纱哩。"

"是啊!'五反'以后,调纱锭回来,在全国也是一件大事,一定可以哄动,政府首长准会注意到总经理。"

"这个意见对!"徐义德没有想到这一点,给他一提醒,更觉得完全应该把六千纱锭调回来,没有再考虑的必要了。说不定因为这六千纱锭,会给自己打下了发展的基础哩。他兴高采烈地站了起来,大声说:"来!来!来!你马上给我拟稿……"

他拉着梅佐贤的手准备到书房去写信,走到东客厅那里,望见书房的门紧紧关着,里面传出幽幽的哭泣声。朱瑞芳还在里面惦念守仁,一进去,又要给缠上了。他停住脚步,回转身来,说:

"还是到客厅里来写吧。"梅佐贤莫名其妙,跟着他回到了客厅。他说:

"你带纸笔没有?"

"有。"梅佐贤从藏青哔叽西装口袋里掏出了一个小笔记本,又从胸袋里摘下了派克牌自来水笔,坐在原来的沙发上,仰着头,说:"讲吧。"

徐义德反剪着两只手,从梅佐贤身边沉思地走过去,走到窗口钢琴那边站了下来,转过身子,腰靠着钢琴,右手托着下巴,想了一阵子,才说:

"你告诉他最近上海市面很好,棉纺织业有发展的前途。我想集中力量,把企业办好办大,决定把六千锭子搬回来,希望他和弟媳也一道回来……"

他一边讲,梅佐贤一边迅速地记。他讲了一段,凝神想了想,又讲一段,最后说:

"要用商量的口吻,征求他的意见,不要让他以为我这个哥哥太专横了,要他去就去,要他来就来。当然,我这些意见都是正确的。"

"这还用说,当时迁移是对的,现在搬回来也是对的。我想副总经理一定明白这一点。"

"还是给我写上好。他在香港究竟比我们了解香港的多,也许他有更好的主意哩!"

"总经理想得实在周密极了,一点漏洞也没有。"

"现在办事不得不谨慎一点。"徐义德迈着轻快的步子,得意地从钢琴那边走了过来。他对客厅门外叫道,"老王!"

老王应声走了进来,弯腰站在门口,听候吩咐。

"拿点信纸信封来。"

"是。"

"快点。"

一眨眼的工夫,老王手里拿了一叠信纸信封,徐义德嘴一撅,老王会意地送到梅佐贤面前。梅佐贤伏在靠墙的小方桌上,沙沙地在写。徐义德问老王:

"礼物准备好了吗?"

"准备好哪。今天跑了一个上午,好几家花店都没有腊梅花了,还是我托了熟人,就是淮海花店的老郭,他给我找了几枝,好得很,有一小半花朵没开哩。要不要拿来给你看看?"

"也好。"

老王手里拿了五枝腊梅进来,上面真的只有少数花朵开放,散发出一股沁人心腑的清香,整个客厅顿时都香喷喷的了。老王指着枝子上累累的小花苞,笑着说:

"插在花瓶里,保险一个礼拜开不完,嘻嘻!"

徐义德满意地点点头。

"水果也准备好了,是四川广柑,一个有半斤多重。这是我跑到十六铺水果行里挑来的。要不要也拿来给你看看?"

"用不着了。"

"我已经放在门口了,"老王一边说着,一边就从客厅门口提了进来,打开上面的招牌红纸,让徐义德看,"满满一筐子,我亲自挑的,没有一个坏的。"

"就放在那里吧。"

老王退到门外,等候总经理随时传唤。

梅佐贤把信写好,送到徐义德面前。他匆匆看了一遍,在信尾签了字,说:

"快点发出去。"

"我等一歇就去发,航寄快些。"

"我想今天就给赵副主委提这件事……"

梅佐贤一听见赵副主委马上肃然起敬,拉了一下西装的下摆,毕恭毕敬地站在徐义德旁边,仿佛徐义德就是赵副主委一样,态度十分拘谨,讲话的声音也变得更加柔和:

"赵治国副主委吗?"

"就是他。"

"他已经到了上海?"

"昨天晚上到的。等一歇冯永祥要陪我去见他。"

"那太好了。总经理不仅和上海工商界头面人物有交情,现在连中央大员也有往来了,将来发展一定了不起!"

"我想在赵副主委面前提一下,一下子通了天,政府首长马上会晓得,说不定立刻就红起来了。"徐义德在梅佐贤面前毫无顾忌地暴露了内心的打算。

"好是好……"梅佐贤想起给徐义信的信上最后一段,没有说下去,怕扫总经理的兴。

"有啥问题?"

梅佐贤注视着徐义德的表情,眉宇开朗,精神焕发,仿佛六千纱锭已经搬回上海,受到工商界的祝贺和政府首长的鼓励。他感到这时难于提出不同的意见。徐义德见他沉默不语,已经察觉他的考虑了。梅佐贤试探地说:

"要不要等副总经理复信来再提!"

"大概要一两个礼拜吧?"

"航寄快,个把礼拜,香港一定有回音来。总经理看,是不是这样好些?"

"这样比较稳妥。不要今天说出去了,万一变卦,在赵副主委面前不好交代。我和他又是初交,千万失信不得。"徐义德拿定了主意,向门外叫了一声老王。

老王笑嘻嘻地进来了,曲着背问:

"有啥吩咐?老爷。"

"把这个给我送到车上去,等一会就走。"

老王右手拿着一束散发着清香的梅花,到了门口,左手提着那筐沉甸甸的广柑,一步一步吃力地走去。

十四

冯永祥坐在司机座里,右手扶着轮盘,精神贯注地望着淮海中路的两旁花花绿绿的商店迅速地在汽车两旁退下去,人群像潮水似的在马路两边涌来涌去。车子一过了襄阳公园,商店少了,人群也稀疏了。他降低了车速,对着坐在他旁边的徐义德说:

"你这辆倍克真不错,在柏油路上开过去,一点声音也没有,车身也稳。不像我那辆老爷车,开到七十公里就摇头了,坐在里头晃晃荡荡的。"

徐义德回头看了跟在倍克后面那辆一九四七年的雪佛莱。刚才徐义德到冯永祥家去,约他一同去看赵副主委。冯永祥一向羡慕徐义德这辆倍克,早就打了主意,可是老找不到一个适当的机会开口。今天带徐义德去见中央大员是个好机会,借故在车上好谈谈。徐义德当然赞成。徐义德听他的口气,便投合他说:

"以后你就开这辆车好了。"

"这怎么可以?"他的左手抓稳了轮盘,用右手一摇再摇。

"我们之间何必这样客气呢?我麻烦你的地方可多哩,这点小意思不算啥。"

"那你自己呢?"

"我车房里还有车子……"

"这怎么好呢?"

"赏我一个面子,永祥兄。"

冯永祥显得有点勉勉强强的神情,说:

"这真是受之有愧,却之不恭。德公,你可叫我为难了。"

"一句闲话,明天我叫司机把车子开过去。"徐义德非常高兴,冯永祥收了他这份礼,以后有事找他,更不愁他不帮忙了。他歪过头去,问道:"赵副主委怎么一到上海,就住在医院里?"

冯永祥把轮盘慢慢向右一转,车子拐进了常熟路。他说:

"你不晓得,赵副主委有高血压的毛病,从北京到上海,在火车上没有很好休息,夜里吃了安眠药不管事,失眠了半宿。昨天我们到车站去接他,一下车,我就看出来比过去气色坏多了。在锦江饭店一住下,统战部就派了医生来给他检查,一量血压,乖乖龙的咚,高压一百九十,连夜就送进了医院。本来今天是不见客的,因为我同他是多年的老朋友了,又听说我要带你去见他,特地约我们今天下午四点钟去。"

徐义德赶紧看看表;四点还欠一刻。冯永祥接着说下去:

"赵副主委在解放以前就是著名人物,出过洋,办过实业,写得一手漂亮的文章。从前新闻报的一些社论,就是他写的。他办事非常科学,不像我那样马马虎虎的,人家是论钟点的,早去不行,迟到也不行。"

冯永祥看着车厢里的小钟,说:"不忙,还有时间。"

"他的时间算得这么准?"

"人家有秘书安排,他一天不晓得要会多少客哩,不准能行?许多人要见他,少则要等一个礼拜,多则等上半个月也不稀奇。"

"到上海第二天就见我们,真不易!"

"那可不!"

说话之间,冯永祥把汽车开进延安西路南边一座大铁门里。徐义德头一回到华东医院来,留心看见铁门里面是一片广场,两边停满了小轿车。他以为都是来见赵副主委的,问道:

"这么多人见赵副主委?"

"不,这是来看病的。"冯永祥解释道,"你不晓得,到华东医院来看病的,都是高级干部,都有汽车的。"

　　广场那边是一幢四层楼的深黄色的洋楼,右边一排冬青树林,不时传出小鸟的鸣叫声。树后蓝色的天空上,一片一片白云冉冉地飘浮着。冯永祥跳下汽车,带徐义德向右边走去。一进门,徐义德看见地上铺着的是黑白相间的四四方方的玉石,向左一转,是一间开阔的大厅。冯永祥很熟悉地领他到大厅左边的皮沙发和小圆桌子那里,要徐义德坐下等一等,他去联系一下。徐义德坐在沙发上,看到大厅上面挂着四大幅油画,绘的是白求恩大夫在前线给伤员开刀,在后方给病员治疗。不时有一两个浑身穿着白大褂、头上戴着白帽子的护士走过,可是听不到一些声音,只是进门挂号处那里的挂钟有规律地发出滴滴答答的音响。

　　冯永祥笑嘻嘻地走过来,向徐义德招招手。徐义德走过去,他才低声地说:

　　"上去吧。"

　　徐义德跟在冯永祥背后,走上白玉石铺成的楼梯,楼梯旁边的栏杆和扶手也是玉石的,不过是深灰色的。徐义德的手扶在上面,并不冰凉,感到身上的开司米大衣有点热了。楼上地面也是黑白相间的玉石铺成,晶莹光润,低下头去,仿佛可以照见自己的面孔,徐义德紧紧跟着。冯永祥走到二楼右边的特别病房,一个女护士问了姓名,走进去,一霎眼的工夫,有一个秘书模样的青年从里面走了出来,对冯永祥说:

　　"冯先生,请稍等一会,赵副主委到花园里散步去了。"

　　徐义德想起冯永祥刚才在车上讲的话,抹起袖子想看表,叫秘书看见了,笑道:

　　"赵副主委知道四点钟要见你们,现在时间没到,还有七八分钟,他会准时回来的。"

"多等一会也没有关系,他身体不好,让他在花园里多休息一会。今天一定有不少老朋友来看他了。"

"是呀,"那位秘书对冯永祥说,"上午史步老来谈了半天,下午宋其老来,一直谈到三点半才走。"

"赵副主委日程排得紧了一点,怕他身体吃不消,全靠你照顾了。"

"那没问题。有些老朋友来看他的病,没法推脱;民建和工商联的一般朋友这两天都不准备安排见,只好往后推一推了。……"

徐义德听他们两人谈得投机,冯永祥确实和赵副主委很熟。他看到门外远远有一个人走来,身材高大,态度轩昂,头上已经拔顶,只是左右两侧还有一些头发,但也稀疏了。他额角很高,眉毛粗得像把刷子,一双眼睛十分突出,仿佛占据了那个扁圆脸的三分之一的位置,炯炯有光,远远看去真有点像两只小电灯泡似的。扁圆脸当中高耸着一个鹰钩鼻子,可是嘴却很大,叼着一个烟斗,不时半张开嘴吸这么一口两口。他身上穿着一件紫色灯芯绒的晨衣,迈着缓慢而又稳重的步子,悠闲地一步步走来。徐义德碰了碰冯永祥,他回头一望,顿时大声叫道:

"赵副主委,你真准时,刚四点,你就回来了。"

"你们来了一会了吗?"赵治国讲话的调子也是缓慢的,好像一个字一个字吐出来的。

"刚来了没一会……"

冯永祥还没说完,赵治国用眼睛轻轻瞟了秘书一下:

"为啥不下来告诉我?"他然后又转过来对着冯永祥,说:"累你们久等了。"

"没有关系。"

"这位就是徐义德先生吗?"

"只顾讲话,忘记给你介绍了。"冯永祥指着徐义德说,"他就是我给你说的沪江纱厂总经理徐义德,鼎鼎大名的铁算盘。"

赵治国亲热地握着徐义德的手:

"早就听说你的名字了,过去在上海没有机会见面;这次到上海来,永祥兄和我一提起,我就想看你。你是我们民建不可多得的杰出人材。"

"赵副主委过奖了。"徐义德弯了一弯腰。

"来,里面坐。"

赵治国拉了他们的手走进了一间客厅,里面是一片白色,白漆桌子、白漆椅子,一套沙发也给雪白的细布套着,只是边上镶了一条细细的红边,四面墙壁是乳黄色的,屋子里色调十分柔和。下沿是一排玻璃窗,可以看到下午的阳光正照在花园里高大的树梢上,一片绿荫荫的树林,顶上给阳光染成金黄色,闪闪发光。

冯永祥坐在双人沙发上,对旁边的赵治国说:

"今天好些吗?"

"昨天晚上睡了一个好觉,今天精神好些。午觉起来,量了量血压,高压已经降到一百七十。"

"那你住院的成绩不错呀!一天就降了这许多。"

赵治国笑了笑,说:

"医生给我吃了点寿比南,血压会慢慢降下来的。这里环境很安静,是第一流医院,疗效当然好。"

徐义德欠了欠身子,矜持地说:

"赵副主委的血压经常波动吗?"

"是呀,一疲劳,特别是睡不好觉,立刻就上升,而且快得很。"

"你的工作实在太忙了,为工商界日夜操劳。应该多注意休息才好。"

"唉,何尝不想多休息?民建总会的事,永祥兄晓得,复杂得很。我很想少过问一点,承朋友们看得起,一些事总要问到我头上。我这个人又是天生的苦命,只要和民族资产阶级有关的事,我总乐意出点小主意。"

"不,你是民建总会的负责人,领导我们民族资产阶级的。史步老和宋其老有事,都要和你商量商量,听听你的意见哩。"

"那是他们客气。民族资产阶级的真正代表人物在上海,北京民建总会不过是空军司令,虽然也发号施令,如果事先不征求上海方面意见,不过是一纸具文,行不通的。真正司令部在上海。连中共中央都重视上海工商界的意见,何况我们总会哩。上海工商界的意见,特别是那些大企业头头的意见,像潘信诚和马慕韩他们的意见,在全国举足轻重。我看工商界的事,只要他们这些人点头了,大体就差不多了。"

"赵副主委这番意见非常精辟。"徐义德第一次听到这样大胆的"宏论",心中十分钦佩,赵副主委确有见地,高人一等,与众不同。

"这是多年摸索出来的。"

"你和民族资产阶级一道混了多少年啦,对民族资产阶级的脉搏摸得熟透了。特别是在理论上,你自成一套,每次到总会去开会,听了你的报告,或者是发言,对我们上海工商界有很大的启发。"冯永祥说。

"我不过把民族资产阶级的心里话加以集中整理,概括几个问题,代表他们说出来罢了,还谈不上理论。"赵治国喜形于色,脸显得更加扁了,得意地吸了两口烟,然后慢慢把嘴里的烟吐出。

"你要求太高了,我们听了都认为是很深的理论。"

"把我捧得太高了,嘻嘻。"赵治国等了一会,说,"上海代表每次在总会发言水平也不低,我了解,其中有永祥兄的手笔。"

冯永祥听得浑身痒酥酥的。他的两只眼睛眯成一条缝,笑眯眯地说:

"主要还是步老和慕韩兄的意见,我不过在文字上略为润色润色罢了。"

"文字上也大有讲究,一字之差,谬以千里。我晓得,你不仅在文字上用功夫,看问题也有独到的见解。上海有你这样的人材,是上海工商界的福气。"

"赵副主委说得对极了,永祥兄是我们上海工商界的喉舌,哪方面也少不了他。"徐义德插上来说。

"我不过向赵副主委学习,有时代表他们讲几句话,向党和政府方面反映反映意见。"

"这就很重要。既要善于代表工商界,也要敢于讲话,又要勇于争取合法利益,我们民建就需要这样的人材。可惜总会这方面的人材是少了一点。"赵治国感慨万端地叹息了一声,说,"最近上海工商界的情况还好吗?"

"还好,政府调整了商业方面的公私关系,各行各业还算满意,只是有些问题……"冯永祥想借这个机会把那天会上的意见向他反映。

赵治国不等他说下去,打断他的话,说:

"这方面的问题,今天上午史步老来谈了,虽然还存在一些问题,但都是次要的。政府既然大力调整了商业,市场已经比过去活跃,利润也比过去厚了,那些次要问题就不必向政府反映了。我了解党方面的政策是一竿子到底,只要中央开口了,地方上一定抓得很紧,坚决贯彻执行。执行当中出现问题,地方上也会注意改进的。我们不提,反而显得漂亮。我和步老商量了,他也同意我这个见解。不知你们的看法怎么样?"

徐义德听到这里,越发五体投地佩服赵治国了,究竟是中央大员呀!眼光真高。他坐在赵治国斜对面,铁算盘变成小算盘了,赵治国才是真正的铁算盘。

139

冯永祥知道史步老上午和赵治国谈了上海工商界情况,他很不自然地把脸一沉,觉得一定是江菊霞挖了他的墙脚。那天民建分会开会,马慕韩有意不请史步云参加,要不是江菊霞向他打的小报告,找不到第二个人。马慕韩知道这件事,一定也不开心。他准备了一肚子关于调整商业的意见,现在都用不上了。正愁没有法子,赵治国征求他的意见了。他的脸慢慢又开朗起来,嘴犄角微微露出了一点笑意,改口说:

"我完全赞成你的意见。本来么,政府已经调整了,虽然还有些问题,我们不必再争了。一争,显得上海工商界太小气,斤斤计较。其实不争,政府发现了问题,必然会改进的。有些商业方面的朋友,关系到他们切身利益,总想提一下好,生怕政府不了解。"

"现在政府的眼睛可亮哩,怎么会不了解!"赵治国说,"这方面的问题,这次我不打算研究了。倒是'五反'后的劳资关系问题,我很有兴趣。"

"这的确是个关键性的问题。"徐义德想到厂里的情况,忍不住抢在冯永祥前面赞扬了一句,一看冯永祥嘴嗫嚅着,要想讲话,他就没有说下去。

冯永祥果然接过去说:

"我最近也在考虑这个问题,'五反'后劳资关系是一种新的劳资关系了……"

他正要说下去,忽然门外飞进来黄莺一般的娇滴滴的声音:

"哎哟,阿永在发表劳资关系的高见哩,快点进去听听!"

走进来的是一位中年妇女,身上披着一件紫貂皮的斗篷,进门就解下斗篷,露出一身黑丝绒短袖旗袍,一直拖到黑麂皮高跟皮鞋的脚面。她把斗篷往沙发上一放,一笃一笃地直奔到赵治国面前去。赵治国眯着一对大眼睛向她浑身上下端详一番,那两条丰腴的胳臂,给黑丝绒旗袍一衬,益发显得细白而又娇嫩。他摘下嘴上

的烟斗,把双手展开,赞不绝口地说:

"江大姐这一身打扮,至少显得年轻十岁,越发漂亮哪!"

"赵副主委怎么拿我开起玩笑来了?"

徐义德给赵治国这么一说,认真地朝江菊霞浑身上下打量一番,觉得确实比过去美丽,妩媚动人,别有一番风韵。

"不信,问问义德兄。"

赵治国不知道她与徐义德的暧昧关系,一句话把两个人的脸都说红了。徐义德究竟比江菊霞老练,他很自然地说:

"赵副主委的眼光不会错的。"

"我们德公的眼光也不会错的。"

赵治国看见马慕韩站在江菊霞背后抿着嘴笑,连忙跳过江菊霞,走过去,紧紧握他的手,抱歉地说:

"你也来了,我还没看见哩。来,来,这边坐。"

大家都在沙发上坐了下来,江菊霞向赵治国解释:

"巧得很,刚才在楼下遇到慕韩兄,就一道上来了。"

"是我约慕韩兄四点半在这里见的。"

徐义德看看表:不多不少,正好四点半。他站起来,走到门口,亲自把腊梅和四川广柑提了进来,放在白漆的五斗柜子上,对赵治国说:

"一点小意思,这腊梅倒不错。"

江菊霞把鼻子一嗅:

"好香!"

"何必这么客气!刚才潘信老也叫人送了花和水果来,这里有,以后不要破费了。"

徐义德小声对冯永祥说:

"我们该告辞了,赵副主委有客人来了。"

冯永祥刚打算在赵治国面前畅谈一番劳资关系的问题,半路

141

上杀出个程咬金,把他的话给打断了。他正感到没趣,给徐义德一提,马上就站了起来,向赵治国拱拱手,说:

"改天再谈吧!"

"大家都是自家人,一道聊聊不很好吗?"赵治国拦住他的去路。

"阿永拿我们当外人,一见我们就要走。"

"我不拿你当外人,我拿你当内人!"

赵治国张开大嘴哈哈大笑了,大家也跟着笑了,只有江菊霞一个人沉着脸,伸出雪白的胳臂,指着冯永祥的鼻子,说:

"我看你一天不吃豆腐就活不下去了,和你老大姐也开起玩笑来了,真没出息!"

"你放心,我不会拿你当内人的。"

"你还说!"

江菊霞瞪了冯永祥一眼。冯永祥向江菊霞作了一个揖,说:

"别生那么大的气,算我不是,我的好大姐!"

江菊霞给冯永祥逗得忍不住噗哧一声笑了。赵治国给冯永祥解围,对他说:

"还是谈我们的劳资关系吧。"

"现在我不敢谈了。"冯永祥严肃地说,"这里有劳资专家哩。"

"阿永,刚讲了你,怎么记性这么坏?又吃豆腐了!"

"大姐,这可是不折不扣的正经话。赵副主委早就晓得你是劳资专家,用不着我介绍。"

"江大姐关于劳资关系的大作,我早就拜读过了。你在这方面,的确是权威!"赵治国说,"上海关于劳资关系的意见,在全国也很有影响。全国工商界,老实说,是以上海马首是瞻的。"

马慕韩内心同意赵治国的意见,他嘴上却说:

"全国工商界是看北京的……"

"不要客气,的确以上海马首是瞻的。"赵治国把"马"字的音讲得特别重。

冯永祥会意地说:

"对啊,赵副主委说得有道理。"

"在赵副主委面前,我谈不出意见来。赵副主委一定比我了解的多。"江菊霞喘了一口气,说,"上午史步老通知我,说赵副主委下午有空,想了解一下上海劳资关系问题,要我来汇报汇报情况,意见我可提不出来。"

史步云和赵治国谈完话,出了医院就打电话告诉江菊霞。她立即向各方面收集材料,下午一点钟还在资方代理人联谊会的密室里开了一个小会,收集了一些意见,又回家换了一身衣服,才匆匆忙忙地赶来。

"你不要客气,先谈情况也好。"

"恭敬不如从命。'五反'以后,上海劳资双方有对立情绪,可以说,一直到现在还是相当紧张。有少数劳方不但不和资方恢复团结,反而板着'五反'面孔,看不起资方;不少资方因为过去犯了五毒,有把柄抓在工人手里,抬不起头来,也不敢和工会往来,敬而远之,缺乏经营信心,认为劳资谈起来总是谈不拢的。解雇歇业方面也有问题,譬如机器工业小型厂经营困难,出品不合规格,有几十家要求集体解雇,双方都同意了,劳动局也批准了,但是劳动就业决定一公布,就一律不准解雇;另一方面,机器工业大中型工厂缺乏工人,小型工厂的工人要是能转过去,可以各得其所,现在劳动局不准;弄得劳资双方坐吃山空,情绪很坏。"江菊霞收集的材料就放在她身旁的黑手提皮包里,怕拿出来露底。她边想边说:"资方代理人的问题也没有完全解决,最近棉纺业还有一些资方代理要求辞职。他们说,如果不准辞职,就做'电话公司',传达传达!……"

143

"最近慕韩兄倡议,上海资方代理人成立了联谊会,大多数资方代理人是安心了,要求辞职的是少数,这个问题不难解决。"

江菊霞不满意冯永祥抢她的话说:

"解决以前,总存在问题。"

"那是的。"赵治国含着烟斗,点了点头,说,"三权五毒问题怎么样?"

"这是个大问题,我正要准备讲,五毒问题基本解决了。三权问题么,起先有些混乱,工会要实行工人阶级领导,资方啥事体都推给工会管,多数工会不管,要资方管;也有少数工会就管。资方主动放弃三权,产生消极心理,这问题大概很快就叫'上总'发觉了,区里可能也反映到市委,市委注意到这个问题,算是解决了。一般的工会是尊重资方三权的……"

徐义德在旁边听到江菊霞说到这里,脸上微微发热,仿佛在讲他,他从来没有把厂里的情形告诉她,她怎么知道的?

"工会实行工人阶级领导方面怎么样?"

"这是个大问题,赵副主委。"徐义德想起厂里的事要问余静这样的黄毛丫头,总不心服。他办厂多年了,从来都是自己说了算,工人只有照办的份,哪有说话的余地!现在可好,要听工会的。他说:"'五反'后,到处强调工人阶级领导,有点强调过分。"

江菊霞点头称是:

"工商界有不少朋友对工人阶级领导这个问题,老实说,思想不通。"

徐义德补了一句:

"就是嘴上通了,心里也不通。"

"个别工人说的算,这情况多不多?"

江菊霞望着窗外树上的阳光默想了一下,说:

"有一些,当然不是普遍这样。"

"那么,对目前上海劳资关系怎么看法呢?"赵治国在北京就注意了这个问题,在火车上又看了一些材料,自己早有了一定的看法,但想先听听上海方面的意见。

"这个么,"江菊霞感到和赵副主委谈话有点吃力,他老是抓住一个又一个重要问题问你,要是来以前没有一些准备,劳资专家这块牌子要在他面前砸碎了。她手里拿着一条水红的纱手帕,搓来搓去,等了一会才谨慎地说:"依我看来,相当严重。因为各有关单位处理这类问题不如过去关心,工会和行政协商精神贯彻不够,一个一个问题不解决,积累起来就成堆了,显得劳资关系不够协调。"

赵治国微微点了点头,像是同意,又像是在思索,叫人摸不透他的心思。他说:

"慕韩兄,你的看法怎么样?"

"目前劳资关系,实际上并不如一般工商界所说的那么紧张。"马慕韩胸有成竹地说,"我看基本上是正常的,一般的说:工业好于商业;大行业好于中、小行业;经济情况好的好于经济情况差的;有加工定货的好于无加工定货的;有公私关系的好于无公私关系的;已经民主改革的好于未进行民主改革的;劳资双方有正确认识的好于双方缺乏认识的。商业中的劳资问题多一些,那是因为资本不足,销路呆滞,货源困难,引起歇业解雇一些劳资问题。这次政府调整商业,顺便把这些问题逐渐解决了。"

徐义德认为马慕韩把问题看得太简单乐观一点了。就沪江厂来看,他并不认为现在的劳资关系是正常的。但是赵治国一直没有说话,不知道他的看法怎么样。初次结识赵治国,不要莽撞,且慢开口,听听他的意见再说。

赵治国当时没有说话,咬着烟斗用力吸了两口,吐出一阵白烟,缓慢地说:

"我同意慕韩兄的看法。政府政策是不变的,《共同纲领》上规定的劳资两利是肯定的。今天反映这些情况,对我们以后解决劳资关系问题帮助很大。'五反'以后的劳资关系,进入了一个新的阶段,是新型的劳资关系,拿旧眼光来看,就会格格不入。私营经济接受工人阶级和国营经济领导,这是《共同纲领》规定的,我们应该遵守。不然,我们民族资产阶级就理亏了,被动了。当然,工人阶级领导,也存在一些问题,但是劳资双方学习和改造是个长期的过程,办法要大家想,才能想出来。我们应该有信心进入社会主义,关键在于接受工人阶级、共产党和毛主席的领导,大家执行《共同纲领》。中央首长常常提起慕韩兄,说慕韩兄有能力,工商界的事你们要多负些责任。"

"上海很多事体都是慕韩兄负责的。"冯永祥后悔事先没有了解一些劳资问题。史步云没有给他打招呼,只照顾江菊霞,还是亲戚好。他说:"这回分会改选,慕韩兄更忙了。"

"提到分会,我想起两句话来了。"赵治国说,"我听人家讲,工商联是滑扶梯,同业公会是黄牛,是不是有这种说法?"

江菊霞不同意这种说法,她在棉纺织业同业公会是认真负责办事的,凡事只要经过她的手,总有着落的。怎么说是黄牛?她撇一撇嘴,没有吱声。马慕韩说:

"外边这个说法,多少也有些原因。"

"那我们民建会可要负起责任来,"赵治国只是民建总会副主任委员,在全国工商联里不过是个委员,老是对工商联有意见,一有机会便要刺工商联两下。他说:"发现了问题,我们民建要好好向有关方面反映。我们民建会代表民族资产阶级的合法利益,一方面指导工商业者发展生产,繁荣经济,另一方面,工商界有困难有意见,也应该反映给有关单位。我们民建不能做滑扶梯,也不能做黄牛,要代表民族资产阶级说话。上海分会是民建最大最重要的分会,上海的工作有史步老和慕韩兄领导。分会要负起团结教育工商界的责任,在统战部领导下,把工作做好,使民建会能更好为人民服务。国家建设好了,中国在世界上扬眉吐气,我们民族资产阶级也感到光荣。"赵治国说着说着就站了起来,挺着胸脯,右手拿着烟斗在空中不断一动一动的来加重语气,头越抬越高,最后两只眼睛望着乳黄色的屋顶说话了。

"赵副主委,你这一番话对我启发简直是太大了,特别是说'五反'以后的劳资关系进入了一个新的阶段,是新型的劳资关系,这一点特别重要,我从来没有认识到。在这间客厅里,说句老实话,原来一听到工人阶级领导这句话,心里多少总有点不服气,给赵副主委今天一说,原来还是《共同纲领》上规定的,不接受工人阶级领导是不行的。有这种想法的,恐怕不止我一个,最好请赵副主委给我们工商界做一次报告。"

赵治国听到徐义德最后一句话,慢慢低下头来,注视着徐义德,可是没讲话。他在等待马慕韩开口。冯永祥说道:

"当然要做报告,由分会出面。"冯永祥担任了副秘书长以后,工商界的事他都要拉到民建分会来办,正投合赵治国的意图。

"赵副主委,你看安排在哪一天好呢?"马慕韩说。

"劳资关系问题,实际上是阶级关系的问题,这是当前一个十分重大的问题,上海情况又很复杂,有些问题要带到北京去研究。我怎么好随便做报告?"

"你这次来总要和工商界见见面,见面不说话怎么行?本来分会改选要等你来报告的,后来听其老说,你有事走不开,这回到了上海,我看,至少要做一次报告。"

赵治国见马慕韩邀请的确恳切,他不好再谦辞,说:

"慕韩兄一定要我做,那我只好遵命了。我希望分会先开几个座谈会,给我搜集一些情况,先听听大家的意见,然后整理一下,我再讲。不过,我只对民建会员报告,范围小一点好。"

"工商界盼望你很久了,你难得来上海,做报告无论如何要扩大一点才好。"冯永祥拍着胸脯说,"这事你不必管了,座谈会和大会都由我负责好了!"

赵治国笑眯眯地说:

"到了上海,只好接受你们的领导了。"

十五

夏亚宾那间 X 光室,现在完全改了样。所有 X 光器材,不论大小,都搬到仓库里封存起来了。窗口写字台上再也看不到每一种 X 光器材的样本,墙上挂的一张 X 光图样已经发黄,靠下面一角给风吹破了,大概有三分之一的样子斜挂下来,几乎要掉了。屋顶墙角上结满了蜘蛛网,有一个手指大小的蜘蛛在忙碌着结网,紧张地工作着。墙角落和窗口积满了灰尘,只有那张写字台和皮转椅子还算干净,夏亚宾正坐在那里。他的斜对面坐的是夏世富。

夏亚宾表面还算安详,可是他的内心像是热锅上的蚂蚁,走投无路。在失望中,他在马丽琳家里遇到了徐守仁,面前露出了一丝希望的阳光,以为凭徐守仁一句话,他这个小小的职员哪个地方也好安插了。徐义德是上海滩上赫赫有名的人物,手里办的企业那么多,多用个把职员不算一回事!仅仅是那一次,以后再也没有见到徐守仁,贵人多忙,徐总经理的儿子,当然整天不会空闲,后悔当面没有约好时间去拜会他。错过了这个稀有的机会,再专门找他就非常困难了。他是相信命运的,他到福佑药房来,靠了朱延年这位亲戚。不幸遇到童进,碰到"五反",福佑出了事,是他走的倒霉运。偶然遇到徐守仁,大概要转运了,可是自己没有抓住,第二次很难见到。他打过电话到沪江纱厂,那边说小开从来不到厂里来的;打电话到徐公馆,说是到西湖游览去了;过一阵子再打,总说没有回来;到后来一听到他的声音,反而追问他是谁,在啥地方工作?住在啥地方?他吓得不敢回答。以后,打电话去,一听见他的声音,干脆把电话挂了,连一句话也不问了。他安慰自己。也许坏运还没有走完,也许交好运以前要遇到一些挫折。他经过许多挫折,这个好运始终没有来,而且店里的环境一天不如一天了。薪水老是发不出来,每个月顶多发半薪。现在更糟糕了,连半薪的影子也没有了。他每天照例来上班,下班,一个人枯坐在X光室,等候发薪水的消息。每天都是空着两只手回去。更糟糕的是徐守仁始终没有消息,他曾经在徐公馆附近等过一天,以为总可以在附近碰上徐守仁,可是连影子也看不见。他不知道徐守仁到啥地方去了。真是急死人。可是有啥办法呢?他坐在椅子上,不断地长吁短叹,夏世富关心地问他:

"亚宾,你为啥又叹气呢?"

"我们这个日子熬到哪一天呢?每天上班下班,屁事也没有。前些日子有人来讨债,要好言好语才能把债主打发走。虽说不好受,但日子还好打发。现在人家看穿了福佑的西洋镜,了解没油水了,用力也榨不出一滴油来,干脆不上门了。我们没事做,每天把《解放日报》都翻烂了。每条新闻都看了,每篇文章都看了,每个广告都看了,连寻人启事也看了,还有啥好看呢?"

"再看《新闻日报》。"夏世富给他开玩笑。

"这还用你说,《新闻日报》和《解放日报》的消息差不多,整天看报也不像话呀!"

"找点书看。"

"福佑药房也不是图书馆呀!老是看报看书这日子也受不了。老实说,书我也看不下去。每天一清早,家里人就向我伸手要钱。我向谁伸手呢?朱经理关在监牢里,马丽琳又不认账,送点买小菜的钱来就算不错了。"

"不仅你一个人这样,我家里也没有人送柴米油盐酱醋茶来,也得要钱去买。老婆娘家是个穷鬼,一点贴补也没有,还不是向我伸手。"

"你和我不同,"夏亚宾羡慕夏世富,说,"你的朋友多,到处都有熟人,就是拉点饥荒,也比我方便。"

"拉饥荒可能比你方便,一回问题不大,二回就有点勉强,第三回,干脆免开尊口。我认识的人,都是些小职员。他们每月的收入,正好够开销,经过'三反''五反',外快没有了,连佣金也拿不上。一点工资,一个月维持过去,已经不错,哪里还有富裕?就是剩下一些钱,人家不会放到人民银行,防个生老病死?凭啥要借给你花?"夏世富生怕他开口借钱,暗中把门堵死。

"你说的倒也有理。"

"讲起来,倒是你比我好。"

"我哪一点能比上你?你是福佑药房的外勤部长,神通广大,在上海滩上,你没有办不到的事。"

"要是福佑没出事,你说的还有点影子。现在,我和你一样,蹲在店里叹苦经,啥能力也没有哪。"夏世富想到过去,不胜今昔之感了。他也叹了一口气说,"说起来,实在叫人伤心,没有出事,拉个千二百万,用不着朱经理出面,只要我说一声,不必亲自去拿,保险人家会送上门来。要办点货,不用我跑腿,一只电话,要啥有啥。现在是,跑上门去,还是要啥没啥。人家要进步嘛,检举朱经理,害得我们这些落后的人好苦。"

一提到童进,夏亚宾和夏世富一样,满肚子怨气。夏亚宾冷笑了一声,说:

"人家不在乎,只要裤带一紧,可以顶个三天五天。他也是自讨苦吃。"

"大概人家肚子也进步,少吃一顿两顿不在乎。你看他整天跑出跑进,干得可欢哩,一点不愁。"

"我们怎么能和人家比呢?"夏亚宾怨恨中夹带着嫉妒,说,"区里表扬了他,现在又照顾了他。"

夏世富以为童进工资按月照发,吃了一惊,急忙问道:

"照顾他?我们也是福佑的伙计啊。他要是按月照发工资,那我们可有话讲了,特别是你,技术人员,更应该讲话了。"夏世富心中有鬼。朱延年过去曾经给他说过:反正这些事做了,大家有份。万一政府知道,或者有人告发,我反正好不了,你也不会好的。如果我判十年徒刑,你呢?少则三年,多则五年。要是混得好,不出事,或者出了一点事,好好应付过去,大家都好。朱延年一抓进监牢,他就想到自己。有人来查个材料,他不敢不说,也不敢多说。店里的事,对他有利的,他不敢出头露面,总是设法推给别人去争。争到了,自然有他一份。夏亚宾到马丽琳那边去讨工资,也是他指使的。

"现在还讲啥技术人员不技术人员,大家都跟着朱延年倒霉。区里照顾童进,是不是按月发工资,不大清楚。我听小叶讲,他在区里另外有了工作……"

"啥工作?"夏世富在店里特地装得安分守己,要他做啥,就做啥;不告诉他的事,从来不敢乱问。他第一次听到童进有了新的工作,感到惊奇。

"在区法院里,陪审那些犯法的资本家。"

"怪不得他那么笃定哩。"

"有多少工资?"

"工资一定不少,要比蹲在福佑这个倒霉地方好多了。"夏世富说,"人家得发了,现在是干部啦,抖起来了。"

"谁?"叶积善从外面走了进来,坐在夏世富旁边的椅子上。

夏世富脸红红的,他想掩饰过去,可是从叶积善的问话里,料想已经知道了。要是避开他,反而见外于叶积善了。他简单说了一下童进在区里有工作的事,把前面一段话遮盖过去。他说:

"不是亚宾告诉我,我还坐在鼓里哩。"

"是最近的事。"

"他一个月拿多少工资呢?"夏亚宾问。

"工资?这是义务职,出庭陪审,没有工资的。"

"那他为啥要去呢?"夏世富大惑不解,说,"我们店里的事已经够操心的,还去忙那个,童进太辛苦了。"

"这也是工作,西药方面童进熟悉。那些不法资本家总想在法庭上蒙混,有了人民陪审员,又是内行,可以把案子弄得更清楚些。"

"原来是这个!"夏亚宾大失所望,躺到椅子背上,望着屋顶墙角上蜘蛛网上一只大蜘蛛在拉网。他想:蜘蛛都会拉网,给自己找出路;他这个号称 X 光专家却感到前途茫茫,倒霉运不晓得要交到何年何月。又快到下班的时刻了,窗外的阳光已经看不见了,X 光室内的光线暗淡了。家里的日子怎么打发,回去又要看老婆愁苦的脸色了。他问叶积善,"每月发这么一点钱,饥一顿饱一顿的,这个日子怎么过呀?哪一家药房不是到月底发工资,只有我们福佑倒霉。"

"不能怪别人,只能怪朱延年害了大家!"

"对啦,只怪朱延年不好!"夏世富赶紧表白了一句。

"怪谁都不去讲他啦!"夏亚宾认为不单纯是朱延年一个人的过失,如果童进他们不告发,也许朱延年在汉口路上还是神气活现哩。他说,"这个月又快完啦,积善,你看工资有没有指望?"

"不能说没有指望,过去每月至少不是都发一点?"

"也不能说有指望,"夏亚宾说,"过去每月从来没有发过全工资。"

"有点工资,够维持生活就不错了。"

"是呀,是呀!"夏世富赞成叶积善的意见,说,"童进和积善已

153

经尽了不少的力。"

"你们够维持,我可不够。"夏亚宾说。

"那为啥?"夏世富启发他说,"你倒说说看?"

"我的开销大。"

"你不能减少一点开销吗?"叶积善点醒他,"要量入为出啊!"

"我家里不像你们,省不下来呀!原来每个月的工资送到她手里,她总是嫌钱少,闹着不够花。现在更不必说,整天在我屁股后头伸手要钱花!"

"我们的 X 光专家,你不会给她谈谈,现在福佑出了事,老板进了提篮桥,拿点工资都是国家贴补,能够吃饱三餐茶饭就不错了,能省的就该省点。"

"我那个老婆啊,你不知道,一张嘴才会说哩,谁也讲不过她。凭良心说,每月拿这么一点钱,实在不够花。更糟的是,月初不知道月底能拿多少钱,就是想节约,也很难做个计划。"

"那好办,先紧点用,要是工资发多了,月底再用宽点,不就得了吗?"

"道理容易讲,"夏亚宾愁眉苦脸,仿佛有一肚子话要讲,却又讲不出来,结结巴巴地说:"办起来可不容易。……"

夏亚宾的话没讲完,夏世富眼睛望着窗外,忽然大叫了一声:

"童进来了。"

一眨眼的工夫,童进走进了 X 光室。夏亚宾和夏世富默默不言,坐在一旁。叶积善迎了上去问:

"区增产节约委员会有消息吗?"

"区里很关心职工的生活,问了我们店里每一个人的情况,我详细汇报了。"

"汇报有啥用?"夏亚宾撇了一撇嘴,说,"也不能当饭吃。"

"组织上了解了情况,才会考虑问题。"

"区里早就应该考虑了,欠了我们好几个月的工资,每个月发这么一点钱,够养活谁?"

"不能这么说。"叶积善摇摇头,说,"紧一点,还是可以对付过去的。"

"又快月底了,"夏亚宾毫不理会叶积善的意见,他对童进说:"你常跑区里,对区里说说,开门七件事,少了哪一样也不行,没有钞票,天天闹饥荒,这个日子实在受不了,给我们想个办法才好呀!"

"区里早了解这个情况,也想了办法……"

童进说到这里,看了他们一眼。他们三个都望着童进,特别是夏亚宾身子伏在桌子上,头伸过来,聚精会神地在听:

"啥办法,快说啊,童进!"

"今天区里决定启封仓库,出售药品发工资。"

"哦!区里实在太好了,我了解共产党办事精明,不管多大的困难,只要他们晓得了,他们都有办法解决的。童进,这也亏了你啊!"

"怎么亏我呢?这么大的事,不是区里首长下决心,我怎么敢做这个主啊!"

"总是你反映的,"夏世富说,"才引起区里的注意。"

"是区里告诉我的,说是月底快到了,应该发工资给大家维持生活。"

"出售药品,那我们的欠薪都可以发清了?"夏亚宾在想:如果发了所有的欠薪,"买啥好呢?"

夏世富在想:发了欠薪,可以到"七重天"去白相了。他眯着眼睛看童进。

"福佑欠了国家很多钱,发工资实际上就是国家的钱。国家这样照顾我们,我们也应该替国家想想。我们整天蹲在店里,没有事

155

干,国家在养活我们,我们好意思领全薪吗?"

夏亚宾听到这里,不禁一愣,冷了半截。他认为童进有意和职工们为难,开口国家,闭口国家,好容易区里出了主意,出售药品发工资,正是把工资发足的机会,他又想出来这个歪主意。童进大概口袋里钞票灌满了,对钞票不感兴趣,可是要想想别人啊!他忍不住说道:

"这几个月欠薪,可把我憋死啦,拉了不少饥荒,整天像是过三十晚上,债户上门,坐着不走,就指望这点工资去还债。区里既然决定出售药品,我们仓库里药品有的是,别的我不知道,光是那两架 X 光器材,卖掉就够发我们几个月的工资。区里要照顾我们,干脆就照顾到底,何必让我们饥一顿饱一顿的?何况国家也不在乎这么一点钱,你们说,是哦?"

大家没有言语,半晌,夏世富字斟句酌地说:

"这个么,也不能说没有道理。"

"也不能说有道理。"叶积善马上插上来说,"我们现在啥事体也不做,蹲在店里白吃,为啥要拿全薪呢?"

"不是我们不做事,是没事给我们做。"

"那不能怪国家啊!国家为啥一定要发我们的全薪呢?这个道理讲不通。"

夏亚宾给叶积善问得没有话讲,他想了主意,又问:

"区里的意见怎么样?"

"要我们自己讨论。"童进说,"积善说得对,我赞成他的意见。国家照顾我们,维持生活就不错了。我提议,欠薪暂时挂着,从这个月起,大家都打点折扣。打几折,每个人自己考虑。我准备打五折。"

"五折?"夏亚宾伸出了一个红腻腻的舌头,说,"我的天啊,我可不行。"

"我可以打六折。"叶积善说,"亚宾,你呢?"

"我现在还很难讲。"夏亚宾不好开口,多说了,当着童进他们的面,不好意思;少说了,回家去,老婆面前不好交代。愣了半天,一会望望室内,一会看看窗外马路上的行人,想了又想,才说:"童进说得对,每个人的情况不同。我要回去算算,需要多少可以勉强维持,再讲打几折。"

"你先说一下也可以,不够再调整。"

"积善,还是让我回去算算好。"

"世富,你呢?"叶积善问。

夏世富原来等夏亚宾的,他打几折,他好跟进。现在不行了,他不好说回去算了再讲,只好咬紧牙关,说:

"我和你一样吧,也是六折。"

童进看夏世富有点勉强,而夏亚宾顾虑很大,他说:

"今天不过酝酿酝酿,大家回去再想,过一两天开会,再正式决定。"

"童进的意见,正确极哪!"夏亚宾从椅子上站了起来,准备回家去和老婆商量商量。

夏世富没有吭声,点头赞成童进的意见。童进接着说:

"法院里最近又催材料了,要你快点写好。问你福源钱庄那一笔一亿三千万的质押借款,药品的真伪程度。"

"快三个礼拜了,你还没有写好?"叶积善感到奇怪,夏世富写材料为啥这么慢呢?他说:"福源那笔质押借款,也是你经的手,世富,大概是假药吧?"

"最近记忆力实在不灵,我每天都在想,有些事想不起来了。今天回去开夜车,我一定尽快把材料写出来。"

十六

徐守仁走出接见室,回过头去一看:妈妈还站在小小的窗口那儿,一对慈祥和怜爱的眼睛正望着自己哩。他低低地对窗口说:

"妈,你回去吧。"

"让我再看你一眼。"

他转过身去,一头蓬松的头发,乱七八糟地披在头上,穿着一套灰布棉衣,上衣是对襟的,胸前用两根灰布带子拴着,脚上穿着一双浅圆口的黑布鞋子。他穿着一身犯人衣服站在妈妈面前,感到十分羞耻,惭愧地低下了头。从前在家里,妈给他做的咔叽布人民装,他连看也不看一眼。他一定要穿西装,而且要新式的;只要有点旧了,或者过时了,就放在衣橱里,再也不穿了。

妈站在窗口外边腿已经发酸了,眼睛也看累了。现在仍然一个劲盯着儿子望,眼眶的泪水遮住了视线,眼前的那身灰布犯人衣服模糊了,面孔轮廓已分辨不清,只看到一堆稻草似的乌黑的头发。这堆头发越来越小,慢慢在里面消逝了。她不由自主地哇地大叫一声:

"儿啊!……"

她痴痴地扶着窗口,竟忘记回去了。

守仁听到那声熟悉而又亲密的叫唤,他已经走到天井里,看不见外面了。他跟着看守一步慢一步地往回走,恨不能再回去看妈妈一眼,他最近越来越想家里的人了。他把希望寄托在楼文龙身上,可是望着白天黑夜过去,始终得不到楼文龙的消息,当然,更看不见楼文龙的影子了。他并不想立刻看到楼文龙,只要楼文龙给公安局或者法院打个电话,他能出去就好了。不久以前,他望见楼文龙走到他的号子前面,他高兴得恨不能跳出铁门和他亲热地拥抱。终于有消息了,而且是楼文龙亲自到监牢里来探望他,他马上便可以出去,又可以在"七重天"和"五层楼"一带出入了。他紧紧靠着铁门,面孔贴在门上小方洞那里,低低叫唤楼文龙的名字。楼文龙惊愕地暗暗抬头向弄堂里四处张望,仿佛啥也没有看到,没精打采地低头走来。他见楼文龙没有看见,埋怨自己的面孔长得太大了,不然的话,可以从小方洞那里把头伸出去,这样,楼文龙就可以清清楚楚看见了。楼文龙好不容易进来一趟,如果这次看不到,又不知道啥辰光才有消息了。他忍不住又低低叫了一声楼文龙。楼文龙还是没有答腔。他真着急,楼文龙看不见他,他又不好大声叫唤,在里面情不自禁地直跺脚。他看到楼文龙向自己的号子走来,稍为定了定心,等楼文龙走到小方洞那里,再叫一声,楼文龙准能听到。他屏住呼吸,等候楼文龙到来。楼文龙走得真慢,怕踩死脚下蚂蚁似的。他的号子的门哗啷一声开了,楼文龙一步跨了进来,他刚叫了一声"楼大哥",号子的门哐啷一声关上了。他兀自吃了一惊,不知是怎么回事。楼文龙望了他一眼,好像有点诧异,又好像并不奇怪,歪着头,耸一耸肩膀说:

"又和你在一道了,倒也不错。"

"你怎么也来了?"

楼文龙把双手的大拇指顶在灰布棉裤边上,四个手指露在外面,像是两双小翅膀似的,同时向前后一搧动,说:

"飞不动了,到这里来休息休息。"

"'飞机场[①]'给破坏了吗?"

[①] 上海流氓阿飞称他们活动的地方叫飞机场。

"全完蛋哪,连'小飞机'也给抓了起来。这回人家下了毒手,一夜的工夫,一网打尽,没有一个飞出去的。"

徐守仁想起楼文龙给他谈过他们在公安局也有朋友,困惑地问:

"公安局的朋友事先没通知?"

"他们会通知?就是他们下的毒手!"楼文龙想起和徐守仁谈过的话,接着又说,"这次行动很秘密,有些公安局的朋友事先也不晓得,要不,我怎么会到这里来。"

"你进来了,能出去吗?"

楼文龙拍拍胸脯,伸出右手的大拇指说:

"老子要啥辰光出去,就啥辰光出去!"

"你出去的辰光,把我也带出去。"

"你?"楼文龙看了他那身犯人衣服一眼,有把握地说:

"一句闲话。"

徐守仁关在里面早不耐烦了,盼望早点出去。他又问了一句:

"你想啥辰光出去?"

楼文龙愣了一下,说:

"进来了,我倒想多休息休息,暂时不准备出去。"

守仁睁大两只眼睛"哦"了一声。

朱延年躺在床上睡懒觉,已经醒了,可是不愿意起来。他在被筒里觑了楼文龙一眼。他们两人的谈话他完全听见了,知道就是外甥告诉他的那个阿飞头子。从楼文龙的谈吐和架势里,他已经看出楼文龙的底细了。他一骨碌坐了起来,打了一个哈欠,说:

"你来了,还是在里面休息休息好。"

楼文龙斜着眼睛向朱延年睨视了一下,觉得这人好生奇怪,不曾见过,听他口气,又仿佛认识。徐守仁连忙给他介绍:

"这是我舅舅,福佑药房的总经理。他也吃官司。这两天来的犯人多,我就和他调到一个号子里了。"

"哦!"楼文龙两只手交叉地在胸前抱着,朝朱延年浑身上下打量了一番,恍然大悟地惊喜道,"原来是鼎鼎大名的朱延年,我在报上早见过你的大名。你抓进来那天,《新闻日报》的头版登了好大的新闻。想不到我们在这里见面,真是有缘千里来相会!你是上海滩上有名的大人物,在工商界吃得开兜得转,大名早就飞进我的耳朵里了。进来了,很好吧?"

"这么坚固的房子,现成的床铺,一天三餐茶饭,晚上睡觉,门外边还有人守夜,连一张钞票也不要。这么舒服的日子,到啥地方去找?"

"所以我也进来了。"

"欢迎,欢迎!"

晚上,楼文龙躺在床上蒙头大睡,不时发出低沉的轻微的鼾声。从铁门的小方洞口透进来黯弱的灯光,照得朱延年他们的号子里有一线昏暗的光芒。弄堂里看守囊囊的皮鞋声有规律地一步一步远去,整个监牢里显得阴森森的,沉寂寂的。朱延年小声对徐守仁说:

"阿飞这回叫政府一网打尽,楼文龙的势力也完哪。"

"舅舅,你怎么晓得的?他给你说了吗?"

"凭我这双眼睛,在上海滩上混了几十年,谁在我眼前也蒙混不过去。一看那架势,一听那口气,我就晓得他完蛋哪。你别想他可以救你出去,他啥辰光能跨出这道门槛,连他自己也不清楚。"

"真的吗?"

"不信,你看着好了。你的案情不重,就是判了徒刑,你爸爸想点办法,也可以提前出去。他在上海滩上是个红人。工商界的大亨,他没有一个不认识的,他同政府首长也有往来。只要他肯开口,我看你可以出去!"

"如果判了徒刑,也能提早出去吗?"徐守仁从来没想到这个问题,他日夜只是盼望出去。

"当然能够提前,法院里叫做假释:一种是在监牢里劳动学习改造好的;一种是有面子有人情走门路的,都可以提前释放。前一种靠不住,啥叫做改造好? 标准还不是由他们定,话由他们说了算。没有人情,一辈子也不会改造好。下回接见,你给妈说一声,姐夫听我姐姐的话,只要她点头了,事体就有九成。"

"哦!"徐守仁半信半疑。

"做舅舅的不会叫你上当。"

"舅舅为我好,不会叫我上当的。"

"这就对了。你出去,对我也有好处,可以叫姐姐给我活动活动,我也好早点出去。"

"只要我出去了,舅舅,你放心,我一定告诉妈妈,给你想办法。"

"你是一个有出息的人。"朱延年尽量给徐守仁灌米汤。他看准了徐守仁是一棵摇钱树。徐义德虽说身体健康,但终究是上了年纪的人,家里养了三个老婆还不够,在外边又和一些女人胡混,特别是江菊霞,整天缠着徐义德不放。姐姐最初并没有发觉,他参加星二聚餐会以后,便发觉徐义德和江菊霞有暧昧关系,冯永祥有时当着众人的面刺他们二人一句两句,江菊霞默认,徐义德不辩白。在工商界可以说没人不知道这件事的。他为了讨好徐义德,乐得睁一眼闭一眼,看到的听到的那些风流韵事,他藏在肚子里,从来没有告诉过姐姐。他深知朱瑞芳的厉害,有名的醋坛子,让她知道了,准要闹翻了天,追究起来发觉是从他嘴里泄露出去的,那他在徐义德面前挨不完的骂,要兜着走的。后来姐姐从别的地方知道了,他装糊涂,也就混过去了。徐义德和那么多女人往来,吃多少补药也无济于事,说不定什么时候去见阎王。徐义德一翘辫子,整个沪江的企业还不是落在徐守仁这位大少爷手里。徐守仁只知道吃喝玩乐,管理企业,一窍不通。这时候需要人给他办事,委托给自己的亲舅舅再好没有了。福佑即使不能重整旗鼓,沪江大有可为,那苗头比福佑还大。他想到这里,越发认为自己的前途还是非常远大,先从徐守仁身上下功夫,把这位大少爷抓在自己的手里,什么事体都好办了。他说,"你虽然年纪轻,可是很讲义气,你的前途比你爸爸还要远大。"

"就凭我这块材料?"徐守仁很高兴,心里十分舒畅,他觉得舅舅是天下的大好人,看出他有远大的前途。他原来只羡慕潘宏福和冯永祥,将来能像他们那样吃得开就心满意足了,从来没想到他比爸爸的前途还远大,真是出乎意料之外,却又在他的殷望之中。他怪老头子不死,紧紧抓住企业不放,把钱存在银行里生锈,对儿子抠得那么紧,让儿子坐班房也满不在乎。他想到这里,更加觉得爸爸不好,越发感到舅舅可爱了。但他嘴上没有流出内心的喜悦和愤恨,故作谦虚地说:"我怎么能和爸爸比呢?他是有名的铁算盘,对家里人的账也算得十分精细。我呢,连算盘也不会打。"

"不信,你将来看好了。你舅舅别的本事没有,看人这一点,可准得很!"

"啊?"徐守仁吃了一惊,见舅舅讲得十分认真,以为大概有什么根据,不过还有点不大相信,问道,"你会看相算命?"

"我比看相算命还灵,凭我在上海滩上混了几十年的经验,啥人也逃不过我这双眼睛。"

"你怎么看出来的呢?"

"你说,我在上海滩上啥人没有见过?啥市面没有经历?我看到空着两只手踏进十里洋场的人,变成了百万富翁;我也看到红得发紫的大亨,最后企业破产,潦倒一生,靠讨饭过日子,当伸手将军。经验积累多了,看人就准了,这里面道理很多,也不是一天半天能讲完的,等将来有空,我慢慢给你谈。"

"我有你这样的本领就好了。"徐守仁心中十分羡慕。

"舅舅和外甥不是外人,有啥事体,你找到我,保证你没一个错。"

"将来,我真有什么前途,一定找舅舅给我帮忙。"

"那没啥问题,一句闲话,有啥事体,找你舅舅我好了!"朱延年伸出右手的大拇指一晃,眉飞色舞,显得把握很大。他想要在这位大少爷身上好好下点功夫,真是天无绝人之路,他从徐守仁身上看到他似锦的前途,高兴地说,"有了你舅舅,你啥事体也不用发愁了。"

弄堂里远远传来橐橐的皮鞋声,徐守仁没注意,还想说话,朱延年向门外一指:

"你听,小声点。"

徐守仁闭着嘴,合了眼,没有做声。一转眼的工夫,他睡着了。

第二天醒来,他仔细琢磨舅舅夜里的一番话,觉得蛮有道理,要是楼文龙真有势力,为啥进来不急着出去呢?楼文龙进来,打破了他过去的幻想,使他猛醒过来,楼文龙所说的话,全不能相信,现在只有靠自己和家里的人了。他原来关在里面很笃定,就是判刑了他也不怕,总以为楼文龙一旦知道了,随时可以出去的。朱延年谈的假释,更增加他的希望。他相信爸爸和妈妈一定会替他想法子的。他自己也要努力,不管牢里能不能走门路,根据牢里的规定办事,大概总没错的。看守曾经这样劝过他,年轻人应该学好,出去也好给国家做点事。舅舅说他的前途比爸爸还大,看上去,大概有点道理。他现在整天都想努力学好争取早一点出去。

他吃过早饭,按着监牢里的规定,到工厂里去做工。休息的辰光,他从监牢里的图书馆借来了一本苏联小说:《普通一兵》。每天还记日记,把每天的感想和读书的心得都记在日记本里,谁也别想看到他在日记本里究竟记了些啥。

今天接见,他把心事告诉了妈妈,妈妈把爸爸的嘱托转告了他。他在回来的路上,一直想着妈妈和爸爸,还想到冯永祥叔叔,认为他比爸爸更有办法,可惜在外边和他接触太少了。

他回到号子里,楼文龙值勤去了。朱延年蹲在床上,两只手抱着膝盖,头伏在膝盖上,缩成一团,像个刺猬。朱延年听见开门的声音,抬头一望,见是徐守仁,霍地跳下床来,拖着一双布鞋,蹒蹒跚跚走来,拍着他的肩膀,问道:

"你对妈妈说了吗?"

"说了。妈妈要我在里面遵守规矩,好好学习,改邪归正,重新做人。爸爸这几天很忙,过一阵,他还要亲自来看我哩!"

"爸爸来看你?"

"妈妈这么说的。"

"啥辰光来?"

"妈妈没讲。"

"哦,来了,你告诉我一声,当面对你爸爸说,一定更有效,妈妈答应你想办法吗?"

"她点了点头。"

"我的事体你给妈妈提了吗?"

"提了。"

"她没说旁的话?"

"没有。"

朱延年揣测接见的情景,想起朱瑞芳的脾气,充满信心地说:

"姐姐这个人,她轻易不答应别人的事的,要是答应了,她一定要千方百计地办到。恭喜你,守仁,你快出去了。"

"没那么容易。我在里面准备好好学习,重新做人。过去,我不听爸爸妈妈的话,只相信倒霉鬼那一套,"他咬着牙齿,指着楼文

165

龙的床铺说,"害得我没脸见人。现在想想,还是学校里的老师真正关心我,爸爸妈妈讲的话也是为我好,连这里的看守也劝我,再不回头,我的路越走越远,这一辈子要完哪!"

"那不会的。你年轻有为,前途远大,以后出去,还可以轰轰烈烈干他一番。'沪江'那些企业,义德百年归山,还不是你的!你愁啥?你不像我,我的案子他们一直在调查,到现在还没有判决,不了解将来是个啥结果哩!"朱延年说到这里,忍不住黯然低下了头。

"你也可以改邪归正,好好学习,重新做人,就是多判几年,不是也可以假释吗?"

"我?"朱延年听了外甥的话,感到有点羞愧。他知道外甥不是教训他,希望他也能够早一点出去,可是外甥怎么知道他的案情重大呢?他从来没有把福佑药房的事体对外甥说过。他叹了一口气,摇摇头,说:"我没有那个福气。"

"为啥?"徐守仁感到奇怪。

"我和你不同啊,这么大的岁数了,骨头都硬了,脑筋也不灵了,还学啥呢?我是过一天算一天,反正关在牢里,政府爱怎么办就怎么办吧。"

"你不是说,要是想出去,只要找个铺保,随便啥辰光都可以出去吗?"

朱延年想起外甥刚关进来的辰光,他说过这些话,可是"五反"这阵风好厉害,好像到现在还没有过去;美国佬更是没有消息,共产党也没听说有什么变化,他的案子到现在也没有了结,法院还一直追问他那啥"五毒",虽然下决心咬定牙关,一个字也没有承认,不过那些"五毒"都是事实,有物证也有人证,能不能赖得一干二净,没有把握;连外甥也知道他的案情重大,可见外边的风声很紧,使他有点沉不住气了,不知道法院的葫芦里卖的是什么药。他不禁流露出不满的情绪。

166

"等我出去,要爸爸给你活动活动。"

"现在只有这一线希望了,全靠你啦,我的好外甥……"

"只要我出去,老头子不肯帮忙,我就给妈妈说,妈妈有办法对付他。"徐守仁感到碰到知音人那样的愉快,他拍拍胸脯,说,"这桩事体,包在我身上了。"

"有了你帮忙,我就放心了。等我出去,一定好好谢谢你。"

"我们是一家人,谈不到谢谢二字。"

"今后只要你用到舅舅的地方,你尽管说好了,我虽然从事商业多年,特别是西药业情况比较熟悉,其实我对工业也有兴趣,办了药厂,尝了甜头,比商业的兴趣还浓,尤其是棉纺工业,兴趣更大。不瞒你说,我的好外甥,参加了星二聚餐会,整天和棉纺资本家在一道,将来出去,我还想在棉纺界混混。"

"我出去以后,在爸爸面前给你说说,你愿意的话,就到沪江兼个工作。"

朱延年一听到徐义德心里就冷了半截:徐义德怎么会用朱延年呢?他摇摇头。

"暂时别给你爸爸提这桩事体,就是我出去了,要先整顿整顿福佑,一时还抽不出手来搞工业,等将来你管沪江,我一定为你服务。"他想起马慕韩手里一位副经理,跟马慕韩办了一二十年棉纺工业,利用马慕韩的旧机器和花衣,又靠了马慕韩的牌子,东拼西凑,自己也办了一个厂,不久又盖了新厂房,买了新机器,进了大批花衣,在棉纺界闯出了牌子,以后也成了屈指可数的棉纺工业资本家了。这人的发迹史最近老是在朱延年心中蠕动。只要徐义德活着,他的梦想变不成现实。徐义德总要衰老的,希望他早点见阎王,徐守仁一坐上沪江总经理的宝座,他的美梦就可能变为现实了。他既不是为徐守仁服务,也不是为沪江服务,在想怎样为自己服务。

"为我？"

"唔，为你服务，也就是为沪江服务……"

楼文龙外边值勤回来，一进门，往床上一躺，开口便骂：

"真他妈的倒霉，又劳动了两个钟头，害得我浑身骨头酸痛，两条腿差点抬不起来了。"

"过两天就会好哪。"徐守仁说，"我最初劳动一个钟头就吃不消，弄得浑身无力，两眼发花，过一阵子，就不在乎了。现在我到工厂里劳动一天也没啥。要是让我在号子里蹲上一天不劳动，反而觉得闲得慌，闷得很，就想去活动活动。"

"那你是贱骨头。要是不叫我值勤，不叫我劳动，我乐得躺在床上，惬惬意意，一辈子不叫我劳动，我也不会闲得慌。闷吗？不会躺在床上睡大觉吗？有福不会享，你这个阿木林！"

"好，你聪明，有本事下次你别去劳动！"

"要是在'五层楼'和'七重天'，谁敢碰姓楼的一根毫毛！"楼文龙跷起腿来，在床上一摇一摇的。

"好汉不提当年勇。"徐守仁看出他没苗头了。

"少废话！现在我落难了，别瞧我不起！天下的'英雄'哪一个没有落过难受过罪？'英雄'就不在乎这个！啥辰光出去，又是姓楼的天下！"

"你啥辰光出去？"徐守仁怨恨楼文龙，要不是他拖下水，他怎么会去偷别人的自行车，又怎么会关到监牢里？现在还在他面前吹牛，越发叫他忍受不住，有意顶了他一下。

"你是聋子吗？早告诉过你了，老子现在不想出去。"

"你一辈子也不想出去。"徐守仁又顶了一句。

"你有意和我抬杠吗？看你一张纸绘个鼻子，像个人样！这点苦都吃不了。我晓得了，又埋怨姓楼的不是？"楼文龙感到徐守仁不是过去的徐守仁了，不单不听他的话，还和他顶嘴顶舌，简直不

168

拿他放在眼里。他要设法吃牢他,没料到守仁越来越不像话了。他气呼呼地说:"没有出息的东西,受了这点罪便哇哇叫,还想闯天下当'英雄'哩,连狗熊也不如!"

徐守仁给他这么一骂,有点抬不起头来,吓得没有吭声。朱延年见楼文龙那股嚣张劲头,实在看不顺眼,不单是欺负徐守仁,也看不起朱延年啊!朱延年咳了一声,帮徐守仁说话:

"眼睛放亮点。这是啥地方?有我朱延年在,你少放肆!啥英雄狗熊的?你那阿飞势力还想带到监牢里来?"

"井水不犯河水,朱大哥,这关你啥事体?"

"你打听打听汉口路上的朱延年,别说像你这样的小阿飞,就是多少流氓,多大讲斤头的场面,你爷叔都见过。啥朱大哥,没有一个上下!"

楼文龙一听朱延年的口气,知道他是有来历的,怪不得在上海滩名气那么大哩。这一阵子徐守仁态度强硬,大概有了舅舅的靠山。他吃官司,很高兴遇到徐守仁,在牢里也有油水可捞!偏偏又碰上个朱延年,来势凶猛,叫他摸不清朱延年的底细,只好自认晦气,好汉不吃眼前亏。他猛地坐了起来,堆着笑容,亲热地叫了一声:

"爷叔,别生那么大的气。我也是为了守仁好,没有别的意思。"

"这里不是'五层楼',就是'五层楼',你爷叔也不在乎。年纪轻轻的,也不打听打听,就要欺负人,简直是眼中无珠!"

"我有不是的地方,还望爷叔高抬贵手,包涵一点。"

"只要够朋友,讲义气,我也不会亏待你。"

"舅舅的本事可大哩,他空着两只手到上海,创办了福佑药房,全国都有名哩!"

"这个我早就听说了,佩服得很。"楼文龙见空气缓和下来了,

169

转移了话题,说,"今天你妈来见你,窝心吧?"

"当然窝心,我可想家里的人哩。"

"带点啥好吃的物事给你?"

"好吃的?"徐守仁在外边吃尽了楼文龙的苦头,到里头来还想吃他,实在不甘心。他现在每天一见到楼文龙,便要恶心。他冷冷地说:"没啥好吃的!"

"没做点小菜来吃吃?"

"没有。"

"这里的饭菜真难吃,我一见就饱了。"

"不要忙,再过些日子,你见了饭菜就想吃了。"朱延年笑着说,"我现在不到开饭的辰光,肚子就饿了。"

"有点好小菜,不是更好吗?"

"这还用你说。"朱延年从来没有现在这样嘴馋的,整天只想吃点好的。但他没有当面追问徐守仁,只是望了外甥一眼。

徐守仁的右手在背后向朱延年摆了一下,朱延年懂得了,便对楼文龙说:

"你为啥不叫家里送点小菜来?"

"我吗?光棍一条。我来了,全家都来了。"

"你的家呢?"

"我吃了两回官司,老头子怕死极哪,把我赶出来了,和我一刀两断!"

徐守仁头一回知道这情况,吃惊地望着他。他毫不在乎:

"这样也好,省得牵挂。一个人到处为家,独来独往。男子汉大丈夫,啥也不怕。"

他挺着胸脯,昂着头,额角上伸出一卷乌黑的头发,好像要飞。

看守段振立把铁门打开,手里拿着一个铝制的四层饭盒子,银光闪闪的。他走到徐守仁面前,笑着说:

"这是你妈妈送进来的小菜,慢慢吃吧。"

徐守仁接过来,说:

"谢谢你。"

段振立走了。楼文龙从床上跳下来,指着徐守仁说:

"你不是说你妈没有送好吃的来吗?"

"我哪能晓得好吃不好吃?"

"那大概是我的。"楼文龙想过去拿饭盒子。

朱延年拦住他的胳臂,说:

"放规矩点,少动手动脚的。在这里你还想抢吗?"

楼文龙退回一步,哈着腰说:

"我是开玩笑的,别那么认真,爷叔!"

"老实点,会分你一点的。"朱延年指着楼文龙说,"坐到床上去。"

楼文龙乖乖地坐到床上去了,他的眼睛还是盯着饭盒子。徐守仁一层一层揭开看:第一层是熏鱼,第二层是面筋肉骨头,第三层是辣椒酱,第四层是徐守仁最爱吃的蜜饯无花果。他忍不住拿了一个放在嘴里。朱延年站在他背后,垫着两只脚尖,从他的肩膀上望下去,那一双眼睛仿佛要跳到饭盒子里去了,不禁赞叹了一声:

"好香!"

"舅舅,你尝一点。"

"也好。"朱延年伸手拿了一块肉骨头塞在嘴里。

楼文龙坐在床上直叫"爷叔",朱延年撕了一块给他,边吃边说:

"看你馋的,少吃点,等会开饭再吃。"

吃过晚饭以后,朱延年和楼文龙先后躺在床上,呼呼大睡了。徐守仁拿那本没有看完的《普通一兵》又仔细阅读了。从小方洞口射进来的灯光不太明亮,字迹大体可以看见,仿佛每一个字都发出光芒。他越往下看,越发生浓厚的兴趣。他一直向往英雄人物,亲眼没看到一个,楼文龙曾经在"五层楼"红极一时,很"吃香",可是现在关在同一个号子里了。他的飞刀始终没有用上,就是在"五层楼",也并不吃得开,倒是马特洛索夫的英雄形象慢慢在他心中升起来了。马特洛索夫是啥样的人呢?不过是一个连他也不如的流浪儿罢了。他要是听老师和爸爸妈妈的话,好好读书,中学早毕业了,说不定已跨进了大学的门槛。姨表姐吴兰珍也不会在自己面前那么神气活现了。吴兰珍只大他几个月,却进了大学。他连中学也没有毕业,现在可好,干脆连学校也不能进了,姨表姐也见不到了,孤孤单单地给关在监牢里,和家里哪一个人也不在一块。将来出去,他怎么有脸见吴兰珍呢?要是她问起来,你好好的,为啥关进监牢里去呢?怎么回答她?本来吴兰珍依靠姨妈的关系,到上海来读书,有时就在他家里住几天,他看不起她。现在该看不起的,不是吴兰珍,而是徐守仁呀!他要争一口气。马特洛索夫能够成为英雄,他为啥不能成为英雄呢?他在思索这个问题。从口袋里掏出日记本来,把膝盖当做桌子,日记本放在上面,他一边在看,一边想一边写道:

  马特洛索夫从一个流浪儿成为英雄,就是因为他有正确的道路和坚强的意志,而我呢,误入歧途,意志力薄弱得可怜,爸爸和妈妈一次又一次劝导我,认为他们的话很对,我当面都答应了,可是过不了两天,一遇到楼文龙他们,把那些话全忘了,又迷上罪恶的生活,走上可耻的道路。到了监牢里头我慢慢有了认识,特别是工厂,进了排字房,我才知道劳动的意义。过去,从来没有想到过世界上这些东西是怎么创造出来的,以为有了钞票就有了一切。现在才知道,无数的人日日夜夜在劳动,世界上才有那许许多多的财富,就是手里拿的这本厚厚的书,也是工人一个字一个字从字架上找来,排好,拼版,校对,打纸型,印刷,装订……然后才成为这样一本漂漂亮亮的书。一本书的完成,要靠集体的力量,自己现在排排字,也为书流了汗出了力。可见得劳动果实得来不容易啊。回想从前,不劳而食,乱花父母的钱财,偷窃家里的物事,也偷了别人的自行车,实在卑鄙极了。我怎么会做出这样下流的事体来的!

写到这里,一股热潮涌到脸上,好像很多人站在他周围,指着他:"徐守仁呀,徐守仁!你是沪江纱厂的小开,你爸爸有的是钱,你妈妈的私蓄也很多,你怎么当了小偷呢?"

小偷,多么丢脸的称号!偷窃,多么无耻的行为!大家都劳动,创造了许许多多的财富满足广大人民生活的需要,让广大人民生活得更加美好。徐守仁呀,你呢?不劳而食,还要偷别人的劳动果实,这算得啥"英雄"行径?对得起学校的老师吗?对得起爸爸吗?对得起妈妈吗?他的脸发烧,红得像关公。他的笔在日记本上越写越快了,最后写了这样一句:

必须改正错误,要做一个有益于人民的人!

他毅然地站了起来,用鄙视和憎恨的眼光看了楼文龙一眼,对着楼文龙的床轻轻地"呸"了一声,然后才上床睡觉,准备明天到印刷厂里好好劳动。

十七

朱筱堂从上海回到无锡梅村镇,天色已晚,家家户户都吃过晚饭休息了。村子里静幽幽的,听不到人声。从窗口和门缝里泄露出来的灯光,疏疏落落,照得村当中那条碎石子大路时明时暗。他手里拎着一个大包袱,悄悄走到家门口,在门上轻轻敲了两下。

门开了,娘伸过颤巍巍的手,紧紧抓住他,说:

"你可回来了。"

她把门关好,对他浑身上下仔细端详一番,脸上闪着兴奋的笑容:

"到上海去了一趟,你长胖了哩。"

他低下头来向自己望了望;还是穿着那身老蓝布的衣服。离开上海前夕,姑妈把徐守仁的两身咔叽布的人民装给了他,还拣了一些旧的衬衫长裤给他。怕惹人注目,他都没有穿,放在包袱里。他说:

"真的胖了一些。"

"胖多了,少爷。"

朱筱堂听到人声,向里面一望,原来屋子里还有一个人,站在门背后,好像怕人看见。在煤油灯光的照耀下,那个人满脸笑容里隐隐藏着没有完全消逝的惊悸的神情。他轻轻叫了一声:

"苏管账,你也在这里?"

"这两天,他常来打听你的消息。刚才谈了半天,正要走,恰巧你回来了。"

"我想等你回来,一等,果然你就回来了。"

"好得很,一道谈谈吧。"

"快坐下来歇歇。"她把儿子拉到床上,问:

"姑爹、姑妈他们都很好?"

"很好。"他把到上海和回来的情形详详细细说了一遍。一谈起来,他对门房老刘还是不满,说:

"狗眼看人低。爸爸死了,连我也看不上眼了。当时,我真想回来,不找姑妈他们了。"

"你还是那样的少爷脾气。现在世道变了,人在屋檐下,不得不低头。你这个脾气,要吃亏的。你好久不到上海去了,也没有讲你是谁,老刘老了,把你忘记了。你生那么大的气做啥。"

"是呀!老刘老了。记得抗日战争的时期,我跟老爷到上海去,到徐公馆住了两天,老刘老王待我们可好啦。少爷去了,怎么会不喜欢呢?常言说得好,不知不怪。"

"我就看不惯。"

"你和底下人生啥气呢?不高兴,骂他两句就是啦。"

她想起徐守仁的事,说:

"守仁这孩子怎么给抓进去哪?"

"我问姑妈,她先说不了解,后来告诉我,是坏人害的。"

"坏人?"苏沛霖在琢磨,问,"是不是指国民党?"

"国民党?"朱筱堂歪着头在想。

"说话小点声,隔墙有耳。"

朱筱堂听娘的话,顿时放低了声音,说:

"不像。表弟对政治这一门,好像没有兴趣,只喜欢白相。被捕前几天,我和他还常到跳舞场去哩。"

"现在到啥地方去啦?"娘问。

"谁也不晓得,姑妈整天愁眉苦脸,长吁短叹,老是一个人闷在屋里不出来，流眼泪。她啥也不说，我也不便多问。"

"你姑爹呢？"

"他可忙哪，整天到晚也看不见他的影子，也不愿和我多谈话。"

"不是给你谈了那么多吗？上海不像乡下，他办厂，是个大忙人。你不要怪他。"

"太太说得对，徐总经理现在是上海滩上的红人，报上还登过他的名字哩。"

"报上登过？"朱筱堂没有见过。

"登过，登过，记得是登在《新闻日报》上，我有一天在小铺子里亲眼看见的。"

"怪不得那么忙哩。"

"照你姑爹看，共产党在朝鲜打的胜仗是真的啦！"

"当然是真的，美国佬给挡在三八线上，怎么也过不来，鸭绿江更过不来，别说上海了。本来么，共产党军事上是有两下子，要不，老蒋几百万大军哪能就完蛋呢？"

"共产党别的不行，打仗和土改确实行。解放军尽是穷光蛋，性命不值钱，在火线上一个劲拼命，当然会打胜仗。"

苏沛霖想起村里抗美援朝参军的事，振振有词地说：

"就拿村里参军的人来说，哪一个不是穷泥腿子？好男不当兵，好铁不打钉。"

"这也有道理。"娘感到有些失望。她问儿子，"老蒋的飞机真的到过上海吗？"

"姑爹说是真的，不止来这一次哩，发了传单，很多人拾到，亲眼看见的，那还有假？湖南那边飞机还丢过粮食哩。看上去，老蒋的力量不小，有美国佬做后台，准备反攻大陆，总有一天要回来的。"

176

"啥辰光回来?"娘脸上露出了笑意。

"姑爹没有讲。他只说在共产党手下过日子要小心,连办厂做生意也得格外留神。这回'五反',姑妈说,姑爹有好几次准备坐牢哩!"

"啊!这么严重?"

朱筱堂点点头,说:

"那一阵子,姑妈日夜提心吊胆,每天守到深更半夜,不等姑爹回到家里,姑妈就闭不上眼睛,睡不了觉。姑爹好容易过了关,姑妈这才放下心。"

"现在没有事啦?"

"姑爹现在没事啦,可是守仁又出了事啊!"

朱筱堂他娘长长叹息了一声。她坐在方桌前面的木板凳上,心中盘算朱家的事,朱暮堂过世了,朱延年关在监牢里,徐守仁也关在监牢里,他儿子又住在泥腿子汤富海的这间破房子里,倒霉的事一件接着一件。她原来希望徐义德有办法,听儿子的口气,妹夫并不热心,守仁出了事,自身难保,也难怪他。幸亏朱瑞芳是朱暮堂的亲妹妹,总算看在死鬼的面上,招待儿子不错。她感到母子俩住在梅村镇越来越孤单了。她说:

"共产党来了,有钱的人没有一个不倒霉的!"

"这还用说,共产党是有钱人的死对头。等老蒋回来,共产党就神气不起来了。"苏沛霖说。

"这也是劫数,世上的事都是老天爷安排的。穷人和富人总是死对头。从前听人说,老蒋是天上文曲星下凡,现在他遭劫,富人只好跟他一道受苦受难。过了倒霉运,交上好运,时转运来,逢凶化吉,好日子就来了。"

"好日子在后头哩。"朱筱堂拍着床板说。

"台湾飞机来散传单,"苏沛霖说,"应了那句乩训:'草头将军不出世,社会永无安宁日。'那传单就是撒给富人看的,看上去,老蒋没有忘记富人。说不定一天早上老蒋就会打过来了,老蒋一回来,天下就太平了。"

"对,菩萨不会忘记我们在受苦受难的。"

娘向空中双手合十,恭恭敬敬作了一个揖,嘴里喊喊喳喳地默默念道:

"大慈大悲观世音菩萨,救苦救难观世音菩萨,南无阿弥陀佛……"

"徐总经理真有眼光,站得高,看得远……"

母子俩给苏沛霖这几句话说得兴奋起来。他问苏沛霖:

"你说共产党……"

"在共产党手下过日子要小心。"苏沛霖说,"徐总经理这句话说得真对,意思深得很。"

"怎么深得很?"朱筱堂有点不解。

"徐总经理见多识广,上海又是水陆码头,四通八达,人来人往,消息灵通。徐总经理这样有地位的人,有些话他也不好随便讲。不过,他讲一句,就有一句的意思,要好好琢磨。别的不谈,就说这句吧,'在共产党手下过日子要小心',是说共产党垮台以前,凡事要谨慎小心,不可以轻举妄动,只好忍气吞声熬着,熬到老蒋回来,就出头哪!"

朱筱堂恍然大悟,惊奇地说:

"有这么深的意思!"

"可不是。"

"苏管账究竟年纪大,经验多,听话能听出音来。"她对儿子说,"你姑爹晓得你这个火爆脾气,他也不好当面说你一顿,只好转弯抹角地讲。可是这句话的分量不轻,够你用的。你在村里,再也不能冒里冒失的了,要小心谨慎,安分守己,好好劳动,听那些干部的话。他们就是放屁,你也听着,千万不能发脾气,更不能乱说乱道,就是脚板气你也要忍受。等老蒋回来,你再出气!"

"那要把我憋死啦!"

"不忍受有啥办法呢?少爷,"苏沛霖说,"别讲你啦,就是我们底下人,哪一辈子受过这个气,从前跟老爷出去,谁敢不听朱家的话?连县太爷也要让朱家三分哩。过去是过去,现在是现在,熬过这一阵,将来又是我们的天下啦。"

"现在的日子真不好过!一看见那些村干部和泥腿子,心里就有一股说不出来的气。"

"谁心里服呢?"苏沛霖说,"太太说得对,现在忍着,有气等将来出。明天你到农会去报到,然后下田好好劳动。"

"苏管账,你说村里组织互助组,"她问,"这究竟是怎么一回事啊?"

"这是村干部汤富海这帮人闲得没事做,想出来的花样经。你还记得去年夏天吗?汤富海带头成立劳动互助组,接着村里就一口气成立了十一个组,花了七八天时间,把七百五十亩水稻田全部耕好,节省了五十多个人工,提前一个礼拜完成。这一下就闹开了,到处瞎嚷嚷,东也互助组,西也互助组,好像互助组是一剂灵药,做啥活都灵。其实是一帮青年男女,爱在一块打情骂俏,不好好做庄稼,凑在一起瞎胡闹。"苏沛霖无中生有,尽量污蔑互助组。

"筱堂回来了,要不要参加呢?"

"这个么,"苏沛霖想了想,说,"用不着。现在参加互助组的,尽是些贫雇农,他们是一条心。我向汤富海试探了一下,他把门关得紧紧的。少爷参加进去不方便,人家也没叫地主参加,少爷去要求,一定会碰钉子。参加了也没好处,好的也会变坏的。"

"唔,你说得对。从古以来,都是各人种各人的地,哪有挤在一道做庄稼活的?这样,一定弄不好。筱堂,明天你还是到自己的地

179

上去。他们不提互助组,你装作不晓得。"

"我才不理他们哩!"朱筱堂坐在床上把身子往里一转,好像有意避开他们。

"刚才还说你哩,又忘啦!"她不满意儿子这股牛脾气,说,"你这号子人肚里就存不下三句话,心里有啥就显到脸上来了,要吃亏的。"

"好,好好,我听你的。"朱筱堂憋住一肚子气,说。

"少爷,今天好好休息一会,明天早点下地。"

苏沛霖说完话,悄悄走出去。夜已深沉,路上黑洞洞的,伸手不见五指。苏沛霖顺着黑暗的小道慢慢走去。

十八

在朱筱堂回到梅村镇那天晚上,汤富海和阿贵在朱暮堂大厅隔的那间屋子里正在计算朱筱堂请假的日子。汤富海坐在红木大八仙桌旁边,伸出满是老茧的黝黑的右手,几十年的劳动在手掌上面留下了一条一条很深的纹路。虽然已经吃过晚饭了,可是他手上还残留着泥土的香气。他在灯下,屈着手指,嘴里默默计算,对阿贵说:

"连续假在内,朱筱堂这小子今天该回来哪。"

"会不会躲在上海不回来了?"

"什么,"汤富海摇摇头,说,"不会,上海也是共产党的天下,他躲不起来。他娘在这里,他会回来的。"

"苏沛霖最近常和我打招呼……"阿贵说。

"这个狐狸精,要好好提防他。别看他嘴上说的那么好听,他心里另外有一套。"

"我看他贼眉贼眼的样子,早就晓得他不是个好东西。"

"我们在他手里吃的苦还少吗?昨天晌午,他对我说的话可甜哩,恭维了互助组一大顿,看上去,他想参加。你看,坏不坏?"

"你答应他了吗?"

"我再老,也不会糊涂到那个程度。我怎么会让狗腿子的脚伸到我们的互助组来哩!"

"千万不能答应,他就是混进来,我也要拿扁担把他撵出去。"

"谁让他参加,我也不答应!互助组正有些人动摇,坏家伙一钻进来,更要闹得天翻地覆了。"

"今天又有两户要退组哩。"

"不互助了吗?"汤富海的手指着阿贵,好像要退组的就是阿贵。

"他们说,互助组没有生产计划,现要现叫,不是个办法。去年的互助的账目算得不大清爽,有的没有领钱。他们劳动力多田地少,参加互助组不划算,不要互助了。"

"这是啥闲话?"汤富海一听这些话,头上直冒火星,说,"对我这个组长有意见不当面提,背后乱说,要退组这不是硬'将'我的'军'?我们这个组,我不是说过,也订个生产计划吧,大伙说,有多少活做多少活,订啥计划。这能怪我吗?哪户的账目算得不清,为啥不早提?账是大家算的,怪谁?没发钱,也不是一个两个,我也没有领,这算啥!劳动力多少,有啥关系?我早就说过,评工计分好了,大家又嫌麻烦,说啥做工做不死人,评工可要累死人啦,这是谁说的?"

阿贵见爸爸额角上暴露蚕也似的一根根青筋,讲得满嘴都是白沫,不断喷唾沫星子,只好在旁边静静听他说。从他的口气里,好像都怪别人不是,他这个互助组长一点责任也没有似的。阿贵不好直接戳穿,委婉地说:

"他们这些意见,也是希望把我们组里的事体办好。不能说没有一点道理。"

"有道理?"汤富海瞪了阿贵一眼,说,"我问问你,过去我们没有牛,先要替地主的田种好,用人工换了牛工才能种自己的田;等到种自己的田,误了农时。旱的,虫害的都是我们穷人的田。有了互助组就大不相同啦,车水的车水,耙田的耙田,耕田的耕田。人多好种田,人多手快,种得早,收得早,天旱和虫害也有办法对付啦。没有互助组,有这些好处吗?为啥不讲这个大道理,尽讲那些小道理呢?"

"我从来没有说互助组不好,很多人也说互助组好,他们提点意见,把事体办得更好,不是很好吗?"

"提意见就提意见,可以找我谈,为啥要退组? 这不是威胁我? 叫汤富海下不了台吗?"

"成立互助组辰光,不是说过,入组自愿,退组自由,绝对不干涉吗?"

"你的胳臂朝外——尽帮别人说话。"汤富海指着儿子说,"要退就退吧,就是留下三户五户,我这个组长就是雷打不散,一定要办下去。"

"那些人要退,让他们退去。我们把互助组办好,他们亲眼看到好处,会回头的。"

"那自然哪。"汤富海听了这两句话,心里的气稍为消了些。

"他们提的这些意见怎么办呢?"阿贵见爸爸额上的青筋消逝了,他说,"组里要不要开个会讨论讨论?"

"这个,"汤富海抬头望着大厅里高大的柱子,冷静地想了想,觉得阿贵的话说得不错,不能说这些意见没有一点道理。他心平气和地说:"当然要开个会。这些意见,早提,早就解决了。先把账目查查清楚,在组里公布。应该付的工资,粮食卖出以后,全部付清。组里再找个记账员,每天把账记清,十天半个月公布一次,让社员肚里明白。再订他一个生产计划,问问他们还有啥意见,全给我提出来,组里不能解决,村里解决,村里不能解决,上区里,总之一句话,我们这个互助组要办下去。"

"当然要办下去。"阿贵打了个哈欠。

村里的鸡喔喔地打头遍鸣了。汤富海也伸了一个懒腰,站了起来,说:

"已经半夜啦,睡吧,明天早上还要替小牛他娘互助哩。"

小牛他娘是个雇农,又是个寡妇。小牛才五岁,接不上手,家里缺乏劳动力,她参加了汤富海的互助组顶积极。最近小牛他娘病倒在家里,田荒在那里,没有人耕种。组里谈好了,明天汤富海和阿贵他们上她田里互助。

　　"你不提起,我倒忘哪。"

　　"看你这记性!快睡去!"

　　阿贵一躺到床上就呼呼地睡着了。一觉睡到天亮,他也不醒。大厅里的玻璃窗发白了,天刚朦朦亮,汤富海就起床了。他穿好衣服,走出大厅,站在台阶上,深深地呼吸了口寒冷的空气。他哈哈手,用手使劲搓了搓,浑身精神抖擞。回到屋子里,烧好了早饭,阿贵还躺在床上呼噜呼噜打鼾,睡得可香哩。他过去推了推,半晌,阿贵才睁开眼睛,朝他木愣木愣地望了望。

　　"太阳都快晒到屁股上了,还不起来?"

　　阿贵一骨碌爬起来,揉了揉惺忪的睡眼,认真看了下沿的玻璃窗,不解地说:

　　"啥地方有太阳?"

　　"还不起来,等一歇太阳照进来,不就晒到你的屁股了吗?"

　　他们两人吃过早饭,吆喝着一条牛,上地里去了。

　　清晨,月亮还没有落,田野给一片微弱的晨光笼盖着。已经耕过的土地上给露水浸得湿润润的,好像在肥沃的土地上浇了一层油,在晨光里闪闪发光。田边的野草已经露出头来了,上面浮着一粒一粒露水,仿佛是透明的珠子。村里的人陆陆续续下地去了。

　　汤富海低着头一步一步向小牛他娘的地里走去。阿贵吆喝着牛,一边走着,一边望着。他的眼睛尖,远远望见一个人弯着腰在锄地,一锄头一锄头地挖下去,一大块一大块乌黑的泥土连着杂草一同翻过来,然后用锄头把它打碎。他走上一步,拉了拉汤富海的灰布棉袄的下摆,低声地说:

"爹,你看。"

汤富海回过头来,啥也没有看见,他鼻子哼了一声,说:

"不好好走路,看啥!"

"你看那边,"阿贵指着右边,说。

汤富海向右边一望,说:

"看你大惊小怪的,连种地也没有看见过,有啥好看的?"

"你看,那是谁?"

给阿贵这么一说,汤富海用手按着眉头,仔细再向那边一看,他站下来说:

"那个小子回来哩!"

"可不是么。"

"我说他不敢不回来。再不回来,他以后别想再请假出去了。"

"到上海住了这么久,做啥去啦?"

"过好日子去啦。"汤富海往前走去,说,"他姑爹是个大资本家,在上海很吃得开,谁也不了解他手里有多少钱。"

"不是说他姑妈生病吗?"

"孩子,那只是借口。生病,他也不是医生,要他去做啥?农会好说话,要是我,才不让他去哩。"

"这种人去了,不会做好事的。"

他们两人说着说着,不知不觉已经到了小牛他娘的地上了。他们两人很精细地给她耕作,一直把地耕完,才慢悠悠地回来。

暮色笼罩着田野,苍苍茫茫。倦游了一天的小鸟飞到树枝的小巢里去了,下地的人都陆陆续续往村里去了。他们父子俩走过朱筱堂那块地,朱筱堂还曲着背一锄头一锄头在耕地哩。阿贵看了心里十分迷惑。他以为不是朱筱堂,再仔细看看,却不差分毫。他低低对爸爸说:

"他还在耕地哩。"

"他到上海去了这么久,误了农时,回来不赶紧耕,他喝西北风?"

"他才不在乎这块地哩,地里不打粮食,他不会买来吃?"

"你说得倒也对。"

"从前,他是个懒汉,日头老高了,才下地;太阳还没落山,就回去啦,在地里也是磨洋工,死阳怪气,一锄头下去打不死一个蚂蚁,三天没吃饭似的。现在大不相同啦,从早干到黑,锄地也有劲头啦。我们都收工了,他还在干活哩。政府的办法真好,分点地给地主,给他一条出路,好好改造他。这小子再干上三年五年,我看地主的帽子,可以摘啦。"

"你说得倒好听。"

"不对吗?"

"龙生龙,虎生虎,朱半天会生出好儿子来?鬼才相信哩!我算把他看透了。谁要摘他地主的帽子,我头一个反对!"

"他从上海回来,真的和过去不同啦。你看,他还在锄地,一锄头一锄头干得可欢哩!这也不是假的。"

"假不假,一回两回不算数,要从长远里看。"

"我们监督他劳动,"阿贵站了下来说,"他敢怎么的?"

那头耕牛,一望见村子,比谁都走得快。它不管他们父子俩在争论,低着头一个劲径自向村里走去。

"往后瞧吧,我算看到他骨髓里去了。"汤富海回头看不见牛了,四面寻找,才看到它在小路上往村里去哩。他说:"只顾说话,把牛也忘了,还不快走!"

他们俩人匆匆追赶那头牛去了。

十九

"咦!"汤阿英低下头去,看到车底下又有一团白花,好生奇怪。这白花是哪里来的呢?她的白花总是放在油衣的口袋里,积满了一口袋就放在回丝箱里,从来不放在别的地方的。她不声不响地放在口袋里,算自己的白花。她不慌不忙,依旧走她的巡回,换粗纱,做清洁工作,走到弄堂口,回过头检查一下,有两个地方漏头。她记在心里,往前走去,等下次回来再接。

她走出弄堂,郭彩娣手里拿了一些白花,气呼呼地往她面前一放,劈口问道:

"谁叫你把白花扔了?"

"谁扔白花的?"

"你!"

"我?"

"扔了白花还赖?我刚才在你车子旁边拾到的。"

"我怎么会把白花扔在车子旁边?"汤阿英迷惑了。

"不小心扔了,当然记不住。"郭彩娣把白花放在汤阿英的手上,说,"拿去,这是国家的财产啊!个人多出几两少出几两白花没关系,我才不要那个面子,可不能叫国家损失啊!"

汤阿英心里实在忍受不下这口气,真想和郭彩娣弄个明白。想起郭彩娣这一阵子生活不好做,脾气更是火辣辣的,叫人一见了她便感到热呼呼的,那股气好像擦根洋火就可以点着了。这两天郭彩娣老是想找她的岔子,争起来没有个完,别耽误了生产。她啥也没说,默默地把白花接了过来,放在口袋里。

郭彩娣一肚子气,见汤阿英不和她顶下去,反而不吭气把白花接过去了,她把脸一板,说:

"以后别再扔白花了啊!"

汤阿英还是没有吱声。郭彩娣没有办法,脸上露着傲慢的神情,径自走进了弄堂。她心里盘算:看今天谁的白花多。

汤阿英一边走着巡回,一边思想上打了问号:大家都给国家生产,郭彩娣为啥这样对待她呢?这两天她的车顶上和车厢子里,不断发现很多白花,从哪里来的呢?是哪一个促狭鬼在捉弄她啊!难道是郭彩娣吗?不会的。她从来没有得罪过郭彩娣呀!

这时她想起了昨天秦妈妈谈的那番话,给她很大的启发。秦妈妈说:"现在我们工人阶级当家做主了,连徐义德都接受我们工人阶级领导哩。我们要好好生产,多给国家创造财富,建设我们的国家。现在国家有很多人要做新衣服,要我们给他们纺出更多的好纱,给他们织出更多的好布,把我们国家的人都打扮得漂漂亮亮的,光靠一个人干不行,要团结大家一道干,并且要干好。现在厂里生活难做,余静同志和韩工程师他们正在想办法。我们工人也要动动脑筋。单把一个人的生活做好还不行,要想办法使大家的生活都做好,全厂断头率减少了,出的纱多了,就可以织更多更好的布啊!你现在是党员了,担子更重了,要好好团结大家啊!"

这在汤阿英的脑子里是一个崭新的问题。从前,别人要团结她,现在她要团结别人。如果要自己把生活做好,她完全有办法。要想办法使得大家生活都做好,这确实不容易。秦妈妈说得对,现在是党员了,担子更重了,要好好团结大家。她想先把郭彩娣团结好。昨天下班,她和郭彩娣一道走。郭彩娣见了她,把脸一歪,拿脊背朝着她,根本不理她,和别人却有说有笑的。今天吃中饭,她有意走到郭彩娣坐的那张饭桌上去,想和郭彩娣一同吃饭,聊聊

188

天。郭彩娣一见她来,拍拍屁股,马上到别的桌子上吃饭去了。她只好和别的人在一桌吃。她吃完饭,顺便把别人的碗筷送到洗水池那里去,把碗呀筷子的分别放在不同的池子里。郭彩娣不但不和她同一张桌子吃饭,看见她帮人家做事,还冷笑一声哩!刚才郭彩娣拿了一些白花来,想和她吵一架。她虽然让了郭彩娣,但郭彩娣走进弄堂里去,一笃一笃地迈着脚步,心里还是不满意。她不了解郭彩娣为啥对她生这么大的气。她现在才懂得做团结工作这么不容易,不容易的工作也得做呀!

郭彩娣走进弄堂里,气还没有消。越是汤阿英让她,她越发怄气,憋得肺都要气炸了。她指望这些白花送过去,汤阿英一定不接受,她就可以大吵大闹一通,让整个车间的人都了解汤阿英少出白花,是因为把白花扔了,偏偏汤阿英又收下去了,而且不声不响,真是气煞人!她一边走着,一边打擦板,仿佛擦板就是汤阿英,使劲一打:

"滚吧!"

擦板在如雨一样的细纱后面迅速地滑过去。她像是打了胜仗的骄傲的将军似的,站在那里盯着毫无反应的擦板,竟忘记走巡回了。

恰巧管秀芬从大路走过来,看见她站在那里不动,而汤阿英呢,在对面的弄堂里按部就班地走巡回,不忙不乱,车面上干干净净,和郭彩娣成了一个鲜明的对照。管秀芬走进郭彩娣的弄堂,对她的耳朵大声叫道:

"你看,汤阿英跑弄堂,好像心里有个钟,手里有个秤!"

"她跑她的弄堂,关我啥事体!"

"她执行郝建秀工作法很好。"

"人家要争做模范,我也不想出风头,她的工作法执行得好不好,同我没关系。"郭彩娣有意白了管秀芬一眼,怕她再噜里噜嗦的。

管秀芬没有让她的白眼吓退,又问了她一句:

"你为啥不执行工作法呢?"

"你哪能晓得我不执行工作法?"

"你的工作法是站着执行的?"管秀芬指着她的脚。

"没事我就站着?"

"做啥?"

"不是和你谈话吗?"

"没和我谈话以前,看见你站在那里不动,我才进来的。"

郭彩娣的脸刷地一下红了。她不了解管秀芬看见她打擦板没有。她想混过去,把话题岔开:

"你别耽误我跑弄堂吧。"

"你不好好执行工作法,怪不得出那么多白花哩,快变成白花大王啦!"

"出多出少,关你啥事体?"

"我要记录啊。"

"看这许多的锭子,又是老爷车子,执行啥工作法呢?你说得倒轻巧。你这个记录工啥辰光也来挡挡车看,别老是站在旁边说风凉话。"

"汤阿英怎么就行呢?"

"她的弄堂好。我要是有那么好的弄堂,我也会少出白花的。"

"真的吗?"

"啥人和你瞎三话四?"

"我告诉工会去。"

"你把记录做好了,不出差误,我就谢天谢地了。快做你的活去吧!"

郭彩娣不再理她,径自向弄堂前面走去。管秀芬真的到工会去了,推门一看:韩工程师和郭主任正在和余静谈话哩。她没有做声,悄悄地坐在余静右边,听韩工程师他们谈话。

余静把解决生活难做的任务交给韩云程。他知道这副担子十分沉重,但感到荣幸,认为是他生平承担的重大而又光荣的任务。他和郭鹏整整跑了两天车间,发现清花车间和钢丝车间没有经常根据不同的原棉品质,来调整机器设备,使得原棉去杂未尽,影响了棉卷和棉条的品质。根据韩云程的建议,采取了一系列的技术措施:清花车间在和棉时,尽量把原棉扯碎,保证每一块的重量不超过半磅,合理调整清花机隔离和风力,增加落棉当中的杂质。对那些杂质比较多的原棉,再增加一道开棉机处理。钢丝车加速了盖板速度,调整了除摩力的高度,增加了斩刀花。党支部和工会在前纺进行动员和说服工作。提出"前纺要为细纱车间生活好做而服务"的响亮口号。可是细纱车间的生活还是难做,断头率依然很高。韩云程在试验室里,对郭鹏说:

"问题恐怕还在细纱间。"

"现在前纺一点问题也没有了,自然是细纱间。"

"要细纱间工人试验,"韩云程眉峰耸起,说,"问题就麻烦了。"

"为啥细纱间一试验,问题就麻烦呢?"

"你不了解,那里头人事关系复杂。最近生活难做,细纱间的姊妹又闹不团结了,张三怪李四,李四又怪张三,我们一插手,便会卷进是非窝里面去了。"

"那就算了吧。"郭鹏自从韩云程入了工会,有点羡慕,又有点嫉妒。这回余静把解决生活难做的任务交给韩云程,更叫他心里难过,特别是梅厂长和徐总经理也支持韩云程解决生活难做的问题,使他大感不解。他对徐总经理总算卖足了气力,叫他做啥,他就做啥,从来没有二话说的。他想"五反"以后,他这个工务主任大概可以提升为工程师了,可是一直没有消息。他对这次解决生活

191

难做问题并不热心。韩云程拉着他一道研究,他不好拒绝,何况还有徐总经理的支持哩。万一研究成功了,也有他一份功劳;不能解决问题呢,那也没有关系,不是他的责任。现在韩云程碰到细纱间,感到烫手,很好,可以打退堂鼓了。

韩云程却不肯打退堂鼓。余静的话给了他很深的影响。现在厂里所有的技术问题都交到韩云程这里来。他提出的清花车间和钢丝车间的技术措施的决定,马上得到余静和行政上的支持。余静还亲自对车间工人说过:凡是生产上有啥技术问题,大家都要接受韩工程师的指导。他得到组织上这样信任,哪能甩手不管呢?他奇怪地望着郭鹏:

"算了?"

"你不是说细纱间是是非窝吗?我们插手进去,伤了和气,以后工人可要骂死我们啦。"

"麻烦就在这里。"

"生活难做,也不是我们两个人的事,大家都有责任,我们何必背这个包袱呢?"

"余静同志交给我们来研究解决的啊!"

"我们研究解决不了,交还给余静同志。她是党支部书记,又是工会主席,工人都听她的话。她解决起来比你我容易得多啊!"

"交还给余静同志?"韩云程心里想:不能。虽说细纱间人事关系复杂,不容易插手,难道就在这么一点困难面前退却吗?细纱间生活难做的问题不解决,人事关系会更加复杂,永远不碰细纱间吗?让生活一直难做下去吗?现在余静和行政上把技术问题都委托给他了,做工程师的就没有一点责任吗?好意思让不懂得各个车间技术的余静去解决?这一连串问题,他都不能肯定地答复。他摇摇头,说:"不能。"

"不能?"

"我是工程师,"韩云程说,"我有责任研究解决这个问题。"

"那我和你一同跳进是非窝去!"

"这个,"韩云程有点犹豫,没有说下去。

"没有别的出路,"郭鹏有意再逼他一步,说,"反正我们两个人坐在试验室里不能解决问题。"

韩云程没有吭声。余静坚定有力的话在他的脑海里回荡着:"有啥困难,我们支持你。"他站了起来,果断地说:

"我找余静同志去。"

他们两人走进党支部办公室,正好余静和赵得宝他们都在那里。韩云程把这两天研究的情形简单地谈了一谈,然后说:

"恐怕问题还是在细纱间……"

"细纱间最近不是加强机械检修,校正锭子,调整了皮圈吗?"赵得宝问。

"这方面没有问题。"郭鹏说。

"那么是温湿度?"赵得宝又问。

"这也没问题,喷雾原来设备不好,湿度不够,已经修好了……。"

没等韩云程说完,郭鹏在一旁给他补充:

"韩工程师可负责啦,规定了温湿度调节,他亲自掌握,车间里谁也不准随便开窗关窗。"

"那么是啥问题?"赵得宝靠在墙上,问。

"我想在细纱间找挡车工人做点试验,不晓得可不可以……"韩云程说到这里,停了停,望了余静一下。

余静感到奇怪:

"为啥不可以?"

韩云程不知道怎么解释才好,嗫嚅着,话停在嘴边,想说,又不知道怎么说。郭鹏代他把问题摊开:

"细纱间的生活难做,原来工人之间就有些意见,挑哪个工人试验也不好办,挑了这个不挑那个,意见就更大啦。"

管秀芬忍不住插上来说:

"我们工人之间是有些意见的,人同人哪个没有意见?有意见能妨碍你们做试验吗?笑话!别把责任放在我们工人身上。你们试验室提出意见,我们工人啥辰光不听的?"

韩云程朝管秀芬浑身上下一看:知道她是记录工。他赔了一个笑脸,说:

"我们没有讲工人不让我们试验。我们来和余静同志商量的。"

"这么说就对了。"

她看了郭鹏一眼。郭鹏心中暗暗吓了一跳:想不到小管这么厉害,怪不得车间里的人叫她小辣椒哩。

"工人方面的意见,你们别担心,我负完全责任。"余静走到韩云程和郭鹏他们两人当中说,"要解决生活难做的问题,当然要研究每一个车间,任何车间的工人都愿意配合你们。有啥计划,韩工程师说吧。"

韩云程顿时感到浑身增加了力量。他认为很难解决的问题,给余静几句话一说,忽然变成很容易解决的问题了。他精神抖擞地站了起来,兴奋地说:

"想做两个试验:一个是看锭多少与皮辊花和断头的关系;找八个工人就够了,分五百锭、六百锭、七百锭、八百锭四种,从试验结果就可以看出问题来了。还有一个试验,只要两个工人,一个要执行郝建秀工作法好的,一个是执行不好的,把这两个人做个对比,那问题看得更清楚了。"

"这两个试验,我都赞成。"余静想起那天秦妈妈的话,她说,"秦妈妈那天不是说看锭能力不能过于提高,好像提高了看锭能力,就不能执行郝建秀工作法似的。那天,我脑筋也转了这个念头:做个试验看看。工作忙得把这件事给忘记了。你现在提出来,很好。"

"就是人选问题,"韩云程说到这里迟疑了,觉得有些为难。等了一会,他才说:"第二个试验的人最难了,一定要找一个好的一个坏的,不然试验就没有意思。可是我们哪个执行工作法的好,哪个不好,挑得不对,得罪人;挑得对了,她们两个人一定有意见,特别是那个工作法执行得不好的。"

"韩工程师,您想得太多了,也想得太复杂了。主要问题是把工作做好,解决问题,个人的得失没有关系。我也不能保险工人里面没有一点意见。不过,有一点我可以保证的,只要我们做得公正,把问题摊开,给工人说清楚了,工人一定不会有意见的。你提名好了,我们和生产小组长去商量。"

"啥都好办,"韩云程说,"就是这个名难提。"

"是呀。"郭鹏没料到问题解决得这样快。

"这有啥困难?我给你们提两个试试,不晓得合适不合适。"管秀芬说。

"你提再合适没有了。"韩云程望着管秀芬说,"你们记录工,整天在车间里跑,工人生活做得好坏,你们肚里都有一本账,你看谁合适?"

"汤阿英……"

管秀芬刚说出口,郭鹏马上跷起大拇指,说:

"郝建秀工作法执行得刮刮叫!"

"郭彩娣。"

"她?"郭鹏对管秀芬伸了伸舌头,说,"她那个脾气可惹不起。"

"你别看她那脾气,"赵得宝说,"她一根肠子通到底,讲话不会转弯抹角,肚里有啥,嘴上讲啥,就是抬杠,不怕争得面红耳赤,事

195

体过去了,绝不计较,她可是个好人。"

"人当然是好人,"郭鹏连忙把话收回来,说,"只是脾气有点吃不消。"

"汤阿英昨天出六两五白花,郭彩娣出了一磅四,你看相差多远!用她们俩人做试验,再好也没有了。"管秀芬申述她推荐的理由,接着说:"不过有一条件,彩娣说阿英的弄堂好,出的白花少,她老是要秦妈妈给她调弄堂。我看干脆把汤阿英的弄堂调给她。这么一来,就把她的嘴堵住了,做出试验来,保险她没有二话说。不过,阿英肯不肯对调弄堂,还说不定。"

韩云程心里同意这两个人,可是他不敢做主,眼睛朝余静望。余静懂得他的意思,她对韩云程和郭鹏说:

"你们要是没有意见,这两个人的事体我去办。"

韩云程高兴得笑出声来了:

"那再好也没有了!"

二十

郭彩娣站在汤阿英的弄堂里,通体舒畅,一股说不上来的喜滋滋的味道在心里荡漾。弄堂十分干净,每只锭子都校正过了,只只锭子在她眼前发亮。她想:怪不得汤阿英出那么少的白花呢,这样好得弄堂,谁来挡车也不会多出白花。秦妈妈派了这么好的弄堂给汤阿英,把坏弄堂派给她,不是两人合起来有意整她吗?为啥秦妈妈老是不肯给她调换弄堂,现在可明白了,一调了好弄堂给她,汤阿英还有啥风头出呢?陶阿毛要她坚决调换弄堂,越想越有道理,越看越觉得再对也没有了。特别叫她满意的,是汤阿英给她对调,那部老爷车子谁也侍候不了,不怕你有天大的本事,出的白花总少不了。她们两个人的弄堂面对面。这样好得很,她要和汤阿英别别苗头,看看究竟是谁挡车挡得好,她有优秀的技术,她有快二十年的挡车经验,她还有要和汤阿英争个高低的那股劲头。过去因为弄堂不好,她们一直没法比高低。现在调了弄堂,她心满意足,准有把握比过汤阿英,仿佛胜利的曙光已经在她面前升起,得意地说:"瞧今天晚上的,她出的白花一定比我多!"

开车了,机器轰隆轰隆地在转动。果然不出她所料,断头不多,白花也少,她轻松地走巡回,毫不费力地做清洁工作。这一来,她更增加了信心。今天不比平常,这是韩工程师提出来的,要选两个工人做试验,选到她,自然没有意见,偏偏对手是汤阿英,她心里原本不同意,想要余静另外调换一个。余静和秦妈妈都说:"不必换了,反正是做试验,哪个人都一样,你是老工人,技术又好,参加做试验最理想不过了。你们两个人的弄堂还可以对调一下,也看看车子有没有影响。"她一听,淡淡的眉头开朗了,料想一定是管秀芬这个丫头打了小报告,不然余静怎么想到给她调换弄堂呢?并且调换汤阿英的,她还有啥闲话好讲呢?一知道调换弄堂,她心里不但不反对汤阿英,而且赞成汤阿英了。她觉得这几天受够了汤阿英的气,连管秀芬那丫头也笑话她。一个记录工,有啥了不起,也看不起她,简直是岂有此理!和汤阿英两人做试验,也好,过去出的白花多少不能算数,弄堂好坏大有关系呀!看今天的!哼,别说汤阿英了,就连管秀芬这小鬼也要矮下三寸去!她走到弄堂口,暗暗看见汤阿英一双手忙个不停,便抿嘴笑了,愉快地又走进了弄堂。

　　汤阿英在郭彩娣的弄堂里紧张地工作。余静和秦妈妈要她参加试验,她很高兴地接受下来了。后来听说对方是郭彩娣,并且要她们两个人对换弄堂,她很久很久说不出一句话来。最近她一心想团结郭彩娣,郭彩娣老是给她冷面孔看,好像欠她二百吊钱似的。她凡事都让郭彩娣三分,话到嘴边留半句,生怕啥地方冒犯了她。她知道郭彩娣这一阵子白花出得多,不是心思;再和郭彩娣一比较,别以为她在压她。郭彩娣出那么多的白花,她心里实在难过。秦妈妈说得对,单靠一个人干好了不行,要团结大家干好。光是她一个人少出白花不够,整个班的白花浪费还很严重哩!要是全车间三百五十个人每人只要少出二两,每天就可以给国家节约七百两棉花啊!余静说节约一两棉花,等于节约三碗米饭。她想帮郭彩娣一把,可又不知道从何插手。现在要郭彩娣来和自己一道做试验,不是更要闹别扭吗?她把心里的想法告诉了余静。余静要她别顾虑这些,这次试验,是行政上和工会同意的,人选是组织上挑的,同汤阿英没有关系。郭彩娣要有意见,余静和秦妈妈会去解释的。倒是对调弄堂的事,要听听她的意见。她对调弄堂一向没有意见,生产组长派到啥弄堂就到啥弄堂去,从来不挑肥拣瘦的。可是这一回不同呀,这个弄堂她花了很大的力气,才收拾得干干净净,机器也摸熟了,挡起车来很顺手。忽然要她换,她不免有些惋惜;恰巧换的又是郭彩娣的,那两台车,自己从来没有挡过,不知道机器的脾气,又有点担心。对调了弄堂,就要做试验,她更感到没有把握。不过,做了试验,找出生活难做的关键,使得断头率降低了,少出白花了,这对国家的好处多大啊!余静要她对调弄堂,一定有道理的。也许郭彩娣调换了她的弄堂,和她的关系好了起来也说不定。郭彩娣这两天不是天天吵着要调换弄堂吗?给她调换,要是她少出几两白花,也是好事啊!郭彩娣的弄堂,她虽说没有挡过,但是挡它一天两天,也会慢慢摸熟的。她向余静和秦妈妈点了点头。秦妈妈看出她有心思,叫她说出来,她紧紧闭着嘴。秦妈妈问她要不要调换别人的弄堂。她说这一阵子生活难做,挡熟了的车子,谁也不愿意换,还是对调算了。

她今天一早就走进了郭彩娣的弄堂,看到车子不干不净,她的眉头自然而然地蹙了起来。她很快地做了一下清洁工作,车面看上去,心里比较舒服一些了。机器转动了,皮辊花慢慢多了起来,漏头也逐渐增加了。开始她还算安详,记住漏头,不慌不忙走她的巡回。一个巡回走下来,接上漏头,再走过去,那边的漏头,简直多得记不清,那些锭子好像有意和她开玩笑,接二连三地断了,她紧赶慢赶,断头总接不完。真的像郭彩娣所说的,断头都接不完,哪里有闲工夫做清洁工作呢?她忙得手脚不停,额头渗出一粒一粒滚圆的汗珠子,心里却很镇静。她每天的白花一直保持着六七两左右的记录,今天不知道要出多少呢?她手里的白花一团一团地往油衣的口袋里塞,塞了一口袋,一霎眼的工夫,又是一口袋。她忙得真是连喘气的工夫也没有了。她看见郭彩娣在那边不慌不忙,工作得很轻松,断头一定不多,今天下了工准备听郭彩娣的闲言闲语吧。她过去出白花少的记录今天全完了。别人一定会说,连汤阿英出的白花都多了,还能怪旁人出的白花多吗?大家都多出白花,她怎么能够帮助别人呢?这个试验做不成功,生活难做的问题不能解决,浪费了原棉,国家损失多大啊!想到这里,她额角上的汗珠子,像一条水线似的,挂在她红润润的面颊上,连鬓角的头发都湿了。她把鬓角上披下来的头发理到耳朵背后去,用袖子拭去脸上的汗水,喘着气细心地去接头。

工作了一个半钟头,第一道大纱一落,小纱上了筒管,她站在弄堂里,细心研究断头的原因。她一眼看到一个锭子在摇头,走过去细细一看,发现锭子歪了。把这只锭子弄正,顺着望下去,又看到一个锭子歪了,连忙弄正。她走了一个巡回,发现许多锭子歪了,耐心地把一只又一只歪锭子消灭了,漏头少了,她心头松了一口气。可是,走到那边一看,漏头又多了起来,她两只眼睛一个劲盯着锭子看,仿佛要把锭子看穿了似的,锭子好好的,一点也不歪,为啥断头呢?她还是盯着锭子望,最后让她发现了,原来钢丝圈生锈了。她换了几个钢丝圈,加紧了清洁工作,断头慢慢少了,白花也慢慢少了。走了两个巡回以后,她的手才逐渐松闲下来,脚步也不那么急了,舒舒服服地喘了一口气,按着郝建秀的工作法,均匀地走着巡回。

郭彩娣在弄堂里却忙了起来。她的头道大纱一落,小纱刚上筒管,断头就多起来了。她不相信自己的眼睛,怎么会忽然有这么多断头呢?别是眼睛花了,这是汤阿英的好弄堂啊!她接了这个头,又忙着去接那个头,顾不上做清洁工作,也顾不上巡回了。哪里断头,她就走到哪里,心里发慌,手脚忙乱。这么一慌一乱,好像白花故意欺负郭彩娣,不声不响地越来越多了。她忙得满头是汗,汗水像是雨点子似的直往身上落,她也来不及擦汗了,只顾一个劲地接头,再接头。

上海的早晨　（四）

　　她的弄堂如同忽然来了一群白色的蝴蝶,白花轻轻地在上空飞翔。皮辊花也渐渐卷满了。她以为汤阿英有意给她捣蛋,不高兴和她调换弄堂,又不好意思说出口,就暗地里把车子弄坏了。她要找出毛病来,质问汤阿英,厂里号召做试验,作兴这样捉弄人吗? 挡车凭技术,要花招算不了本事。何况汤阿英还是个党员,虽说刚参加不久,但总是个党员啊。党员能够这样捉弄人吗,找出毛病来,她非要拉汤阿英到党支部去,问问余静,党员可以这样欺负人吗? 郭彩娣就是不吃沪江纱厂这碗饭,也不能受这个气。她不声不响地一只锭子一只锭子望过去,看看车上头,又看看车底下,一切都正常,找不出一点毛病来。她歪着头,再聚精会神地听听机器的声音,也听不出有啥毛病。她气呼呼地自言自语:好吧,没毛病就算啦,要是找出一点毛病来,哼,这笔账要算它个清清爽爽! 她一边唠叨,一边埋着头整理车子。

　　汤阿英一眼看到郭彩娣在弄堂里忙得满头是汗,那张不肯饶人的嘴对着车面唠唠叨叨。她想,大概郭彩娣对车子发脾气,在骂山门了。她不能看着郭彩娣忙成那个样子不管,也许是她对车子不熟悉的原故吧。那么多的断头,又那么多白花,是国家的损失啊! 郭彩娣忙着整理车子,闲不下手来接头,汤阿英悄悄地走过去,帮她接头。刚接了两个头,郭彩娣看见了,感到非常不舒服,好像有根针在刺她的心。她认为生活做好做不好是她自己的事,用不着汤阿英来操这份心。郭彩娣坍台,无论如何也不能坍在汤阿英的面前啊。她有本事把车子整理好,凭她的技术也不会落在汤阿英的后头。趁她忙的辰光,汤阿英来帮这么一手两手。试验做成功了,郭彩娣超过了汤阿英,哼,汤阿英一定有话说了:帮了郭彩娣的忙的。她料到今天汤阿英出的白花一定比她的多,汤阿英一定是没办法和她比赛了,只好出来帮助接接头,以后有话好讲。她拿定主意,气冲冲地走到汤阿英身旁,夺下汤阿英正在帮助她接头

201

的那只铜管,放下脸来,冷笑了一声,说:

"谁要你来帮忙的?就是纱头断完了,也不关你的事体。你有本事,再多挡两台车去!"

汤阿英愣在弄堂里,感到莫名其妙。她好心好意来帮助郭彩娣,却受到她的冷遇。秦妈妈说要团结大家把生活做好,为啥团结人这么困难呢?做一个党员真不容易啊!她从来没想到过帮人家的忙也要受气的。难道真的像俗话所说的,越帮越忙吗?不是明明断了很多头吗?郭彩娣要换弄堂,不是对调了吗?还不心满意足吗?郭彩娣心里怀的是啥鬼胎呀!汤阿英怎么动脑筋,也猜不出来,除非钻到郭彩娣的肚皮里去。千错万错,帮助郭彩娣接接头总不能算是过错吧。她实在忍不住了,问郭彩娣:

"彩娣,对我有啥意见,提好了。我有不对的地方,我一定承认错误,保证改掉。你别对我这样。这一阵子你对我的态度和过去不同了,我不了解啥地方得罪了你,憋的气真的要把我肚皮胀破啦!"

"哟,胀破你的肚皮,我可担负不了这个责任呀!你是模范,你挡车的本事比谁都大,我怎么敢对你有意见呢?"

"彩娣,"汤阿英亲热地叫了一声,她有一肚子的话要说,瞧见郭彩娣对她这种态度,心里难过得真想哭出来了,声音有点呜咽,说:"你为啥对我这样呢?看你断了这么多的头,怕你忙不过来,特地帮助你,是为了你好啊!"

"我了解你对我好,我谢谢你还不行吗?难道要我跪在地上给你叩个响头吗?"

"不是要你领我的情,我不是这个意思……"汤阿英站在郭彩娣面前不知道说啥好。

"那是啥意思?"

"我们啥辰光谈谈,好哦?"

202

"那还有不好的吗?"郭彩娣冷淡地说,"快挡你的车去吧,别出了白花又疑神疑鬼的。"

汤阿英讨了个没趣,悻悻走回自己的弄堂。她还是猜不出郭彩娣的态度为啥突然变了。郭彩娣对待汤阿英这个态度,管秀芬看在眼里,记在心里。她也感到奇怪,郭彩娣为啥忽然这样对待汤阿英呢?汤阿英真有耐心,一番好意,却不断碰郭彩娣的软钉子。要是对她这样,她早就对郭彩娣光火了。她本想刺郭彩娣两句,但现在是测定试验,要准确地记下郭彩娣和汤阿英两人走的巡回次数和断头的根数,没有时间谈话。

落纱的辰光,郭彩娣走到管秀芬面前,看她的记录:郭彩娣执行巡回四十次,每落纱断头率是三百零五根。在汤阿英的名字下面,写的是:执行巡回五十三次,每落纱断头率是一百五十三根。郭彩娣看到这次落纱汤阿英断头率比她少一百五十二根,她不声不响地又走进弄堂。管秀芬看她满脸不高兴,知道她在气头上,就没有说她。管秀芬心里很高兴,对郭彩娣的背影撇了噘嘴,那意思说:这回看你有啥闲话讲。

郭彩娣闷声不响在思考这个问题,她想不通汤阿英的断头为啥比她少。下了班,她啥地方也没去,径自回家了。在长宁路上,她遇到陶阿毛,要他明天去检查一下车子。陶阿毛说今天测定试验以前,他在车间检查过那排车子,没有毛病。她便把今天测定的结果告诉陶阿毛。他眼睛一动,奸笑了一声,挑拨道:

"汤阿英,你怎么能和她比哩。她身材不胖不瘦,不高不低,手指不长不短,不粗不细,生就挡细纱车的材料。现在她入党了。生产组长又培养她,各方面一定支持照顾她。她的成绩当然好。你们没比,我早就猜出来了,她的成绩一定比你好。如果组织上培养你,我想,凭你的手艺,一定超过她。"

"你说得对。老实讲,今天试验测定的结果,我心里不服。"郭

203

彩娣听他那么一说,怀疑管秀芬的记录是不是有问题,也许组织上要培养汤阿英,有意把她的成绩记得好一些。她一门心思想着这个问题,无心和陶阿毛谈下去,搭上公共汽车,到漕阳新村去了。

郭彩娣走进秦妈妈的房间,她刚刚到家,正坐在窗前的椅子上休息哩。秦妈妈倒了一杯开水,送到郭彩娣面前,关怀地说:

"今天试验了一天,累了吧,快坐下歇歇。"

"不累。"郭彩娣坐了下来,喝了一口水。

"今天你们两人测定的成绩怎么样?"

"那还用问,阿英长得不胖不瘦,不高不低,手指不长不短,不粗不细,天生的挡细纱车的材料,心灵手巧,又有组织培养,谁也比她不过。"

秦妈妈听她的口气不对头,不再问她测定的成绩,不解开她思想上的疙瘩,会影响这次测定试验的。她说:

"人的能力不是天生的,是靠在实践中磨练出来的。一个人的身材有高有低,手指有粗有细,这不决定挡车好坏。就说阿英吧,你了解,她刚进厂学接头,费了多大的劲,急得满头满脸都是汗,好容易接上一个头,两边却撞断了一大片。那年考接头工,她紧张得都记不住两分钟接了多少头,连我叫她,她都听不见哩。考上接头工,她早上班,晚下班,为了练好技术,抓紧时间,还经常把纱带回去练。有段时间练掐头,纱条把她的手指头都勒出了红殷殷的一道血,还是坚持练,才练出一手硬功夫。你的手艺不错,不也是在实践中磨练出来的吗?"

郭彩娣回想当初自己也不会接头,也是一天天苦练出来的。她的气消了一半,但汤阿英还是和她不同,有组织上的培养和支持。她说:

"这个问题,你说的有道理,我自己也有点体会。"

秦妈妈知道她关心另一个问题。她接着告诉郭彩娣:

"组织上确实在培养汤阿英……"

郭彩娣没等秦妈妈说下去,以为这个问题道理在她一边了,秦妈妈亲口承认了。她插上去说:

"我早就看出来了。"

正在郭彩娣得意的时刻,秦妈妈却说:

"组织上也在培养你……"

郭彩娣眼睛睁得大大的,露出惊诧的光芒。

"也培养我?"

"当然也培养你。你在政治上很进步,在生产上又是能手。群众对你的印象很好,你和群众的关系也不错,党支部早就培养你了。张小玲为啥经常找你谈心呢?是党支部给她的任务,帮助你,培养你。党支部讨论阿英入党的会议,为啥请你列席呢?这也是培养你。这次测定试验,选你和阿英参加,也是在生产上培养提高你们两人的能力啊!"

"哦,"郭彩娣恍然大悟,高兴地说,"你不说,我还不晓得,以为党支部只是培养汤阿英一个人哩,差一点错怪了人。"

"厂里的工人,党支部和工会都在培养,不过对你和汤阿英她们是重点培养,成为典型,好带动大家一道前进!"

"我明白了。过去,我乱猜疑是错误的。"

"你有意见说出来,很好;解释清爽了,好办事体。"

"我走了。"郭彩娣兴奋地站了起来。

"在这里吃了饭再走。"

"不,我要早点回去休息,打算明天提前到厂里去,做好测定试验的准备工作。"

经过一再的试验,韩云程收集到各方面的材料,在试验室里反复和郭鹏研究,他的脸上慢慢露出了笑容。他准备再写一个报告送给行政,同时也抄给工会。还没有等他起草,余静约了梅佐贤,一同来到了试验室。余静一直关心车间试验的情况。她亲自下车间摸情况,听反应。她知道今天试验结束了。等不及韩云程来汇报,和梅佐贤一道来找韩云程了。韩云程手里拿着记录,见了余静和梅佐贤走进来,笑嘻嘻地迎上来,说:

"你们两位来了正好,不必等我把报告写好,可以先谈谈。"

"有点苗头哦?"梅佐贤笑着问。这两天徐总经理在忙着欢迎民建中央大员,又去听中央大员的劳资关系的报告,根本没有时间问厂里的事。徐总经理不问,梅佐贤乐得清闲,何必自己找那些麻烦,为啥不享享福呢?他正想出去散散心,到啥地方轻松轻松,恰巧余静走了进来,约他一同上试验室。余静满脑筋的总是工作呀,开会的,这个不懂得生活享受的怪人,忽然麻烦到他的头上来了。他真是哑巴吃黄连,有苦说不出。厂长吗,怎么可以不关心关心生产哩。他见韩云程那么兴致勃勃,也显出很关心的神情,轻松地这么问了一下。

"苗头?大有苗头。"

"韩工程师,"余静问,"试验的结果怎么样?"

"我正要谈这个。从试验的结果看,问题比较清楚了。测定的结果表明,看五百锭断头率是一百三十根,看八百锭断头率是一百五十二,相差不大。特别能说明问题的是汤阿英和郭彩娣两个人的记录。汤阿英执行巡回五十三次,每落纱平均断头率是一百五十三根;郭彩娣执行巡回四十次,每落纱断头率是三百零五根,两个人相差一百五十三根。我们另外还做了一个试验,把五十二号的纱车左车部的皮圈、皮辊的清洁工作做好;右车部不做,可以减少断头八根,以一千锭计算,每落纱断头率可以减少四十根。"韩云程一边看记录,一边计算,说得趣味越来越浓,"因此说明看锭能力提高,对执行郝建秀工作方法不矛盾,相反的,掌握了工作法,像郝建秀这样,却是减少断头,少出白花,做好生活的一个关键!"韩云程一口气说下来,最后才喘了口气,兴奋地问郭鹏,"你说,我这个分析对哦?"

"完全对。"郭鹏看韩云程说得头头是道,试验做得件件如意,心里有一种说不出来的酸溜溜的味道。他看见梅佐贤坐在写字台旁边,扶着头,听得很出神的样子,连忙夸耀地补了一句,"我们提出做这几个试验,是解决问题的关键。经过测定,果然是这样。"

"还来不及和郭主任仔细研究,现在他的看法和我一样,关键的问题让我们找到了。余静同志交给我的任务,算是勉强完成了。"韩云程感到浑身舒服和愉快。

更愉快和舒服的是余静。她最近一直在担心厂里生活难做的问题。凭她个人挡车的经验,她知道提高看锭能力是可以的。就车间姐妹这两年的技术进步来说,也完全具备进一步提高看锭的条件。可是白花多了起来,断头多了起来,除了细纱间生活她比较熟悉以外,其它车间的生活她就不大熟悉了,就是知道一点,也不过是皮毛,心里没有把握。她断定多出白花和断头增多不能完全怪在提高看锭能力上,可是她没找到科学的根据。韩云程的试验,给她提出了有说服力的证明。她凝神听了韩云程的分析,预见到生活难做的问题解决了,厂里生产面貌会有很大的改变,国家的损失不但减少了,这么一来,而且会增加国家的财富。想到这里,给她带来了莫大的喜悦。她高兴地说道:

"关键问题找到了,那一切就好办了。根据测定和韩工程师的分析,要使细纱间生活好做,首先要解决断头率问题。要解决断头率问题,又要保证前纺品质,做好保全工作和执行郝建秀工作法这些方面来共同配合。这么看来,解决了断头率问题也就改进了各个车间的工作。韩工程师,你说是哦?"

"完全正确。"韩云程微笑点头道,"我刚才准备写报告,手头这么一大堆材料,不晓得怎么分析归纳,也不晓得提啥意见好。给你这么一说,全有了,我的报告也用不着写了。"

"郭主任,"余静站在郭鹏对面,问他,"你有啥补充?"

"没有。你把主要问题都抓住了。"

"那我们全厂提这么一个口号:为减少断头率而斗争!梅厂长,这样行吗?"

梅佐贤听韩云程嘴里讲的那么多数字,觉得枯燥无味。测定断头率……他全没兴趣,反正现在徐总经理也不会问他这些问题的。徐总经理不问,他关心这些事就没有意义了,不必伤这个脑筋。余静约他来,他不好拒绝,以为听听就算了。他并没有认真在听韩云程和余静说的话。他在想今天晚上到啥地方去跳舞,还是到资方代理人联谊会去喝他两杯老酒。他正在犹豫不决的当口,听到余静问他,这才意识到他还坐在试验室的写字台前面,车间的轰隆轰隆的机器声,不断从外边进来。他抖擞精神,好像睡醒一觉似的,搓了搓两只肥肥的手,问:

"口号?"

"为减少断头率而斗争!你觉得怎么样?"

梅佐贤瞠目不知怎样回答。郭鹏在一旁暗中看出了,不露痕迹地把余静的意思解释了一下,梅佐贤这才从云里雾里走出来,恍然大悟地说:

"很好。"

"那我们就把这个工作当做目前生产当中的关键问题来解决……"

余静还没有说完,梅佐贤马上拥护道:

"我也是这个想法。"

余静接下去说:

"我想可以从三方面来下手:行政对机械设备和保全修机这些方面进一步采取技术措施;韩工程师他们加强车间生产管理,凡是生产上的技术问题,都归韩工程师和郭主任指导;我们工会准备发动工人,展开劳动竞赛,巩固郝建秀工作法,减少断头率,达到我过去所说的目的:巩固看锭能力,稳定生产,增加生产!"

"这个目的一定能达到。"韩云程想起他写的第一个报告的内容,脸上不禁发烧,惭愧地说:"这次各种测定,都证明了工人的潜在能力是无法估计的。特别是汤阿英一直坚持执行工作法,最能说明了。我过去的估计是不对的,的确不是减少看锭数量,而是巩固看锭能力。这一测定,给我教育意义太大了。"

"在工作中,每人有不同的看法,那没有关系。找到一个共同的正确看法,就好了。这次依靠工人和工程技术人员的力量,才找到关键。现在解决问题,还要依靠工人和工程技术人员的力量。"

"不,主要是党支部和工会的领导。"韩云程听余静这番话,脸上的烧退了,心里热了起来,一股暖流在胸中回荡。他等待的是批评,听到的却是表扬。他的顾虑少了,胆量大了。他拍着胸脯说:"这些都是我们的责任。我敢保证:几天之内,我们厂里的生产就要改观!"

"总经理听到了一定很高兴。"梅佐贤暗示地望了韩云程和郭鹏一眼,那眼光的意思是:总经理也会奖励你们的。现在关键找到,问题就要解决,他再不能袖手旁观了。这次徐总经理把厂里的事都交给他处理,解决这么大的问题,功劳不小呀!他真的积极起来,仿效余静的口吻说:

"韩工程师,你去办吧,有啥困难,行政上支持你。"

他暗中看到余静站在旁边,嘴嗫嚅着,好像要讲啥。怕她不同意自己讲的这几句话,他慌忙又加了两句:

"有党支部和余静同志,天大的困难也不要紧,嗨嗨。"

二十一

在阳光的照耀下,钱塘江如同一条宽阔的银带似的。骄阳射在水面上,像是千千万万条银鱼在江面上跳跃,闪闪发光。不时有一两只木船扬着白帆,迎着刺眼的日光,顺流而下。从屏风山上远望,那船就像白色的海鸥掠过水面而去。

屹立在钱塘江边的屏风山,上面建筑了一座宫殿式的洋楼,一间一间精致的卧房,打开窗户就可以看见翠屏也似的山峰旁边这条大江。在阳台上,低头望下去,钱塘江就在山麓下静静流去。

汤阿英坐在阳台的藤椅上,望着钱塘江日夜不断地在流,想起了黄浦江,想起了苏州河,想起了苏州河边的沪江纱厂,一直想到她的细纱车间。她好像随着钱塘江的水流到了黄浦江,流到了苏州河,回到了她熟悉的细纱车间。她看见姐妹们都在忙碌地挡车,日班下工了,夜班的工人又走进了弄堂。她也忍不住走进了弄堂,和大伙一样挡起车来了。

管秀芬见汤阿英老是望着钱塘江,一句话也不说,仿佛有心事。她推了一下汤阿英的藤椅,笑着说:

"看风景看呆啦!"

汤阿英深深陷入沉思里,突然听见藤椅吱的一声,回过头来一看:白云冉冉从阳台旁边掠过,把山下的大江遮盖起来了。她生怕自己跌下去,兀自吃了一惊。她转过脸来,听见管秀芬格格的银铃一般的笑声,这才想起旁边还有人坐着哩。

管秀芬捂着嘴,忍着笑,问她:

"有啥心事吗？刚出来没两天，是不是在想张学海？你们真是一对好夫妻，一天也离不开。"

"谁说我想张学海的？我们是老夫老妻，别说离开这两天，就是离开一年也不要紧。"

"那么，是想巧珠？"

"也不想。有她奶奶疼她，我才不愁哩。"汤阿英说，"不像你们年轻人，一离开家就想了。你是不是在想他？"

"啥人？"管秀芬从脖子红到耳朵根那里，她低下头，手里玩弄着辫子梢，把身子微微一摆，说，"啥人我也不想。"

"不见得吧？"郭彩娣望着对面山上莽莽苍苍的树木，抿着嘴笑了。

"你的心事老老实实告诉秦妈妈，她认识的人多，办法又多。"

秦妈妈坐在管秀芬对面，摇摇头，说：

"小管的事，用不着我帮忙。年轻人要自己谈恋爱，嫌我们老太婆夹在当中多事。"

"啥辰光请我们吃喜糖呢？"郭彩娣问。

管秀芬顿时想起陶阿毛最近老是要和她详细谈谈，她一直没给他约时间。一提到结婚的事，她心里又喜欢，又有点担心，不知道两个人在一道生活是啥滋味。钟佩文不断找机会和她接近，他那样忠心耿耿地对她，使她不好意思断然拒绝。她心里一直矛盾着，拿不定主意。她低着头，羞涩地说：

"我谁也不想。一个人生活不是很好吗？"

"你一辈子不嫁人？"郭彩娣问。

"唔。"

"当老处女？说得真漂亮。"汤阿英抓住管秀芬黑油油的辫子一抖说："这两根辫子一生一世也不剪哪！"

管秀芬陷在窘境里，一时解脱不开。她一张嘴说不过她三

211

张嘴,阳台上也没有旁的人。当场要是有钟佩文,他一定成为谈话的中心,至少可以对他讲几句,就不会再集中在她身上了。她正愁没有办法,汤阿英一逼,想起汤阿英刚才发呆的神情,她有话可说了:

"你刚才究竟在想啥呀?这里也没有外人,你为啥不肯说出来呢?"

郭彩娣问啥事体。管秀芬绘影绘声地描述了一番,连秦妈妈也听出浓厚的兴趣来了。大家都要汤阿英说。汤阿英给大家三问两问,逼得没有办法,只好把她刚才想的事说出来,最后说:

"我这双手,从来没有闲过。休养了两天,两只手搁没地方搁,放没地方放,心里有点闷得发慌啦,真想回到厂里劳动哩。"

"你是苦命,"管秀芬暗暗得意终于摆脱开窘境,把话题转到汤阿英身上。她怕郭彩娣没轻没重又要开她的玩笑,立刻又朝汤阿英身上说道,"连享福也不会。"

"你说的倒也对,我是苦命呀!过去只听人家说:上有天堂,下有苏杭。从来没有想到自己也会到杭州来白相!住在这么好的宫殿里,好山好水就在眼前,每天尽你看个够。山呀水的在脚下,连云彩有时也从我们身边飘过。"这时白云冉冉地从阳台飘过,钱塘江又露在山下边了。汤阿英指着慢慢远去的白云说:"我们好像真的上了天堂,成了神仙了。"

"成了神仙,又想念红尘,这不是自寻苦恼吗?"管秀芬又说了一句。

"想起姊妹们都在车间生产,我们在这里享福,心里实在过意不去。"

"为啥过意不去?"郭彩娣想起提高看锭能力的那股劲头,差点叫她丢脸,幸亏她的技术好,才慢慢埋头赶上。现在一道出来休养,汤阿英又闹闲得慌了。汤阿英想回上海不打紧,她们一同出来的,她好意思一个人留在屏风山吗?她急得脸有点发热,心直口快地说:"也不是我们自己要出来的,是组织安排我们出来休养的呀!"

根据余静的建议,厂里展开了一场巩固郝建秀工作法,减少断头率的劳动竞赛。余静亲自下车间,在整个细纱车间树立对郝建秀工作法的正确认识,还和秦妈妈一道提议汤阿英小组作为典型,包教包学,做到人人都懂,互相帮助。要汤阿英帮助郭彩娣,这可难坏了汤阿英。一看到郭彩娣那副腔调,怕再碰钉子。这是余静给的任务,党支部书记亲自交给的啊,怎么好不执行呢?她要想个法子,先和郭彩娣把关系搞好。她看到郭彩娣弄堂里老出白花,替她担心。有次,郭彩娣上厕所去了,忘记找人给她看,断的头很多,出的白花更多。汤阿英赶快到她弄堂里,给她看着,把车子收拾得干干净净的。见她掀起灰布帘子回来,汤阿英悄悄回到自己的弄堂里来。接连三次,郭彩娣回来一看,车子很干净,也没断头,不知道谁给她看的。别人告诉她是汤阿英看的。她心里一怔,汤阿英这么关心她,帮了忙,还不告诉她,过去错怪了汤阿英。那次暗中比赛的结果,郭彩娣整整两天没有开口,同谁也没有说话,在寻思为啥对调弄堂,她出的白花还是比汤阿英多。她把自己一双手看过来又看过去,难道这双做了快二十年生活的手落后了吗?她哪一点比不上汤阿英呢?郝建秀工作法吗?她也执行了。有时断头太多,照顾不过来,不能怪她啊。弄堂?她知道自己原先那副老爷车子谁也挡不好的,汤阿英的弄堂整个车间是有名的,她还有啥闲话讲。秦妈妈那次和她谈话,她再也找不出反对的理由来,她心里已经暗暗服输了。余静提出对郝建秀工作法要有正确的认识,别以为老资格,马马虎虎走个巡回就算数了;要认真地均匀地掌握巡回,随身带好用的工具,按时换好粗纱,做好清洁工作,还要注意车子有没有毛病……她认为余静每一句话都是对她说的。这时才清醒地想起自己的毛病,单凭过去老一套做生活,不灵啦。做试验时,汤阿英帮助她,曾经误以为是想压倒她。现在帮助她,看出汤阿英的真心诚意来了。汤阿英对她很好,从不想占她一点便宜。汤阿英那么关心她,是好心好意爱护她啊!她觉得对不起汤阿英,可是说出去的话,再也收不回来了。在弄堂会议上,讨论余静的讲话,管秀芬说:"汤阿英执行先进工作法,死弄堂变成活弄堂;不执行工作法的人,活弄堂也会变成死弄堂。"汤阿英听了这几句话,心里有点着急,怕郭彩娣受不了。要在平时,郭彩娣听见管秀芬的冷言冷语,一定要跳得八丈高,可是她这回心里特别平静,认为管秀芬搔到她的痒处哩。余静说要树立对郝建秀工作法的正确认识,实在太对了。她冲着汤阿英说:"不是我的弄堂不好,是我执行工作法不好。过去我错怪了秦妈妈和阿英,是我不对。"汤阿英说过去的事算了,只要今后把生活做好,谁也不会把这些事体记在心上。散会以后,汤阿英等郭彩娣换衣服,和她一同回去。在路上,郭彩娣低着头,小声地问汤阿英怎样挡车的,为啥断头和白花都很少。汤阿英毫不保留地把执行工作法的要求一一告诉她,并且愿意到她的弄堂里帮助她。她说了一声:"好。"汤阿英听到这个"好"字,浑身舒服极了。汤阿英耐心教她。她细心学习,很快便掌握了郝建秀工作法。她对秦妈妈说:"过去执行工作法,是嘴里说一套,心里想一套,手里做一套。汤阿英和我,一个包教,一个包学,现在三套变成一套了。"秦妈妈说:"过去大家认为看锭多了,不好执行郝建秀工作法;现在郝建秀工作法执行好了,断头减少了,白花出少了,看锭也巩固了。这是一个思想上的大翻身啊!"秦妈妈和郭彩娣这么一说,大家心亮了,都笑开了。一场紧张的劳动竞赛之后,正好上海总工会要组织一批优秀的工人休养,厂里工会根据群众的意见,便派秦妈妈她们四个人到屏风山上海工人疗养院里来休养了。

"当然是组织上派来的,"管秀芬接着说,"要不,我们自己怎么能到这些地方来?"

"这回出来休养,对劳动模范是一个很大的鼓励啊!"秦妈妈说。

"星星跟月亮,我们沾了阿英的光哩。"

劳动竞赛之后,厂里评选了劳动模范,第一名就是汤阿英。秦妈妈是第四名,郭彩娣和管秀芬都是先进生产者。管秀芬对汤阿英的赞扬,引起郭彩娣内心的惭愧。汤阿英争取当模范,果然让她争到手了。她接着说:

"是呀,我们啥事体都沾阿英的光!"

"彩娣,不要挖苦我。"汤阿英说,"我哪桩事体不是靠了大家,你教过我技术,镶粗纱接头法不是你教我的吗?"

"那是过去的事体。"

"小管教过我文化,有些字,不是她教,我到现在还认不得哩。"

"你也不是文化模范,你是劳动模范,同我教你识几个字没有关系呀。我不敢领你这个情。"

"就是生产,也靠了大家,没有余静、秦妈妈和韩工程师他们,我们的生活都做不好啊!要说劳动模范,我哪里够资格?你们资格比我老多了,我还不会接头的辰光,你们都是老工人了呀!这次评选,还不是大家抬举我,鼓励我加油干。这里面也有你们的功劳哩。要说沾光的话,我是沾了你们的光。劳动模范这个光荣,不是给我一个人的,是给大家的。"

郭彩娣听了心里美滋滋的,汤阿英虽然当了劳动模范,可还没忘记大家对她的帮助。这里面真的也有她一份功劳哩。要不是汤阿英自己提起,她倒忘记了。

"阿英说得对。"秦妈妈拿起面前小圆藤桌子上的一杯菊花茶喝了一口,说,"劳动模范是鼓励大家的,不能个个都当模范;有的人评做先进生产者,也是对大家的鼓励。这次出来休养,更是对大家的鼓励,不好同时个个都出来休养,那车间的生活谁做呢?只好轮流出来休养。"

"人家闲得闷得慌,想回厂里去哩。"郭彩娣看了汤阿英一眼。

"别说阿英啦,就连我这副老骨头,也闲不下来哩,总觉得两只手空着,不晓得做啥好。住在这里,一不上工,二不做饭,整天白相,我这双眼睛看风景都看累了。"秦妈妈两只眼睛眯成一条线,笑嘻嘻地拉着她们三个年轻人,说,"你们真幸福,这么年纪轻轻的就享上福了。"

管秀芬说:

"你也不错呀!"

"我?谈不上啊,苦了一辈子,骨头都快打鼓了哩。"

"不,"管秀芬说,"你是老来红,越老越红,好日子还在后头哩。"

"这一辈子只要看到社会主义,我就是闭了眼睛也舒心。"

"看你身体多结实,从来也不生病,起码要活到八十岁,肯定看到社会主义。"

"趁这会身子结实,好好多干两年,让社会主义早点到来。"

"是呀,"汤阿英又想到厂里了,她说,"我们明天就回去加油干吧!"

"明天就回去?"郭彩娣两只眼睛睁得大大的。

"你看怎么样?"

"我没啥意见。"

"各人都可以发表意见,"秦妈妈说,"愿意留下的,住满一个礼拜回去;想回去的,早走一天两天也可以。"

"我想先走……"汤阿英望着秦妈妈。

"我也先走。"

秦妈妈问管秀芬为啥也要先走。她说：

"星星跟月亮么,月亮要回去,星星当然跟着走呀!"

"你又拿我开玩笑了。"汤阿英说,"你们多住两天好了。"

管秀芬怀念陶阿毛,想早两天回去好同陶阿毛深谈一次,了解了解他的心事。她坚持要和汤阿英一道走,秦妈妈也想回去。郭彩娣一个人留下,显得孤单。她建议回去以前,再到西湖上划一次船,白相个痛快,然后一同提前一天回去。大家都同意。第二天下午四点钟光景,她们四个人坐了一条小船,在孤山脚下慢慢划去。孤山上树木郁郁苍苍,山坡上绿茵似锦,盛开着斗艳争妍的五光十色的鲜花,如同一大片翡翠上镶着各色各样的奇宝异石。

郭彩娣坐在船尾望着孤山,一边划,一边掌舵,小船慢悠悠地在碧澄澄的湖水上轻轻地滑过。静静的湖面上布满了碧翠欲滴的荷叶,像是插满了密密麻麻的翡翠伞似的,把湖面盖得严严实实,只是当中留了一条狭长水道,恰巧够一条船划过。在一片碧绿当中,仿佛有人撒了无数支朱红的大字笔,饱满的笔锋冲着爽朗的晴空,偶尔看到一棵两棵盛开的水红色的荷花,又像是一个个少女含羞地露出她的红艳艳的面孔,笑脸迎人。郭彩娣看到这一片荷花,竟然忘记了划船,小船隐没在碧绿的荷叶丛中。

管秀芬坐在船舱当中的靠垫上,她也给荷花吸引住了。她伸手抓一片荷叶,用手在湖里掬了水,向荷叶上一撒,像是无数大大小小的珍珠落在碧绿的玉盘似的。一粒一粒珍珠却迅速地滚到荷叶当中,变成一粒滚圆的大珍珠了。她好奇地叫道:

"你们看,多少珍珠啊!"

秦妈妈和汤阿英坐在当中,偏过身子去望。她又掬了一点水撒在荷叶上。秦妈妈说:

"小管,把珍珠用线穿起来,戴在脖子上,你就更漂亮了。"

"要漂亮做啥?"

"好做新娘子啊!"

秦妈妈一句话把管秀芬说得像是一朵荷花露在碧绿的荷叶当中。管秀芬嘟着嘴说:

"秦妈妈也拿我开玩笑!"

"只准别人开玩笑,不准老太婆说话吗?"

"小管在荷叶当中,真是漂亮极了。"汤阿英也赞赏了两句。

"还不快划?老待在这里,彩娣,你是有意让她们取笑我吗?"

"好,快划。"郭彩娣真的划了,接着用桨朝湖底一撑,船身一摇摆,把两边的荷叶震动,好像要拍翅飞扬,翩翩起舞,小船从碧绿的荷叶丛中完全露出来了。她笑着说:"快送你回去,好早点请客吃喜酒!"

"彩娣!"管秀芬瞪了郭彩娣一眼。

郭彩娣平时说不过管秀芬,总是吃她的亏。这回轮到郭彩娣说管秀芬了:

"怎么样?还嫌不快吗?等不及啦,好好,再快一点。"

汤阿英掉过头去,凑趣地说:

"快点划,早点到家,多给你一点船钱,让你回去买喜酒喝。"

郭彩娣很老练地把船划到荷叶当中的那条航道上来,不消几桨,就划到西泠桥下了。管秀芬低着头,暗暗朝半圆形的桥洞望去:湖面豁然开阔了,落日的余晖把粼粼的湖水染成橘红色,一层一层涟漪闪发着金黄色的光芒。船出了桥洞,向左一转,朝平湖秋月那边划去。西边是对峙的天竺山,满山树木,给人一种莽莽苍苍的感觉。管秀芬坐在船头窘得不敢答汤阿英的话,怕引起更多的话头。她侧着身子,眼睛望着前方潋滟的水光,装作没听见她们在讲啥。

"小管,为啥不开口呀?舍不得给我船钱买喜酒喝,那我就不要船钱了,算我送的喜礼吧。"

郭彩娣在船后头这么大声说,管秀芬还是不吭气。她在四处搜索,想法跳出被她们三人包围的窘境。她忽然看见一条大船从湖心亭那边驶来,船头坐着一个矮胖的中年人,那个圆球也似的胖脸好生面熟,她仔细望了望,忽然大叫道:

"你们看,那是谁?"

她们三人都朝管秀芬指的方向看。秦妈妈一看那轮廓,她认出来了,说:

"那不是徐义德吗?他怎么也来西湖白相?……"

她的话还没有讲完,那只大船后面站着一个船夫,一篙下去,大船箭似的在万道金波上面滑溜过去。秦妈妈她们再也看不清船上究竟坐的是哪些人的面孔了。她们望着那条大船向岳坟那边去了。

二十二

　　徐守仁一跳下公共汽车,匆匆从衡山路转过来,一步快似一步,简直是在赛跑。但一走进他家住的那条幽静的马路,他的脚步却迟缓下来了。一种愉快和羞愧的情绪交织在他的心头。一走出提篮桥监狱大门,他的心早已飞往家里去了,等到望见那两扇黑漆大铁门上两个狮子头的金色铁环,他的步子又踌躇了。他不知道家里有啥人在家,爸爸一定不在,娘也许在,林宛芝大概会在。见了她们说啥呢?特别是林宛芝,怎么有脸见她呢?娘从来不把她放在眼里,这回看到他从监狱里回来,不是送给她奚落吗?他像是已经望见林宛芝了,惭愧地低下头来。他站在红墙外边,望着熟悉的邻居房屋,回过头来,不想回家去了。可是娘日夜在家盼望着他,为啥走到门口还不回去呢?他鼓起勇气,又走到黑漆大铁门那里,轻轻敲了两下。门开了,老刘看见是他,兀自吃了一惊,定了定神,认真一看,果然是他,连忙弯腰堆着笑容说:

　　"大少爷,你回来啦。"

　　"唔。"他不好意思地点点头。老刘那天夜里亲眼看见他给人民警察逮捕去的。

　　"受苦啦,快进去歇歇。"老刘过来要拿他手上的包袱,说,"我给你送进去。"

　　"用不着,我自己提一样的。"他径自走上了台阶,进了门,他想上楼直接到娘的卧房去,可是客厅里传出来娘的声音:"你们去吧,我啥地方也不去,我留下来看家。"他改变了主意,在客厅门外边轻轻叫了一声:"娘!"朱瑞芳打开客厅的门,走了出来,一见是他,睁大了两只眼睛看着他,好像不认识他一样的,眼睛里露出惊奇的光芒,接着面孔上闪现着快意的笑容,不禁大声叫了起来:

"啊!守仁回来啦!"

"谁?守仁?"徐义德从沙发里站了起来,他想这是不可能的事,守仁判刑一年还没有满呢。他走到客厅门口一看,站在他面前的,头微微低着的可不是徐守仁吗?

朱瑞芳一把拉着儿子走进客厅,一边说:

"快进来歇一会吧。"

朱瑞芳的两只眼睛一会也没有离开过徐守仁,从头看到脚,又从脚看到头,站在他身旁,用手按着他的肩膀,忍不住伤心地说:

"看你,人瘦成这个样子,面孔苍白,像生了一场大病一样……"朱瑞芳看到儿子有些消瘦,没有从前那样浑身都是肉,一阵心酸,眼眶润湿,眼泪快要掉下来了,怕给人看到,把她腋下的手绢取了下来,拭了拭眼睛,痛惜地问道,"你在里头吃得饱吗?"

"吃得饱……"

"怎么瘦成这个样子呢?"

"吃的是糙米饭,也没有多少小菜,哪能会胖呢?"

"我每次探视给你带的小菜,你没有收到吗?"

"都收到了。……"

"面孔为啥这样苍白?"监狱里没有镜子,徐守仁不知道自己的脸色怎样苍白,一时愣住了,没有吭声。

"关在监牢里,整天晒不到太阳,面孔当然苍白。"徐义德没料到儿子出来这么快,觉得应该让他在监狱里多受点教育才好,免得回到家里来又闹翻了天。看朱瑞芳问长问短,有点不耐烦,暗中顶了她一句。

朱瑞芳没有在意,按着儿子的肩膀,关心地说:

"让我看看你的手。"

徐守仁把手伸在娘面前,她轻轻地抚摸着,惊异地说:

"这只手怎么变啦?我记得从前是雪白细嫩的,现在为啥长了这么厚的老茧?义德,你看看,这只手多粗!"

徐义德不耐烦地望了她一眼:

"孩子刚回来,让他坐下来,好好歇一会,别老是站着。"

"哎呀,你不说,我倒忘记了。"朱瑞芳拉着徐守仁走到矮圆桌的双人沙发那里坐下,说,"累了吧,歇歇。"

老王听说徐守仁回来,连忙泡了一杯浓茶,用福建漆托盘送了进来,走到徐守仁面前说:

"大少爷,你好,喝杯热茶。"

"谢谢你,老王。"

朱瑞芳对徐义德说:

"孩子回来,身体这么不好,要好好给他补补。"

"唔。"徐义德应付地答了一声。

"这孩子比过去懂事啦!"

"长了这么大,应该懂事啦!"

徐守仁端起那杯狮峰龙井茶,只见茶色清澈,香气清新,一口下去感到味道醇厚,顿时精神一振,满嘴芬芳,舌头上甜丝丝的。他咕噜咕噜地又喝了好几口。他从来不知道绿茶这么好喝:

"这茶真好喝,老王,给我再泡一杯。"

"好的,给你多加点叶子。"

一眨眼的工夫,老王把另一杯绿茶放在他的面前。他端起茶杯,留心看了一下客厅:大太太和林宛芝坐在进门右首靠墙的那一排沙发上;没料到家里的人都在,连吴兰珍也在,坐在大太太身边。林宛芝一个劲看他,大概心里在笑话他吧,不然,为啥老盯着他呢?幸好娘坐在他旁边。林宛芝敢怎么样?他端着茶杯,一口一口品着,也不看大家,也不说一句话。客厅里突然鸦雀无声,沉寂起来了。

徐义德坐在徐守仁对面,看他低头喝茶,好像有啥心事。徐义德怕他又做了啥见不得人的事,别是从监狱里逃了出来的,要是给政府知道,问题可就大啦。徐义德怀疑地问:

"你不是还有几个月刑期才满吗?"

"是的。"

"那你为啥不听我的话,在里面遵守规定,好好学习,改邪归正,重新做人,怎么又回来呢?"

"是法院要我回来的。"

"要你回来的?"徐义德棱起眉峰,有点困惑。

徐守仁从口袋里掏出一张折叠得整整齐齐的纸递给徐义德,说:

"你看。"

徐义德接过那张纸,打开一看,那上面写的是:

青年徐守仁,受流氓诱骗,腐化堕落,进行偷盗,破坏革命秩序。判处一年徒刑后,在狱中积极劳动,努力学习,并对所犯罪过,确有所悔改,决定予以假释。

上海市人民法院

在上海市人民法院下面还盖了法院鲜红的圆圆的大图章。徐义德看到后面,眉峰开朗,脸上也隐隐露出了笑意,说:

"那好哇。"

"这次能够提前假释,就是听了爸爸的话,监狱里要我做啥我就做啥,每天到工厂工作八个小时。我学会了排字、拼版、打纸型,还学会了开印刷机器哩。要不,我的手就会那么粗!"他把手摊给大家看。

"在牢里还学会这些本事,真了不起!"大太太闹不清拼版和纸

223

型一些名词，只听懂了开印刷机器。就凭这个，本事也不小哩。她想一定是得到观音菩萨暗中保佑，消了灾。她要是不念那一万遍观音菩萨宝咒，守仁这孩子一定蹲在监狱里还出不来哩。她说，"我知道菩萨保佑你，你早晚要出来的。"

"这倒不错，"林宛芝淡淡地搭了一句，"在里面还学了技术，成了排字工人啦。"

"那可不是！不是我吹牛，现在要是让我到印刷厂去，我准可以当一名工人。"徐守仁夸耀地转过身来，对徐义德说："下了工，没有事，我就看书，看《解放日报》……"

"你看什么书？"娘没想到在狱中还可以看书，后悔没有给儿子送书进去。

"小说。"

"不学正经的，又看这些闲书。"徐义德的眉头有点皱了起来。

"我看的那本《普通一兵》，写得很好。主人公马特洛索夫原来是一个流浪儿，后来变成一个英雄了。他那坚强的意志，走上正确的道路，给了我很大的教育。你不是要我努力学习吗？我在里面一点时间也不浪费，听你的话，有空，我就拿本书看。……"他想过去父母对自己的教导，只当耳边风。娘为了不叫他整天和流氓阿飞鬼混，亲自陪他到电影院去看电影。看了一会电影，他说要到厕所去，就溜走了。爸爸规定他每天晚上九点钟一定要回家。多少个黑夜娘都守在他的身旁，怕他出去胡闹。等娘睡觉，他悄悄地溜走，找楼文龙他们白相去了。他最后走上偷窃的道路，叫人民警察抓进了监狱。在监狱的管教下，他才一步一步走上正确的道路。想到这里，看到爸爸和娘，觉得对他们不住，一阵心酸，忍不住淌下几滴眼泪，声音有点呜咽，话也说不下去了。

朱瑞芳没有料到儿子回来得这么快，大家恰巧都在客厅里，给她一个措手不及。守仁出事，她一直想瞒着家里人，只是和丈夫私

上海的早晨 （四）

下商量怎么营救。其实家里每一个人都知道这回事，她不提，大家就不做声。现在守仁当着众人的面回到家里，一切都暴露无遗了。她想止住，却又没法挽回，只好让徐义德问长问短。守仁这孩子也不懂事，不管啥事体都毫无顾忌地侃侃而谈。她坐在旁边心里噗咚噗咚地跳，怕他把丢脸的事都说出来。她看到徐守仁掉下了眼泪，用手绢给他拭了拭，自己的眼睛也有点红了。她噙住泪水，指着徐义德说：

"孩子刚回来，问长问短，问个不停，也不让孩子歇歇。"

"孩子不是坐在你旁边歇着吗？"徐义德看到徐守仁，感慨万端，原来以为这块材料永远成不了器，现在坐在他面前的竟变成另一个青年了。他望着徐守仁激动地说："孩子，要在解放前，你就完啦；现在，人民政府挽救了你，领你走上了正路。你今后怎么打算？"

"我在公共汽车上已经想过了。准备到母校去看看老师，看看同学，请求他们给我指导和帮助。我要努力学习，重新做人。我想订出作息时间表和学习计划，争取暑假以后插到高三，继续读完中学。"

"想的倒对，"徐义德点点头，说，"这要看你今后的行动了。"

徐守仁听出爸爸对他不大信任，心里觉得难受，想起自己过去的言行，又认为爸爸的怀疑是有理由的。他深深痛恨自己的过去，说：

"过去我错了，没有听你们的话。我看到国家和社会上的人都在进步，很多人睁大眼睛看着我，家里这样关心我，我还能再堕落下去吗？再堕落下去，我还算人吗？爸爸，你相信我，我以后再也不会丢你的脸了！"

他的声音越来越低，最后几乎听不见了。但他说的意思大家都明白的。

225

"孩子,我们相信你,别难过。"朱瑞芳一边说着,一边忍不住热泪盈眶,连忙用手绢捂着眼睛,把泪水拭去,说,"你爸爸也是为你好。"

大太太看徐守仁回来,心里着实高兴,见母子俩谈着谈着都哭了起来,便说:

"守仁回来了,有话以后慢慢谈。还是谈谈去西湖的事吧。现在守仁回来了,"她对朱瑞芳说,"你也可以出去散散心啦。"

吴兰珍就要在复旦大学毕业了。大太太想带姨侄女出去白相。大家都想去杭州玩玩,只有朱瑞芳心里不乐意,也不好意思扫大太太的兴。一提起杭州,她就想起了儿子。儿子被捕时,她说是到杭州白相去了,可是一直没有下落。儿子还关在监狱里,她哪里有心情去杭州游山逛水?现在儿子突然回来了,这倒引起她的兴趣来了。她说:

"也好,带守仁一道去白相。"

"你们去吧,我留下来看家。"刚才林宛芝对杭州的兴趣极浓,一则没有去过,早就听说西湖的盛名了;二则朱瑞芳不去,大太太有姨侄女跟着,她可以和徐义德在西湖上痛痛快快白相。现在朱瑞芳和徐守仁要去,她觉得没有啥意思了。

"刚才你不是说没有去过杭州,要去白相吗?"大太太奇怪地望着林宛芝。

"杭州我是想去的,下回再去也是一样的。"

"大家一道去,热热闹闹,多好!怎么忽然又不去呢?"去杭州是大太太想起的,她以主人身份再一次邀请。

"这么大的房子,总得有人看家啊,大家都去怎么行呢!"

"这样好了,"朱瑞芳发觉林宛芝不欢喜她去,便说,"我和守仁看家,你们都去。"

"这多不好,守仁早就嚷嚷要去杭州,现在他回来了,正好一道去。"大太太问守仁,"去哦?"

"去。"守仁一个劲点头,"娘,你也去!"

"我去?家呢?宛芝说得对,总得有人看家啊!"朱瑞芳说完了就看林宛芝一眼。她希望林宛芝留下,她好在杭州畅畅快快地和徐义德谈谈。料想林宛芝不会反对。她留在上海不会寂寞的,冯永祥一定来侍候,那就有一场好戏可看了。林宛芝接上去说:

"我不是说了吗?我看家。"

"你看家?"

朱瑞芳既没有赞成,也没有反对,她望着徐义德。徐守仁回来给徐义德带来意外的喜悦,朱瑞芳和林宛芝互相推让不去杭州,又使他处在尴尬的地位。他不好同意谁不去杭州,林宛芝要是不去的话,逛西湖简直一点意思也没有。大太太有她的姨侄女,朱瑞芳有她的爱子,他呢?站在西湖边上发呆吗?那还不如留在上海和江菊霞坐坐咖啡馆,那倒蛮有意思。他说:

"大家别客气了,你们都去,我留下来看家。"

"这怎么行呢?"大太太首先反对。徐义德自从讨了朱瑞芳,很少和她一道出去白相。有了林宛芝,更不必说了,徐义德连朱瑞芳也不大带出去了。这回姨侄女大学毕业,好容易说动了徐义德,和大家一道上杭州,她心里正高兴,他难得陪她这一回,忽然又要变卦,她感到懊丧,想竭力挽回,"你刚才不是答应去吗?"

"刚才是答应的。现在想想,民建分会这一阵很忙,赵副主委做了劳资问题报告以后,他虽然回北京去了,可是留下了不少问题要分会研究,最近怕要找我开会讨论。"

"看你那个忙劲,到杭州白相两天就走不开吗?你难得带我们出去,这回兰珍大学毕业,守仁释放回家,双喜临门,一家团聚,应该高高兴兴出去散散心,忽然你又不去了,多扫兴!民建的会,你不能请个假吗?"

"我刚参加民建不久,正要和他们多接触,讨论工商界的问题,怎么好请假呢?"

吴兰珍看姨妈一脸不高兴的神情,姨爹又有正经事,不好耽误,别因为她使得他们一家为难,她说:

"杭州不去算了,就在上海白相也一样的。"

"不,我要去。"徐守仁用胳膊碰了娘一下,希望得到她的支持。

刚才大太太无意讲了一句"双喜临门",触动了朱瑞芳的心事。她向吴兰珍仔细端详:脸上那一双眼睛乌黑乌黑,一动一动的熠熠发光,给两条淡淡的眉毛一衬,显得非常清秀而又充满了智慧;额角两边头发给烫得微微隆起,显得面孔红润,嘴犄角上老是微笑着,那一排雪白的牙齿有时在两片薄薄的嘴唇当中露出来,叫人见了确实喜爱。她今天穿了一件淡黄色的短袖对襟府绸上衣,领口那儿左右各有一个荷叶边,反转过来;下面穿的是印着朵朵淡青大理花的天蓝色的裙子,脚上穿着一双圆口尖头半高跟黑漆皮鞋。她像是一只小鸟似的依偎在大太太的身旁。朱瑞芳暗暗对自己说:吴兰珍越长越标致了。徐守仁岁数也不小了,该成家立业了,要是能讨个像吴兰珍这样的媳妇,倒不错哩。吴兰珍人品不错,只是家庭清寒,没有底子。不过,现在解放了,新社会了,不讲门当户对,只要人好,别的可以马虎一点。徐守仁这次在监狱里一定受够了罪,吃尽了苦,现在回来,要好好收收他的心,不能再像一匹野马了。给他讨个媳妇,让小两口子整天在一起,别再出去惹是生非。她支持儿子的要求说:

"好,去,大家都去!"

"对,全去。"大太太当然赞成。她对林宛芝说:"你也好久没出去白相了,老蹲在上海,怪腻味的,一道去逛逛西湖吧。我早就听说杭州有个灵隐寺,菩萨可灵哩,一直没有去过。这回去了,我要敬上一炷香。"

林宛芝没有吱声。她要看徐义德去不去。徐义德不去,她无论如何不到西湖去受朱瑞芳的脚板气。徐义德见儿子要去,朱瑞芳也要他去,不好再拒绝,但还有点不愿意,故意问:

"家呢?"

朱瑞芳说:

"有老刘他们看门就行了。"

"还有民建的事呢?"

"请假,你不好意思请假,我给你请假。"朱瑞芳说得斩钉截铁。

"你别请假,我自己会请假的。"徐义德就怕朱瑞芳这一手,啥地方她总想冒出头去,乱说乱道,弄得徐义德不好收拾。有丑事,他宁可闷在家里,也不能传到工商界朋友的耳朵去。他没法留下,只好说:"好吧,大家全去。"

第二天下午,徐义德全家到了杭州,住在西湖边上西湖饭店的楼上。朱瑞芳推开窗户一看:在云雾氤氲中的高山如黛,迷迷蒙蒙,湖水平静,如同一面巨大的明镜;一丛丛葱葱郁郁的浓密的绿树,像是一面面高大的翡翠屏风似的矗立在水中。一只只挂着白布顶篷的游船穿梭似的在湖中游来游去。她对徐义德说:"怪不得人家说西湖是天堂哩,好看极啦,像是一幅幅画似的。"徐义德随便"唔"了一声。徐守仁一见了西湖,心马上整个飞到湖里去了。他闹着要去划船。徐义德想躺下来先休息一会,拗不过儿子再三要求,只好匆匆到西湖边去,雇了一只大船,全家上了船,正要解缆开船,徐守仁对朱瑞芳说:

"我要自己划。"

他指着岸边柳树下面的小船,一字儿排开,一只连着一只。朱瑞芳犹豫不定,不知道怎么回答他的要求,徐义德开口了:

"头一天出来,跟大家坐大船逛逛西湖就算了,又要胡闹了。你要划,把船划翻了,看你怎么回去?"

"我会划,我在上海划过。"徐守仁站在船头一边抓着娘的手要求,一边想跨到岸边的台阶上去。

"真的会划吗?"

徐守仁对娘点头。她心软了,给他叫了一只小船,嘱咐他:

"好好划,跟着大船走,别划远了。"

"好的,好的。"徐守仁连蹦带跳地上了小船。

朱瑞芳一眼看见吴兰珍坐在船头,她心头一动,说:

"你也一道去划吧。"

吴兰珍矜持地坐在藤椅上不动,想划,却又不愿意去划,隔了一会,才说:

"让他一人去划吧。"

大太太觉得朱瑞芳一片热情,吴兰珍不该拒绝。她从船舱里的藤椅子上站了起来,说:

"兰珍,一道去划吧!"

"不,我不想划。"她羞涩地低下了头。

"去划吧!"

吴兰珍给朱瑞芳连推带扶地送上了小船。她坐在小船的中间,避开徐守仁的视线,望着大船上的姨妈。朱瑞芳扶着大船上米色栏杆,指着小船上的一把桨说:

"那里不是还有一把桨吗?你们两人一道划啊!"

吴兰珍拿起桨来,又轻轻放下。徐守仁很熟练,用桨对岸边石阶一撑,小船马上从柳树荫下面出来了,一连几桨,就赶到大船前面去了。朱瑞芳要船家慢慢撑船,让她们好好欣赏欣赏西湖山明水秀的风光。船家懂得游客的心情,站在船尾乐得休息休息,一篙下去,慢慢拨起来,停停,再轻轻下篙。

船过了湖心亭,大太太吃着瓜子,想让姨侄女也吃一点。她伸出头去一看:湖面上来来往往的游船,有的唱着婉转的歌声,有的拉着刚健的手风琴,还有的干脆把留声机搬到船上,放着《盘夫索夫》的越剧唱片,幽雅动人的曲子和着各种不同的歌声在万道金波上飘飘荡荡,好不热闹,就是看不见徐守仁和吴兰珍那条小船。她怕徐守仁划的技术不好,别出了事,大声叫道:

"那条小船呢?"

徐义德从船头的藤椅上坐了起来,朝大船前面左右望了望,真的看不见了。他对朱瑞芳说:

"我说不要划小船嘛,总是你把孩子宠坏了。这好,刚出来,又出事了!"

朱瑞芳一点也不着急。她看到徐守仁划着小船朝岳坟那边去了,知道不会出事,这正好让他们两个人在船上谈谈。她说:

"刚才还看到的,怎么一下子就不见了呢?"

大太太急了,说:

"那快点找他们。船家,撑快点。"

"小船这么多,像是一阵鱼群似的,到啥地方去找?"朱瑞芳说,"不要紧,守仁这孩子确实会划船,他们找大船容易,等等会回来的。"

一条又一条小船从大船前面擦过去,一桨一桨卷起雪堆也似的浪花,哗哗的水声把浮在水面的尺来长的草鱼惊得四散开去,平静的湖面激起一阵阵微波荡漾。

"叫他不要离开大船,就是贪玩,不听大人的话!"徐义德用脚轻轻蹬了一下船板。

林宛芝知道朱瑞芳的眼光一直没有离开那条小船,朱瑞芳的神情又不急,她已经猜出几分来了。她劝徐义德:

"不要着急,大概不会出事的。"

"你哪能晓得?"

林宛芝不好说穿,只好抿着嘴笑。大太太掉过头去,责备站在船尾的船家：

"叫你撑快点,去找小船。你怎么还是慢腾腾的？出了事,你负责?"

船家一听这话,慌忙把篙放下水去,两手使劲一撑,大船迅速向岳坟那边去了。

二十三

在楼外楼吃过晚饭,徐义德一家人回到西湖饭店。大太太约徐义德一同去看杭州越剧团的《白蛇传》。林宛芝和吴兰珍都想看这出戏,朱瑞芳说身子有点累了,不想去看。徐守仁留下来给娘做伴。等徐义德他们走了,朱瑞芳把儿子拉到窗口坐了下来。

西湖隐藏在朦朦胧胧的夜色里,烟雾腾腾,黑茫茫一片,显得静幽幽的。倒是湖边公园很热闹,椅子上,草地上到处是人,在吵嚷的人声中,不时听见叫卖冰棍的声音。沿着湖边公园过去,一连串的电灯挂在半空中。朱瑞芳从楼上窗口望下去,就像是一串晶莹的珍珠镶在披着一层黑色轻纱的西湖边上,把西湖打扮得华丽而又端庄。

朱瑞芳瞧见儿子发呆,坐着默默无言,便问:"没有让你看戏去,不高兴吗?"

"不,我陪你,你不是累了吗?你歇一会。"

"到西湖来白相,累啥?我懒得和他们一道去看戏,坐在这里谈谈不顶好吗?你今后可要用功读书啦。"

"我不是已经说过了吗?"

"这我晓得。我娘家的两个兄弟不争气,死的死,关的关,筱堂在乡下管制劳动,看上去也不会有啥作为。延年的事,我到处给人叩头作揖,也叫你爹找人说情,大家都说福佑的案情重大,不好随便说情。他还坐在鼓里,不了解自己的问题有多大哩。他还以为像国民党统治辰光,走走门路就可以出来啦。嗳,世道变了,现在是共产党的天下,人家办事铁面无私,送钞票送金条不派用场。他在里面,不了解我挖空心思,打了多少主意了。虽说没有成功,我这个做姐姐的总算对得起他了。延年一时怕不会出来啦,福佑拉了一屁股债,现在停业了,我看,也好不了。想起我娘家的人,没一个可依靠的了,他们多少还要依靠我一点。我现在唯一的依靠就是你了。你爹也很关心哩。他嘴上虽说得厉害,心里可疼你。"

"我了解。"

"你在里头,我没一天睡过好觉,老是提心吊胆,生怕你出事,日夜盼你回来。只要有人揿铃打门,我总以为是你回来啦。有时,连别人走快一点,我的心都跳的厉害哩。人前人后,我听了不晓得多多少少的闲言闲语。你关在里头,我有啥闲话好讲?人家爱管闲事,好说风凉话,就甩个耳朵给他。说吧,把嘴巴说干,把舌头说烂!为了你,我啥酸甜苦辣的味道都尝了。我一心只盼望你出来,给我争口气。现在你出来啦,以后要听娘的话啊!我这一辈子靠在你身上了。"朱瑞芳说到这里,过去的无限辛酸涌到心头,眼眶一红,再也忍耐不住,簌簌地落下泪来了。

徐守仁听得心里也很难受。他没料到自己给父母带来这么多的辛酸,这么多的忧愁!他感动地说:

"娘,你别哭,我听你的话。"

她拭着泪水,满意地点点头,说:

"你爹望子成龙,在你身上花了不少心血。你就是上了坏人的当,吃了哑巴苦,受了好几个月的冤枉罪。常言说得好,浪子回头金不换。你不要娘老子再操心,用功读书,埋头读到大学毕业,出来接手你爹的企业,照顾照顾我娘家的人,我死了也闭上眼睛了。"

"你说这些不吉利的话做啥,我一定规规矩矩用功读书,再不和坏人往来了。"

"那么,'五层楼'那些坏地方也再别去了。"她透过泪光望着他

234

说，几乎是用恳求的口吻。

"'五层楼'飞机场早就叫政府取缔了，流氓阿飞都抓了起来，拖我下水的那个楼文龙也在提篮桥吃官司哩。"

"我也不看报纸，你爹忙得顾不上给我谈这些，我就像个聋子，外边的事啥也听不到。'五层楼'这些地方早就该取缔了，流氓阿飞都抓起来，很好，人民政府这回做得很对。"

"我以后天天给你读报，好哦？"他过去也不看报，在狱里能够看到报，知道了很多国内外大事，越看越有兴趣了。一天不看报仿佛丢了啥物事。他说："读报真有意思，天下的大事都了解。"

"读报太伤脑筋了。报上有啥大事体，给我说说就行了。"她出神地望着儿子，觉得他给关了这几个月，懂得的事体多极了，简直太可爱了。她抚摩着他的肩膀，说："看到你，我啥忧愁也没有了，只是还有一桩心事没了，……"

她没有说下去。他不了解是啥心事，猜想可能是学校的事，便说：

"你放心好了，我插班一定可以跟上去。前天去看老师、同学，大家都热烈欢迎我，鼓励我。老师还说，只要我用功读书，下了课，有不明白的，他还可以个别教我哩。"

"这一点我放心。你是个聪明孩子，脑筋灵活。老师给你上的功课，你念了三遍就记住了。"

"那你还有啥心事呢？"

"你年纪不小啦，上海香港折腾了两三年，没好好读书，耽误了功课，要不，你也快大学毕业了。我想给你找个对象，结了婚，就了却我这桩心事。"

"结婚？"他一点也没有想过这桩事，他不假思索地摇摇头，说，"不，等大学毕业再结婚。"

"那还有好几年哩。"

235

"我反正年纪还轻,迟两年怕啥!"

"别叫我一心挂念两肠,早结婚,早了一桩心事。听我的话,孩子。"

"这件事不忙,迟点没关系。"

"怎么迟点没关系?我想抱孙子哩。你娘啥事体都依你,难道这一件事你都不听娘的话吗?"

月亮从山后慢慢升起,给朦胧的夜色笼罩着青山绿水,渐渐显现出来。月光如水一般的倾泻在山上湖面,湖面熠熠发光,好像是谁忽然撒了一湖面的水银似的。湖当中的三潭印月也隐隐约约的可以看见了。湖边公园的游人稀少了,叫卖的声音也听不见了,只见一对对青年男女手挽手在草地上走来走去。靠湖边的一张张长椅子上,也坐着对对情侣,面对湖光山色,窃窃私语。徐守仁看着湖边的情景,听着娘吐自肺腑的心声,他没法拒绝娘对他的良好愿望。半响,他慢吞吞地说:

"我刚出来,也没个对象,和谁结婚呢?"

"这个,我早就给你想了,"她兴致勃勃,神采奕奕,大声地说,"有一个对象,不了解你中意不中意?"

"谁?"他奇怪娘这么快就给他找到了对象。

"你看吴兰珍怎么样?"

"她?不行,不行。"想起白天和她一道划小船白相,他有意快划,离开大船,想到处逛逛玩玩。她呢,老是板着脸,一本正经,要他慢慢划,等大船来一道走,把他的兴头给扫得干干净净,终于在岳坟岸边等到了大船。这件事,他没有告诉娘。他说:"人家是大学生,架子可大哩,讲起话来满嘴是新名词,动不动就说我,怎么会看上我哩。"

"大学生又怎么样?过两年你不也是大学生?念书有早有晚,那有啥关系。讲起来,她家没有底子,无产无业,和我们徐家比起

236

来,一个天上,一个地下。她摆啥臭架子？念了几年洋书,再多讲些新名词,也不能当钞票花。不过哩,她人品倒不错,脾气也好,我想将就将就,讨了她,也了却我的心事。"

"我不要。"

"这样的人你还不满意吗？她长得蛮标致,又是大学生,我看可以啦。不要篮里拣花,越拣越花。过去,你们不是常在一道白相,一同看电影,一同打羽毛球,一同上饭馆,两个人从小在一道,大家的脾气嗜好都摸熟了,再理想也没有了。"

"我不喜欢她。"徐守仁嘟着嘴,说不出个理由来。

"她凭哪一点配不上你？"

"我配不上她。"他感到惭愧,混到现在连中学也没有毕业,不禁忸怩地低下头去。

"你哪一点配不上她？"

"她是个小老太婆。"

"你怕她说你吗？那不要紧,我可以给她谈。"

"你,你不要给她谈,叫她又笑话我。"

"有我,你别怕。她就是三头六臂,娘也把她收拾了。她就是孙悟空,也翻不过我如来佛的手掌心。"

"我……我……不……"

娘不让儿子说下去,果断地说:

"就这么定了,娘给你做主,别三心二意的。赶明天我给你爹商量商量。"

"娘,你不要……"

徐守仁一句话没说完,徐义德已经看完《白蛇传》回来。大太太带吴兰珍到她房间睡觉去了。徐义德见朱瑞芳的房间还亮着,他和林宛芝推门进来,见他们母子坐在窗口谈心,关怀地问道:

"瑞芳,你不是累了吗？怎么到现在还没有睡觉？"

"坐在窗口乘凉,和守仁闲聊天,不知不觉竟忘记睡了。"

"这里凉快吗?"徐义德走到窗前,一阵风从湖上吹过来,身上顿时感到凉爽舒适。他对林宛芝说:"真风凉,到这里来坐坐,乘乘凉再睡。"

林宛芝摇着檀香扇子蹒蹒跚跚走过来。徐守仁站了起来,另外又端了一张藤椅,让他们坐下。他站在朱瑞芳背后,望着湖上的月亮。月亮的清辉照着窗户。湖边公园的游人陆续走了,湖上更加幽静,湖边的树木在热风中沙沙作响,远方不时传来呱呱的蛙声。

徐义德解开米色夏威夷衬衫的钮,露出肥胖的胸脯,让一阵阵湖风向他胸前吹来。他看见守仁站在朱瑞芳背后发呆,仿佛有心事,便问:

"你们在谈啥?"

"在谈……"朱瑞芳看见林宛芝坐在徐义德旁边,话到了嘴边,没有说下去。徐守仁的婚事,她想单独和徐义德商量,不管同意不同意,不让外人知道。这事让林宛芝听到了,办不成功,不是落个话柄在她手里。停了停,她说:"也没谈啥。"

"啊……"徐义德不信任地笑了笑。

林宛芝站了起来,想回到自己房间去,徐义德用右手挡住了去路:

"做啥?"

"有点困了,想回去睡觉。"

"刚才在路上,你不是说,看了戏,兴奋得不想睡吗?"

"你们要谈心,我在这里不方便。"

朱瑞芳望了林宛芝一眼:哼,在徐义德面前撒起娇来了。

"有啥不方便?都是一家人。"徐义德把林宛芝按在藤椅上坐下,对徐守仁说:"你们刚才谈啥?"

徐守仁瞪着眼睛,微微低着头,扭扭捏捏的不好意思开口。朱瑞芳知道儿子为难。她想当着林宛芝的面把这件事说出来也好,反正徐义德和林宛芝一条心,徐义德知道的事,林宛芝没有不清楚的,省得她生心,好像拿她当外人看待。当面说了,将来在大太太面前,说不定她还会帮上一两句忙哩,至少不好意思从中破坏。朱瑞芳代儿子回答道:

"没啥了不起的事,也不是要瞒人,不过随便谈起来的。刚才下面湖边公园可热闹极啦,一对对青年男女,扶肩搭背,走来走去,谈情说爱。我对守仁说,年纪不小了,也该考虑考虑自己的婚姻了……"

"娘,你又来了!"徐守仁把身子一扭,撅着屁股溜出去了。

徐义德用右手抚摩着嘴和下巴。他每天一早起来总要刮一遍胡须,实际上他也没有多少胡须,近来在家里老喜欢这么抚摩一下,好像他已是满脸胡须的长者了。他关心地说:

"该考虑这个问题了,就是对象很不容易找。"

"我倒想了一个人,就是吴兰珍……"

"吴兰珍?"徐义德不等她说下去,直摇头,弄得藤椅子也吱吱地响,说,"不是门当户对,不合适。"

"我也想到这一层,她家的底子是单薄些,吴家在苏州也没有名望,不过她模样长得倒不错,脸蛋儿很甜,马马虎虎也可以了。"

"倒不是嫌她家没有底子,只是这两个孩子合不到一块。"徐义德想起"五反"时,吴兰珍从学校里跑回家来起哄,逼他坦白,要不,连姨父也不认了。这小丫头真厉害,翻脸不认人,说得到,做得出,有好久不上徐家的门哩。讨了这样的丫头做儿媳妇,那不要把徐家闹翻了天,有啥丑事全给掀出来,徐义德不要在社会上混事了。徐守仁怎么是她的对手? 他再三摇头。

"怎么合不到一块? 我看他们从小在一道白相,蛮合得来哩。"

"白相,结婚,这是两回事。吴兰珍在大学里学的那一套,啥事体都跟着党团走,你忘记'五反'那辰光,气焰多高,眼睛长到额角头上去了,连我这个姨父也不在话下,守仁怎么吃得消?"

"义德说得对呀!本来轮不到我开口,为了我们徐家好,忍不住也想说两句。"林宛芝一听说要讨吴兰珍,自然而然地沉下了脸,怕朱瑞芳看见,不露痕迹地用檀香扇子遮住了下半个脸。她想这么一来,亲上加亲,大太太和朱瑞芳穿了连裆裤,她在徐家的日子更不好过了。可是吴兰珍不是她的姨侄女,徐守仁又不是她的儿子,一个要娶,一个要嫁,她能做啥主呢?她着急得不行,但又不好当面阻挠。露在檀香扇子上面的一双聪明的眼睛盯着徐义德,留心听他的意见。徐义德的话很有力量,她连忙支持他,"吴兰珍倒是不错,就是不太理想。一想起'五反'那辰光她的劲头,我心里到现在还不舒服哩。她这号子人,不晓得从啥地方学来的一套本领,满嘴大道理,讲起话来,没情没义。我就怕将来守仁吃她的亏,别的倒没啥。"

"这一点我也想过了。……"

徐义德打断朱瑞芳的话:

"那你为啥还提这门亲事呢?"

"你等我把话说完,好哦?"

"说吧。"徐义德把头靠在藤椅上。

"现在的孩子都是一个样的,哪家姑娘不是能说会道的?她们总是听老师的话,跟共产党走。兰珍这孩子吗,那张嘴是厉害点,不过她聪明,懂事,只要给她把道理说清楚了,她也听你的。她虽说过不认姨父的话,也是气头上,为你好。你坦白了,她不是又亲热地叫你姨父吗?亲戚总归是亲戚,比找一个陌生的姑娘好。守仁刚出来,她又要毕业,年龄差不多,不是天生的一对吗?"

"说完了吗?"徐义德的头偏过去问。

"就算完了吧。"

"现在见了她,我已经够腻烦的了,讨她做儿媳妇,那我的耳朵根子永远也不会清净了。"

"我们也跟着不得安宁了。"林宛芝用扇子使劲搁了搁,好像要把吴兰珍搁走。

"那不要紧,交给我好了,我来管她。她敢冒犯你,就看我的,我把她收拾得服服帖帖。"

"守仁同意吗?"徐义德了解守仁怕她,不喜欢她,料想不会同意的。

"这孩子本来不同意,刚才正谈得差不多了,你们就回来了。守仁的事,我可以给他做主。他敢不听我的话!"

"孩子的事还是要多听孩子的意见,婚姻是终身大事,你硬给他做主,将来埋怨你一辈子。"

"守仁的意见倒是很重要,将来在一道生活的,是他们小两口子。"林宛芝回过头去看,她想:要是徐守仁在门口,就把他叫进来,可以增加反对的力量。门口没有人影。

"守仁没有问题,"朱瑞芳改口对徐义德说,"他给我说的差不多,现在就看你的了。"

"考虑考虑再说吧,反正不忙。"

"怎么不忙?吴兰珍就要毕业分配工作,这么漂亮的姑娘,又有学问,还不是到处抢着要!守仁刚出来,在里头倒是学好了,比过去懂事得多了,讨了兰珍,对他也有个帮助,免得他再出去花天酒地胡闹。可怜徐家就是这一条命根子,要是他再出事,你就别想我活命啦!"

"你……你……"徐义德给逼得说不出话来了。

"你答应不答应?"朱瑞芳两道眼光,剑似的对着徐义德。

徐义德霍地站了起来。

"我的话算放屁,你做主好了。"

他说完话,掉头就走。林宛芝也跟着走了。朱瑞芳生气地站起来,对着他矮胖的背影说:

"我养的儿子,当然我做主!"

月光照着窗口三张空空的藤椅。湖边的蛙声呱呱地叫个不停。

二十四

　　大太太听朱瑞芳滔滔不绝地谈论徐守仁和吴兰珍的事,开头蛮有意思,接着觉得惊诧,终于感到索然无味了。一提起守仁这孩子,她总以为是个孽根,横眉竖眼,愣头愣脑,出言不逊,横行霸道,惹得左邻右舍离他远远的,闹得家宅没有一天平安,上上下下老老小小都为他担惊受怕。他在牢里关了好几个月,总算放出来了,到西湖去逛了一趟,硬要划小船,不知道要把吴兰珍带到啥地方去,船在水上歪来歪去,好像要翻的样子,吓得吴兰珍脸色发青,差点要叫救命。大船找到了他们,才算一同上了岸。现在回到上海来,谁晓得啥辰光又要出事。他关在牢里,大太太和大家一样,日日夜夜想念他,巴望他平安无事回来。等他一到了家,大太太又有点怕他。这样的人要做吴兰珍的丈夫,怎不叫她大吃一惊呢?吴兰珍是她姐姐唯一的爱女,现在也可以说是她的唯一的爱女。姐姐过世后,是她一手把她抚养长大的。好容易盼到她大学毕业,有了职业,给她找个称心如意的男人,可以安慰地下的死鬼,自己老了也有个靠山。在徐家要是受了冤枉气,她还可以上姨侄女婿家走走,讲讲体己话,出出心头气。朱瑞芳的眼睛好厉害,一眼就看中了吴兰珍,那不是要挖她的心头肉,掘她的命根子,万万不能。她也不好意思打断朱瑞芳的话,只好坐在那里听朱瑞芳说,心里却想到沧州书场去听听蒋月泉的弹词。

　　朱瑞芳一口气讲完了,以为一定引起大太太浓厚的兴趣,想不到大太太反应很冷淡。她看大太太稳稳坐在椅子上,双手放在腹

部那里,手心朝上,一对眼睛半睁半闭的,像是一尊佛像。她怀疑大太太是不是完全听进她所说的话。她又问了一句:

"你看兰珍的事怎么样?"

大太太第二次听到这句话,这才意识到她还没有回朱瑞芳的话哩。她愣了一下,叹了一口气,说:

"好倒是好,就是现在青年人都有自己的主张。隔层肚皮隔层山,我这个姨妈做不了她的主。"

"只要你同意,事体就好办啦。她妈死得早,是你一手抚养长大的。你虽是姨妈,就和她亲生娘差不多少。你不是说过,她妈临死,要你好好管教她,一切都拜托给你了吗?"

"姐姐是要我管教她,婚姻的事可没有提起啊!"

"那辰光小,婚姻的事当然不会提。一切都拜托给你了,孩子婚姻的事大人不插手怎么行呢?兰珍虽说大学毕业了,究竟年轻,阅历浅,她怎么懂得找对象?年轻人在一道,今天同你好,明天同他好,谁也不晓得谁的底细,好不了三两天就分手了。虽然两个人情投意合了,亲家母也不一定合得来,小两口子也难保不变心,加上两家大人不和,弄得面红耳赤,不欢而散,结果是离婚拉倒。婚姻是终身大事,不是儿戏,可不能由孩子自己乱挑选,吃了亏,还不是要我们大人操心。"

"你这话么,也有道理。"大太太拿定主意,不管朱瑞芳怎么说,吴兰珍不能嫁给徐守仁。

朱瑞芳以为说动了她,进一步劝道:

"兰珍大学毕业,人长得又不错,青年人容易上坏人的当。万一遇上坏人,甜言蜜语,把兰珍哄得团团转,骗到手里,翻脸不认人,把她抛弃,孩子受苦,我们大人也不安心啊!你也对不起她妈!"

"兰珍这孩子办事倒有分寸,不会轻易听信别人的话。你晓得,这孩子生性好强,啥事都要赶在别人的前头,在学校里功课不错,老师很喜欢她。差不多的人,老实说,她看不上眼哩。她看上的人,我想,大概不会错到哪里去。"

"这也很难讲。"朱瑞芳看这方面打不动她的心,便改口说,"我巴不得她找到个如意的男人。即使找到一个合适的对象,现在的事体很难说,谁晓得她天南地北分在啥地方工作。你辛辛苦苦把她扶养长大,老了,不想她在你跟前吗?她要是找了个对象,上了东北,或者西北,就别再想见你的姨侄女儿了。有了丈夫,丢了姨妈,她一定把我们这些老太婆忘记得干干净净的啦!"

大太太的心头一怔,两只眼睛不禁出神地望着朱瑞芳,仿佛吴兰珍已经离开她的身边,远走高飞了,希望朱瑞芳给她想想办法挽回。朱瑞芳早就想好了办法。

"还是和守仁结婚的好,这两个孩子从小在一道,大家的脾气都了解,双方的底细也清楚。守仁学问上欠缺一点,他这回在牢里确实改好了,用功读上几年书,大学毕了业,也可以赶上兰珍。我们呢,是亲上加亲,肥水不落外人田。守仁这孩子一直就喜欢你,就像是你亲生的一样。我的儿媳妇,也就是你的儿媳妇。你的姨侄女,也就是我的姨侄女。这么一来,兰珍永远不会离开上海,也永远不会离开你的身边,既对得起她妈,你也有个亲人奉养。你说,这多么好呀!"

朱瑞芳笑眯眯地望着大太太,等她的一句话。

大太太的心真的给说动了。要是姨侄女找个对象,别说是上东北西北,就是离开上海,到附近的省市去,自己走不动,姨侄女他们来不了,她就无亲无靠了。她闷的辰光,连找个谈知心话的人也没有了。她望着自己这间卧房,暗幽幽的,窗外暮霭茫茫,感到有点儿孤寂。她说:

"我倒没主见,就怕这孩子心中有了对象……"

"不会的,从来没听她说过么。"

"现在的青年人口紧,有事摆在肚里,谁也猜不透。"

"要是有了对象,她不说,我也看得出来。"朱瑞芳怕大太太变卦,连忙说,"好久没有听弹词了,等兰珍回来,一道去沧州书场白相。"

"那好哇。"大太太一听到弹词两个字,就笑开了。

"你给兰珍谈谈,定了亲,也了却我们两人的心事。"

"我怕这孩子……"

朱瑞芳不让她说下去,插上来讲:

"她妈死了,该你做主。你说了话,她敢不听?"

"那倒不一定……"

朱瑞芳站了起来,说:

"不早了,守仁今天在书房里念了一天的书,我得看看他去,别太累了。"

她洋洋得意地走出了大太太的卧房。

第三天下午,吴兰珍从学校回到徐公馆来,大太太从红木首饰盒里拿出一块四方形的女式手表来,送到姨侄女面前,笑嘻嘻地问:

"你看看,这是啥牌子的?"

"厄尔金的,是白金的。"

"你的眼光不错,一看就看出来了。这表好哦?"

"名牌货,"吴兰珍很喜欢这块表,以为是姨妈的,从来都没见她拿出来过。她说:"很好。"

"这是她送给你的。"大太太伸出两个手指,指着朱瑞芳卧房的方向说,"你满意就很好了。"

"她送我表做啥?我不要。"

"看你这孩子的脾气,人家好心好意送你表,你不要,不是看人家不起?"

"为啥忽然送我表呢?"

姨侄女一句话差点把姨妈问住了,她想了想,说:

"你不是要大学毕业吗?这是她送给你的礼品。"

"现在不兴那一套了,我不要。"

"这个表不错啊。"

"再好我也不希罕。"

"她送给你,我已经代你收下来了。你不要,怎么好退还给她?"

"我还给她。"

"那不是得罪了她。人家一片好意,送礼给你,祝贺你大学毕业,也不是外人,为啥不收下呢?看在我的分上,收下吧。"

大太太把手表放在姨侄女的手上。她旋即把它搁在旁边的梳妆台上,但也不好再说。大太太进一步说:

"今天晚上到沧州书场听书去。"

"好的。"她知道这是姨妈的嗜好。

"守仁和他娘也想听,大家一道去,热闹些。"

吴兰珍一听到守仁要去,她的一双眉头就并拢到一道去了。她想起了在西湖划小船的事,守仁一桨下去溅得她浑身是水,不知道他是有心还是无意,反正她到现在还不高兴。她说:

"那我就不去了。"

"刚才还说得好好的,忽然为啥不去呢?"

"还有两门课没考试,今天晚上要准备功课哩。"

"准备功课,你还会回家来?别骗你姨妈。"

吴兰珍平时功课好,考试也准备,但并不着急,总是在学校图书馆里温好功课,然后才回家来。吴兰珍给姨妈一说,长长的脸庞刷的一下红了,她不承认撒谎,却说:

"准备是准备了,我还想看一遍。"

"回来看,也来得及。我了解你的功课好,不准备也可以考上一百分。"

"不是有朱瑞芳和守仁陪你去吗？我改一天再陪你去,好哦？"

"不,一道去,难得凑在一块。"

"我不高兴和他一道白相！"

"为啥？"

吴兰珍羞答答地低下了头,默默无言。大太太准备好了一肚子话,给吴兰珍一道无形的闸门挡住。她想：只要肯去听书了,别的话慢慢再谈吧。她说：

"陪我去,你怕啥？也不是上别的地方去。"

吴兰珍还是不吭气。大太太指着她蓬松的头发说：

"过来,我给你梳梳,晚上好去听书。"

"这一阵忙着考试,没有工夫上理发店做头。听书,也要梳头？"

"书场那么多人,总要收拾收拾,披头散发,像啥样子！"

"好吧,好吧,我自己梳。"

一走到南京路上成都路口,人们远远就看见茫茫夜空中矗立着霓虹灯做的四个大字：沧州书场。徐公馆的一辆水绿色的小轿车开到书场门口,早有人打开车门,大太太先下车走了进去,接着是朱瑞芳和吴兰珍,最后走进去的是徐守仁。老王事先给书场打了电话,订了座。他们上楼走进书场,第三排当中四个最好的座位空着,其余的座位上黑压压的都坐满了人。观众当中十之七八是妇女,他们四个人走进去,引起全场注目。大太太先进去坐下,吴兰珍坐在朱瑞芳的右边,正好吴兰珍右边空一个位子给徐守仁。吴兰珍很不满意这个位子,可是没有办法。她对左右两边的人都不理睬,眼睛一个劲对着当中的小小戏台。

248

戏台当中放了一张小长方桌子,桌子上挂了紫色丝绒的桌围,四边镶着金穗子,闪闪发光。桌子后面有四张椅子,天青色的幕布两边各有一个门。著名评弹演员刘天韵穿了一件淡灰色的直罗大褂,下摆罩着脚上那只浅圆口的软底黑直贡呢的鞋子,白府绸衬衫的袖子翻卷在外边;虽然已是中年,头发梳得雪亮,加上那一身打扮,给身旁的电风扇一吹,显得俊秀而又潇洒。他坐在当中那张椅子上,怀里抱着个三弦,右手轻轻拨弄,发出清丽的旋律,他嘴里唱着充满了江南情调的富有浓郁韵味的《西厢记》:

天街夜色凉如水,一轮明月浸西厢。万里无云人寂寂,隐隐谯楼打二更。(她是不管那)花街露滑弓鞋湿,轻移莲步绕回廊。(想到那)萱堂年老虽犹健,(到底是)风烛残年草上霜。(又想到)聪明伶俐的欢郎弟,(怎能够)留得崔家一脉香。……

大太太非常熟悉弹词,她听到这儿,便低声对朱瑞芳说:
"这一段是莺莺烧夜香,张君瑞这辰光已经进京赶考去了。"
"听说张君瑞很有学问,是哦?"
"可不是,他是有名的才子,一封书信抵得百万雄兵!"
"哦!"朱瑞芳并不熟悉《西厢记》,她眼里露出钦佩的光芒,说,"本事真不小。"

"莺莺也真可怜,父亲死了,只靠一个寡母和一个弱弟……"大太太替古人担忧,叹息了一声。

"找到一个好丈夫,就有了靠山了。"

朱瑞芳说完了,看了吴兰珍和徐守仁一眼。徐守仁对弹词没有多大兴趣,觉得软绵绵的,慢腾腾的,一件事唱了好半天,没一个完的,听得叫人腻烦。他对场子里卖小吃的,倒很有兴趣。小贩身上背着一个一尺五寸来长的方木盒子,有卖香烟的,有卖糖果的,有卖各种美味可口小吃的。他们在观众当中慢悠悠走来走去,任

249

人挑选。徐守仁一招手,一个卖小吃的过来了。他知道吴兰珍最喜欢吃鸭肫干,特地挑了四个,又买了四包牛肉干和四串五香豆腐干。他首先拿了两个鸭肫干递给吴兰珍,她不声不响地分给了姨妈和朱瑞芳。他再递一个过去,她退了回来。他惊诧地问道:

"你不要吗?"

"我不吃。"

他竭力忍耐着,指着牛肉和豆腐干问她:

"这个呢?"

"也不要。"

他碰了一鼻子灰,没法再问她了。大太太把鸭肫干递给吴兰珍,说:

"我的牙咬不动了,你吃吧。"

吴兰珍不好退给徐守仁,她拿在手里,还是不吃。大太太硬要她尝尝,说是沧州书场的鸭肫干味道好,越吃越鲜,她这才勉强咬了一口,慢慢咀嚼。徐守仁给大太太送过去牛肉干和豆腐干,她只留下一串豆腐干,吃了一块,接着又吃了一块,并且要朱瑞芳吃:

"你尝尝,这里的五香豆腐干是有名的,又嫩又香又甜,真好。"

朱瑞芳尝了一块,说:

"的确不错。你真有研究,啥事体都比我在行。"

"我和你比起来,差得远啦。"

这时刘天韵在台上唱道:

  双膝儿跪倒在蒲团上,暗暗祝告叩穹苍。(但愿那)高堂白发身康健,无灾无晦寿无疆。(但愿那)欢郎弱弟勤攻读,增家声续我旧书香。(再愿他)秋风得意长安道,泥金捷报早还乡。……

朱瑞芳对大太太说:

"莺莺真是个好姑娘,她无时无刻不想念母亲和弟弟……"

250

"是呀,莺莺很孝顺。"

"我就喜欢子女孝顺父母,听大人的话,不能让子女乱做主张,积谷防饥,养儿防老。父母好容易把子女抚养成人,子女大了应该侍奉父母才是。"

"你这话说得对。"

"现在的孩子不大懂事,只顾自己,不愿意和我们老一辈的人在一起,总想远走高飞,要好好教导他们才行,不然,把孩子惯坏啦!"

大太太的注意力给台上的弹词吸引去了,竟没听清朱瑞芳在说啥,她随便"唔"了一声。

刘天韵一只手弹出清丽动人的旋律,打动了吴兰珍的心弦。她觉得崔老夫人多管闲事,嫌贫爱富,答应了的事又要后悔,是一个不讲信义的人,差一点误了女儿的终身大事。崔莺莺实在太软弱了,如果是她,当时一定不依,要和崔老夫人讲个明白。她听刘天韵唱得宽缓静逸,轻美明快,缠绵悱恻的情绪如同一条小溪似的汩汩流出,莺莺娴淑柔婉的姿态仿佛就在眼前,一句一句悠扬有劲,音调铿锵:

> 夜沉沉不管那苍苔滑,露盈盈湿透了薄罗裳。急攘攘移步闺房去,对菱花无语意彷徨。正是一腔心事凭谁诉,知心唯有小红娘;未知何日永成双。……

她想到自己的婚事,学校里有不少同学追求过她,有一两位老师也对她表示过爱慕的情怀。她都看不上眼。人家给她谈情说爱,她三言两语支吾过去,叫人没法往下谈。她收到情书不止一封,不怕上面充满了多少火辣辣热腾腾的句子,也不论堆砌了许多赞美的语言,她都看得很冷淡,从来不给对方一封回信。接到第二封信,一见了相同的署名,她甚至懒得看完。学校里并不是没有她看中的人,同学和老师当中,也有一两个她中意的。别人不对她表

251

示,由于她的自尊心和高傲的性格,她也不愿意主动找上去。她身边没有红娘。因为这个原因,看着岁月逝去,她还没有一个对象。临到大学毕业,她慢慢感到自己的婚事需要解决了,但凭自己出众的容貌和优秀的成绩,年纪还轻,她不怕没有一个理想的对象来向她追求。现在听到刘天韵音色优美的唱腔,她心里暗暗念着:"一腔心事凭谁听,未知何日永成双。"

朱瑞芳听到"未知何日永成双",歪过头来,笑眯眯地问吴兰珍:

"你也该找个对象了。"

吴兰珍脸上绯红,以为朱瑞芳察觉她的心事了。她马上把头低下去,小声地说:

"我不要。"

"你不结婚了吗?"

吴兰珍的头更低,轻轻地"唔"了一声。

徐守仁坐在她旁边,感到十分没趣。刘天韵的弹词他也听不出味道来,倒是莺莺这一番话勾引起无限的忧伤。他不是张君瑞,也遇不到多情的崔莺莺。坐在他身边的吴兰珍,根本不把他放在眼里。他坐在那里索然无味,又不好走开,一包牛肉干已经吃完了,又拆开一包,一块又一块地往嘴里送。

听完评弹,她们回到家里快十一点了。吴兰珍走进姨妈的卧房,就想睡觉,姨妈问她:

"你不是还要看一遍功课吗?"

"不看了。"

"你觉得今天唱得怎么样?"

"还不错,只是莺莺太可怜了。"

"是呀,当时结了婚就好了。不过这么一来,戏就没有了。"大太太望着吴兰珍坐在床边,惦记着朱瑞芳的委托,试探地问道,"你有对象了没有？"

吴兰珍把脸转向里面去，没有吱声。

"姨妈也不是外人，从小把你抱大的，在我面前还害臊？告诉我吧。"

吴兰珍说"没有"，还是脊背对着姨妈。

"你岁数不小了，我倒想给你找个对象……"

姨妈等待她表示态度。她暗中凝神在听，不知道姨妈要给她找的对象是谁。她默默不语。姨妈以为她已经同意了，便问：

"你看守仁怎么样？"

她猛可地回过头来，这几天的事体一下子全明白了，怪不得朱瑞芳、徐守仁和她那么亲近哩，她解下手上的厄尔金手表，在姨妈面前一放：

"我不要！"

"这和手表有啥关系呢？"

"我不要手表，我也不结婚！"

她一头倒在床上，闭上眼睛，再也不吭气了。

二十五

"你去不去讲呀?"

朱瑞芳站在徐义德的面前,拦住他的去路,把他留在自己的卧房里。大太太告诉她吴兰珍不愿意结婚,根本谈不进去。她知道这是吴兰珍的推脱之辞,大太太哪里讲得过吴兰珍那张利嘴。现在唯一的办法要徐义德亲自出马。姨父当面提出,吴兰珍怎么也躲闪不了。可是徐义德不愿意这样做。他说:

"孩子年龄还小,等两年再说吧。"

"这怎么行?万一出了事体,后悔就来不及了。守仁已经答应了,还是趁热打铁好。"

"那就让他们两人接触接触再说,合得来,不用大人帮忙,他们自己也会好起来的。"

"大人从旁说两句,不是好得更快吗?"

"她姨妈说了都不行,我这个姨父更隔了一层,说也是不派用场。"

"为啥不派用场?"朱瑞芳把眼睛一瞪,说,"她虽然姓吴,可是在我们徐家长大的,进大学的学费也是我们徐家出的。她不听姨父的话,简直是忘恩负义!"

"学费是她姨妈的钱。"

"她姨妈的钱,也是我们徐家的钱。你去说,不行,我再去。"

"你这是做啥?是谈亲事,还是和人家吵架?"

徐义德两句话把朱瑞芳说哭了。她竭力抿着嘴,等了一

会,说:

"谁叫她不听话的!"

"你让我走吧,好哦? 我有要紧的事哩。"

"再要紧的事,也没有比守仁的事要紧。你答应了再走!"朱瑞芳两只手叉在腰里,气势汹汹地挡住徐义德。

"楼下的客人等了我好半天啦,不下去,像话吗?"徐义德的语气近于哀求了。

"什么鸟客人,让他在楼下等着! 不高兴等,走好了。……"

"嘘!"徐义德见她声音越来越高,怕楼下客人听见,小声地说,"说话声音小一点,好哦?"

她有意把嗓子提得更高:

"那你答应我,要不,我下楼把客人轰走,我们慢慢谈。"

徐义德忍住气,放下笑脸,接二连三地说:

"好,好好,好好好!"

他身子一闪,溜出了朱瑞芳的卧房。在甬道上,他听见朱瑞芳在卧房里不满地说:"儿子也不是我一个人的,我何苦这样操心! 随守仁去,他爱找谁就找谁。"徐义德慌慌张张下了楼,怕朱瑞芳从后面追上来。走到客厅门口,他站下来,喘了一口气,定了定心,然后才安详地走了进去。

冯永祥从客厅里迎了上来:

"德公这么忙? 我怕你下不了楼哩。"

"太太多,事情当然也多!"江菊霞坐在沙发上冷笑了一声。

徐义德发觉江菊霞已经听到刚才楼上那一幕戏了,他眉头一皱,撒了个谎,很自然地掩饰过去:

"守仁这孩子总是不听话,也不管有没有客人来,抓住我不放,一定要我带他去看电影。你们说,我哪里有闲工夫陪他看电影。好说歹说,他才答应由他娘陪去看。下来迟了一点,累你们等了一会,实在对不起!"

"听说守仁出来以后变好了,是哦?"

"确实有了很大变化,现在整天蹲在家里用功读书,不出去乱跑了。就是爱看个电影,也要拉着家里人一道去。"

"这样很好啊,恭喜恭喜!"冯永祥向徐义德作了一个揖。

"谢谢你的关怀。"徐义德向他拱拱手。

马慕韩等他们坐下来,慢慢问道:

"朝鲜停战协定看了吗?"

"这么大的事体,怎么能不看?中朝两国的停战命令也看了。这两天给家里的事情绊住脚,没有上会里去。正想今天抽个空,看看你们几位,恰巧祥兄的电话来了,说你们要到我家来谈谈,这再好也没有了。"徐义德猜出马慕韩今天来的用意,他站了起来,对大家说:"我们书房里去谈吧。"

大家在书房坐下。等老王把茶端进来,他把门关上,回到沙发上坐下,说:

"这里安静些,没有闲杂的人出入。"

五反运动以后,徐义德特别小心,要谈私房话,总设法避开家里的人,特别是那些工友。他们听到三言两语,没头没尾传出去,叫人疑神疑鬼。马慕韩还是林宛芝过三十大寿那天在书房里坐了半天,好久没有来过了。他感到亲切而又安静。这书房只有朝南几面窗户对着花园,三面都是墙壁;关起门来,谁也进来不了。在里面谈话,外边谁也听不见。他巡视了一下,说:

"这确实是谈话的好地方。"

"大家不嫌弃的话,欢迎你们常来坐坐。"

"只要你欢迎,没有人不愿意来的。"

冯永祥以为江菊霞讲他,他想声辩,又不好措词。徐义德知道江菊霞指责的是他,因为江菊霞几次要上徐公馆来,给徐义德挡了驾,告诉她在家里谈话不方便。过了好几天才在外边碰了头,江菊霞并不满足,老以为徐义德怀着鬼胎。徐义德怕她来了,打破家里的醋坛子,使他在家里的日子更不好混。他给江菊霞暗中敲了一记,一时没法还手,只好把话题岔开:

"慕韩兄觉得停战协定怎么样?"

"今天和大家碰头,正想听听你们的意见。"

"朝鲜停战协定真了不起,是我们伟大的胜利。"江菊霞说,"想想当初抗美援朝的辰光,工商界朋友虽然没有一个人公开讲过反对的话,可是哪个人的心里不多少有些怀疑?怕惹火烧身,不了解为啥'不能置之不理'。不相信中共的力量,谁也没有料到我们会胜利。志愿军出国和朝鲜军民并肩作战,结果把美帝国主义这只'纸老虎'戳穿了。连美帝国主义也承认自己失败了,我们的胜利实在是伟大啊!"

"江大姐的话说得一点不错。"徐义德捧了江菊霞一句,说:"不说别人,就说我吧,听说志愿军跨过鸭绿江抗美援朝,肚子里就弹琵琶,一宿没有睡好。老实说,当时我也不相信能把美国打败。中国能把美帝国主义打败,在历史上是空前的,我有生以来第一次看到。这真是我们无上的光荣。"

马慕韩点头称是,表明他当时也有这个想法。但没有讲出来,只是说:

"在抗美援朝运动当中,我们工农业生产超过了战前的水平,中国在国际上的地位大大提高了。现在感到做一个中国人的光荣。信老曾经给我说过一个笑话,他青年的时候留学英国,中国人被人家看不起,有的人就冒充日本人。中国的呢绒在市场上没有销路,贴上外国商标,人家就抢着要。他在英国埋头读书,研究纺织业,人家看他成绩好,也很有钱,以为他是日本人。他不止一次被人家误会。他每次都要声明:他是中国人。所以他从英国留学

257

回来，一心要办好毛纺厂，想和英国比个高低，出出心中闷气，为中国争一份光荣。可是国家没地位，他个人努力也没有用场。现在就大不相同了，中国吃香了。"

"同样是一个国家，在国民党反动派手里就抬不起头来，到了共产党的手里却可以扬眉吐气，这是啥道理呢？"江菊霞问。

"过去国民党在帝国主义手下过日子，一切都听洋人摆布，工业农业自己全不动手办，我们这个号称农业国家，还要吃美国麦子过日子，像啥闲话！别人当然不把中国人看在眼里。"马慕韩气呼呼地说，"共产党却不同，他们自己有一套，啥事体都靠自己动手，办农业、办工业、办教育……根本不把美帝国主义放在眼里，有了实力，别人自然另眼相看了。"

马慕韩一边说，江菊霞一边微微点头，觉得他说的蛮有道理。想起过去在沪江大学念书，她满脑筋的崇拜美国的思想，以为天下的东西都是美国的好，真的如一般人常说的，连月亮也是美国的圆。见了美国教授，她感到亲切；听人用英文讲话，她觉得高人一等，连自己的名字也改叫江玛丽。抗美援朝，她以为一定打不过美国。想到这些，她怪不好意思的。她羞愧地说：

"这回抗美援朝，工商界受到深刻的教育。过去对帝国主义的面目，根本弄不清楚，说美国是帝国主义，有人心里是不大同意的。因为共产党这么说，嘴上也不得不跟着瞎嚷嚷。我过去也以为，美国不是民主的国家吗？怎么忽然变成帝国主义呢？这回美国侵略北朝鲜，我才看清它的侵略面目了。"

"美国过去没有和中国直接打过仗，它用的是经济侵略和文化侵略，表面上帮助你，暗骨子里并吞你，使你不知不觉上了当，叫人一时看不清它的庐山真面目。"

"慕韩兄分析得百分之百的正确，小弟十分钦佩。"冯永祥望着墙上挂的那幅《纨扇仕女图》，给那美丽的宫女吸引住了，许久没有做声。马慕韩的高谈阔论才引起他一些注意,他说:"这回我们工商界算是看清楚了美帝国主义的侵略本质,把旧社会留下来的崇美、亲美、恐美的思想一扫而空,点滴不存!"

"那倒不一定吧。"徐义德摇摇头。

"德公,你说怎么样?"

"美国究竟是美国,现在是世界上的头等强国,它的实力,我看,未可轻视啊。"

"怎么样?"江菊霞问徐义德,"美国不是在朝鲜停战协定上签了字吗?"

"美国是签了字,可是你们知道李承晚没在协定上签字,这里面大有文章。"

徐义德说完了,大家陷入沉思里。书房里静悄悄的,花园里不断传来柳树上吱吱的蝉声。

"李承晚不过是美国的傀儡,啥事体都听美国的。"江菊霞看不出有啥文章可做。

"正是因为是美国的傀儡,美帝国主义故意包庇李承晚,将来让他有捣乱的机会。"徐义德说。

"李承晚敢打金日成首相?"冯永祥不以为然,他说,"那不是鸡蛋碰石头,他怎么是金日成首相的对手?"

"李承晚有美国做后台,现在的话不能说绝。"徐义德坚持他的见解,"将来志愿军按停战协定撤退,万一李承晚乘机捣乱,说不定我们志愿军还要出国。"

"这一点中共方面一定考虑过了,要是美帝国主义敢于再侵略北朝鲜,只要朝鲜人民提出要求,我想,我们是会再派志愿军的。"

"慕韩兄这个看法对。"江菊霞认为中共办事不会上当的。

"德公比我们想得深一层,看得远一点,对我们研究这个问题有些帮助。"马慕韩很欣赏徐义德凡事都有自己的见解,而且与众不同,不是那种随声附和的庸人。

"我不过是瞎猜想。关于国际问题,我是一窍不通。要是赵副主委在上海就好了,他常常和中央首长接近,了解内幕比我们多,国际知识又比我们丰富,看起问题就深刻得多了。"

"你看问题也很深刻。比方说,李承晚的问题,我根本就没想到。我以为李承晚不过是个小傀儡,"冯永祥右手翻过来,几个手指同时在动,仿佛在做傀儡戏,说,"听凭美国这么玩弄,他能起屁作用!你这么一提,李承晚确实也是个问题。"

"赵副主委最近要能到上海来一趟就好了,"江菊霞也很佩服赵治国。她说:"可以请他给工商界做一次报告,详详细细谈谈这个问题。"

"赵副主委回到北京忙得不可开交,从上海带回去那么一大堆的劳资关系问题,整天开会研究,到现在还没有理出一个头绪来哩。……"冯永祥说到这里,很神秘地煞了车。

马慕韩不解地问:

"问题不是很清楚吗?怎么理不出头绪来?"

"你不了解,慕韩兄。赵副主委是鼎鼎大名的人物,他要从阶级关系上研究这个问题,提到理论的高度;向中央提意见,不是那么简单的。"

"这个我也清楚。"

"你是理论家,一说就清楚了。"

"我怎么能和他比,人家出过洋哩。"

"你也不含糊,优秀的大学毕业生,加上这几年的磨练,要是哪个大学请你去讲课,一定是顶刮刮的教授啊!"冯永祥笑嘻嘻地在马慕韩面前跷起大拇指。他忽然想起最近收到赵治国的信,马上严肃地说:"闲话少叙,言归正传。赵副主委最近有信来……"

他说到这里又不往下说了,神秘地看了一下书房的门。徐义德会意地说：

"外边没人。"

大家静静听冯永祥说：

"赵副主委说，他在上海的辰光，听到有人说，工商联是滑扶梯，同业公会是黄牛。他说，我们民建会可要负起责任来，发现问题，要好好向有关方面反映，工商界有些利益经过斗争才获得的。"

"工商联是不大解决问题，"马慕韩说了一句，看见江菊霞的眼光对着他，马上就停了下来，等了等，才又说，"不过工商联也有工商联的困难，赵副主委说得好，我们民建会要负起责任来。"

徐义德觉得赵治国真是民建会的领袖人物，抓全国性的大问题，为民族资产阶级争取利益。他说：

"赵副主委说得对，有问题要好好反映。我想起了一个问题……"

大家的眼光都转到徐义德身上来了，听他说：

"朝鲜战争一停，上海军事加工定货跟着一定也要停，会不会影响我们的生产？要不要向党方面反映？"

"这个么，"马慕韩思索地说，"是问题，也不是问题。"

"慕韩兄，得闻其详乎？"冯永祥像个冬烘先生，摇头摆尾地说。

"军事加工定货一停，自然会影响一部分有关行业，这不是问题吗？战争一停，国家大规模经济建设开始，人民购买力一定大大提高，只要我们继续为发展生产繁荣经济努力，工商界将来的任务相当繁重，我们是做不完的，这样看来，又不是问题了。"

"慕韩兄的辩证法越来越高明了，一正一反，道理都在你这边。"

"祥兄不要给我高帽子戴，这算不了辩证法，"马慕韩说，"朝鲜停战以后的形势，现在还很难估计。我们不在北京，不了解党中央的意图。美帝国主义是不到黄河心不死的，德公的忧虑也有道理的。"

"我写封信给赵副主委,"冯永祥说,"问问他,他经常和党中央首长接触,一定了解行情。"

"这个主意很好,"江菊霞知道这两天史步云也在考虑这个问题,摸到行情,对大家都有帮助,她说,"是不是现在就写?"

"也好。"冯永祥说,"你们聊一会,让我先起个草给你们斟酌斟酌。"

他说完了话,便走到书桌那边,拿出纸笔,伏在桌上沙沙地起草了。

二十六

　　天空灰蒙蒙的,一层一层浓厚的云雾翻滚着,白浪一般的压在人们的头上,仿佛一伸手就可以摘下一片两片云彩。太阳给遮盖得不见影踪。虽然只是下午四点多钟,徐公馆的花园里好像暮色已经升起,绿茵似毡的芳草在秋风中轻轻摇摆。

　　徐义德把梅佐贤让进书房屋里坐下,指着门向徐守仁撅撅嘴。徐守仁会意地把书房的门关好,坐在朱瑞芳身旁的摇椅上。他斜对面坐着徐义德和梅佐贤。梅佐贤一走进书房,立刻感到今天的空气和往常不一样,徐总经理圆圆胖胖的脸上没有一丝笑容,这已经很不寻常了。更奇怪的是连徐守仁也十分严肃。他以为徐公馆里闹家务事,徐总经理要他来调解,但想到这三位太太的事,从来不要别人插嘴的;谈厂里减少断头率少出白花的事情吧,却又不必三位太太出马。那为啥要他丢下手里一切的事情马上赶来呢!真叫人纳闷。梅佐贤静静坐在沙发上,留心徐总经理的神色。

　　徐义德的眼光从书房的门,转到玻璃窗外边,花园在飒飒秋风中呈现着萧条的景象,有的树叶开始凋落了。窗外没有人影。他放心回过头来,巡视大家一下,然后才心情沉重地对梅佐贤说:

　　"大事不好了……"

　　梅佐贤马上想到朝鲜战场上,忍不住惊问道:

　　"不是双方都在朝鲜停战协定上签了字,难道美国佬又打起来了吗?"

　　"要是真的打起来倒也好了。美国军队卖相不错,打起仗来不大灵光……"

"有钱的人当兵都不肯拚命。"

"是呀,给志愿军打败了,……"徐义德不胜感慨地摇摇头。

"志愿军都是劳动人民出身,当然不怕拚命。"

"共产党在朝鲜打了胜仗,现在又想出了新的花样经,要实行社会主义了!"

"社会主义?"梅佐贤感到这个问题太大了,来得十分突然,心头一怔,差点说不出话来。半晌,他才怀疑地问:

"有消息吗?"

"当然有消息,赵副主委给冯永祥来的信,说是北京上层代表人物当中已经传开啦,共产党要对工商界进行社会主义改造,搞啥国家资本主义,特地把消息透漏给上海,要上海朋友们有个准备。你看看,共产党多厉害,朝鲜战争刚打完了没有几个月,就打我们财产的主意。要不是赵副主委来信,我们还坐在鼓里哩。"

"信上还说啥?"梅佐贤想弄清楚具体内容。

"就是这一点已经够受了!"徐义德并没有看到赵副主委的原信,听冯永祥说的。

"要不要问问冯永祥?他消息灵通。"

林宛芝听到"冯永祥"三个字,脸上一阵红一阵白,她转过脸去,装作没有听见,望着玻璃窗外边的柳条轻轻飘扬。

"冯永祥?"徐义德摇摇头,说,"就是他告诉我的,还用再问吗?他忙得很,到处在打听消息,想摸清共产党的底盘。"

"史步云和马慕韩呢?他们同党和政府的首长很接近,一定晓得的详细些。"

"史步云?"徐义德知道梅佐贤指的是江菊霞,他也摇摇头,说,"你不晓得史步云和马慕韩他们都到北京去了吗?他们参加全国政协常务委员会去了。"

"他们两位没有打长途电话来?"梅佐贤想起最初参加星二聚餐会的情景,史步云从北京打电话到星二聚餐会,征求大家对政府决定统一收购纱布的意见。

"哎哟,我的厂长,现在是啥辰光?这样大事,能打长途电话吗?史步云和马慕韩的嘴真紧,听说连信也没有写回来。不过,会快结束了,他们快回来了。"

"等他们回来,问题就清楚了。"梅佐贤见徐义德那股着急劲,心里实在不安。他恨自己没法给总经理分担一些忧愁。这事也不容他怀疑,消息灵通人士冯永祥说的,而冯永祥又是从赵治国副主任委员那里得来的,千真万确。这还能有假吗?但他宁可希望是传闻失误,也可以减少总经理的忧愁。

"他们不回来,问题也清楚了。"徐义德今天中午得到这个消息,真像晴天霹雳,一个响雷把他打得目瞪口呆。他一生是在计划发展自己企业并吞别人企业的日子中度过的,从来没有料到有一天他的全部企业一霎眼的工夫全完蛋哪。他啥地方也懒得去了,回到家里,就叫梅佐贤马上来。本来想只和梅佐贤商量商量,朱瑞芳见他神色有异,再三追问,他只好说出,要家里人都来谈,出了事,大家心里也好有个数。

梅佐贤对这个问题还是不大清楚,他想不通:

"《共同纲领》不是明明规定:公私兼顾,劳资两利,五种经济,分工合作,各得其所吗?总经理。"

"那是过去的话,现在共产党的政策变了。"

"国旗上那颗星呢?"

"黯淡了!"

"共同纲领是各民主党派举手通过的,共产党代表也举了手的,怎么可以不遵守呢?"梅佐贤并不真正了解《共同纲领》,有些条文他不清楚,却装出很懂得的神情,愤愤不平地说,"办事总要讲出

265

一个道理来才行。这次政协全国常委会上,史步云和马慕韩他们一定会给工商界力争的。"

"共产党有的是辩证法,道理都在他们手里,他们说了算。我们是老几?现在谈这个派啥用场?"徐义德也不大了解《共同纲领》,好久没有学习《共同纲领》,把一些条文也忘记了。

"这个……"梅佐贤还是困惑不解,可是他又说不出一个所以然来。

"社会主义来了,工商界就不存在了,我们全完了!"徐义德瘫痪一般地躺在沙发上,四肢叉开,像个"大"字。他歪着头,对着壁炉凝神遐思:他这辈子还没有遇到他不能还手的事。不管天大困难的事,也不论对手怎么高强,他只要一转动脑筋,总可以想出法子对付对付,而最后胜利的,往往不是别人,却是他自己。四年多以来他和共产党也较量过不止一回,虽然说不上自己胜利,但也没有彻底失败过,现在却要全军覆没了。他怎么甘心?他无可奈何地叹息了一声。

他这一声叹息,使得大家哑口无言,书房陷入可怕的沉寂里,窗外的秋风呼啸着,把树上还没有完全发黄的叶子吹得在花园上空飞舞,纷纷落下,绿茵似毡的草地给黄叶铺满。一阵风来,又把地上黄叶吹起,在空中飘飘荡荡。

朱瑞芳一直在聚精会神地听徐义德和梅佐贤谈话,注意每一句话和每一个字。她了解大事不好,可是比梅佐贤还不明白究竟是怎么一回事。她见大家不吱声,但总要快点想个办法才好,便打破了沉默,问:

"啥叫做社会主义改造呀?"

"哼,社会主义改造就是革资本家的命!"

朱瑞芳听了徐义德这句话,眼睛顿时鼓得大大的:

"革命?就像土改革地主的命一样?财产全都没收?工人斗

争资本家？余静他们搬到我们这里来住,我们搬到草棚棚里住？你和守仁要到厂里去劳动,就像筱堂他们在乡下一样？这太可怕了！"

徐义德没有吭气。朱瑞芳追问道：

"革地主的命乡下死了不少人,革资本家的命也会死人吗？会不会像我哥哥那样？"

徐义德仍旧没有做声。大太太急了,对朱瑞芳说：

"义德不是心思,你别说这些不吉利的话。"

"我不过这么问问。"朱瑞芳转过去,焦急地问徐义德,"义德,你说话呀,究竟是怎么一回事。你说了,好叫我们放心。"

徐义德在想怎么应付这个突如其来的局面,一时急切想不出一个好办法。朱瑞芳的话一再打断他的思路,他只好答道：

"刚才不是说了,具体情况还不大清楚。社会主义肯定是要来了,首先要搞国家资本主义经济。"

朱瑞芳平常听徐义德谈话,多少也了解一点外边的情形。她听到有"资本主义"四个字,困惑不解了：

"你不是说社会主义吗？怎么又是资本主义呢？"

"唉,不是啥资本主义,是国家资本主义。"

"国家资本主义不也是资本主义吗？"

"你别打扰我,让我冷静一下好不好？"

朱瑞芳一定要问个明白："你讲清楚了,我们就放心了。"

"这些事体,现在连我也弄不清楚,你们怎能弄得明白呢？过去'五反'只要钞票,现在社会主义也好,国家资本主义也好,反正是要挖我们的命根子。"

"那你一辈子办的这么多企业,一下子全完了吗？"

"这还用问！人家要社会主义么！"

林宛芝一直没有吱声。她在想：听人家说社会主义好,大家憧憬社会主义美好的生活。社会主义究竟是啥样子的社会呢？她问徐义德。徐义德说：

"社会主义当然好啦，不过对工人好，对资本家有啥好处？要说生活吧，我们现在的生活就很不错呀，到了社会主义，顶多就像我们这样。"

"我们不要社会主义！"朱瑞芳忍不住叫嚣。

"共产党的天下，谁敢不要社会主义？小心脑袋搬家！"徐义德冷笑了一声。

大太太慢慢听清楚大家在谈的事了。《西游记》上唐僧过了一难又一难，逢凶化吉，最后才上了西天。徐义德大概是命中注定的，也要遇到一难又一难。只要菩萨保佑，也可以逢凶化吉的。她想起了为守仁的事，曾经许了愿：要刻一万张观音菩萨宝咒布送，让天下善男信女朝夕焚香持诵，到现在没有还愿，太不应该了。她明天要老王带她刻去。为了徐义德，她要念两万遍观音菩萨宝咒，刻五万张观音菩萨宝咒布送，恳求观音菩萨暗中保佑，为徐义德消灾延寿。她担心朱瑞芳那个劲头要出事的。她说：

"社会主义也好，资本主义也好，命中注定要来的，反对也没有用。这样的大事，只好听天由命。我看，还是安安分分地过日子，只要人平安就好了，身外之物有多少算多少，菩萨保佑，我们有碗饭吃就行了。"

朱瑞芳心里说：你无儿无女，只要有一口楠木棺材就心满意足了，当然可以说漂亮话。徐守仁听大太太最后两句话，不断摇头说：

"菩萨保佑，有啥用场？那是迷信。……"

大太太气生生地打断他的话，说：

"啥迷信？孩子，不要胡言乱语，冲撞了菩萨。不是我念了一万遍观音菩萨宝咒，你现在还关在监牢里。说这样的话是罪过，阿弥陀佛。"

她双手合十,恳求菩萨原谅这个无知的青年。徐守仁并不理会,还是往下说:

"现在要靠共产党和人民政府,我犯了罪,政府指我一条出路,教育我,改造我。社会主义来了,共产党和人民政府一定会给资本家出路的……"

这回是朱瑞芳打断他的话,她拍了一下摇椅的扶手,说:

"你懂得个屁!乳臭未干的孩子,教训起大人来了,没有一个上下!要你到香港去好好念书,你贪玩,不用功,要跑回上海来。现在好了,共产党真的共产了,啥地方也去不了,只好蹲在上海听人家摆布。"

"是你们要我回来的。"

"要你在香港好好念书,你为啥不好好念书?不听大人的话,还强辩!"

徐守仁不服气地嘟着嘴。朱瑞芳说:

"你要是在香港读完中学,大学也快毕业了,娘老子也好有个依靠。"

梅佐贤笑嘻嘻地说:

"现在要去香港,可以到公安局申请,很容易。"

"这个,"朱瑞芳没有说下去,她望着徐义德,想听他的意见。

没等徐义德开口,徐守仁抢着说:

"我不去香港,我是中国人,为啥要当白华呢?"

朱瑞芳咬牙切齿地说:

"那你就死在上海!"

这时老王托着一个漆盘,小心翼翼地走到徐义德面前:

"老爷,有你的信。"

徐义德摇摇头:

"我什么信也不看,你去吧。"

老王点头称"是",又怕误了徐义德的事,他识相地转过身去,边走边说:"这信是香港来的。"

"你说什么?老王。"徐义德听到"香港"二字,连忙把老王叫了回来,从漆盘里取过信来一看,果然是从香港寄来的,而且是二弟徐义信的笔迹,匆匆忙忙拆开一看:香港那六千锭子已经拆卸装箱,原物料也打好包,纺好的纱准备在香港市场上抛出,正在和人接头厂房的事,如果价钱合适就卖掉,要不,准备租出去,征求徐义德的意见。工人已经解雇了,只留下少数职员在保管。也和轮船公司联系好了,准备争取直接运到上海,万一不行,就运到离上海不远的港口,然后由火车陆运上海。因为办这些事花了不少时间,所以复信晚了一点,等货一发出,就打电报来。他在香港把未了的事办好,就和弟媳一同回上海来,共同办好沪江企业。他看完信,好像徐义信就站在他身边,立即生气地站了起来,不满地说:

"老二办事体真糊涂!"

"香港出了啥事体?"朱瑞芳担心一波未平,一波又起。

"老二把六千纱锭拆卸装箱,准备运回上海,"徐义德把信的主要内容向大家讲了,气呼呼地说,"这不是有意拆我的台吗?上海要共产,他却送货上门,简直是一点政治行情也不懂!"

大太太是从来不过问徐义德的事,她也感到奇怪:为什么徐义信不先写封信来和哥哥商量,怎么忽然心血来潮,要把香港的厂搬回来呢?真是糊涂。她同意徐义德的意见,也有点生气,说:

"这么大的事体,为啥不和你商量就办?二弟年纪也不小了,办事体太糊涂了!"

"二弟办事,糊涂极了!"朱瑞芳加重语气说。

梅佐贤在旁边,心中有数,但在总经理的气头上,他不好点破是徐义德要徐义信迁厂的。早些日子,徐义德还要他写信催徐义

信快办,嫌徐义信办事太慢哩。这一点徐义德不会忘记的,只是徐义信寄来的信不是时候罢了。给大太太一责备,徐义德想起来了:

"迁厂的事倒是我要他办的。"

大太太莫名其妙了:

"你要他办的,为啥怪他糊涂呢?"

"我没叫他办得这么快!"

林宛芝了解这件事,插了一句:

"早些日子,你不是还催他快办吗?"

"是我催他快办的,可是我没有叫他办得这么彻底啊,连厂房也要卖掉!"

"你要他回到上海,帮你办厂,厂房不卖,谁管呢?"

"厂房不卖,他即使回来,也可以托人代管啊!这些事体,你不懂!"徐义德没时间和林宛芝扯下去,他想到机器装了箱,工人已经辞退,厂房就要卖出,事不宜迟,得赶快阻止,忙对梅佐贤说,"你给我马上写信,告诉老二,那六千锭子不要搬回来了。"

"是!"梅佐贤站了起来,惋惜地说,"这一笔迁厂费用损失不小啊,别说停产损失,单是那笔工人遣散费一定可观。"

"这些损失,都是小事体,只要六千锭子留在香港,损失多少也没有关系。"

"总经理高见,算大账,不算小账。我马上把信写好,送来请总经理过目!"

梅佐贤正要去写,徐义德把他叫住了:

"寄信太慢,万一把厂房脱手,那就麻烦了,你给我发个电报去,快!叫他在香港要做长久打算,能扩充一些锭子更好。叫他不必回上海来,等将来有机会,我亲自到香港去看看。"

梅佐贤一边点头,一边立刻到书桌那边起草。徐义德从徐义信身上得到启示:赵治国的消息是一个绝妙机会。他要争取时间,把厂里的财产转移出来。香港汇丰银行里有存款,提出来,可以开办另外一个沪江纱厂。他看了梅佐贤起草的电报,内容很简单,只是写了这样几个字:"工厂停迁,详情函告。"他问梅佐贤:

"我刚才说的那些意思,为啥不告诉他?"

"这是明码电报,谁都可以看见,总经理刚才说的那些意思,用信写去比较好,免得叫别人看到。"

"你想得比我周到,好。"

梅佐贤准备到电报局去,徐义德在考虑另外一个问题。他要老王去发电报,把梅佐贤留了下来,说:

"佐贤,社会主义肯定要来了,我们不能不想个退步。你看看,厂里的资金能不能抽点出来?"

"要是在'五反'以前,这些事很容易办,一只电话就解决了。现在么,勇复基谨慎得要死,一点人情也不敢讲,啥事都是公事公办,怕不容易。"

"公事公办,那再好也没有了。"徐义德奸笑了一声,说,"我那七亿垫款,你明天给我抽回来,就说是我家里有急用。"

"这两天厂里现金不多,有点头寸准备缴税用。"

"缴税不急,先把把我的垫款抽回来再说。"

"过期要罚滞纳金啊!总经理。"

"这个我了解。罚多少滞纳金也没关系,反正羊毛出在羊身上,都是厂里出。现在的厂也就是国家的,你怕罚吗?罚多少我也不心痛,罚得越多越好,嗨嗨。"

"对,现在罚不罚无所谓了。我还是旧脑筋,没有转过来。要是还有现金,是不是也抽点出来?"

"你看着办吧,能抽多少就抽多少。"

"那我现在就去,事不宜迟。"

"越快越好!"

梅佐贤拔起腿来就走,开了书房的门,匆匆去了。外边东客厅的门没有关,秋风呼呼地往里面吹来,把书桌上梅佐贤刚才起草给徐义信的稿纸吹起,像一只小风筝在空中飘扬。挂在窗口的绿色绸子窗帷也给风卷起,如同三面彩旗迎风招展,呼啦啦地发出响声。屋顶当中垂下来的玻璃电灯穗子也给吹得哗啷哗啷地响。

徐义德霍地站了起来,对着东客厅骂:

"老王简直该死,这么大的风,也不知道把门关关好!"

林宛芝代老王抱不平,说:

"不是你叫他不要到这边来吗?"

"我没叫他不要关门啊!"

朱瑞芳不声不响地出去把门关了,她回来又把书房的门关好,窗帷慢慢回到原来的位置,信稿轻轻地落在草绿色的厚厚的地毯上。徐义德要徐守仁把信稿拣起给他,马上撕得粉碎,搓成一团,握在手里。他对大家说:

"你们都清楚了,也不用我多说,你们自己去准备准备,值钱的东西先想法藏一藏,以后别再随便现眼,叫人看见了眼红。"

朱瑞芳一听了这话,站起来,拉着守仁出去了。接着走出去的是大太太,她想把吴兰珍叫回来,和姨侄女商量商量。徐义德等他们走了,过去把门关好,要林宛芝坐到他的身边,按着她的肩头说:

"看样子,在上海住不久了。"

"为啥?"

"社会主义来了,更是工人的天下了,资本家还有好日子过?共产党革命革到我们头上了,我虽说是沪江纱厂的业主,可是现在业不由主了。我奔波了一辈子,到头来,还是一场空。"

"现在走吗?"

"现在走。"徐义德瞟了林宛芝一眼,究竟还是她聪明,一句话就说到他的心坎上了。他说,"上海的企业算是完了,我也料到共产党会有这一手,幸亏我早就有了准备,要老二在香港办厂,不然,到现在连个退步也没有。"

"香港不是有存款?"

"多少有一点。"徐义德在香港汇丰银行的存款,除了他自己以外,三位太太当中没有一位知道具体数目的。他说:"今后就要靠这点存款派用场了。我也想找个机会到香港去,你和我一道去,好哦?"

"和你一道去?"冯永祥的影子立刻在林宛芝的脑海里笑嘻嘻地出现,她迟疑地没有说下去。

"不好吗?"

"那还有不好的?"

"你顾虑啥呢?"

"她们呢?"她指着大太太和朱瑞芳她们卧房的方向。

"让她们留在上海。"

她伸出两个手指来,说:

"这个人肯吗?"

"不肯也得肯,全家申请去香港,一定引起政府的注意,公安局不会批准的。把她们留在上海,我同你两个人去,申请个把月,大概没有问题。"

"一个月以后呢?"她有点留恋上海。

"到了香港再说。义信住在九龙太子道,我想,我在九龙太子道买他一幢房子住下,有事体就近好商量,把那边的企业恢复生产,再扩充扩充,扎下根子。上海情况好,回来看看。你说,怎么样?"

她猛地想起徐守仁刚才在书房里的那句话:"我是中国人,为啥要当白华呢?"守仁这孩子给关了几个月,倒确实懂得许多事体了。徐义德和儿子一比,就显得落后了。她想劝他不要去香港,听

他口气已经下了决心,一时也不好开口;不答应跟他去吧,又怕引起他的误会。她委婉地指着楼上说:

"要不要和他们商量商量?"

"这桩事体要绝对秘密,一传出去,就不会批准我们去香港了。我只是给你一个人讲,让你有个准备,暗中把东西收拾收拾。明天我去申请,一批准就走,你就说是在路上照顾我,到期便一同回来。"

林宛芝蹙着眉头,没有吱声。徐义德说:

"晓得哦?"

她勉强地点了点头,心中在想用啥办法劝劝他。

窗外的龙柏和柳树的枝干在狂风中摇来摇去,仿佛要连根拔去。一阵一阵狂风呼啸着掠过上空,挟着摧毁一切的威力,把地面的灰尘树叶和纸片全卷到空中。花园的天空显得迷迷蒙蒙,昏昏沉沉的。徐义德和林宛芝坐在书房的沙发上,对着大风发愁。徐义德望着窗外,说:

"今天的风为啥这么大?"

"你不晓得吗?上海人民广播电台发布了台风警报,说下午有七到九级的台风……"

"怪不得哩!刮吧,越大越好!"

二十七

上海棉纺工业资方代理人联谊会文娱室的门上,贴了一张条子,上面写着:

今日休息

暂停开放

但是门并没有下锁,那两间文娱室静悄悄的,鸦雀无声,连一个人影子也没有。右边那间陈放着运动器具,显得有些冷落。可是浴室隔壁那间休息室里却不断传出细碎的谈话声和恣情的欢笑声。

马慕韩简单地谈了这次北京全国政协会议的观感,端起一杯咖啡喝了两口,坐在当中的长沙发上舒徐地喘了一口气。江菊霞的眼光里充满了无限的羡慕,笑着说:

"慕韩兄真幸福,和毛主席一起吃饭,还谈了这么久!"

"大姐不要吃醋,你把大新印染厂办好,大大的扩充一下,那时你可以代表上海工商界到北京出席政协会议,也可以到颐年堂和毛主席一道吃饭。当然,我们也要请你到这间密室里来传达传达。诸位明公赞成吗?"

冯永祥说完了,向在座的各位拱拱手。潘宏福举起两只手来说:

"我双手赞成!"

徐义德和金懋廉也凑趣地表示赞成。唐仲笙坐在最下边的单人沙发里挺起腰来,引起大家的注意,然后才说:

"那不仅是上海工商界的光荣,也是上海妇女界的光荣!"

"这和妇女界毫无关系。我们江大姐从来不代表妇女界的。上海妇联要选她当委员,她坚决不当。她是妇女界的男子汉,"说到这里,冯永祥见江菊霞的眼光转到他身上,他马上改口说,"可又是我们男子汉当中的妇女,她的能力比我们哪个男的都强。"

"阿永尽喜欢瞎嚼蛆。我哪能和在座各位比!大新印染厂也不是我办的。我这个副经理是挂名的,不过领一份干薪罢了。我的头寸不够,怎么能代表上海工商界到北京开会呢?更别说到中南海见毛主席了。阿永,让我多活两年好不好?别把我折死啦。"

"只要阎王老子答应,我让你活八百岁!"

"少和我开玩笑,我就感恩不浅了。"

潘宏福对江菊霞说:

"那么,赶快谢恩吧……"

这次全国政协常委扩大会议本来也请潘信诚出席的,他因为身体不好,没有去。史步云和马慕韩回来以前,他也听到一些传闻,非常震动,觉得共产党真厉害,抗美援朝一结束,就动私营企业的脑筋了,叫人做梦也没有想到。他一改过去闭门养病的办法,叫潘宏福出来走动走动,领领行情。今天马慕韩约少数人在联谊会聚聚,他就亲自出马了。马慕韩刚才谈的许多大事,他正想弄弄清楚,不料给冯永祥和江菊霞岔开,心里已经很不满意了,觉得这些年轻人无产无业,遇到这样大事,还是这么轻浮,实在看不顺眼。但冯永祥是工商界的红人,不能得罪,他只好半闭上眼睛,耐心地摆只耳朵给他。潘宏福不识相,也在瞎起哄,潘信诚就忍不住瞪了他一眼。他没有再往下说。潘信诚接下去说:

"年纪大了,记忆力也衰退了,我不记得《共同纲领》上关于国家资本主义怎么写的了。"

马慕韩刚才谈了点把钟,有点疲乏了。他想休息一会,指着坐

在下面的唐仲笙说:

"仲笙兄对《共同纲领》很有研究,可以倒背如流。你给信老说说。"

"记得《共同纲领》第三十一条是这样写的:国家资本与私人资本合作的经济为国家资本主义性质的经济。在必要和可能的条件下,应鼓励私人资本向国家资本主义方向发展……现在中共进一步提出社会主义改造问题,认为国家资本主义是引导私营企业走上社会主义的必经之路,并且放在过渡时期的总路线里。……"

潘信诚插上去对马慕韩说:

"你把总路线那一段再念给大家听听。"

马慕韩打开笔记本,一句一句慢慢念道:

"从中华人民共和国成立起,到社会主义改造基本完成为止,这是一个过渡时期。在这过渡时期中的总路线和总任务,是要在一个相当长的时期内,基本上实现国家工业化和对农业、手工业及资本主义工商业的社会主义改造。"

"这和《共同纲领》上说法不一样啊!我记得《共同纲领》里就没有社会主义这四个字呀!"

"《共同纲领》上是没有社会主义这四个字,可是在政协第一次会议上,中共说过我们国家属于社会主义性质,国家资本主义性质的经济是明文规定的。现在中共说通过国家资本主义走上社会主义的道路,也不能说于法无据。"

"《共同纲领》简直是刘伯温的推背图,"徐义德说,"要啥有啥。"

"不能说《共同纲领》是推背图。《共同纲领》是我们各民主党派讨论提出的,有的地方还根据我们的意思修改了的。通过的辰光,我们也举了手。"宋其文和马慕韩坐在一张长沙发上,他舒适地靠在沙发上,说,"只要《共同纲领》上有,我们不好反对。"

278

徐义德赶快声明：

"《共同纲领》是国家大法。宪法没有颁布以前，也就是我们国家的临时宪法。谁敢反对？我不过说，《共同纲领》写得实在巧妙。我们工商界学习《共同纲领》也不止一次两次了，三十一条也看过多少遍了，可是没有一个人会想到这一条注定了工商界的命运，要进行社会主义改造哩！"

宋其文立刻把话收回来：

"我不是说你要反对。"

"进行社会主义改造还是造化，要是进行社会主义革命，我们就完了。"

柳惠光无事就蹲在利华药房的楼上小心经营他的西药业，史步云和马慕韩上了北京，他更少出来和工商界朋友碰头。今天听了马慕韩的一席话，他忐忑不安，惦记利华的前途。听到唐仲笙这么一说，他的根根神经都紧张起来了。他问唐仲笙：

"这是啥意思？"

"周总理在总结里不是说：过渡时期就是社会主义改造时期，各方面都要改造。可见得不单是我们资本主义工商业要改造，其它方面也要改造。"

"这么说，我们是改造的对象，不是革命的对象了。"江菊霞说。

"江大姐说得一点也不错。"唐仲笙继续发挥他的自以为是的见解，娓娓而谈，"我们民族资产阶级还是四大阶级之一，是革命的动力之一，在民主革命中出过力量，在社会主义建设中也有贡献，不然，国旗上为什么也有我们一颗星呢？"

马慕韩给唐仲笙的话做了补充：

"过渡时期的改造，还不是最后的改造，现在并不取消私人资本主义所有制，只是节制资本，是不完全的资本主义，不让它自己泛滥，投机倒把罢了。"

279

"社会主义改造实质上就是社会主义革命。"冯永祥得到赵治国那封信后,到处奔走,把消息透露给几个工商界上层代表人物,同时又四处探听消息。他像是突然悬在半空中,头不着天,脚不着地,深深感到无依无靠了。只要民族资产阶级存在一天,民族资产阶级离不了他,有事要经过他和政府沟通。而政府也需要他反映一些工商界的思想情况,做一些说服一类的工作。民族资产阶级不存在,他就失去了发展的前途。他衷心地希望社会主义迟一点到来,但社会主义却像是海上的巨浪,从远方滚滚而来。他感到个人的力量太单薄了,只有民族资产阶级团结起来,或许可以推迟滔天的巨浪迟一点慢一点到来。他说:"我们不能把问题看得太天真了。社会主义革命的对象是谁?当然是民族资产阶级。动力是工人阶级。既然要革民族资产阶级的命,统一战线里当然没有民族资产阶级了,还讲啥团结呢?"

潘信诚认为他认识冯永祥以来,这回算是讲了一次正经话。他微微点了点头。金懋廉也觉得冯永祥比唐仲笙究竟高明,看问题深刻得多了。他说:

"这样在道理上就说透彻了。"

唐仲笙不以为然,他摇头说:

"问题还不是那么简单。统一战线还是包括民族资产阶级的,这次政协会议不是请工商界代表参加了吗?不要忘记我们民族资产阶级的代表还参加政府工作哩!周总理也说了:阶级消灭,个人存在。虽然也可以说是革命,却和一般革命又大不相同:所以叫做改造。"

江菊霞说:

"这是不流血的革命。"

柳惠光听到"革命"两个字就有点胆战心惊,他说:

"不流血革命?我看是理发店刮脸,动不得,一动就流血。我们只有服从,不能反对。"

唐仲笙接上去说:

"所以叫做和平过渡。"

"我们在北京给它取了一个名字,叫做无痛分娩法。"马慕韩笑着说。

"无痛分娩法?"潘信诚意味深长地微微笑了笑,说,"这名字叫得好稀奇!"

徐义德听了马慕韩和大家的谈论,心渐渐安定一些了。他发觉那天约梅佐贤和家里人一同商量布置,未免有点孟浪,没有查一下《共同纲领》第三十一条,就轻举妄动,弄得全家不安,幸好工商界的朋友不知道,特别是史步云和马慕韩他们及时回到上海,他设想去香港的事还没有申请。不然的话,他就要贻笑于工商界和政府首长了。但是仍然要进行社会主义改造,却是美中不足。他听马慕韩的口气,察觉他非常得意上北京见了毛主席,有意无意之中在说服工商界。他的企业不是亲手创造,不过托庇先人的余荫,自然没啥痛惜,说不定还在中央首长面前打了包票,一心想做工商界带头的骨干分子。他见潘信诚流露不满意的情绪,便火上加油:

"无痛分娩法吗?恐怕只是站在产妇旁边的护士不痛,据我了解,没有一个产妇分娩辰光不痛的。"

"痛不痛,问我们江大姐就知道了。"冯永祥给唐仲笙一解释,觉得自己说法太绝对了,站不住脚,正愁没法岔开,徐义德的话给他一个机会脱开去。

"我也不是产科医生,我哪能晓得?"

"在座只有一个人有资格发言,你说,痛哦?"

"阿永又拿我开玩笑了,在座许多老老,你不问,问到我头上,真是奇怪。"

"老老各方面的经验都比你丰富,但是,有一件事却无论如何

281

不能和你相比:老老没有生过孩子。"

大家哄堂大笑,连潘信诚听后也是笑声不迭。江菊霞脸红红的,含羞地说:

"亏你想得到。"

她只生过一个女儿,如今在念初中。她和前夫离婚以后,没有再结过婚。她经常忘记自己是个女的,这次又让冯永祥钻了空子。等笑声消逝,休息室里又静下来了,她往下说:

"分娩总是痛的。"

"还是江大姐有经验。"潘信诚暗中看了马慕韩一眼。

"无痛分娩法,不过是说得好听。我们是小偷进衙门:没理。"徐义德心里想起了朱暮堂,说,"不杀头,已经是上上大吉。惠光说得对:我们只有服从,不能反对。"

"这话也不尽然。这次中央首长讲了,私营企业进行社会主义改造,要有三个条件:需要、可能和自愿。中央首长特别强调要自愿,民主阶级内部的事,要根据自愿的原则办事,而不是强制。德公!"

"慕韩兄这话很重要,不管有没有需要与可能,资本家不自愿,政府就对你没有办法,不能强制。关键还是在我们自己。老实说,自己办的企业,没有一个人愿意自动交出来的。"冯永祥对大家巡视了一下,说,"你们说,是哦?"

潘信诚接过去说:

"只有自己养的儿子,自己才晓得艰难。私营企业,哪一家不是从小厂扩充到大厂,由一个厂发展到几个厂,办个厂要花去不少心血。赚了钱,还是投入企业再生产,总希望企业一天天发展。现在要社会主义改造,怎么会自愿呢? 现在做资本家,肚皮里龌龊,不要隐瞒,有话自己老老实实说出来,也不要做别人的蛔虫。"

冯永祥说:

"信老这话十分中肯,工商界究竟是工商界,不要以先进代替落后。"

"自愿这一条很好。"柳惠光稍为放心一点了,说,"实行总路线要逐步地来,软搭搭,这个最适合我们的口味了。"

柳惠光说完了话,端起杯子喝了一口咖啡,对大家说:

"喝点咖啡提提神,再不喝要凉了。"

大家都端起了杯子。休息室的空气顿时和缓一些了,有了"自愿"这一条,大家松了一口气。徐义德皱着眉头,绷着脸,没有喝咖啡。等大家把杯子放下,他说:

"有了需要与可能,不自愿恐怕也要自愿了。"

接着他叹息了一声。这一声叹息把刚刚松弛了的心弦又绷得紧紧的了。柳惠光正要拿杯子再喝一点咖啡,听了徐义德的叹息声,他的手在半路上停下来了,自己也唉声叹气。

马慕韩听了潘信诚的训词,当时吞下去了,没有还手。他并不隐瞒肚皮里的龌龊,也没有意思要做上海工商界的蛔虫。潘信诚和他父亲是好朋友,在潘信诚面前他是晚辈。要是别人讲这些话,他当时一定会跳得三丈高。但这是信老说的,除了收下,他有啥办法呢?徐义德的叹息,给他送上来一个由头。他说:

"德公,对国家资本主义也不必那么紧张。国家资本主义并不就是国家的资本,是国家资本与私人资本合作的经济,私人资本主义所有制也没有取消。国家资本主义工业方面的形式是:高级,公私合营;中级,加工定货;低级,国家大部收购。拿我们棉纺业来说,大多数是加工定货的,只有少数厂是自纺的,实际上我们棉纺业大部分已经是国家资本主义性质的经济了,不过是中级形式罢了。至于要不要向高级形式发展,那是各个厂自己的事,政府都不强制,工商界更没有哪个人敢强制别人向国家资本主义发展。就是高级形式'公私合营'也没有啥可怕,不信,可以问问懋廉兄。"

283

马慕韩一提,徐义德才想起上海私营银行,钱庄已经合营很久了,而金懋廉是合营企业和私方副总经理,刚才给冯永祥吵吵嚷嚷,竟然忘记了。他说:

"懋廉兄,私营行庄合营的怎么样?"

金懋廉打扫了嗓子,一板一眼地说:

"在酝酿合营以前,经公私双方很长时间的协商,最后签订了协议书,内容规定得很详细。合营以后,公私双方仍然本着协议精神来解决问题。总经理是公股代表兼任的,我是私股副总经理,公私股代表和干部之间,相处都很融洽。总的是集体领导,大的问题通过会议解决,日常行政工作层层负责,逐级上报。公股干部一样对上级报告工作。平常处理工作,有事相商,彼此尊重。总经理大约一月来一次,业务工作都由我经手,不过大家分工方面有所不同,如思想领导和业务领导等等,都有明确分工,职责分明。我个人体会是有职有权。至于工资问题,一般的按原来的职位和现在的工作调整。所以,在工资待遇上没有问题。不过'挂名襄理'之类,要看他所担负的实际工作来考虑,我看,这也是对的。不能拿钱不做事。我们私营行庄,'理'字头的很多,合营以前,老实说,我真有点担心:这么多'理'字头怎么安插?合营以后,全安插了工作。有位襄理,合营之后,因病休假六个月,觉得老领干薪不好意思,自动要求辞职,公方代表再三劝他,他仍旧要辞职,最后还是给他停薪留职,可见公方的确是照顾私股方面的。最近准备发放股息和红利,原来的经理和襄理积极性很高。"

大家听得兴趣很浓。笼罩在人们心头上的疑虑的乌云开始慢慢散开。潘信诚半闭着眼睛,似听未听。他认为金懋廉有意拣好的讲,讨好马慕韩的。江菊霞问:

"合营后,是否还有劳资关系问题存在?"

"究竟是劳资专家,"冯永祥说,"啥辰光都想到劳资问题。"

"谈正经的,阿永,"江菊霞说,"听懋廉兄说。"

"合营后,成立了管理委员会,由党、政、工、团代表参加,服从党的统一领导,发展业务,改进工作,所以劳资问题基本上不会发生。"

"原来的分支机构是否也由总管理处领导?"徐义德想起了他弟弟在香港办的企业。

"当然领导。"

"如果是另外单独经营的企业呢?"

"不在原来企业之内的,当然不管。"

徐义德料想合营以后,公方插一脚,没有私营管得称心如意。他又问:

"合营后,副职是不是服从正职?还是私方服从公方?"

"主要是服从主管部门,接受党的领导,总的来讲,私方应该服从公方,不过副职是服从正职的。"

"这倒说得过去。"唐仲笙点点头,说。

徐义德对于公私合营没有经验,也没有知识,金懋廉讲的一套他驳不倒,可也不信服。他说:

"私营行庄本来就比较简单,要是工业方面合营起来,我看问题要复杂得多了。"

马慕韩见金懋廉讲的还没有说服徐义德,潘信诚更不必提了。他觉得徐义德虽然参加过星二聚餐会,又和他们常在一道,开始和市里首长有些接触,但是进步还是很慢。他真想当面开销他几句,又抹不下这个脸来,只好委婉地说:

"公私合营是一条到社会主义的必经道路,迟早要走的。大潮来了,不跟着潮流走,想单独留在岸上也可以,是不是划算,只好由各人自己考虑去了。我不过是把中央的精神谈谈罢了,没有别的意思。"

徐义德了解马慕韩这一番话主要是回敬潘信诚的。他不必代别人顶回去,闪在一边,拿起咖啡来喝,面孔对着潘信诚,做出在思索马慕韩讲话的神情。

潘信诚深深感到刚才有些冲动,话说过了头,没法收回来了。马慕韩这次上了北京,和政府越发接近了。在座虽说没有一个党和政府方面的人,但是慕韩如果不小心,啥辰光漏出句把也很难保险。他本想让徐义德先挡过头阵,然后他再补充两句。不料铁算盘沉默不语,他只好亲自出马了,不露痕迹地说:

"对于私人资本向国家资本主义方向发展,我们这些人经常接近党和政府首长,政策了解得比较透彻,当然没有问题。过去,我们做人,就是一句话:难为子孙贤。现在的时代,对自己的子女不要顾虑了,都有国家照顾,那财产观念就没有大问题了。潘家的企业都放在柜台上,藏也藏不了,啥辰光公私合营都可以。我们担心的是一般工商业家,他们可能想不通。"

徐义德的眼睛里露出钦佩的光芒:潘信诚究竟是与众不同,这一番话说得多么天衣无缝,又多么干净利索!他连忙接上去说:

"信老的话对极了。我们这些人没有问题,怕的是一般工商界。这是一个艰巨的工作,要我们好好去努力,才能打通他们的思想哩!"

"只有我们弄通了,才能打通别人的思想。"

徐义德感到马慕韩这话很有分量,虽然不是指他一个人,但是对着他说的,没法再闪在一旁,只好说:

"这还用说。"

"中央首长早就料到了,"马慕韩说,"讲工商界当中可能有些人会有顾虑的,要好好进行教育。要有步骤,首先是对大型的,对中小型的要稳定他们,注意研究,总之要水到渠成。"

宋其文点头赞成马慕韩的话,愉快地说:

"毛主席指出了我们的前途,又给我们安排了广阔的道路,真如父亲指点儿子,一切都准备好了。国家资本主义分三级形式,又有步骤,又是稳步前进,想得真妙。我活了几十年,真正高兴还是头一次。"

"过去一次也没有高兴过?"冯永祥歪着头表示不相信。

"不是没有过,真正高兴的确是这一次。阿永,你没吃过旧社会企业破产的苦头,你不了解那个滋味。现在我们自己有了出路,国家也有了远大的前途,眼见中国工业化在开步走了,你不高兴吗?"

"我高兴极了,再高兴也没有了。"冯永祥似笑不笑地说。

"阿永究竟不同,问题看得清楚,眼光也远。"宋其文表面满意冯永祥赞同他的看法,心里却看不起冯永祥。

"提起永祥兄,我们只有佩服。"潘宏福不甘寂寞,又不敢多说。

"阿永常和首长接近,对中共的政策了解得既深且透,我们哪能和他比哩!"江菊霞一眼睄到潘信诚注意她讲话,马上又收回来说,"他在我们年轻一辈当中是个尖儿脑儿。"

潘信诚想批驳宋其文和冯永祥,想到马慕韩今天的神气不对头,话到了嘴边,又忍住了。他的眼睛望着正面墙上的那幅简易太极拳图表,没有做声。冯永祥指着江菊霞说:

"我们两人可以来个三级跳。"

江菊霞愣住了:

"阿永又开啥玩笑?我也不是运动员,怎么来个三级跳呢?"

"我和你都是无产无业,可以越过收购和加工定货,一步跳到公私合营,这不是三级跳吗?我们无产无业,对社会主义改造,有啥不高兴的呢?"

宋其文听了冯永祥最后一句话,心头一怔:想不到这么大年纪的人又上了后生的当。他不胜感慨地抚摩着那一把胡须,一句话也说不出来了。

潘信诚的眼光从图表上转到宋其文的身上，笑了笑，可是没有吭气。冯永祥的话勾起了柳惠光的心事，他忧心忡忡地说：

"不管是一级跳还是三级跳，工业总算有了一条出路，就是我们商业，真是一言难尽了。"

他感到商业前途缺缺，声音哽咽，说不下去了。他端起杯子，喝了一口凉咖啡，拿着杯子六神无主地发呆。金懋廉叹了一口气，说：

"商业确是困难，我想不外三个前途：公私合营是少数，转业比较困难，淘汰的可能占多数。目前消息不能传出去，传出以后，波动一定很大，因为商业资本家本来已经疑虑多端，猛然听到这个消息，当然更消极了。"

"懋廉兄说得对，银行方面最了解商业的行情。私营商业，除了首长以外，恐怕很难谈。"唐仲笙伸了一伸腰，挺着胸脯，显得他其实并不比一般人矮，说："就拿卷烟业来说，上海有多少烟纸店？谁也说不清。公私合营吗？太小了；转业吗？资金在哪里？诚如懋廉兄所说的，只有淘汰的前途了。"

冯永祥抓住这个机会，挑拨地说：

"假如我是私营商业资本家，听到这消息，一定消极，因为眼见前途就要完蛋啦！"

砰的一声，一个白瓷杯子掉在油光发亮的黄杨木的地板上，打个粉碎。杯子里的咖啡流了一地。大家的眼光都望着柳惠光。他吃了一惊，讷讷地说：

"只顾听大家讲话，我想拿根烟抽抽，竟忘记手里还拿着杯子哩。"

"商业前途还没有完蛋，惠光兄的杯子可完蛋啦！"

柳惠光没有理冯永祥的俏皮话，脸色白里发青，弯下腰去，在拾碎瓷片。江菊霞说：

"惠光兄,小心划破手。别拣了,等一歇,我叫工友来打扫。"

"也好。"他把已经拣起的两片放在面前的矮茶几上,脸色变得微红了,掏出一块雪白的细纱手绢,不断地在揩手,好像他那只手永远也揩不干净似的。

马慕韩应冯永祥和潘宏福他们的要求来谈谈,借此机会在少数骨干分子当中先打通打通思想,看上去很不容易。这在他的意料之中,资本家究竟是资本家啊;也在他的意料之外,冯永祥这些人居然也充满了抵触情绪,这就很难了解他和政府首长接近程度的深浅了。过去,他总是俨然代表政府在开导工商界,今天却和以往完全相反,比有产有业资本家的抵触情绪还大哩。是不是因为这次全国政协常委扩大会议没有请他出席呢？不管怎么样,他今后在工商界活动,少不了要依靠这些朋友。潘信诚说,"不要做别人的蛔虫,"冯永祥说,"不要以先进代替落后,"都是话里有话,自己不能离他们太远,不然,就要失去工商界的代表性。有些话不必由自己说尽,政府首长会报告的;对工商界传达也有史步云这些老老去做,何必自己出头哩！他很同情柳惠光,关心利华药房。他说：

"这次中央首长再三再四地说了,要自愿,要稳步前进,要做到心悦诚服。大家有啥意见,过两天市委统战部要邀请工商界和民主党派代表座谈,由史步老传达北京会议的情形。那时大家可以把意见尽量提出来。"

冯永祥听了这消息当时沉下了脸,觉得市委统战部没有把冯永祥放在眼里,这样大的事竟然没有通过冯永祥和工商界老老们商量,那不是过河拆桥吗？现在中共上海市委统战部有些事直接找工商界,显得他在工商界的地位没有过去那么重要了,幸好工商界一些重大的事情大半还是通过他的手和党与政府首长商量。他要给市委统战部一点颜色看看,那些小干部算啥!要找冯某人,冯某人还不看在眼里哩。冯某人要同市委和市府首长往来。但在工商界朋友面前又不能显得和市委统战部太疏远了。他说:

"市委统战部曾经和我商量了这件事,是我提出来要先请少数人座谈座谈,听听意见,不要一下子推出去,那会引起工商界很大的波动。大家有啥意见,都可以在座谈会上提。"

徐义德感激涕零地说:

"永祥兄处处都为我们工商界着想。"

"我不过为各位效犬马之劳。诸位大老板有事,尽管吩咐小的便了!"

冯永祥站了起来,双手拍着,笑嘻嘻地向四面八方拱了拱手。

二十八

在资方代理人联谊会碰头的第二天晚上,冯永祥约了唐仲笙一同上马慕韩家里去。马慕韩家就在衡山路西边的一座花园洋房里。他家靠近马路的墙边种了一溜参天的榆树,繁枝密叶,把花园里的景物遮得严严实实。在马路上啥也看不到,一片浓荫当中隐隐约约看见红色洋瓦的屋顶。

唐仲笙没有坐自己的汽车,冯永祥要他坐那辆一九四七年的"倍克",冯永祥亲自开。唐仲笙坐在司机室里,对冯永祥说:

"你真行!十八般武艺样样精通,车子开得又快又稳,比我的那个司机开得还好。"

"不是我的技术好,是车子好。"

"车子好,技术更好。"

"过奖了。将来没有事做,我给你开车,好哦?"

"哎哟,可别折死我啦,我哪有这么大的福气,敢要你当司机。"

"你不要,那我失业的辰光,只好到劳动局登记去了。"

"别开玩笑啦。"唐仲笙见他有情绪,连忙把话题岔开,说,"你这辆车子真漂亮,啥辰光买进的?我好像在哪里见过。"

"我也不是大老板,哪里有钱买这么好的汽车,是德公送我的。"

"德公?"唐仲笙有点不相信,不了解铁算盘打的啥算盘。

"可不是他,硬要送我。嫌我那辆雪佛莱老爷啦,说出去活动没辆好车子不像个样子。我再三推辞,他硬叫司机开来,钥匙往我家里一放,人就走了。你说我有啥办法呢?"冯永祥无可奈何地耸一耸肩。

"你收下了,德公一定高兴。要不是你,上海滩上谁晓得有个徐义德哩!"

"人家有才能,我不过在旁边打了两下边鼓。"

"经你一吹嘘,德公在上海滩上就红起来了。"

"人家待我好处,我不会忘记的。"

唐仲笙心头顿时紧张起来:单凭东华烟草公司那点资本,他没有能力奉送冯永祥一辆倍克牌小轿车的。冯永祥既然暗示了,马上不表示也不好,小玩意提出来,反而不讨好。他说道:

"你对工商界朋友的好处,我想没有一个人忘记的。不讲别人,就说我吧,常给我老婆说,我能在上海滩上混,全靠永祥兄的提携。她听说你喜欢吃螃蟹,想请你到我家里吃顿螃蟹,不晓得你哪天有空?"

"螃蟹已经过时了,明年再说吧。"

"不,她做了一些醉蟹藏着,你啥辰光来都行。"

"那好吧,等这一阵忙过了,我打电话给你。"

冯永祥把轮盘向右边一转,汽车冲着衡山路西边的黑铁大门揿了两下喇叭,呜呜的声音还没有消逝,大门已经开了,汽车顺着绿茵茵草地旁边的一条柏油路唑唑地开进去。冯永祥摆好车子,和唐仲笙一同走进去,马慕韩已经站在客厅门口等待了。

进门的那间客厅非常宏大,他们三个人走进去显得十分空旷。屋顶有两层楼房那么高,抬起头来,要不是当中悬挂着那盏像一大串葡萄似的大吊灯把客厅照得雪亮,差点看不清屋顶上的凸出的荷花图案,沙发茶几都显得比别处矮小。南头是两扇褐色的折门,马慕韩走过去拉开,轻轻向两边一推,便自动地折叠起来,现出宽阔的门来,里面是个大餐厅。大餐厅东面有一扇玻璃门,里面一片绿光闪闪,好像是天蓝色的海水在荡漾,水里还有鱼在游动。马慕韩推开玻璃门,让冯永祥和唐仲笙进去,坐在淡绿色的皮沙发里说:"这儿清静点。"唐仲笙看见四面墙壁是天蓝色的波纹图案,其中还绘了好几条热带鱼,靠门口左边角落那边放着一盏落地立灯,反射出屋子里一片水样的绿光。他想怪不得在外边看起来里面是水哩。他说:

"简直是在海底似的,清静极哪!"

"小心叫鱼吃啦,"冯永祥风趣地说,"智多星。"

"那是过去的事啦,大鱼吃小鱼,小鱼吃虾;现在大鱼小鱼都是一样啦。"

"那倒不一定,小心点好。"

"谢谢你的关怀。"

"慕韩兄,你说我讲得对不对?"冯永祥昨天在联谊会上看出马慕韩的劲头,他不仅把先人的企业拱手让人不感到心痛,还要拉着工商界朋友一同下水,冯永祥不同意这种大少爷作风。离开联谊会,潘宏福走到冯永祥身旁,笑着问他:"大家到社会主义社会有厂有店献礼,你呢?"他一时苦笑得说不出话来,等了一会儿,才伸出手来耸了耸肩膀,说:"我么,两个肩膀扛着一张嘴。"潘宏福进一步说:"到了社会主义还要人侍候你?"他摇摇头说,"不,那辰光,我给你们潘家看门,大少爷,好哦?"潘宏福说了一句"不敢当",就赶上潘信诚,一同跨上汽车走了。他站在联谊会门口,看看门外电车汽车来来往往,人影憧憧,一片欢笑人群声中,不时划过叮叮当当的电车铃声。远处不知道是哪一家商店的收音机在放送沪剧。他越发感到孤单了。他回到家里一宿也没睡好,梦见港口大海上一叶孤舟,不知道飘向何方。海上忽然阴沉起来,雾气迷迷蒙蒙,啥也看不到,只见丈来高的浪头向小船压下来,小船仿佛顿时沉到海底下去了,一阵浪过,慢慢又看到小船在汹涌澎湃的海面上颠簸。看不见灯塔,也不知道东西南北,更看不到一条船,只是那条小船没有方向地飘荡着。忽然,又有一个开花浪压顶似的朝小船盖下了,立刻那只小船的一点影子也看不到了。他大叫了一声"哎哟",就惊醒了,发现自己躺在淡蓝色呢绒电被①里,浑身是汗,清清楚楚听到自己的心咚咚地急遽跳动声。他喃喃地反复念着"皮之不存,毛将焉附",慢慢又昏昏沉沉睡去了。他一觉醒来,太阳已经晒到那床电被了,身上暖洋洋的。他想起昨天夜里的梦,余惊还没有完全消逝。他觉得马慕韩这位朋友,有点刚愎自用。凡是能提高他政治地位的事,他都敢做敢为,而且决心很大,甚至于还不同朋友们商量,实在是工商界的一员闯将。"五反"那回坦白,把棉纺业的底盘全部揭露出来,使得政府突破了这个缺口,叫整个棉纺业的防线都垮了下来,直到现在,同业当中,一谈起这件事还是汗毛凛凛的。这回中共中央提出过渡时期总路线号召,对私营工商业进行社会主义改造,如果马慕韩也像"五反"那样,带头响应号召,势必影响整个棉纺业;而棉纺业是上海私营工商业的主力,这么一来,一定带动整个上海工商界;上海工商界一动,自然波及全国工商界……冯永祥不敢再往下想。他两只手交叉地放在脑袋背后,躺在床上,眼睛望着雪白的屋顶,自言自语:"有民族资产阶级有我,无民族资产阶级无我。只要有'私'字存在一天,我总还有一定的地位;'私'字取消了,那就啥也完了。"他霍地爬了起来,拿起床边的电话耳机,和马慕韩通了电话,告诉他晚上到他家去白相。冯永祥要来白相,那还不是打开大门热烈欢迎。马慕韩说今天晚上正好没有约会,在家里等他。他怕一个人的力量不够,又约了唐仲笙。昨天在联谊会人多口杂,谈话还是有一定的限制。他们三个人在一块,就可以无所不谈了。

马慕韩听出冯永祥说话的意思,托着腮巴子,两眼炯炯闪光地觑了他一下,说:

"用老兄的话来讲,又对又不对。"

---

① 淡蓝色呢绒电被,即呢绒毯子通电,保暖。

上海的早晨　（四）

"这是啥意思？"

"大鱼吃小鱼，这是鱼类生活的现象，也是旧社会工商界生活的缩影，所以，我说你讲得对。不过新社会的工商界，仲笙兄说得对，就不是这种关系了。现在政府号召私营工商业进行社会主义改造，也不是大鱼和小鱼的关系。且不说三级形式，只讲利润吧，这次中央提出来四马分肥①，在有利可图方面，比以前《私营企业暂行条例》所规定的要少些，但在有利可得方面，比以前的多。按新的利润率分配，生产是会大大提高的，对资方经营积极性的提高也会起一定的推动作用，因为资方感到真正有利可得了。你能说这是大鱼吃小鱼吗？"

"我怕一马当先，一马无肥可分。"冯永祥没想到马慕韩居然拿唐仲笙的话来对付他。他转过脸来，对唐仲笙说："我们的税法专家，你说是不是？"

"按道理说，这次改订了利润分配比例，我们没话可说。"唐仲笙接着把话一转，"不过百分之三十四点五的所得税确实是神圣不可侵犯的。政府的税收政策是取之于民，用之于民。纳税是我们工商界爱国守法的表现，哪家厂商能够不纳税呢？资本家虽然有百分之二十五的红利，可是四马当中的最后一马，这一马能不能分到肥，确实相当危险。"

"难道要资本家这一马当先吗？那是啥社会？要走旧资本主义的道路吗？让老大中国强盛不起来，叫帝国主义还压在我们头上？"

"哎哟哟，慕韩兄，这么大的帽子压下来，我们可吃不消，不必等帝国主义来，冯永祥和唐仲笙也叫你压扁啦？"

"把阿永压扁了，我可赔偿不起。"马慕韩笑着说。

---

① 四马分肥系指私营企业所得利润分配比例：所得税百分之三十四点五，公积金百分之三十，职工福利百分之十点五，资本家红利百分之二十五。

295

"那么说，把唐仲笙压扁了，你就赔得起？"

"阿永说话真会钻空子。"

唐仲笙紧靠着沙发坐着，这间小客厅的灯光又暗，他弯腰低着头，看不大清楚，好像是一头刺猬似地缩在沙发里。他幽默地说：

"我不用压，慕韩兄两个指头就可以把我捏死。"

"那我变成华尔街的垄断资本家了。"

"你虽然不是华尔街的垄断资本家，可是你的行动对工商界有很大的影响。"

"阿永，你别把我捧上天去，跌下来可吃不消。上海工商界的头头是史步老、潘信老和宋其老那些老老，我们这些后生小子数不上。我的行动对工商界有啥影响呢？"

"有一句闲话，你忘记了吗？"

马慕韩给冯永祥这么突然一问，一时摸不着头脑，不知道他指的啥，赶紧问道：

"啥闲话？"

"后生可畏！"

"原来是这句话，对我用不上。要说后生可畏么，在上海滩上，首先要数冯永祥！"

"这是一致公认的，"唐仲笙从马慕韩斜对面的沙发上伸直了腰，跷起右手大拇指说，"众望所归。"

冯永祥轻轻叹息了一声，说：

"冯永祥今后吃不开了！"

"这话从何说起？"马慕韩发现冯永祥语气不对，连神情也和过去不同了。

"你们有产有业带到社会主义社会，我冯永祥呢？两袖清风，一张贫嘴！"

马慕韩同情地安慰他道：

"大家一同过渡到社会主义,决不会把你一人撂下。你在民主革命时期有过贡献,在社会主义改造方面努点力,仍然吃得开的!"

"我不能为了我个人利益而牺牲大家,那太自私了。我宁可自己吃不开,也要顾全大局,为工商界的利益着想。我愿意做民族资产阶级的忠臣烈子,也不贪图个人的前途。"

"你是说——"马慕韩不禁怔住了,话也说不下去了。

"昨天信老那番话,我想你也听得很清楚,不要做别人的蛔虫,这句话的分量不轻呀!现在政府提出总路线和国家资本主义,这些都不是小问题。你在工商界的影响很大,你不但是兴盛纱厂的总经理,也是民建分会的负责人,又是工商界的进步分子,你的一举一动关系到整个工商界的利益。你有今天的地位,老实讲,是因为你代表工商界;你如不代表工商界,中共方面也不会看得起你。我向市委统战部建议召开的座谈会,本来是要中共听工商界的意见,虽说解放四年多以来,上海工商界有了不少进步,但是工商界究竟是工商界,一不是工人阶级,二不是农民阶级,而是民族资产阶级。民族资产阶级就是民族资产阶级,不是别的阶级。要把私人资本主义,变为国家资本主义,工商界哪一个不肉痛的。不管多么进步的人物,说是没有一丁点的财产观念,那是骗人的鬼话,也不是唯物主义。你要代表工商界,就应该代表工商界的真正思想,别人表面上那一套,不是真实情况。最近大家对你的态度都有点担心。"冯永祥滔滔不绝地说,一口气谈到这里停止了,看马慕韩的态度。

"那为啥?我代表兴盛讲话,和工商界不相干。兴盛的事,我可以全权代表。当然,兴盛内部事先还要酝酿酝酿,征求各位股东的意见。"

"刚才我不是说了吗?兴盛你当然可以全权代表,可是,兴盛一开步走,不就是'将'了其它工厂的'军'?别人不跟进吧,显得落后；跟进呢，又实在不甘心。所以大家担心你的态度。仲笙兄，你说是哦？"

唐仲笙想起在汽车上冯永祥说的话，现在对那句话算是完全明白了。他说：

"永祥兄的话，语重心长，要不是知心朋友，决不会讲出这样的话来的。慕韩兄现在的言行，确实要仔细考虑。"

"兴盛不提合营的事，政府方面会不会有意见？"马慕韩从北京回来，曾经找厂里代理人座谈了一次，希望代理人好好工作，给代理人"打"了一下"气"，顺便征询对合营的意见。他想在企业内部统一认识，争取做公私合营的典型，准备在座谈会上表示态度，提高自己的地位。他对中央首长鼓励工商界不但要搞好企业，还要多多积累资金，希望私营企业"生儿子"①，这一点，他也感到很大的兴趣。他考虑和史步云合资开办新厂，因为没有和史步云商量，就没有和任何人提起。冯永祥这么一说，他觉得冯永祥多事，使他为难。他反问道，"工商界进步分子怎么当法？"

"这个么，"冯永祥搔着鬓角，一时回答不上来。他也反问道，"不提合营的事，就不能当进步分子吗？老兄。"

"进步分子不能单凭说空话，总得有行动的表现啊！"

"除了合营，就没有别的行动表现吗？"

冯永祥这么一问，马慕韩觉得面前的道路宽阔了，但有哪些路子呢？一时又看不清楚。他说：

"我愿意听你的意见。"

"大力宣传总路线，拥护对资本主义工商业进行社会主义改造，打通工商界的思想，加强民建在工商界的核心作用……工作有的是。这能说是不代表工商界吗？这能说不是积极分子吗？"

"你的意思是原则赞成，具体不动。"

---

① "生儿子"即私营企业增开新厂。

"话可以这么说,也可以不那么说。中共既然提出总路线和对资本主义工商业进行社会主义改造的问题,工商界当然不能反对,何况你老兄是工商界的后起之秀,又是积极分子,又是领导人物,更不能反对!首先要带头拥护一番,合营的事,可以慢一步。所以,可以说原则赞成,具体不动。但是,宣传、拥护、思想工作、核心作用,这些难道不是具体行动吗?因此,也不能说是原则赞成,具体不动。这叫做原则里面有具体,具体里面又有原则。该动则动,不该动不能轻举妄动,要有个界限。"

"只讲空话,兴盛不申请合营,政府是阿木林,看不出来吗?"

"你这话只有一半对,而且只是一小半,大半不对。不申请合营,政府当然了解。可是兴盛申请合营,不比一般厂商,不仅在国内有影响,在国际上也有影响。外国不少人晓得中国有个马慕韩,有些外宾到上海参观访问,不是要到你家里来谈谈吗?所以兴盛合营不合营,还不能单凭你老兄的主观愿望,这一着棋子,要等政府走。政府从全局考虑,啥辰光该合营,自然会暗示你的。"

"政府真会这样考虑吗?"马慕韩给冯永祥说得心动了,特别是最后那两句,叫他捉摸不定。过去,要是政府有意见,冯永祥有时直截了当地告诉他。今天的口气,有点像政府的意图,又有点不像。

冯永祥没有正面回答马慕韩的试探,模棱两可地推到唐仲笙身上:

"问仲笙兄就清楚了。"

唐仲笙一向知道冯永祥和政府首长最接近的,从冯永祥嘴里说出来话十之八九没有错。他不假思索地说:

"祥兄的话,不会错。"

"早合营迟合营,兴盛的事倒好办,就怕别人抢在兴盛的前头,那我脸上就没光彩了。"马慕韩毫不隐蔽地说了出自肺腑的话。

"这一点提得正确极了!"冯永祥眉宇间不禁流露出得意的神情,马慕韩终于叫他说服了。他大声地说,"慕韩兄真不愧是领袖人物,深谋远虑,高瞻远瞩,胸襟开阔,思考周密。党和政府方面,由我负责,那些大厂商申请合营,老实说,瞒不过冯某人。党和政府的首长,有时还要征求征求鄙人的意见。工商界方面,仲笙兄是阁下的得力助手!"

"有你们两位帮忙,我就放心了。"

冯永祥又推荐了两位:

"棉纺业方面,还有徐义德和江菊霞,可以给你通风报信。"

"这两位吗?"马慕韩摇摇头。

"怎么样?他们两位都是消息灵通人士,和棉纺业同仁联系得很密切。在棉纺业你找不出比江菊霞消息更灵通的人士。"

"江菊霞倒不错,就是徐义德这位仁兄有点靠不住。"

"昨天他的口气,是不赞成公私合营的,你怕他抢先吗?"

冯永祥一句话说到马慕韩的心里。马慕韩说:

"徐义德参加星二聚餐会以后,在地位上的欲望一天比一天大,现在正好是出风头的大好时机,他会不想到这一点吗?"

"你只看到德公的一面:贪名;德公还有另一面:图利。不到最后关头,他不会牺牲利来换取名的。他宁可要利,这个实惠;而不要名,这个空虚。我看,他现在打的算盘是名利双收,绝对不会只图名。退一万步说,他就是图名,也不是你的对手,凭沪江纱厂这点企业,"冯永祥轻视地伸出右手的小拇指来,说,"能在上海滩上兴风作浪吗?这不是天大的笑话!"

"要是申请合营,不管企业大小,总是占了上风,政府一定会拿沪江做典型。"马慕韩一想到铁算盘,他就担心,徐义德一桩事体看准了,他甚至和啥人也不打招呼,就偷偷干了起来。

"德公的事,你放心,我有办法对付他。"

"这方面倒是不成问题,"唐仲笙回忆地说,"我记得德公参加星二是祥兄介绍的。我认识德公,也是祥兄介绍的。只要祥兄肯出马,那十拿九稳。"

"祥兄能吃住德公,这一点,谁也不怀疑。"马慕韩望着左边墙壁出神:天蓝色波纹图案齐腰那儿有个两尺来高三尺来长的鱼池。凹在墙里,顶上有电灯照着,隔着一层玻璃,清清楚楚看见几十条大大小小的热带鱼,在绿茵茵的水藻当中游来游去,水面不断冒出泡沫。他坐在沙发上看得十分明白:所有的鱼都在池子里,其中有一条金黄色的大尾巴鳊鱼,虽然不是最大的,可是在水里游得最欢,到处钻来钻去,一会闯进水藻当中;一会又沉到底下,在黄色沙子上的奇异小山石旁边游来游去;一会又冲到水面,吐出一连串的泡沫,接着,又游下来。许多鱼跟在它后面,顺着水藻游去,他喜欢这一条出类拔萃的金黄色鳊鱼。兴盛不能一马当先表示态度,绝不能落后任何一家厂商。他从许多跟在金黄色鳊鱼后面这个美丽的景象中悟出一个妙法,说,"兴盛马上表示态度确实不好,但是硬不让别人表示态度,在道理上也说不过去,最好还是有个积极的办法才好。"

"慕韩兄的棋子走得总是比我们高一着,"冯永祥钦佩地摇摇头,欣赏地说,"连智多星也赶不上。"

"那当然,我们在慕韩兄面前,是小巫见大巫。"

"你这句话说得又过分客气了,慕韩兄是大巫,你是中巫,鄙人才是小巫。"

"这么一来,又多了一级,祥兄未免太客气了。慕韩兄的积极办法想好了没有?"

"这就要请教你了。"

"统帅要指出方向,末将才好出点小主意。"

"不要开玩笑,谈正经的。我不是统帅,你也不是末将,鼎鼎大名的智多星,怎么这样客气!我在想,有啥办法,把私营棉纺业联合起来,买张团体票,大家一同过渡,你们说,好哦?"

"这个意见实在高明。"唐仲笙马上领会了马慕韩的用意,说,"整个棉纺业一块公私合营,首先要成立企业性的增产节约委员会,我想这个委员会要联系党和行政主管部门,国营经济领导部门,总工会和工商联,共同组成。由这个委员会领导棉纺业创造条件,筹备公私合营,还可以采用联营、合并和其它新的形式,进行增产节约,改进生产,逐步过渡到国家资本主义高级形式。"

冯永祥听唐仲笙把"逐步"这两个字说得重而且慢,不禁拍手叫道:

"真不愧是智多星,想得十分周到,鄙人佩服之至!"

马慕韩霍地站了起来,走到唐仲笙面前,拍拍他的肩头,说:

"给你这么一讲,我的想法更完整了。"

"只要你出面,"唐仲笙仰起头来,敬佩地说,"同业没有不举手赞成的。"

马慕韩摇摇头:

"那倒不见得!棉纺业那些老老就不一定听我的。徐义德这些人也有他们自己的算盘。"

"德公的事,我明天就办。步老那方面,我也有办法。信老比较难说话,但也不是完全没有办法。慕韩兄,就这么定下来吧。"

冯永祥说得十分有把握,而且态度很恳切。马慕韩轻轻点了点头:

"要是能办到,我当然没有意见。"

二十九

林宛芝看了看白金手表,说:

"义德不是约你六点钟来吗?"

"早来了不欢迎吗?"

"怎么不欢迎,请都请不到哩。"

"别人请我,的确有时不到;不过你么,用不着请,我就来了,就怕你嫌我来得早。"

"哟,扳起我的错头来了。你去的地方多得很,今天怎么想到早来,不晓得是啥风把你吹来的。"

"啥风,亲爱的宛芝之风。这一阵子虽说没来,可是我没有一天一夜不想你的。有一天夜里,接连梦见你三次,你的耳朵发烧没有?"

"现在我的耳朵不发烧了,恐怕别人的耳朵在发烧吧。"

"你这是啥意思?"

"你说呢?"

冯永祥一把把她拉过来,低着头,按着她的肩膀,对她耳朵悄悄地说:

"现在谁的耳朵在发烧?"

她一低头,从他胳臂里挣脱出来,把披下来的一绺乌黑的头发理到耳朵背后去,嘟着嘴,指着书房的门口说:

"门也没有关,小心给人家看见!"

他过去把书房的门关上,回来坐在她的沙发的扶手上,轻轻地

给她理着那一绺头发,赔小心地说:

"生我的气了吗?"

"怎么敢生你的气?坐到那边去,叫人看见了不好。"

他先伸出一个手指,然后又伸两个手指来说:

"她们两人不是都出去了吗?"

"出去不会回来的?"

"回来,总会听到汽车喇叭声音的。"

"还有老王他们呢?"

"底下人不敢乱说乱道的……"

"你说的!快坐过去。"

"好,遵命。"

她站起来,过去把书房的门半开着,外边有人走过,坐在里面可以看见。她回来,坐在沙发里,微微低着头,不说一句话。她最近听说冯永祥常到唐仲笙家里去。唐仲笙的老婆长得年轻漂亮,过的是外国式的生活,平常连旗袍也不大穿,总是穿西服。她一切都很满意,就是丈夫生得矮小,是一个很大的缺憾。夫妇两个很少同时在公开场合出面,纵或偶然遇到了,也是各人找自己的朋友去聊天。本来就谣传他的老婆外边有个年轻的男朋友,可不知道是谁。近来冯永祥忽然和唐仲笙往来密切了,不免引起林宛芝的疑心。

冯永祥打破了沉默:

"最近《宝莲灯》唱了没有?"

"早忘了。"

"我从头教你。"

"不敢惊动,你是忙人。"

"我有空。"

"有空教别人去。"

"教大太太二太太她们,不过是聋子的耳朵——做做样子,我主要是教你。"

"你教谁我也不管。"

"除了你,我谁也不教。"

"别说得那么好听!上海滩上的大红人么,要你教的人多得数不清。"

"你别冤枉我,我可以在你面前发誓……"他越说声音越高,左腿的膝盖弯曲着,想跪下去的样子。

"小声点,别叫人听见……"她看见他那一股受委屈的神情,心又有点软了,觉得自己也许是瞎猜疑,唐仲笙本来和他就是好朋友,往来密切一点又有啥关系呢?她说,"没有就没有,发啥誓!"

他忐忑不安的心慢慢定了下来。他低声地说:

"我最近在为你奔走……"

她打断他的话,惊奇地问道:

"为我奔走?"

"你晓得政府提出过渡时期总路线和对资本主义工商业进行社会主义改造的事吗?"

"义德回来说了,我正想问问你是怎么回事哩。人家不是说社会主义社会怎么美好,人人有工作,人人有饭吃,人人有衣穿,为啥他不赞成呢?"

"社会主义好是好,不过好的是工人,倒霉的是资本家。不必到社会主义,你们家里现在的生活就非常美好了。到了社会主义社会,你们的工厂就变成国家的了,你们的洋房是不是还属于你们的,只有天晓得。"

"怪不得他那么着急哩……"说了一句,她就停住了,不敢往下说,怕把徐义德给她计议的事泄露出去。

"他怎么着急?"

"你了解他这号人,有话总是搁在肚里,不肯对人讲的。"

"不肯对别人讲,还会不给你说吗?"

"他才不给我说哩!"

"他不赞成是对的!上海不少资本家不赞成公私合营,一过渡到国家资本主义性质的经济,自己的企业就丢掉了一半,那一半丢起来更快。"

"不是有人说公私合营比私营好吗?"

"好啥,不过穿一件黄马褂罢了。"

"这么说,倒是义德想的对了。"

"这桩事体,他想的对。不过,还要靠你帮助他。"

"别拿我开玩笑了。"她伸出右手的小手指来说,"我在徐家是这个,哪有能力帮助他哩。"

"你的能力可不小!我了解,他最听你的话。你叫他顶住,别乱申请合营。你说不动他,有事,打电话告诉我,我来劝他。"

"好吧。"她想起刚才他说最近为她奔走的事,谈了半天,也没提到。她有点奇怪了。她想也许他在设法让她离开这个鸟笼似的生活,信口问道,"你为我奔走啥?"

"哦,马上就告诉你。"他贼眉贼眼地向门外望了一下,放低了声音说,"民建中央赵副主委早就给我来信,透露总路线和对资本主义工商业进行社会主义改造的消息,我马上就告诉了义德,又告诉了工商界几位老老。马慕韩回来谈了一些情况,我又约了唐仲笙到处奔走,稳住大家,使得社会主义改造慢一点来,私营企业多保存一个时期。这样,徐义德手里的企业也可以多保存一个时期,这不是为你吗?"

"原来是这个!"她失望地靠到沙发上。

"你不高兴吗?"他站起来,移动着脚步,向她沙发旁边走去。

她看看手表:六点钟快到了。她指着对面沙发说:

"给我坐到那儿去,——义德快回来了。"

当冯永祥走进徐公馆书房的辰光,徐义德已经坐在江菊霞的客厅里了。江菊霞住在复兴中路一家公寓里。这是一座古老的公寓,不过五层楼高,砖墙是深灰色的,百叶窗虽是白漆的,可是有些已经剥落,里面的建筑却十分讲究,还保持当年的气派。江菊霞住在二楼,出了电梯,走厨房那个后门,向右手进去,便是一间华丽的客厅。从客厅当中的门出去,是一个两丈多长的半圆形的大阳台。阳台下边是一片整整齐齐的草地,居高临下,好像这座花园是属于她个人所有的。半圆形阳台四周摆着一盆盆的菊花,有的已经萎谢了。菊花的清香给风一吹,不断地送到客厅里来。

今天徐义德是江菊霞的上宾。她几乎把家里珍藏的好吃的东西都搬出来了,一大盘水果,一盒金纸包装的巧克力,一碟稻香村的三色核桃糖和一碟采芝斋的西瓜子。可是徐义德一点也没有动。她打开那盒巧克力糖,捧到他面前,说:

"你尝尝这个。这是人家从香港给我带来的,我一直留着,就等你来吃。"

"我不吃,太甜。"

"不,这里面还有酒哩,我拿一个给你吃。"她打开金晃晃的包纸,露出一块斜方形的巧克力,送到他的嘴边。

他只好张开嘴接下了,不小心一咬,果然有酒流出来了,而且流到腮巴子上来了。她挨过去,用水红色的纱手绢给他揩了揩,然后用涂着红艳艳蔻丹的食指,划了他一下腮巴子:

"看你这么大年纪了,连糖也不会吃,差一点把衣服弄脏了。"

他在这间客厅里忽然年轻了至少二十岁。他失去了主宰,听凭她的摆布。他的糖刚吃完,她伸手拿了个淡绿的香蕉苹果,问他:

"我给你削个苹果吃。"

"我吃不下。"

"我们一人吃一半。"她指着盘里的黄嫩嫩的梨儿说,"梨不能分吃的,苹果可以。我们两个人虽然不能常相聚,但愿永不离(梨)！你说,对哦?"

她放肆地盯着他看:他今天不但显得年轻,而且比过去越发英俊了,加上那身藏青哔叽西装和胸前那条紫红领带,出落得潇洒不凡,风流倜傥。她很快把苹果削好,切了一大半,又要送到他嘴里去。这回,他用手接过去了。她问:

"你说,我讲的,对哦?"

他沉默着。她的头依偎在他的肩头,笑盈盈地碰了碰他的肩膀:

"说呀!"

"你说的话,还有不对的吗?"

"那么,一定要记在心上啊!"她把手里的水果刀子放到沙发前面的套几上,说,"你怎么不吃苹果呀?"

"等一歇吃。"

"不,我要你现在吃,我要看你吃。"

"看吧。"他真的拿起苹果来吃了。他有意吃得很慢,让她细细去看。他心中在盘算一件重大的事体。他深深感到自己在上海不如潘信诚和马慕韩,更不必提史步云了;在全国也不如芮振东。凭沪江纱厂那点锭子,在上海滩上数不上,他要是在青海和新疆这些地方,省人民政府的副主席如果当不上的话,至少省工商联主任委员是不成问题的。可是现在陷在上海滩上,一时没法迁到内地去。中央这次只号召私营企业"生儿子",可没号召迁厂。这方面就很难动脑筋了。他想了另外一个办法:准备扩充十万锭子,争取主动,进入社会主义,将来好提高地位。他计算了一下和他多少有些关系的企业:聚丰毛织厂、茂盛纺织厂,兴华印染厂,永恒纺织机器厂,还有苏州的泰利纱厂……他在这些企业里不是董事长就是董事,要末,多少有点股子。可惜的是这些企业的规模都不算大,并且不完全是纺织厂,何况有的还在苏州。仅仅把茂盛和泰利拿过来,实力还不算大,不如把毛织厂,印染厂和纺织机器厂全拿过来,组织一个总管理处,一律挂上沪江的牌子。这个总管理处的总经理徐义德走出来,就像个样子了。他于是想到了大新印染厂,江菊霞是这个厂的副经理,虽说是挂名的,但比他和这个厂的关系来说,要深得多了。江菊霞约他上她家里来好久了,他都借故推辞了。今天早上她又给他挂了电话,问他啥辰光有空,他马上答应下午四点左右一定去。她整个下午都没出去,盛装以待,准备徐义德的大驾光临。徐义德今天非常柔顺,像一只绵羊,他吃完苹果,有意问她一句:

"看够了吗?"然后瞟了她一眼。

她浑身浑淘淘的,一双水汪汪的眼睛一直没有离开过他,挑逗地说:

"我永远也看不够。"

"那就看吧。"他挺着胸脯,摆好姿势,坐在沙发边上,眼睛望着阳台上的菊花。

"这样累得慌,在沙发上靠靠吧。"

"好。"他像是一个非常听话的孩子,马上就靠到沙发上,跷起腿来,喘了一口气,说,"这两天倒真有点累。"

"没有休息好吗?要不要到里面去躺一歇?"她指着客厅右边的卧房说。

"不是没有休息好,我是在想沪江怎么走国家资本主义的道路。"

"这个忙啥?市委统战部的座谈会还没有开,合营的事体早得很哩。这是大事体,我看,有的扯皮哩。"

"早点考虑不是更好吗？"

"你办事总是有计划，有步骤，想得周密，办得利索。不像我，只凭一股冲劲，想到就要做；有时后悔也来不及。"

"你办事有魄力，说得到做得到，这些方面我就不如你。'大新'的事，你考虑了没有？"

"我只是挂个名，'大新'的事，我从来不管的。"

"国家资本主义问题可不比别的事，你是副经理，平常拿厂里的薪水，现在该你给人家出力。"

"我能给他出啥力呢？向国家资本主义方面发展反正迟早要走的。"

"这条路肯定要走是不错的，但是怎么走法，哪一种走法比较有利，这里就有文章了。"

"哦，我还没有想到这一层。你说怎么走法好呢？"

"我是给你和'大新'考虑。像'大新'这样的印染厂规模不大，自己也不纺纱织布，一直和私营纺织厂有往来，离开纺织厂，厂里生产就要成问题。这样的厂，合营不合营，政府根本不放在眼里，就是合营了，各方面的条件也不会好。"

"这倒两难了！"

"我倒想了一个法子，找几家设备好的厂，先来个私私合营，创造条件，规模大了，再公私合营，就能引起政府的注意了。"

"沪江想和'大新'合营吗？"

"如果'大新'有这个意思，我当然不反对，何况你又是'大新'的副经理，合营以后，我们往来更要密切了。"

她扶着他的肩膀，歪着头，注视着他那张圆圆的肌肉丰满的脸，亲昵地托着他的下巴问：

"真的吗？"

"啥辰光给你说过假话？"

"那我给'大新'说去。"

她嫣然一笑，额头上露出几条皱纹来。他轻轻吻着她的额角。

徐义德离开江菊霞家，匆匆赶回来，走进书房，正好是六点欠十分。他一见了冯永祥就亲热地招呼道：

"真对不起，厂里有点事，绊住了脚，给他们谈了谈，交给梅厂长去办了。我出了厂连忙往家里赶，想不到你已经来了。"

"我刚到，以为你一定在家，想先来和你聊聊天，不巧，碰上你厂里有事。"

"让你等了一会，万分对不起。"

"这算不了啥。"冯永祥毫不介意地说，"我今天还约了江菊霞来，一道聊聊。"

"她是个大忙人，我好久没有见到她了。今天她有工夫来吗？"

"她答应了，大概会来的。"

"永祥兄约她，她一定来的。"

林宛芝钦佩地望了冯永祥，觉得他在工商界真吃得开，没有一个人敢得罪他，连江菊霞也要听他的，真是了不起的人物。冯永祥谦虚地说：

"那也不一定，也许她有事绊住了脚，来不了。"

"阿永请我，我怎么敢不到。"

江菊霞笑盈盈地走进来，首先和林宛芝打了招呼，然后才向徐义德淡淡地点了点头。徐义德说：

"江大姐，好久不见了，这两天在忙啥？"

"还不是给你们这些老板们服务，同业到处找我，打听北京会议的消息。"

"你告诉他们了吗？"冯永祥生怕她把消息泄漏出去。

"市委统战部座谈会还没有开，史步老和慕韩兄他们也没有传达，我哪里会把消息透出去，那不要引起工商界的波动吗？"

"江大姐办事向来有经验,又有分寸的。"

"德公说得不错,我也了解江大姐不会说出去的,不过有意这么问问。"

"以后给阿永谈话可要小心,他还会试探人哩。"江菊霞在林宛芝身边坐了下来。

"我怎么也说不过你。"冯永祥对江菊霞说,"你是大演说家,上台能讲,下台能做,文武双全,智勇兼备,不仅是棉纺公司的卓越人材,也是我们工商界的出色人物。棉纺业怎么向国家资本主义方向发展,江大姐,你考虑了没有?"

"没有人给我提起,我也没有考虑这个问题。"

"这是件大事体呀,你是棉纺业的核心人物,不,简直是棉纺业的灵魂。别人不考虑还有可说,你怎么能够不考虑呢?"

"这是大老板们的事体,我们考虑也没有用。你应该问徐总经理。"她小声地对林宛芝说,"阿永这个人,尽喜欢拿我们开玩笑。"

"哦,我还不清楚哩。"

林宛芝微微低着头,在听他们谈话。她很高兴今天参与他们谈论总路线和国家资本主义的大事,更高兴的是大太太和朱瑞芳让徐义德支使出去,带徐守仁看"大光明"五点半的那场电影去了,一时是不会回来的。她现在是徐家的主妇了。听徐义德的口气,他很久没有见到江菊霞了,她也比较安心。而江菊霞今天特别和她亲热,冯永祥又不断地捧江菊霞,她发觉江菊霞这个人确实是妇女当中一位杰出的人物。江菊霞发觉林宛芝耳边有一绺头发披下来,用手轻轻地给她理上去。她的脸不禁绯红了。她感到江菊霞很关心人,她轻轻说了一声"谢谢"。

冯永祥问徐义德:

"你考虑怎么样?"

"我还没有考虑哩。"他的声音很高,说了之后,扫了江菊霞一眼,很快地又望着冯永祥,说,"你大概已经考虑了。"

"也可以说考虑了。我听说棉纺业几位巨头对公私合营都不热心,政府既然提出了国家资本主义的问题,《共同纲领》上又是明文规定了的,当然不好反对。现在只有一个办法。这个办法说简单也很简单,说复杂也蛮复杂,一个字,叫做'拖'。想一切办法推迟合营,还要靠棉纺业同仁齐心。"

"棉纺业家数不多,好办;上海那么多的行业,都能推迟合营吗?"

"德公,这个倒不必顾虑。棉纺业在上海是首屈一指的大行业,棉纺业不动,别的行业一定不会先动的。"

"都推迟,政府会不晓得吗?"

"慕韩兄想了一个缓兵之计:把私营棉纺业联合起来,成立全业性的增产节约委员会,来筹备公私合营的事。"冯永祥接着把做法详细介绍了一番,说,"这样表面上先打起锣鼓来,实际上慢慢地细细地磨,政府能有啥意见?"

徐义德抿着嘴笑了笑,察觉出马慕韩的用意,想把私营棉纺业都在他的名下联合起来,然后向政府申请合营,那功劳多大呀!徐义德并不揭穿。冯永祥见他默默不语,便问道:

"你不赞成吗?"

"慕韩兄想的好主意,我怎么会不赞成? 特别是你来给我提了,不看在慕韩兄的面上,也要看在你的面上。"

"那么你同意了。"冯永祥想不到徐义德今天这么爽快,一谈就拢了。

"我同意倒好办,沪江的企业也不大,起不了作用。这件事体主要得看史步老和潘信老的态度。"

"史步老的表妹就在这里,她能做步老一半的主。江大姐,你赞成不赞成?"

"我同你一样,无产无业,赞成了也没有用。"

"那么,你说,步老赞成不赞成?"

"还没有问他,哪能晓得赞成不赞成呢?"江菊霞知道这个问题很复杂,一再回避正面答复冯永祥。当然,能够迟一点合营,她那个棉纺业同业公会执行委员的职位也可以多保持一个时期,她还可以多起一个时期的作用。

冯永祥紧紧抓住她不放:

"拜托你给步老商量商量。我觉得慕韩兄想的倒是个好办法,你要是赞成了,给步老说起来更有力量。"

"我好办,步老也不是不好谈,恐怕问题在潘家。"

"信老那方面,我亲自去谈。"冯永祥拍拍胸脯,很有把握地说。

徐义德轻松地说:

"那我们就等你的好消息了。"

三十

　　史步云和马慕韩在中共上海市委统战部座谈会上传达北京会议的第二天下午,工商界和上海各民主党派代表人士分组进行座谈。果不出冯永祥所料,马慕韩是工商第一小组的召集人。小组座谈在外滩原先华懋饭店的七楼上举行,也就是现在的上海市政治协商会议的会址。工商第一小组地点靠近外滩那边,窗外正好是黄浊浊的黄浦江,江对面浦东工厂的烟囱和田野历历在目。

　　大家围着一张方桌子坐着。桌上铺了一块洁白的台布,和大家穿的深颜色的服装形成强烈的对照。马慕韩今天穿了一身深灰色呢子西装,坐在长方桌当中。他说了开场白之后,大家面面相觑,竟没有一个人站起来说话。他望了大家一眼,等了一会,还没人站起来,他又说道:"陈市长在座谈会上已经说了,希望大家把心里的话都说出来,不要有任何顾虑。陈市长也把他心里话说出来了,政府首长这样推心置腹,我们还有啥顾虑呢?大家有啥讲啥,先讲点体会也可以。"

　　冯永祥坐在长方桌的北边的尾端。他站了起来,两只手扶着桌子边,像是准备发表长篇大论的演讲,先扫了大家一眼,接着轻轻咳了一声,然后把胸口的黑领结弄弄正,吸引了全体的注意,这才慢慢开口:

　　"没人讲吗?我来跑个龙套。说得不对,还请诸位多多指教。我一听到党中央提出过渡时期总路线和国家资本主义的问题,兴奋得一宿都没合眼,这桩事体太重要了,太伟大了。政府把一幅新中国的蓝图在我们面前打开,没有一个人看到祖国灿烂的远景不欢欣鼓舞的。至于讲到国家资本主义问题,新中国成立四年多以来,私营企业的进展不论在生产上或是经营管理上,都赶不上国营企业。我深深体会到私营企业不进行社会主义改造,会成为国家建设前进道路上的绊脚石。所以说,向国家资本主义的方向发展,进行社会主义改造,是完全必要的。现在摆在我们面前有两条路:一条是旧资本主义的路,一条是社会主义的路。我们要走社会主义的路,必须先经过过渡时期——走向国家资本主义。如何过好'第三关'①,昨天听了慕韩兄的报告后,有了方向,我们要争取进入社会主义。"讲到这里,他停顿了一下,说:"当然,工商界究竟是工商界,过关也和一般走路不同,否则为啥要叫'关'呢?还要'过'呢?中央的政策一向是稳的,上海党和政府方面掌握中央政策一向也是稳的。工商界同仁有啥意见可以尽量谈出来,政府一定会仔细考虑的。"

宋其文听冯永祥开头一段话,料到他照例会有这番表白的,仿佛代表政府在训工商界,显出自己很进步。后来那一段,他既代表了政府又代表了工商界,暗骨子里鼓励大家提反对意见,说得不客气一点,其实是煽动工商界的抗拒情绪。宋其文听到后来,根根胡须都仿佛翘了起来:他想这要把大家引导到哪个方向去?更担心的是马慕韩稳稳坐在当中,竟然不说一句话。他忍不住站了起来,抚摩了一下胡须,竭力想把话说得平和一点,可是语气里还是流露出不满情绪:

"我本来不想现在就发言,听了永祥老弟一番话,倒觉得有话要讲讲。我们这些年纪过了半百的人,经历了几个朝代,阅历比年轻的人多一点,旧社会酸甜苦辣的滋味也尝得多一点,觉得新中国来得不易,因此对新中国的感情热爱得更深,甚至可以说有些偏

---

① 第三关,系社会主义关。

爱。我讲的话也许不入耳,但是肺腑之言。在座听了,有不同意的,欢迎大家不要顾情面,尽量提出来批评。我这个人老了,毛病很多,可是别人的意见,倒是愿意听的。老大的中国,受了洋人一百多年的气,新中国建立了,提起中国人来,在世界上可以扬眉吐气了,现在政府要把中国建成一个社会主义的强国,没有一个中国人不高兴的。我们工商界,我想,也不会例外。现在方向已经明确了,社会主义改造不但是对私营企业的改造,也是对个人的改造。政府对我们做到仁至义尽了,大事体都给我们先商量,打通我们的思想,指出我们的前途,安排我们的出路。陈市长又设身处地给我们考虑,我们不能放弃改造的机会。毛主席这次谈话,给我们工商界无上的光荣。他老人家特别表扬了民建,说民建对推动工商界进步起了作用。上海民建分会在这方面也做了一些工作。我感到非常快慰。当然,上海工商界的进步和中共市委的领导以及经常教育是分不开的。我相信:工商界经过四年多的思想改造,我们不走旧资本主义道路,走社会主义的道路,工商界不会有第二句话说的,特别是我们民建会的成员。"

  大家的眼光都注视着他,特别是马慕韩的眼光一直盯着他。他讲完了,坐下去,马慕韩还在看他,并且流露出钦佩的神情。这番话讲得很动人,很有激情,也很有说服力。马慕韩认为应该由他讲的,不料被宋其文抢先说了,不但代表工商界,而且是代表民建会。宋其文这番话一定会引起政府很大的注意,并且还会给予很高的评价,对今后地位要发生深远的影响。他痛惜丧失了一个良好的机会,只怪冯永祥对上海工商界进步估计不足。他想接上去说,又觉得是画蛇添足,只好惋惜地坐着没动。

  潘信诚昨天亲自出席了座谈会,听了传达,今天有病,要潘宏福给他向市委统战部请了假。潘宏福今天比往常活泼得多了。老头子没来,他是潘家企业的唯一代表人物。他一到,就和大家握手打招呼,坐在马慕韩的正对面,好像潘家有意要和马家别苗头,见个高低。冯永祥开了炮,他就想站起来还击,可是让宋其文抢先一步,他只好坐在那边听,表面上勉强保持镇静,心里却是十五个吊桶打水,七上八下。宋其文讲到当中,停了停,他就准备站起来,可是宋其文又讲下去。他的脚不安地在地毯上轻轻拍着。他很不满意冯永祥拖工商界的后腿,要丢上海工商界的人。他无产无业,空手也可以进社会主义,不应该讲那些泄气的话。他本来对冯永祥十分佩服,暗地里以冯永祥作为自己的榜样。他在上海滩上,要是有冯永祥这样的地位,自己就心满意足了。冯永祥却不满足现在的地位。冯永祥无产无业,凭啥要骑在工商界的头上？啥事体都要听冯永祥指手画脚。心中早就感到有些不满,特别是最近,冯永祥很活跃,话也多,讲的却越来越不对头了。宋其文的话和冯永祥的态度,是一个显明的对照。他从来看不起宋其文,宋其文那点企业算啥,潘家任何人伸出一个手指都比宋其文的腰粗,单靠一点民主历史和那一把胡须,就在上海滩上神气活现,啥事体都站在工商界前头,由他代表工商界出面,实在气人不过。潘家这么多的企业,比不上马慕韩,还比不过宋其文吗？他想父亲太退让了,平常不大愿意抛头露面,北京会议不去,上海事体不大插手,今天的座谈会又要请假,真叫他莫名其妙。简直是错过大好机会。他要亲手把它抓住,高声说道:

"我们工商界一定要走社会主义的道路。单是讲还不行,要有行动表现,这就是说,自己的企业要向国家资本主义的方向发展,进行社会主义改造。老实说,我们资本家不懂得技术,也不懂得怎么管好工厂,就凭钞票办企业。过去有的投靠洋人发财,有的依赖官僚资本赚钱。现在要想把企业办好,依靠工人,改进技术,减少浪费,只有公私合营,才能有所发展。中国肯定要走社会主义道路,工商界也肯定要走社会主义道路。我们不能落后。我个人觉得,将来带进社会主义社会去的礼物愈多愈好。老实讲,这是对个人地位、待遇有决定作用的。在我们民族资产阶级内部来说,这是一种竞赛,要争取,不要客气。要争取时间发展企业,企业越多越大越好,这样礼物就多了。公私合营,要积极争取;通达的企业在座谈会以后,就要努力创造条件,争取合营。"

马慕韩更感到自己落后了,他忍不住一再看了看冯永祥。他的眼光里流露出焦急和怨恨的神情。冯永祥比他更焦急,认为潘宏福这青年目中无人,像一头野马,到处乱闯。只有潘信诚来,给潘宏福戴上笼头,勒紧缰绳,他才会循规蹈矩。偏巧潘信诚请了病假。他辛辛苦苦开了头,衷心盼望有个"好"的开端,不料给宋其文打乱了他的安排,潘宏福又挺身而出,不但是给马慕韩的颜色看,而且是在"将"冯永祥的"军",开口企业,闭口企业,生怕人家不知道潘家在上海滩上是屈指可数的大资本家。他现在感到自己出马过早,使得处境狼狈,进退不得。他不能不发言,不发言,会议的形势便倒向那边去了;他也不好再发言,那就要暴露了向来以工商界进步分子自命的丑恶面目。他想建议马慕韩休息一刻钟,可是他坐在长方桌北边的尾端,鞭长莫及,没法给马慕韩咬个耳朵,也不好写个纸条递过去,市委统战部有干部参加小组会哩。他急切不知如何是好,头上竟渗出一粒粒汗珠来了。他一边擦汗,一边对坐在他旁边的唐仲笙说:"今天的暖气烧得太热了。"唐仲笙"唔"了一声,没有开腔。这时候也不方便请教智多星,小组会上那么多人啊,马慕韩还盯着他看哩!正在他坐立不安的辰光,忽然有人递了一封信给马慕韩。马慕韩拆开来看了一下,接着说道:

"恒新公司总经理何文耀有个书面意见,我在这里代他宣读一下:恒新公司完全拥护社会主义,赞成自己的企业向国家资本主义的方向发展。但在三五年内实现国家资本主义是否太快,值得研究。全国私营企业众多,行业复杂,情况又各不相同,国家准备干部训练干部也需要较长时间。全国各地许多中小企业,需要时间好好组织起来,先搞联营,再搞合营。否则操之过急,可能发生混乱。恒新公司在国内股东,经过学习,容易了解国家资本主义的道理,估计都会赞成。但恒新公司是华侨投资公司,华侨多在国外,政治水平较低,若合营,他们一时恐难弄通。倘匆促合营,是否会影响今后华侨向国内投资,请政府慎重考虑。"

冯永祥听完了何文耀的书面意见,舒畅地吐了一口气,浑身感到轻松愉快。马慕韩的眼光已经离开了他,而他额角头上的汗也干了。唐仲笙看见冯永祥伏在桌子上,轻轻点头,知道他赞成何文耀的意见,便说道:

"华侨问题可不小呀,在海外有一千二三百万哩,很值得研究一下。"

"华侨在国内投资企业不多,"徐义德说,"要是合营了,堵塞了华侨今后的投资,我们建设社会主义,也希望华侨投资啊!这笔账很可以算他一算,恐怕华侨投资的企业,不忙合营的好。"

"在三年之内实现国家资本主义是否太快,这也是一个重要的问题。"柳惠光对华侨投资企业合营不合营,没有兴趣,利华药房没有一点华侨投资,临时也拉不到华侨资本。他认为三五年内实现国家资本主义确实太快了,说:"可以讨论讨论。"

冯永祥看形势好转,推波助澜地说:

"这些确是大问题啊!"

宋其文见支持何文耀意见的都是民建会员,而冯永祥则是民建上海分会的核心分子,简直拿他的话当耳边风。他的胡须又有点翘了起来,说:

"我们不能把华侨估计太低,他们在海外,亲身受到压迫和痛苦,老实说,比我们工商界还要爱国。谁能说华侨不拥护社会主义,不赞成国家资本主义?就拿恒新公司来说吧,合营以后,可以分到红利,华侨拿到红利,就会明了国家资本主义的好处,不会有顾虑的。"

"其老说得对,祖国强大了,国际地位提高了,华侨在海外有光彩,也有地位。他们一定拥护社会主义的。"潘宏福兴高采烈地说。

"社会主义一定拥护的,"冯永祥觉得潘宏福今天越来越不像话了,有意敲他一下,说:"国家资本主义是不是赞成就很难说了。我们不是华侨,不能代表他们说话。在座唯一有资格代表华侨的是何总经理,他已经写了书面发言,这样敢于提出意见的精神是好的。中共举行座谈会,就是要听取各方面的意见,我们不要堵塞言路。"

"谁堵塞言路?"潘宏福愤愤不平地说,可是反驳得没力。

"既然要听取各方面意见,难道我们发言不是一个方面的意见吗?"宋其文还击得很有力量,说,"你这么说,不也是堵塞言路吗?"

"其老意见,尽管说,我怎么敢堵塞言路?"冯永祥见风头不对,暗中收了篷。

江菊霞想劝劝宋其文和冯永祥,不要当着这么多人的面抬杠,可是一时找不到词儿,双方又都不好得罪。她用红腻腻的舌头舔了舔涂了红艳艳的唇膏的口唇,没有吭气。

空气顿时紧张起来了,壁垒分明,两派意见各不相让,谁发言都要表明自己站在哪一边。马慕韩一时又没法扭转话题。他求救于智多星。唐仲笙闪在一旁,认为以不开口为妙。马慕韩要大家继续发言,没有一个人站起来。他想自己发言,看到冯永祥在那边不断抽烟,一根烟抽了一半就弄灭了,接着又点燃一根。他想起冯永祥对自己的劝说,也不好开口。他东张西望,大家默默地坐着。他这个召集人感到很难继续开下去,刚想宣布休息一下,金懋廉说话了:

"华侨问题,我们不必多谈。一则上海华侨投资企业不多,不是当前的主要问题；二则华侨问题，政府一向十分注意的，我们私营行庄公私合营的辰光，华侨资本占主要部分的银行，政府另案处理，有的干脆不合营。恒新公司提的问题，政府自然会考虑的。现在还是谈谈我们的问题吧。"

"这话对，还是谈主要问题吧。"江菊霞说。

徐义德正式出席中共上海市委的会议，这是第一次。他收到统战部的通知，满脸笑容，马上告诉了林宛芝，又告诉了梅佐贤，并且要梅佐贤帮助他各处奔走，听听参加座谈会的人私下的意见。他自己也认真想了想。今天来以前，他仔细打了个腹稿，等候适当时机提出去。等了一忽，没人讲话，他就开了口：

"我们工商界在思想上对社会主义前途已有了初步认识，明确了目前就是过渡到社会主义的过渡时期。在过渡时期，国家对私营工商业的社会主义改造，不是流血的斗争，而是和平转变的。古人说得好：识时务者为俊杰。譬如看潮，大潮来的辰光，一个人孤立在海滩上，是不可能的。大势所趋，不得不然。诚如宋其老所说的，我们经过四年多思想改造，肯定要跟党走社会主义道路的。"他停了停，喝了口茶，见大家都在望他。宋其文不断点头。冯永祥凝神谛听，若有所思。他便赶紧说下去，"但是，要讲我们工商界没有一点顾虑，那也不是真实思想情况。就拿我经常接触的工业资本家来说吧，他们对加工定货认为利润虽小，但是没有风险，比较稳健，仍然保留了小天地；一旦实行公私合营，自身职位就发生了问题。最近同业中流传这两句话：宁为小国之君，不为大国之臣。私营厂的经理是企业的领导者，过去是指挥自如，说出去的话就是命令。公私合营后做一个螺丝钉，个人英雄主义一定会受到打击。对个人来讲，应该放下名誉、地位的观念，本来当经理的，合营后，不一定再当经理了。合营后待遇也是个问题，有人怕待遇降低，和职工一起生活，感觉有些不习惯。合营后，资方是否转变为国家干部？还依然是资方？资方是否仍旧代表私营企业？资方要不要和职工一起活动，一起学习？还有一个更重要问题，就是领导关系在政策上规定是国营经济领导，公股占百分之五十以上领导私股，没有问题，私股占百分之五十以上，怎么办？假定合营厂厂长和总经理是私股，公股代表任副职，怎么领导？如果领导无方，又怎么样？私营企业有这些顾虑，并不奇怪。上海工商界确实有很大进步，但也不能否认旧社会的残余思想还相当浓厚。打破这些顾虑，我想，是有好处的。"

唐仲笙认为徐义德说的有条有理，不慌不忙，的确说出了蕴藏在工商界内心深处的话，更妙的是以第三者身份和盘托出，问题很有分量，自己却不承担责任。他深深感到自愧不如，铁算盘究竟是高人一等。他刚才也曾经想谈几个重要问题，一时思想不集中，没有归纳起来，也没想妥措词，现在不能再等了。他接上去说：

"我们卷烟业也流传了两句话：与其许多人合吃一条牛，还不如一人独吃一条狗。可见得工商界想法是一致的。徐总经理讲的这些问题，很有代表性。总的来说，工商界一般概念容易接受，一具体化，问题就来了。对于公私合营不外是这些问题，一顾虑地位，二顾虑职权，三顾虑待遇，四顾虑学习，五顾虑领导，这些问题思想弄通，合营问题便迎刃而解了。"

"工业前途是明确了，商业前途还不大明确。"柳惠光模仿徐义德的口吻说，"目前私营商业还存在很多顾虑，代购代销究竟怎么样？要是转业不成，剩下来的是否只有淘汰一途？"

"首先要摸摸商业的底，批发，零售和手工业经营的范围也要弄弄清楚。"江菊霞见大家都讲了一套，早忍耐不住了。本想回家准备一下，明天再讲，她见谈到商业问题，过去因为研究商业方面劳资问题，曾经接触了一下，便插上来说，"目前批发商业，在日用品方面，由于加工收购，存在必要性很小了。土产品的批发应该加强管理,采购远销,还有需要。今年土产市场波动很大,因为国营让出,私商抬价。应当先和私商谈清楚,如何配合国营来分工。代购后,给与合法利润。代购代销业务可以考虑几种形式,低级的,经营某一种货物,如季节性的东西,销完即止;中级的,和国营订立特约;长期订约购销的是高级形式。每一种商品都通过市场,工商行政部门可以加强管理。这样,商业的前途慢慢就明确了。"

唐仲笙对商业的兴趣也很浓,东华烟草公司和许多私商有不少联系,税收方面商业上也有不少问题,而商业反过来又会影响工业。他站了起来,提高嗓子说:

"目前有关国计民生的日用品已有百分之六十以上归国营加工收购,国营既然掌握了货源,中小企业也已经和中百公司与土产公司发生批购关系。我想,目前只要掌握零售利润,要他们按政府价格政策来保证供应就可以了。这是比较经济而稳妥的办法。"

柳惠光觉得江菊霞和唐仲笙唱的都是高调,对私营中小商业的情况并不了然,讲的净是些隔靴搔痒的话,不着边际,不能解决中小商业的苦恼和忧虑。可是他没有他们两个人能说会道,讲不出一大套来,心里不服,嘴上又说不出,想到自己的前途茫茫,不禁激动地说:

"商业前途纵然明确,商业资本家的前途也不明确。我出身贫穷,父母早亡,知识有限,水平不高,没有技术,缺乏能力,在商业方面慢慢爬到今天的地位,很不容易的。将来各尽所能,各得其所。我呢,一无所长,不得其所……"说到这里,情绪过分紧张,两眼汪汪,精圆透明的泪珠忍不住簌簌地滚落下来了。他声音呜咽,话也说不下去了。

大家给他这么一说,暂时也想到个人的前途,陷入深沉的忧虑里。尤其是冯永祥,他认为自己连柳惠光也不如,柳惠光还有个利华药房带进社会主义,至少一个副经理的职位是会安排的,自己啥也没有,两手空空,更感到前途茫茫了。他轻轻叹息了一声。

马慕韩觉得柳惠光未免太脆弱了,要不是召集人的地位,他真想当面开销他几句。这简直是丢上海工商界的脸,也是丢他这个小组召集人的脸。他看看窗外天色不早,浦东的田野上烟囱和房屋看不大清楚,暮霭已慢慢升起来了。屋子里亮堂堂的,不知道是谁已经开了电灯。他说:

"大家把心里话说出来,很好。这样对于解决思想问题会有很大的帮助。当然有些问题是完全可以解决的,现在不必过分担心。诸位回去准备一下,有啥意见,明天继续再谈吧。"

三十一

余静让秦妈妈她们坐下,就拿起热水瓶来,倒了四杯开水,汤阿英想过去帮忙,叫余静挡回去了。管秀芬手快脚快,帮助余静把水送到郭彩娣和汤阿英面前。余静连忙把剩下两杯送给秦妈妈和管秀芬,说:

"小管的嘴快,手也快!"

"那可不,小管啥事体都抢在别人的前头。"秦妈妈说,"她的嘴不饶人,她的手不让人!"

管秀芬在她们两人一问一答声中,迅速地倒了一杯开水,往余静面前一放:

"我们的支部书记,你也应该喝一杯。"

"哎哟,你倒照顾起我来了。"

"难道我们应该让你照顾吗?"

余静指着管秀芬对秦妈妈说:

"你看她这张嘴。你们是劳动模范,是先进工作者,休养回来,应该欢迎你们。本来想到你们家里去,看看你们,厂里事体忙,一直闲不下来。"

"我们也想到你家去看看,给你汇报汇报休养情况。听说你最近很忙,回去很晚。"汤阿英说,"秦妈妈一招呼,今天我们全来了。"

"早晓得余静同志这么忙,那天从杭州回来,一同到厂里来,就早见面了。"郭彩娣后悔来迟了。

"事后诸葛亮,——你怎么不早说呢?"

"小管,你怎么一句也不饶人?"汤阿英问管秀芬。

管秀芬很得意,抿着嘴笑。秦妈妈指着她说:

"要她饶人吗?除非日头从西边出来。"

管秀芬把头一扭,睨了秦妈妈一眼:

"秦妈妈,你这么大年纪了,还拿我开玩笑!"

"只许州官放火,不许百姓点灯。我们年纪大的人,应该让年轻人开玩笑吗?"

"我以后不说话了。"管秀芬把嘴一嘟,好像下了决心,从此再也不开口了。

"做哑巴?"汤阿英笑着问。

"那怎么行!"赵得宝坐在办公室的窗口,说,"我倒喜欢听你说话,蛮有意思的。"

"小管不说话,有人就要急死了……"郭彩娣给管秀芬说了两句,见她嘟着嘴,就报复她一下。

管秀芬知道郭彩娣指的是陶阿毛。她的脸火一样的红了,忍不住叫道:

"你……"

"哑巴开口了,"赵得宝说,"我也放心了。"

大家格格地笑了。余静问她们在杭州休养的情形。大家推秦妈妈做了汇报。余静听秦妈妈描绘得有声有色,知道她们休息得很愉快,笑着说:

"听你这么一讲我也逛了一趟西湖,好像同你们一道白相。"

汤阿英抓住余静的手,高兴得跳了起来:

"下回你和我们一道出去白相,就更开心了。"

"你开心,余静同志就不开心了。"郭彩娣想起在工人疗养院的争论。

"为啥?"汤阿英奇怪地愣着。

"手闲得发慌,该又要提前回来了。"

"看你,一句话死记在心里!你贪玩,就不想回来生产。"

"谁说我爱白相?是组织上给的假期。"

"车间里生活好做吗?"余静不让她们争下去,有意问道,"这两天忙得车间也没去。"

"生活可好做哩,顺手得很。"汤阿英从杭州回来的第二天,就上工了。她看到车间姊妹们忙得手脚不停,马上就投入生产的激流里去了。她像是一支离群的雁子又找到了队伍,在辽阔的天空欢腾地展翅翱翔。做了一天工,下了班,她心里感到充实。

"你挡的汤阿英那排车好使吗?"余静问郭彩娣。

郭彩娣忸怩地低下了头:

"我和汤阿英的车子又对调了,她挡她的,我挡我的。"

"你那老爷车听话吗?"余静关心地问。

"不是车子不好,是我没有很好执行工作法。"

管秀芬坐在那里许久没开口,心里憋得慌,抓住机会,轻声说道:

"日头快从西边出来了!?"

汤阿英歪过头去问她:

"为啥?"

"郭彩娣认错了!"

"哑巴又开口了。"赵得宝说。

哄的一声,大家又笑开了。笑声还没有消逝,办公室门外传来急促的敲门声。余静应了一声:

"谁?请进来。"

勇复基慢吞吞走了进来。他看见满屋子的人,嘴嗫嚅着,想讲,又不敢讲。余静告诉他,有啥事体,尽管讲。他上气不接下气地说:

"徐总经理……他……他要……"

他事先准备好的话,显然给满屋子的人眼光打乱了。余静让他坐下来,并且送过一杯开水去:

"不忙,慢慢谈。"

今天早上梅佐贤告诉他:徐总经理这两天手头紧,要一笔钱用,到处借不到头寸,只好从厂里拿。"五反"前后,为了维持生产和继续开伙,陆陆续续用了他七亿款子,现在要取回去。勇复基知道有这笔款子,数字可不小,总经理突然要抽回,那会影响这个月的税款。梅佐贤说不要紧,另外再想办法。勇复基又问要不要和工会方面商量商量,梅佐贤说用不着了。厂长这么说,他不好再问,心里觉得不妥当。他想了一个办法,要取现款,得轧轧账,看这个月的收支情况,不要开空头出去。梅佐贤要他尽快办。他等梅佐贤出了厂,就到工会里来,偏巧余静这里有许多人。他讲讲停停,怕管秀芬这些人嘴不紧,要是漏出去,传到厂长的耳朵里就麻烦。总经理知道了更不得了。他虽然坐下来了,神色还是不定。他喝了一口开水,心里稍为安静一点了。他看了看四周的人,默默地没有做声。

余静看他惊惶不安的和疑虑的眼光,便望着管秀芬向门口努努嘴。管秀芬会意地把门关上了。余静安慰他:

"有事体说好了,没有关系。"

勇复基说一句停一句,等一会儿,又低声说一句,最后总算说完了。末了他还不放心地加了一句:

"我到这里来,可不要让梅厂长晓得。"

"你放心,这里没人告诉梅厂长的。"余静说,"就是梅厂长晓得了,也不怕。你做得很对。这桩事体应该和工会商量一下。徐总经理要抽回垫款,可以正大光明来办,为啥偷偷摸摸的呢?"

"是呀。"勇复基吃了一粒定心丸,心里平静得多了。有了余静的支持,他的胆子壮了起来。他的声音高昂起来,慢慢地说,"就是这个话啊,我当时真想问个明白,他不等我开口,就匆匆忙忙走了。经过'五反'了,你看,他在我们这些人的面前,还是那么大的架势!"

"就是你好说话,"郭彩娣说,"要是我哇,才不听他那一套哩!徐义德凭啥要抽厂里的钱?派啥用场!要七亿,这是多么大的数目呀!就是一万块一张的票子,也要七万张哩?谁拿得动?要叫汽车搬运才行哩!……"

管秀芬噗哧一声笑了。郭彩娣不了解她笑啥,严肃地责备道:"讲正经话,你也要笑!吃了笑婆婆的尿了。"

"人家不用那么麻烦,开张支票就行了,多少个亿也不要紧。"管秀芬说。

"你整天钱庄里进银行里出,我当然没有你清楚。"

"我就没到银行里存过款!"

"你们别闹了,人家在等着哩。"秦妈妈指着勇复基说,"余静同志,我看这笔款子不能叫徐义德抽走,说啥也得先缴了税款。"

"好,"赵得宝赞成秦妈妈的意见,说,"不能拖欠税款,让他把现钱拿走!"

"税款迟交一天,"勇复基补充道,"就要缴一天的滞纳金,这个数目也很可观。"

"那更不能让徐义德抽现款了。"郭彩娣拍着胸脯说,"我们和你找徐义德评理去!"

郭彩娣站起来,走到勇复基面前,一把拉住他,真的要和他一同去找徐义德。勇复基稳稳坐在那里,把郭彩娣拉了下来,和他一同坐在长凳上,用着恳求的口吻说:

"你别急,先商量商量再说。"

他的怯生生的眼光望着余静。

"看你这个人,生怕树叶掉下来打破了头。徐义德见了你,难道把你吃掉了不成?有我们哩,他敢动你一根毫毛!"郭彩娣坐在长板凳上说。

"不,不是这个意思,"他焦急地为自己辩解,"事体总要先商量一下,不能这么莽撞。"

"事体明摆着他不对啊,总经理不能不讲理。"

"彩娣,商量一下也好。"汤阿英看勇复基急得满头满脸是汗,同情地说,"徐义德家里不办红白喜事,他也不欠人家的债,要这许多钱做啥?听说他在香港还有一个厂,他弟弟解放后就没回来过,一直在香港,也很有钱。徐义德不会缺钱用的。他早不要这笔钱,晚不要这笔钱,偏偏现在要这笔钱,这里面一定有鬼!"

"阿英想得周到,但究竟怎么一回事,还说不定。这七亿是徐总经理的个人垫款,没有入账是不是?"

"徐总经理不肯入账,不是我不入账。"勇复基表白道,"要是入账,问题就不同了。"

"他的钱,他有权力不入账,这和你没有关系。他也有权力抽回垫款!……"

郭彩娣打断余静的话:

"你同意让他抽走?"

"你反对吗?"

"七个亿呀,余静同志。"

"他要抽走,只好让他抽走!"余静斩钉截铁地说。她看到勇复基眼睛里惊诧的光芒,又说道,"但是要先缴税款,国家的税收不能拖欠,拖欠一天多缴一天滞纳金,对他也不利。"

勇复基点点头,感到余静处理得很有分寸,差一点连他也没想到这一层。怪不得梅厂长态度那么强硬哩,原来他不是完全没有理由。余静接下去对勇复基说:

"你告诉梅厂长,应该先缴了税款,余下的现款,徐总经理可以抽,不够的话,下个月继续抽好了。"

"要不要再考虑一下,七个亿呀,余静同志。"郭彩娣说。

"我晓得。"余静肯定地说。

"我对梅厂长说?"勇复基一想到梅佐贤那副腔调就有点胆怯。

"你不说,工会可以说。不过,他如果问工会哪能晓得的怎么办呢?"

勇复基迟迟疑疑地说:

"看样子,只有我说比较好。"

"梅厂长不敢对你怎么样的,你大胆说好了。"余静说,"有啥事体找我好了。"

勇复基勇敢地站了起来,说:

"好,我今天就给他说。"

勇复基走到门口,余静又加了一句:

"和梅厂长谈了以后,向我汇报一下。"

她打算向区委杨部长请示一下,再最后决定。

三十二

"那天勇复基说徐义德要抽七亿垫款,我就觉得奇怪,徐义德早不要这笔垫款,晚不要这笔垫款,偏偏现在要这笔垫款,这里面一定有鬼。现在明白了,原来社会主义快来了,他怕公私合营搁在厂里变成沪江的资金,把垫款赶快往回抽。"汤阿英在漕阳新村的煤渣路上,小声地对张学海说:"徐义德的算盘打得比谁都精。"

"他外号就叫铁算盘。资本家一见钞票眼睛就红了,手伸得比谁都长。工人的血汗都叫他榨干了,上了他腰包的钞票,要他放在厂里,比登天还要难。"张学海回答说,一同走进他们住的那排房子。

"这七亿垫款,也是从我们身上剥削去的。"

"那还用说。徐义德的动作真快,一听说社会主义要来了,赶快把垫款抽走,这人真坏!"

"资本家么,还有不坏的!"

汤阿英和张学海边说边走,一同回到家里。巧珠奶奶坐在汤阿英的床上,抱着孙子,在逗他玩,听见汤阿英和张学海在门外谈论社会主义要来了,吸引了她的注意。过去,她听秦妈妈和张小玲谈过,中国将来要进入社会主义社会,劳动人民的日子过得就更好了。她以为是极其遥远的事,当时她还担心能不能亲眼看到哩。没想到,社会主义忽然要来了,这太出乎她的意料之外了。她睁大了两只老花了的眼睛,惊异地望着汤阿英,以为自己老了,耳朵不管用,别听错了,连忙问道:"你们谈啥,社会主义要来了吗?"

"唔,社会主义要来啦,余静同志传达的。"汤阿英把余静在厂里做的"走社会主义的道路是工人阶级唯一的道路"的启发报告内容扼要地讲了讲。

巧珠奶奶听出了神,不等汤阿英讲完,霍地站了起来,左手抱着孙子,右手指着汤阿英说:

"哎哟,这么大的事体都不给我这个老鬼说一说,你们两人的嘴好紧呀!"

"现在不是告诉你了吗?"汤阿英说,"我们才听说的。"

"我不问你们,你们就想不起我这个老鬼了。"巧珠奶奶笑着说,"我们原来已经向社会主义过渡啦!真是做梦也没有想到这么快!"

"社会主义来啦,社会主义来啦。"巧珠一边跳着,一边唱着,手还不断地拍掌,头歪来歪去,扎着红头绳的两根小辫子在空中晃来晃去,好像要飞去一般。

汤阿英一把把巧珠搂在怀里,指着她红通通的小鼻子说:

"你们这些孩子可幸福啦!旧社会,我们做牛做马,挨打挨骂,衣、食、住、行,没有一样称心的,开门七件事,柴米油盐酱醋茶没有一天不发愁的。过去家里破破烂烂,睡觉要撑洋伞。现在,犹如新娘子家,屋里一色新的,醒来阳光就照在我们的床边。你看,"汤阿英指着满屋的亮堂堂的电灯光,说,"从前做梦也没有梦见这么好的房子,现在像是住在花园里,夏有夏衣,冬有冬装,穿得很暖,吃得很饱。"

巧珠听娘这么一诉说,用小手抚摩着身上印着朵朵红艳艳牡丹花的棉袄,感到穿上这身衣服很不容易。她想起幼年生活的情景来了。她说:

"记得有一天下雨,我们在草棚棚里,用碗和洗脸盆接水,门外是水,门里是水,地上是水,床上是水,我们好像住在河里。我用筷子插在水里白相,你还讲我哩。"

"看你这鬼丫头,记得那么清爽。"

"巧珠从小就聪明,"巧珠奶奶笑眯眯地指着巧珠说,"也很懂事,啥事体告诉了她,她总记得牢牢的。现在学校里的功课不错,有几个五分哩,给你娘说说。"

"语文五分,算术五分,自然五分,"巧珠用右手的食指托着腮巴子,愣着眼睛在想,说,"还有音乐五分。"

汤阿英好像还不满足,对她说:

"要好好用功。现在穿暖了,吃饱了,又上学堂了,可不容易呀!要不是共产党毛主席领导闹革命,推翻旧中国,建设新中国,你还不是光着屁股满野地里跑哩,吃了上顿没下顿的,哪里有钱让你跨进学堂的大门!"

巧珠今年十一岁了。她听到"光着屁股"这句话,羞答答地低下了头,顶了妈妈一句:

"看你说得多难听!"

"小丫头,怕啥,在家里也没有外人,还害臊吗?"

奶奶说:

"女孩子大了,多少总有点害臊哩。你娘讲得对,从前过的是地狱生活,现在好比进了天堂,要好好念书。我们张家祖宗三代没有跨过学堂的门,就是你爹认得几个字,也是解放以后在工厂里学的。你现在能上学堂念书了,虽说是个女的,也是张家的光荣,你要给张家争口气。"

"我啥辰光不好好念书的?"

"奶奶给你讲话,仔细听着,不要回嘴回舌的。"汤阿英说,"都是为你好,听见了没有?"

"听见了。"巧珠低着头,望着胸前的红领巾。

张学海鼓励巧珠说:

"你把书念好,我将来送你上中学。"

巧珠今年上小学五年级。她看到不少高年级的同学毕业以后,都进了中学,曾经向娘提过,她小学毕业也要读中学。当时娘说:小学还没有读好,就想到中学,太不知足了。等你小学毕了业,看你的成绩再考虑。其实娘早和张学海商量了,准备让她上中学,继续读书。她上到五年级以后,越来越想考中学的事了。巧珠私下和奶奶说,奶奶叫她安心念书,那时奶奶再和娘说,她幼小的心灵没有一天忘记这件事,用功念书,把小学念好,有机会好考上中学。张学海现在一提,她幼嫩的心花怒放了,跑到他面前,歪着头,充满了兴奋和愉快的眼光望着他,说:

"真的吗?"

"当然是真的,——不过,要看你的成绩好不好。"

巧珠高高地举起了右手,向他敬了一个少先队的礼,庄严地说:

"我保证一定把书念好!"

张学海把她抱在膝盖上坐着,吻着她红润润毛茸茸的小脸蛋儿,说:

"中学毕了业,好好为社会主义工作。过渡到社会主义,我们的日子还要好哩。"

"社会主义啥辰光来呢?"奶奶关心地问。

"余静同志说,从新中国建立的那一天起,到社会主义改造完了,是过渡时期,就是过渡到社会主义去。"汤阿英说。

"这个渡要过多久呢?"

"余静同志没有具体讲,"汤阿英回忆地说,"我听她说要相当长的时期,没有说多少年,是哦?"

张学海说:

"是的。这要看社会主义改造得怎么样。"

"那快点改造好了,早改造了,早过渡,早到社会主义,大家的日子过得更好了。……"

奶奶的话没讲完,谭招弟突然走了进来。她听了余静传达的总路线报告,想不通为啥党中央对资本家这么宽大。她回家吃过晚饭想起汤阿英入了党,了解的事体一定比她多,便来找汤阿英了。汤阿英让她坐了下来,告诉她正和奶奶在谈社会主义哩,她就不声不响坐在板凳上听。

"这个事体可不简单,奶奶,"汤阿英见奶奶那么急,恨不能明天社会主义就到来,解释道,"改造农业、手工业和资本主义工商业,国家大事啊,关系到好几亿人民哩!不是一下子能够改造好的。"

奶奶一时闹不清这些名词,她奇怪地问:

"农业、手工业和工商业不是很好吗?为啥还要改造呢?"

"这些都是私人的,资本主义的;要改造成为国家的,社会主义的。"张学海说,"经过社会主义改造了的农业、手工业和工商业要比现在的还要好。"

"哦。"奶奶好像懂了,说,"那不能快点改造吗?"

"共产党办事有计划的,这次改造,中央说的,要稳步进行,要慢慢来。"汤阿英说,"这是国家大事,急不来的。"

"急不来的?"奶奶从希望的峰巅忽然跌落下来,以为眼见社会主义就要到来了,仔细一问,原来还要改造,还要过渡,而且还不知道要多少时间。她担心地说,"那么,我这一辈子亲眼看不到社会主义了?"

"我们现在不是在过渡吗?慢慢总会看到的。"汤阿英安慰她说。

"我这个老太婆能看到,死也瞑目了!"

"你放心,巧珠奶奶,我们这辈子一定看得到。"谭招弟充满了

337

信心。

张学海看见奶奶这股焦急的神情,想起陶阿毛在保全部说的话,说:

"中央虽说要稳步进行,也有办法可以快一点!"

"那为啥不快一点呢?"巧珠奶奶兴致勃勃地问。

"有啥办法?谁讲的?"汤阿英感到惊奇。她是党员,怎么党内没有传达,反而张学海先知道呢?

"陶阿毛对我说,公私合营对资本家太便宜了,对工人太苦了。我们工人做牛做马,盼星星,盼月亮,好容易盼望到共产党来了,解放初期,要保护私营工商业;现在要过渡到社会主义去,还要公私合营,真是泄气!应该把私营工厂干脆没收,工人当家做主,这才是社会主义。陶阿毛说的这些话也有道理,没收快得多了,只要政府下一道命令,我们工人带头干就行了。"

"听了余静同志的传达,我也听人家议论,为啥不干脆把私营工厂没收呢?当年苏联就是这样做的。"谭招弟说,"想不到陶阿毛也有这个想法。"

"政府怎么没想到这一点?"巧珠奶奶满布皱纹的脸上漾开了笑容,心里替政府可惜,说,"你们到厂里快点告诉余静同志,这个办法好哇!"

她对手里的孙子喃喃地说:

"你的小命真好,一生下来就享福,奶奶可以和你一同看到社会主义哪!"

这时孙子嘻着嘴,一个劲笑,高兴得手舞足蹈,手里拿着那个小小铜铃,晃得发出清脆的叮叮的音响。

"不用告诉余静……"

奶奶打断汤阿英的话,生气地说:

"为啥?"

"厂里的事,余静比谁了解得都清楚。过渡时期总路线是党中央定的,中央一定想到这一点,要社会主义改造,自然有道理的。"

"有道理,有啥道理?你也讲不出个名堂来。为啥不可以告诉余静同志呢?人家管全厂的大事,多听到一点意见,有啥关系?"奶奶坚持她的主张。

"没啥关系,"张学海调解道,"我听陶阿毛说,有啥意见都可以提。你又是党员,在党内提更方便。"

"党内有没有其它的指示?"谭招弟关心地问。

"党内传达的内容,和对群众传达的一样,没有其它的指示。"汤阿英奇怪陶阿毛为啥有这个想法,居然还有人赞成他的意见,这些情况倒要向党支部余静同志反映反映哩。她改口说,"明天我到厂里,向余静同志汇报一下也可以。"

三十三

"我们工人辛辛苦苦劳动,流血流汗,为啥要四马分肥呢?徐义德他凭啥要拿百分之二十五的股息红利?对老板太便宜了。要是没收了,不必发股息,可以拿这些钱去办重工业,国家早一点工业化,社会主义早一点来,对我们大家都好呀!"谭招弟昨天从汤阿英家回来,躺在床上,翻来覆去睡不着,又是欢天喜地,又是愤愤不平。社会主义要来了,做梦也没有想到来得这么迅速,像是一声春雷,轰的一声把她震住了。等她冷静下来,想到社会主义改造,私营企业要向国家资本主义性质的经济发展,分三级形式,还要四马分肥,胸中积郁着不满的情绪:这算啥社会主义呀?要到社会主义了,资本家还是讨便宜。昨天汤阿英没有解决她的思想问题。传达报告是余静做的,她又常常跑区委,一定了解原因。今天下了班,连饭也来不及吃,她就匆匆忙忙跑到党支部办公室,找余静去了。

赵得宝正在看各个车间听了传达报告以后小组讨论的汇报。钟佩文埋头在整理,归纳各个小组的记录,准备给中共长宁区委写书面汇报。谭招弟一走进去,没有看到余静便问:"余静同志呢!"

"她到车间去了。"赵得宝抬起头来,说,"有啥事体?"

"有重要事体……"

"对老赵说一样。"钟佩文放下手里的小组记录。谭招弟就没头没脑劈里啪啦地讲了一遍,赵得宝放下手里密密麻麻写满了字的汇报,宁静地注视着她,等了一会,才慢慢地说:

"还有意见吗?"

"一肚子意见哩!"

"那都掏出来吧。"赵得宝从容不迫地说。

"慢一点掏,"钟佩文仰起头来说,"别再放机关枪,我的耳朵可吃不消。"

"吃不消?你别听!"

"要我不听,容易极了,请你别在这里放!"

"放啥?"

"放机关枪!"

"小钟,你少说一句,听招弟的吧。"赵得宝指着他说。

"好吧,好吧,请放!"钟佩文向谭招弟伸出右手去,做一个让的姿势。

"我要听听老赵的意见。"谭招弟气呼呼地说。

赵得宝开口了:

"你不赞成四马分肥吗?这是中央规定的。"

"中央规定的?"谭招弟思索这句话的意思,迟疑地没有说下去,停了停,才说,"中央规定的,就不可以提意见了吗?工会为啥要布置时间讨论呢?"

赵得宝简单的回答不能满足谭招弟,反而引来她的质问,但也给他一个启发:谭招弟懂得的事体多了,不是工会三言两语可以把问题解决。他说:

"要你们讨论,就是希望你们提意见的,意见越多越好。"

"你那点意见算啥,"钟佩文拿起摊在桌子上的一份小组原始记录说,"这里有的是意见,我看都看不完哩。"

"我的意见,记录上有吗?"

"谭招弟的意见谁敢漏掉一句半句?你放心好了,一个字也少不了,全在这里头。"钟佩文把手里的原始记录晃了晃,说。

341

汤阿英走了进来。她在门外就听到谭招弟和钟佩文的对话,她一跨进门,就凑趣地问道:

"还有我的哩!"

"劳动模范的意见更少不了,我刚才好像看到了。"

"好像看到?真看到了还是假看到了?"

钟佩文给汤阿英一说,马上严肃地说:

"确实看到了,百分之一百看到。"

谭招弟焦急地说:

"老赵,你还没有回答我的问题哩!"

"你抓得真紧。给资本家股息红利,使资本家有利可得;在企业里,还要使资本家有职有权有责。这样可以发挥资本家的经营积极性。"

"资本家的积极性倒是有了,我们工人的积极性却没有了。"

"你想怠工吗?"汤阿英笑着说。

"我们整天到晚忙忙碌碌,还是给资本家忙!"

"只有百分之二十五呀,就是说只有四分之一呀!"赵得宝解释道,"这是中央过去规定的,至于私营企业接受社会主义改造以后,公私合营了,给私方多少股息还没有最后定下来。"

"这四分之一也是剥削啊!"钟佩文从旁边插了一句。

"当然,这也是剥削。这个剥削是受了限制的,是政策规定的,是允许的。"赵得宝说,"凡是股息,都是剥削。"

"我听说有一家厂,只有五亿资本,这几年赚了三十多亿,按照四马分肥,资本家要拿七亿多,那不是比他原来的资本还要多?"

"你说得对,招弟,"赵得宝说,"七亿多股息红利,超过资本两亿多,说明了资本家的利润受了限制,不能像过去那么无穷无尽地剥削。在从前,这三十多亿不全上了资本家的腰包吗?"

汤阿英觉得这么说也有道理。谭招弟却不同意。

"那是过去的事,现在要过渡到社会主义去了,要是没收了,不是连股息也不用给了吗?国家拿这些钱办工业,多好哩!"

"对啊!"钟佩文点点头,说,"我也觉得拿这些钞票给资本家太便宜他们了。"

谭招弟得到钟佩文的支持,她的精神更抖擞了。

"私营厂是三只轮盘拖只老黄牛,国营厂是四只轮盘一齐转。①把私营厂没收了,改做国营厂,劳资关系没有了,工人和国家的关系更密切了,腐蚀、破坏工人阶级的人没有了,也不用'五反'了,集中力量来生产,工人便能发挥更大的积极性了。管理制度也可以改进了,发展生产,增加产量,大家都可以买到又便宜又好的工业品,农民兄弟有了便宜的工业品,农业也可以发展了。"

"照你这么说,还可以巩固工农联盟哩!"汤阿英认为谭招弟把问题看得太简单了。

"上海有多少工厂?有多少商店?你们晓得哦?"钟佩文认为除了余静报告里说的理由以外干部可能也是个问题,便说,"上海私营工商业,大大小小有十六万五千户,全没收了,国家一时哪里有这许多的干部管理?没收了,没有干部管理,资本家一定不愿意再管了,那不要乱了套吗?"

"全国算起来,工商户就更多了。"汤阿英说。

"干部?"谭招弟想这倒是一个问题,接着以为这也不是一个了不起的问题。她说,"那么,搞公私合营就不要干部了吗?国家要搞公私合营,一定要准备大批干部,就像'五反'那样,派出一个一个检查队去。把私营厂没收了,让那些准备搞合营的干部来搞国营,干部不是有了吗?没收了,国家还可以节省干部哩!"

"还可以节省干部?"赵得宝听出了神。

"是呀,税务局不用派驻厂员了,劳动局也不用管劳资纠纷了,

---

① 三只轮盘指党、工会和青年团;四只轮盘指党、政、工、团;老黄牛指私方企业。

统战部不需要了。杨部长可以当国营厂的厂长,那是刮刮叫的好干部。统战部还有叶月芳她们,也是很有才学的干部。这不都是干部吗?国营厂培养干部快,国棉一厂二厂,有的车间主任都当了厂长了。过不了两年,又可以培养出一大批干部来。干部有的是呀!"谭招弟越说越有理。

"像秦妈妈这样的老工人派出去也可以当个干部哩!"

谭招弟从钟佩文的话里得到了启示,说,"私营厂里还有我们的人哩,有党有工会,还有青年团啊!"

赵得宝摇摇头说:

"私营厂有这些组织的只是少数,大多数都没有这些组织,别说党和团啦,有的连工会的组织也不健全,有名无实。"

"为啥不快点发展?我们厂里原来只有几个党员,一发展,现在不是有好几十个了吗?团员更多,有二三百了。"谭招弟说。

"发展党团员,不能出次品,要慢慢慎重选择培养哩。我们厂里发展,不是一天两天发展起来的,经过了'五反'和'民改',快四年啦。"

"只要政府肯没收,干部有的是。"谭招弟说,"要是不够的话,我们工人也可以凑个数,党要我们怎么做,我们就怎么做,一定听党的话。"

"党提出来对资本主义工商业进行社会主义改造,你为啥不听呢?"赵得宝笑着问。

谭招弟从耳根子一直热到脸上,差点回答不上来,想起刚才说的话,又理直气壮地说道:

"你不是要我们讨论的吗?我们提个意见,给党考虑考虑,要是党决定了,我们一定做。"

"过渡时期总路线就是党中央和毛主席决定的。"赵得宝说。

"这个我晓得,"谭招弟说,"我不过提提意见。"

"我倒想起了一个办法。"钟佩文看到车间那些记录,有不少人要求没收,还提出办法。他个人认为干部问题解决了,就好办了。他说,"要是把上海十六万五千户私营工商业都没收,干部确实不好解决。百人以上的大工厂,上海只有几千家,这些厂的生产任务是国家给的,生产计划完成靠我们工人,先把这些厂没收了,我看干部资金都没有问题。"

"别的厂怎么办呢?"谭招弟问,她不满足只没收大厂。

"一步一步地来吧。"

"有些厂的老板一定有意见。"汤阿英了解中央政策没有这样规定,她认为这么做不妥当,"为啥没收这些厂,不没收那些厂呢?"

"干脆一塌刮子没收,谁也没有意见。"谭招弟嫌分批没收太慢了。

"全没收,你当然没有意见,厂也不是你的。没收百人以上的厂理由也不充分。"汤阿英摇摇头。

"那么,你说呢?小钟。"谭招弟问。

"我想了几条理由,不晓得对不对,说出来给大家听听。"钟佩文说到这里看了赵得宝一眼,他没有表情,在静静地听他说话。他大胆地说,"说得对,你们举个手;说得不对,黑板上的字,擦掉重来。我再听大家的意见……"

"别噜里噜苏的,快说吧。"谭招弟有点不耐烦了。

"逐步没收是个办法。我想了想,下面这几种大厂,可以没收,五毒俱全的严重违法户,'五反'以后,仍然犯五毒的,属于帝国主义财产的厂;属于国防建设必须保密的厂,对国家建设关系重大的重工业的厂;资本家经营管理不积极负责的厂……这些大厂没收了,保险资本家没有二话讲。政府下一道命令就行了。这样逐步没收,打击少数,争取多数,警告那些资本家,一定要积极发挥作用才有前途。我们有了资金,又培养了干部,将来再全部没收。"

"你想得真周到,究竟是喝过墨水的人。"谭招弟赞赏钟佩文,他讲得有分寸,有步骤,还有政策哩。她对赵得宝说,"小钟这些意见很好,你赶快向区委汇报,说不定上级会采纳。"

余静从车间回来了。她听谭招弟要赵得宝向区委汇报,便站在屋子里,问赵得宝是啥事体。赵得宝把刚才讨论的意见,说了一番。她坐下来,陷在沉思里,没有吱声。赵得宝认为这样不符合中央的精神,他不同意,轻轻摇了摇头。

谭招弟以为余静没有意见,站起来,走到靠墙那张桌子旁,按着桌上电话听筒说:

"要不要我给你向区委挂电话?"

"不忙,这样大的事,要慎重考虑考虑。"余静说。

"迟了,就来不及啦。向区委汇报一下,有啥关系?就说是我们提的意见好啦。"谭招弟对余静说完了,转过脸来,她看钟佩文,有意激他,"你怕不怕把你的意见向区委汇报?"

"男子汉,大丈夫,说出去的话,怕啥!"

"小钟,照你这么说,我们女子就应该怕是不是?看你一脑筋的封建意识。"汤阿英望了钟佩文一眼。

钟佩文发现屋子里只有他和赵得宝是男的,其余全是女的,伸了伸红腻腻的舌头,说:

"你这顶帽子可不小啊!"

"只要戴在头上合适,大一点没关系。你的头大,也不在乎。"余静微微笑了笑。她对大家说,"没收不没收私营企业是党的路线政策问题,不是缺少干部问题。中国民族资产阶级先天不足,也受帝国主义的压迫,同情或者和我们一道反对过帝国主义和国民党反动派,现在他们又愿意跟我们走社会主义的道路,私营企业对国计民生也有一定好处,中央就对他们采取利用,限制,改造的政策,不采取没收的政策。毛主席说只要对人民做过好事的,人民不会忘记他们。他们一定有前途的。这次中央提出过渡时期总路线,不是随随便便提的,经过慎重考虑的。我们厂里对总路线讨论得很热烈,提了很多意见,很好。我大体看了一下各个车间的汇报,刚才又到车间去了解了一下,绝大多数工人同志拥护党的总路线,赞成对资本主义工商业进行社会主义改造,认为今后工作好搞了,任务加重了,党会派强的干部来的。当然,也有一部分工人主张没收的,要求干脆彻底消灭民族资产阶级,省得麻烦,不愿意再和民族资产阶级打交道了。民主革命时期民族资产阶级有过贡献;社会主义革命时期,他们愿意接受社会主义的改造,总不能把他们消灭吧,有几千万人,他们生活在社会上,党和工人不和他们打交道,谁和他们打交道呢? 还有少数人,认为徐义德这些人'五反'以后老实了,处处听指挥,事事问工会,可以和平地进入社会主义了,不用改造了,没有斗争了。你们说,对哦?"

余静根据她做的那个"走社会主义的道路是工人阶级唯一的道路"的启发报告内容,扼要地讲了讲道理。这些话,在她做报告的辰光,都讲了。可是大家现在听来,感到很新鲜,仿佛是第一次听到。尤其是汤阿英,她刚才听谭招弟的话,觉得虽然也有些理由,可是和党的精神不对头,她却又说不出道理来。她听过余静的报告,认为余静讲的每一句话都对,但凭她学的文化,还没有能力记笔记,脑筋里一时也消化不了那么丰富的内容,许多道理听过了,记得一些主要的内容,体会得还不深刻。现在余静一讲,有些她又想起来了。她挺着胸脯,说:

"余静同志说得对。我完全拥护总路线,我也赞成对资本主义工商业进行社会主义改造。没收不对,不要改造也不对,利用、限制、改造,这个办法最好不过了。把资本家改造了,也跟我们一同走社会主义道路这不好吗?"

"只有你拥护总路线,我们就不拥护总路线?"谭招弟把嘴一撤,说,"看你说的,我们比你拥护得还彻底,把私营厂没收了,不是可以更快发展社会主义工业吗?"

"拥护归拥护,"赵得宝解释道,"意见还是可以提的。"

"你们可以提意见,我也可以提意见呀!"汤阿英说。

"大家都可以提意见。"余静向大家摆摆手,说,"我们把这些意见整理出来,在党支部会议上讨论一下,然后写成书面汇报送给区委,根据区委指示讲给大家做一个解答报告,好哦?"

"那太好了。"汤阿英说。

三十四

余静走进杨健的宿舍,里面忽然有一个黑色的物体飞也似的跑过来,一把把她搂着,亲热地抱住她的大腿,仰起头来,胖乎乎的小脸蛋上面的一双眼睛盯着她的脸,热望地叫道:

"余阿姨好,余阿姨好!"

余静蹲下去,摸着她的头说:

"珍珍好。"

珍珍搂着余静的脖子,小脸蛋紧紧地亲着余静圆圆的面孔,余静也紧紧地依偎着她。谁也不言语,都可以听到对方的呼吸。珍珍在余静的怀里感到十分温暖,简直不想离开。她最近觉得有些寂寞了。在学校里,和同学们在一道白相,很热闹,回家里只有她一个人了。过去还可以和附近的孩子们白相,冬天来了,晚上很少往来了。她要做功课,还要等爸爸哩。她多么盼望有人来呀!见了余静,她怎么会不高兴得跳了起来?她歪着小脑袋问:

"余阿姨,为啥好久不来白相?"

"老想来看你,厂里这一阵忙,走不开。我每天都想你,你晓得哦?"

珍珍摇摇头。

"你想阿姨吗?"

她的小手指着自己的胸口说:

"想。"

"好。"余静把她抱起,吻着她的小腮巴子,说,"阿姨喜欢你。"

349

"我喜欢阿姨。"

余静和她坐在椅子上,余静指着桌子上摊开的课本问她:

"有啥功课不懂吗?"

"懂,"她伏在桌子边上,翻了翻课本,说,"都懂。"

"有啥习题不会做吗?"

她歪着小脑袋想了想:

"会做!"

"真聪明,一学就会。"余静抚摩着她的小辫子说,"看你头发腻的,有几天没洗了?"

"快两个礼拜了。"她伸出两个小手指。

"哎呀,这么久没洗头,头发都快发臭了。快来,我给你洗洗。"

余静挽着她到了卫生间,正好热水瓶里有热水,倒了水,给她洗了三遍,脸盆里尽是油腻腻的污垢。余静轻轻给她揩干了湿淋淋的头发,一边给她梳着,一边问她:

"你爸爸最近回来得晚吗?"

"晚,很晚,有时我趴在桌子上睡觉了,爸爸才回来。"

"你爸爸出去得早吗?"

"有时很早,有时不早。"

"是吃过早饭出去的吗?"

"我吃过早饭出去,爸爸不吃,他到区委去吃。"

"你的早饭热吗?"

"我吃面包。妈妈教我的,要我头天晚上买好面包,第二天早上吃。面包不冷也不热。"

"乖孩子。"余静把她黑乌乌头发散开,又用毛巾揩了揩。余静看看辰光不早了,杨健还没有回来,不想再等了,她说,"让头发吹干了,明天早上再打辫子。你自己会打吗?"

"会。谢谢阿姨。"她走过去,倒了一杯开水送到余静面前。

350

余静喝了一口,感到有说不出的幸福,感激地说:

"谢谢你,珍珍。你给爸爸倒水吗?"

"给。他回来,我就给他倒一杯。"

"好孩子,真能干!"

余静在地上轻轻洒了一点水,用扫帚把地扫了,又给珍珍铺好了被,问她:

"要不要现在睡?"

"爸爸还没有回来哩。"

"睡在床上等他,不是一样的吗?趴在桌上睡会着凉的,懂哦?"

"懂。"

余静帮她解开衣服的纽扣,脱下里面的大红毛衣,用被给她盖好,小声地说:

"以后爸爸回来晚了,你就先上床睡,别着了凉。明天是礼拜天,余奶奶请你和爸爸吃中饭,和强强一道白相。要爸爸早点带你来,晓得哦?"

"晓得。"她躺在被窝里,头在枕头上点了点。

余静吻了吻她的毛茸茸的额头,拍了拍被子,说:

"乖乖地睡。我去了。你们明天早点来。"

余静走到门口,又回过头去向她招了招手。她雪白的细嫩的小胳膊从被窝里伸了出来,向余静招手。

"阿姨,再见!"

第二天一大早,珍珍就催爸爸走了。杨健从区委带回来几份关于过渡时期总路线的党内文件,原定今天在家里痛痛快快地看它一整天,不料珍珍在旁边催着要走。杨健爱惜时间,像爱惜生命一样。他从来不肯浪费,安排时间上总是分秒必争的,哪怕只有二三十分钟,也要很好利用。他在时间上是十分吝啬的。他要珍珍打开书包,在他旁边做习题,他自己专心地看文件。珍珍惦记着强强,她虽然坐在爸爸旁边,可是她的心已经飞到余妈妈家里去了。她很快做完了习题,把练习本放在爸爸的左前方,垂着两只小手安静地坐在爸爸左边,一动也不动,那一双滴溜圆的小眼睛懂事地不时朝爸爸脸上望望。爸爸全副精神贯注在四号仿宋字上,一边看,一边用红蓝铅笔在上面划了划,没有注意珍珍在看他。珍珍等急了,又不好催。她知道爸爸的脾气,讲了要做啥,不做完是不肯撒手的。她的小眼睛一动,想了个主意,低声地说:

"爸爸,习题做完了。"她的小手把练习本稍为向爸爸面前推了推。

爸爸并不看习题,眼睛还在看文件,低着头说:

"你念语文,把它背出来。"

珍珍没有别的办法,只好咿咿呀呀念语文,身子在椅子上两边摇来晃去,仿佛这样才能把书上那些字句装到肚子里去。爸爸要她默念,嘴里像是吃了什么东西似的,忙个不停。她念熟了,闭着眼睛,背了一遍,睁开眼睛一看,一点不错。她告诉爸爸。爸爸要她写毛笔字。这不是学校的功课,是爸爸加的,每天一张。今天的,她已经写好了。爸爸要她再写一张。爸爸真有办法,永远有事体让她做。她实在不耐烦了,草草写了一张字,这回不再告诉爸爸了,一告诉他,一定又有事要她做。她把桌上东西收拾好,悄悄走到爸爸的右边去,歪着头,望着爸爸慈祥的面孔,小声地说:

"余阿姨说,要爸爸早点去。"

"晓得了。"他看了看表,十一点欠一刻了,文件也看得差不多了。他摸着她的小辫子,说,"再等一刻钟就走,去把纸墨笔砚收起来。"

她很快收拾好。他的文件也迅速看完了,正好是十一点。他搀着她走了。余妈妈站在门口,用右手遮着眉毛,向弄堂口瞧来瞧

去,差点把眼睛都要望穿了。余妈妈一见了珍珍,伸出双手把她抱起,亲热地问道:

"怎么这么晚才来?把人等得心焦了!你没告诉爸爸早点来吗?"

珍珍不知道怎么回答才好,她闭着嘴,两只小眼睛望着爸爸。杨健说:

"看了一点文件,来迟了,对不起!"

"看你,礼拜天也不休息,要把身体弄坏了,快进来歇歇。"余妈妈引他们进客堂坐下,接着说,"宝珍过世了,没有一个人照顾你,里里外外全靠你一个人,忙坏了吧?"

"没啥,有些事体珍珍自己会做一点。"

"珍珍是个好孩子,"余妈妈笑着问珍珍,"你会照顾爸爸吗?"

"爸爸照顾我。"

"珍珍!珍珍!"小强听见外边客人讲话,就跑到客堂里来了,一见她就大声叫道,"我们来白相。"

小强举起手里五颜六色的七巧板,珍珍马上就过去了。两人伏在桌上,小强摆七巧板给她看。

"杨部长,"秦妈妈说,"你应该找个对象了。"

"找对象?这可不简单。"

"你在这里,还不好找吗?"汤阿英说,"像你这样的老干部,又年轻,又有能力,又很活跃,哪个女孩子不喜欢你啊!"

杨健幽默地反问了一句:

"那我为啥还没有呢?"

"你不找,当然没有。"秦妈妈代汤阿英回答道,"你等别人来找你吗?"

"总是男的找女的,哪有女的找男的。"汤阿英说。

"你们不是说男女平等吗?为啥男的可以找女的,女的不可以找男的呢?"

"女的总是女的,应该男的主动些。"

"秦妈妈这个话对。"余妈妈说,"你是不是看中了对象不好意思讲?你有意中人,告诉我们也好给你帮个忙哩。"

"没有。"

"那我给你介绍一个,"秦妈妈说,"好哦?"

"谁?"

"当然要你满意的。"秦妈妈说了一句,停了停,见杨健不反对,便说下去,"人长的模样不错,圆圆的脸,还有两个小酒窝,身子挺结实,年岁不大,又是个党员,她的丈夫过世好几年了,留下一个小儿子。说起来,你们还沾点亲戚关系哩。你说条件不错吧?"

"你们两人结婚,再理想不过了。"汤阿英在一旁撮合,"你带个女儿,她带个儿子,正好一儿一女,门当户对。"

杨健顿时想起昨天晚上珍珍告诉他余静来看他们的情形,又想起过去的一些事体,没料到今天这顿中饭还有另外的意思哩。他一走进客堂,没看到余静,心里就有点奇怪:请客,怎么主人不在呢?现在他完全明白了。戚宝珍和他共同生活了十年以上的时间,给他留下了难忘的记忆,特别是最近两三年,她虽然在病中,还是很关心他的工作和生活,尽量减少他对家庭的顾虑,并且竭力帮助他把工作做好。戚宝珍过世一年多了,他每天回来仍然感到她在屋子里等他。珍珍细心体贴爸爸,不随便给爸爸增加一点麻烦,也不吵闹,像个大人似的陪着爸爸,十分懂事。他从珍珍身上看到戚宝珍的影子。因此,他没有考虑到现在就找一个对象。秦妈妈和汤阿英一提,当着秦妈妈的面,他找不到适当的措词。

余妈妈早就想请杨健吃顿饭了,余静一直犹犹豫豫的。她知道杨健非常怀念戚宝珍,人刚过世不久,马上就提这件事不好。余妈妈总觉得有件心事未了,老惦记着。最近余妈妈又催,并且说如果余静不约他,她自己就要去约了。余静没办法,只好约了他。余静怕处在狼狈不堪的境地,借口出去买点熟菜回来,一早便上静安寺路去了。余妈妈见杨健不开口,以为他心里已经同意了,说道:

"这孩子心可踏实哩,老惦记你家里没人照管,一有空就想帮你家里做点啥,有好吃的东西,给小强一份,总要留一份给珍珍带去。你们两人在一道,互相也有个帮助。"余妈妈本来对杨健就有很好的印象,近来觉得他更可爱了。

杨健从来没想到自己会陷入这样尴尬的局面里,幸好余静不在,否则,他更难于开口了。他支支吾吾地说:

"是的,她很喜欢珍珍。"

"她心里还喜欢一个人,"汤阿英说,"就是不好意思说出来。"

"哦,有这样的事体?支部书记有话还不好意思说出来?"杨健想把话题岔开,说,"你们厂里忙吗?"

"我们厂里总是那样,一年到头也歇不下来,不过,没有区委忙。"秦妈妈说。

余妈妈好容易找到今天这个机会,又特地把秦妈妈和汤阿英请来打边鼓,生怕把话题岔开;她希望今天能谈出个眉目来。她焦急地说:

"不管事情怎么忙,自己的事总不能不考虑呀,杨部长,你老是一个人这样下去也不好啊!"

秦妈妈也把话题拉回来:

"我看你们两人倒是天生的一对。你迟早总要结婚的,不能一辈子这样,迟办不如早办,早点请我们吃糖吧。"

他无处躲闪,又不好正面表示态度,老练地说道:

"这件事体,慢慢再谈吧。我肚子倒有点饿了,开饭好不好?我这个客人不大客气。"

"她了解你喜欢吃盐水鸭,一早到静安寺路去买了。等她来就开饭。"

余妈妈还希望讲下去,可是余静提着一荷叶包的盐水鸭回来了。她给大家打了招呼,扔了一包"老大房"的松子糖给小强说:

"你和珍珍两人吃。"

小强放下手里的七巧板,拿了一颗给珍珍,说:

"你吃。"

珍珍也拿了一颗糖给小强:

"你吃。"

小强包了一半糖递给珍珍,要珍珍收起来。珍珍摇着小手不要,小强硬往她口袋里塞。珍珍还是不要,脸上显出为难的样子,眼睛望着爸爸。爸爸点了点头,珍珍才不好意思地收了下来。

开饭了。杨健坐在上面,余妈妈和秦妈妈坐在他们两边,余静和汤阿英带两个孩子坐在下面。余妈妈搛了两块鸭脯子放在杨健的碗上:

"这是她特地给你买的,别客气,多吃点。"她心里想:余静这个孩子不懂事,买鸭子为啥这么早就回来了,打断她们的谈话。

他对余妈妈焦急的热情感到有点招架不住,希望快点吃完饭,好带珍珍离开这个尴尬的局面。偏偏余妈妈又往这上面引,他迅速地搛了一块鸭子送到汤阿英面前,盼望她能够帮助他跳出窘境:

"这鸭子味道不错,你吃吃看。学海今天怎么没来?"

"巧珠不放,要和他白相。"汤阿英没有说出余妈妈只请她一人,怕人多谈话不方便。

"要把巧珠带来白相就热闹了。"他又搛了一块鸭子给秦妈妈,"你也尝点。"

"人家为你买的,你怎么不搛一块给她啊!"

秦妈妈这么一说,他后悔不该搛菜给她,不但没有帮忙,反而招来了麻烦。他只好送了一块给余静。余静含羞地低着头,没有吭气。余妈妈说：

"你喜欢吃,叫她以后常给你买……"

这一回是杨健低下了头：他给余妈妈一步步逼紧,无处可躲了,更糟糕的是余静正坐在他对面,他能说啥呢？他恨不能一口把那碗饭吞下去,拼命划饭,装作没有听见。余妈妈又搛了两块鸭脯子放在他饭碗上,故意问道：

"这个鸭子,你不喜欢吗？"

"喜欢。"

"那你为啥不吃呢？"

"这里还有……"

余妈妈见他有意装糊涂,想给他说穿了,又怕遭到拒绝,她拿不定主意。谭招弟从外边闯了进来。她一走到客堂里看见杨健,就大喊大叫：

"哦,原来杨部长也在这里。"

"有啥事体吗？"杨健问。

余妈妈怕谭招弟谈公事,指着小强旁边的空位让坐,说,"好久不来了,今天啥风把你吹来的？"

"社会主义的风。杨部长在这里正好,要走社会主义的道路,我们为啥不把沪江纱厂没收呢？"

"你主张没收,陶阿毛他们也主张没收,是哦？"

"你哪能晓得的？杨部长。"秦妈妈奇怪地问。

"你们给区委书面的汇报,我看过了。"

"区委接受我们的建议吗？"谭招弟迫不及待地问。

"你们晓得刚解放的辰光,私营工业占百分之五十六点二,国营只占百分之四十三点八；去年私营工业降到百分之四十二,国营、公私合营和合作社营上升到百分之五十八。但是私营工业总产值增加了百分之七十左右。去年也比五〇年增加了九万八千亿。这说明资本主义工商业在国民经济中还占很大的比重。"杨健抓住这个话题紧紧不放,侃侃而谈,把同桌人的注意都吸引了,只是珍珍和小强埋着头吃饭,余妈妈似听不听,微微皱着眉头,但又不好打断他们谈正经事,只好听着。他说,"为了进行社会主义建设,迅速发展生产,保证需要,必须提高计划性,防止和减少盲目性。资本主义经济惟利是图的法则要受到社会主义经济法则的限制,在某种情况和某种条件下,它对国家经济高度计划性会起一定程度的破坏作用,甚至于重犯五毒。社会主义经济蓬勃发展,私营企业内部劳资关系的矛盾必然逐步发展,这些都说明私营企业现有的生产关系不适合生产力的发展,要逐步进行社会主义改造。并且,中国资本主义工商业是从半殖民地、半封建社会中生长起来的,在生产管理上有不同程度的落后性,不少企业很难扩大再生产,生产甚至于下降。要发展生产,就要改变生产关系,必须进行社会主义改造。所以要对它进行限制和改造。除了余静同志给你们讲的那些道理以外,在中国的条件下从经济发展上来讲,也没有必要没收资本主义工商业。中国工人阶级在民主革命中已经取得了国家政权的领导地位,因此,不需要通过流血的暴力革命,进入社会主义社会,我们用和平斗争的办法,把生产资料私有制改造成为公有制。民族资产阶级,作为一个阶级来说,经过改造,而后消灭,但是民族资产阶级分子经过改造,可以和全国人民一同进入社会主义社会。周总理概括起来说:阶级消灭,个人存在。逐步改造,在斗争形势上虽然不是流血的,而是和平的,但这是一场激烈的阶级斗争,经过曲折的斗争,才能取得完全的胜利。你们说,要不要没收呢?"

"没收要比改造简单得多。"谭招弟说。

"没收的办法比改造简单得多,下一道命令就行了。废除资本家所有制,还有另外两种办法,就是不给他们任务,不给他们原料,不给他们生意做,把生产任务统统搞到我们国营工厂来,把生意统统搞到我们国营商店来,他们只有死路一条。还有一条赎买办法,若干年内,付给资本家一笔利润,最后利息不付了,实现全民所有制。这三种办法都是最后实现全民所有制。你们考虑一下,用哪种办法好呢?"

谭招弟听完杨健的话,迫不及待地抢着说:

"我看还是没收了干脆,痛痛快快,省得麻烦。"

"中国民族资产阶级先天不足,也受帝国主义的压迫,同情或者和我们一道反对过帝国主义和国民党反动派,现在他们又愿意跟我们走社会主义的道路,他们说:你们建立了政权,从民主革命过渡到社会主义社会,我们还是要接受你们的领导。我们怎么好说:我不领导你!他们也愿意开工生产,给我们生产品。我们怎么好说:我们不要。他们跟我们走了一大段路,参加了人民民主统一战线,现在愿意接受社会主义改造,我们怎么可以不领导呢?"

"杨部长这个意见对。"秦妈妈赞成杨健的意见。她没有想过挤垮的办法,认为这是一个巧妙的办法。她说,"那么,把他挤垮呢?"

"挤垮,他要破产,破产要受损失;破铜烂铁,坛坛罐罐就要打碎一些。他没有饭吃,便到马路上讨饭,政府必须再收容他,或者要他劳动改造,给他饭吃,反正要吃中国饭的。所以,对地主也好,对民族资产阶级也好,不管怎么样,总是要把他们改造过来的。这条路非走不可。马克思讲过,我们无产阶级必须解放全人类,最后自己才能解放。"

"杨部长,赎买的办法最好!"汤阿英说。

"是的,用赎买的办法,统一战线的办法,是最好的办法。马克思曾经对英国工人阶级说过,在适当的情况下面,实行赎买的办法,是最有利的。实行赎买的办法,就是对资本主义工商业实行和平改造,在中国是可能的。"

"不管是国际条件,还是国内条件,和平改造是可能的。"余静说,"加上我们对民族资产阶级的政策,在生活上,在工作上,在政治上给予安排,再加上教育,资本家是可以接受社会主义改造的。"

谭招弟还是觉得不没收太便宜资本家了,尤其是要给资本家的股息红利,更是心痛。她认为杨部长讲得透彻,解开了她思想上的疙瘩:不没收,不挤垮,对国家对人民都有好处,最后还是要改变为公有制的。可是还有些地方闹不清楚,她问:

"我们对资本家这么好,不没收,不挤垮,还给股息红利,为啥还是一场激烈的阶级斗争呢?资本家太不知足了。"

"你说得对,没有一个资本家知足的。资本家的欲望是个永远填不满的深渊。你说,我们党对资本家的政策这么好,可是资本家并不这么想。不必说整个上海了,就拿我们区里的情况来说吧。最近市委统战部召集上海民主党派和工商界代表人物举行座谈会,史步云和马慕韩他们在会上传达了全国政协会议的精神,陈市长亲自主持,并且在会上做了总结报告。过渡时期总路线一传出去,区里工商界震动很大,到处打听消息,准备对付。你们晓得最近牛奶为啥常常没有?因为牛奶公司经理把发生一点故障的马达抛到垃圾堆里,不肯修理,故意减少奶牛饲料,原来每天牛奶产量八千二百磅,现在跌到七千四百磅,很多人家就没有牛奶吃了。精备机器厂资方企图半夜运走机器,给工人发现了,没有运成功,可是他把机器敲坏了。现在这个厂半停工了。茂盛百货商店老板抗缴税款,暗害一个税务干部,少数资本家听到这消息,拍手称快,要效法干一场。黄巢杀人拿杨和尚开刀,他们要拿伙计开刀。还有个资本家说:'现在是业不由主,希望国民党回来,那些财产仍旧是我的。'你们想想看:这些是不是阶级斗争?"

秦妈妈吃了一惊:

"杨部长,你不说,我们还不晓得哩,原来外边出了这么大的事!逐步改造都这样闹事,要是没收的话,更要闹翻天了。这些资本家真没有良心,不知好歹!"

"还是中央的政策对。"汤阿英仔细听了杨部长的每一句话,心里比过去更亮堂得多了。她说,"我早就想过:要是没收好,中央会不想到?听杨部长一说更清楚了。"

"就是徐义德也在动脑筋,他要抽走七亿垫款。"余静仔细回想厂里最近的情形,怕上了徐义德的当。

"这七亿款子不该给他抽回去,"谭招弟想起郭彩娣的意见,说,"郭彩娣对这桩事体很有意见哩!"

"勇复基这次表现很好,按照工会的意见,先缴了税款,徐义德只抽了两亿回去。"余静解释道。

"两亿也不少啊!"谭招弟还是觉得可惜。

"我请示过区委,区委同意的。"

杨部长点点头:

"我了解这桩事体。这是他私人垫款,他要抽,怎么好不让他抽呢?先缴税款,后付垫款,余静同志处理得对。徐义德不但抽垫款,他还有花样经哩……"

"啥花样经?"汤阿英问。

"他听陈市长说,社会主义改造只是把生产资料私有制改变为公有制,生活资料归个人所有,最近他家里的人大买东西。他自己一边出席市委统战部的座谈会,一边又想法买了两辆最新的汽车。林宛芝买了许多手表和钻石。朱瑞芳买了电气冰箱、收音机和金子。大太太买了不少皮衣,还买了一口楠木棺材。现在他们家里的人大忙特忙啦。"

"怪不得在厂里看不到他的影子哩!"余静兀自一惊,说,"我们不了解他忙啥事体。"

杨部长笑嘻嘻地说道：

"他做这些事，怎么会向工会报告哩！"

谭招弟发觉自己过去想得太简单了，原来工商界的事体比她想象的要复杂曲折得多了。面对着十六万五千户上海工商界，别说是没收啦，就是进行改造，也不是一件轻而易举的事。中央究竟是站得高看得远，想得周到，订的政策正确。她那天从党支部办公室回去，想了想觉得仍然有一肚子问题。她找余静想详详细细的再谈一谈，给杨部长三说两说，她肚里那些问题不知不觉地越来越少了，现在竟找不出一个问题来问了。徐义德的事，她们在厂里不知道，不在厂里的杨部长反而清楚，她感到奇怪：

"徐义德这些坏事，你哪能晓得的？"

"是区里工商界传出来的。若要人不知，除非己莫为。做这些事，不能永远保密的，就是资本家不说，最近市场上这些贵重物品忽然畅销起来，不是资本家买，谁买？"

余妈妈坐在一旁边听边走神，她不满地瞪了谭招弟一眼：这丫头早不来迟不来，偏偏选在今天来，耽误了她精心安排的好事。她看大家的兴趣越来越浓，插不上话去。秦妈妈她们也全神贯注在社会主义改造的大事上，好像忘记今天托她帮忙的事了。余妈妈让珍珍和小强吃饱，失望地带着两个孩子离开饭桌，到后面洗手擦脸去了。

三十五

余静听了杨健那一番话,又是兴奋,又是惭愧。兴奋的是:杨健从全国国营工业和私营工业的比例,以及私营工业生产总值,谈到生产力和生产关系,必须对私营工商业进行社会主义改造,又谈了区里民族资产阶级的动向,不但在理论上进一步武装了她,而且对区里民族资产阶级也有了深一层的了解,对她领导沪江纱厂的工作,大有帮助。惭愧的是:她这个沪江纱厂的党总支书记,沪江纱厂总经理徐义德的动向,不是她向区委反映,而是区委统战部部长杨健向她介绍,使她深深感到自己的工作还不够深入,也不够具体。了解民族资产阶级的动向,对于贯彻执行党的路线和统一战线的政策,是一件大事体呀,不能不深入了解研究。她当天晚上在床上辗转反侧,没有睡好,在想怎样加强对徐义德他们的工作。

余妈妈在床上也没睡觉,翻来覆去在捉摸杨健的态度;要说他对余静的婚事没有兴趣吧,他们两人的关系很好,经常对她政治上和思想上帮助,对她生活上关心;说他对余静很有意思,为啥谈到关键的地方,他就借故岔开,不表示同意,不是暗暗拒绝吗?但是他从来没有说过一句不同意的话,也不能断定他真要拒绝。她在床上想来想去,摸不清杨健的主意。她听见余静在床上翻身,也没睡觉,以为也在想自己的婚事,便低声对女儿说:

"今天真不凑巧,秦妈妈刚开始谈你们两人的事,谭招弟来了,把话题岔开,没谈出个眉目来。"

"哦。"

"你别焦急,慢慢我再想办法。"

"我没焦急,"余静说,"怎么说我焦急?"

"别不好意思啦,我晓得,你翻来覆去睡不着,还不焦急吗?"

"我不是想这桩事体。"

"想这桩事体也是应该的,在我面前还害臊吗?"

"真的没想。"

"不管你想不想,过两天,我再请他到家里来吃饭。这趟请他吃晚饭,晚上大概不会有人来打搅的。"

"你再请他吃饭,我可不参加了。"

"天天见面的熟人,还不好意思吗?你不参加,我请秦妈妈找他当面谈一次。"

"不,这桩事体,等等再说,我要抓一抓厂里的工作。"

"还是早点定了,了却我一桩心事。这是你的终身大事体啊!"

"过渡时期总路线,对私营工商业进行社会主义改造才是大事体哩!等这些大事体办了,再考虑个人的事体也不迟。我刚才在床上睡不着,想的就是这桩大事体。"

"哦。那就听你的吧。"

她们母女两人的声音低了。半晌,余妈妈发出舒适的鼾声,余静也迷迷糊糊地睡着了。

第二天一清早,余静赶到厂里,在工会的办公室里碰到赵得宝,她把昨天杨健讲的情形扼要说了一遍,焦急地征求他的意见:

"我们怎么加强这方面的工作呢?"

"我们过去和他们接触不够,只是谈生产谈工作才和他们见面。他们不找我们,我们一般也不找徐义德,有事总找酸辣汤打交道,这样就很难了解徐义德他们。"

"你说得对,首先要多接触,才能了解徐义德他们的思想情况,掌握他们动向,进行针对性的工作,我们和梅佐贤打交道多一些,也只是谈生产说工作,很少和他交谈别的问题。"

"最近找他们两人谈谈,好哦?"

"我昨天也这么想。"

"谈啥?"

"谈过渡时期总路线,对私营工商业进行社会主义改造,这是大题目呀!"

"徐义德参加市里的总路线传达学习,市委统战部直接抓这桩事,陈市长都亲自出马了,我们怎么谈呢?"赵得宝也认为谈过渡时期总路线是个好题目,不过市里已经谈了,在基层里有啥好谈。

"大的方面市里谈了,小的方面一定还有问题;先一般谈谈,然后进一步了解徐义德他们有啥思想顾虑。"

"今天我约徐义德谈谈?"

"你先找梅佐贤,问他徐义德今天来不来,要是来的话,就今天约个时间谈谈。如果今天徐义德没有时间来,改在明天谈也可以。"

"我现在就去。"赵得宝站了起来,匆匆走出去,到了厂长办公室,屋子里一个人也没有,原来梅佐贤还没有到厂里来哩。赵得宝失望地又回到工会办公室。

梅佐贤到沪江纱厂总管理处去了,坐在徐义德对面,小声地向徐义德报告最近和陶阿毛见面的情况:

"……他说,工人当中都传达了过渡时期总路线,分组学习,大家热烈拥护,没有一个不赞成的。"

"改造私营工商业,改造资本家,他们当然拥护。工人当中有啥不同的意见?"

"这方面,我正要谈到。工人当中意见纷纷,有的赞成国家资本主义,但不赞成低级和中级形式,希望直接公私合营,有的嫌公私合营太麻烦,拖拖拉拉,不如干脆没收,简单明了。"

"大多数人的意见呢？"徐义德听到"没收"这个字,根根神经都紧张起来,他猜疑市里传达过渡时期总路线,对资本主义工商业进行社会主义改造是表面文章,在基层发动工人讨论,要求没收私营工商业,才是中共方面的真正意图。继而一想,上海工商界上层代表人物史步云、马慕韩他们在北京亲自听到毛主席和中共中央首长谈的,又不完全像表面文章,难道关于过渡时期总路线,对资本主义工商业进行社会主义改造,在基层传达的内容,和市里不一样吗？根据他过去的经验判断,这是不可能的,而且从来也没发生过这样的事。那么,工人提出"没收"是啥意思呢？他狐疑不决,摸不透中共的底。他要了解一下,究竟是多数人主张没收,还是少数人的意见。

"多数人赞成党提出来的公私合营。"

徐义德松了一口气,但是还不放心:

"经过小组讨论,这些不同的意见,怎么解决呢？"

"现在还没有解决。"

"这是个大问题,关系我们的利益,关系我们的前途,关系我们的命运,越早解决越好。"

"他说余静去向区委请示,要请区委派负责同志来厂里做解答报告。"

"澄清思想,解决问题,十分重要,非常迫切！"

"是呀！"

"陶阿毛还谈了啥？"

"他说,看上去,共产党真的要共产了,不管是公私合营也好,没收也好,只是时间迟早不同,总之,都要共产的。"

"公私合营比没收好,迟共产比早共产好,这样有个准备。否则,现在没收,就措手不及了。"

"他和你的意见不谋而合。他说越迟越好,就算公私合营吧,党和政府强调自愿,资本家不申请合营,政府也不能强迫。能够争取企业存在自家手里多点时间,对自家有好处,可以自由支配。"

"我也是这个主意。"

"他还说,总经理抽取垫款完全应该的,就是抽调厂里的资金也不是不可以,趁现在还是私营的辰光,多保有一些财产,也给自己留条后路,等到公私合营,公方代表一进厂,啥也动不得了。……"

徐义德听到这里,暗自吃了一惊,仿佛隐私突然被人发觉,自己最近考虑的一些措施,竟然陶阿毛也想到了,只是抢购生活资料的事,陶阿毛没有提起,厂里也没人晓得,他认为他和家里人这回做得秘密,没有一个人泄漏出去,心里稍为安定一些。他对梅佐贤不置可否地"哦"了两声。梅佐贤见他没有吭声,莫测高深,不了解他是赞成还是反对陶阿毛这些意见,就没有往下说。

徐义德完全懂得陶阿毛的用意,他原来也是这个打算,但他比陶阿毛高明,表面坚决拥护过渡时期总路线,积极创造条件,准备接受社会主义改造,暗骨子里把准备时间拉得长长的,不到迫不得已,决不自愿申请。另一方面,他想摸党和政府的底盘,市委统战部的首长守口如瓶,一点也不泄漏,政府工作人员则避而不谈,叫你摸不着,猜不透。他从梅佐贤报告和陶阿毛见面的情况,想到厂里党总支部和工会,也许听到一些风声,和余静、赵得宝他们接触接触,也许可以摸到党和政府的底盘,至少可以观察出风向,看出一点气候变化的迹象。如果党和政府看中沪江的设备和资产,该申请而不申请,"敬酒不吃吃罚酒",那也是不利的。何况早知道党和政府的底盘,自己也好有所准备。他说:

"公私合营的事,也不能完全按照我们的如意算盘打,能迟点合营,当然很好;万一党和政府希望棉纺业,特别是沪江,先走一步,我们落后了也不好,阿毛只看到推迟的一面,没看到形势发展,也有不能推迟的一面。"

"对极了！总经理看得全面，想得周密，考虑得深远。这是大事体，确实需要从各方面来看，不是简单推迟的问题。"梅佐贤迎合徐义德的心意说，但看不出总经理的具体计划，他没有讲下去，先看总经理的打算再说。

"我们要摸清党和政府的底盘，就好办了。"

党和政府的底盘徐义德没有摸到，但是徐义德的底盘梅佐贤摸到了。他对徐义德说：

"这才是关键问题。党和政府要沪江办的事，我们只好遵命，违抗不得。党和政府的底盘摸不清楚，下不了决心。总经理高见！"

"最近在市里开会，我在统战部和政府首长面前，谈话的辰光，有意向公私合营问题上扯，可是他们不动声色，滴水不漏，叫你摸不清他们的底盘。"

"是呀，他们的底盘，很难摸到。"

"我想找余静、赵得宝他们谈谈，可能摸到一点气候，看出一些风向。"

"基层干部的嘴比较松点。"

"摸到一些底盘就好办了。"

梅佐贤连忙改口，说：

"只要总经理亲自出马，啥人的底盘都可以摸到。"

"那也不见得。"

"总经理太谦虚了！我了解，本事越大的人越是谦虚。"

徐义德没理会梅佐贤的奉承，他焦急地想早一点了解党和政府的意图，他看了一下写字台上的欧米茄小闹钟，正好十一点，上午已经没有多少时间了，便说：

"你现在到厂里去，约余静和赵得宝下午两点半钟到厂长办公室来谈谈最近的生产情况。"

"不是要摸党和政府对公私合营的底盘吗?"

"不能事先让他们知道。如果了解我们的意图,他们就不会谈了。先从厂里的生产谈起,适当的辰光,顺便引到这方面去,他们无意漏出三句两句,我就可以判断风向了。"

"妙计,妙计!"

徐义德送走了梅佐贤,他跳上林肯牌小轿车,回到家里,吃过午饭,睡了午觉,两点不到就醒来了,精神饱满地又跳上小轿车,赶到沪江,才两点一刻。他问梅佐贤:

"约好了吗?"

梅佐贤点点头,倒了一杯浓茶送到徐义德面前,恭恭敬敬地说:

"你喝杯茶,歇一歇,他们大概就来了。因为要从生产方面谈起,我顺便约了韩工程师参加。"

"你想得周到,应该请他参加。"

徐义德眉头微微皱起,怕韩云程不了解他今天谈话的意图,无意岔开,误了他巧妙的安排。梅佐贤察觉徐义德内心的顾虑,立即补充道:

"我对韩工程师说,如果生产上问题谈完了,他忙,可以先走。"

"这样安排更好,没有破绽。"

说话之间,余静和赵得宝准时到了厂长办公室,他们刚在沙发上坐下,韩云程也走了进来。徐义德让大家坐下,便说:

"最近市里的会多,厂里的事很少过问,诸位偏劳了,特别要感谢党总支部和工会的领导。正好今天下午有空,约大家来谈谈最近厂里的生产情况。"

"总经理对厂里的生产很关心。因为市里首长经常要他参加会议,我很久没有见到总经理,没有机会向总经理报告厂里的生产情况。今天上午总经理打电话来,想来了解一下生产情况,临时通知大家,可能没有时间准备,先随便谈谈,以后有时间再详细谈。"梅佐贤编造得像真的一样,同时留下伏笔。他说,"韩工程师先谈一谈,好哦?"

"试验测定以后,党总支部和工会方面抓了郝建秀工作法,各班推广,生产逐渐上升,成绩不错。余静同志和老赵经常下车间检查督促,工人的生产热情很高。"

"这个月的生产是逐渐上升,但是执行郝建秀工作法还不平衡,有的执行进步很大,有的进度还不够快,因此生产还不算稳定,工会还要继续抓下去。"余静说。

"在工人当中进行过渡时期总路线传达学习以后,工人生产热情特高,有的工人一再突破生产指标。"赵得宝把问题引到过渡时期总路线上来。

徐义德听了赵得宝的话,心中十分高兴,果然基层干部谈话没有顾虑,信口就谈到过渡时期总路线和生产关系,工人的生产热情为啥特高?是不是因为要公私合营了?他要很好利用这次谈话的机会,摸清党和政府的底盘。韩云程坐在下面的单人沙发上,好像准备长谈,得打发他走才好。他说:

"这个月的生产计划估计能完成多少?"

韩云程默默计算了一下,说:

"完成计划没有问题,可能超额百分之十。"

"这个数字不少。"梅佐贤赞扬地说,"工务上抓得很紧,生产就上去了。"

"主要是党和行政的领导。"韩云程谦虚地弯了一弯腰。

"下一个月的生产计划考虑了没有?"

"初步考虑了一下。"韩云程思索地说。

"这个月没有几天了,"徐义德暗示地对梅佐贤说,"该着手进行了。"

"余静同志，要韩工程师先拟个下月生产计划草案来，然后再开会研究，好哦？"

"有了生产计划再讨论，比较具体。"

"韩工程师，你快点把它搞出来。"

韩云程懂得梅佐贤的口气：在送客。他站起来说：

"我现在就去着手准备。"

"也好。"

梅佐贤两句话送走了韩云程，余静感到突然，谈生产，问题还没有展开，韩云程为啥就走了？下面怎么谈法？看来梅佐贤主动约她和赵得宝下午到厂长室里谈生产问题，她以为是送上门的好机会，还没有谈到对资本主义工商业进行社会主义改造这桩大事，仿佛就要散会了。她不动声色，冷静地看徐义德要啥花样经。徐义德天衣无缝地接上去说：

"工人听了总路线传达，生产热情很高，我们工商界听了总路线的传达，生产热情也很高，社会主义改造是国家大事，实在鼓舞人心。工商界听了传达，分组学习，没有一个人不兴高采烈的，大家坚决拥护，欢迎对自己的企业进行社会主义改造，早日公私合营……"说到这里，忽然刹车，他看余静的神色。

"你们工商界听了传达报告，没有一点思想顾虑吗？"余静不相信徐义德那套冠冕堂皇的鬼话。

"不能说没有一点思想顾虑。"徐义德想余静也不简单，不但对公私合营的事不表示态度，而且向他提出问题，实际上不相信他们说的那些话。这事得慢慢来，听她以后怎么说。"听了总路线传达，最初确实有人产生顾虑，就工业资本家来说，有的厂虽然只是加工定货，但经理厂长还是一厂最高负责人，合营后私方的地位职权怎么样？是不是仍然担任经理厂长？待遇会不会降低？要不要和职工一样生活学习？企业的领导关系怎么样？这些顾虑都是资产阶级个人英雄主义的毛病。上海工商界解放以后有些进步，但旧社会的残余思想现在还相当浓厚。不过，听了市里首长的讲话，这些顾虑打破了，不成问题了。"

"这方面顾虑打破了，那方面顾虑可能又产生了。表面上一些顾虑打破了，内心的一些顾虑也许还存在。过渡时期总路线消息传出去以后，有人表面拥护，暗地里大买生活资料，汽车，冰箱，钻石和金银珠宝，甚至还有人想方设法买了楠木棺材，准备后事哩！"

"啊！"徐义德故作惊异的神色，怀疑地说，"竟有这样的事体？你不说，我还不晓得哩。"

"你接触工商界的人士很多，大概多少也听到一些吧。"

徐义德听余静的口吻这么肯定，不禁有点惊慌：他家里的人买生活资料难道余静已经知道了吗？也没对梅佐贤谈起，家里有人泄漏出去的吗？买这些东西，没有一项用徐义德的名义，都是用三位太太的名义，作为她们买的，付款送货这些事，他全没有出面。不可能泄漏出去。买汽车、冰箱和钻石、金银珠宝这些，工商界大有人在，不止徐公馆一家，不一定指他。但是那副楠木棺材，只此一家，因为大太太坚决要买，他再三阻止无效，只好买来放在汽车房里。这是很显眼的物事。楠木棺材运到徐公馆招摇过市，引人注目，四邻街坊不少人都知道了。他无从掩饰，更不能否认。余静提到楠木棺材，想来她肯定知道徐家抢购生活资料了，没法抵赖。但他不甘心全部承认。估计余静即使知道徐家买了一些生活资料，也绝不会知道究竟买了多少物事。他假装想了想，编了一通谎言，把责任推到大太太身上：

"我听到一点传说，始终不大相信，党和政府方面了解得深刻全面，消息十分灵通，大概是有这样情形。我家那位大太太平常烧香拜佛，吃斋念经，一副旧脑筋，很难改变。早两年她就说买一副寿材,每年漆它几道漆,准备百年归山之用;去年选好一副,一直没送到家里来,最近她身体不大舒服,一定要拉回家里,亲自看着加几道漆。有人知道她买了寿材,以为徐家抢购生活资料,连棺材也不放过,其实这是最近两年的事,和过渡时期总路线的消息毫无关系。"

梅佐贤听余静和徐义德两人谈的,他感到新奇,资本家眼明手快,过渡时期总路线的消息一传到上海,徐义德不但马上从厂里抽了垫款,而且也抢购生活资料,虽然没有承认买其它东西,寿材却是买了。他算是徐义德的心腹,可是这回保守秘密特别严实,连他这个心腹也不知道。

"根据党的政策,生活资料为个人所有。个人有钱,买点生活资料,是可以的,只要用得着,早买晚买都可以。特别是有些妇女,身上有钱,上街看到这样那样,就想买回来,也是常有的事。"

余静指的是大太太买楠木棺材的事,徐义德听的以为是指他让三位太太出面抢购生活资料,他不能承认,也不好否认,想了一个主意,含含糊糊地说:

"你分析得十分正确。我家那三位太太,身上有了钱,上街就想买点物事,过去买了些啥,我也不大清楚。"

"总经理事体多,市里的会多,经常在社会上参加活动,家里的事体不大过问。"

"他究竟是一家之主,小事不大清楚,大事总要过问的。有些事体,恐怕还会共同商量哩。"赵得宝见梅佐贤一再给徐义德帮腔,便顶了他一句。

"老赵说得对。"梅佐贤连忙把话收回,看到徐义德的眼光朝他面孔上望,又慌忙改了口,"总经理家里的事,我也不大了解。"

"你恐怕还是比较熟悉总经理家的事体。"

梅佐贤见赵得宝不放过他,也不能否认,他笑了笑说:

"和你比起来,我当然比较熟悉总经理家的事体。"

"三位太太买也好,你自己买也好,都可以的。总路线的消息传到上海,工商界感到震动,也不奇怪。工商界究竟是工商界么,接受社会主义改造,有啥思想顾虑,有啥想法,提出来,大家交换意见,解除思想顾虑,办起事来就比较顺利。厂里党总支不能解决,可以请示区委,还可以请示市委。"

徐义德见余静解除他的思想顾虑,看来购买生活资料的事不成为问题了,但是底盘还没有摸清。他接下去说:

"有啥思想顾虑的确应该说出来,党和政府晓得了,就会解决。解放后,上海工商界遇到许许多多困难,甚至很难经营,向上反映了,无不解决,每次都是党和政府伸手援助,我们工商界才渡过难关。就说沪江吧,那次二·六轰炸,要不是政府协助,沪江没有今天。这一点,我是有切身体会的。"

"你有啥问题,可以随时找我商量。"

"一定找你们谈。别说我有啥问题,就是上海工商界有啥问题,我有时也向党和政府反映,今后听到工商界的情况,也向你们两位反映。这样,好哦?"

"欢迎。我们愿意听各种意见,不管工商界啥人的都好。"余静从徐义德的口吻里听出,有些事他不好直接提,假借工商界有啥问题,讲起来方便,可以试探党和政府的态度,能解决的话,他个人的问题也顺便解决了,表面上却一点痕迹也不露。

"工商界最近就有个思想问题,觉得党和政府提出过渡时期总路线十分及时,国家资本主义经济的三级形式想得周到,对社会主义改造的顾虑逐渐打消了,创造条件,准备合营,但不晓得啥辰光提出申请公私合营好。"

"这要看各行业各厂商的具体条件怎么样。"

徐义德听听余静的回答,觉得有点苗头了,估计党和政府对不同的行业和不同的厂商有所考虑。他进一步说：

"譬如沪江吧,听了总路线传达报告,学习了以后,我就决心申请公私合营。不过,我管的企业不止沪江一家,还有一些别的单位,我兼任了董事长或者董事的名义,在这些单位里,股份多少有一些。你和老赵都晓得那些企业;聚丰毛织厂,茂盛纺织厂,兴华印染厂,永恒纺织机器厂……我想,要是申请的话,这些企业一道申请……"

梅佐贤插上来说：

"苏州的泰利纱厂,徐总经理有股份,也兼了董事的职位。"

徐义德点点头,说：

"江菊霞经营的大新印染厂,最近和我商量,想和沪江私私合营,然后一同申请公私合营。企业单位多,董监事的人头不少,要向各方面酝酿商量,商量妥当了,就准备向政府申请公私合营。你们两位看,我这个打算怎样？"

"沪江和这些企业一道申请合营,差不多快有十万锭子,既有纺织机械,又有毛纺,还有印染,是棉毛印染机械的全能大型企业,申请合营,影响一定很大。"梅佐贤听了徐义德的宏大计划,伸出右手大拇指,眉飞色舞地说。接着,他想到如果计划实现,他是徐义德的亲信,那不止是沪江纱厂的厂长,说不定还是这个大型联合企业总管理处的一名副经理哩。

"啥辰光申请公私合营,是一个企业申请合营,还是几个企业联合申请合营,要根据资方自愿,同时根据需要与可能。这桩事体请你自己考虑。"

徐义德碰了个壁,但声色不露,说：

"市里首长也是这么说,确实应该我们自己考虑,我不过把我初步想法向党总支和工会方面汇报汇报。"

徐义德见余静的门关得很紧,他就转向赵得宝试探,也许可以听到一点风声。他对赵得宝说：

"老赵，你看呢？"

"向我们汇报很好，"赵得宝说，"主意还是要你自己拿。"

老赵的门也敲不开。余静说：

"这次党中央首长反复说了，工商界要认识社会主义发展规律，掌握自己的命运。我个人觉得这两句是至理名言，希望你们要好好学习，真正解决思想问题才好。"

徐义德苦笑了一声说："余静同志，你今天讲的太重要了，解决了我许多思想问题，我衷心感激。希望以后对我多多帮助。"

三十六

　　中共上海市委统战部座谈会结束没两天,宋其文找史步云商量民建上海分会怎么在工商界起推动作用,是不是先找少数核心分子谈谈,做些准备工作。史步云懂得他的用意,国家资本主义的事是难剃的头,自己乐得退后一步,让他先摸摸思想情况。宋其文得到史步云的同意,他越过马慕韩这位副主任兼秘书长,要副秘书长冯永祥发通知。冯永祥马上告诉马慕韩。马慕韩说照发,他在名单上增加了两个人:潘宏福和徐义德。他惦记着整个棉纺业联营的事,想借这个机会探探路。徐义德也在为十万纱锭动脑筋,正想拉拢一些人帮忙,收到通知,下午两点,准时到了分会楼上的客厅里。他以为自己早到,谁知道别人到得比他更早,屋子里已经坐满人了。他找了一个空沙发坐下。宋其文精神矍铄,正在高谈阔论。

　　"陈市长的总结报告解决了座谈会上没解决的问题,工商界的疑虑,给这个总结报告一扫而空。陈市长的气派真大,讲话也很直率,说严肃,真够严肃,说轻松,实在轻松,我们听得心里愉快,这样,可以睡得着了。"

　　金懋廉欣赏宋其文的评论有见地,他说:

　　"其老的意见很中肯,这个总结报告,对工商界来说,确是一粒定心丸。"

　　"对积极分子的急躁情绪来说,"冯永祥冷笑了一声,说,"也是一味清凉剂。"

马慕韩知道冯永祥暗地说他,他不便在众人面前暴露他和冯永祥之间有啥分歧,但也不愿把这句话吞下去,于是不露痕迹地回答了他:

"陈市长的报告各方面都照顾了,特别是对工商界的顾虑分析,抓住了要害,连子女上学的事也想到了,国家管。陈市长对我们开诚相见,把一些肺腑之言都说了出来,我们如果还要顾虑,实在太不应该了。"

"总结报告,实在精彩,可惜记不下来。"柳惠光每逢出席这样重要的会议,他深深感到自己文化水平太低,不能做记录,脑筋又记不住,的确是一件遗憾的事。

唐仲笙从身上掏出一个小笔记本来,看了看,说:

"总结报告主要明确了三个问题:实行国家资本主义是稳步的,不会太快,也不会搞乱,个人前途还是有饭吃,有工作做,有社会地位,工商界本身的思想要开朗,不要纠缠在个人得失问题上。陈市长又进一步归纳成为两个问题:地位和待遇。这次会议好比剥笋,步步深入,步步解决问题,最后一个总结报告把工商界所有的问题都澄清了。"

"陈市长有两句话对我的启发最大,"宋其文像一位冬烘先生似的,摇头摆尾地拖长腔调念道,"要工商界朋友们往大处想,不要往小处想。识时务者为俊杰。陈市长的话已经讲到头了,一切都已摊牌。过去,在其它报告中也谈到识时务者为俊杰,这次交待得更清楚。今后,要看我们工商界是否识时务了。"

潘信诚见宋其文摆老资格在训人,心里非常气愤,觉得他那个机器厂值不了多少钱,乐得讲漂亮话。他认为工商界已经"陷入重围",陈市长的报告只是"阵前喊话",工商界啼笑皆非,谈不到俊杰。他打算顶宋其文一句,想想,又忍住了。柳惠光却认为宋其文讲得对,真的"一切都已摊牌",他说:

"这一下摸到了政府的底啦,到社会主义不会挨一刀,而且政府还有照顾,我们应该识时务。"

徐义德不以为然,他说:

"大道理都谈了,恐怕将来接触到实际,具体问题还会很多。"

潘信诚见徐义德言犹未尽,暗中给他支持:

"步老的传达报告,的确震动了工商界。工商界做梦也想不到共产党已经对自己企业做了这么完备的打算。过去工商界从来不会考虑国家总路线这些重大政治问题的,参加了座谈会,工商界把顾虑摊到桌面上,听了总结报告,提高了工商界的认识,弄懂了大道理。"

冯永祥给马慕韩回敬了几句,心中不甘,向来是冯永祥带着马慕韩前进的,马慕韩一般也是听他的话的,近来却慢慢起了变化了,不但是马慕韩不大听冯永祥的话,反而马慕韩走到他前头去了,并且在拉他走。他认为过去潘信诚的话有道理:"公子哥儿,不是自己创办的企业,不知其中甘苦,也不爱惜祖先的遗产。"他对潘信诚的话,马上加以发挥:

"工商界有一个矛盾:思想与物质,很难解决。谈到生产力与生产关系的发展,社会主义光辉灿烂的前途,中国在国际上的地位,只要是爱国的工商界人士没有一个思想上不通的。工商界办企业,对生产总是有兴趣的,看到国营厂生产率高,合营厂生产率比较高,所以认为合营有利,四马分肥对企业资方也有好处。只是一想到要逐步过渡到社会主义,总不免有些肉痛,舍不得自己经营的企业。这是真正资方的思想情况。"他把"真正"这两个字的声音讲得重而且高。他说,"弄通思想易,解决物质难。这是一个大矛盾啊。诸位明公,不可等闲视之!"

"阿永的话,不能说没有道理,可是也不完全对,思想与物质本来是对立的,也就是矛盾的,但也统一的。有啥物质基础,就有啥思想基础,物质可以影响思想,反过来,思想也可以影响物质。一切的事物都要变化的。思想要是真正通了,那对物质的观念也会发生变化。嘴上通了,心里不通的人,一接触到物质,自然要肉痛的。可见得弄通思想其实并不容易。这一次统战部的座谈会,我看是弄通工商界思想的会,大部分人通了,小部分人不通,这也不奇怪,思想问题就是要经过曲折复杂的过程的。一部分人不通,硬要马上弄通,一定是夹生饭,这也是真正资方的思想情况。"马慕韩也加重"真正"两个字的语气化。他没想到自己退让竟然引起冯永祥的进攻,就顾不得在座有那么多的人,正面回答冯永祥了。

冯永祥有空尽顾吃喝玩乐。他不像马慕韩用功读《毛泽东选集》和马列主义的著作,在理论上说不出一套来,可又不服输。他打哈哈地说：

"慕韩兄在给我们做哲学报告了,小弟才疏学浅,一时装不下这么多对立,统一,基础,观念等等名词,弄得我头昏脑胀。曲高和寡。可以不可以调调胃口,谈点大家容易懂的?"

"是你首先谈矛盾,谈生产力与生产关系,怎么说我做哲学报告?要是真有人做的话,不是别人,恰巧是我们的冯教授!"

"乖乖龙的咚,"冯永祥把脖子一缩,伸了伸舌头,嘻着嘴,说,"慕韩兄封我为教授了,以后工商界这碗饭吃不下去了,我可以教毛猴子去了。可是,我不像慕韩兄,连大学的门槛还没有跨过哩!"

"不要谈哲学了。"昨天史步云告诉江菊霞,今天民建分会要找几个人谈谈,要她早点来,大家有啥问题,散会以后就告诉他。她今天特别留心大家的讲话,默默地记在心里。不料半路杀出个程咬金,把话题扯开了。她不得不开口了,"哲学问题让那些教授去讲,我们还是谈工商界的实际问题吧。"

她一棍子打在两个人的头上,大家忍着痛,谁也不好承认。他们两个人当时也不好再开口。刚才马慕韩的话叫潘信诚听了很不舒服，正愁不好还手，江菊霞这一棍子打得使他心里舒坦了。他坐在当中沙发上，捧了她几句：

"江大姐究竟是在市面上混的人，懂得工商界的心理，也能抓住问题的要害。"

马慕韩朝上面望了潘信诚一眼，本想回他几句，一想到整个棉纺业联营问题和他的"联合国"路线，便舔了舔嘴唇，把嘴边的话吞了回去。宋其文知道潘信诚话里有文章，他怕再扯开去，民建的工作就谈不上了。他慌忙插上来说：

"中共现在提出过渡时期总路线和国家资本主义问题，我觉得是中共挽救了我们民族资产阶级。我刚到上海滩的辰光，还没有西藏路，那里是一条河滨，现在一直发展到愚园路，这个变化多大！几十年来，我亲眼看到上海滩上很多暴发户，一会抖了起来，红得发紫；一会倒了下去，臭得难闻；甚至于成了马路瘪三，到处讨饭吃。大鱼吃小鱼，小鱼吃虾，这就是上海工商界的缩影。可怜我们一点民族工业，不是给帝国主义挤垮，就是让官僚资本吞掉。工商界朋友走红运，顶多两代，我没看见第三代也走红运的。大家都知道我们上海工商界流传这么几句话：'有钱不传三代，第一代吃盐不吃醋，第二代光穿绸不穿布，第三代有了长衫没有裤。'政府此时此地提出国家资本主义是适时的，陈市长又指出个人有前途，地位和待遇又没有问题，我们还有啥顾虑的呢？在座都是民建分会的核心分子，今后对国家资本主义工作的推动，我们要负更大的责任。我们应该以私人的小利益服从国家的大利益。在民建内部要批评与自我批评，加强教育。这样民建成员才能在工商界起带头推动作用。问题已经很明确了，民主党派的眼睛都望着民建，也望着工商界，希望我们真正拿出事实来，不能只是空谈。"

宋其文讲完了，客厅里鸦雀无声。潘信诚感到情况不妙，他本来是来领领行情的，宋其文公然叫阵，要大家拿出事实来。看上去宋其文想用别人当垫脚石,爬上去当进步分子,这一着棘手。中共只谈路线和政策,而且再三强调稳步前进,从来没有要工商界拿出事实来。徐义德觉得形势紧张,他自命动作已经够快的了,史步云和马慕韩一回到上海,摸清底细,马上找江菊霞谈和大新印染厂联营的事,没料到宋其文竟然现在就要大家拿出事实来。他联系的几个方面还没有音讯哩,得赶紧催促一下。江菊霞也认为宋其文走快了一步,本来和史步云商量的今天不过是做点准备工作,好推动工商界,怎么要拿出事实来呢?在座的大半和棉纺业有关,宋其文是不是"将"棉纺业的"军"呢?她应该有所表示。接着一想,她表示啥?自己无产无业,能随便拿别人的企业做人情吗?就是讲了,也不派用场。这么看来,她在棉纺业也待不久了。那些巨头们的企业一合营,谁还会想到棉纺业有个江菊霞,曾经很卖力气工作过?金懋廉心里很坦然,私营行庄早就合营了,他说:

"其老的意见很对,民建这次要好好抓一下国家资本主义的工作,党派就要起核心作用啊!怎么抓法,无非从两个方面:一在工商界进一步做些宣传工作,一个拿点事实出来,可以给政府看看,我们工商界是真心诚意拥护过渡时期总路线的,同时,也让工商界看看,国家资本主义并不可怕,合营了反而比私营生产经营的情况好。"

冯永祥觉得宋其文不识时务,简直不了解工商界的真正思想情况,这么早催工商界拿出事实来,是和中共的精神不符合的。金懋廉更不识时务,私营行庄已经合营了,他再也没有顾虑,而且当上了公私合营联合银行的副总经理;地位和待遇也解决了,便在这里讲风凉话,实在可恶之极。他怕有人再接下去说,更不可收拾。他心想抓住马慕韩,便可以挡住了。他说:

"慕韩兄说得好,弄通思想并不容易,要经过曲折复杂的过程。这里面又有理论又有实际,真正是至理名言,记住了,一辈子也受用不完。懋廉兄说的两方面工作,目前应该走第一步,要把宣传工作做仔细,做深入,做到家,思想弄通了,别的事就好办了。事实就是样品,总要拿出来的。既然是样品,那就要弄得好一点,不然,要起坏作用。这件事体要慎重。"

金懋廉一听口气不对,宋其文的要求和冯永祥的意见对不上槽,冯永祥常和首长往来,估计冯永祥的意见接近政府的意图。他立刻说道:

"阿永的看法比我高明得多了,做好宣传工作,也就是思想工作,的确是十分重要的。"

马慕韩见冯永祥让了步,他也拉冯永祥一把:

"阿永这个意见确实很重要,现在应该以宣传教育为主,民建分会的作用,首先要在这方面显示出来!"他端起杯子来,慢慢喝茶。

宋其文想不到马慕韩也是这个意见。金懋廉非常油滑,附和自己两句,马上就倒向冯永祥那边去了。他扫了大家一眼,焦急地期待有人出来支持他的意见,等了一会,竟然没有一个人吭气的。他自己想再说一通,要是再没人答腔,那就更狼狈了。幸好马慕韩放下茶杯,继续往下说:

"不过,有些事体先酝酿酝酿也不妨。就拿我们棉纺业来说吧,有几位同业考虑先采取联营合并的形式,成立全业性增产节约委员会,筹备全业的公私合营,将来再过渡到国营。"他详细地把自己的想法以第三者的身份说出,给自己留个回旋的余地。他听冯永祥说,徐义德并不反对。江菊霞反映中小户也有这个要求,史步云比较好商量,只要潘信诚一点头,便有了九成把握。他今天把潘宏福请来,希望他能推动爸爸。最后,他说,"我觉得这倒是一个办法,你们以为怎么样?"

冯永祥首先赞成:

"慕韩兄这条'联合国'的路线简直妙不可酱油。"

"啥'联合国'的路线,祥兄?"柳惠光问。

"你还不了解慕韩兄的发明吗?且听我慢慢道来。"冯永祥说,"慕韩兄主张先全业联业,然后全业合营,最后全业国营,实在妙极了!这是一块新牌子;全行业联营合营。在上海,是首屈一指,在全国,也是只此一家。这张牌打出去,实在漂亮,一定轰动全国。这个事实拿出来,刮刮叫!"

"原来如此。"柳惠光点点头。

冯永祥曾经要江菊霞和史步云商量商量。中小户确实也有这样的要求。但是她不同意成立棉纺业增产节约委员会来领导这件事,现成的棉纺业公会为啥不可以承担起来呢?她慢条斯理地说:

"一般纱厂资方都希望同业公会领导,一起走国家资本主义高级形式的道路。至于走法问题,有各种意见。有的主张一拥而入,由政府和私营同业共同组织一个公私合营纺织公司,各私营厂可以把原有的生产资料加入作为股份,等到全体私营厂都加入了,便成为一个大规模的公私合营企业。加入公司时,所有股权的统一,产权的确定,设备的调整,人事的安排,都能彻底解决。也有的主张成立私营同业统一联营处,先私私联营,然后公私合营。他们说上车时买团体票,但不一定集体上车,可以有先后。不同条件的企业,可以从坐飞机、坐火车、乘轮船等各种不同的途径①,以不同速度,最后达到一个目的地。他们希望同业公会统一领导,认为各厂个别敲门不是办法,怎么敲法也不了解。"

马慕韩听她的话,心里冷了半截:小小江菊霞居然想和马慕韩争夺领导,这一定是史步云暗中支使的,否则她没有这么大的胆。她伸出头来也好,先听大家的口风,他不忙开腔。他睨视了潘宏福一眼,潘宏福坐在潘信诚的后面长靠椅上,今天显得特别沉着,稳

---

① 坐飞机指公私合营,坐火车指并厂,乘轮船指联营。

384

稳坐在那里,不大说话。

"'联合国'路线,这个想法好。"金懋廉说,"我们私营行庄也是全行业合营的,问题解决得彻底,对中小户也有帮助。我了解上海有些小厂,只有一两千锭子,单独合营根本不够条件,联营倒是一个办法。慕韩兄究竟是领袖人物,气派大,看得远,想得周到。中小户听到这个消息,一定很高兴。"

"那也不见得!"潘宏福在马慕韩的盼望中开口了。冯永祥向潘信诚探听对联营的意见,潘信诚没有表示态度,说这是个新问题,脑筋里从来没有考虑过,要好好想想。冯永祥走后,潘信诚对潘宏福说:马慕韩要坐轿子,想叫别人抬他。潘家坐惯轿子的,不是轿夫,从来不给人抬轿子的。潘家企业要合营,到时机自己单独会申请,不必劳马慕韩的神。今天来以前,潘信诚又再三嘱咐儿子讲话要小心,多听少说,不要乱开口。潘宏福遵守父命,心里憋得实在慌得不行,忍不住说了一句。他还想再说下去,潘信诚用胳臂碰了碰他。他只好把嘴紧紧闭上了。

潘信诚自己开口了:

"中小户的情况恐怕还是德公熟悉,他在区里经常和他们接近。"

徐义德现在并不准备讲话。因为潘氏父子在座,对马慕韩这个庞大的联营计划一定有意见的,他可以躲到第二线,冷眼看潘家和马家的一场好戏。潘信诚一点名,顿时把他推到最前线,无处躲避。他想了想,说:

"中小户的情况,多少了解一点,很不全面。各厂情况不同,问题相当复杂。永乐和聚丰合并以前,每厂一年赚二十亿到三十亿,合并以后,只赚十八亿。为啥?福利工资向高的方面看齐,开销反而比以前增加了。大同纱厂高经理说:'我们大同四个厂之间的关系也复杂,有些问题很难统一,私私合并的困难就可想象了。'高经理这段话很值得注意。不过,我个人倒认为:中小厂虽说关系复杂,但是不能因噎废食,有些困难,也不是不能解决,主要问题还在大户。上海私营厂靠近一百万纱锭,集中在几家大厂里,中小户数目不少,锭子有限,几个大户同意了,联营的事就差不多了。不知道我这点浅见对不对,请信老指教。"

潘信诚微微笑了笑:

"怎么要我指教?我整天蹲在家里,外面的行情不熟,还是听听大家的意见吧。"

柳惠光生怕得罪任何人,连忙声明:

"隔行如隔山,我对棉纺业是门外汉,只好听你们的高见了。"

他望着马慕韩。马慕韩的眼睛不断转动,想摸潘信诚的底。徐义德推到潘信诚身上,他以为可以看出苗头来了,不料又被潘信诚轻轻推到大家身上了。唐仲笙看出马慕韩焦急的神情,他出来帮了一手:

"看上去有两个问题,一个是大户的意见,一个是领导,是由同业公会统一领导好呢?还是成立增产节约委员会?特别是第一个问题解决了,全业联营的事就差不多了。我对棉纺业情形虽然不大了解,我倒赞成全业联营的好,气派大,造成声势,可以扩大影响。"

"全业联营的确是个好办法,各厂之间,条件不同,关系自然复杂,筹备时间可以尽量拉长一点,"冯永祥大声说道,"问题一个个解决,水到渠成,到火候再向政府提出合营,这样顺理成章。问题是大户,早两天我曾经登门拜访信老,谈起这件事,不了解信老这两天考虑得怎么样?"

潘信诚给冯永祥问得躲闪不开,而且把早两天谈的事也拉了出来,他没法回避了:

"这的确是件大事,能够办起来当然不坏,这么多的同业,联合起来,恐怕不大容易,不妨向各方面多酝酿酝酿。政府的态度还不大清楚,现在提出去全业合营,会不会引起政府误解,也可以考虑考虑。潘家企业合营是没有问题的。"

宋其文一听潘信诚的口气,深知弦不能拉得太紧,便站了起来,右手放在胸脯上,说:

"慕韩老弟建议很好,总算有点眉目了。信老说得对,要多方面酝酿酝酿,办事切忌草率。企业联营的事,我们机器业也可以酝酿酝酿。只要动起来,事情就好办了。棉纺业联营的事,就算我们民建分会提出来的,请慕韩老弟和江大姐共同负责,你们赞成哦?"

大家都赞成。冯永祥举起两只手来,说:

"我双手赞成!"

三十七

"我不给你打电话,你从来不给我打电话的,大概把我丢到九霄云外去了。"

"你不要冤枉人,我今天正想打电话给你,你的电话就来了。"

"那么巧啊?我不信。"

"我啥辰光给你说过假话?"徐义德好像一个天真烂漫的孩子忽然受了委屈,脸上显出有苦无处诉说的神情。他说,"你不知道吗?我家里不能打电话,厂里不能打电话,有时在这里也不能打电话,要在外边借电话打,从汽车里跳下来也不方便。"

"这里为啥不能打?"江菊霞指着沪江纱厂总管理处总经理写字台上的电话说,"只是你一个人,又是直线电话,怕啥?就是在厂里在家里打也没关系。"

"当然没有关系。我这个总经理室客人经常不断,家里厂里又闹得很,找个清静地方打,谈起来不是更亲切吗?"

"你总有歪道理,怎么也讲不过你。"

"这怎么是歪道理呢?"

"不打电话,为啥最近也不上我家里来呢?"

"我有空,你有时不在家;你在家,我有时又没空。上你那里去,时间短了,你又得说我啦:'屁股还没有坐热,又要走了,真是上海滩的要人啊!'是哦?"徐义德学江菊霞娇滴滴的腔调说。

"我多么想你,夜里做梦也梦见你。"她妩媚地嫣然一笑。

"现在不是又见到了吗?"

"这是啥地方?"她环顾一下总经理办公室的陈设:一张写字台,一套沙发,墙上挂着一幅唐伯虎的山水画,靠门那儿有个衣帽架,别的啥也没有,显得空旷而又单调,只是讨论生产计划的地方,而不是谈情说爱的处所。她说,"我也不是沪江纱厂的职员,到这里来给总经理报告工作。"

"我这里啥都可以谈。"徐义德想到一会梅佐贤要来,不能再扯谈了。他说,"这两天棉纺业联营计划进行得怎么样?"

"这是慕韩兄的空想。棉纺业全业联营,主意倒是好主意,就是这想法太天真了。上海棉纺业那么多的厂,又有潘信诚那样的巨头,谁有本事能统一起来?他想得真美妙,成立棉纺业增产节约委员会,不言而喻,这个委员会的主任委员当然是马慕韩。他梦想一个人独吞整个棉纺业合营的功劳。棉纺业的巨头谁也不是三岁娃娃,肯听他调度?你说得对,中小户虽多,但是好办,问题就在巨头身上。只要有一个大户不赞成,联营的事就别想成功!"

"你看潘信诚的态度怎么样?"

"那天他在民建讲的话已经看出苗头,冯永祥不识相,给马慕韩到处奔走,又找了潘信诚一趟,正面提出联营的事。你猜潘信诚怎么说?他不正面回答,只问同业有多少家赞成?多少家反对?要马慕韩把所有同业都谈妥了,再去找他最后商量。"

"这么说,有点眉目吗?"

"八字没有一撇——早着哩!潘家不表示态度,其他同业一定观望。潘信诚的行动就是我们棉纺业寒暑表。凡是他赞成的事,同业认为没有一个错,都跟着走。"

"这一点,我也有体会。"

"潘信诚不赞成的事,同业也不会举手,只有像马慕韩这样的人,自搞一套,根本不把潘信诚放在眼里。马慕韩要是决心做啥,谁也阻挡不了。这回联营,要集体行动,潘信诚再三不表示态度,其实也就是表了态度:不赞成。马慕韩就无可奈何了。"

"我也看出来潘信诚对联营没兴趣,以他在工商界的声望,当个副市长副部长也没问题,用不着拿联营来抬高政治地位。"

"就是这个话,"她赞赏地说,"你的眼睛真尖,看到马慕韩的心眼里去了。"

"史步老大概也不会赞成?"

"你哪能晓得?"

"他是上海工商联的主任委员,民建上海分会的主任委员,又是民建总会的副主任委员,"徐义德数着史步云的头衔,像是一个嘴馋的孩子站在丰盛的宴席前面垂涎三尺,不胜羡慕地说,"棉纺业联营,对他增加不了啥;不联营,也损失不了啥。马慕韩把联营弄成功了,最后还要算在工商联的账上,史步老领导得好。弄不成功呢?他没有出面,没有损失,所以,也不必反对。作为上海工商联的主任委员,把自己企业联营,而不是公私合营,那影响也不大好,我料想步老内心不会赞成的。"

江菊霞钦佩地望着他出神:怀疑坐在她旁边的不是徐义德,而是活生生的诸葛亮。史步云给她谈的话,极端机密,没有第二个人知道。她从来没有向徐义德透过一点风声,可是徐义德就像是参加谈话似的。她不好否认,也不能承认。她说:

"我表哥考虑的是担任了上海工商联的主任委员,企业啥辰光申请合营适当,要同市委统战部商量商量,自己不好随便做主。当然,他的企业一定要申请合营的,不过要找适当的时机。"

"这个考虑很对。"徐义德已经摸清了史步云的底盘,他很有把握地说,"马慕韩的如意算盘打不成功。全业联营,谈何容易!要是少数几家,谈得来,私私合营,相互帮助,那还比较容易。"

"那当然比联营容易得多了。"

"上海有不少厂,底子薄,设备不完全,技术落后,像五金工业,生产同一品种的厂,私私合营了,技术上有帮助,生产就有了发展,也引起政府的重视。这样可以从低级过渡到高级形式。"

"你的想法切合实际,比马慕韩的大计划要容易实现一点,不过也不是怎么容易。"

"'大新'的事,谈得怎么样?"

"最近我又和他们谈了一次,哎,"她摇摇头,两只手失望地放在大腿上,说,"他们认为分散生产,集中管理,没有好处,私私合营只是在各个企业之上另外加一个企业,除了容易接洽加工任务以外,经营管理上没有好处。因为各厂资资之间团结困难,劳劳之间问题复杂,工资平衡问题无法解决。私私合营后,单位多,增加机构,人事问题复杂,对生产的作用也不大。"

"这简直是把私私合营讲得一无是处了。这些问题是存在的,但也因厂因人而异。拿沪江来说吧,有党团工会领导,区委对我们厂也很重视,技术不必说了,我们的韩云程工程师在棉纺业是很有名气的。我们总管理处一向是管理几个厂,经营管理上,不是我在你面前吹牛,在上海是第一流的。我们几个厂合营了,总管理处事实上早已有了,不必另外再增加机构,人事问题也可以安排,大新的总经理可以担任总管理处的副总经理,仍然兼管大新。工资可以暂时不动,按照各厂原有工资发。至于讲到劳劳问题,更没有问题,我们厂里工会主席余静同志,她是老党员,解放前就在厂里领导工人斗争了,很有经验。劳劳之间有啥问题,她一出面,马上迎刃而解。我们几家一合营,生产一定可以发展,我敢打保票。"他像是对大新印染厂的总经理在讲话,说得面面俱到,只等对方点头。

"这些道理我全懂,我也容易接受你的意见。不过,我这个副经理是挂名的,做不了主。"

"最近聚丰毛织厂和兴华印染厂给我接头,也希望和沪江合营。我管沪江已经很吃力了,但是承朋友们看得起,要和沪江合营,我不好意思不考虑。"

"那当然,我要是有厂,也希望和沪江合营的。"

"兴华印染厂的规模比大新大,聚丰毛织厂印染部分小,赶不上他们生产上的需要,如果大新和兴华一道参加我们合营,那大家生产都可以发展。永恒纺织机器厂在上海是头块牌子,苏州泰利纱厂在江苏是有名的,他们都有意思要和沪江合营,看上去拒绝他们的要求怕不大好。如果都合营,那新的企业从纺织机器、棉纺、毛纺到印染都齐了,在上海这样的规模是不多的,发展一定很大,你说是哦?"他意味深长地看了她一眼。

她像是忽然触电一般,顿时血液都跑到她的脸上来了,脂粉虽然涂得很厚,也掩盖不住那一股红潮。她想起"大新"那些人脑筋顽固,看到徐义德渴望私私合营的神情,心里也万分焦急,蹙着淡淡的眉头,解释道:

"我也想到这一点,就是'大新'经理头脑顽固得像花岗石,拿斧头也劈不开。他只晓得保持他那点小天地,不要有任何风浪,也不希望有啥发展,简直是没有出息!"说到后来,她忍不住咬牙切齿了。"我可以再去说说,不过,希望怕不大。"

徐义德已经使出全身的力气。他看江菊霞也是认真想帮忙,便说:

"'大新'如果不愿意,也不必勉强,这桩事体要两厢情愿。"

"我再努把力试试。"她想起那天徐义德的话,如果'大新'和沪江等企业合营,他们两人以后往来更方便了,她的积极性更大了。她站了起来,说,"现在就去,有消息马上打电话给你。"

徐义德也站了起来,吻了她一下红潮还没有完全退去的腮巴子,送她到门口,说:

"我今天整个下午都在这里,等你的好消息。"

她的橐橐的高跟皮鞋声随着电梯下去的吱吱声消逝了不久,

梅佐贤笑嘻嘻的长方形的脸庞出现在徐总经理的面前了。他透过玳瑁边的散光眼镜,看到总经理圆脸上没有一丝笑容,知道刚才江菊霞来谈的消息不妙。他早就到总管理处来了,听说大新印染厂副经理在总经理办公室里,他就没有进来,在别的写字间里静静地恭候。徐义德一见了梅佐贤,他脸上就闪着笑意,因为梅佐贤一定给他带来了好消息。他坐在写字台的转椅上,让梅佐贤坐在那张紧靠着写字台前面的皮椅子上,小声地问道:

"聚丰的意见怎么样?"

"他们说聚丰是毛织厂,和棉纺厂合营在生产上相互没有帮助,还是找毛纺厂合营的好。"

"兴华呢?"

"兴华,"梅佐贤"喷"了一声,说,"兴华说沪江没有布机车间,合营对他们的好处不大,现在他们的生产已经忙不过来,再合营,更没有办法应付。"

"这些人真是死脑筋,一点事业心也没有,生产忙不过来,正好发展呀!"

"是呀,我也这么说,他们硬是不往这上面想,你看气人不气人!"

"那么,茂盛呢?这总该没有问题吧?"

"茂盛本来也不赞成私私合营,说私私合营是重床叠架,增加机器,分散生产,集中管理没有好处。……"

不等梅佐贤说完,徐义德生气地插了一句:

"又是这一套理论,活见鬼,这些人根本不懂得办企业!"

"我对他们说,中小型同性质的厂组织私私合营大有好处。过去,私私合营组织不健全,所以管理困难,好处不大。如果和沪江合营,以先进管理办法来订计划,规定各厂定额,把每个厂作为一个车间处理,组织生产,了解各厂生产情况,检查产品规格,与加工任务结合,改善经营,可以有计划发展生产。"

"你这话说得对。"

"茂盛纺织厂给我这么一说,同意合营了。"

徐义德松了一口气,说:

"真不容易,总算有了一点眉目。永恒几个股东意见一致了吗?"

"没有一致。每个股东肚里都有一把算盘,股份公司最不好办,东拉西扯,一个人一个意见,怎么也谈不拢。可是也谈不绝,拖拖拉拉。独资的企业倒干脆,成就成,不成就不成。永恒的事,一时很难理出个头绪来。"

"不管怎么样,我也是永恒的股东。他们再拖拖拉拉的话,我把那些小股东的股票都买过来,看他们还扯皮不扯皮?要末,与沪江合营;两条路由他们自己选一条,我不能再等了。"

"这个杀手锏好!要他们摊牌。"

"你明天再和那几个股东商量商量,不行的话,我这个董事长有权召开董事会,百分之五十一的股东可以和我站在一道,看他们还有啥闲话讲?"徐义德认为合营把握最大的是永恒纺织机器厂,竟然也有波折,使他气不可遏了。

"只要徐董事长出面,那一定马到成功!"

"我原先想好好交换意见,不必争得面红耳赤,大家面子上过不去。要是逼得我没办法,只好走这一着棋,不能怪我徐义德跋扈。"

"总经理已经是仁至义尽了,即使召开董事会决定,也是符合公司章程的。"

"不走这一着棋么,更好一些。"

"不是总经理要走,如果他们还扯皮,那是他们逼迫总经理走的。"

"就是永恒和茂盛参加我们合营,聚丰和兴华不参加,规模还是不大!"徐义德默默计算一下,离他十万锭子的宏伟计划还差很远哩。

"不是还有泰利纱厂吗?"

"写了信去,一直没有回信来,叫人放心不下。"

"好在苏州不远,需要的话,我跑一趟,当天就可以回来。"

"这两天应该有信来,要是再没有信来,下个星期你就跑一趟,……"

徐义德的话没讲完,泰利纱厂的信到了。他打开一看,对于他的宏伟计划恭维备至,一说到泰利的事,马上口气一变,急转直下,说"苏州属江苏管辖,如参加上海私私合营,则多有不便,一则江苏和苏州同时在酝酿公私合营之事,不向苏州与江苏申请,而与上海私营合营,恐引起当局误会;二则泰利为苏州大厂,当局十分重视,何时公私合营,亦为苏州工商界所注目,目前不宜私私合营;三则苏州与上海路途遥远,如私私合营,管理不便,领导困难。"总之一句话,泰利不参加徐义德的私私合营计划,最后客气地说"承蒙不弃,关怀敝厂,由于客观原因,未能如愿追随沪江左右,深表内疚,谨致谢忱"。徐义德失望地把信往梅佐贤面前一扔:

"信来了,讲了一大堆好话,就是不参加我们的合营。"

梅佐贤草草看了一遍,把信装好,摆出不屑理睬的神情,说:

"泰利是老厂,那些机器快老掉牙了,不合营也好,倒减少总经理的负担了。"

"是呀,"徐义德放声大笑,说,"这一来我倒感到轻松。泰利不愿意和沪江合营,也好,让它公私合营去,尝尝那种滋味,以后就会想起沪江了。"

"泰利太不讲交情了。他们有困难,哪次到上海来不是总经理帮的忙?现在难关渡过了,就翻脸不认人,以后有困难,就别想再找总经理了。"

"人家看清前途了,今后是公家的世界,怎么会找我呢?"徐义德估计十万纱锭的宏图不是一下子能够实现的。但是时间过得飞快,马慕韩又一个劲想全业联营,虽说前途暗礁很多,但马慕韩那样的小开,只要他想到的事,就做得出,决不管别人的。申请公私合营正是在个人地位上飞黄腾达的绝妙机会,不能轻轻错过。现在要抓紧大好时机,赶在别人的前头,一落后,申请公私合营的意义就要受到影响。就凭沪江和茂盛这点锭子,申请合营,在上海滩上是不容易打响的。何况私私合营还要有一个过程。时不再来,机不可失。他想了一个巧妙的主意,对梅佐贤说,"私私合营的事还得努把力,看上去一时不容易成功。我们也不能坐等。政府提出总路线和国家资本主义,我们总要表示一下才好。沪江要等私私合营好了才好提,我想,先把信孚记花行申请合营,你看怎么样?"

"这一着棋走得绝。信孚记花行是商业,和沪江搭配不上。最近营业清淡,合营得好,也可以摸摸政府合营的底盘。"

"那你就代我拟一个申请书,要写得恳切一点。"

徐义德离开写字台,让梅佐贤坐下去写。他坐到沙发上,抽着烟,在想申请书应有的内容,边想边告诉梅佐贤。梅佐贤根据他的授意,很快就写好了。他看了一遍,改了几个字。申请书往哪里送?送给区里,没有影响;送给市里,区里会有意见,他想了一个两全其美的办法。那申请书是这样写的:

> 自从国家宣布过渡时期总路线总任务之后,我们经过了学习和讨论,深深体会到逐步实现国家社会主义工业化和对私营工商业的社会主义改造,是不可分离的两个方面,同时听到首长的报告和看到许多具体的事例以后,更深深地认识到国家资本主义的优越性。上海棉纺工业五年来的实践证明了

这一点。

　　信孚记花行为了使企业和个人都得到社会主义改造,对发展生产更为有利,对国家经济建设贡献更多的力量,自觉自愿争取公私合营,向政府表明愿望,在政府的需要和可能条件下,进行协商公私合营有关的具体问题。谨呈书面申请奉达。
敬请
指示。此上
长宁区增产节约委员会并转
中共上海市委统战部
　　　　　　信孚记花行经理徐义德
　　　　　　　一九五四年×月×日

　　梅佐贤拿到隔壁房间要打字员打三份。徐义德留一份存档,在另外两份上盖了图章,交给梅佐贤说:

"这两份派专人分送出去。"

"明天一早就办。"

三十八

　　南京路马霍路口上,有一个高大的钟楼,人们从很远的地方就看到它。它准确地向人们报告时刻,一分钟也不差误。这是大英租界跑马厅留下来的遗迹。它是上海历史的见证人。它曾经看到洋人强占中国的领土,耀武扬威,连个小小的跑马厅,一般华人也不能入内。它也看到上海的解放,一百万人在这里游行,庆祝新中国这个婴儿的诞生。现在跑马厅成了人民公园,中国人可以在里面自由地走来走去。原先是一片开阔的平地,现在山丘起伏,错落有致,郁郁苍苍的树木更叫你一眼望不到尽头。三面又给一条碧澄澄的小河围绕,公园中心便成了一个半岛。半岛通过朱红栏杆的木桥和外边的煤渣走道连起,游人穿梭般的走来走去。河边柳树枝头的淡淡的绿芽在春风里愉快地轻轻飘荡。春天早已悄悄地来到了上海。

　　正对人民公园有一座深紫色的二十四层的大楼,直冲云霄,跑马厅的钟楼和附近的高楼仿佛都在它的脚下。它像是一个高大无比的巨人似的,傲岸地俯视着整个上海。一到夜晚,在所有的霓虹灯之上,茫茫夜空中有一个霓虹灯更高,也最显眼,远远就看到闪耀着的四个红字:国际饭店。天还没有完全黑下来,二十四层楼里的电灯都亮了,像苍天上的繁星点点。第十四层楼的灯光特别亮,那刺眼的亮光吸引了过往行人的注意。

　　今天晚上十四层楼显得特别活跃,靠南京路那边的一间餐厅,给马慕韩包了下来。房间外边的那一排桌子也给福建漆制的屏风隔开。客人来了,先在外面喝茶,抽烟,聊天,等客人到齐了,才走进里面那间餐厅,大家在一张西餐台子前面坐下。席次由马慕韩和冯永祥精心推敲过:马慕韩的主人席位安排在上面当中位置上,右边是潘信诚,左边是宋其文,冯永祥坐在对面第二主人席位上,右边是江菊霞,左边是金懋廉,潘宏福、唐仲笙、徐义德和柳惠光他们依次坐在上下两边。

雪白的台布上整整齐齐地摆着一副副闪闪发光的刀叉,刀叉之间是一盘盘丰盛的中国式冷盘,盘子前面摆着三个亮晶晶的高低不同的酒杯。在台子当中摆着一瓶红色的康乃馨。马慕韩指着那瓶花说:

"这花遮住视线,不如拿掉的好。"

"对,"冯永祥应了一声,他采了一朵娇艳的康乃馨别在江菊霞黑丝绒旗袍的大襟上,说,"这么一来,江大姐就漂亮了。"

"阿永,你这话可说错了。江大姐原来就很漂亮,"金懋廉打趣地说,"她并不因为这朵花才显得漂亮。"

"懋廉兄的话对。我刚才失言了。小生罪该万死,江大姐,千万请你原谅。"

"你少说废话,我就原谅你。"江菊霞瞪了他一眼。

"话不可多说,但是,也不可不说,要恰到好处,不多不少,适可而止。"冯永祥对着面前的冷盘摇了一摇头。

马慕韩怕江菊霞再反攻,他对冯永祥说:

"现在正好。今天步老自己请他同乡吃饭,不然,步老来了,就更热闹了。"

"步老虽然没来,可是他派了特命全权代表来了。"

"谁?"柳惠光四处张望,奇怪这样的大人物来了,主人怎么没有给他介绍呢?他问冯永祥。

"诸位大概还不认识,让我来给诸位介绍介绍……"

冯永祥站起来，江菊霞拉着他的西装袖子，按他坐下，嗔怒地说：

"又说废话了！"

"那么，我不介绍了，你自我介绍吧。"

江菊霞真的站了起来，但不是自我介绍，她端起装满通化红葡萄酒的高脚玻璃杯子，对着马慕韩说：

"今天是慕韩兄大喜之日，我建议大家敬一杯，祝贺兴盛纱厂公私合营。"

大家举杯站了起来，最后一个站起来的是潘信诚。

马慕韩没有和史步云商量商量，也没有和潘信诚交换意见，更没有告诉徐义德，兴盛纱厂就向中共上海市委申请公私合营。政府宣布十四家工厂实行公私合营，其中便有兴盛纱厂，兴盛纱厂已经签订了协议，正式合营，昨天开了公私合营大会。今天马慕韩请客，一方面和老朋友叙叙，一方面也有庆祝企业合营的意思。潘信诚对于马慕韩这个惊人举动，有一肚子牢骚。五反运动辰光，马慕韩在纺织染整加工组带头坦白，冲垮棉纺业的防线，潘信诚至今还有余痛；现在国家提出国家资本主义的问题，马慕韩又抢了先，连招呼也不打一声，实在叫人寒心。马慕韩走到前面去了，史家和潘家也不好落后，无形之中加速了私营工商业社会主义改造的速度。潘家跟进吧，无论如何总落后了一步，人家总以为是受马家的影响。马家的影响？天晓得！潘家自有主张，从来不跟在别人的屁股后头转的。但是，晚了一步这个形势很难改变了。潘信诚本来不想来的，因为马慕韩亲自打了电话来，同时，他也想了解了解合营的情况，就答应来了。潘宏福听说兴盛已经批准了，心里怦怦直跳，不满意父亲老成持重，没有申请合营。他不敢直接提出意见，怕父亲骂他。他委婉曲折地说，如果通达纺织公司也申请合营的话，可能也是十四个厂里的一个，就不让兴盛纱厂专美于前了。现在申请还来得及,再迟,就更落后了。父亲不以为然,要潘宏福不要向马慕韩这些人学。马慕韩是公子哥儿,不是自己创业,不知道创业的艰难。他逞强好胜,只图虚名,一心想做官,出风头,把啥都忘记了,哪里知道他父亲当年怎么苦心经营,风里来雨里去,才挣下这份家业。他父亲指望他承继祖业,发扬光大,谁料到他双手捧出送人,而且是满不在乎,毫不心痛。真正是岂有此理。潘信诚说,如果他有这样的儿子,就是死了,在棺材里也要骂这个不肖的畜生!潘宏福说公私合营也不等于双手捧出送人,还有股息可拿哩!潘信诚啐了儿子一口:企业在自己手里好呢,还是在别人的手里好?那点股息算了啥!个人企业的利润可以全部上自己的荷包里!潘宏福不敢再往下说,潘信诚的气一时也消不掉。父子两个坐在汽车里,一句话也没说。潘宏福的席位正好排在潘信诚的紧右边,他见大家都站了起来,父亲稳稳地坐在那里不动,那叫马慕韩下不了台,便用左脚碰了碰父亲的右脚。潘信诚慢慢站了起来,左手按着桌子,右手颤抖地端起酒杯,笑嘻嘻地说:

"人老了,不中用了,连敬酒也落后了。"

"信老年纪比我大,"宋其文说,"精神可比我足。"

"这一阵也不行了。"

"来,来来,大家干一杯!"江菊霞举着酒杯向大家示意,然后给马慕韩的杯子碰了一下,说,"兴盛这次批准合营,等于中了头彩。慕韩兄,恭喜你!"

在一片恭喜声中,大家干了杯。

马慕韩今天特别兴奋,喝了一杯酒下去,更是容光焕发,神采奕奕。他的棉纺业全业大联营的宏伟计划,在进行期间,遇到不可越过的暗礁,一是史家,一是潘家。史步云要江菊霞透露,由于处在工商联主任委员的地位,他的企业不好轻易联营,要看中共上海市委统战部的意见,彬彬有礼地关了门。潘信诚虽然没有直接拒

401

绝,但是他那个条件:要等棉纺同业都同意了他才考虑,这是另一种方式拒绝。如果潘信诚赞成了,很多同业会跟进的,说不定史步云也会考虑。徐义德虽说答应了,但是并不积极,谁知道铁算盘在背后搞啥鬼名堂哩!宋其文要他和江菊霞筹划棉纺全业联营的事,两个人同床异梦,各有各的打算。江菊霞不但不帮忙,而且在拉同业要求公会出面领导,简直是自吹自擂。她想马慕韩抬她上台,那不是白日做梦吗?他看到困难重重,形势不妙。冯永祥又说已经有几家厂申请公私合营了。他一个人在家里整整思考了一个晚上,认为目前是千载难得的良好机会,虽然有几家厂申请了,可是政府还没有批准。他要在公私合营企业当中做个典型,用具体行动响应政府的号召。他嫌别人说空话,他要像宋其文所说的那样:拿出事实来。他一申请,上海党和政府的首长马上就会知道,说不定中央首长也会知道哩。这样,他在工商界里讲话更有力量,因此,也更有地位。否则,他在上海工商界,总是给那几个"老老"压在头上,一辈子也不能出人头地。他和股东商量了,也和厂里代理人交换过意见,大家都赞成他的主张。他又约了唐仲笙和冯永祥到家里来研究。冯永祥不赞成,认为他有点性急,沉不住气;像他这样有地位的进步工商业家,不必抢先。企业联营的事也不是完全绝望,史家和潘家还可以进一步磋商,徐义德是不成问题的。冯永祥拍胸脯打保票,那口气,仿佛沪江纺织厂就是他开的。唐仲笙以为可以再看看,即使要申请,也可以推迟一个时期。马慕韩坚决要马上申请,唐仲笙暂时改了口,认为马上申请也是一个做法,棋先一着,对推动工商界社会主义改造有一定的作用。冯永祥看马慕韩的决心不可动摇,旋即支持他申请了。今天马慕韩请客也是冯永祥建议的,因为他申请以前不愿意和史家商量,并且要唐仲笙和冯永祥替他保密。现在兴盛公私合营已经完成,不用再保密了,全上海工商界都知道了,是马慕韩出面拉一把的时机。马慕韩

干了杯,坐下来说:

"谢谢各位。早就想请各位聚聚,也想去看看步老、信老,商量商量合营的事。这一阵尽忙着厂里的事,竟抽不出身来,一直拖到今天,才抽时间来和各位叙叙。"

"兴盛合营,你做主就行了,用不着和我商量。"潘信诚对马慕韩说,"倒是步老那方面需要打一个招呼,他是工商联的主委,和令尊也是至交,他一向对你很关心的。"

"步老那边,提倒是提过,不过不具体。"

"在座知道兴盛过去的人也很多,步老肚里可是一清二楚。令尊年轻的辰光在一个钱庄当学徒,做事勤恳,讨了老板的欢喜,慢慢提拔他,收入增加了,他又省食俭用,手里积蓄了一些钱。第一次世界大战时期他靠朋友帮忙,才开办了兴盛纱厂,开头不过两三千锭子。令尊锱铢必计,一个小钱也不肯乱花,全放在企业上。他忙了一辈子,花了不知几许心血,兴盛才有现在的规模。他指望慕韩老弟接办他的企业,仍然继续发展下去,没料到今天已经合营了。"潘信诚不胜感慨地叹息一声。

潘信诚虽然是客观叙述,可是那意思是很明显的。马慕韩听得不禁低下了头,好像潘信诚就是他死去了五年的严父一样,和缓的语句里含蓄着严峻的申斥,感叹的情绪里又充满了亲切的慈爱。他的心头有一股暖流通过,鼻子一酸,眼睛闪着泪光。他竭力噙住眼泪,悄悄地用手绢拭了拭,说:

"哎哟,我的眼睛里有啥物事!"

唐仲笙坐在宋其文的左边,他知道潘信诚一番话说动了马慕韩。他机警地站了起来,走到马慕韩面前,说:

"大概是灰,我给你一吹就好了。"

唐仲笙真的对着他的眼睛吹了吹,然后又用马慕韩的手绢把泪水拭干,说:

"现在是不是好一点了？"

马慕韩闭了闭眼睛，又用手绢拭了拭，安定了内心激动的情绪，慢慢地说：

"好多了。"

"令尊晓得兴盛合营了，我想，也会高兴的。"宋其文不同意潘信诚那番话。他说，"一个人在旧社会孤身奋斗，熬出头来的是少数，多数是默默无闻，劳碌一生，还是在别人手下混碗饭吃。就是熬出头来的，也不清楚自己的吉凶祸福，说不定啥辰光栽个筋斗，弄得企业倒闭，身败名裂，子孙流落街头，食不饱腹，衣不蔽体。现在企业公私合营，有了保证，到时拿股息，再也没有风险，也不必为子孙担忧。令尊为人，我是了解的，一生谨慎，从不走险路，一定赞成合营的。可惜他过世太早，没有看到上海的新气象，也没有看到新中国这样强大！"

"令尊要是参加今天的宴会，那一定很有意思。"潘信诚看了宋其文一眼，那眼光的意思是：你宋其文怎么可以代表别人讲话呢？你了解马慕韩老太爷的为人，难道潘信诚就不知道吗？笑话！他说，"我同令尊是多年的老朋友了，他的为人多少我也知道一些。我一看到你，就想到他了。刚才喝了一杯，就又想起他来了。兴盛合营当然是好事，没有一个人不赞成的。"

"那么，我们再干一杯。"金懋廉看见潘信诚和宋其文针锋相对，怕发展下去，弄得不欢而散。潘信诚既然自己出来圆场，他便扶他下台阶。

金懋廉和潘信诚给马慕韩干了一杯。

马慕韩得到宋其文的暗中支持，他心里越发安定了。他看到对面跑马厅钟楼上的钟在茫茫的夜空中闪耀着亮光，它南面的那一排看台，黑魆魆地看不清楚；隐没在郁郁苍苍的树荫下的煤渣路，给电灯一照，隐隐可见。当年赛马，骑士们就在煤渣路上奔驰，一匹匹马旋风也似的飞奔而去,一匹快似一匹,最先到达的马受到全场的人热烈的欢呼。骑士摆手致意,马也昂首,好像答谢。马慕韩说:

"其老说得好。我父亲在世的话,我想,他老人家也一定赞成合营的。这次合营,比如赛马,大家都要参加比赛的,我很高兴自己跑了头马,先到了一步,这是个人从事企业经营以来,最愉快的一件事体。合营之后,我下车间,职工拿我当作企业干部看待,国营企业有点技术的保密文件也可以看到,不但劳资关系改善了,公私关系也有很大的不同。过去工作,不但责任重大,而且劳资双方各顾各,十分话只说七分,现在是有啥说啥,劳资之间的隔阂,可以说消除了,国家资本主义确实是改造资本主义企业的一条正确道路。过去,我只是在理论上觉得是一条正确道路,企业合营,有了亲身体会,在实践中证明了这是一条正确道路。其老说,拿出事实来,我现在有了进一步的体会,对资本主义工商业进行社会主义改造这条道路肯定是要走的。只是时间迟早问题,而我们这些人当中,总要有些人先走一步,一方面取得经验,今后做得更好点;一方面也是我们民建成员做个样子,好推动推动工商界,对不起诸位,兄弟先走了一步!"

"慕韩兄走得对,走路总有先后的,与其别人先走,不如我们民建成员先走。特别是慕韩兄,以民建上海分会负责人的身份先走了一步,那对工商界的影响是巨大的。"冯永祥接着又补充了一句,"这也是信老、其老领导的功劳。"

"无功不受禄,我对民建的事很少过问,"潘信诚摇摇头说,"要讲领导的功劳,那是步老和其老的事。"

"你太客气了,"宋其文并不推让,但是他把潘信诚拉住,说,"民建上海分会的大事,哪一件少了你。你见过大场面,经历过大风大浪,办过大事业。平常对民建的事虽不大过问,但是重要关头,你讲这么几句,可是派用场啊,信老。"

"那些已是过去的事了,现在精力不济,单是通达的事就照顾不过来,交给孩子们去经营,我也很少过问。民建的事,更无力照顾了。民建分会倒是有成绩,可不是我潘某人的,我不过是滥竽充数,挂个空名罢了。在你领导之下,出力最多的是慕韩老弟和阿永他们。"

"我也没有啥领导,全是他们做的。我不过是跟着大伙一道走走罢了。"

"做个带路人就很不容易了,这次慕韩兄在接受社会主义改造方面也带了路,"唐仲笙说,"是上海工商界的光荣。"

"这一次人事安排怎么样?"柳惠光对于公私合营倒没有意见,焦急的是个人的前途。

一提到人事安排,马慕韩左顾右盼,洋洋得意,兴高采烈地说:

"政府要我们先提意见。我想了想,合营企业从来没有办过,许多问题都是新的,没有经验,不好处理,不如请公方代表担任总经理,我当个副手,可以从旁学习学习。你们猜,结果怎么样?"

"慕韩兄仍然是总经理,"金懋廉说,"公方代表担任了副职。"

"你哪能晓得的?"马慕韩有点奇怪。

"政府向来就说:量才使用,以慕韩兄的才干当然非总经理莫属。"

"也正如公私合营银行的副总经理非老兄莫属一样。"这是冯永祥的声音。他说完了,用叉子叉起冷盘里一块鸭翅膀在细细咀嚼。

"厂里其它私股人事一般照旧,原职原薪,大家都很安心,感到满意。"

"没有一点变动吗?"柳惠光有点不大相信,问马慕韩,"那些老弱的和没有技能的也是原职原薪吗?"

"一般的都没有动,就是老弱和没有技能的也安排了其它工作。"

"这么说,大家都很满意,不必担忧了。"

"人事安排未公布以前,老实说,厂里职员和资方代理人是有些波动的,就拿我个人说吧,当时情绪也不安定的。公布了,大家喜出望外。"

"共产党这个好:讲得到做得到。"柳惠光也喜出望外,他安心地吃冷盘里黄腻腻的色拉。

徐义德听到兴盛批准合营,心里一半羡慕,一半嫉妒。马慕韩办事的决心真大,行动也十分迅速,真的是迅雷不及掩耳,等他听到消息,兴盛已经在开公私合营大会了。他后悔这一阵尽顾在筹划那个小规模私私合营的事,十万锭子的计划没有实现,市里的行情也闭塞得很,真是弯扁担打蛇——两头脱空。现在马慕韩一举成名,工商界无人不知,党和政府首长也一定要嘉奖兴盛,马慕韩的地位显著提高了。他十万锭子计划就是现在凑齐,也远远落后了。信孚记花行这着棋显然也没有走对,区里增产节约委员会和市委统战部根本没有答复,这次政府批准的合营企业中榜上无名。没有批准也好,说明不是徐义德不申请,信孚记花行再私营几年也不错啊。马慕韩把公私合营说得那么好,他不大相信,至少是只说好的一面,坏的一面没提。他说:

"公私合营有百利,但也有一弊,就怕派个'土包子'当公方代表。一切都要接受国营和公方领导,这个公方代表要是外行,或者意见不对,不照办吧,不好;照办吧,对企业也不好。派到兴盛的公方代表怎么样?"

他以为马慕韩没有提公方代表的事,一定是哑巴吃黄连,有苦说不出。马慕韩说:

"派到兴盛来的公方代表,原来是国棉二厂的党委书记,头寸不小。他担任副职以后,上午八点上班,晚上还下车间,每天要工作到十点才下班,精神实在可佩。"

徐义德无话可说,也无法挑剔,只好恭维道:

"这是慕韩兄的幸运,遇到这么一个有经验有地位的公方代表。"

宋其文也暗中申请了合营,可是这一次批准的十四家工厂名单中,没有他的企业的名字。他内心焦急,不知道是啥原因。眼看着一切荣誉都由马慕韩独占,他深深感到他背后有年轻人在跑步追来,幸好史步云和潘信诚还没有动静,不然,他要在社会主义改造的大道上掉队了。他申请了,而政府不批准,一定是企业的条件不够,规模小,或者是他意想不到的原因。但宋其文不应该落在别人的后面。他借着徐义德的话,在给自己解释道:

"国家干部和资金都还不够,合营工作一定要分批分类进行,不能性急,要按部就班。政府这次没有考虑我的企业合营,也许与国际宣传有关。不久以前,有位外国记者访问我,就问我的企业是合营还是私营。我的厂虽小,但解放以来,也添置不少设备。在私营工厂中,有这样发展的,我厂可算是数一数二的了。"

冯永祥暗中吃了一惊:宋其文也申请合营了,办得比马慕韩更机密,要不是他自己透露出来,连冯永祥也不知道哩。他接过去说:

"党中央早就说了,要逐步进行社会主义改造。陈市长也说实行国家资本主义是稳步的,不会太快,也不会搞乱。性急的确没有用。上海工作一向是稳的,公私合私一定和'五反'一样,要比全国各省市还要慢一点晚一点,江苏、浙江这次跑得快了一些,这并不符合中央的要求。"

"阿永的话有道理。"潘信诚点了点头,说,"工商界对通达揣测很多,认为企业大,潘家几个人又是上层代表人物,应该先走一步。

但事实上并不如此简单,大企业有他的复杂的情况,通达不一定要跑在前头,许多条件还有待创造;如必须将无限公司在合营前改为有限公司,盘点物资,清理账册,订好年度生产计划,健全与建立各项制度。创造条件的各项工作目标与方向,尺度应与国营相比,至少也得在公私合营与国营之间才好。同业有的认为棉纺业公私合营是肯定的,只是时间与方式的问题,我个人倒以为创造条件,搞好生产是问题的关键。棉纺业各厂情况不同,所走的道路不可同日而语。各厂应该根据具体条件,从实际出发,来选择自己的道路。"

他一口气讲了这么多,感到有点累了,低下头去,用调羹舀了几勺乳油鸡蓉汤喝。潘宏福借这个空隙给父亲做了补充:

"我父亲一向眼光远大,凡事都希望比别人早走一步,我们庆丰面粉厂因情况不好,怕把包袱丢给国家,愿意暂缓合营。通达一些厂营业情况比较好,愿意公私合营,作个试验品,但是要创造条件,搞好生产,所以现在还没有申请。通达合营是肯定的,争取过急了,我们怕人家误会。"

"信老办事谨慎周密,合营以前创造条件,搞好生产,十二万分的必要。"冯永祥喝了一杯白兰地后,面孔有点发热,讲话也随之激动。他说,"宏福老弟的顾虑也是对的,私营企业要公私合营是肯定的,如果争取过急,的确容易引起误会。这一次申请的,何止十四家,政府批准的却只有十四家,可见政府还是在稳字上做文章,性急不得也。我们工商界也要掌握一个稳字。"

马慕韩自己跑了头马,但并不希望别的马都不开步走。要万马奔腾,才能显出头马的雄姿,也才能表现他在工商界带头的进步作用。他今天接受冯永祥的建议请客,本来也有推动几个核心人物的意思,不料冯永祥和他的意图相反,公然伸出手来拉住别人的马头,并且口气俨然代表政府,那影响更是深远。他不露痕迹地点破道:

"中央的确讲过实行国家资本主义要稳步前进,陈市长也提到稳步两个字,并且说不会太快。但是我们要善于体会党的精神。就拿稳步前进四个字来说吧,我们工商界要特别注意前进两个字,不能踏步不前。陈市长说不会太快,也不是太慢的意思。从这次批准十四家工厂来看,政府已经开始排队点名了。干部和资金虽是个问题,但政府解决起来也快得很。大家想想刚解放的辰光,全国那么多的新地区,要多少重要干部?中央都有办法解决,公私合营这点干部就没法解决吗?资金更没有问题,现在国家手里拥有的资金,不晓得有多少,何况还有一大笔'五反'退补的欠款哩!我倒以为,我们民建成员,特别是我们核心分子应该积极争取合营,不要观望,更不要在稳步上动脑筋。如果民建核心分子的企业合营落在别人后头,恐怕不大光彩!"

冯永祥听马慕韩这些话,脸涨得通红。他想批驳这位小开,可是马慕韩讲得头头是道,有凭有据,一时无法驳倒。他喝得有点醉意,醉眼蒙眬地望着马慕韩说:

"我们民建核心分子当然要争取合营,而且应该比一般工商界早走一步。我说的'稳'字,里面就包括了前进的意思。啥叫稳步呢?就是稳重地一步一步走。我和慕韩兄体会党的精神是完全一致的。"

唐仲笙心里完全赞成马慕韩的看法,但他不敢正面反对冯永祥的意见。冯永祥自己暗中让了步,他就大胆支持马慕韩了:

"我同意慕韩兄的分析。工商界现在已经动了起来,华中橡胶厂本来对合营不肯表示态度,最近看到永发橡胶厂合营之后,不但生产情况好转,而且胶鞋加工任务比华中高百分之十一点五,原来永发比华中低百分之十八点七,前后相差百分之三十点二,现在华中也表示要合营了。烟兑业要求整个行业委托代销,接受社会主义改造。"

"三大祥也动了,我听说协大祥绸布庄老板已经和信大祥、宝大祥老板交换意见,准备联合争取合营。"江菊霞最近常到市面走动,也到工商联去转转,特别留心合营的事。她手里拿着一块油炸童子鸡腿,一边细细啃着,一边慢吞吞地说,"鹤鸣鞋帽商店等三十多家小商店,也向市工商行政管理局提出公私合营的要求。"

金懋廉的消息更灵通,他说:

"盐商业、酱酒业、蔬菜地货业、颜料杂货业和棉布批发商业都提出了要求整个行业担任专业代理或委托代销,商业资本家中接受社会主义的改造也很积极。"

柳惠光听了这些消息,心头怦怦直跳。他拿不定主意,利华药房该不该提出合营的要求。潘信诚的眼睛慢慢闭上,仿佛是闭目养神,这些消息引不起他的兴趣。潘宏福内心十分焦急,他怕通达太落后了,真的像马慕韩说的潘家在工商界不大光彩。可是坐在他左边的父亲却默默不语,他不好随便开口。宋其文比潘宏福还焦急,他是民建上海分会的负责人之一,在民主革命中他总是走在别人的前头的,他准备最近再向市委统战部的干部表示争取早点合营的愿望,从侧面催促一下。徐义德坐在江菊霞的右边,他非常沉着,认为那些商业资本家不过是表表态度罢了,想了解政府对商业进行社会主义改造的底盘,并不是真的想马上公私合营。他心里笃定泰山,念念不忘他那十万锭子的宏伟计划。听到这些消息,真正兴奋的是马慕韩,他非常得意上海工商界真正动了起来,而在上海工商界最前列的是马慕韩。他站了起来,举着酒杯,激动地说:

"听了这些消息,真叫人兴奋。来,大家举杯,为上海工商界稳步前进而干杯!"他把"前进"两个字说得特别重而有力。

大家站起来以后,冯永祥才懒洋洋地站了起来,醉醺醺地说:

"好,为稳步前进而干杯!"他把"稳步"两个字说得特别重而有力。

三十九

夏世富对于福源钱庄那笔一亿三千万质押借款的材料记得清清楚楚,和信通银行一亿五千万质押借款一样:氯化钾冒充消治龙。他那天说是记忆不好,其实是搪塞童进和叶积善。他回到家里一想,感到事体不妙,叶积善已经点出来这笔借款是经他的手,怎么能够推脱出去?已经拖延了很久,童进催得那么紧,也不好再拖了。他们很可能从福源钱庄那边得到了真实的材料,只要拿点药出来一化验,马上真相大白。现在要他写份材料,一定是试试他的心。他正好利用这个机会表白一番,不能再迟疑了。第二天早上,他很快写好了这份材料,只用了一片纸头,看了一遍,准备送给童进。那张白纸在他的手上分量越来越重,竟好像千斤,那只手拿不动了。一亿三千万呀!这不是小数目。夏世富经的手,朱延年有罪,他脱了干系吗?这不但是检举朱延年,也是检举夏世富啊!他哪能检举自己?朱延年知道了会报复的。他望着那张白纸退了回来。快上班了,他不能在家里再呆下去。进了福佑药房,童进一定会催问,不交怎么好呢?自己不写,看样子童进他们早知道了,不会放过他的。好在朱延年关在提篮桥,一时大概不会出来,只要童进他们不讲,朱延年也不会知道这件事的。他硬着头皮把材料交给了童进。

童进收到了夏世富的材料,转给福佑药房五人专案小组组长黄仲林。黄仲林代表区增产节约委员会领导五人专案小组,上海市法院和中国医药公司上海采购供应站也派了代表参加小组。小

组的工作迅速展开,进行得很顺利。黄仲林抬起头来对叶积善微笑地说:

"你准备好了吗?"

"我准备倒很容易,行李也很简单,只是店里的事……"叶积善望了望 X 光器械部门外的那一排栏杆。

"你放心不下?"

"是的。"

"今天中国医药公司上海采购供应站又打电话来催了,希望你这一两天就到利华药房去。"

"过两天可以不可以?"

"当然可以。你原来不是有点焦急吗?现在怎么又不急了呢?"

叶积善的眼睛里露出惊异的眼光:黄仲林怎么知道他的心事呢?早两天夏亚宾由中国医药公司上海采购供应站分配到上海医疗器械厂当技师,他按捺不住内心的焦急,低低向童进倾吐:采购供应站已经开始安排店里职工的工作了。我们的工作要等到啥辰光才分配呢?夏亚宾到医疗器械厂去再理想也不过了,正好可以发挥他的所长,他自己连做梦也没有想到会去这个厂里工作。用他的话来讲,朱延年出了事,他反而因祸得福,上海医疗器械厂要比福佑药房好得多啊。岂止好得多,简直是天上地下。人民政府想得真周到,给他找到了这个理想的地方。叶积善羡慕地流露出焦急。童进却很笃定。他知道人民政府不会单独分配夏亚宾工作,对福佑的店员一定会有统一的安排。他要叶积善安心做好五人专案小组的工作。出乎叶积善的意料之外,童进昨晚上告诉他:组织上已经安排他到利华药房工作。他一时竟愣住了,好消息来得这么快!半晌,他才慢慢冷静下来,问是不是真的。童进反问啥辰光和他开过玩笑?他嘻着嘴笑开了,一把把童进抱起,大声地说:"这再好也没有了。"他隐藏着内心的喜悦,照往常一样在准备五人专案小组的工作。他的心事只有童进一个人知道,黄仲林怎么会知道的呢?一定是童进汇报的,他腼腆地说:

"夏亚宾分配工作以后,我心里确实有点急。现在工作找到了,我不再急了。我想等五人专案小组结束了再去。"

"那要等到啥辰光?"

"该快了吧?"

"这很难讲,也许很快,也许很慢。"

"大概要到啥辰光?"

"我们争取快些,但要准备慢些。利华那边等着人用,你还是早点去的好。"

"我是五人专案小组组员,工作没有结束,我怎么能够走呢?"

"可以先去利华报到,小组有事,再找你回来。"

叶积善没有再说下去。工作的责任心叫他不忍马上离开,组长的意见又使他不好留下,他正在进退维谷,童进走进了X光器械部。黄仲林看着童进手里捧着一大堆材料,关心地问:

"资产负债的材料弄好了吗?"

"总算弄出一个初稿了。先向你汇报一下,要是没有意见,准备重复算一遍。"

"那好吧,我们坐下来谈谈。"

黄仲林听完童进详详细细谈了账面情况,满意地说:

"我看这样可以了。你再复算一遍,誊清出来,一式两份,一份送到区增产节约委员会,一份留在五人专案小组,准备将来查对。"

"还需要修改补充吗?"童进有点提心吊胆,他怕资产负债的材料有啥遗漏。

"在会计方面你是专家;在西药业务方面,你们两位都是内行。"黄仲林对童进和叶积善说,"我能提啥意见呢?要末,请叶积善同志看看,也许会发现点问题。"

"童进比我熟悉,我了解的事,他都晓得。我提不出啥意见。"

"就是这样吧。"黄仲林见童进出神地盯着账册,便对他说,"现在留下了一个最麻烦的问题,福佑行贿干部和腐蚀干部的材料。法院里说,那些套汇,制造假药,暗害志愿军的材料都核实了,要等行贿干部和腐蚀干部的材料,才能定罪宣判。许多机关也等着福佑行贿干部的材料,才好了结本单位的'三反'工作。"

"夏世富交来福源钱庄材料看了吗?"童进问。

"已经转到区增产节约委员会去了。"

"他这次也写了点行贿干部的材料。"

"朱延年送了点礼物给福源钱庄伙计,不能算在行贿干部的账上。法院要的是行贿国家干部的材料。这方面,我们手里的材料很不完全,零零星星,一定有许许多多的遗漏。"

"这方面材料,夏世富知道的最多,有许多就是他经手的。"叶积善说。

"他最不敢写这些材料了。"童进说。

"他不敢写,我们要叫他敢写!"黄仲林很有把握地说。

"怎么叫他敢呢?"

黄仲林没有回答童进,反而问道:

"你看呢?"

"他机灵得很,一谈到这上面,他就滑过去了。你叫他写一笔,他就写一笔,并且拖了很久,不到不得已的辰光,他总不肯写的。福源钱庄的材料催了他好多次,才写来。"

"最后他还是写了。"黄仲林对童进说,"这次他写的材料,我看了,比过去详细,没啥遗漏,可见他也不是一成不变的。只要我们工作做到家,他自然敢写的。"

"朱延年已经关在提篮桥了,我看,"童进说,"他对朱延年还有幻想。"

"他有幻想,那你就去打破!"

"打破?"童进暗暗问自己:怎么打破?夏世富以为朱延年要出来的,法院到现在还没有判决,怎么打破夏世富的幻想呢?他正要讨教黄仲林,夏世富突然走进X光器械部来了。

夏世富一出现,他们三个人顿时闭上嘴了。夏世富发觉自己尴尬的处境,后悔没有在门外叫一声,知趣地退后了两步,走到门口那里,他发现手上那一封信,马上站住了,低低地对黄仲林说:

"这里有一封信。"

黄仲林接过信,夏世富头也没回,匆匆忙忙走出去了。黄仲林拆开那封区增产节约委员会送来的信,里面还有一封,是志愿军寄来的。他看着那封信,脸慢慢阴沉起来,两道眉峰隆起,里面隐隐蕴藏着不可遏止的愤怒。

X光器械部里静寂无声,童进和叶积善不知道信里写的什么,都默默地不做声。黄仲林看完了信,他心里那一股熊熊的愤怒的火焰再也抑制不住了,坚定而又果断地说:

"志愿军同志说的对……你们看……"

童进接过信来,和叶积善一道在看。他们一边看,一边忍不住生气,最后异口同声地说:

"对,应该枪毙!"

"信上说,根据部队卫生部不完全的统计,由于用了福佑药房的过期药品和假药,至少有十四位志愿军同志牺牲了。一个奸商朱延年抵不了十四位志愿军同志啊!"黄仲林说到这里,眼睛有点润湿,声音也呜咽了。

"朱延年这个可耻的奸商! 一百个朱延年也抵不上一个志愿军啊!"童进咬着牙齿说。他后悔当时没有告诉王士深和戴俊杰,应该让他们到别家药房去购货,那十四位志愿军就不会牺牲了。

416

他越想越内疚,悔恨交集地说,"实在太可惜了!当时我要暗示志愿军一下就好了!"童进的头默默低了下来。

黄仲林想到朱延年还关在提篮桥,望着桌上志愿军的来信,他深深感到惭愧:福佑药房的案情虽说复杂,可是拖到今天还没有结案,也够长久了。他觉得这是一个沉重的负担,没有完成党组织给予的委托。不能辜负志愿军热切的期望。他要用一切努力尽快把案件了结。他拭干润湿的眼睛,抖擞精神,对童进说:

"刚才叶积善同志要求迟两天到利华去,本来我不同意,因为柳惠光催得很紧;现在看来,叶积善想把五人专案小组的事办完再走,这意见是对的。福佑的案子法院催得不止一次,今天志愿军的信又来了,不能再拖了,要加紧进行。"

"对!"叶积善脸上闪着爽朗的笑容,他很高兴自己的意见被黄仲林接受了。

"你帮助童进把资产负债材料誊清两份出来,让童进去整理行贿干部和腐蚀干部的材料。"

"这些材料都现成的,我开两个夜车保险赶出来。"童进向黄仲林保证。

"你忘记这些材料不完全,还有许多材料在夏世富肚子里,他还没有吐出来哩!"

"这个……"

"你说他不敢写吗?"黄仲林问童进,"你放心吧,去找他谈,不行,我晚上再和他谈。"

"我马上就去,"童进把账册交给叶积善,说,"你先看一看,我复算以后,你好誊清。"

叶积善接过账册,立刻仔细地一页又一页翻阅。

童进和夏世富谈了约莫有一个钟点,便赶去复算资产负债的材料了。夏世富自己一个人留在经理室里。他望望经理室的陈设,又瞧瞧室外的天空,永安公司和先施公司塔形的尖尖的屋顶仿佛矗立在白云之间,下午的阳光射在上面,水晶似的反射出灿灿的亮光来。烦嚣的市声不断从窗外涌来。他回过头来,又看看经理室显得冷落的景象,他好像做了一场春梦。就是在这间屋子里,朱延年给他和童进一同谈复业计划,宣告破产了的福佑药房第二次破了产,前后不过五年多的时间!变化好快呀!变化多大啊!他回忆刚才和童进的谈话,最初他还不相信,可是眼前的一桩桩事实又不容他怀疑。朱延年会东山再起吗?福佑药房会第二次复业吗?徐义德真的一点也不肯帮忙?朱瑞芳会袖手旁观?马丽琳再也想不出办法?资不抵债,福佑倒挂得那么多?志愿军真的来信?朱延年真的要枪毙?一星星的复业的希望也没有了吗?他没有能力回答这些问题。他宁可希望不是这样,但有啥事实能够证明不会这样呢?朱延年关进去快两年了,徐义德和朱瑞芳早就想法帮忙了,一直没有下文,马丽琳一个人有啥办法?五人专案小组成立以后,许多事体进行得很快,夏亚宾到上海医疗器械厂去了,叶积善也要到利华药房去,别的人也都通知准备到新的岗位工作,只有他还没有得到任何通知。他不能再观望下去,猛想起童进说"出路要靠自己寻找",他当时没有注意,现在仔细想想,这句话意味深长。在福佑药房里,没有一个人像他那样深知朱延年的内幕。过去,组织上要他写啥材料他就写啥材料的被动态度,难道别人看不出来吗?当时自以为做得很巧妙,凡是组织要的材料,夏世富都写了,还有啥可说呢?这回不同了,童进要他把所有行贿干部和腐蚀干部的材料都写出来,一点躲闪的余地也没有了啊!并且,一点也不能遗漏,否则,别人以为是有意隐瞒哩。他得仔仔细细想想,首先浮现在他脑海里的是张科长,穿着一身灰布人民装,里面的白衬衫的下摆露了一截在外边,脚上穿了一双圆口黑布鞋子,鞋子上满是尘土。张科长跨进福佑药房的大门以后,慢慢改了样,临走的辰光,简直变成另外一个人了,这个朴素而又老实的人,穿上朱延年定做的深灰色哔叽的人民装和贼亮的德国纹皮的黑皮鞋。他刚到上海,是苏北行署卫生处的张科长,等他回到苏北,差不多已经成为福佑药房的张科长了。夏世富亲眼看到一个国家干部的变质,这是干部思想改造所所长朱延年的罪恶,接着,许许多多像张科长一样的面影不断在他面前出现。他的手曾帮助朱延年干这些罪恶的勾当。他一想到这些,全身不寒而栗。他不敢再往下想,可是那些面影却纷纷涌现,好像在叫屈,好像在愤怒,好像在控诉,并举起复仇的拳头,一步步向他紧紧逼来。他马上胆怯地展开白纸,拿起钢笔,伏在朱延年的那张写字台上,以赎罪的心情把这些罪恶的事实,一项又一项写出来。那只笔一写开,就停不下来,沙沙地在纸上飞舞……

四十

利华药房打烊以后,王祺带叶积善到楼上经理室去。柳惠光笑嘻嘻地从里面迎了出来,客气地说:

"我要到楼下来找你们,怎么,你们倒上来了?"

利华药房经过"五反",店里有啥重大的事体,柳惠光总要亲自找王祺商量商量,然后才决定怎么做。王祺在五反运动中加入了中国共产党,现在已是正式党员,并且是汉口路西药房党支部的青年委员。叶积善到了利华药房,仍然担任管理仓库方面的工作,柳惠光早想找他谈谈,一直抽不出时间来。今天晚上没有约会,就约了王祺和叶积善。

"楼上清静些。"王祺说,"叶积善也想到经理室来看看你,我们就上楼来了。"

"那好吧,请里面坐。"柳惠光让他们坐下,他对叶积善说,"利华局面小,没有福佑生意做得大,你做得惯吗?"

"利华的局面不小,福佑的生意不大。外边的人总以为福佑的生意做得大,每月进出几十个亿,很多是买空卖空。银行存款看上去好像很多,一亿头寸,在好几家行庄存进提出,仿佛有好几亿,翻来覆去折腾,朱延年就喜欢这个阔绰场面。"

"现在改用新币了,一亿旧币只合一万新币了。"王祺说。

"就是新币,每月进出几十万也不少啊!"柳惠光说,"我以前不了解朱延年一点现款到处存进提出,怪不得人家相信他有钱哩,连银行也受了他的骗!"

"朱延年的花样经多得很哩,有辰光连我们在店里也弄不清,最近夏世富把他行贿干部腐蚀干部的材料写出来,整整这么一厚本,"叶积善用手比划着说,"简直可以出一本书了。"

柳惠光想:那有一指厚的本本可以写很多材料,不禁吃了一惊,说:

"他拖了这么多人下水,国家干部受害不浅啊!真没想到他会做出这样伤天害理的事来!"

"朱延年啥坏事做不出来?"王祺想到那次童进在黄浦区五反运动坦白检举大会上的控诉,说,"朱延年真像国民党反动派一样:好话说尽,坏事做绝。平常他在西药业讲话多漂亮,见了顾客,满嘴马列主义,尽是为人民服务,为发展新民主主义的医药卫生事业等等一大套,只要赚钱,他连志愿军都害,别的就不必提了。"

"提起朱延年,西药业没有一个人不头痛的。解放前,他投机倒把,借了利华药店三千万伪法币;只给了一点利息,本钱就没有影子。同业当中,没有一家他不轧头寸的,总是有去无来。他还开出五万多支盘尼西林的抛空账单,三个月取货。解放大军一渡江,他就露了原形,一支盘尼西林也付不出。他干脆躲起来不见面,福佑就宣告破产,福佑的债户组织了债权团,清理债务,承大家看得起,推我做总代表,和朱延年交涉,就是在这里。"柳惠光回忆地说,"他和严律师来找我,立了和解笔据,债权团本来规定偿还债务由福佑复业之日起,第一个月偿还两成,两个月内偿还三成,三个月内偿清全部债务。朱延年要求至少半年。我说时间太久,债权人方面不会答应的。双方争执不下,严律师从中调解,加了视业务情况与可能,三个月内偿清全部债务,如不可能,得延期偿清。当时,我也没有注意研究,希望福佑快点复业,生意做好,早晚能够偿清也就算了。我就大胆代表债权团答应了下来。谁晓得严律师是个刀笔吏,一定是绍兴师爷,朱延年又是个流氓,两个人串在一道,竟在'得延期偿清'上大做文章,欠的债,到今天也没有偿清!"

"真有这样的事?"叶积善有点不相信自己的耳朵,说,"福佑复业以后,进进出出的款子不少啊,五年多,一个钱也没还?"

"头两个月还了一点,以后是推三推四,没有完全还清,叫我这个总代表都不好说话。"

"朱延年这人一点良心也没有,不是你们立了和解笔据,福佑到今天也不会复业的。"

"提起朱延年就令人寒心,工商界听到朱延年三个字没有人不摇头的。听人提到朱延年,我脸就红了。西药业真不幸,竟然出了这个朱延年败类!真不懂,政府为啥不把朱延年枪毙了?政府老说宽大宽大,宽大也该有个边呀!"

叶积善对着柳惠光质问的眼光,惭愧地低下了头:

"这事我们也有责任。'五反'结束以后,法院一再催我们要材料,当时忙着成立物资保管委员会,应付零零碎碎的债务,维持职工的生活,没有集中力量弄材料。收集材料,到处核对,又要动员人写,这样就拖了下来。这次五人专案小组成立,黄仲林亲自领导,才算有了眉目,把资产负债和行贿干部的材料弄全了,材料已经送到区增产节约委员会,他们看了以后,转到法院去了,法院大概不久会判决的。"

"越快越好。"柳惠光恨不能亲自帮着去做。

"一到了政府手里,事体就快了。"王祺说,"西药业很多职工关心福佑的案子,认为就是枪毙了朱延年,也太便宜他了。他害了多少人啊!一条命怎么够抵偿?有人主张千刀万剐!"

"朱延年恶贯满盈,难怪有人主张千刀万剐。我们做不了主,要看政府怎么处理了。"柳惠光不胜感慨地叹息了一声,说,"朱延年红得发紫的辰光,西药业有不少人看了眼红,心里十分羡慕。我当时就觉得那样做生意风险太大,就是赚点钞票,好日子也不会长的。果不出我们所料,'五反'一来,朱延年就出了事。利华的宗旨是将本求利,绝不投机倒把,赚点合法利润,过个平平安安的日子,我也就心满意足了。西药业多少同业暴发起来,很快的又倒闭了。利华总是维持这个门面,保持老样子,我们不贪那个非分之财。这一点,王祺同志了解得最清楚。'五反'当中,利华问题比较少,我们是基本守法户,大概你也听说了。"

"我了解。"叶积善见柳惠光给他自己涂脂抹粉,心中暗暗好笑,五反运动中利华药店揭露出来的问题也相当严重。他点了柳惠光一下,说,"那次黄浦区五反坦白检举大会我也参加了。"

"你也参加了?"柳惠光想起自己那次坦白,脸上刷的一下绯红了,解嘲地说,"我们都是从旧社会来的,养成一些旧习惯,一时不容易改;新社会一些规矩,我们也不大熟悉,有些错误,也是难免的。"

叶积善刺痛了柳惠光的创疤。柳惠光既然改口承认错误,"五反"已经过去,不必再追究下去。他也马上改口说:

"柳经理做生意正派,人缘也好,我能够到利华来工作,心里非常高兴。我年纪轻,办事没有经验,希望柳经理多指点。"

"你到了利华,我们都是同仁了,不要客气,有事,大家商量着办。王祺同志了解我的脾气,我不大会说话,只要你们有意见提出来,我一定考虑。"柳惠光想起最近西药业酝酿公私合营的事,趁今天晚上的机会和王祺商量一下。他说,"你们两位都在这里,我有件心事想和你们商量商量。"

叶积善跨进利华药房,嗅出一种和福佑药房完全不同的气味,这里没有朱延年高高压在上头,职工之间可以随便谈谈,柳惠光也和大家聊天。柳惠光在一些重要问题上都愿意听听王祺他们的意见。他进了利华,没有风险,晚上可以平平安安睡觉,不必担心害怕第二天发生事故。他也不要看经理的脸色办事,更不需要曲意

423

逢迎经理的欢心。他可以一心一意做好分内的工作。柳惠光有心事要和他们商量,这在福佑更是从来没有过的事。他谦虚地说:

"柳经理,你太客气了,有话尽管说吧。"

"西药业有几家同业酝酿合营,想找利华先私私合营,然后再公私合营,走社会主义改造的道路……"

"那是好事体呀!"叶积善一听到公私合营四个字脸上便堆着兴奋的笑容。从福佑到利华工作,可以说是一件喜事;利华又公私合营,更是一件大喜事,这简直是双喜临门,吉星高照啊!他忍不住打断柳惠光的话,插上去说。

王祺没有做声,他暗示叶积善让柳惠光讲下去。

"公私合营当然是好事体。利华一定接受社会主义改造,走社会主义的道路。我对党的过渡时期总路线完全拥护。"柳惠光望了王祺一眼,好像提醒他当总路线提出时,就对他谈起拥护总路线的事。"不过私私合营问题很多。老实说,上海滩上的事体我比你们熟悉些,大鱼吃小鱼的事体见过不止一回。利华能够维持到今天,完全靠把稳两个字。我这一辈子从来没有做过冒险的事。总路线是国家大事,我不能在这上面栽筋斗。我想,绝不能走私私合营的路子,公私合营么,只要全业提出来,我不后人。王祺同志,你了解党的政策,你说,我这个想法,对哦?"

"社会主义道路肯定要走的,啥辰光公私合营要看资本家自愿的条件是不是成熟。"

"说到自愿么,我没有问题。西药业还没有人提出合营,利华走到前头,引起同业的嫉妒,那不大好;当然,落在别人后头,也说不过去。我好歹还是个工商界代表人物,两头都得照顾,我打算和大家一道过渡。你们说,好哦?"

叶积善不了解柳惠光的意图。王祺不露声色,也不置可否,说:

"只要公私合营,啥辰光都欢迎的。"

"我完全接受党的领导,早点申请合营也可以。"柳惠光进一步试探。

"这件事应该由你自己决定。"

"那是的,我不过提出来商量商量,"柳惠光发觉话讲得有点露骨了,慌忙收回来,说,"这事是应该由我决定的。"

四十一

　　室外下着淅淅沥沥的小雨,檐头的雨水滴滴答答地响个不停。在斜风的雨里,杨树的枝叶微微飘荡。天空灰蒙蒙的,远方的事物模模糊糊,若隐若现。

　　马丽琳发癫一般的望着室外,不断地长吁短叹,越来越觉得日子的悠长了。她的胸口也像这天气一样,感到沉闷,闭塞。她掉过头来,屋子里的陈设一如往昔,但像缺少啥物事,给她一种空漠冷寂的感觉。她想起在百乐门舞厅热火的日子,第一次遇到朱延年的辰光,给她带来了美丽的幻想。朱延年能说会道,投合她的心意:人长得不错,手面又阔绰,谁也猜不透他有多少财产。但从他的口气和花钱像流水一样来看,仿佛是个百万富翁。她认为和这样一个富有的人结婚,生活在一起,大概享受不尽幸福。她的愿望实现了,屋子里增加了一个主人。他花钱不再那么阔绰,有时还有些拮据,以后,向她借了现款,又借了金子。但她听信他的说法,以为福佑药房生意越做越大,进货越来越多,需要的资金也越来越迫切,资金多,利润就更多。她甚至相信她已经是福佑药房的股东了,把希望寄托在福佑药房事业的发展上。他告诉她福佑药房在上海滩上要成为第一家大药房,也就是全国第一家大药房,全国人民都要用福佑的西药。她呢,就是这第一家大药房的经理太太,同时,也是大股东。她充满信心和喜悦,等着这一天到来。这一天没有来,五反运动来了。她惊奇福佑药房竟有这么多的严重问题,开始还不相信,误认为是职工有意和朱延年经理过不去,大概政府伸手向福佑药房要钞票。等运动过去,朱延年和福佑药房又会飞黄腾达,她的梦想还是会实现的。朱延年被捕这惊人的消息把她吓倒了。她在提篮桥监狱里会见了朱延年,才慢慢恢复信心,耐心地等待他出狱,重整旧业,一天又一天过去,一月又一月过去,一年又一年过去,出狱的消息日见渺茫了。她这才逐渐清醒过来,不断发觉福佑药房和朱延年的事体十分严重。"五反"不是一阵风吹过了事,重大的案情由法院专门认真处理。朱延年谋财害命的事体一件又一件发现,不但是工商界憎恨他,连里弄里的娘姨和小孩也指着朱家的门口咒骂,说朱延年是害人精。她每天都不大好意思出门,不是清早,就是黄昏时分,悄悄出去办点事。她日日夜夜盼望朱延年出来,改邪归正,恢复名誉,重新做人。她预感会不会有不幸的事情发生,但又希望不会发生。但上海市高等人民法院送来对朱延年的判决书,不但宣判了这个不法奸商的死刑,也是对马丽琳的梦想宣告了破灭:

朱延年　男　四十九岁　原福佑药房经理

朱犯延年一贯投机倒把,买空卖空,套取外汇,捣乱市场,欺骗国家机关,破坏国民经济;屡经教育,不知悔改,且变本加厉,亲自制造假药,贩卖过期失效药品,害死中国人民志愿军十四名和上海市居民五人。他并以各种卑劣手法,伪装进步,行贿和腐蚀国家干部,自命为干部思想改造所所长,致使少数国家干部蜕化变质;施用各种丑恶伎俩,盗窃国家经济情报,挖社会主义墙脚,散布流言蜚语,恶毒攻击人民政府,无所不用其极。一九五二年五反运动期间,经有关单位和福佑职工以及广大群众检举揭发,五毒俱全,罪行累累,铁案如山。在押期间,他态度顽固,拒不坦白交待,公然与人民为敌到底,死不改悔。在确凿人证物证面前,他才不得不承认所犯罪行。为了巩固人民民主专政,保护伟大社会主义事业顺利发展,依法判处死刑,立即执行。

上海市高等人民法院

法院通知家属去收尸。

她不想去收尸。朱延年丧尽天良,受了他的欺骗,上了他的当,把她仅有的一点积蓄,花得净光,留给她的是一屁股债和狼藉的声名。她不幸掉在朱延年这个臭茅坑里,不能自拔。她恨死了朱延年,恨不能咬他几口,才能消除心头的愤懑。她决心不去。

朱瑞芳来了,约她一同去收弟弟的尸,她没法泄露内心的痛苦,推说你有脸面去收,里弄里没有一个人不指着我的脊背骂朱延年的。她见不得人。朱瑞芳说:好歹是夫妻,朱延年再坏,也是她的丈夫。丈夫就是有罪也执刑了,不去收尸,也脱不了夫妻关系。不管怎么的,就算朱延年是祸害,也只是最后一次了。不看死人的分上,也赏活人的脸,陪姐姐去一趟。需要费用,朱瑞芳愿意全部负担。朱瑞芳三说两说,她没法拒绝,压抑着不满的情绪,去收了尸,装进棺材,草草埋了。

办完丧事,马丽琳回到自己的家里,痛痛快快哭了一大场。里弄里不了解底细的人,以为她的良心太好了,朱延年这样的丈夫,早死早好,根本不值得流一滴眼泪,哭啥哩!不晓得她哭的是自己的身世。她嫁给朱延年,以为有了靠山。谁料到这是一座雪山,在寒冷的冬天里也算得坚硬,一遇到灿烂的阳光就融化了。上海的跳舞厅早已取缔了,即使没有取缔,像她这样年纪也不能去货腰了。她手里积蓄没有了,开始靠变卖东西过日子,下半辈子的生活怎么打发呢!

朱瑞芳答应给她找个事做,可是一直没有消息。她无可奈何,自己去寻找门路。辗转托人,总算在一家中等药厂里找了一个工作,当总务,虽说事体杂一点,但每月有了收入,可以养家活口了。她在家里等厂里通知,如果一切顺利,下月一号便可以上班了。她把家里收拾好,买了一个铝制的饭盒,准备上班的时候,在家里把饭菜带去,省得在厂里买饭菜,可以节省一点。觉得过去那些服装,不适宜到厂里去穿,她做了两件布衣衫,上班的时候好穿。她二十一号开始等,哪儿也不敢去,怕厂里来人通知她碰不上,那不是误了大事。等了一天又一天,一直等到二十九号,她心里焦急,有点忍耐不住,想托人去问,但一想还没有到三十号,人家月底通知也不晚,说的是下月一日上班啊。二十九号那天等到晚上十二点,也没有得到音讯,第二天一清晨就起床了,等到下午快六点了,她以为没有希望了。正在她烦躁不安的时候,听到有人在敲后门,她以为好消息终于盼到了,欢天喜地去开门。她热情地把客人迎进客堂间,果然是药厂派来的,她倒了茶,不等客人说话,便急着表示谢意,兴冲冲地说:

"我一切都准备好了,明天上班没有问题。"

"上班?"客人感到诧异。

马丽琳也感到诧异:

"你不是药厂派你来的吗?"

"是呀。"

"药厂不是要我在家里等着,准备下个号头上班吗?"

"要你下个号头上班?"

"是呀,你不晓得?你来的时候,厂里没跟你说吗?"

客人告诉她,厂里跟他说了,现在不需要人了。她听说厂里缺个总务,到处找人,怎么忽然又不需要呢?这桩事体叫人弄不明白。明明讲好的,要她在家里等消息,为啥变卦?给她三问两问,客人没有办法,只好老实告诉她:经过厂方人事科了解,马丽琳是福佑药房总经理朱延年的妻子,朱延年在西药界臭而不可闻也,连带自然也影响了他妻子的名誉。他们厂里不能用这样的人当职员,更不能当总务,那要影响药厂信誉的,也会给工作带来许多不方便。她虽然再三恳求,并且保证一定做好工作,一定不给厂方增加麻烦。客人一句话也听不进去,冷冰冰地站了起来,匆匆告辞了。

她没有想到朱延年生前把她钱财骗去,死后还要受他牵连,找个工作也不方便。她知道朱延年在西药界确实臭了,这也难怪别人提高警惕,不敢用她。西药界不行,别的行业大概问题不大。她到处奔走,向这个作揖,对那个磕头,希望找个工作,也不论薪水多少,做什么都行。人家一打听她的家庭情况,知道是朱延年的妻子,都摇摇头,生怕沾惹上啥龌龊物事似的,远远地离开了。她碰了几个钉子,深深感到朱延年虽然死了,那狼藉的声名还给她带来很坏的影响。她要摆脱这个影响,不能再忍受这可耻的名义——朱延年这个败类的妻子。她到福佑药房找了童进,正巧叶积善也在,诉说最近的遭遇,向他们提出了这个问题。他们同情她的遭遇,但没有办法消除朱延年留下的恶劣的影响。她想了想,把蕴藏在心底很久的一个问题提了出来:

"我可不可以和延年离婚?"

叶积善一听这话,忍不住笑了:

"你开啥玩笑,死人能够复活吗?"

"我没有开玩笑。"她感到叶积善笑得奇怪,一本正经地对他说。

"你不开玩笑,我可没听见说过和死人离婚的事。"

"不能离吗?"她失望的眼光望着叶积善。

叶积善又问她:

"人死了,怎么离?"

"真不能离吗?"她用怀疑的眼光对着童进。

童进很严肃地点了点头,发现马丽琳眼睛闪耀着从来没有见过的忧虑光芒。他认真地说:

"朱延年死了,你要和他离婚,可以到法院去了解。按照法律手续去办就行了。"

"离了婚,"叶积善说,"你愿意和谁结婚都可以。"

"我不想结婚。"她低下头去,好像有难言的隐痛。

"为啥要离婚呢?"

叶积善一问,她的脸绯红了。她没有吱声。半晌,她才说:

"朱延年为人你还不晓得吗?"

"那你早就该给他打离婚报告。……"

童进打断叶积善的话,说:

"离不离,啥辰光离,是她自家的事体,别人不必去过问。"

她听了这话,慢慢抬起头来,用感激的眼光望了童进一眼。她心上一个疙瘩总算解开了。

她办了离婚手续,好像卸下千斤重担,浑身轻松了,在人们面前可以毫不羞愧地走来走去,不再担心有人指着她的脊背骂朱延年了。

徐义德答应了朱瑞芳的要求,告诉梅佐贤,给马丽琳在沪江纱厂安排工作。梅佐贤交给人事科考虑去了。朱瑞芳不知道马丽琳办了离婚手续,兴冲冲地带着好消息来看马丽琳,对她说:"厂里答应给你找个工作。"

"那再好也没有了,早就巴望有个工作,好凭双手养活自己。"

"你别发愁,有我这个姐姐,总不能让你饿着肚子。找不到事,你有啥困难,我能睁着眼睛望着吗?"

"你待我实在太好了,如同亲姐妹一样。"

"这没啥,你的事,就是我的事啊。"

"不晓得将来怎么报答你才好。"

"你太见外了。别说你是我弟媳妇,就是我的街坊邻居,有啥困难,我也应该帮忙。你帮我的忙,我帮你的忙,都算不了啥。"

431

"我没啥好帮你的忙,今后全靠你帮忙了,实在过意不去。"

"你越说越远了。我娘家没有啥人了,哥哥给镇压了,嫂子和侄子在无锡乡下管制劳动,本来么,地主劳动五年,只要劳动的态度好,思想有进步,就可以摘掉地主的帽子。我那个侄子,有一股牛脾气,服软不服硬,越是管制劳动,越不好好劳动,和村里干部的关系也搞得不好,有个叫做汤富海的老找他的错。啥人大小没个错?现在地主好比臭狗屎,谁也看不顺眼,更容易找错。他到上海来看我,回到乡里特别注意他的行动,到现在还没摘掉地主帽子,又说他破坏合作化运动。可怜母子两个在乡下活受罪,不晓得熬到哪一天,才有出头的日子。在上海,延年过世后,你是我身上最最亲的人了。你的事,我能不管吗?"

"啥辰光上班呢?"

"厂里既然答应了,大概不久会有消息,你在家里等候吧。"

四十二

"现在啥辰光哪?我还以为你不来哩!"

徐义德兴冲冲地走进江菊霞的客厅,给她劈面而来的训斥兀自愣住了,再瞧见她穿了一件大红哔叽圆领对襟上衣,浅灰色哔叽的西装裤子一直罩到脚面上,身上披了一件薄薄的深灰羊毛衫,里面那件大红哔叽上衣如同火焰一般,好像要突破羊毛衫喷薄而出。这身经过精心设计的深色服装和她一脸怒容显得极不协调。他意识到迟到太久,慌忙放下笑脸,小心地走过去,慢条斯理地说道:

"现在能走出来,还不容易哩!"

"又给林宛芝缠住了吗?当然咯,人家年轻,长得漂亮,又会讨你的欢心,不像我,快四十啦,甩在一边没有关系!"

"霞,这是啥闲话?"

"问你自己!"

"我真的有事……"

"有事?为啥要约我四点钟在家里等你?"她把脸歪过去,望着客厅门外半圆形阳台上一抹橘红的夕阳,冷冷地说,"你看看表,现在啥辰光?"

徐义德真的看了手表,已经五点过五分了。他焦急地说:

"你让我把话讲完,好哦?"

她一屁股坐在沙发上,让他站在自己面前,气生生地说:

"讲吧。"

"我刚要出门上车子,忽然马丽琳来了……"

她听到马丽琳三个字,根根神经紧张起来了。她知道马丽琳是百乐门舞厅的红舞女,朱延年的老婆。朱延年判了死刑,已经执行了,徐义德竟然想在马丽琳身上打主意,怪不得迟到哩。她心里更加愤懑,不露声色地听他说下去:

"她一把把我拖住!朱瑞芳一见了她,放声大哭,却不说一句话。我没有办法,只好扶她进客厅;问她啥事体……"

她听到朱瑞芳,心田上的怒火仿佛加了油:一个马丽琳已经够使人惊奇了,再加上朱瑞芳,徐义德当然把江菊霞忘记干干净净了。徐义德虽说是半百的人了,野心可不小哩!她凝神听他说:

"我左劝右劝朱瑞芳,才把她劝住。她抬起头来,看见我们,又不断呜呜咽咽哭开了,哭得像是个泪人儿似的。马丽琳给她拭去眼泪,揩了鼻涕,让她喝了杯茶,喘了口气,才说:她一看见马丽琳就想起弟弟朱延年来了,越想越伤心,就放声大哭了。"

她眼睛露出惊愕的光芒,旋即又显得这是在意料中的事。她对徐义德编的这一套谎言信以为真,对他的猜疑渐渐冰释,平静地听他说:

"我说今天晚上史步老请客,要我早点去代他招呼招呼,朱瑞芳才放我走。要不,我现在还来不了哩。你说,这能怪我迟到吗?"

她噗哧一声笑了,撒娇地说:

"你总有理由。——叫人等得多心焦!"

"我也心焦。我无时无刻不在想你,恨不能早一点到你的身边!"

"哟!别灌我的米汤了,只要不忘记我,我就心满意足了。"她睨视他一眼,说,"老站在那里,不嫌累得慌吗?"

他会意地走过去,紧靠着她的身边坐下,抚摸着她的鬓角,拿着她的右手来按他的怦怦跳动的胸口,说:

"这颗心就是你的。"

她不信任地耸一耸鼻子,可是她周身发热,血液急遽地循环,腮巴子上两片红晕,她感到脸上热辣辣的。她嫣然一笑,妩媚多情地问:

"真的吗?"

"你不相信就算了。"

她瞪了他一眼。

他亲热地吻着她的右手,等了一会,说:

"我们的计划,这两天进行得怎么样?"

马慕韩的兴盛纱厂去年合营以后,接着有二十五家厂分批合营了。现在整个上海棉纺业没有合营的共有十二个企业单位,二十三个厂,全部纱锭设备有六十七万七千多枚,占整个上海棉纺设备的百分之二十九点八,此外还有布机四千四百多台和附设四个印染厂。史步云和潘信诚商量,他们的企业再不提出申请合营就要显得落后了。潘家和史家的纱锭占没有合营的纱锭一半以上,留下少数中小型厂拖个尾巴,不如全业申请合营。中小型厂的资方人员也希望如此。不消说,马慕韩更是竭力赞成,去年二十五家分三批合营,一大半就是他从中推动的。最近棉纺业向政府申请全业合营,政府还没有接受。棉纺工业同业公会成立了合营工作组,组长是马慕韩,江菊霞和潘宏福担任了副组长。在棉纺业内部开始进行调查研究,业内酝酿协商,拟订初步方案,徐义德十万纱锭宏伟计划,经过一年左右的努力,依然没有实现。在全业合营的前夕,这是最后的时机了,无论如何不能丧失。他于是又想到原来私私合营的计划,希望最后捞一把。他主动约江菊霞今天下午四点钟上她家里来,她以为徐义德越来越迷上她了,大概对家里三个老婆感到腻味了。她听到他提"我们的计划",使她心头痒滋滋的,认为他完全把她当成自家人了。但是她嘴上却怀疑地问道:

"我们的计划?"

"当然是我们的计划。"他把"我们"两个字说得特别重,说完了,意味深长地一笑。

她没有吭气,摇了摇头。

"你不相信吗?"他已经用足了浑身力气,而且以最大的忍耐看她撒娇。他不相信自己对她失去了控制的力量。

"大新本来让我给说活动了,同意和沪江合并合营,最近又有人去找大新,要大新和他们合并合营……"

"谁?"他冲口而出,额角上隐约露出蚕也似的一条条青筋。

"永新。"

"永新?他们自己不是有三个厂吗?真是人心不足蛇吞象,还想把大新吃掉!大新愿意让永新吃掉?"

"当然不愿意,可是这么一来,大新就为难了,两个同业都想同它合并合营,得罪了哪个也不好。想来想去,只好一个也不得罪。"

"凡事总有个先来后到啊,沪江和大新谈了一年多,永新最近才提起,怎么能够相提并论呢?"

"谈了一年多,可是没有成功,永新虽说最近才提起,可是那边的条件比沪江强啊!"

"永新是大户,我们中小型厂当然不能比。论时间,沪江提的在先,论交情,我们两人的关系深,永新怎么能比?"他搂着她的腰说。

她对他撇一撇嘴,说:

"可惜我不是大新的总经理,要是的话,早就和沪江合并了,也不用你操心了。"

"你要是大新的总经理,那沪江合并到大新来,我也情愿。"他皱起眉头,思索地说,"你的能力强办法多,还是给大新说说,和沪江合并合营的好。茂盛纺织厂已经答应和沪江合营,永恒纺织机器厂有些股东的态度改变了,看上去,和沪江合并合营的问题不大,加上大新,那沪江的规模就大大不同了。你说,是哦?"

"这个意思你给我提过,我也愿意帮忙。你的事还不就是我的事。但是最近越来越困难呢!"

"最近棉纺业提出全业申请合营,你说,谁不想借此机会发展点实力?最后剩下这二十三个厂没有合营,大部分是中型大型厂,设备比较完善,技术力量也强;你了解敌伪时期棉纺业化整为零,抗日战争胜利后,又盲目发展,这部分小厂和烂厂,相互之间悬殊大极啦。有十万锭子以上的大厂,也有不过一二千锭子的小厂,大厂先进厂年年有盈余,年年可以分红;小厂落后厂就年年亏本,负债累累,靠借贷过日子。全业合营要在行业的全面规划下结合经济改组,实行裁并改合,谁愿意要那些小厂烂厂?像大新这样的中型厂,机器设备是最新的,厂房设备也不旧,并且还有盈余,你说,哪个人不想动大新的脑筋?"稍顿了顿,徐义德接着说,"大新条件好,所以我一年前就提出来了。"

"别人也看到这一点。"

"我和别人不同!"他讲到这里,突然停住,没有说下去。

"有啥不同?又是先来后到?"

"不是这个,我有人在大新当副经理。"

她看了他一眼。

他胳肢她细腰,问:

"啥辰光忘记过你?"

"别动,怪痒痒的。"

她霍地站了起来,一扭腰,从客厅里走出去了。半响,她亲自拿了一个大托盘出来,那里面是一个咖啡色的栗子蛋糕,一壶浓香扑鼻的咖啡和两个乳白色的厚实的咖啡杯子和碟子啥的。她切了一大块蛋糕送到他的面前,说:

"这是你喜欢吃的,特地到盛昌定做的。"

"谢谢你。"他吃了一口,说,"哪能这么快就把咖啡煮好?简直比变戏法还快!"

"我三点五十分就煮好了,搁在炉子上等你,只顾和你谈话,差一点都忘记了。"

"又是我的不是。"他怕扯开去,马上拉到大新问题上来,"你看大新是不是可以再考虑一下?"

"这个么,现在还很难说,也许有点苗头……"

"一定有苗头。他说哪个也不好得罪,你仔细给他分析一下:沪江谈了一年多,永新不过才提起,要合并合营,当然先尽沪江,永新一定可以谅解的。"

"你说得容易,永新可不是这样想法。"

"那我给永新谈去,他们不应该挖我的墙脚。"

"你……"

她刚开口,卧房里的电话叮叮地响了。她匆匆走进去,过了一会,笑着走了出来,说:

"义德,你猜是谁的电话?"

"我也不是总机,哪能晓得?"

"智多星打来的。"

"东华烟草公司也动大新的脑筋?"

"看你一门心思就是大新,除了大新,没有别的吗?东华和大新不搭界,怎么会动大新的脑筋?倒是有人在动茂盛纺织厂的脑筋,唐仲笙常和我们见面,就托唐仲笙来说人情了。"

他顿时把脸一沉,冷笑了一声。那笑声狰狞可怕,使得客厅里暖洋洋的空气忽然变得冰冷了。她不慌不忙,慢吞吞地说:

"唐仲笙刚托我,我也没向茂盛提,犯不着生那么大的气。"

"我不是生你的气,唐仲笙太不够朋友,他也来挖我的墙脚,岂有此理!"

"你和唐仲笙谈过茂盛和沪江合营的事吗?"

"没有。"

"那你也错怪了唐仲笙,他对棉纺业的行情不熟悉,怎么了解茂盛和沪江的关系？他不过受人之托,只有你死盯住大新不放。"

他的气给她这么一说,消了一大半；听到最后那两句,他脸上的肌肉松弛了。他喝了口咖啡,问她:

"你是合营工作组副组长,棉纺业行情又熟,为啥不帮助沪江找几个对象呢?"

"人家没有托我,何必狗捉老鼠——多管闲事呢?"

"刚才你说:你的事就是我的事,现在怎么忽然又分了家哪？沪江的事还要我来托你!"

他拍了拍她的肩膀。那件薄薄的深灰羊毛衫掉在沙发上,大红哔叽的圆领对襟上衣完全露出来了,她顺势依偎在他的身旁,像是一团熊熊烈火似的在他身上燃烧。她微微抬起头来,轻轻地说:

"那你等候好消息吧。"

四十三

江菊霞约徐义德提早一个小时到棉纺工业同业公会来。他不了解有啥紧急事体，改时间不行，非今天谈不可，而且要在合营工作组几个人碰头以前谈。他以为是大新的事有了眉目，准时匆匆赶到。

江菊霞已经坐在同业公会主委办公室里等候了。徐义德一进去劈口便问：

"究竟是啥事体呀？这么急，连电话上也不肯讲。"

"看你累的，先坐下来，喘口气，慢慢再谈。"

她让他坐到沙发上去，给他倒了杯茶，等他喝了一口，才慢条斯理地说：

"义德，有人动沪江的脑筋哩！"

"动沪江的脑筋？"他不相信。

"唔，想和沪江合并合营，看上你们那一套立达的机器设备。这套机器在上海是最新的。你们只是厂房设备差一点。"

"啥人动这个脑筋？"

"你猜猜看？"

他歪过头去对着她那副莫测高深的面孔觑了觑，马上想到她的表哥：

"难道是步老？该不会是他。"

"你估计的不对。要是表哥，我倒可以劝他免开尊口了。"

"那么，是谁？慕韩兄的企业去年就合营了，他不会到今天才想到沪江。"

"慕韩兄野心比这个大,他看不上沪江一个厂。他的眼光对着全业一百多万锭子,联营不成,马上单独申请合营,一马当先,把同业远远抛在后头。现在更不会想到沪江头上。"

"谁?痛痛快快说出来吧,别再绕弯子了。"

"潘家。"

"潘信诚想吃小鱼?这个老狐狸精真不要脸!"他勃然大怒,涨红着脸说,"平常他不动声色,啥事体都躲在背后,别人争到利益,总少不了他的一份。他在政府首长面前说漂亮话,显得超然,可是到了重要关头,他的狐狸尾巴就露出来了,伸出爪子来想吃沪江,亏他想得出!"

她不声不响坐在他旁边,让他把话说完。她仿佛早料到有这顿脾气要发,一点也不感到突然,更不慌张。他说完了,气呼呼地往沙发背上一靠,犀利的眼光直对着靠窗口的大写字台,好像潘信诚坐在那里办公。她同情地说:

"信老就是这号人,阅历极广,世故很深,他的心像是个海,谁也摸不透。这回想吃掉沪江,他自己也没有出面,是马慕韩闲谈漏出来的。我们研究棉纺业大家到处在找对象,三角恋爱,四角恋爱发展下去,怎么了结。他说有些厂合并合营倒的确有它的好处,比如沪江机器设备很新,厂房设备比较旧,弄堂又狭,要是和通达合营,可以调一部分机器到通达多余的厂房去。我听他话里有话,便问他信老同意吗?他信口漏出来信老也有这个意思,只是不好开口,怕德公不肯。你不妨先征求一下德公的意见。要是德公不反对,我倒可以做个媒人。"

"哼,真是在太岁头上动土!竟然想到我徐义德的头上来了!"他放声大笑,好像整个主委办公室都给他的笑声震动起来了。

"晓得你会生气的,特地叫你提早来谈谈就是这个意思。待一

441

会见了面,不要吵得面红耳赤的。信老在工商界有这样高的地位,你不肯就算了,我们也犯不着去得罪他。"

她说得诚恳而又亲切,完全是出自肺腑的话,使他深深感到她体贴入微,心里的气愤消失大半,感激地说:

"有你这样的贤内助,我真是幸福。"

"嘘!这是啥地方?讲话小声点,别叫人听见。"

室外传来呜呜的汽车喇叭声。她站了起来说:

"准是他们来了。"

果然,一转眼的工夫,潘宏福和马慕韩从门外走了进来。过了一会,冯永祥最后走了进来。冯永祥意味深长地望了徐义德和江菊霞一眼,拱手说道:

"你们两位是先进分子,比我们早到了。"

江菊霞板着面孔,严肃地说:

"谁像你,老是迟到早退。"

"我迟到?"

"已经过了十分钟。"她看了看表说。

"不是我迟到,"冯永祥摇摇头说,"是你的表快了十分钟,我是非常守时间的,特别是奉江大姐之命而来,怎么可以迟到呢?"

"反正说你不过。"她等大家坐好,便问冯永祥,"你和'恒丽'谈得怎么样?"

"恒丽说要早两天谈就好了。"

"这是啥意思?"

"别人也和史步老一样,看中了恒丽的厂房和纱锭,早两天提出来要和恒丽合并合营,谈得差不多了。他们本来很高兴能和史步老合作,向步老学习,可惜的是,迟了一步!看上去,我这个媒人喜酒喝不上了。"

"不能再考虑吗?"

"办事总有个先来后到,要不是别人先提,老实说,凭冯永祥这三个字恒丽不会不考虑的。"

"永祥兄说得对,办事总有个先来后到。"徐义德说完了,看着江菊霞。

"先来后到是一回事,冯永祥这三个字又是一回事,阿永答应亲自出马,一定是有办法的。这杯喜酒一定得请你喝!"

"哎哟哟,天呀,喜酒还有强迫喝的?"冯永祥一听到酒字啥都忘了,眼睛笑得眯成一条缝。

"谁叫你敬酒不吃,要吃罚酒。"潘宏福凑趣地说。

"步老的企业大,有事在工商界又兜得转,恒丽和步老企业合并合营,保险上算,不会吃亏。你再去和恒丽谈谈,他们有啥条件,可以提出来商量商量。只要你再亲自去一趟,一定马到成功!"

"这个,"冯永祥给江菊霞捧得浑身痒酥酥的,恒丽正是因为步老企业大,怕他吃掉,不好再开口,她把他一捧,却又不能当面拒绝。他的脑袋在空中晃了一个圆圈,停了停,说,"人家要门当户对,我冯永祥也不便强人所难。这是终身大事,以后人家抱怨我这个媒人,那可吃不消啊!"

"你有意夸大困难,抬高身价,在你大姐面前卖关子,可过不去呀!"

"小弟岂敢……"

冯永祥给江菊霞逼得没有退路,他端着茶杯微笑出神,那神情仿佛真的是卖关子,可是他嘴上又不承认,叫大家捉摸不定,只有马慕韩一人看出他的苦衷。马慕韩说:

"阿永的话,也有他的道理。小厂资本家确实有点担心,厂子小,生产差,负债多,烂包袱没有前途,生怕给人家吃掉,又怕合并后自己没有地位,会造成一间草房,六个烟囱,八个经理,十个厂长,难以摆平。因此小厂希望小并小,强调门当户对。越是企业

443

大,他们越怕,敬而远之,避之惟恐不及,怎么肯和步老大企业合并合营呢?不要说提迟了,就是早提,我看也没有希望。恒丽说晚了一步,那不过是给阿永的面子上好看,现在再要阿永去说,我怕阿永下不了台!"

"慕韩兄这个分析正确,小厂烂厂给大厂吃掉,自己没有地位。大厂对这些小厂烂厂也没有兴趣,要并入,谁不愿意挑好的厂?恒丽并到步老企业里,怕一个车间也顶不上,当然没有地位,自然愿意小并小。现在最难缠的是这些小厂,人家要的他们不愿意,他们愿意的,又没有人要。我看干脆把小厂烂厂停掉,把这些厂的全部人员在整个行业范围内按比例分配。"潘宏福接上说。

"按比例分配?"马慕韩愣了一下。他测出潘信诚的心事,这次同业申请合营,唯一的顾虑是那些小厂烂厂,如果分配到通达名下,尽是些烂厂包袱,潘家要吃亏的。潘信诚先下手为强,挑好的厂并入,不但通达有好处,也堵住要并入的小厂烂厂。可是小厂烂厂总要找一条出路,他便叫潘宏福提出这个建议来,想把这些小厂烂厂也分一些给已经合营的兴盛这些厂家。马慕韩不吃这个亏。谁叫潘家不早提出合营的呢?马慕韩摇摇头,说,"在整个行业范围内分配不大可能,那些早已合营的厂,生产计划已经订了,机器设备和厂房设备的潜力也大量发挥,现在要分配一些小厂烂厂给他们,于生产不利。要分配的话,只有在还没有合营的厂家范围内考虑。政府提出裁并改合问题是指那些没有合营的厂家。阿永,你说,是哦?"

冯永祥正在为恒丽的事苦恼,幸亏马慕韩一番话把他从尴尬的处境里挽救了出来。小厂烂厂和谁合并,他都没有不同的意见,反正不会合并到冯永祥的名下。把话题转到小厂烂厂,他更不必担心恒丽的事了。他点了点头,很快地接上去说:

"政府提出合营要和经济改组问题结合考虑,裁并改合主要是

444

指那些没有合营的厂家。这个问题十分重要,关系终身大事,要仔细研究。大厂自然看不上小厂烂厂,小厂烂厂可舍不得自己这份烂摊子,也是一辈子苦心经营的。分配不行的话,那只好自由恋爱了。"

"自由恋爱不行,总得有个章程。"潘宏福心中默算,剩下二十三个厂,只有潘家和史家系统是大企业,不规定一下,一定都往史家和潘家推,爸爸一定不会答应的。今天要争出个眉目来。他见冯永祥帮马慕韩,他便拉江菊霞,说,"哪家愿意单独接受这些小厂烂厂?我看除了在全业范围内按比例分配以外,没有更好的办法。江大姐,你说,是哦?"

江菊霞懂得潘宏福的用意,史步云也绝不愿意要那些烂包袱。马慕韩的态度又很坚决,她感到自己很难说话。她皱起眉头,望着窗外南京路上的高大建筑,出神地想了想,说:

"阿永说的对,这个问题十分重要,要好好酝酿酝酿,让同行充分协商协商……"

"酝酿也罢,协商也罢,我也觉得应该有个章程……"

潘宏福听徐义德说到这里,心里高兴极了。他想爸爸真有眼光,沪江的事拜托马慕韩出面,果然成功了。徐义德支持他的意见,俨然是通达总管理处的人了。这么一来,不但是沪江纱厂那些簇崭新的机器设备可以拿过来,连徐义德也是通达的人了。爸爸准备给他一个副总经理的位置,帮助潘家兄弟几个管理企业,大概他不会嫌地位低吧?总经理是潘信诚,他当副职,铁算盘还有啥意见呢?这个好消息要快点告诉爸爸,也使他高兴高兴,得好好酬谢马慕韩一下。他觉得像徐义德这样的人才应该早点到通达来,说不定通达会比现在更发展。虽然晚了一点,在合营的关口上努把力,还是有帮助的。他对徐义德点点头,暗中也支持徐义德的意见。

徐义德却没有注意潘宏福对他的支持,他有一肚子的牢骚,那十万纱锭的宏伟计划至今没有实现,大新有意搭架子,连谈得差不多的茂盛纺织厂也有人想插一脚,甚至于潘信诚都想向沪江伸手,他又犯不着当面得罪潘信诚和马慕韩,说不定以后有事还要求他们,可是他怎么回答他们呢?自己不好开口,不如让政府作难人。他说:

"没有章程,大家找对象,自由恋爱,大鱼想吃小鱼,小鱼又想吃虾,虾当然不愿意,小鱼又何尝甘心让大鱼吃?老实说,每个厂家都有一把算盘,谁也不愿意吃亏。沪江既不想吃进,也不准备并出。裁并改合是为了经济改组,沪江条件好,中小型厂愿意和沪江合并合营,我当然欢迎。可是我绝不勉强别人,自由恋爱容易谈,要找个门当户对的理想对象却不容易。大的要找好的,小的要找合意的,谁也不容易称心如意。这么找来找去,要找到啥辰光呢?应该有个章程,政府提出个方案,有了父母之命,加上媒妁之言,终身大事便可以定了。"

"德公满脑筋封建思想,"潘宏福大失所望,可是马慕韩还没有告诉他和徐义德接洽的情形,也许马慕韩还没有和徐义德谈哩。他摸不到底细,便说,"反对自由恋爱。"

"那也不一定,"冯永祥上来说,"要看啥事体……"

江菊霞的脸上发热,向冯永祥撅了撅嘴,说:

"阿永,谈正经的,别乱扯。"

"我讲的是不正经话吗?"

"不是这个意思……"

江菊霞说不过冯永祥,徐义德暗中救了她,说:

"我在裁并改合这个问题上确实有点封建思想,不过我这个父母之命,是政府之命,诸位大概不会不赞成政府出面提出裁并改合的方案吧?只要政府提出,那就省事得多,我们照办就是了,用不着到处乱找对象了。"

马慕韩听徐义德的口吻,料想事体不妙,潘信诚以长辈身份拜托他,很难缴白卷。他说:

"德公,这个算盘打得倒不错,要是政府肯提出方案,那是再理想也不过了。"

"这事要合营工作组组长亲自出马。"这是冯永祥的声音。

"还是阿永去吧,你和政府首长熟悉,谈起来方便。"马慕韩的眼光望着徐义德。

徐义德微笑望着阿永,没有表示可否。冯永祥举起双手直摇:

"不行!不在其位,不谋其政。我不是棉纺业的合营工作组组长,我也没有厂要合营,慕韩兄去,你们赞成哦?"

大家异口同声赞成。马慕韩还是不同意:

"阿永不肯去,那么,宏福老弟去一趟吧。这次合营潘家是大头,有些问题政府首长问起来,谈得亲切些。"

"不,不,"潘宏福心里想借这个机会和政府首长打打交道也不错,可是他嘴上说,"我和政府首长不熟。"

"一回生,二回熟。"冯永祥说,"政府首长哪个不了解潘家的大少爷,潘信诚最喜欢的儿子潘宏福呢?我刚才就想提你,却叫慕韩兄抢先了。你是合营工作组的副组长,慕韩兄暂时不出面,留有余地的好。有人反对没有?"

"没有。"

江菊霞带头,大家跟着高声说。

冯永祥笑着站了起来,说:

"一致通过,请宏福老弟辛苦一番。"

潘宏福皱着两道浓眉,嘴角上却浮着满意的微笑。

四十四

潘宏福兴致勃勃地告诉爸爸在合营工作组谈话的经过,以为爸爸一定要夸奖他几句。爸爸过去总是看他不起,啥事体都不放心他出来办,这回亮了一手,大家一致拥护他去和政府首长谈,别说马慕韩啦,连冯永祥也让他一步,这件事可不简单啊。他坐在爸爸旁边,等候爸爸的赞扬。

潘信诚躺在长沙发上,他背后落地立灯的光芒照着他发皱的皮肤,酱紫色的脸上有一些寿斑。他的眼睛紧紧闭着,他的宽大的嘴唇也紧紧地闭着。潘宏福有点奇怪了,爸爸为啥不开腔呢?难道他还不满意吗?实在叫人想不通。听他谈了这么多,也许爸爸疲倦了,那就让他休息一会吧。他耐心地望着爸爸没有表情的面孔。爸爸的眼睛慢慢微微睁开了,原来并没有休息啊。等了一会,爸爸终于说话了:

"孩子,你年轻,不懂事。我说你不行,没有经验,你要逞能,这回又上当了。"

"又上当了?"潘宏福两只眼睛睁得大大的。

"可不是么。好事人家会推你去做?上了当还不晓得,真是个阿木林。"

潘宏福两只眼睛还是睁得大大的,困惑地望着爸爸。爸爸轻轻叹了一口气,感慨地说:

"这是徐义德打的如意算盘,把难剃的头推到潘家身上,又把责任推给政府。徐义德不赞成和潘家合并合营就算了,何必出这个难题难人呢?"

潘宏福吃惊地问：

"马慕韩还没有回话哩,你怎么晓得徐义德不赞成同我们合并合营呢?"

"人家已经暗示出来了,你还蒙在鼓里。"

"马慕韩真的没有讲呀,不信,我马上打电话问马慕韩去。"

"事实已经很明显了,不要问了。问,马慕韩也不会正面答复的。沪江的事以后绝对不要提起,潘家不稀罕那点破锭子。"

"人家是瑞士立达的新机器。"

"我了解,新机器又怎么样？再好的机器我们也不稀罕。"潘信诚瞪了他一眼。

他没有吭气。

"政府的首长你也别去找,他们要找,由他们去找。"

"我已答应他们了！……"

"谁叫你答应的？就说我不同意,要徐义德自己去,要不,马慕韩去也可以！"

潘宏福低着头,望着客厅里天蓝色的地毯出神：这次不去找政府首长谈,他以后有啥脸见人？

"你不打电话,我叫你二弟去打！"

二弟去打？潘宏福想,这一来自己更没有面子。他不能丢这个脸。他眼睛一红,忍不住嘤嘤地哭泣了。哭声传到潘信诚的耳朵里,他的眼睛轻轻闭上了。一眨眼的工夫,他叹了口气,无可奈何地说：

"唉,真是没有用的东西,做错了事,哭有啥用场,也不会想个法子。"

他还是伤心地哭泣着。

"这样好了,你去找纺管局的首长谈一下：就说棉纺业同业中有这样的意见,合营工作组要你向当局反映一下。你表示潘家没有意见。政府考虑以后,有啥指示,可以直接找马慕韩谈。你谈了这点就够了,然后把身子闪开,让马慕韩去顶住。"

潘宏福的哭声停止了,他用手绢拭去了泪水,感激地望着爸爸,说:

"那我明天就去纺管局?"

"先打个电话约好时间,免得你碰钉子,我脸上也不光彩。"

潘宏福完完全全按照爸爸的指示进行,连一句话也不敢多说,纺管局果然找了马慕韩。马慕韩从纺管局回来第二天,把大家约到棉纺工业同业公会楼上主委办公室里,向大家报告和纺管局谈的经过,最后说:

"现在报告大家一个好消息,政府接受了棉纺业全业公私合营的申请!……"

办公室里立刻响起了清脆的掌声。江菊霞兴奋地说:

"过去个别合营,像坐小划子过江;这次全业合营好比是包轮船摆渡了。"

"这个轮船是江大姐经手包的。"潘宏福说。

"这次全业合营大头是潘家,要说包轮船的话,主要是信老包的,顺便把中小户带过江去。"

"哦,还有这么一说?"潘信诚怕儿子再上当,今天带儿子一道来了。他眯着眼睛笑嘻嘻地对江菊霞说:"你把步老放到啥地方去?"

"步老当然也有一份。"

"还有慕韩老弟呢!可别忘记他是合营工作组的组长呀,真正包船的是他,我们不过是普通乘客罢了,嗨嗨。"

"这可不敢当!"马慕韩欠欠身子说,"我们这个工作组是办事机构,秉承信老、步老的意见办事。"

"你们两位不要谦虚。"冯永祥用手向潘信诚和马慕韩两边一按,说,"大家有份,这次是共同包的。诸位明公,以为如何?"

他像是走江湖变戏法的,向四面观众拱拱手。徐义德认为政府接受公私合营是意料中事,而包轮船渡江,当然是大家有份,徐义德从来不跟在别人屁股后头跑的。他说:

"阿永的话,自然没有错。慕韩兄讲了半天,却漏了一桩重要的事体。"

大家望了马慕韩一眼,又盯着徐义德,不知道他指的啥。徐义德接着说下去:

"裁并改合的方案,政府提出来没有?"

"这的确是一桩重要的事体。"潘宏福还关心沪江纱厂会不会合并到通达来。

"这个已经和纺管局谈了,他们好像还没研究过这问题,说是先慢谈方案,要订出一个谁并出谁并进的规格来,学习学习陈市长的讲话,通过协商,和大家再拟订裁并方案。"

"陈市长早已提升为副总理了,应该说学习陈副总理讲话。"冯永祥更正说。

"陈副总理还兼管上海工作,仍然是市长,"江菊霞不同意冯永祥的更正,说,"慕韩兄说是陈市长也没有错啊,阿永。"

"谁该并出谁该并进的规格纺管局提了没有?"徐义德问。

"纺管局谈了一下。"马慕韩回忆地说,"他们提出的规格是:从生产经营和改造有利出发,对规模过小,机器厂房设备陈旧,生产经营困难,不能单独维持的厂必须并出;对规模较大,机器设备有余,厂房有余和地区临近(照顾职工)的厂可以并进。纺管局要我们在同业当中酝酿协商,这个规格还不够完整,大家可以修改补充。"

"有了这个章程就好办事了。"潘宏福心里想潘家规模较大,机器设备有余,厂房设备很大,可以并进一些厂,沪江的问题还是可以考虑的。

"是呀,政府从全局出发,统筹兼顾,"马慕韩说,"这个以大带小以先进带落后的办法,确实有利于生产经营。"

"还有一种情况,规格里没提。"徐义德看潘宏福露出得意的神情,他警惕地说,"比如说,规模不大不小,厂房不多不少,机器设备也不坏,这就不存在并出并进的问题。"

"这个情况么,也可以说已经包括了,"马慕韩解释道,"规模不小,机器和厂房不旧,无须并出,当然也就没有并进的问题了。"

"要是人家愿意并进呢?"潘宏福说。

潘信诚一听到规格的内容心里就凉了一半,原先想吃掉一些好厂完全落空了,能够并进的是没人要的小厂烂厂。最倒霉的是通达,机器设备有余,厂房设备有余,临近不少小厂烂厂,正好并进,对生产、经营和改造倒是有利了,通达却无缘无故背上了烂包袱,真想不到合营晚了一步还要吃这个亏。他一时又找不到正确的理由反对,正在气头上,不识相的潘宏福还痴心妄想并进好厂,那不是癞蛤蟆想吃天鹅肉吗?他瞪了潘宏福一眼:

"现在是谈规格,你谈那些做啥?"

"信老,你觉得这个规格怎么样?"马慕韩赶紧补了一句,他想应该首先征求潘信诚的意见。

"这个规格想得实在太好,我没有意见,完全赞成。不过史步老今天有事没来,棉纺业许多同业也不在,这是件大事体,要征求征求他们的意见。"

"史步老没来不要紧,"冯永祥跷着二郎腿,悠然自得地望着潘信诚说,"他委派我们江大姐担任特命全权代表,有啥意见,她可以做主。"

潘信诚没有理冯永祥,他的怀疑的眼光对着江菊霞。她摇摇

头,娇声娇气地说:

"这么大的事体,我怎么能做主呢?我只能把今天谈的向他报告报告。"

徐义德看出他十万纱锭的宏伟计划已成泡影。政府提出这个规格,不啻给沪江纱厂筑了一道防御的长堤,通达再也没有理由提出与沪江合并合营的要求。这个规格政府虽说要同业讨论,但是大道理谁也推不翻,实际上裁并改合的方案等于已经拟定了。门当户对也好,自由恋爱也好,都是枉费心机,没啥噱头,倒是清产定股方面,油水不小。棉纺织厂的资产中机器设备的比重很大,一般厂要占百分之八十左右,要是在这方面提高一点,可以大大提高全部资产的总值。他利用今天的机会,提了出来:

"信老说得对,规格让同业讨论讨论,听听大家的意见再说,今天无法谈定。倒是清产定股问题,现在可以酝酿酝酿。"

"这有啥好酝酿的?"冯永祥刚才碰了潘信诚一个软钉子,生气地说,"我们这位特命全权代表又不能做主。"

"但是我可以转达各位的意见。"江菊霞说,"这个问题大中小户都很关心,关系到每一个厂的切身利益,早就有人提出来要谈了。我们棉纺织厂的资产主要是机器设备,这个问题在上海十分复杂。有些厂的机器还是满清时代买进的,有些厂的机器是解放以后才从国外运来的,是最新式的立达机器。各式各样的机器怎么算法?确是一件伤脑筋的事体。"

"这个么,我也听同业谈起。"潘信诚曾经在家里和潘宏福计议过。他们想好了一个公式。潘宏福利用江菊霞提出的机会,借别人的嘴说道,"他们提了一个计算公式,就是耐用年限减去尚可使用年限,等于已使用年限。我觉得这个公式可以研究研究。"

潘宏福自己以为这回说得很巧妙了,潘信诚却还不满意,认为他仍旧缺乏涵养,讲话冒失,信口而出,叫潘信诚没法阻挡,暗暗给

453

他捏了一把冷汗。幸好他没有说下去,潘信诚用雪白的手绢拭了拭额角,又揩了揩嘴,担心地轻轻叹了一口气。

兴盛的机器还是马慕韩父亲经手买进的,到现在快五十年了。马慕韩很欣赏这个公式,如果照这个公式计算,兴盛的产值便要提升。他赶紧接上去说:

"这个公式可以考虑。"

"我看这个公式不能考虑……"

徐义德说了这一句,潘宏福嘴嗫嚅着,蠢蠢欲动。刚才潘宏福冒里冒失冲出那一番话来,潘信诚提心吊胆,怕他再乱说乱道,一对锐利的眼光就没离开他的身边。果然他又要开口了,潘信诚有意高声咳了一下。他一听这意味深长的咳嗽声,不得不紧闭着嘴。马慕韩不假思索地反问徐义德:

"为啥不能考虑?"

"要是按照这个公式计算,那些老掉牙齿的机器便要升值,算出来的已使用年限,与实际不相符合。那些超龄机器,只要保养得好,修理修理,多用一二十年问题不大,从尚可使用年限求出已使用年限一定不正确。"

"可是你没法否认它尚可使用年限。"马慕韩心中默默计算,兴盛的机器要是照这个公式计算,机器升值千把万也不稀奇。

潘宏福忍不住在一旁支持马慕韩:

"慕韩兄这个意见对,机器尚可使用年限,任何人也不能否认。"

"已使用年限与实际不相符这一点,"徐义德丝毫也不让步,按照这个公式计算,潘家、马家的资产总值都要升值,相比之下,沪江的机器等于降值;他不能实现十万纱锭的计划来提高自己在工商界的地位,但也不能让别人凭空升值来压低沪江的地位,他对马慕韩说,"我看,也没有任何人可以否认的。"

"大家都别动肝火,平心静气地谈,好哦?"冯永祥最近没有抓棉纺业合营的事,本来对计算公式没有兴趣,听他们一争,倒感到里面蛮有学问,便插进来问,"有没有其它计算公式?"

"有倒是有,"江菊霞点了点头,说,"丽新也考虑到这个问题,他们提的是,耐用年限减掉已使用年限,等于尚可使用年限。"

"已使用年限怎么规定?"潘宏福问。

"可以根据历史资料。"

马慕韩听江菊霞提到"历史资料"四个字,他心头一跳,要是按照这个公式计算,兴盛有许多机器不但不能升值,反而要报废了。他大声说道:

"按照这个公式计算,得出来的尚可使用年限与实际不相符合,许多机器尚可使用年限一定超过计算出来的年数,难道说,这些还可使用的旧机器都要扔掉吗?"

"这对国家是个莫大的损失,"潘信诚看马慕韩态度相当坚决,应该支持他斗下去,这对通达的利害关系太大了,潘信诚慢吞吞地说,"对社会主义的生产经营也是不利的。我们应该为国家节省财力物力,不能有一丝一毫浪费。"

江菊霞见他们向她进攻,她慌忙起来声明:

"这是丽新提出来的,对与不对,我还没有研究,不过提出来让大家了解有这么回事罢了。"

"我不是说你,"潘信诚笑了笑,说,"江大姐别误会。"

"信老不是说我,我不会误会的。"

"这么说,这个公式也不行。"冯永祥想一鸣惊人,他来提一个大家可以接受的公式。他想来想去,想不出一个好公式来,可又不甘寂寞,便扫了大家一眼,说,"哪位再想一个?对啦,铁算盘一定有好主意,德公,你说一个。"

徐义德也不赞成丽新的算法,认为是江菊霞提的,马慕韩和潘

信诚提出反对的意见,他就没有吭气,在暗暗想怎么计算才比较公平合理。冯永祥一提,他便说出来了:

"我倒是想了一个,不晓得合适不合适。"

"管它合适不合适,先提出来再说。"冯永祥催促他。

"我认为尚可使用年限加上已使用年限,等于耐用年限比较合理吧。"

潘信诚凝神听徐义德的话,听他说完,索然无味地闭上了眼睛。如果按照徐义德的公式,那潘家在机器计算上,一点便宜也占不到。马家也是同样情形。他料想马慕韩不会同意的,他暗中窥视了马慕韩一下,等候马慕韩的反攻。果不出潘信诚所料,马慕韩开口了:

"这个公式好倒是好,但执行起来有困难,就说已使用年限吧,上海很多老厂,历史资料很不全,几十年来,经过租界变动,又经过敌伪时期,有些厂账册不全,已使用年限很难确定,怎么能算出耐用年限来呢?"

"这是个问题。"潘宏福点头说。

"问题虽是个问题,可是并不难解决。"徐义德望望主委办公室里没有一个外人,都是棉纺业的,或者是和棉纺业有亲密关系的冯永祥。他放心地说,"关起门来说,每个厂多多少少都有些历史资料,自己的机器谁心里没有数?退一万步说,就是账册不全,厂里那些老人肚里也有一本账啊。"

"各厂情况不同,不能一概而论。有些老厂确实账册不全,老人也很少,就是有,也记不起机器是哪年购置的。照你这个公式,这些厂怎么清产定股呢?"马慕韩坚持他的意见。

徐义德说:

"总有办法找到历史资料的。"

"德公这话有点武断,"潘宏福紧紧跟在马慕韩后面反驳徐义德,"你哪能晓得一定可以找到历史资料呢?"

"凡是亲手办厂的,都有办法找到历史资料,机器本身也可以说明,何况还有经手人,专家也可以鉴定!"

徐义德几句话打在两个人的头上,潘宏福一时说不出话来。马慕韩一点也不含糊,马上反驳徐义德:

"只要有历史资料,任何人都可以找到,不管是不是亲手办厂;没有历史资料,这在道理上讲不通,也不合乎逻辑啊!"

"个别厂账册不全,就以为整个上海的棉纺织厂的账册不全,这个道理讲得通吗?合乎逻辑吗?"

"所以说,各厂情况不同,不能一概而论!"马慕韩气呼呼地说,"就是有些历史资料,有的厂买的是旧机器,不了解已经使用了多少年,就是买的新机器,不少厂中间曾经停止过使用,停止多久,谁也记不清了。请问你这个账怎么算法?"

"只要诚心诚意算,加上可以找到的历史资料,一定可以算出来。"

"你有办法,别人可没有办法!"

"账总有办法算的……"

"大家平平气,慢慢讲好不好?你们两位肝火这么旺,我看要吃点泻药,去去火气。"冯永祥看他们剑拔弩张,形势不妙,赶紧站起来,走到当中,向他们两位按按手说,"你们暂时'停火',且听小弟我讲两句。"

大家不禁笑出声来,连潘信诚也微微地睁着眼睛望他,像是在看一位著名演员表演。紧张的空气顿时缓和下来。他得意地打扫了一下嗓子,仿佛嗓子眼儿里有啥堵着,急切说不出话来。他弄了一下紫红的领带,使劲地摇了一下头。这么一摇,好像嗓子眼儿里的东西掉下去了。他嘻着嘴说:

"今天鄙人嗓子失润,敬请各位原谅。"他喝了一口茶,然后才慢慢说,"慕韩兄的意思是不是一个计算公式不能解决问题,各厂情况不同,要用不同的公式来计算?"

没等马慕韩回答,江菊霞抢上来说:

"这怎么行呢?这次全业申请合营只有十三个企业单位,二十三个厂只能用一个公式,不能用很多公式。如果一个企业单位一个公式的话,那不是要十三个公式了吗?要把人的脑袋算大的啊。"

"这么多公式,同业摆不平,政府也难办,"潘信诚说,"只能有一个公式,根据多数厂家的意见来定。"

"我赞成信老的意见。"马慕韩知道这次合营潘家和史家的锭子加在一道,便压倒多数,何况还有兴盛哩,更不成问题。

"我也赞成只能有一个公式……"

冯永祥听徐义德的口气,以为问题解决了。他不等徐义德说完,叹了一口气,插上来说:

"谢天谢地,意见总算一致了。"

徐义德不动声色地接下去说:

"究竟哪个公式好,不能根据多数少数来决定,应该看哪个公式公平合理。"

冯永祥大失所望。他这个和事佬努力并没有成功,前途还有不少暗礁的样子,怀疑地对徐义德说:

"公说公有理,婆说婆有理。各有各的理,永远谈不清,叫我们这些人怎么办?"

马慕韩紧接着徐义德说:

"对,可以比较比较。凡事总有一个客观标准,不能根据一个人的主观来定。不信,问问同业,一定赞成宏福老弟提的公式。这个公式比较公平合理。"

"大家说自己的对,都不让步,这样争下去,怎么了结?好在是酝酿酝酿,以后再谈吧。"冯永祥想不了了之。

马慕韩因为潘信诚亲自出马,他们这一派意见占优势,希望今天初步定下来,以后在同业里酝酿就容易了。他说:

"大家把意见敞开,要是有个比较一致的看法也好……"

"我看不易!"

徐义德感到今天有点孤单,潘家和马家联合起来对付他一个人,江菊霞不便多说话,暂时搁下来倒是一个办法。马慕韩又不同意,如果把多数人的意见归纳起来,一定是潘宏福的公式占优势,他不能吃这个眼前亏。他支持冯永祥:

"阿永说的对,今天很难得到一致的看法。这三个公式各人有不同的理解,也不好勉强一致,我看只好请示纺管局,让领导上决定好了。"

"请示纺管局也好,看领导上究竟认为哪个公式比较公平合理。"马慕韩理直气壮地说,"信老,你看怎么样!"

"好么。"潘信诚满是皱纹的脸上浮着勉强的微笑。

四十五

徐义德回到家里,想来想去,认为尚可使用年限加上已使用年限,等于耐用年限比较合理,可是马家和潘家都不赞成,小小的沪江,怎么能和这些大亨斗呢?一个马慕韩就吃不消了,何况又加上个潘信诚,徐义德更不在话下了。请示纺管局决定,不知道后果如何,要想法让纺管局采用他的办法才好。他一人坐在书房里动脑筋,在想方设法。

朱瑞芳听说徐义德回来了,连忙下了楼,匆匆走进书房,劈口就问:

"义德,你听说马丽琳的事体吗?"

徐义德猛的听到马丽琳三个字,一个妩媚多姿的少妇在他脑海里隐隐约约出现了。他虽然内心垂涎马丽琳很久,一则是朱延年和她形影不离,没有机会和她接近,二则马丽琳到徐公馆来的时候不多,见了面她十分尊敬徐义德,从来不开一句玩笑,并且总有朱瑞芳在。他和马丽琳没有任何个人往来,朱瑞芳为什么突然问到马丽琳的事,难道怀疑徐义德和马丽琳有什么关系吗?那是天大的冤枉哩。他冷静地不慌不忙问道:

"马丽琳的事体?啥事体?"

"这个人坏透了,别介绍她上沪江工作。"

徐义德心上一块石头落了地,可是不知道朱瑞芳为什么忽然改变主意,原来经常催他把马丽琳介绍到沪江去工作,他已经关照梅佐贤去办了,大概最近忙于研究棉纺业合营的事,把事情耽搁了。他问：

"你原来不是说马丽琳为人蛮好吗？怎么变坏了？"

"你不知道她和我弟弟离婚了吗？"

"你弟弟不是早就伏法了吗？"

"我没听说要和死人离婚的，你看这人坏不坏？"

"她和朱延年离了婚？"

"哼，我今天听说的。托人向福佑同仁打听，他们都说是有这回事。"

"啊！"徐义德吃了一惊，他最近忙着计算那几个公式，没有时间管别的事体，更不用说马丽琳的事体了。他叹了一口气，慢吞吞地说，"人情淡薄，延年尸骨未寒，丽琳竟然提出离婚，实在叫人太寒心了。"

"马丽琳既然无情，也不能怪我朱瑞芳无义，从此我们和马丽琳一刀两断！她不要再认我这个姐姐，我也不承认她是我的弟媳妇。她走她的独木桥，我走我的阳关道。我们沪江不要这样无情无义的人。"

"你说得对。"

"沪江的事怎么办呢？"

"你再三要我介绍她的工作，我已经通知梅厂长办了，可能还没办。"

"没办更好，叫他不要再办了。"

"好，待明天到厂里去，我关照一声。"

"还要等到明天？这桩事体不能等，你马上就给我招呼梅厂长，叫他别管马丽琳的事了。"

"马上？让我休息一会再说。"

"休息？休息一会，也许梅厂长通知她，那事情就不好办了。"

"我刚刚回家，让我休息一会，不行吗？"

"好,好好,你休息,我自己打电话给梅厂长。"

"你打电话给梅厂长?"徐义德就怕朱瑞芳这一手,马丽琳的事由她打电话不要紧,弄成习惯,厂里什么事她都插一手,叫他不好办。他无可奈何地叹了一口气,说,"打就打吧,你叫通电话,我来给他说。"

朱瑞芳拨了书桌上的电话号码,许久没有人听,过了一会儿,那边问找谁。朱瑞芳说是找梅佐贤厂长,对方说梅厂长出去了,不在厂里。朱瑞芳没精打采地放下听筒,说:

"明天早点到厂里去,别忘了关照梅厂长。"

"你的事体,我怎么会忘得了?明天到厂里,头一件大事,就给梅厂长谈马丽琳的事体,该满意了吧?"

"我一切都听你的,你怎么办,我都满意。"

"你一切都听我的,我的太太,我可没那么大的福气。"

朱瑞芳抿着嘴得意地笑了。

"哪一件事,我最后不是听你的?"

第二天徐义德没有到沪江厂里去,径自到了沪江总管理处,首先找到了梅佐贤,可不是要他不介绍马丽琳到沪江工作,却问他准备安排马丽琳做什么工作。他说总务科和托儿站都需要人,正要请示总经理安排她到哪里去工作好。徐义德告诉他发生了一些波折,等了解以后再说。梅佐贤当然遵命,等候总经理的吩咐。

吃过晚饭以后,马丽琳应邀到了沪江总管理处。她听说沪江找她,心里十分喜悦,认为终究是亲戚,还是朱瑞芳好,没有忘记她这个弟媳妇,一定是通知她到沪江上班了。她走进总经理室一看,见徐义德站起来笑嘻嘻欢迎她,更感到温暖和亲切,姐夫这么忙,为了她这点小事,还亲自给她谈,实在叫人感激不尽了。

她拘谨地坐在大写字台旁边,徐义德亲自给她倒了一杯茶,关心地问她:

462

"最近好吗?"

"好?……好……"她不知道怎么回答,丈夫死了,留下一屁股债,家庭生活困难,找不到工作,有什么好可讲呢?可是不好说别的,只是含含糊糊地应了一下,想了想,努力说出自己的愿望,"要是找到工作,就好了。"

"工作?"

"姐姐说,已经给你谈好了,准备要我到沪江工作,让我在家里等候通知。多谢姐夫关心,给我介绍工作,我一生一世也不会忘记姐姐姐夫的恩情的。"

"哦,"徐义德意味深长地应了一声,看见马丽琳穿了一身淡青色的素绸丝棉袄,下身是浅灰呢的西式裤子,脚上穿了一双白缎子绣着蓝花的浅口软底便鞋,和头上左边鬓角那儿插了一朵雪白的绒花遥相呼应。浑身打扮十分素净,头上那朵雪白的绒花令人注目,衬得头发乌而发亮,她给朱延年戴孝,不是细心的人却又看不出来。这身打扮,另有一种风韵,显得楚楚动人,端庄清秀,那一双眼睛并不直视徐义德,有时看一下徐义德的表情,恰恰和徐义德贪婪的眼光碰上了,她迅速地微微低下了头,暗暗又瞟了徐义德一眼。

徐义德一碰上她的眼光,浑身像是触电一般,四肢无力,瘫痪一般的坐在咖啡色牛皮转椅上,竟然一句话也说不出来了。还是马丽琳打破了沉默,关心地问:

"姐夫准备叫我在厂里担任啥工作呢?我这一辈子啥工作也没有做过,当了几年舞女,碰上朱延年,结了婚,在家里呆着,到了沪江,希望姐夫多多关照。"

"多多关照?"

"多多关照,姐夫不愿意吗?"

"愿意,愿意,你要我关照,我还有不愿意的吗?"徐义德语意双

463

关地说,站了起来,指着写字台对面的双人皮沙发说,"请这边坐,慢慢谈谈。"

马丽琳走过去,看徐义德那么热情,估计工作不成问题了,以后在沪江要把工作做好,不能丢姐姐姐夫的脸。她问徐义德:

"你准备要我做什么工作呢?"

"这个……这个……"

马丽琳见徐义德吞吞吐吐,说不下去,感到有一种不好的兆头,提心吊胆地问:

"有什么困难吗?……"

"困难,不能说没有,也不能说有……"

"这是什么意思呢?"马丽琳看到徐义德一头乌黑的头发,给电灯一照,更加显得乌而发亮,想起朱延年过去告诉她姐夫自称"蒙了不白之冤"的故事,虽然已是五十出头的人了,看上去不过四十岁光景。过去看得不大真切,这次两人坐在沙发里,距离很近,看得特别清楚,果然长得很年轻,只是胖了些,大概每天三餐吃得太好了。人家说徐义德办事精明,不大容易摸透他的心思,今天晚上约她谈话,一提到工作,言语含含糊糊,不知道究竟有什么困难,她要抓紧今天难得的机会,谈出个眉目来。

徐义德听她的口气有些焦急,他不慌不忙地说道:

"听说:你给朱延年办了离婚手续,有这回事吗?"

"你也知道了?"

"人家最近告诉我的。"

"这也是不得已的。因为沪江的事老没消息,我自己到处托人,有一家药厂需要一个总务,已经讲好了,一号上班,后来打听到我是朱延年的妻子,人家不要了。一连找了几个工作,都是因为我是延年的妻子,人家就摇头了。看上去,不离婚,工作难做,我才办了这个手续。"

"你和延年离婚,在别的厂商找工作可能困难少些,但在沪江找工作就困难了。"

"沪江是姐夫一手经办的,只要你一句话就行了,"她的祈求的眼光望着徐义德的面孔,感到有些奇怪,不解地问,"这有什么困难呢?除非姐夫不愿意帮我这个忙。"

"你的事,我当然愿意帮忙,"徐义德望着屋顶上垂下来的大吊灯,把屋子照得和白天一样,想了一下,说,"可是有人不同意。"

"是厂里的人吗?"

"厂里的人倒好办。"徐义德叹了一口气,表示很为难,没有往下说。

马丽琳想不到有谁不同意,厂里既然好办,那么一定是徐公馆的人了。徐公馆有谁不同意呢?家里的事,徐义德最听朱瑞芳的话,那天朱瑞芳对她说的话,这时在她的耳际回旋:"在上海,延年过世后,你是我身上最最亲的人了。你的事,我能不管吗?"朱瑞芳亲口对她说的,一定是林宛芝不同意。朱瑞芳和林宛芝不和,影响到她的头上来了。林宛芝是徐义德心上的人,林宛芝不同意,徐义德当然不管了。她问:

"是林宛芝吗?"

"她不管这些事体。"

"大太太也不会管这些事体的。"

"你说得对。"

"那么,还有谁?"

"延年他姐姐……"

不等徐义德说下去,马丽琳直摇头。

"不会的,不会的……"

"就是她。她说你和延年离了婚,和朱家再也没有关系了,她不是你的姐姐了,从今以后,不必往来了……"

465

像是晴天霹雳,她万万没有想到朱瑞芳翻脸不认人,竟然要和她断绝关系了。这么一来,给她的打击太大了,没法控制自己的感情,忍不住幽幽地哭泣了。徐义德看她那么悲伤,如同猎人看到他要捕获的动物让他一枪打中一样的暗暗高兴,没有丝毫的同情心。等她哭了一阵,他移动肥胖的身子,坐近她的身边,掏出雪白的纱手绢,给她拭去泪水,就势搂着她的肩膀,装出同情她处境的神情,安慰道:

"不要伤心,有事慢慢商量……"

听徐义德的口气,事情还没有绝望,她想离徐义德远一些,可是她已经坐在沙发尽头了,没有地方了;她想站起来,但他的肥胖的手和胳臂放在她的肩膀上,站不起来。徐义德的话给她带来希望,她忍住心头的哀伤,微微抬起头来,望了徐义德一眼,看见徐义德嘴犄角上亲昵的笑容,轻声问道:

"你还认我这门穷亲戚吗?"

"我不是像朱瑞芳那样无情无义的人。"

"你是有情有义的人。"

"不,我是多情多义的人,"他一边把声音放得很低,一边用左手轻轻抚摩着她乌黑的头发,亲切关怀地说,"像你这样年轻美丽的少妇,遭到这些不幸的事故,没有人不同情的,没有人不愿意帮忙的。"

马丽琳在百乐门多年的舞女生涯,听过无数舞客的甜言蜜语,从舞客的一言一行里就可以察觉出舞客的意图。他的手轻轻在她的头上抚摩来抚摩去,她浑身感到一股股暖流在身上流转。她猛地想起,徐义德忽然今天约她五点半来,现在办公大楼里写字间的人都下班了,而总管理处办公室里只有她和徐义德两个人。她想马上离开这个地方,可是寻找职业的愿望又要她留下来。她希望早点把事体谈妥,好走。她望着他笑眯眯的面孔,小声说:

"只要你愿意帮我的忙,没有不成功的。"

"别人的事情我可以不管,你的忙我不能不帮。"

"那太好了,谢谢你。"她亲热地叫了一声,"姐夫。"

"我不要你叫我姐夫。"他顺势把她搂在怀里。

她仰起头来,温柔地轻轻问道:

"叫什么呢?"

"你知道……"他伸出右手,把沙发附近的电线开关一拉,屋顶上的雪亮的吊灯熄了,总经理办公室里顿时变得一片黑暗。

过了约莫半个多小时,徐义德拉了一下电线开关,办公室又给吊灯照得和白昼一般。马丽琳用手理了理凌乱的头发,给压皱的衣服拉拉平,站了起来,慵懒地问道:

"啥辰光去呢?"

"后天上午十点。"

"朱瑞芳会答应吗?"

"刚才不是告诉你了吗?你照我的办法去做,不成功,你再来找我。"

"我再也不到这儿来了。"马丽琳嘴上拒绝,可是立即嫣然一笑,那笑容又叫徐义德放心:只要你找我,我还会回来的。

第三天上午十点,马丽琳还是那身素净的打扮,只是左胳臂上套了一块黑纱布,蹒蹒跚跚地走进了徐公馆的东客厅,徐义德果然和朱瑞芳坐在那儿,林宛芝坐在徐义德旁边在看《解放日报》。徐义德一见马丽琳,首先开口:

"好久不见了,这一阵子为什么不上我们家来呢?"

没等马丽琳答话,朱瑞芳生气地开口了:

"人家有志气,嫌延年的名气不好,打了离婚报告,和朱家断绝关系,怎么有空上我们家来呢?"

"这是不得已的事,托人到处找生活做,谈得差不多了,别人家一打听,知道我是朱延年的妻子,就不要了。眼睁睁看着事体快办成了,都因为我是延年的妻子,人家就摇头,面孔也变了。我没有办法,为了过日子,不找生活做,怎么糊口呢?只好打了离婚报告,这不是我的心愿,我也不想再嫁了,我心里没有和延年离婚,我永远是他的妻子。"

"说的比唱的好听,"朱瑞芳把嘴一撇,冷冷地说,"打了离婚报告,还永远是延年的妻子,鬼才相信哩。"

"这是我心里话,我是不愿和延年离婚的,实在是不得已,希望你原谅我,姐姐。"

"既然离了婚,我也不是你的姐姐,今后别叫我姐姐了,你有骨气,和延年脱离了夫妇关系,和我朱瑞芳也脱离了姐姐和弟媳妇的关系,……"

马丽琳看朱瑞芳脸色严峻,翻脸不认人,她用恳切的声音哀求道:

"姐姐,你原谅我这一回……"

"我已经不是你的姐姐了,左一声右一声叫我姐姐做啥?我没有福气当你的姐姐,我也不敢认你这位有骨气的弟媳妇。现在已经和延年脱离了夫妇关系,找生活做容易了,以后也不必上我们徐家来了。"朱瑞芳连看也不看马丽琳一眼,要不是徐义德和林宛芝坐在旁边,她真想用棍子把马丽琳赶出徐公馆。她霍地站了起来,大摇大摆地向大客厅走去。

马丽琳看形势严重,并不像那天晚上在沪江总管理处办公室徐义德所说的情形,她担心地望了徐义德一眼。徐义德稳稳坐在沙发里,不动声色,不知道他心里打的什么主意,怎么挽回这不可收拾的难堪局面。她焦急地坐在那儿,屁股像是给针扎了似的,坐也不是,走也不是,如果不是林宛芝坐在旁边,她真想走到徐义德身边,那天晚上答应的事体究竟算不算数?难道是骗她不成?玩弄她之后就撒手不管了吗?

正在马丽琳不知如何是好的时候,徐义德一点也不着急,只是对林宛芝撇了一下嘴。林宛芝不慌不忙地对着朱瑞芳气愤的背影说:

"丽琳有丽琳的苦衷,你有你的道理,话还没有谈完呢,怎么就走了?"

朱瑞芳满脸怒容,回过头来,说:

"她和朱延年断绝了夫妇关系,还有啥好谈的呢?"

"她虽然和朱延年断绝了夫妇关系,她说并不是心甘情愿的,她的话还没有说完,你听完了再走也不迟啊。"

朱瑞芳勉强走了回来,一屁股坐在原来的沙发上,紧紧闭着嘴,闷声不响,那神情仿佛向马丽琳质问:看你还有啥好说的!

马丽琳一时说不出话来,猜想朱瑞芳的心思,事体做了,不管她怎么说,朱瑞芳大概不可能回心转意了。她求救的眼光,暗暗又望了徐义德一下,那眼光盼望徐义德说一句话,也许还有转圜的余地。徐义德好像没有看到马丽琳的眼光,他的眼光正望着林宛芝。林宛芝开口了:

"丽琳,你这桩事体确实办得不对,延年已经过世了,为什么还要离婚呢,显得做人无情无义。你不过是为了找生活做,瑞芳已经答应你想办法了,我知道她也给义德讲了,只是时间问题,迟早会解决的。你就不能再等些时候吗?"

"你讲的道理完全对,我这桩事体做错了,可是我实在没有办法,沪江这方面老没消息,要是在沪江找到生活做,我也不必求别人家了,更不会打离婚报告了。"

"你和延年离婚,"朱瑞芳开口质问,"还把责任推到我们身上?真会讲话。"

"不是把责任推到……"马丽琳要讲"推到姐姐身上",怕又惹

469

朱瑞芳生气,改口道,"不是把责任推到你身上,是我的过错。每天开门七件事,柴米油盐酱醋茶,哪一样不需要钱,一点家底早就典尽当绝了,也没地方去借钱,找不到生活做,拿不到工钿,揭不动锅盖,一家人的肚子怎么办呢?我怕沪江一时不进人,才不得不求别人家找个生活做,人家因为我是朱延年的妻子,谈妥了,也不肯要,我才想到离婚的事。要是沪江进人,我到法院把离婚报告收回来就是了。"

"离婚是儿戏的事体吗?离了,还能收回吗?"

"这个,我倒听说过,离了婚,又复婚的事体是有的。"林宛芝看到露出了转机,帮了马丽琳一句。

"延年死了,她和谁复婚?"朱瑞芳瞪了林宛芝一眼,嫌她多事。

"收回离婚报告,刚才说了,我永远不再嫁人了。"

"那是你自己的事体,你年纪轻轻的,长得漂亮,又当过红舞女,哪个男人看到不想和你结婚?"

马丽琳暗自一惊:难道那天晚上在沪江总管理处办公室的事体,朱瑞芳已经察觉了吗?她暗中望了徐义德一眼;他面孔毫无惊慌的表示,也可以说什么表情也没有,又不像把那天晚上的事体泄露出去的样子。她辩白道:

"我打离婚报告没有别的意思,就是为了找生活做,你不信,我可以对天发誓。"

"那是你马丽琳的事体,我们姓朱的管不着。"朱瑞芳听说马丽琳不是为了结婚而离婚,看上去,倒真的是为了想找生活做。她的气开始有点消了,可是面孔还是绷得紧紧的。

"不管怎么说,丽琳过去和延年究竟是夫妇,延年犯罪给枪毙了,她也去收了尸,办了后事,虽说办了离婚手续,也是不得已的事体,你看,到现在还替延年戴着孝,可见她心里确实没有忘记过去夫妻的恩情。"

朱瑞芳听林宛芝说得入情入理,她看了马丽琳,她左胳臂上的确戴着黑纱,头上那支白丝绒花也戴着,穿得很朴素,她一肚子的气又消了些,可是她嘴上还是不饶人:

"过去延年待她那么好,人死了,连孝也不戴,那还算什么夫妻,像话吗?"

"正因为是夫妻,她找不到生活做,家里开不了伙,邻居们都知道她是朱延年的妻子,朱延年有好姐姐好姐夫,在上海滩上谁不知道徐公馆?你不原谅她打了离婚报告,不给她介绍工作,不知道内情的人,还以为你无情无义,弟弟死了,弟媳妇的日子过不下去也不管,说得过去吗?"

"她不是和延年离了婚吗?"

"就算离了婚吧,离婚以前总是夫妻吧?离了婚以后,人家也知道丽琳过去是延年的妻子,你是他们的姐姐,你不帮忙,人家不会背后说你吗?"

"每人有张嘴,爱说啥人说啥人,我管不着,我也不怕人说。"朱瑞芳内心里却有些松动了,马丽琳有什么意外,她脸上也不光彩。

"你不怕背后有人说你,难道也不怕有人背后说义德吗?传到工商界那些大亨的耳朵里去,至亲好友都不帮忙,真像有些人骂义德是什么无义缺德的人,对朱家不好,对徐家也不好!"

"照你这么说,我们倒应该给她介绍职业了?"

"我明天就到法院去,撤销离婚报告。"马丽琳觉得林宛芝真会说话,究竟是上过大学的人,喝过洋墨水,不慌不忙说动了朱瑞芳。她一听朱瑞芳松了口,立即表示态度。

"你明天到法院撤回离婚报告也好,其实撤销不撤销也没有关系,反正人已经死了,不撤销也没有实际意义。"林宛芝停了停,看见朱瑞芳脸上的肌肉已经松弛了,也不嘟着嘴了,只是默默地坐在那儿,似乎拿不定主意。林宛芝见徐义德凝神静静在听,知道自己根据他的意图讲话起了作用,便又说道,"你不撤销,瑞芳仍然给你介绍工作,更显得瑞芳重恩情,究竟是徐公馆的太太,和一般人不同。"

"照你这么说,我应该仍旧给丽琳介绍工作?"朱瑞芳忍不住要流露出同意的表情了。

"介绍不介绍,由你决定。"

林宛芝妙在自己并不表态,可把马丽琳急坏了,八字有了一撇,如果不成功,不是白费心思吗?她忍不住又叫了一声:

"姐姐,你帮我这回忙,我一生一世也不会忘记你的。"

朱瑞芳张开口想说话,又忍住了。林宛芝接上去说:

"你就答应吧,反正沪江要进人,与其进外人,还不如进自己的亲戚好。"

"沪江要进人?"朱瑞芳想起可怜的弟弟,让马丽琳一家饿着肚子,流落街头,也是丢朱家的脸,帮个忙也没有什么困难,只要沪江进人,马丽琳去,总比增加陌生的人好一些。

林宛芝看看已说得差不多了,便逼紧一步,说:

"听说快公私合营了,现在沪江是私营厂,只要义德说一句话就行了;等到公私合营,沪江再进人就没那么容易了。哪一家厂商不是在公私合营前,设法多进一些自己的人,丽琳的事,再不介绍进去,就晚了。"

朱瑞芳见徐义德坐在沙发里,一直闷声不响,好像有什么心思,摸不透他在想什么,更猜不到是不是肯帮她弟媳妇的忙,想了解徐义德的内心的想法,可是他内心像是一个大海,叫谁也摸不清。她借林宛芝的话,试探地问道:

"义德是真的吗?"

"要公私合营,当然是真的。"

"你可以不可以催厂里快把丽琳的事解决了?"

"这是你的事体,我不管。"

"我的事体不就是你的事体吗?"

"你不是要和丽琳脱离关系,不介绍她工作吗?"

"我说过这个话。"

"那就对了,"徐义德有意往外一推,"为什么还要我介绍工作呢?"

"你没听见刚才宛芝说的话吗?丽琳没有工作,生活困难,不丢徐家的人吗?"

"丽琳是朱家的亲戚。"

"我朱瑞芳是谁家的人?"朱瑞芳见徐义德推三推四,反而同情马丽琳,怪徐义德无情无义了,生气地问,"朱家的亲戚有困难,你就甩袖子不管吗?怪不得人家说你是铁算盘呢,在亲戚关系上也要打小九九。"

"你别教训我了,我的太太,你要怎么办,快说吧。"徐义德脸上装出不情愿又不得不遵命照办的神情。

"你快催梅厂长把丽琳的工作解决了,一定要在公私合营以前解决,解决不了,我就找你算账。"

"好,好好,一定遵太太之命。"

马丽琳见徐义德那副装腔作势的神情,恍然大悟刚才他不吭气的道理,忍不住要笑出声来了。她竭力忍住,感激地对朱瑞芳作了一个揖,亲切地说:

"谢谢姐姐!"

四十六

汤阿英走出车间，一看手表，时间还早，便拉着管秀芬的手，要她一同到党委办公室看余静去。自从余静调到市里去学习对资本主义工商业改造工作以后，管秀芬有好几个月没有见到余静了，也想去看看她。她们两个手拉着手，一步紧一步，简直像是飞跑一样，一眨眼的工夫，便到了。

汤阿英走进去，办公室里空荡荡的，只有钟佩文一个人坐在那里。管秀芬的脚下意识地在门口停了下来，她想走，可是钟佩文看见了。他热情地说：

"怎么不进来呀？"

管秀芬脸红红的，踟蹰地走进去，汤阿英奇怪地问：

"余静同志呢？"

"你不晓得她到市里学习去了吗？"

"不是说今天要回来？"

"说是这么说，人可还没有回来。"

"你们找她有事体吗？"

"没有事体也不来了，"管秀芬脸上的红晕消退了，说，"今天公方代表要到我们厂里来，她是总支部书记，怎么到现在还不回来？"

"你还是老黄历。党员发展了，现在成立了党委会，余静同志是党委会的书记了，不是总支书记。"

"叫顺了口，老改不过来。"管秀芬说，"党委书记也该早点回来欢迎公方代表啊。"

"我这两天尽忙夜校的事,有些事也不大了解,只听说余静同志今天回来。她说要回来,那一定回来。她讲话从来不失信的。这一阵这里都忙着对资改造工作,可能有重要的事体给绊住了脚,也许回来晚一点。"

"公方代表快到啦?"钟佩文惊异地望着汤阿英,说,"你的消息比我还灵通!"

门外传来欢腾的人声,叽叽喳喳的,分不清在说啥。汤阿英指着门口说:

"你听!"

"真的,"钟佩文猛地从白木凳子上跳了起来,伸出手来想拉管秀芬,怕碰钉子,在半道上停了下来,指着门口说,"我们快去吧,也许公方代表来了。"

他们三个人一窝蜂的向门外走去,一到篮球场那儿,远远就看见大门口那边拥着一大堆人,黑压压一片,都向大门口张望。他们挤进人群,走到大门口那里,郭彩娣眼睛一个劲朝大门口左边的马路上看。汤阿英走上去,叫了一声"彩娣",问道:"公方代表在啥地方?"郭彩娣焦急地盼望公方代表,她只听见"公方代表来了"这几个字,没注意谁讲的,更不晓得是问她。她便东张西望在寻找,"在啥地方?"

管秀芬看她那股紧张神情,忍不住噗哧一声笑了:"看你急的,也不把话听清楚,阿英问你,公方代表来了吗?听清楚了没有?"

人声嘈杂,你一句我一句,谁也听不清楚他们在说啥,加上马路上的人声和汽车喇叭声,讲话声音小一点,简直听不见。管秀芬最后一句话是冲着郭彩娣的耳朵讲的。郭彩娣点点头,说:

"还没有,大家都在等哩!"

汤阿英和管秀芬站在郭彩娣旁边。这时,汤阿英才慢慢看清楚站在门口那些人的面孔。徐义德和梅佐贤站在她们对面,正和赵得宝谈话。

"公方代表来了,我们厂里有了好领导,生产一定可以大大发展了啊。"徐义德说。

"领导强了,工作自然会开展。"赵得宝说,"许多厂公私合营以后,生产都有了发展,产品质量也提高了。"

"是呀!公私合营当然比私营优越得多了。我早就想申请公私合营,又怕同业误会,以为我徐义德想出风头,跑头马。其实,你了解,我不是那种人。我向来拥护政府政策法令的,解放以来,我们不断学习,多少懂得一点。我有个体会,凡事只要跟共产党走,保你没错。公私合营是一条光明大道,过去合营的厂商,没有一家不说好的,生产发展了,生意做大了,利润增多了,发了红利,人人欢喜,个个高兴。我看到棉纺织业有不少厂合营了,我就在棉纺织的巨头当中推动他们,给我三说四说,大家同意了,全业就共同申请公私合营。过去是一个厂一个厂申请合营,去年快了一点,分批合营,可是也很慢啊,上海有十几万工商业户,这样慢怎么行呢?现在棉纺业带头全业申请合营,速度就快多了。"

梅佐贤在旁边接下去说:

"这次要不是徐总经理努力,棉纺织业合营,别说今年,就是明年也合不完。老赵,通达纺织公司那些厂,你了解,在上海是头块牌子,潘家一家就有二十多万纱锭,可是总经理潘信诚根本不想合营。徐总经理和大家谈了几次,多数都愿意合营,潘家才不得不跟着一道申请,这些巨头们的事体真不好办。要是我,就没有这个耐心。"

"为了社会主义么,只好耐心一点……"

赵得宝过去不了解徐义德为啥老不申请公私合营,眼看见许多纺织厂公私合营了,沪江就是没有动静,党的政策强调自愿,又不好勉强徐义德。余静到市里去学习,他临时代理党委会的书记,自己经验不多,能力有限,区里没有指示,他不好随便动手。今天听了徐义德这番话,原来他有苦衷。这次全业申请公私合营,他还做了不少工作哩。赵得宝说:

"啥事体都要有人带头,徐总经理推动大家公私合营是好事体……"

"这是我应该做的事体……"

门外忽然有一个人跑了进来,大声叫道:

"公方代表来了……"

大家不约而同地蜂拥到门口,郭彩娣和汤阿英她们干脆走到马路上,只见人来人往,熙熙攘攘,像流水一般,可不清楚谁是公方代表。管秀芬一把抓住刚才报告的女工问:

"在啥地方?"

徐小妹说:

"到隔壁纱厂去了……"

"那你为啥说公方代表来了?"

"隔壁厂的公方代表来了,我想,他们一同出发,我们的公方代表大概也来了。"

"不问个青红皂白,见了小麦当大葱!"

"隔壁公方代表坐啥车子来的?"汤阿英关心地问。

"汽车!"徐小妹简单答复了一句,就躲到赵得宝背后去了,她怕管秀芬追问。

"公方代表坐汽车来的,"汤阿英大声说,"大家注意看汽车。"

汤阿英和大家的眼睛瞅着马路,想在人群中发现汽车。她们望了许久,远远瞧见一辆黑色的小汽车,在流水般的行人当中缓慢地开来,越开越近,汤阿英忍不住招手欢呼道:

"公方代表来了,公方代表来了!"

大家又挤到门口,那辆黑色小汽车真的开到厂门口来了。陶阿毛想抢上去给公方代表开车门,可是汽车不停,呜呜地向周家桥方向开去了。大家并不失望,眼睛还是望着马路上的人群,在等候小汽车。

"公方代表怎么还不来?"郭彩娣问管秀芬。

"也许公方代表不认识路,找不到我们的厂。"

"哪有这样的事,"汤阿英说,"就是不认识我们的厂,问一声长宁路上的沪江纱厂,啥人不晓得?小管,你别开公方代表的玩笑。"

"谁开玩笑?"

"你还不认识?"汤阿英指着管秀芬的鼻子说,"小管,等会公方代表来了,我告诉公方代表,收你的骨头。"

"那可不行。"郭彩娣说,"小管没有骨头,就嫁不出去了!"

管秀芬恨不能骂郭彩娣一顿,她看见背后许多双眼睛在盯着她望。

"你再说……"管秀芬把右边黑乌乌的辫子往脑勺后一甩,脸对着门口,说,"不理你!"

"不理我,没有关系。"郭彩娣并不放松,有意逗她,"要是不理别人,可就要跳井了。"

管秀芬低着头,在玩弄拖在胸前左边的辫子梢,羞涩地不声不响。大家的眼睛都望着她。汤阿英在旁边凑趣地说:

"小管,怎么成了哑巴哪?"

在大家的眼光下,管秀芬偷偷地望着门外,她希望公方代表马上就来,好给她解围,可是马路上人群当中没有一辆汽车,真是急人,恨不能地下有个洞,她好钻下去。地下没洞,四面有人,正在她狼狈不堪的辰光,余静从马路对面的公共汽车站走了过来,一眼给她看见,她推开人群,高兴地大声叫道:

"余静同志回来了,余静同志回来了!"

她这么一叫,引起了大伙的注意,全拥到门口,汤阿英走在最

478

前面,一把抓着余静的手,说:

"学习得好吗?余静同志。"

"很好。"余静望了大家一眼,看见那么多人,她奇怪地问道,"你们都在这里等啥?"

"你不晓得吗?今天公方代表要到我们厂里来,我们都在等公方代表哩。"徐义德说。

"是呀,"梅佐贤赶过来和余静握了一下手,说,"我们都在等哩。"

"公方代表来。为啥要这么多人等呢,耽误生产,耽误工作,不好。"

"我们下了班,反正没事。"汤阿英走过来说。

"大家都回去吧!"余静说。

"那怎么行?"徐义德摇摇手,说,"大家都要欢迎公方代表,公方代表不来,我们无论如何也不走。"

"是呀,我们一定要等公方代表来。"这是大伙乱哄哄的声音。

"余静同志,"汤阿英说,"你也在这里等一会,和我们一同欢迎公方代表,好哦?"

余静微微笑着,没有回答汤阿英。严志发从马路的人群中匆匆忙忙跑了过来,站在余静背后,听大家的谈话,忍不住哈哈大笑,大声说道:

"你们要欢迎公方代表吗?"

大伙答道:

"是呀!"

"余静同志就是公方代表!"

严志发说完了,厂门口顿时爆裂开巨大的欢呼声,有人叫了起来,有人跳了起来,连马路上的人也过来看热闹了。无数只手伸向余静面前,紧紧和她握着,团团把余静包围在当中,水泄不通。

四十七

当大家在厂门口等候公方代表时，余静和严志发正在中共长宁区委统战部部长办公室里。杨部长谈完以后，指着他们两人说：

"'五反'的辰光，你们合作过，现在又在一道搞公私合营，可以说是老搭档了。志发同志对沪江厂的情况也熟悉，你们两人去，一定可以把工作搞好，不要胆怯，余静同志。"

余静听到"不要胆怯"四个字，脸上绯红了。这是隐藏在她内心深处的秘密，从来没对任何人讲过，不料给杨部长一语道破了。她调到市里学习对资本主义工商业改造工作，听了市里许多首长的报告，经过反复讨论，对党的政策有了深一层的了解。她感到在训练班的短短几个月里提高了不少，心里十分高兴，以后回到厂里做党的和工会的工作更有把握了。学习完毕，市委组织部找她谈话，要派她到沪江纱厂担任公方代表。她从来没想到过自己会担任公方代表。她虽然是在沪江长大的，解放后也没有离开过沪江，但她过去做的是工会工作和党委工作，从来没有做过行政工作，尤其是没有做过公私合营厂的行政工作。这个工作对她说来，是完全陌生的。何况行政工作要直接领导生产，按时完成生产任务。这样的经济建设工作，她根本没有负责过。她希望不做经济工作，还是做党委工作，再做工会工作也可以。她向市委组织部表示：自己能力差，怕不容易完成公方代表的任务，希望组织派另外的同志到沪江来工作。组织部的同志说：这次短期训练主要是训练公方代表的干部。全市许多行业申请公私合营，党要派干部去，如果她认为沪江工作吃力,那么,可以考虑调换另外一个厂家,不过,还是要担任公方代表的职务。余静好半晌没说话。她低着头在想:党的过渡时期总路线总任务,是要在一个相当长的时期内,基本上实现国家工业化和对农业、手工业及资本主义工商业进行社会主义改造。在训练班里学习了很久,自己也完全拥护,在总路线灯塔的照耀下,可以看到祖国光辉灿烂的前途。

不管是工业化也好,对资本主义工商业改造也好,都要有人工作啊。她原来就在私营纱厂工作的,不回到沪江去,一定要到另外一个将要公私合营的纱厂里去。如果到别的厂去,情况一点也不熟悉,干部和工人也不了解,资方和公方代表更不认识,那困难更多。作为一个党员,应该服从组织分配,到工作最需要的地方去。要是大家都不服从分配工作,那算啥共产党员呢?她后悔刚才提了意见,可是又收不回来了。她惭愧地抬起头来,说:由组织决定好了。组织部的同志,反而征求她的意见,并且说:对工作有意见,提出来,组织上可以考虑的。她说没有意见,于是决定到沪江纱厂来,并且把训练班学习的严志发派给她,一同去工作。她总怕完成不了党交给她这样重大的任务,不仅要改造私营企业,还要改造私营企业的上层代表人物。徐义德和梅佐贤这些人物是不好对付的呀!虽然经过五反运动,和过去情况不同了,可是铁算盘还是铁算盘啊!酸辣汤也还是酸辣汤啊!

接受了党给她的光荣而又重大的任务,她拿着市委组织部的介绍信,到市人民政府纺织管理局报到,委派她到公私合营沪江纱厂担任公方代表。她回到家里坐在客堂间,皱着眉头在想。余妈妈看到了,问她为啥不高兴?她不吱声。余妈妈一问再问,她只好把心事向余妈妈倾吐。余妈妈也担心,她完成不了生产任务,责任可不小,要她再和组织上商量商量,派别人去不行吗?她说不行,现在人手少,训练班里的人都要做这样工作。余妈妈一听这话就愣住了,两个人面对面地坐着,谁也不言语了。后来还是余妈妈想起,问她为啥不找杨部长商量一下呢?第二天她就和严志发一同来看杨部长了。

她简单地向杨部长汇报了学习收获和组织部分配工作的情况,要求杨部长指示他们怎样做好工作。杨部长分析了"五反"以后民族资产阶级的变化和徐义德目前的思想情况,鼓励他们去。余静听了,增强了信心,坦白地对杨部长说:

"我原先确实有点胆怯,怕完成不了任务。"

"当然,担任一项新的工作,总没有原来的工作熟悉,如果能够在一项工作上深入钻下去,永远做这个工作,驾轻就熟,再理想也没有了。不过,我们是共产党员,要进行革命,完成一项总任务以后,就要提出一项新的总任务。既然叫新的总任务,就是没有做过的事。拿对资本主义工商业改造的工作来说吧,别说你们两位没做过,我也没做过,市委和区委负责同志也没做过,我们全党的干部没有人做过,大家都是新手。"

"大家都是新手?"余静回味这句话。

"你说谁做过?"

"没人做过。"

"那就对了。"

"干吧,"严志发精力充沛地说,"余静同志,多大的事,有党领导,天也塌不下来,怕啥!"

"谁说怕的?"余静挺着胸脯说,"当然干,马上就走!"

杨部长送他们到门口,握着余静的手说:

"对资本主义工商业进行社会主义改造的任务完成了,以后,党一定还会有新的任务提出来的。"

"你放心好了,杨部长,我接受党分配给我的任何新任务!"余静说,"以后分配工作,我再也不讲价钱了。"

"组织上决定以前,允许干部提出意见,这是你的权利,为啥要放弃呢?"杨部长笑着说,"自然,讲价钱是不对的,党员不服从组织决定是不许可的。"

他们挤上公共汽车赶到沪江纱厂,徐义德和赵得宝他们已经等了很久了。

余静到了厂里,首先改选了中共沪江纱厂委员会,除了原有的委员以外,严志发、秦妈妈和汤阿英参加了党委会,余静担任书记,赵得宝担任专职副书记。赵得宝主要在党委会工作。厂里工会也改选了主席,由秦妈妈担任,从车间调到工会,脱产搞工会工作。汤阿英被选为工会副主席,做秦妈妈的助手。但汤阿英暂时还要兼顾一下车间的工作。接着沪江纱厂合营工作筹备委员会也成立了,徐义德是主任委员,副主任委员是余静。筹委会下面设立两个组:秘书组和清估组。清估组的正副组长是梅佐贤和汤阿英。

余静从党委会办公室搬到厂长办公室办公,她的桌子正好和梅佐贤的桌子面对面。严志发在行政工作上暂时没有名义,他在余静桌子右面放了一张小桌子,做余静的助手。徐义德最近特别积极,每天上午都要到厂来办半天公。他在厂长办公室里热情地对余静说:

"你担任我们厂里的公方代表再理想也不过了。老实说,你没来以前,我担心我们厂里的公方代表,要是来个不懂业务的,我们要接受公方领导,公方代表又不懂,许多事体就不容易谈,我们私方就有些为难了。我早就想:如果像你这样的人来当公方代表,那就好办了。公方代表要纺管局委派,我也不好乱提意见。在厂门口听说你就是公方代表,我高兴得不得了,纺管局的首长真有眼光,果然派你来了。"

"徐总经理对我过分夸奖了。我能力不强,经验不足,组织决定了,我只好服从,我对厂里的情况倒是比较熟悉,有事体商量起来,确实方便些。"余静望望徐义德和梅佐贤说,"今后你们有啥意见,希望随时提出来。"

"你太客气了,余代表,"梅佐贤从沙发上站起来,微微欠了欠身子,说,"你是我们的老领导,老上级,沪江纱厂有了你这样的好领导,保险公私合营工作一定很出色!"

"合营工作做得好不好,主要看党的政策贯彻执行得怎么样,单是我一个人起不了多大的作用,要靠党委、工会和大家的力量。这次棉纺织企业申请公私合营,徐总经理积极参加,我听到十分高兴。"

"你怎么晓得的?"徐义德脸上露出惊异的神情。

"我在纺管局听说的。这次合营,许多问题都是你们自己提出,自己讨论,自己拟订方案,贯彻了民主讨论、充分协商的精神。"

"主要还是市委的领导好。我们学习了陈副总理的讲话,根据纺管局指示的裁并规格,经过反复协商,拟出了一个企业裁并方案。最初报上去,老实说,谁也没有把握。过了两天,局里批了下来,完全同意我们的方案:通达等三大企业,在原企业总管理处下进行合营;生产条件比较适合单独生产经营的单独合营,有我们沪江等四家厂;合并合营的共同有两类六家:原来和通达有关系的两个厂并股不并厂,归到通达系统进行合营,那些厂房简陋,设备陈旧,技术力量不足的小厂,和邻近条件好的大厂进行并股并厂合营,除了并人并任务以外,机器设备,分别情况,有的利用,有的搁置。经过合并改组,原有的十三个企业单位,并成七个;二十三个厂并成九个。这么一来,既有利于生产,也有利于进一步进行社会主义改造,实在太好了。"

"由你们讨论提出方案,要比纺织局提出的好。你们最初为啥不肯提,反而要纺管局提呢?"

"余代表,你不了解,"徐义德把声音放低,说,"当初有人企图通过合营趁机会捞一把,很多人积极活动找对象,大鱼想吃小鱼,小鱼要吃虾。不瞒你说,还有人想吃掉沪江哩!"

"那一定是一条大鱼。"余静笑着说。

"可不是一条大鱼么,就是鼎鼎大名的潘信诚,通达纺织公司的总经理。这位总经理平常不大吭气,好像与世无争,关于企业利益的事,他都躲在后面,从来不出头,一接触到他自己利益的事体,就伸出头来了。他是工商界的巨头,棉纺业的元老,市委又很重视他的意见。他要沪江和通达合并,我不同意。大家这么争来争去不是个办法。我们解决不了,只好请政府出来说话了。纺管局只提出裁并改合的规格,要我们讨论提出方案。有了规格,事体好办了,潘信诚就不提吃掉沪江的事了。"

"凡事有了原则,就好办了。"

"你这话再对不过了。余代表,这次裁并改合的方案,就是体现了纺管局的原则,大家没有话讲,一致赞成。"徐义德把话一转,说,"可是清产定股的问题就麻烦了。这问题和裁并改合一样重要,也可以说,比裁并改合还重要。"

"那当然,这关系到每个厂的资产净值,股份数量。"

徐义德出神地看了余静一眼:余静离厂去学习了几个月,对上层资产阶级比过去熟悉得多了。连他们争论不休的清产定股问题,也看出了问题的实质,不禁流露出钦佩的神情,叹服地说:

"你一语道破,这是有关资本家切身利害,有关社会主义改造,谁也不肯马虎。就是这个问题,在公会里讨论了很多次了,总没有一个结果。请示纺管局,这次纺管局更妙了,连个规格也不给了,要我们扩大讨论范围,并且说,各厂还可以自己讨论。"

"纺管局真的没有给规格吗?"

余静这么一问,徐义德顿时愣住了,纺管局给了规格?一定是马慕韩压下了,不向同业传达,怪不得他那么坚持哩。大概是政府照顾大户，有意给潘家和史家这些大户的机器升值。政府为啥不照顾中小户一下呢？他不能吃这个亏，要照顾，大中小户必须一视同仁，不能把中小户甩在一边。他要力争，质问马慕韩为啥不把纺管局指示的规格拿出来让大家讨论讨论，然后再根据规格向纺管局提意见。为啥不照顾中小户？难道中小户是晚娘生的吗？继而一想，他又觉得不像有规格，纵然马慕韩一手遮天，纺管局会不问起吗？何况江菊霞是合营工作组的副组长哩。马慕韩知道了，江菊霞一定知道，而江菊霞知道，就等于他也知道了。一定没有规格。他肯定地说：

"我没听说纺管局指示过规格，也许今天指示的，那我就不清楚了。"

"提出来很久了。"

"很久了？"徐义德皱起眉头，困惑地望着余静，仿佛在问：他怎么不知道呢？

"你没听说过吗？"余静也有点困惑了。

"没听说过。"徐义德心想马慕韩办事真是辣手辣脚。

"总经理如果晓得了纺管局指示了规格，早就给我们说了。"梅佐贤也感到这件事十分蹊跷，徐总经理是棉纺业消息最灵通人士，许多内幕新闻都是他首先知道的。这么重要的消息，徐总经理怎么会不知道呢？他对余静说，"纺管局指示的规格，你是不是可以给我们讲讲？"

"当然可以。清产定股是一项很重要的工作，又是很复杂的工作，要根据'公平合理，实事求是'的原则来进行，公方领导，私方负责，职工参加，公私协商，最后送到主管机关批准。棉纺织工业公会没有给你们提起吗？"

"这个吗？"徐义德暗暗松了一口气，徐徐地说，"提倒是提过。"

"那么，根据这个原则办好了。"

"问题没那么简单,你不清楚我们棉纺织工业公会的事体难办得很。那些巨头们肚里另外有一本账。早些辰光公会里提到清产定股问题,潘信诚的儿子提出了一个计算公式。要是按照这个公式计算,潘家的机器要升值千把万也不难。这么一来,政府太吃亏了。大家说我们资产阶级惟利是图,一点也不错,临到企业公私合营了,潘信诚还要捞一票。特别叫人吃惊的是马慕韩,他是工商界进步分子,也赞成潘家的公式,你说,奇怪不奇怪?当时争持不下,大家同意留到以后再说,同时请示纺管局。最近纺管局的指示下来了,要我们扩大讨论范围,说各厂也可以自己讨论。"

"你不是说今天上午十点钟讨论吗?"

徐义德看看表:十点还欠十分,他说:

"十点快到了,他们也该来了……"

徐义德的话还没有说完,韩云程、郭鹏和赵得宝、秦妈妈、汤阿英他们准时来了。徐义德等他们坐好之后,讲了一下棉纺织工业公会讨论三个公式的经过,说:

"我们无论如何不能同意潘宏福的公式,你们说,是哦?"

"潘宏福为啥要提这个计算公式?"赵得宝知道潘信诚是上海棉纺业的大亨,他儿子提出来,大概有啥原因。

"那还不明显吗?"梅佐贤早从徐义德那里了解了真相,他说,"通达的机器旧式的多,有的还是前清时代买进的,当然主张用这个公式计算。"

"原来是这样!"赵得宝没有说下去。

"潘宏福的公式得出来的已使用年限,根本和实际不符,因而是不科学的。我们晓得任何一种机器,实际耐用年限,总要超过规定的耐用年限。"韩云程字斟句酌地说,"这样算法,既不公平,又不合理,从我们纯技术观点来看,也说不过去。我个人同意徐总经理的意见,这个公式不能成立。……"

郭鹏心里完全赞成韩云程的意见,可是在徐总经理和梅厂长面前,他不能附和别人的意见而没有自己的见解,一时又想不出新的说法,却又不甘沉默,他抢着说:

"徐总经理提的这个计算公式,比较公平合理,我赞成这个计算公式。不过已使用年限的历史资料,倒是一个问题,如果历史资料不全,算起来确实有些困难。"

"我们厂里有历史资料。"秦妈妈说。

"对,我们厂里有历史资料,很全,"梅佐贤得意地说,"我对这些资料一直很重视,锁在保险箱里。用的辰光,总是我自己拿出拿进,一点也没有遗失,这次果然派上用场。"

"有的老厂历史资料不完全的怎么办呢?"

"这个……"梅佐贤给郭鹏问得说不下去了。

"我就不相信没有历史资料,"汤阿英说,"资本家买机器办厂,会把资料扔掉?这是骗人的鬼话。"

"那也不一定,敌伪时期,把厂分散,搬来搬去,可能有些散失。"郭鹏见徐总经理一个劲注意听他的话,他又是高兴又是担心,一怕说错,二怕总经理误会。他说,"我提出这个问题来,只是希望大家多研究一下,把理由想得充足一些,说服别人更有力量。"

"啥资料全不全,"赵得宝说,"潘家、马家一心想把机器多算钱。"

徐义德听了汤阿英和赵得宝的话,感触很深:他们简单几句话就说到资本家的心里,抓到问题的核心,比梅佐贤和郭鹏都强,而梅佐贤和郭鹏都是他得力的助手哩。他点点头,说:

"赵同志说得对;拆穿来讲,他们就是想把机器升值。真的没有任何历史资料可以证明已使用年限吗?我也不相信。"

刚才韩云程本来要谈到徐总经理提出的计算公式,被郭鹏打断了他的话,又抢先赞成徐总经理的计算公式,便坐在沙发上默默不语,且听郭鹏夸夸其谈。关于历史资料的事,郭鹏给徐总经理一反问,紧紧闭上嘴了,不再饶舌。汤阿英见大家默默地坐在那里,她冷静地回想她挡的细纱车,从车头一直想到车子底层部分,忽然得到启发,说:

"历史资料真的没有吗?要说没有,那是骗外行的话。就是一点历史资料没有,也可以找出已使用年限的根据。"

"没有历史资料,也可以找出使用年限的根据?"梅佐贤惊奇的眼光对着汤阿英。

大家的眼光都聚集在汤阿英的身上,连徐义德也用着惊诧的目光等待汤阿英的回答。汤阿英不慌不忙地说:

"如果历史资料没有,机器总还在吧?没有机器,那就不存在估价的问题了。既然有机器,问题很简单。你们忘记了吗?每一部机器上都有铸造的年号,一查年号,基本上就可以查出已使用年限了。"

郭鹏萎缩到沙发里去了,这么简单的常识,他自己为啥没有想到呢?真没料到在汤阿英这个年轻女工面前丢了这个脸,更糟糕的是徐总经理和梅厂长就坐在旁边啊!

徐义德暗暗吃惊:他竟然也没想到这一层,差点叫潘信诚和马慕韩唬住了。纺管局要扩大范围讨论实在是有道理。他想到上海滩上几度变动,有些工厂曾经停工,便望着韩云程,问道:

"查出年号,有人说机器曾经停止使用过,要是没有历史资料,你说怎么办呢?"

"这也不难。凡是停止使用的,一定有资料可查,上海几个主要时期停工,完全可以算出来的。退一万步说,就算各厂情况不同,停工长短不一样,也可以折骨评定。只要有机器,总可以计算出来的。"

"你说得完全对,"徐义德兴奋地站了起来,大声地说,"这么讲,潘信诚和马慕韩的理由更不充足了。比较起来,还是我提的那个计算公式公平合理,余代表,我们就定下来,怎么样?"

余静一直没有吱声,她冷静地注意听每一个人的意见,并且把它仔细记在小笔记本里。徐义德问到她,她翻了一下小笔记本,想了想,说:

"今天谈得很好,把一些问题弄得更清楚了。清产定股的原则,刚才已经和徐总经理谈了,纺管局指示得很清楚。财产清点的原则,要以实事求是的态度,对企业合营时全部实有财产,认真清查核实,做到不重复,不遗漏。财产估价原则,应该以现值为率,参照一九五〇年重估基础,再就资产折旧和其它实际变动情况,作一些必要的调查。这样公平合理,本来没啥可争论的。棉纺织公会既然提了三个不同的计算公式,大家的意见又不一致,我们今天暂时不定,还是请徐总经理拿到公会去讨论一下,然后再定,比较合适。"

"你认为我提的那个计算公式怎么样?"徐义德见余静说得头头是道,条理清楚,并且很有分寸,认为这位公方代表不推扳,以后和她共事得小心点,眼前的余静又不是"五反"辰光的余静了,看她掌握政策、讲话有风度,举止老练,神态沉着,简直是另外一个杨健。他焦急地等候回答,热情地叫了一声"余代表"。

"这三个公式比较起来,你提的那个比较公平合理。"

"余代表真有眼力,啥事体都瞒不过你,一看就清清楚楚。"徐义德心里有了底,兴奋地站了起来,眉头上洋溢着得意的神情,胖乎乎的腮巴子上堆着微笑,愉快地说道,"明天我到公会找他们讨论去!"

四十八

汤阿英抬起头来,向细纱间上上下下看了一遍,心头涌起一股甜滋滋的喜悦。今天的细纱间完全变了样:高大的玻璃窗擦得雪亮,不仔细望去,仿佛没有玻璃挡着似的,每一部机器也收拾得亮晶晶的。车面的锭子齐臻臻的排列着。头上没有一片飞花,地上看不到一点灰尘,大路的地板油光发亮,低下头去,隐隐约约的可以照见自己的面孔。因为今天是轮流停电日,所有的机器都安静地歇在那里,听不到一点轰隆轰隆的声音,从不远的弄堂里,不时传来喊喊喳喳的人声。她转过去,对站在她右侧的管秀芬说:

"你们青年团的清洁工作做得不错啊!"

"团委书记张小玲同志号召,要我们青年团员把车间打扫干净,做好清点工作,迎接合营嘛!听到合营,哪个不高兴,大家拿出吃奶的力气来,要把车间收拾得干干净净,漂漂亮亮。"

"怪不得哩!"

郭彩娣接着汤阿英说:

"你这个小丫头啊!就爱漂亮,穿件衣服也洗得干干净净,熨得平平整整,一个皱褶也没有。"

"难道打扫干净了也犯错误?穿衣服要穿得龌里龌龊,斑斑点点的才算正确?"

"讲你好也不行吗?你打扫得好,打扫得妙,打扫得刮刮叫!这该满意了吧?"郭彩娣对管秀芬说。

"一定满意了。"汤阿英凑趣地说。

"我不要你给我高帽子戴,"管秀芬对郭彩娣说,"少骂我两句就好了。"

"谁敢骂你?那他一辈子耳朵也不会清净了。"

"你把我形容得这么厉害?"管秀芬最近特别注意别人对她的反映,大家都说她嘴厉害,她常常回忆是不是对陶阿毛说话也是尖酸刻薄,所以陶阿毛很久没有约她出去白相。她又想,也许陶阿毛很忙,或者陶阿毛变了心?她猜不透。钟佩文还是那么忠心耿耿地追求她,有时寄一份有他作品的《劳动报》给她;有时送一张展览会的参观券给她;俱乐部有活动,他总想法通知她去。见了面,他又腼腆地把头歪过去,故意不看她,等她转过身子,他又盯着她看个够。碰了两次钉子以后,他再也不敢对她提出要求,可是她感到他那颗心是向着她的。陶阿毛对她的冷淡,使她对钟佩文慢慢有了好感。她等待钟佩文找她,约她出去白相。可是钟佩文这家伙啊,真是个阿木林。心里老是想和她接近,一见了她,便又悄悄离开了,好像她浑身长了刺,怕刺了他似的。她想主动去找钟佩文,可是少女的矜持和青春的骄傲,又低不下这个头来,不管陶阿毛和钟佩文由于啥原因和她保持一定的距离,今后对人的态度和讲话的措词也要注意一下。

管秀芬急得鬓角那里汗湿湿的,又不好对人说出心事,忽然看见斜对面的弄堂里张学海他们开始清点了,转过脸来,对郭彩娣说:

"组长,你看,张学海那个组开始清点了。"

汤阿英走到大路当中一看:张学海小组开始了。沪江纱厂合营工作筹备委员会的清估组下面,分了六个小组:机器组,房屋土地组,传导设备组,低值易耗组,成品原料组和债权债务组。小组下面,根据情况,有的还分了小分组。汤阿英亲自领导低值易耗组。郭彩娣是组长,组员只有两个,便是管秀芬和徐小妹。

汤阿英看看表,时间虽说还没到,早点开始也好,她催郭彩娣:"我们也开始吧。"

郭彩娣站在车头那里,望着张学海和陶阿毛在清点机器,看出了神,竟忘记自己的事了。徐小妹说:

"彩娣姐,你怎么啦?清点工作磨洋工?"

"谁磨洋工?你别冤枉好人,还没开始哩。"

"清估组副组长要我们开始工作,你还站在那里,不是磨洋工是啥?"

"小管还没开始工作哩。"

"你们不点,我怎么复点?"管秀芬说。

郭彩娣给问得哑口无言,徐小妹说:

"大家动手吧。"

她们紧紧跟在汤阿英后面,走到一堆低值易耗品的前面,那里有锄头、斧头、锉子、扫帚、畚箕……徐小妹弯下腰去,把各色各样的工具用具归了归类。郭彩娣扳着手指,嘴里默默数着,然后说:

"锄头八把,斧头六把,锉子十把……"

"彩娣,你别忙,等我记好一样,你再讲下一样,好哦?"

汤阿英打开手里的本子,那里一叠整整齐齐的长方形的清点证。她拿着钢笔,在等郭彩娣报。

"要是讲慢了,小管又要说磨洋工了。"

"你这个人碰不得呀!讲了你一句,就耍脾气了,你讲得那么快,像是连珠炮,叫阿英姐怎么记啊!"

"好!要慢还不容易吗?"郭彩娣喘了一口气,说,"锄头八把……"她把声音拖得很长,比当铺里朝奉报典当东西的声调还要悠长。汤阿英在名称、数量、规格和编号上一一记了下来。她低着头等郭彩娣再报,郭彩娣有意不吭气。她抬起头来说:

"彩娣,你怎么啦?快么,快得要命;慢哩,慢得急死人。"

493

"急死了,张学海找我要人,我可赔不起。"郭彩娣说,"别急,别急,你听:斧头六把……"

管秀芬在汤阿英后面,汤阿英记了以后,她蹲下去清点一下,看有没有差错。郭彩娣报了六把斧头,她一眼看见还有一把斧头压在扫帚下面,连忙站起来更正道:

"别忙,别忙,这里还有一把!"她把那把斧头举得高高的,在郭彩娣面前晃了晃,报复地说:"看见了吗?"

"你有意扳我的错头。"

"扳错头?彩娣,"汤阿英停下笔来,说,"你这可不对了,难道这斧头不是厂里的,是你的吗?"

"副主席批评了,还不低头认错?"管秀芬抿着嘴笑。

"副主席?"郭彩娣一时愣住了,问道,"谁?"

"你不晓得阿英姐当了工会副主席吗?"徐小妹蹲在地上,歪过头来,对郭彩娣说。

"认错哦?"管秀芬又问了一下。

"好,算我粗枝大叶!"

成品原料组组长郑兴发走进细纱间,向汤阿英点了点头,严肃地说:

"副组长,我有点事体要请教你。"

汤阿英立即走上来,说:

"郑师傅,别叫我副组长……"

郑兴发觉得也许叫错了,汤阿英最近提拔担任工会副主席了,慌忙改口道:

"副主席……"

汤阿英指着郑兴发的嘴,好像要他别再说下去,她说:

"你还是叫我阿英好了,这样亲切。成品原料组清点得怎么样?"

上海的早晨 （四）

"早就开始了,物事太多,人手不够,我们想增加个把两个人,最好能动笔杆子的,帮我们记记,这样就快些。"

"增加人?"汤阿英默默计算一下各个车间的人,每组的人数都不多,许多工人没来,准备上夜班。她对郭彩娣说:

"你这一组抽一个人支援成品原料组,好哦?"

"我们这一组一塌刮子只有三个人,抽走一个,剩下两个人,怎么清点过来?"

管秀芬支持郭彩娣的意见:

"剩下两个人确实忙不过来,低值易耗组清点的物事不一定贵重,可是品种复杂,花费时间。你们成品原料组,摆的整齐,物事也大,一看就清楚了,大家加把劲,努力去做,克服困难,别抽我们的人了。"

"你不清楚,成品原料摆在仓库的虽说整整齐齐,一看就清楚,可是仓库外面,东一摊,西一摊的,要彻底清点,人手确实不够。"郑兴发向汤阿英求援,说,"至少派个笔杆子给我们,啥人都行。"

汤阿英再和郭彩娣商量:

"徐小妹能写,彩娣,把她抽给成品原料组,好哦?"

"我们组少了一个人,怎么办?"郭彩娣犹犹豫豫,不大愿意。

"我另外派一个组员给你,行吗?"

"那行,你派哪一个?"

"车间没人了,我来当你的组员。"

"你?"管秀芬睁大了眼睛,朝汤阿英浑身上下打量了一番,惊异地说,"你是我们厂里工会副主席,又是清估组的副组长,我们组的顶头上司,来当我们组的组员?谁敢领导你这位特号组员?"

管秀芬的眼睛望着郭彩娣。郭彩娣直摇头:

"我可不敢领导你这位特号组员!"

"别开玩笑了,郑师傅等着哩。让徐小妹去,我和你们一道清点。"

495

"清估组副组长决定了。"郭彩娣说,"我绝对服从。小妹,你跟郑师傅去吧!"

徐小妹跟郑兴发走了。汤阿英动手和她们点完了那些锄头扫帚啥的,走到细纱间门外的角落上,看见两个木头箱子搁在那里,像个垃圾箱,谁有不要的物事都往里面扔,可是谁也没有注意过那两只箱子。汤阿英走到箱子面前站了下来,仔细地望了一下,里面尽是些乱七八糟的零零碎碎物事。她和管秀芬抬开上面一个箱子,打开下面那个箱子一看,一股刺鼻的、浓烈的霉味迎面扑来。定睛一看,原来是一箱子发霉的面包。上面长满了绿茵茵、毛茸茸的霉菌,像是一块块长满了青苔的陈砖。汤阿英指着箱子说:

"你们看,资本家真不会管理企业,啥地方买来一箱子面包,藏在这个地方不给人吃,宁可让它霉掉,多么可惜。"

"真是糟蹋物事,好好的面包摆霉了,'五反'辰光,徐义德假装没有钱,想停伙,给我们颜色看,后来在墙里挖出来黄嫩嫩的金子。早晓得这箱子里有这么多面包,拿出来够我们全厂的人吃一顿哩。"

"资本家不劳动,不流汗,坐在家里尽享福,吃好的,穿好的,这些面包当然不在乎。"管秀芬捂着鼻子,离木箱远远的,生怕霉菌传染到她的身上,她说:"徐义德办这个厂,有多少财产,他自家也弄不清楚。"

"这都是用我们血汗挣来的钞票买的,给徐义德白白地糟蹋了,真是可惜。"汤阿英看到那些发绿的面包,十分心痛,她说:"余静同志说得对,我们过去受的苦,都是资本主义害的。他们压榨我们工人的血汗,随便浪费。解放了,我们才翻身;现在合营了,我们成了企业的主人了,再也不能让资本家这样糟蹋物事哪!"

"是呀!过去人家问我在哪个厂做生活,我不好意思回答在私营厂做生活,多泄气!现在我好讲了,我在公私合营厂做生活,我们也成了企业的主人了。"郭彩娣讲得眉飞色舞。

"资本家代理人来了。"管秀芬碰碰郭彩娣。

郭彩娣没有往下说,回过头去,果然看见梅佐贤走了过来,他一边和秦妈妈说着话。清估组组长和工会主席慢慢踱来,他们刚刚看了房屋土地组和传导设备组的清点工作,现在到后纺来看大家。管秀芬大声叫道:

"工会主席,梅组长,你们来看看。"

他们走过来,汤阿英指着木箱对梅佐贤说:

"你看,这么多面包霉掉了,多可惜啊!"

秦妈妈走过来,伸头一望,接二连三地"啧"了几声,叹息地说:

"真的这么多面包。"

"为啥早不拿出来给大家吃?"

梅佐贤对汤阿英的质问,一时愣住了,过了一歇工夫才说:

"啥人晓得有这许多面包?"

"一定是厂长买的,我们工人没有钞票买这许多面包!"

"就是有钞票买这许多面包,早就吃了,"管秀芬给汤阿英补充道,"绝不会让它霉掉。"

"让我想想看。"梅佐贤用右手的食指和中指敲了敲太阳穴,透过那副玳瑁边框子的散光眼镜,又仔细地向木箱子望了一眼,若有所悟地点点头,说,"唔,想出来了,还是五一那年国庆节买的。本来我们厂里要到跑马厅去游行,怕大家肚子饿,行政上买了一箱子面包,后来改在本区游行,就不要面包了。不久'五反'来了,我们把面包忘了。幸亏你们发现,要不,我到现在也记不起来哩!"

"你记不起来的事体恐怕不少。"汤阿英说,"这些面包值多少钱啊?霉了,可惜哦?"

没等梅佐贤回答,管秀芬说:

"不是他的钱,霉了再多些也不可惜。"

"小管,"梅佐贤辩解地说,"我也没说不可惜。"

"从前,对这些物事不可惜,我了解。"秦妈妈说,"现在对这些,你一定觉得可惜了。不管这笔账出在啥地方,都是花钱买来的,浪费了工人的血汗,也浪费了国家的财物啊!"

"秦妈妈说得很对。"工会主席开口了,梅佐贤不得不承认了。"过去私营厂这种事体多得很,谁也不稀罕。"

"我们厂大概也不少。"

汤阿英顶了一句。梅佐贤点点头,说:

"这次清产定股,给你们工人找出许多物事,过去我们根本不晓得哩。"他边说边嘻着嘴笑。

秦妈妈递了一张条子给汤阿英,汤阿英看了一下,深思地问道:

"徐义德送给我们吗?"

今天上午徐义德叫梅佐贤送了一张单子给余静,那上面写道:

  兹有写字台一只,转椅一只,皮沙发两套,台灯一只,瑞士闹钟一只,文房四宝一套,文徵明山水立轴一幅,宜兴陶器一套,洗脸用具全套,均系我个人私有,原存我厂使用。在此公私合营之时,愿意捐献国家,伏乞查收。

  此致
公方代表余静

        徐义德谨呈

余静看了不禁笑出声来。徐义德真会出点子,要收回私人东西非常容易,还要绕这么一个弯子,差一点把人弄糊涂了。她对梅佐贤说,凡是徐义德和别人的私人东西,全都可以领回去,不在清点范围之内,如果徐义德想把这些东西留在厂里,自己使用,也可以留下,今后随时都可以拿回去。梅佐贤只是点头,不敢做声,眼睛里露出钦佩的神情。余静把这张条子给秦妈妈,要她转给汤阿英。秦妈妈知道汤阿英领导的低值易耗组,今天要清点到厂长办

公室,顺便把条子带来交给她。汤阿英听秦妈妈讲了经过,她说:

"徐义德的花样经真不少。"

秦妈妈见梅佐贤站在旁边,她没有点破徐义德的诡计,只是说:

"这也是徐总经理的好意,不过,根据党的政策,别说是这点物事,就是再多的私人物事,我们也不会清点。凡是条子上有的,都要剔除。"

"你放心,阿英掌握原则非常认真,工作十分仔细,有她领导,一点也错不了。"

"小管别拿我开玩笑。办事体全靠大家动手。"

"主要靠组长的领导,我们只是做点力气活。"

没等汤阿英回答,那边飞奔来一个人,汤阿英一看,不是别人,是张学海。她心头一愣,以为家里出了事,特地跑来找她。张学海跑到她跟前,上气不接下气,严肃地说:

"阿英!"

"啥事体?"汤阿英急着问。

"那边有一部旧机器,机器组估价估不下来,陶阿毛他们说,请组长快去。"

"韩工程师在吗?"汤阿英说,"照徐总经理提的那个公式计算,棉纺公会一致同意了的。"

"就是韩工程师要我来找你的……"

汤阿英对梅佐贤和秦妈妈说:

"我们去一趟吧。"

他们走了没两步,汤阿英回过头来,对郭彩娣说:

"彩娣,你们在这里快些清点,筹委会催我们交清估账册哩。"

"慢不了,"郭彩娣说,"待会清点完了,有啥工作再多派些给我们小组。"

499

四十九

梅佐贤汇报完了清估组的工作，最后说：

"我们全厂的资财一共是五百六十万，其中四十二万是'五反'退款，应该剔除的。阿英同志，你看，还有啥补充的。"

"你说得很详细了，我没有补充。"汤阿英说，"这一次工人十分努力，抢着在轮流停电的辰光，做好清点工作，今天总算把总账轧出来了，没耽误时间吧？"

"时间倒来得及，"徐义德说，"工人这次出力很大，要不是全厂动员，老实讲，我这个总经理也不清楚沪江有多大的家当。这回比一九五〇年重估资产那次彻底细致得多了，破天荒第一次弄清了沪江的所有资产。要谢谢工人同志们。"

"这点事体算不了啥。"

"余代表，详细账册在这里，"梅佐贤把勇复基开了两个夜车赶出来的账册往余静面前恭恭敬敬地一送，说，"请你看看，有没有差错。"

余静并没有看，她把那厚厚一本的账册推到徐义德面前，说：

"还是请徐总经理仔细看看，查查有没有遗漏未列的，计算得妥当不妥当？有不合适的地方，可以提出来，大家研究研究。"

徐义德捧起那一厚本的账册，翻了一两页，就没有往下看了。勇复基把总账算出来之后，昨天晚上梅佐贤带着这个账册上徐公馆去。他们两个人在书房里待了好几个钟头，徐义德一页一页地仔仔细细审查，生怕漏了一项两项，一边看，一边问梅佐贤。梅佐贤详细地给他说明所提出的问题。最后看到总数比一九五〇年重估资产的数字多出四十万来,徐义德嘴上露出了满意的微笑,点头赞赏梅佐贤在清估组的努力。梅佐贤表明这次清估,他第一步抓清点工作,把厂里角角落落里的物事都叫人搬了出来,一件也不遗漏,连一把扫帚和一块棉布门帘也不放过,一一记上,记上了就要估价。加上过去从来也没想到的旧东西,这回也发现了,清估了,总数自然增加。他一口气说下去,使得徐义德没法插话,只有赏识梅佐贤的才干,钦佩梅佐贤清估工作的丰功伟绩,感谢梅佐贤暗中帮助,赞扬梅佐贤是他的忠实助手。徐义德很满意清估组的工作,要梅佐贤今天当着余静的面正式提出报告来。徐义德把那本厚厚的账册轻轻放在长方桌上,表示无所谓的淡漠态度,说:

"这么一厚本,谁记得那么多?只要大体差不多就行了,就是上下差个万八千,也没关系,将来到了社会主义,一切都归国家所有。这方面,我比一般资本家看得开,只要国家不吃亏,我是没有意见的。"

"将来是将来的事。现在清产定股,应当实事求是,公平合理。如果我们清估组有遗漏的,不管数字多少,一定要补上。国家不在这个上面贪小便宜。"汤阿英说,"有啥意见,可以提出来,有遗漏的,我们清估组可以复查。"

徐义德见汤阿英义正词严,态度又十分诚恳严肃,他不能再照刚才那样的说法,叫余静再点出,反而不好。他脸上堆着笑容说:

"刚才我不是说了么,我这个总经理,官僚主义也不少,厂里究竟有多少财产,也闹不清。这次清点出来的一些东西,过去根本不晓得。要我看这么一厚本账册,等于白看。梅厂长对厂里的事体比我清楚得多了,这次清估组除了他负责以外,又有汤阿英同志参加,工人一向大公无私,清估工作一定没有差错。清估工作企业有统一的原则,基层还可以因地制宜,方法简单易行,我们筹委会一同民主协商,清估组还及时了解检查联系汇报,使得整个清估工作没有出现一点偏差。"徐义德对余静说,"余代表,你说,我还能有啥意见呢?"

"那么,在总数上是不是还有什么意见呢?"余静问。

"也没有。"

"你们有啥意见吗?"余静望着韩云程、郭鹏、勇复基和秦妈妈。

"这次清估工作,完全公平合理,特别是对机器的估价,尚可使用年限,加已使用年限等于耐用年限这个公式,它比另外两个公式要合理一些,因而也公平一些。就机器的实际价值而言,是提升了的,因为一般机器,我以前说过,实际耐用年限,往往要超过原来规定的耐用年限。我们现在这样算法,机器所有者,实际上多拿了不少折旧费……"

徐义德听韩云程说到这里,忍不住插上来解释说:

"这个公式经棉纺公会再三讨论,反复协商,大家才一致同意,局方也同意这个公式。要是照另外两个公式计算,政府吃亏可大啊!"

"所以说,这个公式比较公平合理。"韩云程现在对徐义德想强加于人的态度毫无畏惧,党委书记余静同志已经当了公方代表,他的勇气更足,好像浑身比过去更有劲头了。他对着徐义德和余静说下去,"我不是不赞成这个公式。我们计算机器,就依据这个公式求出来的。梅厂长和勇会计主任和我一道计算的。我是说政府对这一次清估工作是很宽大的。"

"政府对我们工商界一向是宽大的。"徐义德说。

郭鹏认为韩云程归了队,胆子大了,一心一意向着政府。不管怎么样,他们在沪江纱厂工作,总是捧徐总经理的饭碗,徐总经理对他们的今后工作有莫大的关怀啊。虽说就要公私合营了,可是徐总经理的股份一定占多数,公方股份绝不会占到一半。徐总经理在厂里还是有很大的势力哩。合营后的人事安排还没有定下来,更不能得罪徐总经理。在人事安排上,徐总经理一句话,顶得上别人十句。这对自己前程的关系太大了。他对韩云程说:

"我看徐总经理提的这个公式最公平合理,真正符合实际的,体现了党的实事求是公平合理的政策。我想不出比这个更好的公式了。"

余静讨厌郭鹏阿谀奉承的话,觉得肉麻,可是她没有流露出来,只是指出:

"郭主任,我们现在并不讨论公式问题。这个公式纺管局同意的,的确比另外两个公式公平合理,当然也有可以研究的地方。我们现在讨论本厂清产定股问题,你对这方面有啥意见?"

"这个,这个,"郭鹏羞涩得有点口吃,半晌才说,"这个我没有意见。"

"勇主任呢?"

勇复基微笑地欠欠身子,低声地说:

"这次清估,在梅厂长和汤阿英同志亲自领导下做的,所有的账,都算了三遍,没有重复,没有遗漏。我没有意见。慎重起见,还请各位审核审核。"

徐义德见余静仔细地一一征求有关人员的意见,他也问赵得宝、秦妈妈和严志发有啥意见。严志发没有意见。赵得宝说:

"这次清估,厂里的破铜烂铁,零零碎碎,都点了,我看没有遗漏的。说到账册,这么厚的一大本,要我看两天也看不完。一时提不出意见来,只要账没算错就行了。"

"汤阿英同志亲自看了两遍。"勇复基说。

"这方面倒可以放心。"梅佐贤说,"勇主任算账一向是仔细的,从来没有出过差错。"

徐义德问余静:

"我们筹委会是不是今天通过清估方案？"

"要是大家没有意见了，可以通过这个方案。"余静说，"四十二万'五反'退款不必剔除了，我已经和纺管局商量好了，全部'五反'退款转为公方投资，这样一来合营以后的现金周转也没有问题了。"

"那再好也没有了。"徐义德一直操心这四十二万，转做投资，以后不必为这四十二万发愁了。他喜形于色，腮巴子下边的肉褶也高兴得一跳一跳的。筹委会通过清估方案。他对勇复基说，"那你们快去把账册誊清。"

勇复基站起来，挟着那本重甸甸的账册走了。韩云程和郭鹏见事体谈完，也跟着走了。徐义德喝了一口茶，望着厂长办公室墙上的文徵明山水和室内陈设，对这次清估工作十分满意，连自己最操心的办公室里的私人财产，也划出清估范围之外，那张捐献条子起了很大的作用。他认为这是自己的得意杰作。字画、沙发和写字台这些东西放在这里，再也不必操心了。现在办公室还增加了一张长方桌和十把椅子。这是余静提出的建议，梅佐贤亲自布置的。坐在这里开起会来，倒是很有气派。他赞赏地说：

"这次清估工作做得非常出色，梅厂长和汤阿英功劳不小，当然主要的还要归功于余代表领导得好。"

"政策是党制定的，工作是大家做的，怎么能归功我个人呢？"余静说，"徐总经理，我不赞成你这个意见。"

"当然是因为公方领导得好。"徐义德说，"余代表，你太谦虚了。你们不管做了多大的工作，都归功于党，归功于群众，个人从不邀功，实在令人钦佩。其实，要是没有你的领导，向工人同志做动员报告，再三讨论党的政策，又及时了解检查，那一定会出偏差的。有些厂的干部，宁左勿右，清产定股中左得厉害，把资产估低了。我们厂，你掌握政策很稳，一丝一毫的偏差也没有出。"

"别的厂也不会出偏差,都有政策管着,中央的政策是统一的。"

"那是的,那是的。就是有点小的偏差,一定也会马上改正的。"徐义德顿时转了话题,"最近,棉纺业公会举行全业合营学习座谈会上,曾经酝酿过人事安排问题,公会也提过初步意见,局方指示,人事安排问题要在基层协商。现在还有时间,是不是谈一谈?"

余静从纺管局那里已经看过棉纺公会提的初步方案,她想了想,说:

"大家都在这里,谈谈很好。你有啥方案,可以提出来谈。"

"方案?"徐义德看余静单刀直入地问他,心头一惊:余静老是处在主动的地位,啥事体都要他提,而她事先一般不大表示意见,叫人摸不清她的意图。人事安排是一件大事,定股定息不过是几年的事体,人事安排可是决定终身的大事呀!定职就是定薪。而定薪也就是定心。他曾经和梅佐贤商量过这件事。照他看来,正职当然非他莫属,这是毫无疑问的。梅佐贤担任副职,这大概也没有问题。他亲自当面许了愿的。余静怎么摆法?倒是个问题。论资格,不过是一个年轻的女工,一个黄毛丫头,能懂得啥呢?谈管理经验,谈技术,更提不上。但她是共产党员,厂里党委书记,如今又是公方代表,不摆个副职,似乎说不过去。他这个方案,认为是自己让了步的。他摇摇头说,"我还没有想到这个问题,余代表一定有方案了,不妨拿出来协商协商。"

"我们没有方案,只有一个原则,参酌原有情况,量才使用。具体方案,要请私方提。"

"私方提,"徐义德认为这是真主意假商量,公方一定早就有了方案,只是不拿出来,让私方瞎摸。公方既然有了方案,他又何必提呢?他说,"那你可为难我了,这问题我想也没想过,一时怎么提呢？倒是有点意见：希望全部实职人员一律安排，而且不要降低职位，因为这些职员，多年在厂里工作，原来的薪金也不太高，这次合营，有些人嘴上不说，心里有波动的。如果合营时能做到原职原薪，大家一定欢天喜地。"

梅佐贤坐在长方桌的斜对面，不断对徐义德的话点头。原职原薪，他这个副厂长的位置大概没有问题了。他表哥裘学良一直重病在家，挂着厂长名义拿干薪。虽说他过去实际上就是厂长，可是拿的是副厂长的薪水，负的是厂长的责任。合营后，他能做个名符其实的副厂长，也满意了。他说：

"总经理对职员的心理了解透彻，大家当面不说，背后都议论这桩事体。合营了，担心降职降薪，怕生活维持不了。"

"至于我个人，一点问题也没有，心里也不波动。"徐义德谦虚地说，"我能力不强，水平不高，社会活动又很忙，不必安排实职。我们厂里的主要职位，应该一律由公方代表担任。余代表，你觉得怎么样？"

没等余静回答，严志发插上来问：

"徐总经理，你说的主要职位指的是啥工作？"

"指的是经理、厂长这些工作，正职应该一律由公方代表担任。"徐义德说完了，等候余静的回答，暗暗注意她面部的表情。

余静的面部没有表情。她心里怦怦跳动，思潮汹涌澎湃，正职一律由公方担任？这话说得多漂亮，显然不是真心话。她想了半晌反问道：

"为啥正职一律要公方代表担任呢？"

徐义德猜不透余静的心思。如果坚持下去，黄毛丫头没轻没重的接受下来，对于人事安排的协商有莫大的影响啊！他不露痕迹地慢慢改变了口吻：

"公方代表能力强，威信高，掌握政策稳，当然应该担任正职。

政府人事安排的原则,刚才你提了:参酌原有情况,量才使用。我觉得这对公方代表也适用。当然,有些合营厂,私方能力很强,技术很高,贡献很大,也担任了正职,在工商界影响很大,不单在同业中起了安定人心的作用,在国际上也发生很好的影响。有些外宾和外国记者到上海访问资本家,一听到资本家在合营后还是担任厂长、经理的正职,就赞扬共产党对资本家改造政策实在太好了。不过我们厂的情况不同,我本人能力很差,不能和那些厂的私方比。"

"这么说,总经理未免太客气了。"这是梅佐贤的声音,"我想,余代表一定不同意总经理的意见的。谁不晓得,沪江纱厂是总经理一手创办的,锭子虽然不算多,沪江出产的成品,谁都说好,过去在市场上大家抢着要。总经理不仅有丰富的管理经验,在棉纺技术上也十分精明,韩工程师都说技术上有啥问题,总经理一看就清楚了。棉纺公会有事,都要找总经理商量商量,一致公认总经理是上海棉纺界难得的人才。我觉得,总经理过分谦虚了。我们对待问题应该实事求是,不要客气才好。"

徐义德和梅佐贤画龙而没有点睛。汤阿英听徐义德口气在卖弄自己。梅佐贤接着吹牛拍马,她按下心里对他们的厌恶,直接说出自己的意见。

"我们根据党的原则办事,量才使用,哪个当正职,哪个当副职,大家讨论,领导批准,一定不会安排错的,能力技术重要,政治更重要。没有政治,没有路线政策,单有技术也不行啊!"

"我赞成汤阿英的意见。道理很清楚,谁都明白。梅厂长有啥意见,爽爽快快掏出来,讲话不要绕弯子,叫人摸不着头脑。"秦妈妈说完了,盯着梅佐贤望。梅佐贤脸上显得十分尴尬,他眉头一动,嘻着嘴,说:

"还是听徐总经理和余代表的意见好。嗨嗨!"

徐义德不满地望了梅佐贤一眼：觉得在重要关头梅佐贤不敢正面直接提出意见，反而往他身上推，未免太滑头了。继而一想：梅佐贤是资方代理人，不正面直接表示态度也好，说了，余静以为是他授意的。他迅速地把问题推给余静：

"还是请余代表提吧，我们完全服从公方领导。"

余静听了大家的意见，特别是汤阿英那句话：根据党的原则办事，给了她很大的启发，梅佐贤的话，使她对徐义德有了进一步的认识。徐义德不仅在区里是工商界的头面人物，就是在市里，也是有名的人物。梅佐贤虽然是徐义德的人，可是有一定能力，在管理生产上，她不如梅佐贤。组织上决定她到沪江来担任公方代表，她感到有些吃不消。她担任正职更不恰当。她对徐义德说：

"公方领导是一回事，协商人事安排又是一回事。希望你不要客气。把你初步考虑说出来，我当然会提意见的。"

"提吧！"赵得宝刚才有点替余静担心，不知道怎么应付这个局面。徐义德和梅佐贤非常狡猾，分明有意见，可是不肯说，逼余静表态。余静很老练，不慌不忙地催徐义德，使他放了心。他说，"有意见提出来好了，客气啥？"

徐义德摸不清余静的意图，想到别的厂也是私方先提，不好再推了。他试探地说：

"合营后，经理这一级要不要保留呢？沪江虽说不是大企业，可是麻雀虽小，五脏俱全，向来有总管理处的。如果保留吧，也有它的好处。余代表，你看呢？"

"保留好了。"

徐义德见余静回答得果断，肯定，他心上一块石头落下来了，总经理的位置大概没有问题。他进一步对余静说：

"要是保留总管理处的话，我想正厂长应该是余代表，佐贤做你的助手，担任副厂长；同时你最好能够兼任总经理才好。"

"你自己呢?"汤阿英看徐义德虚情假意,有意问他。

"我挂个董事名义就差不多了。"

"你做挂名董事?"秦妈妈不信任地歪着头看徐义德。

"大概问题不大。"徐义德轻松地笑着说,"我做个董事还不行吗?"

"行,当然行,就是太委屈你了,你说,我们会同意吗?"严志发说,"还是直截了当把你的意见说出来好!"

徐义德身上感到一种压力,余静那锐利的眼光仿佛看到他的灵魂深处。他不能再绕弯子了,收敛了脸上的笑容,严肃地说:

"那我当个副总经理也可以。"

"这也委屈了你。"余静说,"你仍然是总经理,梅佐贤可以担任厂长,这几年来,裘学良一直生病,不能工作,梅佐贤实际上做了厂长的工作。裘学良保留原薪,给他一个顾问的名义,照顾他的生活。等他病好了,再参加适当工作。"

"你想得太周到了。"徐义德喜出望外,焦急地问,"你呢,担任副厂长未免太委屈了你?"

"我经验不多,能力有限,除了副厂长的工作以外,我还要管厂党委的工作哩。"

"韩云程、郭鹏和勇复基他们原职原薪不动,好哦?"

"赞成你的意见。"余静对徐义德说。

"严同志也要安排一个职位。"徐义德说。

"可以安排。"

"做啥工作好呢?"徐义德向严志发打量一番。

"他念过初中,有些文化,做过工,对纱厂又熟悉,在厂长办公室做个秘书倒不错。"

"那太理想了,我完全赞成。梅厂长大概也不会反对。"徐义德望了梅佐贤一下。他点头同意。徐义德说:"快点把今天协商的人事安排方案写好,和清资定股方案一同送到纺管局去批,梅厂长。"

梅佐贤听到"梅厂长"三个字和过去有了不同的感受。他做梦也没想到是余静而不是徐义德提他担任厂长,这简直是喜从天降。他感激地望着余静,发痴一般的竟说不出话来。徐义德大声催他,他像是苏醒过来一般的说:

"我马上去办,我马上去办。"

五十

一辆黑色的林肯牌轿车缓缓地驶进沪江纱厂。在煤渣路上发出沙沙的声音,开到办公室门口的辰光,坐在司机旁边的梅佐贤,迅速跳下车子,过去开了后面的车门。徐义德让余静先下来,他最后走出,对余静说:

"楼上坐一会吧!"

他们一同上楼,走进厂长办公室,坐了下来,徐义德精神焕发地说:

"今天是我生平最快乐的一天,最值得纪念的一天,我一辈子也不会忘记。自从陈市长给我们讲了过渡时期总路线以后,我就日夜盼望沪江快些走上国家资本主义的道路,今天总算如愿以偿了。今后我再也不必为这个企业忧虑风险了,也不必为儿孙操心前途了,合营了,有了国营经济的领导,有了公方的领导,就是晚上睡觉也比过去安心了。"

"那可不,不说别的,就说我这个当厂长的吧,过去,单是劳资纠纷就把我的头闹大了。我是资方代理人,工人同志对我总是另眼看待,这也是应该的,可是我呢,事体就难办了,许多精力花在这上面,吃力不讨好,有时还要挨骂,这也不怪工人。我是资方代表,代表资方利益说话。工人当然要反对我的。现在好了,劳资关系比较简单了,我们是公私合营企业的干部,说起话来,也比过去方便得多了。"

"劳资关系问题,其中有是非问题,并不因为是资方代理人就不好说话。资方代理人代表资方说话,只能代表资方合法的正当利益。如果和资方一道进行非法活动,工人当然要反对的。"余静不同意梅佐贤混淆是非的说法。

"我刚才讲的确实有语病,余代表这么一说,给我很大的启发,打开我的眼界,把过去看不清的问题看得清清楚楚了,我这个人整天埋在事务堆里,过去许多问题都看不清爽。今后在余代表领导下,要好好向您学习。"

"合营最大的好处是改变了生产关系,发展了生产力。工人做了企业的主人,生产热情会比过去大大提高。"余静说。

"余代表经常学习马列主义和毛泽东思想,看问题总看到本质上,不像我看的表面,还是从个人利害出发,"徐义德自愧不如余静,说,"我也要向你学习学习。"

"不要这样客气,你们有空的辰光,倒应该学习马列主义和毛泽东同志的著作。"

"我们有空也学习马列主义和毛泽东同志的著作,不过时断时续。在我们工商界里,马慕韩学习比较好,他抓得紧。今天马慕韩在会上讲的那番话,要资本家掌握自己的命运,我觉得讲得不错,看出来有点马列主义修养。"

他们今天到江西路上海市人民委员会的大礼堂,参加庆祝棉纺织业全业公私合营大会,马慕韩在会上代表棉纺织工业公会讲了话,把解放前后棉纺资本家的遭遇做了显明的对比,指出社会主义社会是唯一的光明的前途,希望上海工商界要掌握自己的命运。余静和徐义德他们一同坐车回厂。她一直在想马慕韩这位小开确实比徐义德体会党的过渡时期总路线要深刻一些。徐义德补充道:

"马慕韩每天在家里都要看一点马列主义和毛主席的著作。马慕韩说出了我们工商界心里的话,他如果不学习马列主义著作,不会有那样高的理论水平的。"

"总经理的理论水平也不低。"梅佐贤笑着说。

徐义德没有理会梅佐贤的阿谀,他沉着地说:

"这次我们棉纺织业批准合营,国家的政策十分正确,公方代表英明领导,对我们照顾无微不至,清资定股,公平合理。人事安排,局方完全同意。批准我们的方案,仍然任命我担任总经理,你们两位担任正副厂长。连裘学良这位病人也有了安排,给顾问名义。保留原薪,想得周到极了,实在太好了。现在局方只任命到经理厂长一级人员,关于科室人员,我问过纺管局,他们说一般按照原职原薪不动,这样照顾,真是面面俱到。我深感统一战线的温暖,党的政策正确伟大!"

"我能担任厂长,也是出乎我的意料之外,老实说,我做梦也没有想到过我会当厂长。"梅佐贤激动地望着余静说。"我了解,这是党对我的培养,合营后,我要认真接受改造,来报答党和政府对我的恩情。"

徐义德的声音有点颤抖,但他竭力保持平静,边想边说,"我想了两句话,作为今后我努力的方向。我念出来,请余厂长指示:积极经营,争取利用;不犯五毒,接受限制,加强学习,欢迎改造。"

"你把党对资本主义工商业进行社会主义改造政策具体化了,很好。我代表党和政府欢迎你这种态度。"余静站起来说,"你们谈吧!我到车间看看汤阿英她们去。"

汤阿英在细纱间的阁楼里,坐在方桌边的木凳子上,一张红纸摊在面前。她用剪刀细心地剪去。郭彩娣站在窗口那里,手里拿着一块五尺来长的红布,比了比两边的长短,把当中折起,放在窗台上,她抽了几根细纱,就着大腿一搓,便成了很结实的细线,把折起的红布扎牢,然后再把折起的红布松开,一个圆圆的大红彩球扎好了。她悄悄地走到汤阿英的背后,轻轻把彩球往汤阿英头上一

放,两边长短相等的红布正好披在两肩,忍不住大声笑道:

"你们看哟!新娘子来了!"

管秀芬抬起头来一看:在电灯光的照耀下,一片红光跃入她的眼帘。她抿着嘴笑了:

"彩娣,你真会捉弄人。"

汤阿英微微感到头上有人放了一个东西,可不知道是啥,她听管秀芬讲郭彩娣,转过身子一看,果然郭彩娣在她身后,手上捧着那个大红彩球,这才知道郭彩娣讲"新娘子来了"的意思。她的脸顿时比大红彩球还红,像是一片红霞突然落在她雪白的脸蛋上。她放下剪子,看了郭彩娣一眼:

"你真会寻开心,拿我这个老太婆也开起玩笑来了。"

"你是老太婆,那我是老婆婆了,"郭彩娣退后一点,防备她走过来。

"你是老婆婆倒没关系,阿英成了老太婆,张学海可不答应啊!"管秀芬转过来,对汤阿英说,"像你这样又年轻又漂亮的老太婆,哪个小伙子看到不喜欢?我要是男人,一定讨你做老婆,又温柔,又体贴,又坚强……"

郭彩娣打断管秀芬的话:

"你啥都逞能,老要占上风。讨老婆,你可没有这个能力!"

"你有这个能力?"管秀芬一句话把郭彩娣问得哑口无言。

"别瞎吵瞎闹了,小管,糨糊打好了没有?"

管秀芬把一钵子热呼呼的糨糊往汤阿英面前方桌上一放:

"你看,这是啥?你的字剪好了没有?"

"差不多了。"汤阿英马上拿起剪子,一弯一曲地剪过去,一霎眼的工夫,用两只手把剪好的字轻轻拾起,挂在自己的胸前,对她们说,"你们看,对不对?"

管秀芬歪着头看汤阿英胸前的大红双喜字,拍手叫道:

"这个双喜字剪得真漂亮！原来,你还是个艺术家哩!我们的工会副主席。"

"谈不上啥艺术家,"汤阿英回忆地说,"还是小辰光跟娘学的,娘剪得一手好窗纸,她也不用绘样子,空手就能剪出个活蹦活跳的鲤鱼来。我比她差远了,好久不剪,也生疏了。"

"那你啥辰光给我剪点窗纸?"管秀芬很喜欢汤阿英剪的字。

"等你请客吃喜糖的辰光。"

"快把双喜字贴上,别弄坏了。"管秀芬有意把话题岔开,拿过一块二尺来长的长方形木板,放在方桌上。

汤阿英和管秀芬一道把双喜字贴在木板上。郭彩娣把大红彩球挂在木板上头,用洋钉钉牢。三个人站成一排,眯起眼睛对报喜牌看来看去,像是母亲在欣赏刚生出来的婴儿一样,嘴犄角闪着甜蜜蜜的微笑。

"哎哟,你们还没有做好?"

不知道是谁大声叫唤,打破了这宁静幸福的气氛。管秀芬对门外一望:门半开着,一个圆圆的脸露在门缝那儿,董素娟神秘又紧张地朝里窥视,管秀芬指着门口说:

"有话进来说,躲在门口做啥?"

董素娟蹑着脚尖走了进来,悄悄地说:

"清花间的报喜队已经出发了,现在到了钢丝车间,一歇就要到我们车间来了;你们还不快点,再不出发,细纱间就落后了。"

"她们有多少人?"郭彩娣关切地问。

"有十多个,还有锣鼓哩!"

"锣鼓?"管秀芬愣住了,焦急地说,"我们也要锣鼓。"

"锣鼓在啥地方?"

汤阿英告诉郭彩娣:

"锣鼓倒容易,我通知俱乐部借一套给你们,可是谁会敲呢?"

515

"有了锣鼓,还怕没人敲吗?"这是余静的声音,她推门进来,说,"原来你们都在这里,阿英,你找我有啥事体呀?"

"余厂长,我本来要去找你,你怎么跑来找我了?"

"别叫我厂长,还是叫我余静同志,这样亲切。你找我,我找你,不是一样的吗?究竟有啥事体呀?"

"彩娣她们和我商量,今天晚上要住在厂里,挂牌子的辰光,要求我和你参加,我同意了,你也去,好哦?"

"那还有不好的?没有别的事体吗?"

汤阿英点点头。余静向门口走去,汤阿英叫道:

"余厂长!"

余静回过头来,指着汤阿英说:

"你又忘了!"

"哦!余静同志,你说谁会敲锣打鼓?"

"你们忘记了吗?我们厂里有一位多面手,十八般武艺,件件精通。为啥不找他来帮忙呢?"

"小钟在吗?"汤阿英顿时想到了钟佩文。

"他在工会里,大概又在写啥作品了。"

"可以叫他来帮细纱间的忙吗?"

"他是工会干部,你这个工会副主席还指挥不动他吗?用不着征求我的意见。"

汤阿英亲自去叫钟佩文来帮忙。他把锣鼓都带来了,顿时咚咚锵锵地敲打起来。敲锣打鼓的人手不够,他告诉大家怎么打法,对管秀芬格外细心而亲切指导。管秀芬没有躲开,心里也想学好,细纱间没人敲锣打鼓,就要落在清花间的后头,这怎么行呢?大家很快学会锣鼓点子。郭彩娣捧着报喜牌,钟佩文打鼓,管秀芬她们敲锣打鼓在后面跟着。董素娟走在最前头,欢快地大叫大嚷:

"细纱间的报喜队来了!"

他们热热闹闹出发了。徐义德一个人冷冷清清地在办公室里。余静到车间找汤阿英去了。梅佐贤因为公方代表到车间去，觉得他这个厂长也应该到车间去了解了解工人的情况，不久也去了。徐义德想起今天庆祝全业合营的情景：棉纺织业全部合营了，私营棉纺织业再也不存在了，私营沪江纱厂的寿命也只剩下今天最后一天了！不，连一天也不到了，只有几个小时了。顿时，一种无边空虚的感觉充满他的心房。望着厂长办公室的家具，雪白的墙壁，窗外高大的厂房，矗立在夜空中的烟囱不断喷出火星，依依不舍，他今晚舍不得离开沪江。他拿起桌上的电话，拨了号码，那边接电话的是林宛芝。他告诉她今天不回家了。她吃了一惊，根据她的经验，只有在"五反"的辰光，他常常讲今天不回家了，最后也还是回去的。今天是庆祝全业合营的大喜日子，为啥不回家呢？他说厂里有事，明天一早回去。她坚持不同意，要他今天一定回去，她等他。他表示无论如何不能回去，要她不要等，她只好希望他明天尽早回去。

他挂上电话，一屁股坐在写字台的转椅里，打开绿色的台灯，揭开红木盒盖，里面是一块长方形的端砚，用徽州胡开文的墨在砚台上磨研，拿起上海笔庄制造的极品净纯紫狼毫，蘸了蘸墨，想在刻着沪江纱厂四字的信笺上写点啥。往事如潮水一般，不断涌现在他的心头，沪江纱厂开办的那一天，他也坐在这里，和裘学良、梅佐贤他们商量怎样发展企业，以后成立了总管理处，创办了信孚记花行，投资聚丰毛织厂，担任了茂盛纺织厂的董事长，吃进了永恒纺织机器厂。沪江的企业一天比一天发达，不仅在上海滩上逐渐扩大，连苏州的泰利纱厂也请他兼任董事长。就是在这张写字台上，他批过无数的计划，写过计算不清的条子。他在沪江企业里，一句话就是一条法律，一张条子就是一道命令，没有一个人敢不遵照他的意志行事。他现在拿着净纯紫狼毫，好像当年办厂一样，准备批写,可是没有一个人进来请示。他也不知道要批写啥,他的笔停留在信笺上,啥也写不出来。忽然沪江纱厂四个红字触目惊心地在他面前跳动。他用净纯紫狼毫在上面狠狠地划了个叉,然后把它撕碎,扔到字纸篓里。

他站了起来,推开门一看:外边办公室的职员都回家去了。写字台都收拾得干干净净,鸦雀无声,显得有点冷落。他向办公室仔细一望,像是第一次看到一样,角角落落都看到了。这间办公室是他和梅佐贤亲自设计的,靠近厂长办公室,有事办起来方便,厂长对职员的工作也容易监督。他威风凛凛地站在那里,好像每张写字台上的职员都埋头紧张地工作,让徐总经理观察。

他下楼走出去,外面电灯很亮,煤渣路上没有人,也很安静,只听见轰隆轰隆的机器声音不断从车间传出来,车间里那些立达机器是他亲自向瑞士公司订购的。从码头运到厂里,他亲眼看到拆包安装的,这些可爱的机器曾经给他织出无数件的棉纱。他听到机器一声声的叫唤,好像是向他告别。他站在煤渣路上凝神谛听机器轰隆轰隆的声音,如同慈母听爱女出嫁前夕依依不舍的低诉。他恨不能跑到机器旁边,把每一部机器看一个够,一想到工人都在上夜班,他突然在车间出现,会引起大家的惊奇,他的脚在车间门口趑趄不前了。清花间的灰布帘子突然掀起,车间里强烈的电灯光芒射到门口,接着有一个人的影子映在地上。他知道里面有人出来。他连忙转过身子,往回走,到办公室后面去了。

高大的烟囱矗立在夜空中,不断喷出火星,像是深蓝的天空中无数的繁星,一眨眼的工夫,火星就消逝了。一忽,又有一阵火星喷出。锅炉房的篱笆外边堆着许多煤块,像是一座小土丘,乌黑的煤块在黑暗中闪闪发着亮光。煤,刚才烟囱喷出的火花就是煤燃烧发出的;车间机器轰隆的声音,也是因为煤燃烧,发电,机器转动,发出音响。煤完成了它的任务,它的生命也就完结了,残骸堆在一旁,锅炉房的后面是苏州河。

苏州河,是上海的一条血管,也是沪江纱厂的一条血管。一包一包原棉是从这条河运来的。一件一件棉纱有时也从这条河运走的。现在,它躺在星空下,在辽阔的原野上迟缓地走它的路程,像是一条发光的巨大的带子,蜿蜒地伸向黄浦江边。明天,就是明天,苏州河再也不是沪江纱厂的血管了,他离开苏州河,踽踽地向仓库走来。

仓库外边,没有卡车,没有搬运员,也没有每天都看见的那个磅秤,两扇大门都开着,里面的电灯也亮着,管仓库的人大概吃夜宵去了。一件件棉纱整整齐齐叠起,几乎要接近高大仓库的屋顶了,棉纱后面,隐隐约约可以看见一包一包没有打开的原棉,堆得像山似的,仓库装得满满的,这里面有多少原棉啊,还有多少件纱呦!原棉和棉纱都闪闪发光。今天晚上的仓库比任何一天都显得明朗光亮,他从来没有看过仓库这么明朗光亮,简直是沪江纱厂创办以来最明朗最光亮的一天,好像里面放的不是原棉和棉纱,而是白花花的银子。银子,这里面有多少银子啊,他舍不得离开仓库,想走进去,在原棉和棉纱上舒舒服服地睡它一个夜晚,可是他身后远远传来细碎的脚步声,不知道谁向仓库这边走来了。他迈起沉重的步子,向仓库旁边走去。

离仓库左边不远,是一幢红色的房屋,红色的墙,红的窗户,红的门,只是玻璃在闪闪发光。透过玻璃,借着外边路灯的光亮,可以隐约看见里面有一辆红色的车子和红色的长梯,车子上面放着一圈一圈帆布水龙袋,这是沪江纱厂自己的消防队,也是徐义德的精心设计。为了消灭可能发生的火灾,添置消防设备,而且放在锅炉房和仓库附近。他一看到红色的救火车便停了下来,这里一个人也没有。天空暗黝黝的。繁星仿佛失去光芒。从苏州河上吹来的秋风一阵紧似一阵。他身上感到有些凉丝丝的。他望着救火

车,喃喃地说:

"救火车,救火车,你多大的火都可以救,可是革命的火你却救不了! 你,你有啥用场?"

他绕了一大圈,感到有点疲乏了。他失望地离开消防队,慢慢回到厂长办公室里,推开所有窗户,向前看看,向后看看,恋恋不舍地轻轻叹息一声。脱去身上的衣服,他倒在行军床上睡了,像是睡在原棉和棉纱上一样,感到柔软而又舒适。他躺在床上,听着墙上挂钟有规律地发出滴答滴答的音响。

清花间墙上的挂钟滴答滴答的音响却没人听见,因为汤阿英率领的报喜队从细纱车间走过钢丝车间,向清花间前进。人没到,锣鼓声音已经到了清花间,大家都为这欢乐的声音吸引住了。郑兴发听到锣鼓声特别兴奋。他亲眼看着这个厂建成的。有了沪江纱厂,就有了郑兴发,沪江纱厂每个车间,每一部机器,他都熟悉。一听机器亲切的声音,他就知道啥地方该维修。只要有一天听不到亲切的机器声音,他就感到空虚,仿佛遗失了物事。他是沪江纱厂发展的目睹者,也是沪江纱厂工人血泪史的见证人,他看到许多许多年轻力强的工人进厂,受徐义德他们重重剥削,身体慢慢坏下去,又看到许多许多身残体弱的工人出厂。过去,他看到工人低头进,低头出,现在又看到工人抬头进,抬头出。这个变化给他留下了深刻的印象。他现在比过去更爱护沪江纱厂了。可是他头发灰白了,脸上的皱纹深了,背有点驼了,眼睛却奕奕有神。时间在他身上留下了显明的烙印。依照劳动保护条例的规定,今天他该退休。他看到清花间那些可爱的青工,想起细纱间和粗纱间那些和他混得厮熟的女工们,他舍不得离开。但到了退休的年龄又不得不离开这些年轻人。在离开以前,他要把工作做得更好,把他多年的经验和熟练的技术传授给清花间的年轻小伙子们。他听到锣鼓声,便高兴地大声嚷道:

"又有报喜队来了,大家准备鼓掌欢迎。"

他们今天已经招待过三四起报喜队。大家都有了经验,眼光望着钢丝车间。从那边首先进来的是郭彩娣。她手里捧着大红双喜字,欢快地跨进来。接着管秀芬她们进来了。管秀芬刚叫一声:"郑师傅,给你们报喜来了,"话声就给一阵噼噼啪啪的掌声淹没了。郑兴发站在和花机旁边,闪着炯炯的眼光,向他们招手。忽然,他眼睛一亮,一块雪白的长方形的牌子出现在他的眼前,那上面写着十一个大字:上海公私合营沪江棉纺厂。他马上高兴地举起双手,一个劲鼓掌,两条腿也不知不觉地在地上跳了起来。他脸上的皱纹似乎没有了,背也仿佛直了,一眨眼的工夫,他变得像青年一样的活跃,消逝了的青春的火焰又在他的心田上熊熊地燃烧起来了。他用两只手做成一个大圆圈,罩在嘴上,当话筒用,大声叫道:

"合营的招牌来了,你们快来看哟,合营的招牌来了!"

大家都围上来,这时候郑兴发才看到捧着合营招牌的是秦妈妈和汤阿英。

秦妈妈从余静那里知道车间的报喜队已经准备得差不多了,有的车间已经出发了。她就向梅佐贤和余静建议:把合营招牌交给车间报喜队抬着,在车间里走一趟。他们都同意。秦妈妈带着合营招牌,遇上汤阿英她们,汤阿英一见那块白底黑字的招牌,竟抱着拍起掌来。大家抢着看,抢着抱,要不是秦妈妈催着快到别的车间报喜去,人们还不肯放下。汤阿英和秦妈妈一道捧着这块招牌,随着细纱间的报喜队,一同到了清花间。

清花间和钢丝车间的工人把报喜队团团围在清花机旁边,钟佩文在合营招牌后面使劲打鼓,咚咚的鼓声激动人心,每一个人的心里也像是欢快的鼓声一样的噗咚噗咚地响着。心里跳动得最厉害的是郑兴发。他看到那块合营招牌,想起过去沪江工人的生活,他高兴得眼睛里流出了快乐的泪水,透过泪水他看见每一张喜笑颜开的熟悉的面孔。他盯着合营招牌,激动地挤到秦妈妈面前,高声叫道:

"秦妈妈!秦妈妈!"他一时竟说不下去,大家不知道有啥事体,慢慢地静下来,他也冷静了一些,断断续续地说:

"我要求工会,秦妈妈……我要求工会……"

秦妈妈同情地安慰他:

"郑师傅,你别急,有话慢慢说……"

"我,我一定要求……"

"你说好了,"汤阿英说,"都是自家人,有啥闲话,讲出来好了。"

"工会主席、副主席都在,你们两人答应我吧!"

"究竟是啥事体呀?郑师傅!"秦妈妈笑着问。

这时候郑兴发才真正冷静下来。他巡视了一下,说道:

"我今天实在太兴奋了,太高兴了。我一生一世从来没有这样高兴过,也没有这样兴奋过,我亲眼看见沪江建厂的,现在沪江接受社会主义改造了,公私合营了,我们工人阶级要加强对企业的领导,担子更重了,我上了岁数,今年该退休了,可是,厂合营了,责任加重了,我能退休吗?你们说!"

郑兴发突如其来的问题,大家没有思想准备,一时不知道该怎么回答。汤阿英体会他的感情,也了解他的心情,立即应声答道:

"不能退休,和我们一道干下去。"

"不要退休,不要退休!"大家齐声叫道。

"我不退休,秦妈妈,工会同意吗?"

"我代表工会,同意你不退休!"

"好!好啊。"

大伙的欢呼声震动了整个清花间,钟佩文打的鼓声也越来越

高了。郑兴发走到秦妈妈身旁,腼腆地说:

"我还有一个要求:你让我和汤阿英捧着这块招牌,好不好?"

"那还有不好的?"

郑兴发和汤阿英捧着合营招牌,跟在报喜队后面,向前走去。

厂长办公室楼上挂钟的摆声越来越清晰,徐义德听着声音翻来覆去睡不着。在滴答滴答的音响中,忽然发出叮当叮当的声响,徐义德在床上默默地数着,已经是夜里十一点了。离明天还有一点钟了。一点钟,只有六十分钟啊,多么短促的时间。他霍地从床上坐起,扭开电灯,向办公室四面望望,好像寻找物事,眼光最后停留在下沿窗户上。窗外边不远就是一条煤渣路,一直通向工厂的大门,想到门口,他腾地跳下床来,匆匆忙忙穿好衣服,扣上深蓝色哔叽的人民装的纽扣,穿上贼亮的黑皮鞋,踉踉跄跄下了楼,顺着煤渣路径自向门口走去。快走到传达室那里,他看到门口有人,才放慢了脚步,踱着方步,潇洒地走到门口,这一带没有夜市,马路两边的商店早已打烊了,只有一两家小吃店还有灯光,里面热烘烘的,不时散发出白烟一般的蒸气。马路上行人很少,显得有点冷寂。他向马路两边望望,没有人,然后回过头来聚精会神地注视挂在大门左边的那块招牌:沪江纱厂,在路灯照耀下,黑底金字发着金晃晃的光芒。沪江纱厂盖成以后,这块金字招牌一直挂在这里,从来没有人动过,不管日晒雨淋,也不论白天黑夜,这四个金字总是闪闪发光。人们一走到这里,远远就看见了。随着企业不断扩大发展,沪江纱厂这块牌子已经越过长宁路,在上海滩上翱翔。棉纺业无人不知,市场上也无人不晓,大家都知道沪江出品的棉纱不错。

徐义德随着沪江企业的发展,成了上海工商界的名人。可是这块招牌挂在大门上只剩下最后一天了,不,只剩下最后一小时了!

他对着那块黑底金字的招牌望来望去,越望越觉得可爱,他瘫痪一般的站在那里稳稳不动。他真想永远让它挂在那里,任你狂风暴雨再也不能叫金字招牌褪掉半点光泽,可是行吗?里面车间传出来轰隆轰隆的巨响,震荡在他的耳边,他像从梦幻一般的境地清醒过来,望着招牌,沪江纱厂四个金字散发出刺眼的光芒,同时,不知道附近哪家养的公鸡,在夜色中提高嗓子喔喔啼叫。他自言自语地说:

"已经很晚了,该回去了。"

他走进大门,脚步沉重,步子迟缓。慢慢在那条笔直的煤渣路上,踱着方步,路边左右栽着两行柳树,柳条在夜风中轻轻飘扬。这些杨柳,他看了不知多少回了,可是没有今天夜里这样妩媚多姿,如同少妇的青丝随风飘扬,散发出一股沁人肺腑的清香。柳树后边的运动场上,有两个篮球架子,架子上面的篮圈闪着亮光。圈子四周的网也白得发光,他站在煤渣路上,眼前的事物,不管是高大的厂房,还是空阔的运动场,也不论是一草一木,还是堆在地上的破破烂烂,都闪闪发光,连他脚下的煤渣路也和往常不一样:在熠熠发光。他从来没有感到过厂里这些东西是这么可爱!他一边走着,一边回头望望。走到办公室,他站了下来。回转身去,顺着煤渣路望过去,一直望到大门,门外灯火辉煌。

他又走到门口,发现那辉煌的灯光是来自闹哄哄的小吃店。他站下来,眼睛自然而然地又注视到那块叫他喜爱的金字招牌。他忘记了萧飒的秋风阵阵吹来。也不注意马路上的车辆经过,只顾凝神望着,看门的人见他徘徊不去东张西望,便过来问他:

"徐总经理,你丢掉啥物事?"

"唔,"他心不在焉地应了一声。

"找着了没有?"

"没有。"他漫不经心地答。

"丢掉啥物事,我来帮你找!"

他这才注意到对方讲话的意思,他摇摇头,说:

"不,没啥,我散散步。"

他又看了一阵招牌,才恋恋不舍地走进去,回到厂长办公室,解开上衣纽扣,准备睡了。

第二天一清早,他睡在床上,忽然听见咚咚两声,门外有人敲门,他一骨碌爬起来,连忙把衣服穿好,过去开门,进来的是梅佐贤。他笑嘻嘻地问:

"总经理,你早,没吵你吧?"

"也该起来了,有事体吗?"

"也没啥大事体,工人在车间里闹翻了天,东边也是报喜队,西边也是报喜队,现在捧着新招牌要到门口去,他们听说总经理昨天住在厂里,要我来请总经理!"

"请我?"徐义德警惕地问道。

"他们想请总经理一同到大门口去……"

"去做啥?"

"换招牌……"梅佐贤看徐总经理沉着脸,不敢说下去。

"我不去。"

"是呀,我说总经理昨天忙了一天,一定很累了,别去打扰他吧。他们一定不肯,说今天是我们厂里大喜的日子,挂公私合营招牌是件大事,要和总经理一同庆祝庆祝……"

"换招牌当然是大喜事呀!我应该和工人同志们一道庆祝庆祝的,可是,我身体不舒服,你代表我和大家一起去换招牌吧。"

"好的,好的,你太累了,好好休息吧。"梅佐贤走了,又站下,嗫嚅地说,"余静在车间等你哩,总经理,是不是去一下的好。"

"对,还是去一下的好,换招牌是桩大事体呀!"他们两人向车间走去。

报喜队像是一条长龙。捧着合营招牌的郑兴发现在让位给韩云程了。大家都抢着要捧,秦妈妈说,有汤阿英代表工人就够了,另外应该让给职员代表。韩云程转过身来捧着。大家不抢了,但都想上去摸一摸,看一看,仿佛看新娘子似的,挤来挤去。郑兴发的手闲不下来,他走进锣鼓队,接过一面大锣,欢乐地一边当当地敲着,一边笑得合不拢嘴来,连脸上的皱纹也好像在笑,走在报喜队最前头的是徐义德、梅佐贤和余静、秦妈妈他们。

徐义德看到后面那许多工人跟着一同庆祝,兴奋地对余静说:
"工人和我们这样热烈庆祝,在沪江还是头一回哩。"
"是呀,"梅佐贤接着说,"在从前,做梦也想不到有这种场面。"
"生产关系改了,工人和工厂的关系也不同了,自然就出现了这种场面。"余静对徐义德说。
"看了这种场面,心里真舒畅,做起事来也有劲道。"徐义德假装高兴的样子说。
"那可不,合营了,我们要更好地把生产抓一抓。"
"最近这两天正考虑这件事哩,明天要不要开个会研究研究?总经理,"梅佐贤又转过去对余静说,"余厂长。"
"先把计划订出来,再开会具体讨论讨论,"余静说。
"这样更好。个人和车间生产计划都有了,韩工程师制订的生产计划也快写好了。"梅佐贤说。
"抓紧一点,这两天把它弄好。"徐义德吩咐梅佐贤。
"这没问题,"梅佐贤说,"我今天就找韩工程师谈!"
说话之间,队伍已经走到门口。梅佐贤站在凳子上,摘下黑底金字的招牌。韩云程和汤阿英马上把新招牌送上去,梅佐贤把它挂在原来的地方。一块簇新的白底黑字的招牌出现在大门口的左边:

上海公私合营沪江棉纺厂

郭彩娣在车间扎的那个大红彩球现在挂在新招牌上,使得新招牌越发显得鲜艳夺目,光彩焕发,在清晨的骄阳中射出耀眼的光芒。大家围在新招牌前面一边鼓掌一边欢呼。秦妈妈在一旁点燃了鞭炮,噼噼啪啪的爆炸声中,不时夹着"通"的一声,"天地响"直冲云霄。汤阿英望着新招牌舍不得走,两只手鼓红了。她拉着管秀芬在人群中扭起秧歌来了。郭彩娣和谭招弟跟着扭了,许许多多的人也跟着扭了。余静站在旁边,用手打着拍子,汤阿英对余静说:

"来吧!跟我们一道扭吧!"

那边管秀芬把余静拉着和大家一道扭了。在马路上,大家一同欢快地扭着,踏着钟佩文、韩云程和郑兴发他们的锣鼓点子,越扭,人越多,几乎把柏油马路塞满了。锣鼓声和炮竹声和恣情欢乐的人声连成一片,响彻晴朗的天空。徐义德的眼光一直没有离开新招牌。在大家欢乐声中,他悄悄回到厂长办公室,站在窗前,凝视着大门,打开窗户,噼噼啪啪的炮竹声震天价响,咚咚锵、咚咚锵的锣鼓声高入云霄。鼎沸的人声遍地涌来。他使劲把窗户一关,想把这些嘈嘈杂杂的声音关在窗外,巨大的欢乐的声音可不听他的指挥,仍然在他耳际萦绕,他用两只手把耳朵捂住,这也不行,还是听到巨大的音响。这巨大的音响有一股不可阻挡的力量,直向他的耳朵逼来。他干脆放下两手,对着窗户说:

"让你们尽情地欢乐吧!"

他转过身来,看到摆在上面、靠右边墙那里的长方桌和十把椅子,最上面那两张椅子,一张是他常坐的,旁边那一张是余静常坐的。他的眼睛一个劲盯着余静那张椅子,迈着沉重的步子走过去,把余静那张椅子搬开,放在角落里,让它冷冷清清地靠着墙。他把自己那张椅子放在长方桌上端的当中。他好像出了一口气,舒适地坐在床上,得意地望着当中那张椅子。但角落里那张椅子又出

现在他的眼前。他没有办法把它掼掉,他无可奈何地叹息了一声,望着写字台上的日历:一九五五年九月二十九日,喃喃地说:

"昨天,是创办沪江纱厂以来,第一次睡在厂里,想不到,也是最后一次睡在厂里啊!"

他无精打采地躺在床上,两只手托着肥大的后脑勺。窗外咚咚的欢乐的鼓声不断传来,一槌一槌像是敲在他的心上。他眼睛望着雪白的屋顶,无可奈何地默默无言。

五十一

　　车间的红灯早就亮过了,各条弄堂里的工人也都下班了。当日班的人走了,夜班的工人还没有到上工的辰光,机器关了,车间里显得十分清静。但是汤阿英没有走,她在自己的弄堂里仔细地做清洁卫生工作。对车间非常留恋。今天是她在车间做生活最后一天,从明天起就脱产搞工会工作,走上新的工作岗位了。夜班这条弄堂由别人来挡车了,她要把车子收拾干净,让接班的人生活做得顺手,从车头打扫到车尾,又上下左右看看,粗纱摆得整整齐齐,东西光洁,她满意地点点头,脱下油衣裳,换上自己的衣服,徐缓地从车间走出来。

　　她走到钢丝车间那里,忽然有一股煳焦味迎面冲鼻而来,兀自一惊,感到奇怪,立即停下脚步,细心用鼻子一吸,感到煳味更浓。她站在车间,放眼望去,每一部钢丝车像往常一样摆在那里,没有异样。她向里面走去,煳味不大,心想煳味也许从清花车间散发出来的,马上放开脚步,飞也似的跑到清花间,还没到清花间门口,煳味就特别浓,一走进清花间,抬头一看:车子上的棉花那里,升起一柱黑烟,向上紫绕,靠近白花花的棉花那里,不时有红色的火焰跳跃。她不禁大声叫道:

　　"清花间失火了!清花间失火了!"

　　她回过头去,寻找灭火器,靠门口一排挂着四个红色圆筒的泡沫灭火器。她匆匆向门口走去,正在摘下灭火器的辰光,感到身背后有人匆匆走过,掉过头一看,不是别人,是保全部的陶阿毛师傅,汤阿英脱口问道：

"你到啥地方去？"

陶阿毛给她突如其来的询问，面孔吓得像一张白纸，惊慌失措地说：

"不到啥地方去，"他顿时觉得回答得不对，又立刻改口说，"我回家去。"

"回家？"她感到奇怪，带有责备的口吻说，"清花间失火，你回家？快来救火！"

"对！快救火。"

陶阿毛想不到在这关键时刻，突然碰见新上任的厂工会副主席汤阿英，叫他躲闪不开，逃避不了！刚才他以为在她背后两步就可以逃出清花间的大门，快走到门口，却被她发现了，他虽然努力保持镇静，企图装出平静无事的神情，可是他的手不听大脑的指挥，本想到墙上摘灭火器，却弯下腰去拎靠墙的红色沙桶，手拎着，有点颤抖，发出哗啷哗啷的声响。

汤阿英早就摘下灭火器，熟练地扭下盖子，忽然听到哗啷的音响，她侧过身子一看，陶阿毛拎着沙桶站在那里发呆，她急着说：

"火这么大，沙子不顶事了，快放下，去拿灭火器！"

她撇下陶阿毛，三步并作两步，跑上去，把灭火器倒过来，一股白色的泡沫迅速的向火焰上喷去。

那边陶阿毛慢吞吞地摘下灭火器，望着汤阿英的高大的背影，仇恨从心中涌起，见车间没有别人，轻轻走过去，举起灭火器，想朝汤阿英的后脑勺那里打下去，凭陶阿毛过人的膂力，这下子不把汤阿英砸死，也活不了多久。他刚举起灭火器，对准汤阿英的后脑勺，正要砸下去的千钧一发的刹那间，忽然听到一个人大声喝道：

"陶阿毛，你做啥？！"

陶阿毛回头一看：是郑兴发师傅提前到清花间来上班了。他

慌忙放下灭火器,支支吾吾地说:

"不做啥,我用灭火器救火!"

郑兴发指着他手里的灭火器说:

"你这样怎么救火?"

原来陶阿毛双手抱着灭火器,位置向上,他心里明白,嘴上却说:

"我没用过灭火器,郑师傅。"

"保全部的陶师傅不会用灭火器?少废话!快把灭火器倒过来,给我救火!"

郑兴发没时间和他纠缠,迅速摘下墙上的灭火器,扭下盖子,倒过头来,泡沫直向火焰上喷去。

汤阿英一心救火,不了解陶阿毛的恶毒阴谋,幸亏郑兴发赶到,及时救了她的性命。她把那筒灭火器泡沫喷完了,又去摘下墙上另一个灭火器,泡沫又向浓烟烈火上喷去。

泡沫喷到的地方,烈火小了,浓烟的黑柱低下去了……

车间外边的人听到汤阿英的叫喊,纷纷拥了进来,余静和赵得宝正在饭堂里吃饭,连忙放下碗筷,饭也不吃,立即赶到清花间,大家七手八脚,倒沙的倒沙,浇水的浇水,还有人从别的车间提来了灭火器,忙作一团,一霎眼的工夫,厂里的消防队赶到了,红色的救火车停在清花车间门外边,迅速接上水龙头,帆布水管像是一条长龙,从门外蜿蜒地伸了进来,水龙头在熊熊的火焰上如同倾盆大雨一般,哗哗地倾倒下去,火焰压下去了,浓烟压下去了,一场大火,幸亏汤阿英及时发觉,连忙抢救,大家共同努力,终于熄灭了。

汤阿英站在机器旁边,浑身湿漉漉的,满头满脸是汗水,眼睛在四处寻找,却不见陶阿毛。

陶阿毛的阴谋没有得逞:他原想用灭火器砸死汤阿英,既灭了她的口,又阻止她去救火,然后在人不知鬼不觉的情况下,一溜烟

531

似的逃出沪江,听候刚刚公私合营的沪江纱厂烧得一干二净的消息,不料出现了郑兴发这个早该退休不肯退休的老师傅,他没办法,只好违背自己的心愿,和大家一同救火。这时,他有意动作放慢,东张西望,梦想设法让大火从清花间蔓延开去,把前纺后纺都烧个精光。余静和赵得宝他们赶到了,厂里的消防队也赶到了,火焰很快地扑灭了,他看大势已去,阴谋不能实现,怕自己暴露,在大家忙着救火,不注意他的辰光,一边装作救火,一边扶着水龙头,渐渐退到门口,正想撒腿就跑,忽然听到汤阿英在人群中高声喊道:

"陶阿毛,陶阿毛!"

大家东张西望地在寻找陶阿毛。陶阿毛急了,事不宜迟,再不逃走,给汤阿英她们抓住,查问起来,他丑恶的内奸面目可能要暴露了。他不假思索放下手里的水龙头,掉头就跑。刚迈开脚步,他的胳臂给一只粗大有力的巨手抓住了。他装出生气的神情,质问道:

"抓住我的胳臂做啥?"

"做啥?你心里明白!"

陶阿毛回过头一看,抓住他的胳臂的是郑兴发师傅。郑兴发刚才看见陶阿毛举起灭火器对着汤阿英的后脑勺,心里早就明白是怎么一回事。他故作不知,没有言语,忙着救火要紧,等到余静和赵得宝到来,郑兴发就注意陶阿毛的行动,厂里消防队一到,陶阿毛突然活跃了,抓住水龙头,好像在帮忙救火,实际上暗中向门口慢慢移去。郑兴发没有做声,在他背后,也随着慢慢向外移去,等到陶阿毛拔腿要逃,他的粗大有力的巨手一把抓住了陶阿毛。

"我啥也不明白,我有事体要走,你快放手!"

"你有事体,我也有事体,"郑兴发把陶阿毛的胳臂抓得更紧,说,"把事体谈谈清楚再走。"

"你不能妨碍我的行动自由。"

"这不是妨碍你的自由。不要做贼心虚,把事体谈清爽就让你走。"

"啥人做贼心虚,你别诬赖好人!"

正在他们两人交涉的辰光,有一个人在人群中大声叫道:

"陶阿毛在那里!"

大家随着那个人指的方向望过去:郑兴发抓住陶阿毛紧紧不放。

汤阿英听到钟佩文讲:"陶阿毛在那里!"她连忙分开众人,大家退后,让开一条路,她匆匆赶过去,边走边叫:

"把陶阿毛抓住!把陶阿毛抓住!"

郑兴发在人群外边高声答道:

"早抓住了!阿英。"

汤阿英走到郑兴发面前,她顾不得身上湿漉漉的衣服贴着身子难受,上衣下摆和裤脚管那里不断流水,指着陶阿毛,对郑兴发和钟佩文说:

"把陶阿毛带到工会去!"

余静和赵得宝接着走到前面来。汤阿英过去,把余静和赵得宝拉到人群外边,小声地向余静报告刚才清花间发生的事故……

那边陶阿毛给郑兴发和钟佩文押着,向工会办公室走去,后面跟着拥挤的人群,喊喊喳喳地纷纷议论着,惊奇的眼光盯着陶阿毛,不知道究竟是怎么一回事。特别惊奇的是管秀芬,仿佛是晴天霹雳,她所爱慕的陶师傅竟然给郑兴发和钟佩文押到工会去,刚才清花间失火,难道和陶阿毛有啥关系吗?在她看来,这是不可想象的事。她平时脸上得意的笑容消逝了,紧绷着严肃的面孔,内心却忐忑不安,跟在人群后面,迈动着沉重的脚步,一步一步吃力地走去。

五十二

汤阿英一觉醒来,仍然感到疲乏,浑身发酸,觉得没有睡够,躺在床上不想起来。太阳已经很高了,她迷迷糊糊睡去,朦朦胧胧地听见后面奶奶住的屋里有人在谈话,声音虽低,可是一句一句的意思大体可以听见:

"太阳这么高了,为啥还不起床?"

"昨天厂里失火,她领着大家救火,又抓住了坏人,忙到半夜才回来。"

"怪不得哩。厂里也有坏人?"

"有,是保全部的陶师傅,这人外表看不出来,手艺好,人缘好,能说会道,到我们家来过,还送给巧珠玩具糖果,想不到是个坏人,人心真看不透。"

"把这人交给政府,要严厉惩办他!"

"阿英就是这样办的,余静同志同意她的意见,报告了区里公安分局。公安分局派人来,把陶师傅逮捕了。"

"抓到人民政府手里就好办了。"

"这人真辣手辣脚,沪江纱厂刚公私合营没几天,他就下这样的毒手,要是沪江烧了,那几千工人到啥地方做生活?"

"坏人哪里会想到这些,他们就是要破坏我们的国家,破坏过渡时期总路线。"汤富海心里想,乡下地主富农破坏农业合作化运动,城里也不太平,有坏人捣乱,阶级斗争真是激烈。

"我们不能让坏人破坏!"

"对!"汤富海不见张学海,问:"学海呢?"

"这一阵,小两口忙着在厂里搞社会主义改造,很晚才回来,一早就走了。他今天早上一起床,饭也没吃,就到厂里去了。"

"忙社会主义改造是好事体呀!"

"阿英入党了,你晓得哦?"

"她写信告诉我了,听说还当了劳动模范。"

"是呀,当了劳动模范以后,还到杭州西湖白相了一趟,开了眼界,见了大世面哩。现在又当了厂里工会的副主席,成了红人啦,厂里大大小小的事体,哪一桩也离不开她。"

"这丫头在上海滩上得发啦!"

"乡下也要搞社会主义改造吗?"

"当然要搞,党的过渡时期总路线,早两年就学过了哩。总路线好比明灯,照到哪里哪里亮。如今乡下事体和城里一样,城里人晓得的事,我们乡下也知道哩。城里人要搞社会主义改造,我们乡下也搞,贫下中农对社会主义的积极性高得很,像是黄浦江的潮水,一浪高过一浪,一直往上涨,我们互助组的组员,绝大多数都想入社,搞社会主义改造,不搞小农经济,不搞资本主义经济。"

"原来我也闹不清爽啥资本主义和社会主义,阿英回来常给我谈起,说资本主义不好,资本家压迫劳动人民,剥削劳动人民,社会主义好,不压迫劳动人民,不剥削劳动人民,劳动生产出来的物事,大家用,吃得饱,穿得暖,有个啥社会主义国家,劳动人民还住洋房坐汽车哩!"

"那是斯大林领导的苏联,我在乡下也听我们党支部书记谈起过,那边共产党和劳动人民掌了印把子,日子过得一天比一天好。毛主席他老人家说,只有社会主义才能救中国。资本主义没有前途,快死亡哪!过去,我们在梅村镇一年忙到头,打下粮食都进了朱半天的仓库不算,还硬说我欠朱家一百一十多石租子,就是种一辈子庄稼也还不清呀！你说，天下有这个理吗？"

"我听阿英谈起过，朱老虎这个喝人血的禽兽，简直是无法无天！"

"我们受够了资本主义的气。"

"阿英、学海在沪江纱厂，给徐义德这个资本家剥削得不轻啊，这回搞社会主义改造，公私合营了，有国营经济和公方管着，徐义德再也不能想做啥就做啥啦。"

"阿英这孩子，当上工会副主席，地位不低呀。沪江公私合营了，看上去，今后她也能当一部分家啦。"

两个人谈话的声音，像是小河潺潺的水声，汩汩地萦绕在汤阿英的耳际，她闭上眼睛想睡，但是潺潺的水声向她耳朵里灌来，吸去了她的注意。那声音低微而又细碎，一句一句刺激她的耳膜。她想起来，又怕打断别人谈话。不清楚奶奶在和谁谈话。对方讲话的声音虽低，隐隐约约听到一些，时高时低，时断时续，听上去，口音好生熟稔。她一时竟想不起一清早漕阳新村有谁来看望奶奶。她凝神听他们谈下去。

"对啦！这一阵子，阿英在厂里日日夜夜忙个不停！"奶奶的声音，"工会的事，要她管；车间的事，要她管；她还要在车间做生活。你说她忙不忙？"

"这许多事体都要她管，就是三头六臂，也忙不过来呀！"

"她办事有条理，工作有能力，态度很公正，公家的事，私人的事，大家都乐意找她。"奶奶高兴地说，"让她管那些大事去，家里这些小事，我就多照顾点。"

"不，家里的事，还是要她帮助你做，阿英这孩子小时在家里，倒也肯劳动，现在当了党员，又是工会副主席，就不管家务事吗？我们梅村镇的党员，下地做活，回家烧饭，啥事体都做，有事，你尽管叫她做，她不做，我来跟她说，她敢不做！"

536

"这是爹的声音,爹怎么到上海来了呢?"汤阿英喃喃地问自己,她不相信,爹要真的来,为啥不叫她呢?她再仔细一听,可不是爹吗?她霍地坐了起来,披着一件深蓝色的毛线衣,连鞋子也来不及穿好,趿着就走到卧房门口,果然爹和奶奶坐在后面那一间屋子里,面对面小声谈话哩。她叫了一声爹,就扑过去,按住爹的结实的宽肩膀,亲热地问道:

"啥辰光来的?"

"到了有一歇工夫了,见你睡觉,就没叫你,让你多休息休息,我和巧珠奶奶在聊天哩!"

"唔!聊天。"巧珠奶奶见汤阿英走到后面那间屋子,她关心地问:

"啥辰光醒的!为啥不多睡一歇?"

"刚刚醒。"

"我和你爹闲聊天,没有吵醒你吧?"

"没有。"

"哦,"巧珠奶奶对汤富海说,"她睡得可沉哩。"

"她从小就是这样,睡着了,雷打也不醒。"

"我醒了,就再也睡不着了。"

"昨天厂里失火,你忙到半夜回来,应该多睡一会。"

"够了。爹,到前面来坐吧,那边光线亮点。"汤阿英回到前面屋子,阳光照得暖洋洋的,有点刺眼。她揉了揉惺忪的睡眼,让爹坐下,问:"吃了早饭没有?"

"早吃了,巧珠奶奶给我买的糯米团子吃,里面夹了油条,又撒了糖,可香哩。还喝了一大碗豆浆,肚子吃得鼓鼓的,一天不吃饭也顶得住。"

"乡下好吗?这一阵厂里工作忙,没顾上到无锡看你。"

"我晓得你在厂里忙,不像我们做庄稼活的,你们是按钟点的,

537

到时上班下班,少一个人不行。你当了工会副主席,下了班,一定还有事,少不了开个把会。"

汤阿英奇怪的眼光落在爹的黧黑的脸庞上,望着他额头上深沟也似的皱纹发愣;爹怎么知道厂里这些事呢?一定是巧珠奶奶刚才对他说的。她说:

"工会刚改选,车间的工作还没有办移交,今天开始脱产来管工会工作,就不会像过去那么忙了。"汤阿英说,"听说,这一阵乡下很忙哩,你在村里也闲不下吧?"

"可不是么,我这个互助组组长比别人还要忙哩。"

"互助组?"汤阿英一听这名字,心头就愣住了,急切地问,"怎么,你还在互助组?"

"互助组是我发起的,我又是组长,难道你要我退出吗?"汤富海没想到女儿怎么不赞成他在互助组哩。

"我不是这个意思。我们村里没有办农业生产合作社吗?"

"谁说的?今年有五十七个互助组办了合作社,最近又有二三十个组打报告给镇党委,要求办社,像是一窝蜂似的,你也要求,他也要求,很多人要求办社入社,村里可闹猛哩!"

"你那个组呢?"

"也有要人的,也有不要人的。"

"你呢?"

汤阿英一步一步追问,汤富海不假思索地说:

"我么,当然要人。"

"入了没有呢?"

"还没有。"

"为啥还不入?"

"打算和你商量哩。"他望着汤阿英,没有说下去。汤阿英以为汤富海有啥顾虑,不愿加入合作社,便想从大道理方面和他谈谈。

她问:

"村里学过党的过渡时期总路线吗?"

"总路线是国家大事体,全国都要学,梅村镇怎么会不学?我们早两年就学过了。"

"中央关于发展农业生产合作社的决议,村里也学过吗?"

"这是庄稼人的大事体嘛,怎么没有学?村里念过好几遍,还讨论很多次哩。"

"那你为啥还没有入社呢!"

"哎!谈起来,话长啦。"汤富海打开话匣子,滔滔不绝地说梅村镇最近的斗争,"镇上进行了总路线的宣传教育,人们的社会主义觉悟空前提高了,社会主义的劳动热情也空前高涨起来了,好比钱塘江八月的潮水一样。他们提出共同的要求:走合作社的道路,办合作社。他们说:我们贫下中农,家里穷,不办合作社,没有出头日。共产党毛主席指出社会主义的道路,贫下中农有奔头了。有的人一天到镇党委会和镇人民政府好几趟,要求办社,要求入社。有的互助组自动联合起来,要求办社。农业合作社的浪潮在梅村镇一天天高涨起来,镇上的贫下中农整天欢欢喜喜,高高兴兴……"

"赶快办社,满足广大贫下中农的希望,这是一桩大喜事啊!"汤阿英说。

"事体没那么简单,有人欢喜,有人不高兴……"

"社会主义是好事体,"巧珠奶奶说,"还有谁不高兴的?"

"朱筱堂,"汤富海见巧珠奶奶惊诧地望着他,发觉她不知道谁是朱筱堂,旋即解释道,"就是朱半天的独生儿子,他娘也不高兴。地主婆和她儿子表面也安分守己,暗地里在破坏农业合作化运动。"

"我听阿英说,他们不是管制劳动了吗?他们还敢破坏?"

"朱筱堂是管制劳动,白天到地里做活,晚上回家,就活动开了。他的狗腿子苏沛霖,听他的使唤,在镇里煽阴风,点鬼火,散布谣言,到处破坏。苏沛霖对人说,穷泥腿子一无耕牛,二无农具,三无本钱,凑在一起,想办合作社,要能办好,人们就要用头走路了。土地劳动力怎么分红?耕牛农具怎么作价?也没有一个章程,底摸不透,不能随便加入。污蔑合作社是个烂泥塘,谁要钻进去,出不来,后悔就来不及了。富农跟在地主后面瞎嚷嚷,有些中农也动摇了。"

"别听地主富农那些鬼话,贫下中农先把社办起来再说。"汤阿英斩钉截铁地说。

"中农有耕牛农具,他们能和贫下中农一起办社,力量就大了,不能把中农搁在一边不管。"

"这个我晓得,"汤阿英对爹说,"合作社办起来,中农看到农业合作化的好处,他们就不会搞资本主义单干了。中农会看风使舵,哪边对他有利,他就会跟上来的。"

"镇党委早就办了几个典型合作社,社会主义的好处也开始看出来了,有些中农就是不跟上来,又不能强迫他,对这些人真不好办。"

"那就让他多看看,贫下中农自己先把合作社办起来。他看到社会主义的优越性,又见大家都办社入社了,自然就会跟上来了。"

"这当然好,"汤富海不反对女儿的意见,但他又提了困难,说:"可是贫下中农也有不同的看法。有的贫下中农,今年春上在地里施了很多肥,稻子长势喜人,说活了一辈子还没看见这么好的稻子,要是入了社,究竟能分到手多少粮食,啥人也不晓得。他们说,今年不入社了,让别人先走一步,他们看看,等明年再说。他们就贪图地里那点稻子,左思右想,下不了决心入社,你看,急人不急人?"

"这样的人多不多？"

"只是极少数人。"

"那你先动员参加互助组的人办起社来，极少数人要等一等，就等一等，最后一定会要求入的。"

"谈到互助组的事，正要和你商量哩！"

"我们阿英说，你是互助组的组长，互助组的事，你当家做主。你说啥，组员还不跟你走吗？"巧珠奶奶认为互助组的事好办。

"现在办事要讲民主，不能一个人说了算。我这个组长，入社的事，要听组员的意见哩。"

"你是组长，首先要拿个主意，你打算不打算入社呢？"汤阿英直接把问题摊在爹的面前。

"我没问题。当年闹土改，我带头；搞互助组，我也带头，还当了个组长；现在要合作化，走社会主义的道路，这还用问，当然我也带头。"

"为啥现在还没有入社呢？"汤阿英不解地问。

"这桩事体，说起来，话又长啦。镇党委号召办社，我就积极响应，坚决执行，这是一条社会主义的光明大道，我当然愿意走。我是组长，不能个人入社，把互助组撂下不管。我就把镇党委和人民政府的号召提到组员面前讨论。我打算经过讨论，认识一致，联合全组组员一同办社。组里绝大多数的组员都热烈拥护，要求办社，只是有几个组员犹犹豫豫，拿不定主意，人在组里开会讨论，心里想着地里长的庄稼，想打下粮食再考虑办社不办社的事体。"

"要求办社的先办，"巧珠奶奶说，"要等一等的，让他等一等，问题不是解决了吗？"

"要求办社的先办，这倒容易，就是那要求等一等的少数人难办。他们说，当年互助组办得也不错，为啥要办社呢？办社是社会主义的道路，大家都赞成，等一等再办为啥不可以呢？走路有快有

541

慢,开头有早有迟。让别人先走一步,我们准备准备,然后跟上也不迟啊!办互助组大家在一道,老汤当组长,做了大家的带路人;现在办社,也要老汤当带路人,大家一道走,不能让老汤带着大多数人去办社,撂下少数人不管。互助组的事,老汤要管。这可难为了我,要求办社的,要我带着大家一同办社;要求留在互助组的,又要我继续担任组长,还说搞好互助组,创造办社入社的条件。我不能既在合作社,又在互助组,两边的人又都不放我,你叫我怎么办?阿英。"

"你对少数互助组的组员做了工作吗?"

"谈话谈得嘴都干了,我甚至于批评那些人了。大道理他们都懂,也拥护走社会主义的道路,就是碰到个人的具体问题就不通了,老想着地里的庄稼,舍不得快到手的粮食,下不了决心。"

"单纯批评没用,要说服教育,不能性急,要耐心反复动员。"汤阿英说,"只是说服教育不够,还要让他们多看看,亲眼看到合作社的优越性,那少数人会逐渐改变的,你们参观过合作社吗?"

"当然参观过,是村里组织去的。"

"参观过社里的庄稼吗?比互助组组员的庄稼怎么样?"

"看过看过,成本是我们的大,庄稼是社里的好。劳动力是我们的强,产量是社里的高。"汤富海信口说道。

"那入社不是很好吗?为啥还贪图自己地里的那点稻子呢?"

汤富海搔了搔灰白的鬓角,说:

"人们说这是好社富社,也有坏社穷社,我们没去。"

"穷社?我也参观过一个,都是贫雇农的,开办的辰光,要啥没啥,没有牲口,没有农具,连拴牛的草绳也没有哩,讨饭的都不上门。他们说,我们家里穷,不办社没有带头的。不怕穷,只怕没有决心;不怕穷,就怕不办社。社长是个党员,他说:家里再困难,三天拖不动锅盖,也要和大家把社办下去,绝不在困难面前认输。党支部支持,苦干了一年,如今牛也有了,农具也有了,银行里还有存款哩!大家都说穷人要翻身了,旧制度灭亡,新制度出世了,鸡毛要上天了。参加合作社,走一步好一步。土地改革是人翻身,参加合作社是人和田都翻身了,只要党支部领到哪里,他们就跟到哪里。"

"你从啥地方听来这些话?"汤富海有点惊奇。

"厂里组织我们到外边参观,亲自听农民讲的。"

"真有这样的事?"

"骗你做啥?"

"这么说,没钱也可以办社?"巧珠奶奶听出兴趣来了。

"人穷志不短,只要有志气,啥事体都可以办起来。"

"哟,你看她,说得多轻巧,没有钱买米,看你拿啥下锅?有志气,不吃饭照样饿肚子!现在日子好过了,别忘记从前喝西北风的辰光。"汤富海摇摇头,说。

"现在不是从前。从前,穷人没人看得起,也没人过问。现在可大不相同了。只要办起社来,没钱,党和政府会支持的,银行也会贷款。"

"穷人和银行一不沾亲,二不带故,凭啥要贷款给穷人?"巧珠奶奶感到奇怪。

"现在银行不是资本家的,是国家的,只要是发展生产,对人民有利的事,就可以贷款。我参观的那个合作社,本来是个穷社,银行就贷款给它。入社以后,产量提高了,收入增加了,生活好转了,社员再也不抡扁担了,村里人说,就是不叫参加,拥也要拥进去。"

"不过是说得好听。"巧珠奶奶撇撇嘴,露出不相信的神情。

"不是说得好听,是我亲眼看见的事实么,……"汤阿英从来不撒谎,竭力申辩。

"你看见,我可没看见。"巧珠奶奶说。

"让她说下去。"汤富海听出兴趣来了。

"分散种田,你种你的,我种我的,你家种得好是你的,我家收成不好是我的。谁遇到天灾,谁遭殃,谁生疾病,谁倒霉。弄得好的人,有了钱,就更有钱;弄得不好的,再遇到天灾病祸,又要过穷得叮当响的日子。贫下中农有困难,政府当然会想办法救济的。只要组织起来,办生产合作社,大家一道生产,你靠我,我靠你,你帮我,我帮你,啥天灾病祸也不怕了。现在用牲口用人力耕田,将来还要用拖拉机耕田,日子就更好过了。这么好的事体,你们组里为啥还有人犹犹豫豫,不入呢?"

"我也觉得奇怪,这些人只看到地里那点稻子,没有看到入社以后好处更大,自己慢一步还不打紧,拖住我们互助组不能联合入社,真叫我心烦。"

"我看他们下不了入社的决心,因为有人暗中破坏合作社运动,根子就在朱筱堂的身上。单是你个人说服他们不够,要把黑根挖出来。朱筱堂和苏沛霖他们不破坏,富农不跟着瞎嚷嚷,中农不动摇,少数贫下中农就不会犹犹豫豫了。你们互助组联合入社就没有阻力了!"

汤富海听汤阿英扼要透彻的分析,心中十分佩服。汤阿英虽说在上海滩上做厂,对梅村镇的事却了如指掌,一清二楚。原来他认为棘手的事,听了汤阿英的话,他的眼睛比过去更亮了,事情看得更清楚了,办法也有了。他拍一拍自己的大腿,兴奋地说:

"你这一番话,开了我的窍。在村里差点叫沙子迷住我的眼睛,看不清人,也看不清事,明天我就回去,给镇党委汇报汇报,挖了黑根,事体就好办了。"

"刚刚来,怎么明天就回去呢?"巧珠奶奶听汤富海赞扬阿英,她心里也高兴。回想阿英讲的闲话,像是剥笋一样,一层一层地剥,最后剥到心子,使人把复杂困难的事体看得真切明了,连办法也有了,她眯着眼睛笑了。她挽留汤富海,说,"你明天不能走,在上海白相两天,再回去。"

张学海匆匆从门外走了进来,见了汤富海,过去打了招呼,问奶奶谁要走。汤阿英把刚才谈的事体,简单谈了谈,张学海接着说:

"明天无论如何不能走,过了国庆再回去。刚才我在厂里忙着准备国庆游行,你去看看,这回游行可闹猛哩。"

"这回碰巧赶上国庆游行,过两天,我带你到南京路上去看。"汤阿英说。

"听说每次国庆游行,有好多万人参加哩,我蹲在上海这些年,还没有看过。"

"好吧!"汤富海要和汤阿英商量互助组联合入社的事基本解决了,放心了。他决心留下,过了国庆回去,说,"一道去看看也好。"

五十三

"怎么这样快回来呢？"

"早回来不好？"

"不是这个意思，你不是说，要在姐姐家多住几天吗？"

"她那么忙，我怎么好多住。"

汤富海想起汤阿英的变化和发展，心中十分高兴，黧黑的面孔顿时显得神采奕奕。阿贵好奇地等他回答，他坐下来，喘了口气。慢条斯理地说：

"看你性急的，我刚跨进家里门槛，也不晓得倒碗水给我喝，就问长问短。"

阿贵倒了一饭碗白开水，送到他面前，也坐了下来。看爹喝了半碗水，还没有说，他忍不住问道：

"'五反'不是早过去了吗？她忙啥？"

"'五反'过去了，民主改革过去了，扩大看锭也过去了，现在正忙着私营工商业社会主义改造，沪江公私合营啦！"

"沪江公私合营，她还不是在车间做生活，有啥好忙的？"

汤富海把汤阿英当了党员，选为劳动模范，上了杭州，又选上工会副主席的事告诉阿贵，然后说：

"她做了这样，又有那样，她的手脚从来没有停过！现在厂里上上下下的事体，哪件也少不了她。"

阿贵两只眼睛睁得很大，露出惊诧的光芒：

"当上工会副主席，可不简单！厂里几千工人，大小事都找她，当然忙啦。"阿贵深深感到自己太落后了,抗美援朝那辰光参军没有成功,要不,在前线进步一定很大,或许也参加了党哩。现在在村里,只是个青年团员,他总觉得差劲。说,"这趟姐姐没空陪你出去白相了。"

"她那么忙,怎么好意思要她陪我出去白相?"汤富海停了停,说,"可是,国庆节那一天,她一定要陪我去看看,没办法,只好和她一道去了。"

"你看见国庆游行?"阿贵早就听说上海五一节和国庆游行热闹极了,自己总没有机会看,爹这次到上海碰上了,他非常羡慕。

"唔,看到了,看得可清楚哩。"汤富海仿佛又回到人民公园旁边,站在工人文化宫的阳台上,打着彩色旗帜的队伍像水一样的在他眼前流过,兴奋地说,"这回可开了眼界,啥物事都见到啦。"

"你看到啥物事?"

"多着哩,火车,轮船,钢铁厂,纺织厂,五金厂……"

"你在啥地方看到的?"

"啥地方?就是游行辰光见到的。"

"游行的辰光?"阿贵感到新鲜,奇怪地问,"这些厂都搬到马路上游行吗?"

"要不是亲眼看到,我也不相信哩。"

"真的?"阿贵越发觉得新奇了。

"和真的一模一样。这些都是我们工人老大哥想出来的。那么大的轮船,船上还站着人,就像是在水里一样慢慢开着。要不是你姐姐告诉我,我真以为是真的轮船开到马路上来了。"汤富海伸出两手显示轮船的长度,露出自豪的神情,大声地说,"真没想到,我们新中国啥物事都能造哩,这只大轮船就是上海造船厂造的,还有火车头和工厂里的机器,都是自己造的。"

"哦,"阿贵给这些新奇的消息怔住了。

汤富海在这些新事物面前也惊愕了。他在梅村镇度着平静的生活,从来没有想到新中国一下子忽然变得这样繁荣富强了。要不是这次到上海,老是蹲在梅村镇,外边变了样,自己还坐在鼓里啊!他得意地说:

"好物事多着哩,许许多多绸子花布,织得真漂亮,红红绿绿,像天上的彩霞一样。庄稼也长得好,稻子长得饱满结实,棉桃结得像个小皮球似的,萝卜白菜大得惊人;一个南瓜,两只手也抱不拢……"

"是哪个村的?"

"你姐姐告诉我,是郊区农业生产合作社的。"

"农业生产合作社生产的庄稼一定好,没有闲话讲。这回你又亲眼看见了样板。"阿贵想到村里的事,关心地问,"我们互助组入社的事,姐姐有啥意见?"

"你姐姐本事真大!她人在上海,对我们村里的事,老实讲,比我还了解得透彻。分析得头头是道。道理讲得明明白白,说得我口服心服。上海究竟是个大地方,在工厂里做生活,出人材……"

汤富海这一番赞扬,吸去了阿贵的全部注意力,他凝神听下去:

"我把村里的事体一摆,她的眼光真准,一下子就看出来了,说我们互助组贫下中农犹犹豫豫的态度,黑根子就在朱筱堂和苏沛霖这帮坏家伙的身上,把地主的妖风煞住了,富农就不敢瞎嚷嚷,中农不会动摇,贫下中农的态度也不会犹豫了。她的话打开我的心窍。等一歇我找镇党委汇报去,只要组织上对朱筱堂这些坏家伙加强监督,办社入社的事就好办了。"

"奇怪!"

汤富海见阿贵没头没脑地叫了一声"奇怪",他不知道阿贵指的是啥,不解地问:

"有啥奇怪?"

"你去上海第二天,我听支部书记说,镇党委最近讨论了村里合作社运动,认为绝大多数贫下中农要求办社入社的社会主义的热情很高,这是主流;也有极少数的贫下中农有顾虑,犹犹豫豫,下不了决心入社。寻根追底,是地主富农在村子里兴风作浪,破坏合作化运动,挖了这个黑根,依靠贫下中农,争取中农,合作化就可以顺利发展。这意见竟和姐姐说的差不多,你说,奇怪哦?"

"党中央领导,一竿子插到底,一个理管着全国。支部书记和阿英,都是能人,分析道理,处理事体,当然离不了谱,道理大体差不多,这有啥奇怪?"

"那么算我少见多怪。"

"见多识广,就不奇怪了。"

"早两天支部书记带我见了朱筱堂,本来要叫朱筱堂到支部来谈,后来想到朱家谈,顺便看看他家的动静,我们就去了。"

"母子俩都在吗?"

"都在。支书先向他们宣传了党的政策,说明农业合作化的伟大意义,指出他最近散布攻击合作化的言论,是反对农业社会主义改造的非法行为。如果再不改造,就要依法处理。他企图抵赖,不敢承认。我点了苏沛霖的名,要他交待最近和苏沛霖往来情况和谈话内容。朱筱堂一听我提苏沛霖三个字,他的脸刷的一下白了,面孔上像下了一层霜。他没法抵赖,只好吞吞吐吐承认,一再为自己辩解,说他十分拥护合作化。自己也想入社,就怕领导不批准,没敢提出来。因为不了解党的政策,可能说错一句两句话,请求对他进行教育帮助。支书训了他一顿,要他老老实实接受监督劳动,来往的人要及时报告监督小组:外出要请假,不准乱说乱动。他一一答应,保证改正错误,服从监督,决不乱说乱动。"

"这几天村里的情况怎样?"

"支书抓住朱筱堂这个黑根,灵得很,谈话第二天,村里谣言慢慢少了,背后嘀嘀咕咕的人也逐渐少了,有的中农开始向贫下中农和合作社靠拢了,口气也没过去那么坚决了,表示拥护合作化,只是说等一等就入社。今天村里更加平静,情况有了进一步的好转,互助组里那少数几个不愿入社的,开始有人报名,要求入社了!"

"想不到我离开村子没几天,形势变化得这么快!"

"现在形势很好,一天一个变化。"

"我现在就到镇党委会去汇报。"

"把水喝完,"阿贵指着小饭碗里的小半碗的开水说,"停歇再去。"

汤富海霍地站了起来,焦急地说:

"我现在已经落在形势后头了,再不去汇报,汇报的那些内容就没啥意义了。汇报完了,听听镇党委的指示,得赶快抓互助组联合入社的事,要趁热打铁!"汤富海对阿贵说,"朱筱堂和他娘,人还在,心不死,他们不会那样老实听话的。你们监督小组要加强监督,提高警惕。"

"支书抓得比你还紧,和朱筱堂谈了话,又要我找苏沛霖谈了谈,向他提出警告:叫他认清国内一片大好形势,别跟在朱筱堂的屁股后头转,如果再发现他活动,就要依法处理了。我们监督小组也开了会,分了工,进一步明确了各人的任务。朱筱堂这条毒蛇要是敢再伸出头来,一扁担不把他打死才怪哩!"

"我到镇党委去一趟,就回来。"汤富海下了台阶,走到天井里,回过头来,又对阿贵说,"不能麻痹大意,必须时刻注意朱筱堂的动静。"

阿贵站在大厅前面的石台阶上,望着汤富海坚强的背影慢慢远去,他大声答道:

"晓得了,保证误不了事。"

五十四

徐义德轻轻把书房的门关上,走到写字台前面坐下,安静地喘了一口气,面对一叠印着公私合营沪江棉纺厂红仿宋字的信纸,皱着两道浓眉,在细心构思。他嘴里喃喃地念着"认清社会发展的规律,掌握自己的命运",反反复复念着这两句。上海滩上纺织业的前辈聂云台的面影出现在他的眼前。在第一次世界大战时期,因为帝国主义忙着打仗,互相争夺,顾不上日用工业的发展,更顾不上中国市场。中国民族工业有了一些发展,聂云台经营的纱厂也得到一些发展,并且创办了中华纺织厂,发展民族工业的梦想在他面前展开了美丽的远景。他精心规划,惨淡经营,买了地皮,建筑厂房,还向外国定购了纺织机器……没有多久,大战停了,帝国主义经济侵略的力量,卷土重来,占领了中国市场,挤垮了许多民族工业,大中华纺织厂不得不宣告破产了。聂云台美丽的远景只不过是黄粱一梦罢了。他对自己说:

"那辰光工商界怎么会认清社会发展的规律?又哪能掌握自己的命运呢?哎,聂云台,多少个聂云台在上海滩上倒下去了……"

书房的门忽然半开了,大太太胖胖的脸蛋伸了进来,惊奇地低声问道:

"你和啥人在讲闲话?"

"你看我和谁讲闲话?"

大太太悄悄地把门打开,慢慢走了进来,向书房巡视了一下,

寻找和他讲话的那个人,困惑地问:

"我在外边明明听见你和人讲话,怎么人没有了呢?"她在楼上念完了最后一遍经,想起他还没有睡,特地下楼来看看他,不料走到门口听见他和人讲话,心里忍不住生气了。她想一定是林宛芝这骚货在书房里,他要大家今天晚上不要打搅他,原来是和林宛芝在一道哩。她于是悄悄推开书房的门。

"那是我变戏法把人变走了。"

"你的花样经多得很,谁晓得哩。"

"告诉你们别来打搅我,我今天晚上有事,你为啥又来了呢?"

"我想你今天晚上有事,一定忙得很晚,应该吃些点心,特地问你要吃点啥。怎么狗咬吕洞宾,不识好人心呢?"

"我不吃,做做好事,你去睡吧。"

"要是饿呢?"

"我不会饿,上楼去吧,别再扰乱了。"

"啥辰光扰乱你的?别把好心当做驴肝肺,阿弥陀佛。"她走了,轻轻把门带上,说,"你忙吧,别乱怪好人!"

徐义德从大太太的背影想起了三十年前的往事。那时,他和两个好朋友一同到上海一家纱厂里当练习生,每个月领两块钱的工钱。其中一个就是裘学良。另外一个从小工做起,以后升做技工,当了老师傅。他一生做了三十年工,现在已经年老退休了,生活还是十分清苦,要不是解放后有劳保条例,说不定已经饿死在马路上了。裘学良一直跟着他,慢慢当上了沪江纱厂的厂长,是他创办沪江这份企业的得力助手,因为操劳过度,得了肺结核,一直在家里休养,靠厂长的工资维持着生活。他一直关心裘学良的生活,这次合营尤其替裘学良担心,幸亏余静掌握政策,保留了原薪。他自己呢?沪江纱厂的总经理,拥有将近十万的纱锭,还是几个纺织企业的大股东。企业合营了,他是私方代表,并且还是合营企业的总经理,现在又是上海市人民代表。同样是三个练习生,却有不同的遭遇,目前的处境又大不相同。这是为啥呢?过去,他总以为是凭自己的本事,依靠资金和智慧才在纺织业闯出一个局面来。刚解放的辰光,他一听到别人讲"资本家"和"剥削"这些名词,感到非常刺耳。啥剥削不剥削,没有他的资金,怎么能够造厂房买机器?要是他不动脑筋,花心血,哪里有沪江纱厂?没有沪江纱厂,厂里工人靠啥生活?棉纱棉布从啥地方来?他创办了这爿厂,不知道花了多少心血,渡过了多少难关,沪江才能发展到现在的规模。怎么说是不劳而获呢?正是因为他多劳,而且自命又善于劳,才能获得这样的发展。这次在北京出席全国工商业联合会第一届执行委员会第二次会议,听了中央首长的报告,特别是毛主席的指示,他像从梦一般的境界里苏醒过来了。他如同一个失明多年的盲人,忽然获得了光明,重新睁开了双眼,这才看清周围的事物。同样是一个三十年前的小工,他为啥单靠两块钱一月的工钱会有这么许多的资产呢?另外一个好朋友没有这么许多资产,连裘学良也没有这么许多的资产啊!如果不是剥削而来,从啥地方来的呢?用资金买机器造厂房,没有工人的劳动,啥地方有资金?有了机器和厂房,没有工人劳动生产,原棉自己会变成纱吗?纱自己会变成布吗?没有棉纱,利润怎么来呢?好比剥笋,一层层剥到最后,他看清了是工人养活了他。他不是勤俭创业,而是剥削起家。如果他不剥削,他一定走上从小工到老师傅的道路,顶多也不过是另一个裘学良,而裘学良也是他剥削起家的助手啊!想到这里,他听到"资本家"和"剥削"这些名词也不那么刺耳了。

书房的门有人砰砰敲了两下,打断了他的思路。他以为又是大太太来打搅了,便怒不可遏地对门口叫道:

"你还没有上楼?要是睡不着觉,可以再念遍经,请你别吵,好哦?"

"爸爸,是我。"

"谁?"他没有听清楚门外的声音。

徐守仁怯生生地推门进来,手里端着一个白玉也似的瓷碟子,里面装了满满的蜜饯无花果,手有点儿颤抖,碟子一上一下地摇动着。他站在门口,不敢向里面迈步子,等了一会,望着他说:

"娘叫我送点无花果来。"

"做啥?"

"怕你夜里饿。"

"我也不是三岁小孩子,饿了,自己不会吃?你今天功课做了没有?你现在是大学二年级的学生了,再不用功就晚了。"

徐守仁高中毕业,去年考进了复旦大学经济系,每学期考的成绩不是五分就是四分。他深深感到再不把书念好,真的晚了。除了学校规定的功课以外,他还努力看报纸,看杂志,看课外的书,好像要把过去荒废了几年的学业补偿过来。听了爹的话,他受了委屈,辩解地说:

"早做好了,不信,我上楼拿来给你看。"

"做好就行了,我不看你那些歪歪扭扭的字。你为啥还不睡呢?"

"娘叫我送这个来的。"他的左手指着碟子。

"我叫你今天晚上别来打搅我,你忘了吗?"

"没有。"

"你为啥听娘的话,不听我的话呢?"

徐守仁没有回答,半晌,才说:

"这是蜜饯无花果,味道很好。"他轻轻走过去,放在写字台上。

"你喜欢吃无花果,你拿去吃好了。"

"你要是饿了呢?"

"我说不要就不要,你给我拿走,别再打搅我了。"

"娘……"

"娘又怎么样?听我的话,快滚!"

徐守仁只好把蜜饯无花果原封不动地拿去了。

这个徐守仁走了,另一个徐守仁,穿着花衬衫和小裤管裤子,烫着飞机头,看起人来贼眉贼眼,两只大拇指钩在裤子的口袋里,肩膀不断一耸一耸的,在他面前出现了。想到另一个徐守仁,真叫徐义德日夜不安,时刻操心,担忧他能不能继承父业。看到他一脸横肉,竖眉瞪眼,不是动刀就是玩枪,就不敢往下想了。二十年前,棉纺业有一位百万富翁死了,留下了两个儿子,把家财挥霍得干干净净,弄得两手空空,靠借债过日子,生活一天比一天艰难。他怕徐守仁将来难免要走上这条悲惨的道路。幸亏提篮桥监狱和政府的管教,另一个徐守仁消逝了,现在的徐守仁是一个规规矩矩用功读书的大学生了。学校的教育强过他在家里管教十倍。他再不必为孩子担忧了,前途也有了保障,毕业以后,国家会统一分配适当的工作。他脸上露出安慰的笑容。

静悄悄中,砰的一声,书房的门给推开了,朱瑞芳怒冲冲地走到写字台前面,两只眼睛的光芒像是两道宝剑,寒光逼人,叫人见了不禁要打哆嗦。她盯着他看了一阵,大声吼道:

"你这是做啥?"

他看到她那股神气,不禁愣住了:无缘无故发这么大的火,为了啥呢?他竭力压抑着内心的愤懑,冷静地问她:

"你这样做啥?"

"你自家晓得。"

"我一个人坐在这里,一没叫你,二没碰你,我想我的事,同你有啥关系呢?"

"同我没关系,哼,关系大着哩!"

"请你说出来。"

"我问你:我好心好意叫孩子送物事给你吃,你为啥不要?"

"我不饿,当然不需要。"

"别人送物事给你,你就要了。"

"谁?"

"别装蒜。"

"那你搜好了,我这里啥也没有。"

"你以为我不晓得吗?"

"晓得啥?"他以为她要提江菊霞了。

"甜的不吃,你要吃素的不是?"

"她来是来过,问我要吃点啥,我说不要,她早上楼睡觉了。"

她的气平了一半,但脸上余怒未消,还是气愤愤地质问:

"那你为啥怪孩子呢?"

"我啥辰光怪孩子的?"

"你说他不准备功课,学校寄来的成绩单你没有看见吗?三个五分,其余都是四分,你还不满意吗?孩子每天都要念到夜里十一二点钟,一早爬起来就去上学校,不出去白相了,也不出去胡闹了。这一阵子用功用的脸快成一个长条了,你还要孩子怎么样?"

"问他一声功课准备了没有,也不能吗?"

"不能,孩子是我的,你应该相信孩子。他现在就怕人家看他不起。你问他做啥?"

"好,不问。请别打搅我。我的事还没有办完哩!"他指着写字台上的信纸说。

"无花果你不要也就算了,为啥要叫孩子快滚呢?"

"他站在那里吵得我不能做事。"

"谁无儿无女?儿子关心你,你又嫌吵。别人来了,你就不嫌吵了。"

"谁也没有来。"

"我晓得那个老鬼来了。你刚才承认了,怎么又想赖掉呢?"

"我打发她走了。"

"可是你儿子在楼上哭哩。"

"他爱哭就哭吧,同我没关系。"

"就是你引的。"

"我啥辰光叫他哭的?"

"你看不起他,叫他滚,哪个孩子能不哭呢?"

"好,好好,怪我不好,明天再说行不行?别耽误我的事!"

"孩子哭,你就不管,是你的事体重要,还是孩子重要?"

"你说哪个重要,就是哪个重要。"

"不行,我要你说。"她一屁股坐在写字台前面的单人沙发里,双手交叉地在胸前一放,瞪着眼睛,说,"你不说清楚了,我今天就不走!"

"哦,孩子重要,孩子重要,这该满意了吧?"

"啥满意不满意,当然是孩子重要。"她站了起来,亲昵地对他说,"办你的事吧,别说我来打搅你,我从来不打搅人的。我晓得你今天晚上有重要的事体,我可没打搅你啊!"

"对,你一点也没有打搅我。"

她悻悻地走了,一摇二摆,扭动着肥胖的臀部,胜利地跨出书房的门。

他站起来打了个哈欠,伸了一个舒适的懒腰。他对门外无可奈何地叹了一口气,走过去把门关紧,好像要把一切的惊扰和烦恼都关在门外。他又坐下来,思潮像是一条清流,给朱瑞芳搅得浑浊不堪,啥也看不清楚了。他的心急剧地怦怦跳着,怎么也宁静不下来。他的眼光漫无目的地对书房各个角落巡视,最后在贴壁炉上首的三个玻璃书橱上面停了下来。玻璃橱里的那一部《四部丛刊》是解放前用金圆券抢购进来的。他不需要《四部丛刊》,也没有时间看《四部丛刊》。但眼看着金圆券一天一天贬值,不赶快买点物事,只好留着糊墙壁了。书房里摆一部《四部丛刊》显得典雅,而且有气派。他一看到《四部丛刊》就想起解放前惊心动魄的朝不保夕的紧张生活。那时美帝国主义倾销原棉,控制了中国的棉花市场。宋子文这些国民党反动派官僚资本家凭着接收日本纱厂的财产,又紧紧控制了棉纺工业,而国民党反动政府形形色色的压榨和搜刮,使得民族资本家的棉纺工业一线生机也没有,岌岌可危,加上金圆券的掠夺,早上起来不知晚上要出啥事体!上海要是不解放,更不知道帝国主义和官僚资本把棉纺工业摧残到哪步田地了。三座大山推翻了,人民民主政权建立了,帝国主义和官僚资本掠夺的时代一去不复返了,展开在全国人民面前的是光辉灿烂的前途。党和政府对私营工商业采取利用,限制,改造的政策,投机倒把的暴发户没有了,但更重要的是聂云台那样的宣告破产和百万富翁儿子的悲惨的生活没有了。六年多以来的事实和解放前棉纺业遭遇的显明对照,使他看清楚了资本主义所有制的罪恶,资本家剥削千百万劳动人民的血汗,在工人的白骨堆上积累了私营企业。少数人富有了,千千万万的人贫困了。资本家纵然一时富有百万千万,一旦遭到帝国主义和官僚资本的掠夺或是同业的倾轧,终于落得个一败涂地的下场,生活潦倒,身败名裂。他想起宋其文那次说过有钱不传三代的话,的确有道理。只有走社会主义的道路,国家富有了,全国人民富有了,世世代代才能永远摆脱悲惨的命运。要掌握自己的命运,这真是至理名言!太好了!想到这里,他思潮澎湃,感慨万端,像是千军万马奔腾而来。他连忙拿起笔来,低下头去,在印着公私合营沪江棉纺厂红色仿宋字的信纸上沙沙写着:

"不久以前,我参加了全国工商联执委会议,听了中央首长的报告和毛主席的指示。现在又光荣地出席上海市第一届人民代表大会第三次会议,听了陈市长的报告,我的思想有了进一步的提高,更加认识到社会发展的规律,也认识到怎样才能掌握自己的命运……"

"义德,写完了吗?"门外传来林宛芝关怀的声音。

"没有。进来吧。"

林宛芝穿着一件深紫色的哔叽旗袍,上身加了一件鹅黄色的兔毛长袖绒线衫。她手里拿着一件浅灰色对襟的绒线衫,袅袅婷婷地走了进来,说:

"夜深了,还不睡?"

"刚才给她们几个人闹得简直安静不下来,好容易把她们送走了,慢慢静下来,才开始写。"

"明天再写不行吗?"

"不行。大会秘书处通知,明天一定要交稿子,好去印刷,后天发言。"

他最近补选上上海市人民代表,第一次出席这样庄严隆重的大会,非常兴奋。宋其文和马慕韩都在大会上发了言,博得全场的掌声。他跃跃欲试,想一显身手,也报了名。今天夜里亲自准备发言。初露头角,连陈市长都要听他发言,这对他以后的发展关系太大了。

她了解他决定了的事,做不完决不罢手的脾气,就不劝他休息,便走过去,抚摸着他的手说:

"不冷吗?"

"不冷。"

"看你,忙得连冷热也不晓得了。外边下雪了,晓得哦?"

他拉开黄色的丝绒窗帷,可不是吗?花园里一片白,鹅毛似的大雪还在无声地纷纷落下,把窗外的事物遮盖得看不清晰了,只是白茫茫一片,混混沌沌。他把肩膀一耸,好像忽然有一阵凉气侵袭到他的身上。她抓着他的手,说:

"忘记关照老王了,今天暖气烧得不够热,都快凉了。快把这件毛衣穿上。"

"你这么一说,倒真有点凉丝丝的。"

她给他穿上毛衣。他把两只手用嘴哈了哈气,使劲搓了搓,说:

"这么一来,可暖和了。"

"小心着了凉,把扣子扣上。"

他把西装扣子扣上。她从门外端进来一个红色的电炉,放在他的左侧,接着又把准备好的浓香喷鼻的咖啡和他喜欢吃的核桃方放在沙发前面的小几上,说:

"喝点咖啡再写吧。"

"也好。"他坐在她的身边。

"写了多少了?"

"刚开一个头,不过我内容都想好了,连题名也有了,今天夜里一定可以写好。"

"啥题目?"

"认识社会发展的规律,掌握自己的命运。你说,好哦?"

"这个题目很新鲜,一定很受欢迎。"

"这是中央首长的话,受欢迎是不成问题的。"他好像已经在庄严的人民代表会议上发言了,站在主席台上,听到人民代表们的热烈的掌声。喝了一口咖啡,他笑眯眯地说,"这一点,我很有把握。"

"你办哪件事体没有把握?"

他喝足吃饱,精神抖擞地走到写字台前坐下。她跟过去,问:

"要不要我帮你抄一份?"

"用不着了,我明天叫人打字。"

"那你快写吧,我坐在这儿陪你。"

他精神贯注,笔不停地在信纸上沙沙写下去……

五十五

"德公究竟是大手笔,出手不凡,这篇发言稿真是字字玑珠,掷地有声。"

"祥兄这样赏识我的发言,实在不敢当,这篇东西是一个晚上赶出来的急就章,疏漏的地方一定不少,希望祥兄不客气得指点指点。"

冯永祥坐在东客厅里,向屋子里的人扫了一眼:

"你们听,德公多么谦虚:这么好的文章,还说是急就章,有人相信吗?"他的眼光最后落到坐在壁炉旁的江菊霞的身上。

江菊霞弯着腰,两只雪白细嫩的手朝着壁炉里熊熊的火焰在烤火,壁炉里堆满了大块大块透明的煤炭,烧得通红,永远也烧不完似的,老是喷着跳跃的火苗。她觉得徐公馆里的一切陈设都比别人的好,连火苗也比别人家的旺。她暗暗看见冯永祥的眼光,便先发制人,省得冯永祥又和她开玩笑,说道:

"阿永说的话没有错。"

"那也不见得。"

"我看这回说得就不大对,"徐义德说,"我那篇发言,和仲笙兄的比较起来,就差得太远了。"

"这话怎么讲?"唐仲笙坐在徐义德旁边的沙发上,受宠若惊地微微伸直了腰,欠了欠身子问。

"你的发言,生动活泼,特别是南洋兄弟烟草公司的例子太能说服人了。真是像你所说的,英美烟草公司为了扩大他们的市场,用雄厚的资金把'南洋'生产的香烟从市场上买进,让它在仓库里发霉,然后再大量抛出,使得'南洋'的香烟信誉扫地,给排挤得很难维持。帝国主义把'南洋'逼得几乎没法生存,宋子文的官僚资本趁'南洋'之危,用低价买进大批股票,控制了整个企业。老板给逼得走投无路,整天闹着要当和尚。为了子孙的利益,老板在公司章程里规定总经理一职必须由他的继承人担任,想用这个办法来掌握自己的命运。可是,老板一死,总经理的职位却给反动派宋子文的爪牙占去了。仲笙兄提起这件事,真叫人不寒而栗!"

"你提的聂云台的例子也很能说服人。"唐仲笙对于徐义德的恭维不再谦辞,用投桃报李的方法把它接了下来。

"要不是德公提起,"潘宏福说,"我不晓得棉纺业这位前辈,还有这么一段辛酸的历史哩。"

"棉纺业这样辛酸的历史可多着哩。"江菊霞说,"你有兴趣的话,可以请德公给你讲讲。"

"不,信老比我了解的更多,可惜他今天不在这里,宏福老弟回去可以请信老给你讲讲。"

"宏福老弟从信老那里了解的事体并不比你我少。"冯永祥眯着眼睛望了潘宏福一眼,说,"别的不讲,他这次代表潘家在人代会议上的发言,就很漂亮。"

"宏福老弟那天发言,我到工商联有事去了,可惜没有听到。"马慕韩坐在江菊霞的右侧,正对着壁炉,望着冯永祥说,"主要谈了些啥?"

"谈的内容丰富极了,可惜我的嘴太笨……"冯永祥有意卖关子。

"阿永的嘴要是笨的话,那天下没有一个人会说话了。"江菊霞用胳臂碰了马慕韩一下。

马慕韩没有吭气。冯永祥迅速接上去谈:

"至少有一个人。"

"谁?"江菊霞问。

"玛丽江。"冯永祥狡黠地笑了笑。

"你们听听,这就是笨嘴笨舌的话。"

"别给江大姐开玩笑了,阿永,"马慕韩央求道,"你讲吧。"

"翻版会走样的,宏福老弟在这里,还是原版的好,他讲得最精彩的一段是私营面粉和粮食工业的改造。"

潘宏福忸忸怩怩地不开口,冯永祥在一旁凑趣地说:

"怎么样,要不要我给你拉弦子?别害臊啦,这里都是自家人,信老也不在,唱起来吧。"

潘宏福打扫了一下嗓子,咳了两声,又喝了一口茶,才慢慢说道:

"上海的私营面粉和碾米工业是畸形发展。面粉工业的发展是在第一次世界大战期间,帝国主义忙着打仗,顾不上侵占中国市场。有些国家发生粮食恐慌,要进口粮食。中国面粉输出可以赚很多钱。上海面粉工业就盲目发展。上海原来只有几家不大的面粉厂,不到几年工夫,增加到十七家。单是我们家的庆丰面粉厂,就从一个厂发展到七个厂。当时每年输出几百万包,从南洋群岛一直到英国法国,都吃中国面粉。上海成了全国面粉工业的中心,可是这个中心既不是产麦区,市民又不是以面食为主。大战以后,面粉输出大大减少,美帝国主义的'洋麦''洋粉'大量进口,面粉工业变成帝国主义的原料加工厂,黄金时代一去不复返了。上海是吃大米的城市,又靠着江南产稻区。可是碾米工业很落后,没有一家有现代设备的碾米工厂。市民吃的是进口的'西贡'和'暹罗'米。上海解放了。这个畸形发展更加暴露它的矛盾。面粉工业'吃不饱',生产能力严重过剩。上海全市一天只要两万包面粉,生产能力是十二万包,生产一天,就得停工五天。最初几年,国家从远地调小麦来加工,维持生产。因为原料和成品往返不合理的运输,解放后四年工夫,国家损失运费就有八百多万。碾米工业呢?是'吃不了',技术设备落后,生产能力不足,只有全市人民需要的百分之六十,而且产品质量差,成本高,每百斤稻谷的加工成本,比国营厂平均要高出七、八分,出米率也低。我们永丰碾米厂虽然设备好些,但生产能力也不大。一个'吃不饱',一个'吃不了',这就是我们私营面粉、粮食工业的主要矛盾。这几年来,我们自己没法解决,这次申请合营,在经济改组的基础上,把两个行业统一地进行彻底改造。因为面粉工业和碾米工业的生产技术过程大体相似。合并改组,恰好可以取长补短,使得大家都能够'吃得饱'。通过这次合并改组,使我们看到资本主义盲目经营的恶果,也使我们看到社会主义的优越性,要是没有国家过去的援助和现在的改造,在旧社会里,面粉工业的老板早就困弄堂了。"

在人民代表会议上发言以前,在家里一再准备这篇稿子,他几乎可以背出来了。现在他一口气讲出来,更加流畅,娓娓动人。马慕韩聚精会神听他的,心中暗暗钦佩:潘宏福这两年进步很快。他虽然管棉纺厂,可是对他弟弟经营的庆丰面粉厂和永丰碾米厂的情况也非常熟悉,特别是这次面粉工业和碾米工业的合并,改组,合营,更是谈得头头是道。潘家出了人才哩。马慕韩说:

"阿永真有眼光。宏福老弟这篇发言,实在太好了,有实际,有理论,怪不得大家叫好哩!"

"慕韩兄,你别把我捧得太高,跌下来可吃不消啊!"潘宏福听了马慕韩的话心中痒滋滋的,觉得能够得到他的称赞可不是容易的事。

"这次上海人民代表大会第三次会议有了全国工商联执委会议打了底子,大家在北京听了中央首长的报告,眼睛比过去豁亮了。每一个工商界代表的发言,我认为都很漂亮。"江菊霞说。

"我的发言谈不上漂亮二字,不过是说出了一些心里早就想说的话罢了,倒是慕韩兄在《新闻日报》发表的那篇大作,才是真正漂亮的文章哩!"

"哪篇文章?"冯永祥不大看报上的文章。

"你没看过?"潘宏福以为冯永祥是工商界消息灵通人士,一定看过了。

"报上经常有慕韩兄的大作,我哪能晓得你指的是哪一篇。"

"大概是关于民族资产阶级改造的那一篇。"唐仲笙也认为这篇文章写得好,有见地,与众不同。

"哦,"冯永祥装出看过一样,说,"这篇写得确实不错,你给大家介绍介绍。"

"我记不得,"潘宏福不愿意介绍,说,"请仲笙兄介绍吧,他看得仔细,过目不忘。"

"也好,"冯永祥说,"智多星的记忆力,在工商界是有名的。"

"怎么弄到我头上来了?"

"谁叫你的记忆力好的?"冯永祥顶了他一句。

"大家一定都看过了,用不着介绍了。"

"奇文共欣赏,还是介绍一下吧。"

"阿永,"马慕韩的手对着冯永祥摇了摇,说,"这篇文章写得不好,不值得介绍。"

冯永祥反问一句:

"报上能发表,我们欣赏一下不行吗?"

"这两天尽忙着出席人代会,报上很多好文章都来不及看,"徐义德说,"还是介绍一下好,宏福老弟。"

马慕韩不再坚持,大家都静下来。唐仲笙斜对着壁炉旺盛的火焰想了想,说:

"我记得开头是这样写的:走社会主义的道路必须消灭资本主

义剥削制度,这是理所当然,势所必至的,国家采取和平改造的方针和赎买政策,逐步消灭资本主义剥削制度,符合中国社会发展的规律。工商业者只有和全国六万万人民共同走社会主义的道路,把个人前途和国家前途结合起来,才能掌握自己的命运,过剥削生活不是真正的幸福和快乐,只有到了社会主义社会,没有剥削,大家都过富裕的日子,才是真正幸福和快乐的生活,足见共产并不可怕。政府给我们一个时间逐步接受社会主义改造,使我们能够从剥削者改造成为自食其力的劳动者,而且要过愉快的生活,我们为啥怕共产呢?"

"慕韩兄这段真精彩,理论水平很高,一般人只谈不怕共产,没有结合前途谈,是个缺点。"江菊霞说,"这段结合前途谈,就完整了,对工商界也有说服力。我十分欣赏这篇大作,给智多星抑扬顿挫一念,更加美妙了。"

"美妙还在后头。"唐仲笙说。

冯永祥催促唐仲笙:

"快念下去。"

潘宏福在家里曾经念给父亲听过。潘信诚心中也蛮佩服,认为马慕韩这几年确实看了不少进步书籍。冯永祥没有替他吹牛,他劝说潘宏福应该用用功,念念书,不然啥事体都是马家跑在前头,潘家连文章也写不过人家,潘宏福把马慕韩的文章看了好几遍,有几段完全可以背出来了。唐仲笙说"美妙的还在后头",他不知道指的是哪一段,他凝神在听。

"让我想一想,"唐仲笙出神思索,很快接下去说,"对了,下面是这样写的:人的本质是可以改变的,作为民族资产阶级分子要树立接受社会主义改造的信心,必须认识到要经过深刻艰苦的斗争,才能逐步得到改造。毛主席教导我们要认识社会规律,掌握自己的命运,因为中国民族资产阶级和别的国家的资产阶级不同,它有两面性。中国大多数资本家有可能接受改造,成为自食其力的劳动者。"

冯永祥听到这里,不禁大声叫道:

"我们慕韩兄的大作提高到理论高度,真了不起!"

"阿永,你是不是想把我赶出徐公馆?"

"慕韩兄,这是从何说起?"

"你的话叫我脸上发烧,怎么能坐得住呢?"

"我说的是老实话,这样漂亮的文章,别说是上海,就是在全国工商界里,也找不出第二个人能写。只此一家,别无分铺。"

"未免太过奖了,"马慕韩想了一下全国工商界的头面人物,真正研究马列主义和毛泽东著作的屈指可数,就是个别工商界朋友有些体会,肯像他这样坦率地写出来的,更是难得了。全国当然找不出第二个人来。但他嘴上却谦虚地说,"这篇东西不过是学习马列主义毛泽东思想的札记,谈不上理论水平。我了解的也非常有限,马列主义的书籍很多还没有读过,社会上许多新问题更少研究。比如说农业吧,五万万农民的购买力,对我们工商界来说,实在是太重要了。最近农村的发展,连我们的想象力也跟不上。"

"你是说农业社会主义改造吗?"唐仲笙最近特别注意农村的消息。

"唔,农业社会主义改造的速度这么快,许多地方都向高级形式的合作化发展,我们不努力,工商业一定跟不上农业的发展。"

"这又是马列主义的理论问题,"冯永祥对大家说,"慕韩兄总是从大处着眼,提高到理论高度来看问题。"

"提高到理论高度来看问题。"潘宏福思索着冯永祥这句话。他在家里被认为是懂得政府政策和理论的。一在马慕韩和冯永祥这些人面前,就自愧弗如了。父亲要他多看点书,确实有道理。他右手托着腮巴子,用钦佩的神情和学习的态度在听他们谈论。唐仲笙说：

"慕韩兄提的这个问题很值得我们研究。农业合作化速度这么快，农民必然伸手向我们要先进的工具，最近宋其老的厂里日夜加班在生产双轮双铧犁，就是一个证明。假使我们拿不出农民需要的生产工具，非但经济要受损失，而且还会影响工农联盟。所以我们必须加速社会主义改造，搞好生产，来支援农业改造。"

"工商业不能脱离农业，农业经过改造，农业生产可以大大提高，人民生活可以改善，购买力也一定提高。农业的发展给了我们工商界一个很大的鼓舞。"徐义德后悔草拟发言稿的辰光没有想到农业这一点，不然可以写得更漂亮，获得的掌声也会更多更响。

"不但是鼓舞，而且也推动工商界，就拿我们卷烟业来说，每个农民多买一包香烟，我们生产就赶不上。"

"岂止卷烟业，仲笙兄，你刚才提到双轮双铧犁，为了制造这个，很多厂要添配工具零件，把五金业的生意也带好了。全国农业发展，不仅工业生产要发展，商业也要跟着发展，私营工商业不加快社会主义改造速度，很难满足农业发展的需要。现在起，规定两年全市合营，我看是有点慢了。"

"慢了？"冯永祥本来以为这次人代会通过决议全市私营工商业在两年之内要进行公私合营未免太快了。全上海有十六万多工商业户，如果完全实行公私合营的话，两百多个行业，一个行业从酝酿到协商到清产定股和人事安排，起码也得花上个半年工夫，两百多个行业不可能同时进行，一定要分期分批，两年的时间，无论如何是太短促了。两年，不过是七百三十天啊！难道说七百三十天以后，上海一家私营工商业也没有了吗？根本不可能的事。他摇摇头说："我倒觉得要是两年之内真的能够合营了，速度也不算慢了哩。"

"为啥？"

568

上海的早晨　（四）

"慕韩兄,办事体一要时间,二要人力,了解上海有多少工商业户,就晓得我的话不错了。"

"事在人为。"马慕韩不同意他的意见。

"中央并不是不了解农业发展的情况,可是仍然决定两年,其中大概不会没有道理。"

"要稳步进行改造,"徐义德说,"时间长一点,大概给我们有个思想准备。"

"就是这个道理。"冯永祥自鸣得意,摇头晃脑地说。

"再过几天就是一九五六年元旦了,从一九五三年提出总路线算起,到现在快三年了,思想准备得还不够?"马慕韩质问的眼光对着冯永祥,他认为思想准备已经过了头。

"我们这些核心分子的思想准备得当然足够了,工商界大多数人就很难说了。"冯永祥歪着头,调皮地望着马慕韩。

"你忘记执委会告全国工商业书里面的数字吗？私营工业产值的百分之八十以上已经纳入各种形式的国家资本主义的轨道,将近一半左右的私营零售商已经转变为经销、代销等形式的国家资本主义的商业,你说,这是少数呢,还是多数？"

"我承认这是多数,但请注意,这指的是各种形式的国家资本主义,而不是高级形式。我们现在谈的是全市合营,是高级形式。走初级形式,走中级形式,问题都不大,可是高级形式,问题就不简单了。"

"只要认清社会发展规律,把自己的命运和国家的社会主义前途结合起来,坚决走社会主义道路,就能掌握自己的命运,也就能和全国人民一道获得光明幸福的前途。认识了这个道理,我看,问题也不复杂。"

"问题究竟是简单还是复杂,等将来看吧……"江菊霞看他们两人争执不下,嗓子越来越高,话也越讲越快,简直叫别人无从插

嘴,她从壁炉旁边站了起来,对冯永祥摇摇手说:

"你们两人别老是一来一往,让我说两句,好哦?"

冯永祥抿着嘴笑,在听她说:

"慕韩兄提的问题确实非常重要,阿永考虑到时间和人力也有道理。这是个大问题,等过了阳历年,慕韩兄约一些人,好好研究一下。今天不要谈下去了。我们到德公这里来,原打算喝喝咖啡,聊聊闲天,让你们吵得头昏脑胀,真有点吃不消。放两张音乐片子,轻松轻松,好哦?"

"轻松的事,我总是赞成的,"冯永祥对于上海全市合营要两年时间,他是很有把握的。因为这是人代会的决议啊,而他自己也衷心希望全市合营的时间长一点好。

徐义德通知老王准备咖啡和点心,潘宏福走到落地大收音机那里,打开电唱机,里面已经放好六张慢转唱片,一按开关,小提琴演奏贝多芬小夜曲的优美的曲调顿时弥漫了暖洋洋的东客厅……

五十六

冬天的阳光射进宽敞高大的客厅里，照见层层薄雾似的暖气在浮动。透过落地的长长的玻璃窗，看到花园里枯黄的草地上覆盖着皑皑的白雪，在阳光下慢慢消融，升起雾也似的水蒸气。那白雪的反光映到客厅里，使得客厅越发显得明朗光亮。

马慕韩坐在下沿靠近落地玻璃窗的紫红丝绒沙发上，焦急地说：

"想不到北京跑得这么快，从元旦到十号，不过十天工夫，全市私营工商业全部合营了！这回上海工商界远远落后了！"

北京市全面社会主义改造高潮是从郊区农业合作化的浪潮开始的。一九五五年十二月十三日，郊区参加半社会主义的合作社农户达到农户总数的百分之九十，全市私营工商业在十天之内全部合营之后，近郊区所有低级农业合作社又全部转为完全社会主义的高级农业合作社，而全市手工业者在十一日和十二日的两天中，也全部实现了合作化。于是，北京市在全国首先实现了第一个五年计划的社会主义改造任务。消息传到上海，轰动了整个工商界。去年年底在徐义德家里，江菊霞建议马慕韩约大家谈谈，马慕韩因为忙，一直没有抽出时间来。今天早上看到报纸上刊登北京市提前完成五年计划的改造任务，他就迫不及待地打电话约大家下午到他家里碰头。

冯永祥得到马慕韩的电话，心里怦怦乱跳，因为他也知道北京市合营的消息了。他曾经和一位副市长联系，想摸摸中共的意图，但没有找到。他便和中共上海市委统战部的部长联系,他不在部里,说出去开会去了。他于是匆匆赶到马慕韩家来,客厅里早已坐了许多人,他听了马慕韩的话,不以为然,抢着说:

"那倒不见得,北京全市合营也只有一万多户,上海已经合营的工商业户却有三万多户了,难道三万多户合营还比一万多户合营落后?"

"这回你讲究多数少数的问题了,"江菊霞说,"阿永。"

冯永祥知道她在戳蹩脚,但他厚着脸皮,不在乎地说:

"就事论事,别扯到其它方面去。"

"对,就事论事。"马慕韩紧紧抓住冯永祥不放,说,"北京虽然不过一万多户合营,但北京只有一万多户,这一万多户一合营,便是全市合营。上海三万多户,只占全市工商业五分之一的样子,总不能说是全市合营吧?"

"这当然没有问题。我是说的绝对数,不是讲的百分比。"

"这么一来,问题的性质就不同了。"马慕韩一句也不让。

"问题的性质确实不同,"冯永祥感到应付马慕韩的攻势有点困难,不得不让步,可是内心又不服,负隅抵抗,说,"上海工商界情况和北京也不同;上海到现在没有申请合营的,我看,不外乎两个问题,一方面许多工商业户不知道厂店是否符合合营条件,另一方面,自愿也是一个问题,因此没有申请。"

"那你说上海工商界比北京的落后?"马慕韩对上海工商界一些头面人物经常表示不满,总觉得他们有些落后,不肯跟他一道前进似的。但别人,特别是其他省市的人,如果说上海工商界落后,简直等于说马慕韩落后一样的难受,他一定要站起来据理力争的。

冯永祥给马慕韩这么一追问,有点词穷理屈,尴尬地瞪着两只眼睛。

"上海比北京落后?谁说的?我不承认。"潘宏福觉得别人老以为潘家比较落后,这和父亲不为天下先的人生哲学固然有些关系,但实际上,工商界许多事体,潘家并不是完全走在最后头,不过是不前不后罢了。一有机会,他都要表白一番,"我们潘家企业都申请了,万事齐备,只缺一批。可是主管局不批准,我们有啥办法呢?"

"我已做到三通:自己通,妻子通,老娘通,"柳惠光也生怕别人说他落后,他说,"整个西药业现已三好,只等放炮。"

"啥三好?"徐义德不解地问。

"全业炮仗买好,喜字写好,锣鼓准备好,"柳惠光屈着手指,边数边说,"只等批准,马上放炮!"

"这还算好的哩。"金懋廉笑着说,"有的厂店买鞭炮,很久没有批准,已经走潮了。他们说,想合营成了单相思,夜里经常失眠,左思右想睡不着。企业主客观条件已经成熟,现在如果批准,就像打足了气的车胎,马上可以开动,相思病可以痊愈,心上石头可以放下,夜里可以睡觉。"

"合营变成万应灵膏了。"徐义德说。

"懋廉兄接触工商界的朋友多,他说的都是事实。我也听到过一些。"江菊霞点了点头,说,"有些行业的主委很苦闷,因为政府不批准,经常受同业埋怨,自己工作心中也无数。他们向工商联表示,要是政府不迅速批准合营,整天受会员的责怪,主委也当不下去了。"

宋其文抚摩着胡须,听江菊霞谈工商联,他感到民建分会的工作尤其重要,心中不满,激动地说:

"很多同业公会主委很不满意工商联,认为工商联生了'胃嗝病',群众条件已经成熟了,就是自己的清规戒律太多。我认为对工商联的批评很对。老实说,工商联是落在同业公会的后面了,而同业公会呢?又落在会员的后面了。细想起来,民建分会也有些责任。工商联许多负责人都是我们民建的成员,我们对他们督促不够。"

"其老,这一点,主要责任不在民建。"冯永祥给马慕韩一步一步逼问得没有话说,表面上虽然沉得住气,可是心里十分苦闷。形势发展得这么快,出乎他的意料之外。原来以为自己最熟悉工商界脉搏的,听了金懋廉和江菊霞的反映,吃惊自己对最近工商界的觉悟程度估计太不足了。宋其文把责任往民建分会方面推,冯永祥虽是副秘书长,可是日常事情马慕韩不大管,他这个副秘书长就和秘书长差不多。民建分会的一般工作是由他一手负责的。宋其文讲民建分会,仿佛讲的是他,至于工商联,他不过是个委员,不负责任的。他说,"同业公会都找工商联,也不找民建分会,我们想负责也负不了。"

"当然我们分会不能负责,"宋其文说,"我是说,倘若我们分会多督促一些,可能会好些。"

"会好些,但也不能解决问题,"冯永祥说,"关键在政府主管局方面,他们要求先规划后申请。上海这么多户数,这么多行业,他们不批准,别人有啥办法?"

"上海批准合营慢了一些。"这一点,马慕韩和冯永祥的看法一样,他说,"北京是首都,作出了榜样,全市合营了。上海是私营企业中心,情况虽然复杂,也应该向北京看齐。你们说,是哦?"

马慕韩的眼光暗暗觑着潘信诚。潘信诚坐在上面靠左边的紫红丝绒的沙发里,他看马慕韩那股焦急劲,发皱的灰黑色的脸上浮着微笑,仿佛是赞成马慕韩的意见,又好像讪笑马慕韩的急躁,叫马慕韩猜不透他的心思。马慕韩知道在座的人大概不会反对他的意见,只要潘信诚表明一下态度,马上大家的意见就会一致了。潘信诚既然微笑不语,他就望着宋其文,宋其文看到他征求意见的眼光,果然接上去说:

"北京全市合营了,上海应该跟上去!"

"可是还有十多万户,一二百个行业哩!"冯永祥慌忙把问题点出,没再往下说,怕马慕韩又顶过来。

"这倒是个问题。"柳惠光同意他的意见。

"没有办法解决吗?"潘宏福内心希望赶上北京。可又想不出一个解决的办法,他说。

"北京有办法,我们应该也有办法。"

"工商界能有啥办法?"潘信诚开口了,"主要看政府,只要政府快,工商界总归跟得上。"

宋其文懂得潘信诚暗骨子里的意思,赶紧加了一句:

"要是我们工商界想出办法来,政府大概也会同意的。"

潘信诚咧着嘴点点头:

"但愿如此。"

"有啥办法?"冯永祥有意提高嗓子,引起在座的注意,耸了耸肩膀,说,"十多万户,城市大了,啥事体也不好办。"

大家默默在想,一时急切想不出一个好办法来。唐仲笙眉头一皱,想了一计:

"有些工作可以加快进行。这次北京清产定股采取自填自报的办法,我看很好。自填自报,由资本家负责,要是政府相信我们,我们一定不让政府吃亏。这个办法省事,不必整天整夜搞得很吃力,可以大大缩短时间。"

"还有人事安排呢?"

这是冯永祥的声音,他觉得唐仲笙把问题看得过于简单了。唐仲笙却没有给他难倒,顿时答道:

"也可以自报自议。"

"公方不同意怎么办?"

"政府怎么批,我们遵照办理好了。"

"你忘记了,政府强调反复协商,要做到量才使用,各得其所,这不容易啊!"

这么一说,唐仲笙不得不闭上了嘴。

大客厅里又陷入静寂中,可以听到人们急促的和舒徐的呼吸声。窗外的雪消融得差不多了,露出大片大片隐隐发绿的草地。马慕韩对坐在他旁边的徐义德低低说:

"德公,你有啥好主意?"

"办法不是没有……"

徐义德一句话吸引了大家的注意力,眼光都集中在他的身上。他不慌不忙地说:

"上海可以考虑先接受申请,然后再筹备合营,别说是十多万户,就是一百万户也没有问题。在短时间内,保证可以做到一户不漏,全市合营。"

"妙,妙,究竟是铁算盘!"马慕韩不禁手舞足蹈,兴高采烈地欢呼起来。

大家接着鼓起掌来,连潘信诚也不断用两只皮肤已经发松了的老练的手轻轻拍了拍,只有冯永祥稳稳坐在那里不动,嘴犄角上叼着一支香烟,用力吸了一大口,吐出一个圆圆的烟圈。然后向白铜烟灰碟子掸掉了烟灰,嘴角上挂着一个不相信能办到的讪笑。马慕韩试探地说:

"北京只有十天工夫全市就合营了,上海赶上去,一个星期行不行?"

"完全可以办到,只要工商联和同业公会抓紧宣传教育等等准备工作,一定没有问题。"江菊霞说。

"江大姐文武双全,布置会场,调动干部,草拟讲稿,准备申请,出色当行。只要江大姐把棉纺公会那批干部带到工商联帮忙,别说是一星期,再快一点也没有问题。"冯永祥看见大家情绪很高,他一个人孤掌难鸣,不得不顺势改了口。

"江大姐是工商联的常务委员,"唐仲笙插上来说,"这么大的事体,当然少不了她。"

"这个办法很好,可惜史步老不在。"马慕韩对潘信诚和宋其文说,"你们两位看,是不是明天提前召开工商联常委会议,正式讨论一下?"

"我完全赞成。"宋其文举起右手来说,好像在付表决。

潘信诚说:

"应该提前开,这是大事体。这回北京跑到前头去了,上海不能再落后,说不定天津、广州也在追赶北京,上海要是落在他们后头,更不好了。"

"那就决定明天开,我负责和步老联系。"

冯永祥暗笑马慕韩办事有点毛手毛脚,这么大的事体怎么好仓促决定,也不问中共一声。他看连潘信诚都积极起来了,得把这事抓在自己手里,好到中共那方面去邀功,他于是委婉地说:

"上海无论如何要赶上去,第一名没抢到,总应该是第二名。不过,我们行动以前,最好问一下中共上海市委,要是意见不一致,反而更被动了。信老最好能亲自出马,找市委谈一下。"

"中共方面最好是步老去,他是工商联主委,名正言顺。"

"步老不在,"冯永祥料想潘信诚不会去,故意往他身上推,说,"争取时间,越快越好,所以请你去。"

"我很久没到市委去了,还是你去好,你经常去,谈起来自然。"

"我,我……"冯永祥涨红着脸,像是谁忽然揭发他的隐私似的,不好意思地说,"我不合适,最好是别人去。"

马慕韩睨视他一眼,没有吭声,觉得冯永祥太不识相,可是他又不好毛遂自荐。

宋其文环顾一下在座的人都比他年轻,地位也没有他高,潘信

577

诚不去的话,顺理成章,自然轮到他头上。他的机器厂没有赶上第一批合营,全市合营的事由他和中共上海市委商量,也可以弥补一下。他不断安详地抚摩着胡须,等待别人推举。可是没有人吱声。徐义德料想轮不到他,冯永祥虽然头寸差一点,但究竟和党政首长熟悉,看冯永祥神情跃跃欲试的样子,他不妨顺水推舟,落得做个人情,便说:

"信老说得对,永祥兄和党政首长熟悉,谈起来方便些。"

"可是永祥不肯去。"江菊霞以为这事只有史步云一个人有资格去,别人都不合适。

"郑重其事,还是请史步老去的好,史步老不在工商联,说不定在家里,请江大姐打个电话,可能找到步老。"马慕韩接上去说。

冯永祥见马慕韩和江菊霞反对,知道大势已去。他的神情自然一点了,脸也由红转而发白了,抢着说道:

"我也认为步老去最合适,现在要劳江大姐的大驾,把步老找到,那一切就好办了。"

"阿永吩咐我的事,一定照办,而且马上就办。"江菊霞霍地站了起来,高跟皮鞋踩在地板上,发出满意的橐橐的响声,她到大客厅东边的书房打电话去了。一忽,她从书房走了出来,向大家伸出细嫩的双手,说:"家里不在,也不晓得他到啥地方去了。"

"这怎么办?"冯永祥以为他面前又露出一线希望了。

"是不是慕韩兄去一趟?"唐仲笙说。

"别的我不行,但是我还有点自知之明。"马慕韩沉着脸说。"我的头寸不够,应该步老去,无论如何,要把步老找到。"

冯永祥失望地靠在紫红丝绒沙发里,跷起二郎腿,不断地摇来摆去。

唐仲笙不再说下去,别人见马慕韩坚决的态度,也不好开口。大客厅突然沉寂下来。

门房送了一封信给马慕韩。他拆开一看,拍着自己的大腿,高声叫道:

"好消息来了……"

大家惊喜地望着他,听他说:

"明天下午两点半,中共上海市委约请全市工商界上层代表人士举行座谈会,讨论有关全市资本主义工商业公私合营问题……"

"我们的问题也解决了。"

"我们啥问题?"柳惠光不懂徐义德这句话的意思。

"中共亲自出面召集会议讨论,啥事体明天都可以当面谈了。"

"哦。"柳惠光点点头。

"倒是我们自己要好好准备一下。"徐义德对马慕韩说,"你刚才提的工商联常委会,我看还要提早,要明天上午开,下午正好把工商界一致的意见带到市委去。"

"对,明天上午开。信老、其老以为怎么样?"马慕韩见他们点头同意,猛地站了起来,说,"我们现在都到工商联去,动手加紧准备,说不定史步老临时请到市委去,所以到处找不到。"

冯永祥找副市长和统战部长也找不到,可能都在中共上海市委开紧急会议哩。他接着也站了起来,说:

"一定是到市委去了,我们现在到工商联去,说不定步老正在工商联到处找我们哩。"

大家急急忙忙走出去。一转眼的工夫,一辆一辆小汽车开出马家大门,在衡山路上疾驶而去,像是一条飞舞的长龙。

五十七

冯永祥的眼睛机警地扫射一下客厅和旁边的大餐厅,没有一个人影子。整个徐公馆静悄悄的,连楼上也没有人声。窗户的阳光已经偏西,显得客厅里更加幽静,他小声地问道:

"你们那位大少爷呢?"

"参加工商突击队去了,到处宣传教育,家里别想看见他的影子。"林宛芝坐在沙发上,手里在打水红毛线衫。

"那当然忙了,他娘怎么也不在?"

"上马丽琳家去了。"

"朱延年死了以后,他们还有往来吗?"

"很少往来了,她因为今天到南京路去,顺便看看马丽琳,叫家里不要等她,晚了,可能在马丽琳家吃饭。"

"只有那位老太婆在楼上念经?"

"宝贝姨侄女陪她上沧州书场听说书去了。"

"你倒好,一个人在家里享清福!"

"谁说的?我参加报喜队,跑了大半天,你看,打鼓,把我的手都打红了。"

冯永祥坐在她对面,拉过她的手,在上面轻轻地抚摩着,同情地说:

"真的打红了,现在还痛吗?"

"不大痛了。"她羞涩地把手缩回来,说,"怕义德回来家里没人,特地赶回来,可是他到现在还没有回来,不晓得到啥地方

580

去了。"

"他吗？今天晚上能回来就算好的了。从十四号起,工商界就闹翻了天,哪个在家里也呆不住。"

"不早不迟,为啥从十四号开始闹翻了天呢?"

"你不晓得吗？我们十三号听到北京提前完成第一个五年计划的社会主义改造任务,上海工商界一向走在全国工商界前头的,这回全市合营却落在北京后头了。我们当然不甘心,要骑上马直追。十四号上午工商联常委会开了会,决定一个星期完成全市申请公私合营的工作,下午中共上海市委召开工商界上层代表人士座谈会议,史步云和马慕韩代表我们工商界提出去。接着很多人拥到话筒旁边要求发言,排成一字长蛇阵,一个接一个,只见头来,不见尾,有的挨不上发言,只好几个行业、几个地区合推一个代表发言。铅印业主要说他们行业已经有百分之一百零一申请合营……"

林宛芝听到这里,放下手里的水红毛线,噗哧一声笑了,打断冯永祥的话,不信任地说:

"别骗我了,还有百分之一百零一申请合营的?"

"可不是吗？要不是我坐在第一排亲眼看见,亲耳听见,我也不相信哩。因为铅印业公会有一位会员是哑巴,他自己不能说话,就拖着他的儿子来提出申请合营的要求,这不是百分之一百零一吗？所有出席会议的工商界代表有一个共同的愿望:要求学习北京的先进经验,加快步伐,把上海私营工商业全部过渡到国家资本主义高级形式。每一位代表心里都有千言万语要倾吐,可是时间太少,时间过得又太快,不允许那么多的代表发言。陈市长最后讲话了,你猜他说什么?"

"我没去,哪能晓得?"

"他回来没有给你讲?"

"他哪里有工夫给我讲这些。"

陈市长说："毛主席教导你们要认识社会发展规律,掌握自己命运。今天你们有这种接受社会主义改造的真诚愿望,市委没有理由不信任和同情你们,也没有理由拒绝你们的要求;但是必须要多多地征求广大工商业者的意见,各单位如果有个别工商业者还要考虑考虑,应该给他们一个时间,允许保留自己的意见,要做到自愿,不要勉强。陈市长这么一说,更加激动了每一个代表的心,大家霍地站起来,感激陈市长的教导和关怀。"

"陈市长想得真周到,要征求大家意见,不愿意的还可以保留,真会体贴人。这么多事体,一个星期行吗?"

"你说一个星期不行?十五号工商联在天蟾舞台召开了临时代表会议,三千多代表,代表二十万工商业者出席了大会。马慕韩在大会上建议,在六天内完成全市各业的公私合营申请工作,要做到全市工商界联合起来一次申请,要求政府一次批准,来个满堂红!"

"六天来个满堂红?"她仿佛在听神话,微微皱着眉头,担心地说,"又少了一天,来得及吗?"

"上海的事体,没有一样来不及的。在上海滩上,只要你想得到,没有办不到的事体。大会当时做了决议:六天内实现全市各业公私合营的申请工作。"

"这么快,连做招牌也赶不上啊!你不是常说,上海有十多万工商业户吗?那要多少新招牌?"

"这一点大家早想到了,合营批准以后,马上挂牌,如果招牌赶不上,我们用红布做,然后再换新的。"

"你们真有办法。"

"上海人就是会动脑筋。市工商联临时代表会议还没有开完,出席各区工商联筹备委员会召开的传达大会的代表已经在区开始入场了。市里大会一散,区工商联筹备委员会负责人立刻赶到区里,传达大会的决议。大家听了,个个都高兴得跳了起来,到处排队要求发言,表示要把热情贯彻到行动中去。有的准备把私蓄投入企业作资金,有的要把技术献给国家,保证在一九五六年内试制新产品,作为合营后对祖国的献礼。区的传达会议一完,又分头向各个工商企业传达,奔走相告,有的人不相信喜讯来得这么快。连声不迭地问:是真的吗?静安区胶州商店老梅的爱人,今年已经五十多岁,因为得了高血压症,四年都在家,经常躺在床上,听了这个消息,高声叫道:大喜!大喜!马上从床上一骨碌跳下来,要参加报喜队。她女儿不让她去,怕她病倒在马路上。她哪里肯听,反而说,这是一生中难得的大喜事,说啥也得参加报喜队。早些把喜讯告诉别人,也让别人高兴高兴。她女儿说她有病不能去,她说她病好了。一把抓住女儿,一同参加了报喜队。有的人在马路上,见了一个熟人,报一次喜,报了喜就手搀手跳了起来。"

"怪不得这几天马路上的人见了面都笑嘻嘻的,好像是一家人似的。"

"那可不,这几天上海发生了大变化哩,十六号民建分会讲的笑话可多哩。"

"你们怎么天天开会?"

"这两天岂但天天开会,一天我起码开三个会,上午一个,下午一个,晚上又一个。"

"那你们不休息?"

"休息?有的,中午和晚上吃饭的辰光休息,不过,有时在饭桌上临时又是一个会。昨天以为会少,可以休息休息了,谁晓得上海农民在举行上海市郊区农业生产合作社代表会议,申请和批准了由低级社转变到高级社,邀请工商界代表出席。他们硬把我拉了去。今天中午在文化广场举行上海市庆祝全市手工业合作化胜利大会,工商联和民建又要我和别人出席祝贺。这几天的上海,像是面包发酵一样,每时每刻合营的都在向上增长,把我闹得晕头转向,一刻也不得空闲。做了工商界的核心分子真不容易啊!何况我又是核心分子当中的代表人物,更是会上加会,忙上加忙。"

"现在你怎么倒清闲了呢?"

"不管怎么忙,我怎么能把你忘记了?"

"说得倒好听,谁了解你真正喜欢哪个人?"

"你说这种话,唉,天地良心啊,不信,我可把心挖出来给你看。"

"那可不行。"

"为啥?"

"少了一个核心分子的代表人物,上海工商界这些事体谁管呢?我可担当不起这个责任。"

"当然不要你负责。只要你相信我,就是无上的快乐,最大的幸福;就是死在你面前,我也甘心情愿。"

"无缘无故讲这些做啥?"

"好!遵命不讲,闲话少叙,言归正传。我们谈正经事体吧。"

林宛芝把鼻子一耸:

"你啥辰光谈过正经的?"

"我从来都谈正经的。"他一本正经,严肃地说,"明天晚上在中苏大厦有个联欢晚会,我负责筹备游艺节目,承各位大老板和太太小姐们给面子,有不少人报名参加演出,我和德公商量,他同意你也出个节目,你多才多艺,可以出的节目很多,我给你想了个主意:来一段京剧清唱,怎么样?"

"天啊,我哪能清唱?别把人牙齿笑掉了。"

"为啥不能清唱?你的嗓子好,字正腔圆,既富有韵味,又善于表情,再加上你容貌美丽,妩媚多姿,一走出台口,包你压得住观众。"

"尽是你想的好主意——我才不在大庭广众面前出洋相哩!"

"我的话,包你没有一个错。陈市长和许多首长要参加联欢晚会。你唱了,一定很叫座。"

"我不唱。"

"节目单上我给你排好了,不唱怎么行呢?那不是坍我的台吗?"

她心里拿不定主意,能在台上表演表演,很多灯光对着她,很多眼光望着她,听她唱。上海党政首长也在听,马上一定在上层人士当中传开了,说不定报上还要发消息哩。一种虚荣心理支持着她把这个节目答应下来。但一想到从来没有登过台,只是在家里跟冯永祥哼哼,突然登台表演,要是唱错一句半句,真的要笑掉别人的牙齿。林宛芝这个脸搁到啥地方去?她又有点吓丝丝的,她看冯永祥那股焦急劲,有点同情他,小声地说:

"不唱不行吗?"

"当然不行,节目单已经去排了,我把你的节目排在后面一些,那辰光党政首长都来了,大家都听你唱。"

"那我更唱不出来了。"

"别怕,有我哩。"

"那有啥用场?你在台下,我在台上,出丑的是我。"

"你出丑也就是我出丑,你别把我当成外人看。我怎么会让你出丑?"

她不信任地向他撇一撇嘴,着急地说:

"好久不唱了,都生疏了。"

"我不是来教你吗?"他拍她的肩膀说,"她们两个不在,个别教授,今天努把力,明天一定唱得刮刮叫。"

"《宝莲灯》的唱本还在楼上哩。"

"上去拿好了。"

她慢慢走上楼去,他也慢慢跟她上楼,一同走进她的卧房,他顺手轻轻把门关上。她找到唱本,请他一同下楼去唱,他说:

"这里好,安静一些。"

"不,还是下楼去的好。"

"在楼上学戏怕啥?快坐下来,我教你唱。"他一把把她拉在沙发上坐下,说,"你先唱一遍给我听。"

她不安地坐在沙发上,想站起来,可是她两手叫他抓得紧紧的,她没有办法,只好唱了。她说:

"我好久不唱了,忘记的地方可要提我。"

"这没有问题,你大胆地唱吧。"他嘴里给她哼着过门。

她细心地唱道:

"站在屏风外,侧耳细听……"

她唱完了。他又叫她唱了一遍,教她怎么练腔。她很快学会了。他拍掌笑道:

"你真会运用嗓子,深得控纵之法,唱得有味极了。"

"又来笑话我了。"

"一点不开玩笑,你唱得有感情,把声音,字意,感情三者融而为一,不是无情之曲,是有情之曲。这一点最难得了。有人可以唱得一字不差,一音不错,但不是心唱,而是口唱。你呢,完全是心唱。程砚秋说过:即使'五音'准,'四呼'清,如果没有感情,只能算做一个唱歌道人,而不能成为一个艺术家。你不但很能理解王桂英的感情,而且善于表达感情,实在是难能可贵,太不容易了。你是一个出色的艺术家。"

"没那回事,刚学了两天,就变成艺术家了,你把京剧讲得这么容易。"

"艺术这种事体,说容易,真容易;说难,可实在难;有的人唱一辈子,也只是一个唱歌道人;有的天赋高,又聪敏,不消多少辰光,就是艺术家。你就是后一种人。"

"我才不信哩。"她心里想,这大概和老师教得好有关系,要是唱得真好,可要好好感谢老师哩。

"青衣这种角色的特点是肃、婉、静。"

"什么速缓进?"她学出兴趣来了,不解地问,"怎么又要速又要缓?"

"不是这个意思。肃是严肃正气,具有坚强不移的志气。婉是美好与和顺,俗称贤慧。静是安静,端庄,举止要有大家风范。这些特点,王桂英都有,你唱的辰光,站在台上,再注意这些特点,那就尽善尽美了。"

"这么难,我不唱了。"

"难是难,但在你却一点不难。刚才你唱,已经有这些特点了,现在告诉你,你稍为再注意一下,那就更好了。"

"真的吗?"她低声地问。

"到现在你还不相信我的话吗?"

她的脸红润润的,心里很高兴,涂着红艳艳蔻丹的食指向他指着,说:"我才不相信哩。"

朱瑞芳从南京路赶到马丽琳家,恰巧她出去了,她留了一点糖果给马丽琳,便回来了。这时,徐守仁伸着两只大腿,疲劳不堪地靠在客厅的沙发上,大口大口喝着浓茶,那杯子里尽是茶叶,几乎看不到一点水。他的额角上不断渗透出黄豆大的汗珠子来。她脱下黑呢大衣,放下手里的黑漆手提包,走过去,抚摩着爱子的额头,担心地问道:

"你生病了吗?"

"没有。"他低声地说。

"气色不好?"他回来要老王泡了茶,痛痛快快喝了一阵,很解渴,又在沙发上休息了半晌,精神恢复了。听娘这么说,他扬起眉头,想起今天过得很有意思,眉宇间陡然露出兴致勃勃的神情来,声音却有点嘶哑,"我气色很好。"

"唔,这会好一些了。"她认真地一看,高兴地说,"嗓子怎么哑了! 是不是感冒?"

"不是,我到区工商联做宣传鼓动工作去了。"

"要你宣传鼓动啥?"

"我们工商界青年突击手队,配合市工商联,推动工商户自愿愉快地接受社会主义改造,保证做到合营生产两不误。"

"不在学校里好好读书,管这些闲事做啥?"

"怎么是闲事呢? 这是国家大事体啊! 好多人参加青年突击队哩,我们看清了社会主义的前途。只有社会主义社会,大家才有幸福生活,我们青年人要积极接受社会主义改造。我们工商界青年不怕共产,我们要做好宣传鼓动工作,迎接全市合营高潮和全国工商界青年积极分子大会的召开。"

"你是不是也向我宣传鼓动?"

"向你,"他怯生生地摇摇头,怕她骂他,但又感到是一个机会,试探地说,"你不用我宣传,可是,你为啥不参加报喜队呢?"

"我一不会敲锣,二不会打鼓,三又走不动,为啥要去? 在家里坐坐,不是很舒服吗?"

"林宛芝参加了哩!"

"她爱出风头,她参加她的,同我没关系。"她告诫徐守仁,"你以后少出去参加那些活动,给我在家里好好用功读书,你要再出去,小心我打断你的腿!"

徐守仁给娘训斥得一句话也说不出来了。他心里不服,又不敢声辩,便坐在沙发上,像个木头人。

五十八

冯永祥在徐公馆教林宛芝京剧的辰光,潘信诚带他的爱子潘宏福已经巡视完在浦东的各个企业,踽踽地来到了黄浦江的东岸,有一只小汽艇在岸边等着。

码头上两边的树木的叶子早已落尽,光秃秃露着枝桠,在寒冷的北风中抖索,像是赤身裸体的老人,浑身的筋骨看得清清楚楚。潘信诚望着那些树木,感慨万端地对儿子说:

"你瞧,这些树木长大了,老了,完了!"

潘宏福会意地叹息了一声。

父子两人跳上小汽艇,马达嘟嘟地响了,汽艇离岸了。潘信诚站在操作台上,眯起老花的眼睛,不舍地望着冬天的原野。潘家在浦东的企业,大半靠近码头,汽艇一离岸,那一排排锯齿形的厂房,那一座座红色的高大的仓库,那一团团从高耸云际的烟囱里冒出的浓烟,都一一呈现在他的眼前。浦东,他来过不知道多少次了,这些企业,他看过不知道多少回了,但都没有今天这么可爱,简直比冬天的阳光还可爱啊!

黄浊浊的江水给汽艇划开,卷起两股浪花,在两边船舷飞驶而去,那雪白的浪花仿佛是千万粒珍珠突然从水里跳出来,一眨眼的工夫,便消逝在奔腾的黄浊浊的江流中去了。

潘信诚望着滚滚的江流,往事像澎湃的江涛一样,涌到心头。他二十七岁那年从英国留学回来,第一次世界大战结束不久,帝国主义还来不及向中国市场伸手,中国民族工业有了发展机会。他跟父亲办厂,从三万多纱锭发展到十万五千锭子,接着又扩展了印染部分,成立了印染厂。事业一天天发达,觉得添制锭子老是仰仗外国,发展起来总有限制。自己动手创办了通达纺织机械厂。先是专门给通达制造锭子,后来也接外边的定货。通达的纱锭发展到十七万光景,父亲就死了。潘信诚的兴趣转到毛纺。他认为英国毛纺在世界上占第一把交椅,他在英国,参观过两个厂,也学了点毛纺的知识。他想到中国西北部的羊毛并不推扳,发展起来,中国的呢制业在国际上也可以有个地位。厂办起来了,销路并不好,弄得高不成低不就,有钱的人要穿外国的毛织品,不要通达的;没钱的人买不起,想要,也穿不上。他想到麻织品比较大众化一点,用途也广,就在杭州开了一爿通达麻织厂。一九四八年上半年,本想在杭州再开一爿丝织厂,用他的话来讲,就是棉毛丝绸样样都有,不管你是穷人富人,只要穿衣服,总要照顾通达。另外,他对面粉业和粮食业也有兴趣。上海有名的庆丰面粉厂就是他一手创办的。他还创办了永丰碾米厂,规模不十分大。他对粮食方面加工兴趣不大,有兴趣的是把粮食买进卖出,这生意十拿九稳赚钱,以往的经验,行情总是看涨的。大米是南方的主食品,而面粉是北方的主食品,只要张开嘴吃饭,不照顾庆丰,就得照顾永丰。穿衣吃饭是人生两件大事,办这种实业,没有风险,利润也厚,并且还可以替国家争口气。如全国几亿人口当中有一半人吃饭穿衣都照顾潘家,那潘信诚便可以成为世界上最大的富翁,而且还可以和各国大资本家较量较量,说不定通达的货色在国际市场上还可以插一脚,那前途就更加远大而又灿烂了。这个美丽的梦想像黄浦江的水一样流去了。

潘宏福站在父亲旁边,见他沉思不语,自己也不好吱声,他想起父亲那天在马慕韩家里忽然那么积极,不仅赞成全市合营,而且要抢在天津和广州工商界的前头,叫他莫名其妙。他老想问父亲,

可是没有适当的机会。现在正是一个好机会,船上没有外人,他大胆地问道:

"上海为啥要这样快全市合营?"

"北京全市合营了,上海能够不全市合营吗?"

"迟一点不行吗?"

"不行。"潘信诚摇摇头,声音突然低了下来,向汽艇四面看看,没有人,他便用英文对儿子说:

"好比下棋,和共产党下棋下输了,只好做输的打算。现在是计划经济。我们要服从国家经济领导。原料,国家控制了。市场,国家管理了。私营企业生产也好,经营也好,单独维持很困难,只有依靠国家。公私合营企业,有了公家一份,生意好,生产也好,利润也不错,不走合营还走啥路子?"

"这个我了解。"儿子也用英文回答。

"乡下分了地主的田,农民当家了。经过雷厉风行的镇压,国民党的势力基本肃清了。美国力量虽然强大,可是在朝鲜给共产党打败了。'五反'以后,资产阶级搞臭了,孤单了。现在工人阶级领导,资产阶级吃不开了。我们的处境,好比上了这条船。"潘信诚指着破浪前进的小汽艇,无可奈何地说,"船已经到了江心中,后悔已经晚了,不跟着走,难道要跳水不成? 共产党网开一面,给私营企业安排了一条出路,只好跟着走,就是你们常说的要掌握自己的命运。人家把我们的财产共走,心里怎么会愉快? 从你爷爷手里创办了这份家当,我数十年经之营之,好不容易才有今天的规模,现在可好,全付诸东流!"

潘信诚的手指着哗哗流去的江水,儿子这才听到父亲的心声,但越发迷糊了,不解地问:

"你在马慕韩家,为啥主张上海要赶在天津和广州工商界的前头呢?"

"傻孩子!"潘信诚想起那天确是讲了这句话,他轻轻叹了一口气,说,"凡是共产党要办的事,只有拥护,不能反对。古人说得好,识时务者为俊杰。大势所趋,人心所向,大家都要走这一条路,我们怎么能够不走呢? 人家走十步,我们就要走十一步,不然,人家要说我们落后哩!"

"哦!"潘宏福懂了,他说,"到社会主义,大家都好哇。"

潘信诚瞪了儿子一眼。

"用不着你来给我上政治课。我一辈子好不容易办的这些企业,原本是为儿孙做马牛,给你们谋幸福,我自己并不需要。现在要过渡到社会主义,把财产交给国家,交给社会主义社会了。"

"合营以后不是还有定息吗?"

"现在政府还没有公布,我看拿不了几年,就啥也没有了。"潘信诚回过头来,一眼看见一只小轮船搁浅在沙滩上,船身半歪着,船底有一半露在外边,烟囱像是躺在江面上的一个大油桶。这船是通达纺织公司的,年久失修,早已报废了。十多年来就搁浅在潘家厂子后面的沙滩上,再也没人过问。今天却引起潘信诚的注意,他自言自语地说,"哎,想当年这船在黄浦江上开来开去,多么活跃,多么神气,谁看到这条船不羡慕啊。可是现在呀:搁浅了,开不动了,完蛋了,在黄浦江上再也看不见它了!"

"爹,你过去不是说过这船已经使用得够本了,再修的话,还不如买一条新的便宜。"

"是呀!"

"这些旧东西别去想它吧!"

"旧东西也是钱买的呀!"

潘宏福不好再往下说,他放眼看着黄浦江蜿蜒而去,江上尽是中国船只,没有一只外国兵舰。屹立在江边的海关大楼,现在完全由中国人管理,没有一个洋人骑在中国人头上指挥。曾控制中国经济命脉的英国汇丰银行,现在已是上海市人民委员会的办公大楼了,只留下一对铜狮子在守着大门。他兴奋地指着江面一只中国大轮船说:

"爹,你看,这条船是上海新造的,我们现在也可以造万吨大轮船哩!"

潘信诚的眼光转到江中心那条出厂不久的万吨大轮船上,心头忍不住涌上喜悦的情绪,嘻着嘴说:

"共产党建设也有一套,这么大的轮船,中国从来没有造过。在黄浦江上也从来没有过这么多的中国船!"

"过去在江上停泊的都是外国兵舰!"

"对,"潘信诚陷入沉思里,租界时期的景象一幅又一幅在他眼前闪过,他站在操纵台上,手紧紧握着铁的栏杆傲视江面岸上的情景,觉得连呼吸也比从前舒服,感到作为一个中国人的骄傲,微笑地说:

"他们欺负中国一百多年,使得老大的中国抬不起头来。那时,他们在上海滩上可真威风,简直不把中国人放在眼里,只要工务局讲句话,就是法律。租界上啥事体都要听外国人的。虽说有华董,也是和外国人一鼻孔出气。办厂也得看外国人的脸色,有的人干脆用外国人的名义办厂。可怜偌大中国一点民族工业也叫洋商排挤得喘不过气来,倒闭的倒闭,并吞的并吞,就是勉强生存下来,也不过是苟延残喘,日本鬼子一来,干脆没收,通达的企业差点给弄得精光。幸亏抗战胜利了,走了点门路,这些企业才陆陆续续收回来,国民党不争气,贪污腐败,通货膨胀,失去人心,断送了江山……"

潘信诚说到这里,不禁黯然,望着流水,说不下去了。儿子接上去说:

"共产党一来,把帝国主义的势力全给赶走啦。"

593

潘信诚点点头,从黯淡的心情中昂扬起来,眉宇间露出兴奋的神情说:

"共产党使中国人抬起头来了,不但中国的事体,外国人不能插手,连国际上的事体也要听听中国的意见哩!"

"那当然啦,国际上的事体,不得到六亿五千万中国人民同意,老实说,就办不通!"

"现在作一个中国人比过去有意思多了,从前,我在英国留学,因为考试的成绩好,人家都拿我当日本人,和我很亲热。后来了解我是中国人,就不大和我来往了,有人还给我脸色看。你们很幸福,今后再也不会受那种欺负了。"潘信诚这时感到新中国的可爱了。他想起史步云曾经参加中国代表团出席保卫世界和平大会,到处受到外国人的热烈的欢迎,史步云回来对他说,到了国外,才真正了解中国在国际上的重要地位和崇高的威望。他希望有机会到国外看看。最好再到英国去一趟,看看前后不同的变化。政府方面也曾征求他的意见,要他参加代表团出去走走,就是因为身体不好,一直没有出去。现在这个愿望又在他的心头涌现了。

"帝国主义欺负中国人的时代永远过去了,我们过渡到社会主义,他们别再想动我们一根毫毛!"

"过渡到社会主义?"潘信诚回过头去,眼光又落在通达的厂房上了。

潘宏福没有留心爹的眼光。他的眼睛出神地望着上海市人民委员会大楼上的一面鲜艳的五星红旗,在润湿的海风中飘扬。他扬起眉毛说:

"是呀,过渡到社会主义,有计划地发展农业、工业和科学文化,人人有饭吃,人人有衣穿,人人有书念,国家富强了,谁敢再欺负中国?"

潘信诚意味深长地说:

"但愿如此!"

说话之间,那只小汽艇慢慢靠拢上海市人民委员会大楼前面的码头,潘宏福发现爹的面孔还对着江对面的厂房,他轻轻说道:

"到了,上岸吧。"

潘信诚慢慢转过头来,看见码头,看见从十六铺开来的有轨电车向南京路疾驶而去,看见宽阔的柏油路上熙来攘往的人群,看见上海市人民委员会大楼和沿着外滩马路一排排矗立云霄的高大建筑群,对岸的厂房显得十分矮小,几乎看不大清楚了,他点点头说:

"上岸?就上岸吧!"

五十九

茫茫的东海和迷蒙的夜空连成一片,分不清哪里是水,哪里是天,混混沌沌。渐渐,东方露出一片细长的晕红的曙光,才隐隐看见滚滚的深蓝色的波涛。那一片晕红的曙光逐渐扩张开去,不知不觉地整个天空都亮了,海水变成蓝色了。靠东方的海上堆积着一层层灰色的云彩,臃肿而又厚实,迟缓地浮动着。海的尽头,露出一道弧形的鲜艳的红光,慢慢升起,猛地一下子像是从海底跳了上来,一个圆圆的红球完全出现在海上。一会,灰色的云彩遮住了红球,一点也看不见了。一眨眼的工夫,突然从海底升起万道逼人的金晃晃的光柱,穿透厚厚的云彩,直射天空。臃肿而又厚实的云彩顿时镶上一层层的金边,显得轻浮而又透明。一轮红日高高悬在远方的天空,海水变成浅蓝色了,水上面闪耀着银色的光芒,像是千千万万条小银鱼在浅蓝色的波涛上跳跃。

阳光照到南京路上,一片红旗的海洋,在润湿的晨风中轻轻地飘扬。每家商店门前都贴了一个鲜红的大"喜"字。人民公园对面的国际饭店二十四层楼的屋顶上竖立着的一个"喜"字更大,南京路上的行人远远就看到了。人们在红旗的海洋里,在笑脸迎人的"喜"字的河流里,熙来攘往,共同迎接一个欢乐的节日。

一九五六年一月二十日,在上海发展的历史上,是一个闪耀着光辉的伟大的日子,人们会永远记住这一天。这一天,资本主义工商企业,走完了最后的行程,全部接受社会主义改造,跨进了新的历史的门槛。

一辆黑色的林肯牌汽车远远从衡山路疾驶而来,好像长跑运动员跑到最后一圈,快接近终点,把浑身的劲都拿出来,加快了速度,向终点冲刺似的。汽车一进了常熟路,马路两边的红旗和大红"喜"字吸引了吴兰珍的注意力。她留心向车窗外面望去,简直是目不暇接,汽车像是在一条红色的河流中行驶。她的脸蛋给两边红光映得越发显得红彤彤的。她望着商店的招牌,眼里露出惊异的光芒,好奇地说:

"你看,变得真快,昨天晚上路过这里,一点动静也没有,一夜的工夫,全变了样。"她的左手轻轻地碰了碰林宛芝的胳臂。林宛芝歪着头,就近车窗向外边看了一下,点了点头,说:

"咦,真是的。"她最近没有出门,对她说来,仿佛整个上海变了样子,要不是吴兰珍在她右边指指点点,还以为到了另外一个城市哩!她说,"打扮得真漂亮,像是办喜事似的。"

"可不是,连招牌都换了哩!"

林宛芝听吴兰珍一说,又仔细瞧了一下,应声道:

"唔,上海人办事真快,脑筋也灵活,一霎眼睛就有个主意,招牌来不及做,用红布红纸写上公私合营四个字,往旧招牌一贴,马上就是一块新招牌了!"

"贴上去容易,撕掉就难了。"朱瑞芳坐在徐义德的左边,紧靠着车窗。她也看到那些红旗和"喜"字。从这些店家的招牌上,她想到沪江纱厂和徐义德经营的其它企业,招牌一换,那些企业就不完全是徐义德的了。她一想到这桩事体,心里便绞痛得厉害。今天她本来不准备出来的,因为大太太懒得动,不愿意出来,怕身子吃不消,只叫吴兰珍跟她姨夫去参加;而林宛芝早就准备和徐义德一道出来,她不甘心留在家里,让林宛芝一个人在外边出风头。她于是带着徐守仁跟徐义德一道出来了。林宛芝是第三房,又没有给徐义德生儿育女,当然不在乎徐义德的产业。朱瑞芳听她那么轻松的口气,心里十分不满,便应了一句,暗中又拉了一下徐义德的左手,要他听林宛芝和吴兰珍在说啥。

徐义德坐在朱瑞芳和林宛芝两人当中,有意不吭气。朱瑞芳一拉他的手,不好再沉默了,他看看车窗外边,勉强应了一声:

"大家都要求贴啊!"

"公私合营是好事体,"徐守仁坐在司机旁边,掉过头来,说,"走社会主义的道路,大家都幸福。"

"大人说话,你少插嘴!"朱瑞芳瞪了儿子一眼。

徐守仁满不在乎,反问道:

"这闲话弗对吗?"

"对,对,再对也没有了。"

"我为啥不可以讲呢?"

"你懂得规矩吗?"

"规矩?"

"唔,大人说话,孩子应该在旁边听着,不要打断大人的话,晓得哦!"

"我也没打断你的话。"

"还要强辩!"

吴兰珍听他们母子俩针锋相对的谈话,觉得徐守仁进了大学,懂得的事体比过去多了。连过渡时期总路线这些大事体,他也知道哩。她暗暗看了一下他的侧面,见他对母亲那一股认真辩解的劲头,发现他不像过去那么叫人讨厌了。她插上去说:

"把道理讲清楚,不能算是强辩。"

"你?"朱瑞芳歪过头去望着吴兰珍,有点惊诧,吴兰珍怎么帮徐守仁讲起话来呢?她对吴兰珍说,"好哩,你们两个人一道对付我!"

"这是啥意思?"徐守仁大声地说。

吴兰珍脸红红地把头转过去,望着车窗外边的马路,羞答答地没有言语。朱瑞芳暗中讨个没趣。她对徐守仁说:

"说话这么大声做啥?连马路上的人都听见了。"

"你的声音也不低啊!"徐义德看见延安西路上有一支工商界的游行队伍,前面的人有的拿着彩旗,有的打着锣鼓,大家兴高采烈地向东走去。他对司机说,"快一点,时间快到了。"

汽车里时速表的指针很快地从四十指到六十公里。汽车顺着游行队伍的侧面,迅速地开过去,远远望见一颗光彩夺目的红星在早晨的阳光中闪耀,像是悬在半空中似的。这是中苏友好大厦屋顶上金黄柱子上端的红星,直冲云霄。

徐义德跳下汽车,只见喷水池前面挤满了人,乱哄哄地嚷成一片,无数面彩旗在晨风中飘扬。在中苏两个巨人的高大塑像前面已经站满了人。这是全市私营工商业申请公私合营大会的主席台。徐义德走过去,马上有人给他胸前挂上一朵大红花,和他原来挂的金字的"主席团"红绸条子相互辉映,胸前一片红光在闪耀。他匆匆顺着台阶走去,一上了主席台,江菊霞马上过来亲热地招呼:

"你来得正好,就要开始了。"

"哦!哦……"徐义德支吾其词,和她握了一下手,马上就松开,向前面走去。

江菊霞有点感到意外,徐义德今天对她为啥这么冷淡?她得罪了他吗?凡是他要求的事体,她没有一件不答应的。倒是她提出的要求,往往遭到他委婉的拒绝。她原谅了他。他怎么反而对自己有意见呢?徐义德偌大年纪,可是也太娇嫩一些了。她跟着他的背影望过去,原来他和马慕韩、潘信诚在打招呼。她认为应该和他们周旋周旋,怪不得匆匆走过去哩。她站在那里,痴痴地瞅着徐义德的背影,竟不知道台下有人在盯着她哩。

朱瑞芳见徐义德一上主席台就和江菊霞打招呼,她站在各行各业二千五百名的代表前面,也不管工商界巨头们的家属都站在她的附近,迈开腿来想径自上主席台给江菊霞一个难堪。一见主席台上的人很多,她又站了下来,生气地碰碰林宛芝,说:

"你瞧见了吗?"

林宛芝一走到主席台下面,立刻就发现冯永祥站在马慕韩旁边,嘻嘻哈哈地不知道在谈论啥,她的面孔顿时绯红,像是美丽的朝霞,站在家属队伍里越发显得秀丽动人,出类拔萃。她发现站在主席台前面的二千多工商界的代表的眼光都朝她望,像是欣赏她妩媚的风姿,又像是了解她和冯永祥的暧昧关系。她低下了头,啥也不望,只顾看着脚上那双平跟浅口的黑皮鞋,恨不得找个地方藏起来;忽然听见朱瑞芳没头没脑的那句话,她从脖子红到耳朵根子,热辣辣地好不难受。她怪自己太疏忽了,竟然忘记朱瑞芳站在自己旁边,那么注视冯永祥,又该叫她尽情奚落了。她勉强保持镇静,慢慢抬起头来,可是不敢正面对着朱瑞芳,等了一会,才轻声地问:

"啥事体?"

"你还不晓得?"朱瑞芳十分诧异。

林宛芝也露出诧异的神情,朱瑞芳低声说:

"江菊霞和他……"

朱瑞芳没有说下去。林宛芝脸上的红晕消逝了,她的眼睛朝主席台上一望:果然看见江菊霞在和徐义德握手,但立刻就走开了,到马慕韩面前去了。林宛芝会意地说:

"哦!"

"也不害羞,在大庭广众之下……"

"是呀!"

"看她神气活现!指手画脚……"朱瑞芳见江菊霞笃笃地走去

找冯永祥,更加怒不可遏了,忍不住骂开了,"这样的人也上主席台?"

她越说越有气,声音也越来越高。吴兰珍站在她背后,轻轻附着她的耳朵说:

"别说了,快开会了。"

"开会又怎么样？连话也不准讲?"

"这么大声,叫人听见了。"

"讲就不怕,怕就不讲。我就是要人听见!"

吴兰珍没法再说下去。朱瑞芳还要讲,徐守仁心里焦急,幸亏马慕韩走到话筒前面,宣布大会开始了。鼎沸的人声逐渐低沉下来,一眨眼的工夫,鸦雀无声,只听见延安西路上汽车经过的咝咝声。

一个胖胖老人,中等身材,脸上一层一层的皱褶非常突出,可是精神奕奕,身体健壮。他一走到台前,整个中苏友好大厦前面的广场上一点声音也听不见了。他是上海市工商业联合会主任委员史步云。他讲了话,接着宣读上海市私营工商业请求公私合营的申请书:

"上海市人民委员会:上海私营工商业,在中国共产党和人民政府领导下,经过六年多的和平改造,绝大部分已经纳入国家资本主义的轨道。自从国家过渡时期总路线宣布后,公私合营企业的比重不断增加,社会主义成分的优势与日俱增。在私营企业接受社会主义改造的同时,工商业者的思想认识也有了显著的进步。最近,我们学习了毛主席对私营工商业社会主义改造的亲切教导,通过自我检查和自我批评,进一步认识了资本主义必然灭亡,社会主义必然胜利的规律,懂得了掌握自己命运的道理,觉得必须放弃剥削,改造自己成为自食其力的劳动公民。把企业实行公私合营,走社会主义道路的信心和决心大大提高……"

史步云念一句,潘信诚点一下头,他眯着眼睛,望着台下二千五百位代表,微笑地对站在他右边的徐义德说:

"工商界要求公私合营简直到了望眼欲穿,迫不及待的程度。"

"可不是么,十五号举行工商界临时代表会议以后,决议要在六天之内完成申请准备工作,各行各业到会里递送申请书的报喜队伍,川流不息,日夜不停,不到六天工夫,全市申请准备工作都做好了。这样速度,真是空前的。"

"要是在从前,这么快,连做梦也想不到呀!"

"是呀!成千上万的骨干分子,动口动手,日以继夜,争先恐后,简直不要命地干;子女组织了突击队,家属也投入了运动,参加报喜队,大家觉悟提高了,啥事体做不成?"

"可贵的是工商界这股热情。"

"信老说的一点也不错。农业合作化在全国出现了高潮,眼看第一个五年计划就要提前完成,北京工商界带头全市合营,给上海很大的鼓舞,谁也不甘心落后。"

"对,谁也不甘心落后!"潘信诚回味地重复了一句,说,"大家都要做工商界的先进分子哩!"

"那当然,谁不想在这次合营中为社会主义立功?到了社会主义,大家都好哇!"

潘信诚没有答腔,他听见了史步云提高了嗓子在念申请书,便碰了碰徐义德的手,指着史步云,要他注意听。史步云大声念道:

"我们上海工商业联合会根据本市全部私营工商业的自愿和重托,谨向人民政府提出申请,除过去已经实行公私合营的行业和企业以外,希望对其余的八十五个工业行业的三万五千一百六十三户和一百二十个商业行业的七万一千一百一十一户,给予批准全部实行公私合营。我们相信人民政府一定满足我们的愿望,接受我们的请求。"

史步云读完申请书,马慕韩走到话筒前面,征求到会代表的意见,回答是一片热烈的掌声和高入云霄的欢呼,接着是噼噼啪啪的爆竹声,响个不停。当中还夹着隆隆的炮声,那是"天地响",一声声震荡着人们的耳膜,压倒了一切的声音。

在爆竹声中,史步云双手托着精装册页写成的总申请书向中苏友好大厦里面走去。走在他前面的是新药商业四十个资方人员组成的军乐,吹着铜号,打着洋鼓,昂首阔步地走着。在史步云身后是潘信诚和宋其文这些老老们。马慕韩,潘宏福,冯永祥,江菊霞,金懋廉,唐仲笙,徐义德和柳惠光他们八个人,分别抬着四只扎着彩球的红漆奁盒,里面堆着用大红信封装起的各行各业的申请书。跟在他们后面的是一片五彩缤纷的旗帜,和一长列欢乐的人群,敲着锣,打着鼓,高高兴兴地走着。

在欢乐的人群当中,最引人注目的是家属队,走在家属队前面的是朱瑞芳和林宛芝。朱瑞芳生怕落在林宛芝的后面,她一步也不放松地抢在林宛芝的前头,东张西望,引起人们的注意,惟恐别人不知道她是徐义德的老婆。林宛芝从来没有进过中苏友好大厦的大门,从前只是路过,看见壮丽堂皇的外观,没有见过里面宏大的规模。当她一跨进大门,走进圆厅,就看见当中悬挂着一盏丈把长的大琉璃灯,玲珑剔透,灯光璀灿。四周蔚蓝色的墙壁上,飞舞着金黄的雕饰,顶上闪着点点星光,迎门是一个霓虹灯大"喜"字,使人感到身临变幻迷离的世界。林宛芝抬头望得发了呆,站在那里竟然忘记走了。吴兰珍在她背后用右手食指点了点,她才惊异地和大家一道走去。

过了大圆厅,是开阔的拱形屋顶的工业大厅,一片彩色的光亮使得林宛芝眼花缭乱。她定睛一看,才慢慢分辨清楚,像一串串彩虹挂在雪白屋顶上的是电灯。两旁骑楼上仿佛飞舞着红色巨龙的是两幅巨大标语,红底金字,一边写的是"要把全市公私合营工作做得又快又好",另外一边是"为加速彻底完成社会主义改造而奋斗"。主席台上排列着数面五星红旗,当中挂着一幅毛主席油画画像,和主席台遥遥相对的是一个巨大的霓虹灯制成的"喜"字,闪耀着喜气洋洋的红色的光芒,把这个庄严的会场点缀得欢乐而又活跃,洋溢着节日的气氛。林宛芝看到那情景,她的心和霓虹灯的光芒一样在欢快地跳跃。她从来没有见过这样庄严而又伟大的场面,到处都感到新鲜,看看这边,又看看那边,眼睛简直忙不过来。

宋其文的眼睛和林宛芝不同:他一进入会场,眼光马上给坐在右边前面几排的客人吸引住了。这些人宋其文在上海外交场合都见过,他们是一些国家驻上海的总领事。最引起他注意的是英国驻上海办理侨务的人员。英帝国主义的势力曾经统治上海很长的时间,在上海滩上到处看到英帝国主义统治的遗迹。六年多以前,上海解放,让英帝国主义者亲眼看到中国人民的新生,骑在中国人民头上的外国侵略者势力一去不复返了。六年多以后,又叫英国办理侨务人员看到上海对私营工商业进行社会主义改造,人剥削人的资本主义制度将在中国的土地上消逝了。中国如同一个巨人站在世界上。上海人民也像一个巨人似的站在英国办理侨务人员的面前。他心中充满了自豪感,不禁抚摩胡须,傲岸地左顾右盼。

十二点五十八分,轰的一声,隆隆的礼炮震天价响,一声接着一声,响遍上海的上空,全上海的人都知道富有伟大历史意义的时刻开始了。

庄严的国歌奏过,史步云双手恭恭敬敬地捧着那个精装的总申请书向主席台前走去。吴兰珍一眼看见主席台上站满了人,她兴奋地附着林宛芝的耳朵说:

"陈市长!"

"谁?"林宛芝的眼光正在四面巡视,没有听清楚吴兰珍的话。

"陈市长,陈市长!"

这一次林宛芝听清楚了,她在寻找,低声问道:

"在啥地方?"

"主席台上。"

主席台上站着一排人,林宛芝一时急切看不清楚。她踮起脚尖,从朱瑞芳的肩头看过去,给前面黑压压一片人头挡着,还是看不大清楚。她回过头来,焦急地问吴兰珍:

"啥人是陈市长?"

"站在当中那个,胖胖的,满面笑容,你瞧,现在伸出手来接受史步云的总申请书了……"

林宛芝顺着吴兰珍的手指从人缝中望过去,果然看到了。她脸上露出惊异的神情:

"他不是带兵打仗的将军吗?看他态度那么和蔼,举止那么文雅,简直是个文人哩!"

"陈市长也是文人,他发表过许多诗,写得一手好字,做起报告来,经常引用许多中外古今的典故,可动人哩!"

"你哪能晓得的?"

"我在报上看过陈市长的报告。"

"哦!"林宛芝的眼睛里露出羡慕的光芒。

"你看错人了!"徐守仁在她们两人后面,插上来说了。

"我看错了人?"吴兰珍不服气地说,"我从来不会看错人的。"

"这回可看错了。"徐守仁懂得她话里还有别的意思,想到自己过去给她看不起,脸上露出羞涩的神情,也不好明说,只好忍下来了,还了她一句。

"这回怎么看错了?站在主席台上当中那个不是陈市长吗?"

"不是。"

"那是谁?"林宛芝听徐守仁肯定的口气,感到有些惊奇。她没有见过陈市长,不知道吴兰珍和徐守仁哪个说得对。

605

"你说！"吴兰珍也没有见过陈市长，见徐守仁说得那么肯定，不敢坚持，就问，"不是陈市长，是谁？"

"陈市长调到中央人民政府当副总理去了。"

"这个我知道。"吴兰珍说，"他还兼着上海市长哩，经常到上海来管工作哩。"

"可是陈市长今天不在上海……"

不等徐守仁说下去，林宛芝不耐烦地打断他的话：

"那么，站在主席台当中的首长是谁？你快说！"

"那是曹副市长，他给我们工商界青年做过报告。"

吴兰珍仔细向主席台又望了一眼，发现自己猜错了，站在那里，默默无言。

曹副市长接过史步云的总申请书，在上面签了字，盖了章，接着用洪亮的四川口音说道：

"我代表陈毅市长和上海市人民委员会在这里接受全市资本主义工商业者的公私合营的申请，并全部予以批准。从此，全市资本主义工商业全部实现了公私合营，走上了历史的新阶段。我们祝贺全市私营工商业者走上社会主义的光明大道！这是全市人民的胜利，是中国共产党革命路线的胜利，是全市人民的一件大喜事！"

宋其文站在潘信诚后面，听到曹副市长说出他蕴藏在内心的话，带头鼓起掌来，整个工业厅里爆发出清脆的欢快的掌声。曹副市长接着说下去：

"……今后我们工商业者应该在工人阶级的领导下，大家更加紧密地团结起来，继续做好改造中的各项工作，努力发展生产，改善经营管理，提高产品质量，降低成本；努力学习政治、业务和技术，充分发挥自己的专长，进一步把自己改造成为一个放弃剥削，自食其力的劳动者。我相信我们上海工商业者一定能够实现自我改造的任务,一定能够和全国人民一道来建设我们伟大的社会主义社会……"

曹副市长的讲话一完,马上把批准的总申请书递给史步云。史步云双手接回,心情万分激动。他把总申请书当众摊开,面向全场的人高高举起。狂风暴雨般的掌声,春雷一样的震荡着会场。人们都站了起来,各个角落不断发出激动人心的欢呼。

黄浦、老闸等七个区的工商联的报喜队分两路进入会场,走在黄浦区报喜队最前面的是童进和王祺,两个人高高举着手里的彩旗,嘻着嘴兴奋地穿过拥挤的人群。全场于是又一次发出欢呼,报喜队交叉地走过主席台前,在欢乐声中,仍然分两路慢慢走出了会场。

上海市工会联合会,上海市郊区农民协会,上海市手工业生产合作社联合社以及各民主党派和各人民团体代表发了言,接着马慕韩走上了主席台,叙述最近工商界兴奋而又愉快的心情,最后激动地说:

"我们在共产党和毛主席的领导下,在社会主义道路上已经迈进了一大步,今后还要继续前进,决不动摇!"

曹副市长用掌声欢迎他的讲话。潘信诚不等马慕韩走下来,马上迎上去,紧紧握着马慕韩的手,当着曹荻秋副市长的面,笑嘻嘻地对马慕韩高声地说:

"你说得好,你说得好,你把我心里的话都说出来了。"

"讲得不够的地方,请信老指教。"

"讲得太好了,我满意极了!"

马慕韩走下主席台,一霎眼的工夫,扩音机旁边就排成一条长龙,等待发言的队伍从主席台一直排到工业大厅的大门那里。这些人多半是工商业界的代表和他们的家属。林宛芝看到许多人排队发言,她也想去,但讲些啥呢?讲公私合营的好处?讲社会主义的幸福？讲个人的体会？这些都可以讲，但从啥地方讲起呢？在这么多的人面前，许多首长坐在上面，右边前面还有许多外宾，讲错了不是要叫人笑话吗？她克制着激动的心情，暗暗对自己说：

"还是不讲算了，不要出丑！"她凝神细听台上工商界代表和家属讲话，有的叙述自己喜悦的心情，有的拥护走过渡时期总路线的道路，有的祝贺社会主义改造的胜利。现在她感到讲话不是那么困难了，认为在这个庄严的时刻，应该上去把内心的话说出来，不说出来，心里不舒服，好像有啥物事堵在心口，要是不去排队发言，那个物事自己要从嘴里跳出来似的。她毅然站了起来，准备去排队，还没有走出去，她的左手给一只手拖住了。她奇怪地回过头去一看，朱瑞芳沉着脸，冷冰冰地问道：

"到啥地方去？"

"排队发言。"林宛芝小声地说。

"我也要发言。"朱瑞芳刚才看到林宛芝东张西望，看看主席台，又望望等待发言的队伍，已经猜出她的心思了。朱瑞芳觉得那些上台发言的人不过是出风头，瞎起哄，她根本不打算发言。但林宛芝要在大庭广众面前代表徐家发言，她却又不甘心。她拉住林宛芝坐下，说，"排队应该让我先去。"

"我先站起来的。"

"你是第几房？"

林宛芝给问得答不上话来，红润润的脸蛋顿时气得铁青，她忍住气，说：

"总有个先后，我先站起来的。"

"啥先后不先后？大太太不在，应该我去发言。"

"那你去好了。"林宛芝撅着嘴说。

"当然我去。"朱瑞芳稳稳坐在那里不动，生气地说。

林宛芝等了好半晌，台上有四个人发完言走下来了，朱瑞芳还是坐在那里纹风不动。林宛芝急了：

"你不去,我去。"

"我不去,你也别去。"

"许多家属都发言了,徐家没人发言不好。"

徐守仁暗中对母亲撅了撅嘴,那意思说:

"让她去好了。"

"有啥不好?"朱瑞芳不理儿子的暗示。

"这么大的喜事,应该去讲几句。"林宛芝鼓起勇气说。

"那么多人讲了还不够? 每家都讲,要讲到啥辰光?"

"再不讲,来不及了。"林宛芝焦急地说。

"来不及,正好。"

她们两人的声音越说越高,一个要去,一个不让。林宛芝不管三七二十一,霍地站了起来。朱瑞芳不含糊,也站了起来,一步跨到林宛芝面前,挡住她的去路,引得附近的人都望着她们,不知道发生啥事体。正在进退两难,吴兰珍把她两人都拉回到座位上,低声地说:

"你们两人都别去了,你看,姨父上台去了。"

她们两人抬头一看,徐义德果然站在扩音机的前面了。徐义德把套盒里的各行各业的申请书送到主席台上以后,他就坐在马慕韩的身旁,马慕韩的发言,给了他们很大的启发。这是千载难逢的绝妙时机。上海市资本主义工商业公私合营大会不但是空前的,而且是绝后的,并且全上海党、政、军的首长都在这里,各界代表人物全坐在会场里,各国领事也出席了会议,他这位工商界的头面人物怎么能够不讲几句话呢? 话都让马慕韩这些人讲完了,想讲点新的意见,一时又想不出来。他坐在那里,眼见排队讲话的人快完了,心头突突地跳,鼻尖的汗珠子不断地渗出,感到会场里热气腾腾,像是已经到了盛夏。他也来不及仔细考虑了,马上就走到等待发言的队伍里。不等他想好腹稿,他前面的几个人很快发完了言,他只好硬着头皮走上了主席台。他灵机一动,别出心裁,兴奋地说:

"我的心高兴得要从嘴里跳出来了,我太激动,我讲不清心里要说的话,也讲不完心里要说的话,我只好把它并成一句话,让我们大家高呼:谢谢共产党!谢谢毛主席!"

会场里工商界代表也跟着他欢快地喊叫,连成一片,一声高似一声,在欢呼中,会场左右的骑楼下面,又一支报喜队分两路进入了会场。一面一面红红绿绿的旗帜像是五色云彩似的从两边涌来,汇集到主席台前,把台上各行各业的申请书差点给遮盖得看不清楚了。绚烂的彩旗后面锣鼓喧天,人群像潮水一般的奔腾而来,走在最前面的是公私合营沪江纱厂工会主席秦妈妈,紧紧跟在秦妈妈后面的是工会副主席汤阿英。汤阿英穿着一身簇崭新的衣服,上身是紫红的对襟棉袄。下面是蓝色咔叽布的西式女裤,头发是新烫的波浪式的。她这身打扮,好像是喝喜酒似的。她站在彩旗下面,满面笑容,心里洋溢着一种说不出来的乐滋滋的味道。徐义德还没有发言的辰光,工人报喜队已经在外面集合。她和秦妈妈早站在工业大厅的大门那里等候了。她见人们排队发言,恨不能自己也跑进去排队,可是前面的人挤得一点空隙也没有,怎么也迈不开步子,等她随着人流涌到主席台前,她心口噗咚噗咚直跳,简直在那里站不住了,老盯着台上扩音机旁的一长列等待发言的队伍,恨不能跑到这支队伍的前面去,抓住扩音机,痛痛快快地把心里话都说出来。但台上的人仿佛永远说不完,一个接着一个,虽然讲的话不长,汤阿英在下面却等得十分焦急。轮到她上台发言的辰光,她站在扩音机面前,激动得竟然一句话也说不出来了。台上台下无数只眼睛望着她。她眼睛一动,挥动着胳膊,像是一面迎风招展的激动人心的红旗,把心中的千言万语归纳成三句响亮的

口号,大声高呼:

"社会主义万岁! 共产党万岁! 毛主席万岁! 万岁! 万万岁!"

她一个劲反复呼着这三句口号,会场里的人都跟着她一起欢呼,形成一个声音的巨浪,震撼着整个拱形的工业大厅,那横贯雪白屋顶的飞虹似的彩灯一闪一闪。站在会场四周的报喜队挥舞上千面的红旗,呼啦啦地飘扬。各个角落的锣鼓队登时一齐咚咚锵锵地敲打起来。会场里的人都站起来了,许多人干脆站到椅子上去了。潘信诚、宋其文和马慕韩这些工商界的巨头们把手里的帽子高高举起,不断摇晃,朱瑞芳和林宛芝同工商界家属们一道,摘下围在脖子上的印着各种花纹图案的彩色围巾挥舞,好像无数面的彩旗在人们头上飘扬。整个会场沸腾了,坚固的工业大厅仿佛也欢快地摇动起来了! 曹副市长笑嘻嘻地走到主席台前,向欢乐的人群不断挥手!

工业大厅外边的爆竹声响彻云霄。一轮红日高悬在蓝湛湛的天宇,白云快乐地一阵阵飘过。过往行人走到大厅那里都站了下来。中苏友好大厦前前后后挤满了人,马路上到处是满面笑容的人群,全上海的人民都沉浸在欢乐的海洋里。

六十

汤阿英一走到女工单身宿舍的门口,揭开白布门帘,管秀芬笑嘻嘻地把她迎了进去,边走边说:

"你选择这地方真好。董素娟她们这个房间的人,这礼拜都做白班,她把钥匙交给我了。"

"你不是要找个安静的地方谈吗?你怕人打搅,又怕人晓得,这地方正合你的心意。"汤阿英看两边重叠的床上没人,临窗放着一张长方形的三屉桌子,左右各放着两张小凳子,董素娟临走以前特地打了一壶热水瓶开水,还在两个玻璃杯里放了茶叶。

管秀芬泡了茶,送了一杯给汤阿英,说:

"先坐下歇一歇,喝口茶。"

汤阿英坐在小木凳子上,管秀芬也在三屉桌子那边的小木凳子上坐下。汤阿英喝了口茶,问道:

"你最近想得怎么样?"

那天,陶阿毛给抓到公安分局,管秀芬第一个离开工会办公室,无精打采地走出厂门口,不知不觉地向周家桥那个方向走去,看到苏州河静静地在流,才恍然想起走错了方向,怎么走上回家相反的道路呢?她掉转身子往回走,搭上公共汽车,赶回家,饭也没有心思吃,倒在床上,蒙头便睡。可是她哪里睡得着,虽然闭着眼睛,在动脑筋,思潮起伏,怎么也平静不下来。陶阿毛的事体,亲眼看见,这还有啥怀疑的?具体细节当时还不清楚,但没有犯罪,不会逮捕。何况还上了手铐,罪行一定严重,余静和汤阿英她们,在她心目中具有崇高的威信。她们亲自处理的事体,不会有错。陶阿毛究竟犯了啥罪呢?要是别人,她早跟着到工会办公室里面去了,这是陶阿毛,厂里人,特别是细纱间的人,谁不了解她和陶阿毛轧朋友不是一天了,在一些人眼里早在等候吃他们两人的喜糖了。她从未承认,但也没有否认过。少女羞涩的心情,使她不好意思走进工会办公室。她和陶阿毛的特殊关系,也叫她不能到工会办公室,影响他们谈问题,自己的地位也不好处。她只能和拥挤的人群一样,在办公室门外看事态的发展。没有多久,看到区公安分局的两个公安人员来了,走进办公室,她心头一愣,觉得形势不妙,预感到有啥不幸的事体要发生了。两个公安人员走出办公室,接着汤阿英出来了,她带他们到清花间去了。一部分群众跟着去了。管秀芬也跟着去了,她稍为安静一点,料想事体不一定像她预感那样。她看到汤阿英向公安人员指指点点,公安人员一边点头,一边四下观察,看看门口灭火器的位置,距离,又到机器旁边望望,并且拣了一块湿漉漉的熏得焦黄的棉花,放在鼻子面前一闻,然后又选了一块烧了一半的棉花闻了闻,手里拿着两块棉花,又在清花间四边望望,特别注意研究了清花间往来的大门,好像要从大门的路上发现谁的脚印似的。汤阿英领着两个公安人员边走边介绍当时情况,管秀芬只见她嘴动,却听不清说些啥。公安人员边看边点头,很少说话,观察得却十分仔细。

汤阿英领着公安人员看过现场,回到工会办公室,管秀芬也随着人群回到办公室门口,在等候里面的动静。

公安分局的一辆吉普车开到工会办公室门口,两个公安人员押着陶阿毛从里面走了出来。陶阿毛双手放在胸前,上了手铐。他先进了吉普车,随着公安人员也上了车,吉普车立即开走了。

陶阿毛和公安人员的面影在她眼前晃来晃去,她虽然闭着眼睛,躺在被窝里,仿佛也看得十分真切,丝毫不容怀疑。

第二天,她没有上班,请了病假,躺在家里发呆,往日少女的骄傲的笑容消逝了,伶俐的口齿沉默了,逞强好胜爱讨别人便宜的兴致丧失了。她变得多愁善感,像一个孤僻的人,怕碰见任何人,即使见到了人,她也不理睬。这个晴天霹雳给她的打击太沉重了,没想到陶阿毛是这样一个坏人,而她竟然爱上了他!她的美丽的理想破灭了!原来这不是理想,也不美丽,而是丑恶,羞耻,使她在别人面前抬不起头来!

她在家里整整躺了一天,啥地方也不去。可是不能老在家里躺下去啊,再不上班,细纱间的姐妹一定奇怪,管秀芬这个活跃的少女,怎么忽然生病不起床?假如来看她,发现她没有病,她怎么对人说呢,而且不能永远不到厂里去,不见那些人。她强打起精神,第三天,像往常一样,到细纱间做生活了。大家都关心她的健康,郭彩娣问她是不是真好了,身体不舒服,可以再休息两天。董素娟要她到厂里医务所去看一看,拿点药吃。张小玲叫她别上班,等病好了再来……这些热情的关怀使她十分感动。特别使她感动的是汤阿英。

汤阿英听说她来上班了,特地放下手里的事体,到车间来看她,摸摸她的额头,亲切地问:

"真好了吗?"

"真好了。"

"你不要担心厂里的生产,身体要紧,别病倒了,我看你脸色不好,有些苍白,精神也差,一定没有完全好,还是回去休息两天好。"

"我在家里待不住。我好了,可以上班了。"

汤阿英又摸摸她的额角头,看看她的舌苔,按了一按她的脉门,像个医生一样问这问那,使她几乎回答不上来,只是含含糊糊地说:"差不多,""没啥不舒服。"……汤阿英问她:

"胃口怎么样?"

"不想吃物事,也不晓得饿。"

"一定受了凉了,胃口不好,也要吃点,否则身体支持不住的。"

管秀芬轻轻点了点头。汤阿英走了,一转眼的工夫,却又回来了,手里拿着一包饼干,送给管秀芬说:

"你身体不好,一定不想吃油腻的物事,吃点饼干,清爽点。你要多注意身体,别累坏了。有事,随时可以找我,想回家休息,我可以给你请假。"

汤阿英这样对她关怀,又这样热情亲切,如同她的亲姐姐一般,使她心里感到温暖,得到无上的安慰。她以为细纱间的姐妹一定看她不起,没想到大家对她这样关怀,特别是汤阿英这位工会副主席真是关怀到无微不至。她要努力做好记录工作来回答汤阿英她们热情的关怀。

约莫过了一个礼拜,汤阿英找管秀芬到工会办公室谈谈,告诉她陶阿毛的问题十分严重,组织上掌握他的材料很多,嫌疑极大。

管秀芬听到后来,简直不相信她的耳朵了。这太可怕了。她以为这是不可能的事,但这是汤阿英亲口对她说的,她亲耳听见的。顿时一副杀人不眨眼的青面獠牙的丑恶的凶相在她面前出现,这就是那个满面笑容,态度和蔼,待人热情的陶阿毛吗?一张画皮,两副面孔。她过去看到的是画皮,现在看到的是真相,是陶阿毛的本来面目,一股阶级仇恨的激流从她心田涌起,恨不能抓住陶阿毛把他打个皮开肉绽!她气得脸色铁青,牙齿咬着下嘴唇,悔恨交织在一起,啮着她的少女的心房。半晌,她的嘴里才迸发出一句话来:

"我上了他的当了!"

"像陶阿毛这样的坏人,在我们工人队伍里隐藏很深,不是短时间可以发觉的。他用各种伪装迷糊我们,用甜言蜜语欺骗我们,用小恩小惠拉拢我们,还用伪装进步,工作努力麻痹我们,一时对他的面目认识不清,并不奇怪。我最初也只是觉得他的形迹可疑,言语出奇,对人无缘无故亲近,而且热情过分,好像有啥不可告人的目的,一时又抓不到他的把柄。我向余静同志和秦妈妈汇报了。余静同志站得高,看得远,她早就察觉他的行动诡秘,虽说他很积极,但都是假相,暗中注意他,没有对群众讲。她向区里做了汇报,杨健同志也知道了。"

"陶阿毛这个坏蛋落网了,真是大快人心。"

"他的面目还没有完全暴露,他的罪恶活动要进一步调查。"汤阿英事先了解管秀芬的家庭情况,她的历史是清楚的,她和陶阿毛往来,根据群众的反映,也只是轧个朋友,希望将来结婚,没有发现其它问题。她可能了解陶阿毛一些情况,但在陶阿毛假相的掩盖下,当时不容易看清。汤阿英现在把陶阿毛的画皮揭开,让她看清陶阿毛的真正凶恶面目,好帮助她回忆陶阿毛过去一些活动的真正目的。汤阿英说:"你和陶阿毛比较接近,可以回忆回忆,向组织上揭发陶阿毛的罪恶。"

"好的……"

管秀芬正要说下去,郭彩娣走了进来,一见管秀芬安稳地坐在写字台旁边,闷声不响,便高声说道:

"今天怎么老老实实坐在这里?"

"我啥辰光不老实?"

"表扬你,又不高兴。"

管秀芬觉得郭彩娣在刺她,便顶了一句:

"我不要你表扬,我也没啥值得表扬的!"

"老虎的屁股——摸不得!"郭彩娣嘻着嘴,笑了笑。

汤阿英问郭彩娣有啥事体。郭彩娣见汤阿英在和管秀芬谈话,料想有要紧的事体,她说:

"没啥重要事体。就是余静同志快和杨部长结婚了,我们集体送点啥礼物好,想和你商量商量。现在你有事体,你们谈吧,我明天再来找你。"

"你先想想送啥礼物好,明天我们再商量。"

郭彩娣拔起脚来走了。管秀芬觉得在郭彩娣面前抬不起头来,认为她的话里含意很深。郭彩娣说话无心,管秀芬听话有意!为啥说她老实?不是因为她的男朋友陶阿毛出事了吗?老虎的屁股摸不得,又是啥意思呢?分明是讽刺她啊!墙倒众人推,轧了一个坏蛋男朋友出事了,她也跟着倒霉,受人的脚板气。要是在过去,她绝不让郭彩娣这样轻易走掉。汤阿英见她低头不言语,问她:

"你在想陶阿毛有哪些罪恶活动吗?"

管秀芬未置可否地"唔"了一声。她这时认真地回忆认识陶阿毛的经过,一幕一幕过去的情景慢慢在她眼前展开:觉得没有啥重要事体可以揭发的,她内心焦急。她和陶阿毛确实比较接近,能够对汤阿英一口回绝吗?说不晓得陶阿毛有啥罪恶活动吗?她自己也不相信。但一时又急切地想不出来。正在她为难的辰光,赵得宝走了进来,通知汤阿英半小时以后到余静那边去参加党委扩大会议。赵得宝走了,她觉得时间短促,工会办公室来往的人又多,就向汤阿英要求道:

"让我回去好好想一想,改一天再谈,好哦?"

汤阿英点点头,管秀芬要求道:

"下次谈,最好找个僻静的地方,免得有人打搅。"

汤阿英也同意了,约她今天在女工董素娟的房间谈。管秀芬那天回家以后,确实不断在想她和陶阿毛往来的情况,感到有些可疑的地方,旋即又推翻自己的想法,一时分不清究竟有没有问题。她今天跨进女工单身宿舍的门,这个问题还没有解决,等到汤阿英问她"你最近想得怎么样?"便毫不掩饰地道出她内心的焦虑:

"想是想了,有些事体一时也弄不清有没有问题……"

"陶阿毛这人十分狡猾,很会伪装。他的一举一动不容易马上发现问题。否则,他的真正面目早就暴露了。你先把事体摆出来,他对你说过的话,做过的事体,全掏出来,慢慢再分析,就可以看清爽哪些没问题,哪些有问题。"

"你要多多帮助我分析。"

"这是我的责任。"

管秀芬谈了和陶阿毛认识往来的经过,汤阿英认为绝大多数都是男女之间谈情说爱的一般事体,陶阿毛曾经告诉管秀芬四句仙诗却吸引了汤阿英的注意,她问:

"这四句仙诗啥内容?"

"让我想一想,"管秀芬记忆力强在细纱间是出名的。她做记录工,车间姐妹每人的生产数字,用不着查看记录,她可以信口说出,丝毫不差。她说,"是这四句:'草头将军不出世,社会永无安宁日。一九五二年,应该改皇元。'陶阿毛说,这是扶乩扶出来的乩训。他听别人说,乩训十分灵验,但是他不相信这一套鬼话,他相信马列主义和毛泽东思想。"

"你啥辰光听他说的?"

"一九五二年三月间五反运动刚开始不久。"

"他怎么给你谈起的?"

"他说社会上传说很多,问我听到过四句仙诗没有,便把他听到的乩训告诉我了。"

"在啥地方对你说的?"

"在中山公园动物园前面的大树下面,我们两人坐在一张长椅子上谈的。"

"我爹对我说过,他在无锡乡下也听到过这四句仙诗,是地主儿子朱筱堂传播出来的;在上海,陶阿毛这些坏人就对你传播,都是一个来源。敌人利用迷信,制造谣言,煽动人心,梦想推翻我们人民民主专政,复辟资本主义。一九五二年早过去了,现在是一九五六年了,时间也证明这是谣言。他向你传播谣言,别人说十分灵验,叫你相信,而他又不相信,让你不怀疑他,这是他的遮掩手法。"

管秀芬脑筋里弄不清爽陶阿毛的假相,汤阿英的精辟分析使她头脑立刻清醒,认识到这四句仙诗不是随便聊天,而是陶阿毛有意传播灌输。管秀芬提出厂里生活难做的辰光,陶阿毛曾和她议论过各个车间姐妹的情况,她也和陶阿毛谈过对筒摇间谭招弟、徐小妹她们不满的情绪。汤阿英想起那次厂里生活难做各个车间闹不团结的景象,深思地说:

"陶阿毛是保全部的工人,应该负责保养机器,为啥忽然议论各个车间姐妹的情况?你想过没有?"

"我以为随便聊天。"

"他和你出去白相,谈恋爱,为啥要议论厂里的事体,没有他的目的吗?"

管秀芬心头一愣,说:

"我当时确实没想到这一层。"

"那次各个车间闹不团结,组织上早就发觉有人从中挑拨,搬弄是非,破坏工人的团结,其中就有陶阿毛的黑手。秦妈妈对我说过,不过没有点出陶阿毛的名字,看来余静同志和秦妈妈她们早就了解了,只是辰光没到,没有说出来。"

"这么说,我也被利用了?"管秀芬后悔上了陶阿毛的当还不知道。现在看到,那次各车间姐妹不团结,她还有些责任哩。她对陶阿毛更加仇恨。

"你当时不了解陶阿毛这个坏人,年纪又轻,正在谈恋爱,有的地方不知不觉被他们利用是难免的。"

"他曾经鼓励我加入共产党,要我创造条件,争取做个共产党

619

员。"管秀芬见汤阿英对她谅解,思想上顾虑也少了,大胆地说,"他也想入党。因为他当过国民党时代的伪工会副理事长,他说,组织上一时对他也许不了解,其实他和国民党反动派没啥关系,可能暂时入不了党,但他无论如何要努力争取入党。我不晓得这里有没有问题。"

"看来可能有问题。他大概想打入我们党里,隐藏深些,进行阴谋活动方便些,欺骗性也就大了!他又怕入不了党,想通过你的嘴,向组织上反映,他和国民党反动派没有关系,然后取得组织上的信任,慢慢混到党里来。这是一条毒蛇。"

"为啥劝我入党呢?"管秀芬有的地方还想不通,她说,"他思想表现很进步,还说什么最好两个人都入了党再结婚,就是双喜临门了。"

"这也是他的欺骗手法,使你看不出他的罪恶目的,他估计自己一时不能入党,你先入党,通过你,可以了解党内的情况,……"

不等汤阿英说完,管秀芬忍不住脱口叫了一声:

"啊哟!这实在太毒辣了,太可怕了,差点上了他的大当!我打了入党申请的报告,幸亏党组织没有批准,否则……"

"组织上了解你和陶阿毛的情况,这方面你不要担心,也不要顾虑。你想想,陶阿毛和你往来,还有啥可疑的地方?"

管秀芬歪着头仔细在想,望着窗外蓝湛湛的天空。白云在缓缓地移动,微风轻轻吹着挂在门口的白布门帘,传来车间里机器转动的音响。这里离厂房较远,机器轰轰巨响传到宿舍,虽然已经低微了,凝神听去,却相当清晰。她说:

"现在想不起来还有啥可疑的地方。"

汤阿英肚里装着许多可疑的问题。她从机器声里想到工人同志正在车间紧张地劳动,想到工人对资本主义工商业进行社会主义改造的高涨热情,想到工人的生活,想到过去厂里所发生的一些

重大事件,问道:

"那次工人中毒,你为啥没有中毒?"汤阿英有意装作不知道其中原因,问她。

"我没在饭堂里吃饭。"

"你到啥地方吃饭去了?"

"我到外边小饭馆里吃饭了。"

"为啥那天想到小饭馆吃饭呢?"

"想调调味儿。"

"是你一个人去吃的,还是和啥人一道?"

"和陶阿毛一道。"管秀芬信口说出。

"是事先约好的,还是临时碰见一道去的?"

管秀芬觉得奇怪,汤阿英当上工会副主席,管得真宽,连她和谁吃饭也要查问,问得这么仔细,但也不好不回答。如果她不是工会副主席,真要给她碰一鼻子灰。管秀芬坦然地说:

"头天约好的。"

"头天约好的,"汤阿英深思了一阵,问,"吃饭谈了啥?"

"他说厂里饭堂的饭菜老一套,多吃了要倒胃口,说以后要常约我出去上小饭馆。"

"以后你们常到小饭馆去吃饭吗?"

"他很忙,以后很少上小饭馆吃饭。他说在外边吃饭花钱多。结了婚,在家里烧几样心爱的小菜吃,比较实惠。"

"所以你和陶阿毛那次都没有中毒?"

"是的,"管秀芬经汤阿英这么一问,猛然感到这里面是不是有啥问题,惊慌地说,"吃顿饭也有问题?"

"不是吃顿饭有啥问题,但是你提供了一个非常重要的线索。"汤阿英见她一时想不起重要的事体,就说,"今天谈得很好,你向组织提供许多情况和线索,很有价值。如实地把它整理写了出来,交给组织,好哦?"

"好的,好的。"

"你想到啥新问题,随时可以到工会来找我。那时我们再谈。"

"我现在就写?"

"好的,写好了就交给我。"

管秀芬征求汤阿英的意见:

"我就在这里写,比较清静,好哦?"

汤阿英点点头,走了。管秀芬一个人留在女工单身宿舍里,从临窗三屉桌里找出了几张白纸,平铺在桌上,一边想,一边低头在写……

六十一

杨健手里捧着一个景德镇出产的雪白底子的粉红菊花的瓷碟子,里面放着红红绿绿的各色各样糖果,他走到赵得宝面前,笑嘻嘻地说:

"吃点糖!"

"我平常不大吃糖,可是你的喜糖不能不吃。"赵得宝从碟子里挑了一块用金黄色纸包着的蜜蜂奶糖,剥开了,边吃边说,"这是高级糖,很好吃。"

杨健走到严志发面前,说:

"你来一块。"

严志发取了一块稻香村的桂花松子糖,含在嘴里说:

"这糖又香又甜。"

杨健正要向钟佩文那边走去,半路上给钟佩文阻止住了,笑着说:

"新郎倌太累了,我们都是自家人,你不要一个一个面前送了,我们自己动手吧。"

他拿了一块奶油咖啡糖,一边剥着彩色玻璃纸,一边向坐在杨健喜房里的客人扫了一眼,说:

"你们赞成吗?"

郑兴发坐在靠喜床的长靠背椅上,走上去,拣了一块核桃软糖说:

"赞成,赞成!"

管秀芬在近门的小皮椅子上默默地坐着,她站起走到杨健面前,从碟子里拿了一块银色薄纸包着的杏仁巧克力,不声不响地回到小皮椅子上坐下,掰一小块吃。郑兴发见杨健站在卧房当中,让大家到他面前拿糖,也怪累的,他说:

"杨部长,你把碟子放在小圆桌子上,让大家拿,你还是坐到床上歇歇吧。"

卧房当中放了一张乳白色的小圆桌子,上面铺了一块彩色织锦。四边水绿色的穗子微微飘动。彩色织锦上面给一块圆玻璃压着,玻璃下面有一幅剪纸,大红双喜字。这是汤阿英的杰作。小圆桌子和彩色织锦是细纱间郭彩娣她们和汤阿英集体合送的礼物。杨健听从郑兴发的建议,把碟子放在小圆桌子上,一屁股坐在郑兴发和钟佩文之间那张空椅子上,马上被钟佩文拉了起来,指着喜床说:

"你的位子在那边,请坐过去。"

杨健站在郑兴发旁边,望着坐在床边的余静,迟疑地不愿意走过去。张学海从小圆桌子那边抓了一块橘子水果糖,含在嘴里,说:

"快坐过去吧。"

杨健没走,有点不好意思。钟佩文看余静脸上堆着愉快的笑意,可是一言不发,他有意逗趣:

"杨部长不去,是不是等我们欢送?"钟佩文望了大家一眼说,"我们鼓掌欢送。"

管秀芬跟大家一道鼓掌,杨健今天竟然变得有点腼腆,忸怩地站着不动。赵得宝凑趣地说:

"杨部长不去,大概等余静同志欢迎吧。"

余静微微低下了头。赵得宝说:

"别不好意思,欢迎吧。"

余静的头更低了,笑意也隐藏下去了。严志发对管秀芬说:

"请你代表我们催促余静同志表示欢迎。"

管秀芬刚站起来,正要准备向床边走去,给杨健止住了。他看余静的头低下去,含羞地沉默着,如果管秀芬一催促,可能更加狼狈,他大大方方走到床边,坐在余静左边,看钟佩文还要怎么摆布他。钟佩文果然提出了新的花样经:

"现在请杨部长报告和余静同志谈恋爱的经过,好哦?"

"好。"这是张学海的欢呼声。

"我也赞成。"郑兴发说。

"没啥好谈的。"杨健腼腆地说,"我们原来就是亲戚,有些往来,双方同意,就结婚了。"

"这样应付了事,不行!"钟佩文对大家说,"你们说,是哦?"

"这样不行。"赵得宝也觉得杨健谈得太简单了,说,"要详细报告恋爱经过。"

"对!要详细报告。"张学海说。

"我晓得你们是亲戚。袁国强同志给我说过,戚宝珍同志和余静同志是姑表姐妹,杨部长是余静同志的表姐夫。"严志发这位庆祥纱厂的老工人,是袁国强的好朋友,自从袁国强到庆祥纱厂清花间做生活,他们就认识了,几乎无话不谈。他不满意杨健随便应付几句过去,说,"表姐夫和表妹怎么谈恋爱的,给我们详细报告报告。"

"实在没啥好谈的,经过就是比较简单。"杨健那张伶俐的嘴,善于选用准确的语汇和美妙修辞,逻辑性十分严密,语调非常流畅,条理分明,每次讲话都具有极强说服力,可是目前处在新郎倌的地位,说话却显得有点笨嘴笨舌了。

"我们不相信。"钟佩文俨然是大家的代表,向杨健提出了异议。

"你和余静同志结婚,总要谈谈恋爱的,不会那么简单。"管秀芬坐在门口,一直没吱声。她今天和钟佩文一道来参加婚礼,心中感到又是羡慕,又是悔恨,还多少有点嫉妒。她和陶阿毛谈了那么长时间的恋爱,差不多双方都在考虑结婚的问题,突然发觉陶阿毛是个坏蛋,实在叫她伤心。杨健和余静这一对理想的夫妻,婚后生活一定愉快幸福,而她却上了陶阿毛这个坏家伙的当。幸好钟佩文一直忠心耿耿地追求她,她过去对他那样冷淡和疏远,设法和他保持一定的距离,现在感到内疚,觉得对他不起。一时虽然还转不过弯来,不好意思主动和他接近,但只要他有啥要求,或者有啥暗示,她都不声不响地满足他的希望。今天钟佩文约她一同来,她立即同意了。她对于杨健和余静怎么谈恋爱,怀着浓厚的兴趣。她接着说道:"有人谈了很久恋爱也没成功,你们一谈就成功了,并且是一对十分理想的伴侣,为啥不肯给我们报告报告呢?你不报告,是不是要余静同志报告?"

"余静同志报告,我们也欢迎。"郑兴发一边鼓掌,一边大声嚷嚷。

"杨部长先报告,"赵得宝是余静的老战友老同事,心里总想法保护她,锋芒对着杨健,说,"余静同志再补充。"

"余静同志先报告,杨部长补充也行。"钟佩文一个也不放松。

余静见钟佩文和管秀芬一唱一和,不仅"将"杨健的"军",而且把锋芒转到她头上来了。她眼睛一动,想了个主意,说:

"我们的经过确实简单,不像你们年轻人,小钟和小管恋爱的时间很长,内容一定丰富,你们给大家报告一下,比我们的有兴趣的多了!"

余静这一番话,一箭双雕,钟佩文正在想哪能抵挡,管秀芬的脸刷的一下绯红了。她羞涩地站了起来,悄悄地溜到后面的余妈妈的房间里去了。

杨健和余静准备结婚,中共长宁区委员会又分配了一间房子给他们,余妈妈带着小强搬了进去,珍珍和她们住在一起。刚才杨健他们接待长宁区委和区人委贺喜的客人,沪江纱厂来的一些女客有的到余妈妈的房间来了,巧珠奶奶带着巧珠和小海吃完中午饭,就匆匆忙忙赶来,帮助余妈妈收拾准备。等到下班,沪江厂的职工陆陆续续闻风而来,走了一批,又来一批,川流不息。巧珠奶奶今天的兴致很高,她第一次到杨健家来,又是第一次见到厂里这么多的人,特别是参加杨健和余静结婚的盛会。她一再向余妈妈祝贺:

"余妈妈,你好幸福,找了杨部长这样的好女婿,貌相好,人品好,又能干,又有才学,又是领导,真是十全十美。"

"杨部长不但是长宁区委统战部长,还是区委常委,区人民政治协商会议的副主席。他贯彻执行党中央和毛主席的无产阶级革命路线和政策十分坚决,阶级斗争经验非常丰富,是我们区里的领导干部。"张小玲知道巧珠奶奶不了解杨部长在区里担负的重大责任,特地说给她听,"余静同志现在是中共公私合营沪江棉纺厂委员会的书记,又是公方代表,又是沪江的副厂长;两位老革命老干部结合,互相帮助,为社会主义革命和建设的贡献一定会更大。"

"小玲,你不说,我还不晓得哩,原来杨部长和余静做了这么大的官,余静管全厂的事,杨部长管全区的统战工作,可不简单,实在是太好了。"巧珠奶奶笑得眼睛眯成一条缝了。

"余静同志和咸宝珍同志是姑表姐妹,杨部长和余静同志还是亲戚哩。"秦妈妈把巧珠搂在面前,高兴地说,"现在是亲上加亲,更加亲啦!"

"你不提,我倒忘了。"张小玲补充说,"好上加好,亲上加亲,真是双喜临门!"

"余妈妈真是好福气,生了一个好女儿,又有了一个好女婿!"

627

巧珠奶奶向余妈妈拱拱手,说,"恭喜恭喜你啦!"

"全靠党的培养。"余妈妈对秦妈妈说,"余静这孩子和杨部长结婚倒是很好,互相都有帮助,这桩事体,我要好好谢谢你。"

"是呀,要谢谢媒人!"郭彩娣大声说,"你怎么谢谢媒人呢?到老正兴摆一桌席,请我们做陪客?"

"现在不时兴这一套了,不叫媒人了,叫介绍人,也不请介绍人吃酒席,彩娣,你还是旧脑筋。"汤阿英一边拍着小海的小胳臂,一边说,"秦妈妈,是哦?"

"我连介绍人也够不上,他们两人认识比我还早呢。"

"秦妈妈,你太谦虚了。"谭招弟急着说,"我听阿英讲,有次余妈妈请杨部长吃饭,提到这桩事体,杨部长不表态,很难谈下去,不是你帮忙,恐怕我们今天还吃不到喜糖呢!"

那天杨健在余妈妈家吃了饭,婚事没有谈妥。余妈妈想再请杨健吃顿晚饭,余静坚决不愿意参加,而杨健也说最近区委工作繁忙,没有时间,暗暗拒绝了。本来,余静下班有空,常到杨健家里去看看珍珍,杨健有空也曾带珍珍到余妈妈家来白相。吃了那顿饭以后,余静纵然有空,也不去看珍珍了,杨健也避免到余妈妈家里来,两个人比过去反而疏远了。厂里有啥事体,或者区里统战部里有啥会议,两个人不得不碰到,也是公事公办,办完就走,不谈一句私人方面的事体。这时急坏了余妈妈,她认为他们两人如果结婚是最完满也最理想的。余静没有拒绝,杨健没有反对,可是也没有表示同意,老捏不拢。余妈妈亲自找杨健想深谈一次。可是他确实很忙,不仅在区委统战部办公室里找他的人很多,回到家里,区委和区人委也有事找他。她最初感到不好开门见山谈这桩事体,从别的事谈开去,刚谈到正题,区委一个电话把他找了去。有回谈到正题,他却把话题岔开,使她没法说下去。余妈妈于是要求秦妈妈帮助。秦妈妈勇敢地接受了这个重要而又艰巨的委托。她先摸清余静的底,余静表示要等对资本主义工商业进行社会主义改造这桩国家大事体办了,再考虑个人的事,实际上同意了。秦妈妈心中有数,她常到杨健宿舍去,照顾珍珍,问寒问暖,给珍珍洗洗补补,等杨健回来,随便谈了两句,却不提婚事,便走了。她去的次数多了,同杨健和珍珍熟悉了,也摸清杨健的生活规律和他的脾气,从家务事以及珍珍需要有人照顾谈起,一直谈到他应该早点结婚,对他的工作和家庭都有帮助,对珍珍教育成长也有人关注。他认为这是一个需要解决的问题,目前工作太忙,党和政府委托他的任务十分重大,一时还没有时间考虑和进行私人方面的事体,找个理想的对象也不容易。她立即提出余静。他说,他了解余静的心情,经常怀念壮烈牺牲了的袁国强同志,一时不准备结婚。他理解她的心情,也尊重她的感情。而戚宝珍的面影常常在他眼帘前面出现,他一看到珍珍,就想念起他的亲密的伴侣和战友。秦妈妈表示完全理解和同情他们两人的心情和感情,两人先后丧失伴侣已经好几年了,现在两人都还年轻,双方子女也需要慈祥和严谨的父母教养。杨健最初不愿意表示态度,还有个顾虑,就怕一答应,余妈妈就催办。他理解老人的心情,自己既不想早办这桩事体,那时也不好按着自己的心意拖延。他了解余静的打算正和他一样,便同意了。这一次秦妈妈和他谈到深夜,双方一点也不感到疲乏,却非常兴奋和愉快。秦妈妈把好消息带给余妈妈,余妈妈高兴得一宿没有睡好,认为了却一桩心愿,办了余静的终身大事,她的心就安了。

有一段时间,杨健和余静表面上疏远了,但是他们的心灵却靠近了,比过去更加亲密。秦妈妈在他们两人心灵之间搭起了一座金桥,两人的思想和真挚的感情交流在一起了,又像过去那样经常往来接触。而且更加频繁,谁也没有提起结婚的事,但大家含情脉脉地朝着结婚的道路上甜蜜地走去。全市敲锣打鼓大合营以后,秦妈妈就给他们张罗,准备结婚,消息逐渐传扬开去,厂里职工们盼望大喜的日子早一天到来。秦妈妈和他们两人商量,选择厂礼拜的前夕。热热闹闹,谁也不担心第二天上班。第二天是星期六,区委统战部工作不多,区委又批准杨健结婚假期,他也不必发愁影响工作。

汤阿英把秦妈妈帮忙的经过给大家介绍了一番,然后对秦妈妈说:

"他们认识得是比你早,但那辰光是亲戚,这回是谈恋爱,你两头跑来跑去,把他们的思想感情弄通了,终身大事谈妥了,你这个介绍人功劳不小啊!"

"今天我们吃上喜糖,大家都要谢谢秦妈妈。"郭彩娣捧着一碟子喜糖,送到秦妈妈面前,笑着说,"媒人应该多吃点,至少要吃双份。"

秦妈妈摇摇手,说:

"老了,牙齿坏了,不敢多吃糖,你代我吃吧。"

"无功不受禄。我没帮上忙,不能代媒人吃喜糖。"

"彩娣,又说媒人媒人了,不是告诉你,应该叫做介绍人吗?"汤阿英严肃地指出。

"我这个旧习惯,一时改不过来,你提醒我,很好很好,我不能代介绍人吃喜糖。"

"你不肯代,就算我送你的吧!"秦妈妈拣了两块桂花软糖,放在郭彩娣手里。

"我不吃,我不吃,"郭彩娣边说边摇手。

这时,管秀芬从杨健他们那边悄悄走进余妈妈的卧房,见余妈妈屋子里很多客人,不了解郭彩娣她们在谈论啥,便信口刺了郭彩娣一句:

"嫌喜糖不好吗?"

"这么高级的喜糖还嫌不好吃,你把我当成啥人哪?"郭彩娣看见管秀芬在董素娟旁边的一张空椅子上坐下,便把话题转到管秀芬头上,质问道:"为啥这么晚才来?和小钟到中山公园谈恋爱去了吗?"

"早来了,我们在杨部长卧房里闹喜房,可热闹哩!"管秀芬机警地把话题很快转到杨健身上,"大家要求杨部长和余静同志报告恋爱经过……"

"区委的客人呢?"秦妈妈她们因为喜房里原先坐满了区委的客人,她们就到余妈妈的卧房来,她关心地问。

"区委的客人都走了,现在全是我们厂里的人,老赵和郑师傅他们在那边。"管秀芬说。

"那好哇!"谭招弟霍地站了起来,说,"我们快去吧!听他们报告恋爱经过。"

"马上就去!"第一个赞成的是徐小妹,她拉着董素娟拔起脚来就走。

大家都到杨健和余静的喜房里,最后走进去的是巧珠奶奶和余妈妈。巧珠奶奶看到喜房里洋溢着一片红光和金光,使她看得眼花缭乱。双人床上铺的是一床粉红色的大方格子的床单,上面放着两床红绸面子的棉被和一对水红色的枕头,左上方绣的是一对展翅齐飞的燕子,右下方是几根稀疏的翠绿的柳条,显得雅致而富有诗意,双人床的斜对面的墙角落那里,添置了一口高大的淡红色黄杨木衣橱,从左边长长的穿衣镜里看得见靠着鹅黄色墙壁放着一张小八仙桌,铺着一张金黄色图案的府绸台布,给一块玻璃压着。桌子上放着许许多多小礼物:一对花碗,两双筷子,一个小圆镜子。一对枕套……特别令人注目的是用绿色绸带子扎着的红皮金字两卷集《马克思、恩格斯文选》,用红色绸带子扎着《毛泽东选集》,白色封面上五个金字"毛泽东选集"闪闪发光,挂在卧房当中的吊灯,把整个屋子照得光芒四射,喜气洋洋。

大家都坐了下来,把喜房挤得满满的,只是双人床前面还有一些空地方,杨健仍旧和余静并排坐在床沿上,笑嘻嘻招呼客人一一坐下,谭招弟等了一歇,见杨健没有开口,她便催促道:

"杨部长,小管约我们过来,听你报告和余静同志恋爱的经过,人都来了,快说吧。"

"先吃点喜糖吧。"余妈妈指着小圆桌上的碟子说。

没有一个人去拿糖吃,只是珍珍像个小主人似的,送了一块核桃巧克力给巧珠,送了一块桂花皮糖给小强,小强也挑了一块椰子糖给珍珍,他们分别依在奶奶和好婆的怀里,吃着糖,一对对小眼睛滴溜滴溜地望着大人,静静地听大人们在谈笑。

杨健开口了:

"刚才已经报告过了。"

"真的吗?"董素娟不相信。她怀着浓厚的兴趣,想听听他们谈恋爱的经过。她这个年轻的少女,还没有尝过恋爱的滋味,觉得十分奥妙,无限神秘,极想听听。她问赵得宝:

"老赵,杨部长报告过了吗?"

"确实报告过了。"

"给我们再报告一遍。"谭招弟说。

"请杨部长快讲!"郭彩娣号召大家和她一同要求。

杨健沉着应付,等要求的呼声低下去,他慢吞吞地说:

"要我再讲一遍也可以,但你们一定会失望的。不信你们可以问问郑师傅和小钟。"

钟佩文在大家进来坐定之后,他一直坐在小八仙桌旁边没有吭气。他正愁和管秀芬的关系,陶阿毛的案子未了,管秀芬的态度虽说比过去有很大的转变,但还不十分明朗,他的婚事一时也定不下来,心中十分烦闷。杨健一提到他,便应声道:

632

"他们恋爱经过确实很简单。"

谭招弟想：怪不得钟佩文这个全厂著名的活跃分子坐在一旁沉默不语哩！原来报告的恋爱经过简单平淡，没有引起他的兴趣，当然不愿再听了。她就转向余静进攻：

"杨部长报告的简单，那么，请余静同志讲。"

余静坐在床沿上，圆圆的面孔泛着红潮，腮巴子上那两个小小的酒窝显得红艳艳的逗人喜爱。刚才杨健报告完恋爱经过，余静没有补充。钟佩文想从余静的嘴里听到一点恋爱的细节，他兴致勃勃地提高嗓子说：

"大家现在要求余静同志补充报告恋爱经过，好哦？"

大家用热烈的掌声响应他的号召，杨健看到余静陷在大家重重包围之中，羞答答地低下了头，他急中生智，想了一个主意，转移大家的注意力：

"我们的恋爱经过确实没啥好听，不如我来给你们报告一个好消息，很有意思，你们愿不愿意听？"

"愿意听，愿意听，"赵得宝暗中支持杨健，他不愿意再要杨健报告恋爱经过，但是青年人对这方面有兴趣，大家高高兴兴，热热闹闹，他只是客人当中的一个，又不好向青年们头上浇冷水。

郑兴发和赵得宝的想法一样，他接着说：

"啥个好消息？"

"关于公私合营沪江棉纺厂的……"

"我们愿意听，"秦妈妈了解杨健和余静恋爱的详细经过，不像少男少女那样，知道没啥好谈的。她一听是关于沪江的，她的兴趣来了，说，"快给我们说吧。"

大家的视线都集中在杨健的身上，只是余静仍旧微微低着头，但她十分关心沪江的事体，侧着耳朵，在凝神谛听杨健说：

"陶阿毛的问题基本弄清楚了，昨天下午区公安分局局长向区

633

委做了专题汇报,沪江纱厂多年的疑案,现在一一弄清楚了。解放初期,生活难做,工人内部闹不团结,主要是陶阿毛从中挑拨离间。厂里那次中毒事件,是他亲手在菜里放的毒。他散布谣言,蛊惑人心,说啥一九五二年,应该改皇元,现在早已是一九五六年了,他的黄粱美梦破灭了。党中央和毛主席提出党在过渡时期总路线,他痴心妄想破坏,但是人心所向,大势所趋,破坏不成。徐义德和整个棉纺业都申请公私合营了。他等待不及了,就用煤油浇在棉花上,火烧清花间,企图把沪江烧成灰烬,恰巧被汤阿英同志及时发现了,扑灭了这场大火。他放火不成,见汤阿英同志不顾性命去救火,又想用灭火器砸死汤阿英,这样可以让火蔓延开去,同时又可以灭口。陶阿毛举起灭火器正要向汤阿英头上砸去,在这千钧一发的危险时刻,应该退休的老工人,我们的郑师傅提前上班,看到这凶恶情景,大喝一声,制止了。你们看多么危险,幸亏汤阿英和郑师傅,否则沪江早完了,汤阿英完了,你们也不能在沪江做生活了!……"

大家用感谢的眼光望着汤阿英和郑兴发;汤阿英的英勇的高大形象在人们心中升起。郭彩娣非常敬仰汤阿英,也钦佩郑兴发,她赞扬道:

"你们两人立了大功啦!"

"陶阿毛这人太可恶了!"谭招弟气愤地说,"表面上看去,他工作积极,为人和蔼,热心帮助别人,原来一肚子的男盗女娼!"

"人面兽心。"徐小妹同意谭招弟的看法。

管秀芬听杨健说陶阿毛的情况,她靠门坐着,脸上红一阵白一阵,心里忐忑不安,聚精会神地听下去,希望了解陶阿毛究竟是个啥人,但又希望不是她所预料不到的那种坏人。杨健接着说:

"陶阿毛不只是在工人当中活动,他还勾结资方,暗中和梅佐贤往来,泄露给他工人内部的一些事体和工会领导历次运动的情况。区公安分局向梅佐贤了解,陶阿毛的口供和梅佐贤交待基本一致……"

"陶阿毛竟然是个工贼!"谭招弟脱口说出,"真没想到!"

"他还是资本家的走狗!"严志发说。

"梅佐贤和陶阿毛是相互利用,一定是徐义德在幕后指使的。根据公安分局掌握的材料看,还没有发现他们之间有其它关系,陶阿毛不仅打进了工会,还削尖了头,梦想钻进我们党里来。他也了解自己曾经担任过伪工会副理事长,社会关系复杂,入党不会轻易通过。他于是希望别人入党,通过别人,他好了解党内的秘密……"

管秀芬听到这里,头自然而然地低了下去,脸色铁青,深深感到内疚。杨健虽然没有点她的名,但在座的共产党员谁不晓得她打过申请入党的报告哩。

喜房里静悄悄的。大家屏住呼吸,在凝神谛听杨健说,连巧珠也听得入神了,她认识那送玩具轮船和糖果的陶伯伯,原来是个大坏蛋,她一对乌黑的智慧的眼睛望着杨健,听他说:

"但是,党组织早就发觉陶阿毛可疑的言行,向区委作了汇报,公安分局把他列为侦察对象。可疑的线索越来越多,他的面目也逐步暴露了。他在清花间放火的前几天,在南市和国民党反动派的特务见了面,接受了特务组织的任务,经过各方面了解,有确凿的人证物证,陶阿毛是解放前夕潜伏下来的国民党反动派的特务,利用他和伪工会理事长的个人矛盾,来迷惑人们对他的看法。他们原来是一家人!不过陶阿毛一直是单线联系,连伪工会理事长也不了解他,以为他只是一般黄色工会的干部……"

"陶阿毛也是特务?"郭彩娣大吃一惊,打断杨健的话,急着问。

"是特务!"杨健说,"和他单线联系的特务也逮捕了,同案的人,一网打尽,他们的口供相同,陶阿毛最后不得不承认他是国民党特务！"

　　巧珠奶奶一边听,一边摇头,一边惊异,想不到一个工厂的事体这么曲折复杂,共产党真有办法,伪装得那么巧妙,隐藏得那么深的特务终于给抓出来了。张学海更是五体投地佩服公安人员。他整天和陶阿毛在保全部做生活,别说不曾发现他的罪恶活动,根本没有怀疑陶阿毛是个特务,还怪汤阿英对陶阿毛过分警惕,疑神疑鬼地不相信人。汤阿英确是有眼光,一眼就看出陶阿毛一些可疑的地方。他待人对事,确实如汤阿英所说:太天真了,也太忠厚了!

　　郭彩娣听完了,心中十分舒畅愉快,喘了一口气,兴奋地说:

　　"这回可好了,沪江公私合营了,劳资关系比过去简单了,陶阿毛这个特务也抓到了,以后生活就好做了。"

　　余静一直没有言语,听到杨健给大家报告的陶阿毛的消息,她和大家一样心里也十分高兴,但是郭彩娣的口气里,嗅出来一种麻痹大意太平无事的观念,引起了她的注意,她对郭彩娣说:

　　"你不要把尖锐复杂的阶级斗争看得简单了,陶阿毛逮捕法办了,今后还可能出现李阿毛张阿毛,我们不能忘记阶级斗争,放松阶级的警惕性。"

　　杨健完全同意余静的看法,认为她抓住了重要思想倾向的苗头,十分必要,他接着对郭彩娣说:

　　"毛主席今年一月里在最高国务会议上说:社会主义革命的目的是为了解放生产力,农业和手工业由个体所有制变为社会主义的集体所有制,私营工商业由资本主义所有制变为社会主义所有制,必然使生产力大大地获得解放。这样就为大大地发展工业和农业的生产创造了社会条件。根据毛主席的指示,沪江公私合营以后,生产大大发展。我们工人同志要努力做好生活,大大发展生产,这是没有问题的。余静同志说得对,不能忘记阶级斗争,放松阶级的警惕性。列宁曾经说过,从资本主义过渡到共产主义是一整个历史时代。只要这个时代没有结束,剥削者就必然存着复辟希望,并把这种希望变为复辟的行动。我们不能因为沪江合营了,陶阿毛抓到了,就高枕无忧,认为天下太平了。"

"杨部长把问题提到马列主义的理论高度,我们有点发热的头脑冷静了,我们模糊的眼睛给擦亮了,给我们上了一堂生动而又深刻的阶级教育的课,实在太重要了,太有意义了!"钟佩文听到陶阿毛确实是国民党反动派的狗特务,仇恨的激流在心河里翻滚,往事像潮水般的一一涌向心头,抓到黑手,谜底揭开,沪江过去发生的事故都看得清清楚楚了。听了余静和杨健这一番谈话,他想起了列宁在全俄中央执行委员会莫斯科工农代表苏维埃工会联席会议上一段讲话,便说:"列宁讲,旧社会灭亡的时候,它的死尸是不能装进棺材,埋入坟墓的。它在我们中间腐烂发臭并且毒害我们。"他说,"杨部长今天的一席话,是我们思想上的防腐剂!"

管秀芬非常赞赏钟佩文的妙喻。她心中暗自说:究竟是作家,讲话像写文章。她情不自禁地从钟佩文的脚一直看到他的头,又从头看到他的脚。见他仪表那么英俊,谈吐这样文雅,觉得他一言一语、一举一动都十分可爱,连他那还没有完全改变的不注意衣服整洁的习惯,也感到可爱,以为这样更加显得风流潇洒。她默默地沉醉在对钟佩文的爱情里。

汤阿英深深钦佩杨健和余静的政治远见,她要求道:

"杨部长,请你最近到我们厂里去,公布陶阿毛的罪恶活动,同时把今天谈的列宁和毛主席的教导给全厂职工讲讲,好哦?"

"好!"大家响应汤阿英的要求。

"这是余静同志的工作,该她去讲,"杨健说。

"列宁和毛主席的教导非常重要,你到我们厂里来讲最好,"汤阿英说,"我们工会请不动你,是不是要我们党委书记余静同志亲

637

自请你才去?"

"那倒不是……"

"你答应下来吧,"赵得宝说,"我代表厂党委和工会鼓掌欢迎。"

大家跟着赵得宝一起鼓掌,清脆激越的掌声响个不停,一直传到室外的静穆的花园里,深蓝的夜空,覆盖着万籁俱寂的大地,满天星斗发出明亮的光芒。

六十二

柳惠光从楼上经理室走下来,准备回家了。

童进想起区店的事,迎了上去,客气地问道:

"柳经理,区店的事,啥辰光谈一谈?"

"区店的事?"

"你不是说要找个时间谈一次吗?"

"我讲过?"

"唔。"

柳惠光愣了一下,用右手的中指敲了敲太阳穴,半晌,恍然大悟地说:

"我想起来了,是有这么一回事。"

朱延年伏法以后,童进和夏亚宾在专案小组领导下,揭了封条,点清医药器械,写出清单,由法院转给中国医药公司华东收购站收购,偿还福佑药房的部分债务。童进帮黄仲林安排职工转业,夏世富介绍到康健药房当售货员,别的人都安排了工作。一切事情办好,童进把福佑药房的大门钥匙交给黄仲林,由他转给法院,办理善后,童进自己被分配到利华药房工作。西药业公私合营以后,为了便于管理,利华西药房成为汉口路上西药房的区店。童进被任命为区店经理。柳惠光和王祺是副经理。童进听到组织上委派他这个任务,他不相信。他怎么能够当区店的经理呢?一定是别人传错了话,等到黄仲林代表区里正式通知,他顿时心里别别跳,脸上热辣辣的了,他坚决要辞去这个职务,别的工作都可以做,经理这个工作太重要了,他没有能力担任。他推荐柳惠光担任。黄仲林说区店是个新业务,汉口路这一带西药房问题复杂,区里考虑派一个强的公方代表担任。童进说要是派强的公方代表担任,那他更不适合,无论从哪一方面来说,王祺都比他强。他入团还是王祺介绍的哩,王祺现在是共产党员,又是利华西药房的老店员,同柳惠光相处得不错,王祺担任区店经理最理想不过了。黄仲林笑了笑,认为童进提王祺这些条件都对,但是忘记了一件事。童进暗自一惊,他自命对王祺相当了解,可以说是他政治上的带路人,最初听区青年团工作委员会孙澜涛书记的团课也是王祺介绍的。怎么说他忘记了一件事呢,黄仲林让他想了一会,才说:

"五反运动的辰光,利华西药房的问题不大,柳惠光的态度也比较老实,进行得相当顺利,斗争的经验就不太多,对区里西药业的了解更不如你,他还有不愿在公私合营商业里工作的思想问题,目前不适宜担任经理的工作。政治上,你也有很大的进步。最近,区委已经批准你入党的申请。现在你已是中共候补党员了。"

童进听到批准的消息,双手抓住黄仲林的右手,久久说不出一句话来。他激动得眼睛里掉下喜悦的泪水。黄仲林的左手按着他的肩膀,把他紧紧搂在怀里,说:

"我代表党欢迎你参加我们的队伍,为共产主义的事业共同奋斗到底。"

童进兴奋地伏在黄仲林的肩膀上,激动得不知道说啥是好。半晌,他又想到区店经理的事,用恳求的口吻说道:

"我从来没有担任过这么重要的工作,能力不强,经验不多,可以不可以换一个人,一时找不到别人的话,最多只能担任副经理,让王祺做经理,保证协助王祺把工作做好。"

黄仲林说他已经担任过比经理还重要的工作。他当时愣住了,认为黄仲林和他开玩笑,但是黄仲林从来不说假话的,而他觉

640

得连福佑药房的会计部主任都不胜任,啥辰光担任过比经理还重要的工作呢?这叫他困惑不解了,睁着诧异的眼光望着黄仲林。黄仲林说:

"领导职工斗争朱延年不是你吗?处理福佑药房债务不是你吗?团结职工保管资材不是你吗?办理福佑善后不是你吗?朱延年这个经理处理不了的问题你都能处理,你做的这些不是比经理的工作还重要吗?这些复杂困难的问题你都处理了,一个区店的日常业务还不能管理吗?"黄仲林一连串的问题问得他无话可说,不好再推辞了。他腼腆地说:

"我现在是个党员了,不应该给组织上讲价钱。党交给我的任务,我一定努力去做,希望仲林同志多多领导我。"

黄仲林鼓励他说:

"只要根据党的路线政策,紧紧依靠群众,团结教育资方,一定能把这个任务担当起来,有啥问题,随时找我好了。"

黄仲林走后,童进一个人对着镜子照了一通,自己望着自己忍不住笑了,他心里想:不像呀,不过三十出头的年轻小伙子,在福佑药房当上会计主任已经不错了,经常感到力不胜任,怎么能担任经理这样重要的工作呢?他做梦也没有想到过呀!他和叶积善是同辈,西药业务叶积善比他还熟悉,人也比他聪明能干,怎么好忽然领导叶积善工作呢?叶积善心里服吗?一定不会心服,特别是王祺,是他政治上的带路人。过去,他把王祺当作自己的领导,有啥困难,都找王祺请教,许多事体都一再证明,王祺是他的好榜样。他要向王祺学习,当他知道区里要调他到利华药房工作,十分高兴能在王祺领导之下工作,政治上和业务上一定会有很快的进步,没想到区里要他来负责,而且还要领导王祺,这怎么行呢?黄仲林说王祺的思想问题,目前不适宜担任经理工作。可以解决王祺的思想问题呀。利华内部的情况他不熟悉,自己又是从福佑药房来的,人家会不会有意见？自己业务经验和大家差不多，半斤八两，有啥本事来当领导？他想到区里再提一次意见。请区里考虑，另外派一个人来领导。他做啥具体工作都可以，保证不闹情绪，立刻想到现在自己已经是党员了，第一次党分配给他这个新党员的工作，他就再三讲价钱，不对呀！影响也不好呀，黄仲林同志说得好，只要根据党的路线政策，紧紧依靠群众，团结教育改造资方，一定能把这个任务担当起来。

他决心和大家一道完成党给他的这个光荣任务，有事，和群众商量，特别要尊重王祺和叶积善的意见，重大的事，还要和资方柳惠光商量。大家意见一致，办起来就顺手了。他虚心谨慎地勉励自己。

不久以前，柳惠光在考虑怎么做好区店的工作。虽然这个担子不轻，但他感到这是领导上对他的信任，区店副经理和利华药房经理比起来，责任更重了，不只管一家药房，要管全区的药房啊，他心里十分欢喜，没料到提升得这么快，等他晚上回到家里，想起区店的业务，自己没有经验，过去没人管过全区的药房，扯皮的事一定不少，这家要配货，那家轧头寸，不能不全满足，也不能全满足，谁也不好得罪呀，这不是要他作难人吗？他又想起区里那些同业，个个眼明手快，在上海滩上混了几十年，那些老板都很精明，自己不是他们的对手。这个区店副经理一定是没人肯担任，才推到他头上，他亲自到区上找了区长，提了意见，再三推辞，没有成功，认为他可以胜任，他推辞不了，就采取拖的办法，一直借故没有空，不和童进谈区店的事。

他想想过去，上海滩上的资本家多么吃香，一进一出，好不威风。解放初期，资本家的地位也还不错；碰上"五反"，触了霉头；调整工商业，成立全国工商联，名利双收，确实有点甜头；可是全市公私合营，大权旁落了，领导靠公方，工作靠职工，他这个经理夹在当中,有啥职权?能起多少作用?他都十分怀疑。从此以后,他业务不用兜,工资不担忧,财务不发愁。做一天和尚撞一天钟,不求有利,但求无过,得过且过。做好经营管理,爱惜企业财产,关心企业前途,他兴趣缺缺。原来他以为区店副经理位置不低,提升得也快。现在想想,王祺是他手下的店员,也当了区店副经理哩,可见副经理没啥了不起。并且经理是童进,这位福佑药房的会计主任,年纪轻,资历浅,更无资产,凭啥要爬到他的头上呢?如果派一个老干部来,或者派区里的首长来担任区店经理的职务,他无话可说,偏偏派童进来,叫人实在难以忍受啊。他是利华药房的大老板,要在福佑药房的一名店员手下工作,这哪能行呢?他对区店副经理的职务和利华药房经理的地位,都没有兴趣,可是又不敢正面和童进、王祺谈,他们有后台,是党派来的,王祺是共产党员,区里药房的党员好像都归他管,更是碰他不得。童进是不是党员,他不得而知,但看上去,童进的地位比王祺还高,大概也是个党员。朱延年就是在童进手里栽的筋斗,对童进,尤其要特别谨慎小心,丝毫不能疏忽。

他既不敢正面说出自己的心思,也不甘心目前的地位,于是消极以退为进。他见童进和王祺站在他前面,不能不理睬他们,停了下来,看童进怎么说。

"今天有空谈吗?"童进指着王祺说,"我们等你好久了。"

"等我好久了?"柳惠光惊诧地说,"那太对不起你们了。"

"是不是现在就谈谈?"

"现在?"

"一点不错。"

"我还没有准备哩。"

"先聊一聊也好。"

柳惠光步步退却,童进步步前进,叫他无从躲闪。他看王祺一

直没有吭气,究竟是他手下多年的伙计,不像童进那样盛气逼人。他笑着对王祺说:

"是不是准备一下再谈比较好?"

王祺对区店的事也没多大的兴趣,顺口应道:

"准备一下也好。"

"这没啥要准备的,如果一定要准备,先交换交换意见,也可以说是准备。"

"我赞成童进同志的意见,"叶积善站在王祺右侧说,"最近区里催我们快点筹备,同时也希望早点成立,有些事体好联系。"

"你的道理也对,"柳惠光想起叶积善也是福佑药房的,和童进穿连裆裤。童进有啥意见,他总是举手赞成,以后和他往来,也得小心,不可大意。他喘了一口气,说,"不过酝酿成熟一点,筹备起来顺手。成立以后办事周到,也有好处。"

"你今天晚上一定不肯谈吗?"

"童经理要谈,我当然没有意见。"

"那就谈吧。"童进向楼梯上走去。

柳惠光无可奈何跟在他屁股后头,迈着迟缓的步子,王祺走得也不快,叶积善走在最后,只好慢慢跟着走,走两步,等一步,好不容易,大家终于走进了经理办公室,坐了下来。童进开门见山地说:

"柳经理,我想先听听你的意见。"

"我的意见?"柳惠光向经理室四面望望,还是原来的陈设,一套沙发靠正面的墙摆着,正对着下沿的写字台。这写字台紧紧靠着栏杆,他坐在写字台前面,只要把头向外边一歪,楼下店员在做啥,看得清清爽爽。现在他对面添了一张写字台,是公方代表童进的。这是经理办公室里唯一的变化,可也是重要的变化。几十年来,他坐在那张写字台前面,亲自领导利华药房的业务,事无大小,只要他一句话,便完全按照他的意图办,不但利华药房的一切事情听他的,连同业许多事也委托他办,他的意见受到尊重。就是在这间经理室里,他作为福佑药房债权代表,和朱延年以及证明人严律师在和解笔据上签了字,同意福佑药房复业。没有多久,朱延年不仅仅在汉口路西药业红得发紫,而且在上海工商界赫赫有名,显得柳惠光黯然无光。他私下曾经羡慕过,但是"五反"来了,朱延年五毒俱全,罪行累累,落得人财两空,名誉扫地。朱延年白手起家,神通广大,都斗不过共产党,何况小小的柳惠光呢? 他怕自己有职无权,落得清闲。现在童进逼着他谈,而且要他先谈,他不愿谈,又不好表示出来。他的眼光从童进那张写字台那边收了回来,望了望挂在墙上的电钟,说:

"当然要谈我的意见,不过,我今天晚上还有个约会,改天谈,好哦?"

"几点钟的约会?"

"八点。"柳惠光信口说出。

童进指着电钟说:

"现在六点刚过,稍为耽误一会儿,好哦?"

柳惠光后悔把约会的时间说晚了一点,如果干脆说七点,站起来便可以走了,现在没法改,不然要露出破绽。今天晚上,他其实并无约会。他只好硬着头皮坐着不动,苦笑道:

"也好。"

"柳经理对区店有啥意见吗?"叶积善问。

"没有意见。我完全拥护,成立区店再好也没有了。"

"一点意见没有吗?"

"这方面我没有经验。"

童进见柳惠光老是打"太极拳",啥意见也不肯谈,这样消极应付下去,难共事,不如打开窗子讲亮话,有思想顾虑摆出来,谈清楚

了,好共事。他直截了当地说:

"柳经理,你在西药业工作了几十年,利华是你一手创办的,经验比我们丰富,全市公私合营以后,组织上要你继续担任利华经理的职务,又请你当区店副经理的职务,可以说对你很信任,对你的希望也大。几次要和你商量筹备区店的事,你总是推三推四,这里面一定有原因,希望你不客气谈出来。"

"没有原因,也不是推三推四,王祺同志了解,我想你也晓得,最近市里工作忙一点,民建会议多一点,有些座谈会和报告会,发了通知来,我又不好不去,市委统战部的首长再三希望工商界朋友多出来参加参加社会活动,努力教育改造自己。这方面事体一多,店里的事就管得少了。我早就想和你们谈谈区店的事,老抽不出时间,领导上给我这么高的位置,这么大的光荣,你说,我还会有意见吗?"

"意见不能说一点没有吧?"童进认真看了柳惠光一眼。

柳惠光避开童进的敏锐的眼光,朝王祺说:

"王祺同志和我共事多年,了解我的为人,也晓得我的脾气。我不是那种有意见不说的人。"

"过去柳经理有意见倒是愿意谈的。"

柳惠光听了王祺的话,又高兴,又不高兴,略略补了一句:

"现在我有意见也是愿意谈的。"

"我们希望你这样。我年纪轻,能力不大,经验有限,老实说,要我当区店经理是不理想的,也不适合的。因为是组织上的决定,党员应该无条件服从,努力去做,王祺同志各方面都比我强,柳经理在西药业多年,经验丰富,有你们两位帮助,大家共同努力,我想一定可以把工作做好。"

柳惠光心里对自己说:"果然不错,他是个党员,今后和他共事,要格外注意。"他说:

"有你这样坚强的领导,区店一定可以办好。"

"办好办不好,要靠大家的努力。"

"这是至理名言。"

"组织上请你担任利华药房的经理和区店副经理,不能缩手缩脚,应该大胆负起责任来,把工作做好,有意见,就应该爽爽快快提出来,不要避而不谈。"

"我完全赞成你的意见。"柳惠光听童进这一番话,立刻身上出了冷汗。童进果然与众不同,说话很有斤两,怪不得连朱延年也斗他不过啊!他担心今天晚上这一关再也应付不过去了。他对区店兴趣缺缺,不愿意谈,可是他又不能不谈。他发现这个局面难于应付,急得把两道眉头都皱在一起了。

童进察觉出他内心的紧张情绪,不愿意把局面弄僵,略略收回来说:

"我刚才讲的话,也许不大客气,但是我心里的话,以后在一道共事,有话应该当面说,谈清楚了好办事。"

"应该这样。"柳惠光紧张的面孔上出现了微微的笑容。

"现在不早了,你八点钟有约会,改一天,找个时间,敞开谈一谈,好哦?"

"太好了,我也这么想。"柳惠光赶紧站了起来。

六十三

叶积善送走了柳惠光,关好门,回来对童进说:

"柳惠光态度消极得很,啥也不肯谈,今后工作怎么做啊?"

"过去他是这样吗?"童进深深感到肩上担子的沉重,向王祺了解柳惠光的情况。

"过去不是这样,发展利华的业务,可热心哩!他千方百计想办法,只要有利润,可以发展,没有一件事不积极的。他总是主动找我们谈,要我们好好努力,给他卖命,说将来利华发展也有我们一份这类鬼话。合营以后变了,没有过去那么积极了。"

童进说:

"最近态度变得更消沉了。"

"给你这么一说,"王祺愣了一下,皱起眉头,细细回想了一阵,恍然大悟地说,"倒也是的。"

"合营以后,没有过去那么积极,可以理解的,资本家嘛。最近为啥更消沉呢?找他商量事体,总说没工夫,有意避着我们,到店里来晃一下,一转眼,就走了。对区店冷淡,对利华也不热心,仿佛这些企业同他都没啥关系。"

"合营以前,柳经理一早就上班,很晚才走,没有重要事体,他从来不出去的。"王祺越想越对,心想童进得到组织上的信任,担任区店经理,柳惠光和他只是副经理,柳惠光心里大概不满意,可是嘴里说不出口,表面只好敷衍,暗骨子里不搭界。他便进一步说,"从前找他商量事体,当天就谈,想得特别仔细周到,可积极哩。"

"资本家为了赚钱,总是积极的,"叶积善插了一句,"到棺材里也要伸出手来——死要钱。"

"现在是不是因为我年纪轻,瞧我不起。"

"这可不了解。你年纪轻也没啥,经验却不少,能力也很强,办理福佑的事体很出色,汉口路上西药业的店员没有一个不佩服你的。你是组织委派的,代表组织的。你来了,我很欢迎,柳经理心里怎么想,就难说了。"

"我担任经理是不适当的。"童进觉得利华药房的事不是想象的那么简单,特别是区店的事更是复杂,新机构,没有经验,别的区店,筹备得差不多,都快成立了。他筹备的这个区店,八字没有一撇,早着哩。柳惠光消沉,王祺也不十分积极,他越来越感到自己担任经理是不适合的。他说:

"我写信向区里建议,请柳惠光担任。"

"区里怎么说?"王祺心里想:童进倒还谦虚。

"区里不同意。"

王祺"啊"了一声。

"我也建议过你担任,……"

王祺心里稍为舒服一点,知道童进心目中还是有他。但现在已经委派,再等他说下去,自己脸上也没光彩,就说:

"我不如你,应该你来。"

"不,你哪方面都比我强,你政治上强,业务上强,利华情况熟悉,经验丰富……"

王祺不让他数下去,打断他的话:

"够了,够了,这些都不值得提,你现在比我进步,组织上委派你来,是正确的。"

"你也很进步。……"

"别讽刺我!"王祺想童进一定从区里听到他不愿意再留在药

房工作的思想问题,刷的一下,脸通红了,怕他说下去,特地用这句话堵住童进的嘴。

"我,我没有讽刺……"童进竭力辩白。

叶积善觉得童进在利华的地位很难处,柳惠光是这么消沉,王祺也不那么积极,三个人老捏不拢来。童进办事不顺手,他也使不上力。他同情和支持童进,但怕别人误会,以为福佑来的人穿一条裤子。重要的当口,他又不得不表示自己的意见,他本不想多说,坐在一旁,静静听他们两个谈,一来一往,形势不妙,忍不住说道:

"不管柳经理态度怎么消沉,我们先把公私合营的利华药房办好,他的态度慢慢会改变的。"

"小叶的话说得对,王祺同志,你是老利华,今后要多多帮助我。"

"这没有问题。"王祺很高兴转了话题。

"标语想好了。"叶积善说,"我念给你们听听:诚心接待顾客,耐心介绍商品,虚心接受意见,专心改进业务。你们看适合不适合?"

"好极了!"王祺拍手赞扬,说,"这四句标语想得十分完整,每一条都有一个'心'字,亏你会想,可以叫'四心标语',真妙!"

"四心标语?"叶积善原来并没有给它取名字,让王祺一说出,倒也有意思,他说,"你真会起名字。"

"他是西药业的老店员,业务经验丰富,工作经验也丰富,青年团开会,大家七嘴八舌说上一大堆,最后他总结,把大家的意见归纳得有条有理,说得头头是道,没有一个人不佩服的。"

"那没啥,不过把大家的意见归纳归纳,小叶这'四心标语',可动了脑筋,看出他很有一套,一般人想不出来的。"

"我只是东拼西凑,有的想得不完全对。"

"我认为每一条都对。"

"那是客气。童进同志,你看呢?"

"四条想得很好,第二条还可以研究研究,"童进说,"耐心介绍商品,比较一般,我们是药房,和一般商店不同,这一条可以修改一下。"

"我也想到了,"王祺觉得童进办事比他仔细,意见提得中肯,他有些粗枝大叶,什么事情看出一点问题,但是想得不深,看得不全,他说,"只是没有想到恰当的,所以没有提。"

"你帮我改一下,童进同志。"

"你想的标语,还是你改。"

叶积善挖空心思,一时急切想不出好的意见,仍然要求童进替他修改。童进想了一下,说:

"改成'细心介绍药品'是不是确切呢?"

"改得好,改得好。"王祺鼓掌欢呼。

"的确改得好。"叶积善说,"马上写好把它贴上。"

"明天再说吧!"王祺想休息了。

"现在写好贴上,明天开门,顾客一进来就看见,耳目一新。"童进赞成叶积善的意见,说,"可是我的毛笔字不好,没有临过帖。王祺同志,你帮忙写一下,好哦?"

"这是我分内的事,怎么说帮忙呢?"

叶积善连忙上楼取了纸墨笔砚,又拿来一张大红纸,裁成四条,童进在旁边研墨,王祺像是一个大书法家一样,站在写字台前面,认真地对桌上那条鲜艳夺目的大红纸,上下看了一眼,在计算字数和位置,提起大字笔,蘸饱了黑乌乌的墨汁,按着红纸,写的是仿宋体美术字,挺秀遒劲,一笔不苟,他写完一张,叶积善给他又铺上一张大红纸。他写完四张,放下毛笔,喘了一口气,谦虚地说:

"好久不写了,都有点生疏了。"

"写得好,"叶积善一边把标语贴在货架上,一边对王祺跷起大拇指说,"明天顾客看见了,一定说刮刮叫!"

"那是称赞你拟的四心标语。"

贴完标语,叶积善站在柜台当中向四面张望,四条标语十分引人注目,心满意足,暗暗高兴,对童进和王祺说:

"私营的辰光,我可想不出这四条标语来。"

六十四

凛冽的西北风呼啸地掠过西郊公园的上空,把枯树残枝吹得东倒西歪,发出吱吱喳喳的音响,仿佛也感到寒冷的威力,公园北边那一片辽阔的空地上,杂草给霜压倒,远远望去,只见一片焦黄。

空地上麇集着黑压压的人群,像是一堵墙似的遮住人们的视线,看不清楚公园尽头起伏的坡地。人群里发出欢腾的歌声和激动人心的锣鼓声,随着明快的节奏,无数的铁铲有规律地向焦黄的空地上铲去,一块又一块润湿的黑油油的泥土给翻过来,慢慢出现一个一个的树洞,树洞与树洞之间,前后左右保持一定的距离,把空地装饰成一个整齐而又美丽的巨大图案。

潘宏福手里拿着一株树苗,细心插在树洞里,四边用黑色的泥土壅起,然后用手把泥土压紧,那边有个青年正挑着一担水走过来,弯下腰去,把水倒在树洞里去,泥土如饥似渴地马上吸干了水,倒了快半桶水,树洞表面上才汪着一摊水。树苗朝气勃勃地挺直着身子,在中午的阳光里显得生气盎然。

那个青年顺着次序,把水倒在树洞里,接着挑着两个铅皮空水桶,向水浜走去。一转眼的工夫,他又挑着满满的两桶水,在蜿蜒不断的挑水的人群里飞奔似的跑来,顺着潘宏福的指点,把水倒在树洞里。他感到有点累了,右肩酸痛,可是一些也不疲倦,用雪白的手绢拭去额角上的汗珠子,深深地喘了一口气,问道:

"还要吗?我再挑去。"

潘宏福一听这声音,好生熟悉,认真看了一下站在他面前的那个青年,脚上穿着一双黑胶靴子,上缘几乎接近膝盖,深灰咔叽布的裤子和人民装的上衣都沾湿了,像是谁在上面涂了黑点似的,两只袖子高高挽起,上衣的胸口的纽扣已经打开,里面露出雪白的府绸衬衫,脖子那里如同蒸笼似的,不断冒着热气。他脸上不知道啥辰光溅了一些泥水,刺了花纹似的,头发却十分整齐,乌黑发亮,潘宏福看了那副面孔,吃惊地叫道:

"你不是徐守仁吗?"

"一点也不错。"

"你怎么也来了?"潘宏福早就知道徐义德的宝贝儿子是阿飞,曾经吃过官司,他们好久没见面了,他刚才只顾种树,没有留心那些挑水的人,要不是徐守仁开口,他还不知道哩。

"你怎么来了?"

"你看!"潘宏福转过身去,指着他侧面的一块红布横幅,那上面用金纸剪了九个大字贴在上面:"绿化我们伟大的祖国"。他摊开满是泥土的右手,问徐守仁,"你呢?"

徐守仁威风凛凛地挺直了腰,扁担在他肩上显得轻松得多了,肩膀一点也不痛楚了,脸上流露出骄傲的情绪,连那两只水桶也仿佛不可一世的样子,在潘宏福面前轻轻晃来晃去,他自豪地说:

"我吗?是这个,"他举起胳臂,指着左前方一面光彩夺目的大红横幅,那上面写着:

"决心做一个自食其力的劳动者"。

潘宏福看清楚了横幅上的字,激动地走上一步,展开双臂,紧紧把徐守仁抱在怀里。

"我还不晓得你也有这样的雄心,太好了。"

"爸爸常常提起你,说潘老伯哪一个孩子都比我有出息,你们每人管一爿厂,给潘老伯很大的帮助,不像我,到现在连个大学也没有毕业,还是吃娘老子的。"

"不忙,管厂也不难,只要用心钻,慢慢就会了。现在企业公私合营了,和公方代表在一道办事,比过去更容易了。"

"真的吗?"沪江纱厂高大的烟囱和华丽的办公大楼在徐守仁眼前显现出来了。

"谁和你开玩笑?"潘宏福朝他浑身上下端详了一番。虽然他身上没有穿那件黄皮茄克,头上的头发没有向前飞起,下面也没有穿小裤脚管的牛仔裤子,但的的确确是徐家的大少爷。不容潘宏福有丝毫的怀疑,上海滩上无奇不有。徐守仁竟变成了另外一个人。

徐守仁见潘宏福朝他望来望去,有点羞愧,好像身上有啥见不得的疮疤叫他发现了。他忸怩地问道:

"还要水吗?"

"水?要。"潘宏福信口应了一声,回过头来一看,树洞里都种上树苗了,他马上改口说:"不要了。"

"不,我再挑一担来。"徐守仁拔起腿来就走,飞一般的蹦出窘境。

转眼的工夫,徐守仁真的又挑来两桶水,潘宏福帮着他分别倒在树洞里。

风势弱了,阳光照在人们身上暖洋洋的,辽阔的空地上,种上疏疏落落的树苗,上海市青年团员和部分工商界的青年,给西郊公园带来浓郁的春意,他们植完树,有的躺在草坪上,有的踏着锣鼓点子在扭秧歌,有的在河滨纵声歌唱,还有的三三两两携手交谈。

潘宏福拉着徐守仁在隐隐发绿的草坪上踱着方步,望着蓝色的天空和远方的竹亭,兴冲冲地说:

"我一过了三十岁,人虽没老,心却老了,不管是在写字间里,还是在厂里,啥事体都懒得动,别人侍候我,我还不满意哩。"

"哦!"

"今天我才发现,我还年轻,参加义务劳动,体会到劳动的意义。"潘宏福指着高低不平的草坪说,"我听爸爸说,这里原来是英国的高尔夫球场,他们占了租界不算,又在这里开辟了高尔夫球场,还不准中国人进来白相。爸爸给一位英国朋友带进来白相过两次,当时感到无上的光荣。现在人民政府收回来,辟作西郊公园,中国人都可以进来白相。刚开放的辰光,我陪爸爸来过一趟,他说,现在才真正感到无上的光荣,中国人在外国人面前扬眉吐气了,值得骄傲,值得自豪。"

"我不晓得西郊公园还有这么一段故事。"

"我们今天到这里来义务劳动,意义可不简单。从前,哼!只好站在篱笆外边朝里看看,可别想进来,更不能在这块草坪上走。"

"现在我们可以自由走来走去了。"

"你走到明天天亮也没人管你,"潘宏福走在草坪上感到无限的幸福,说,"过去,我们逛公园,指手画脚,嫌这不好,瞧那不顺眼,从来没有想过公园是怎么造起来的。现在了解了,可不简单,今天几千个青年人来,不过植了一些树,已经累得不堪了,要是叫我们建筑整个公园,不晓得要累得怎样哩!"

"劳动虽说累一点,可是很愉快,比方说,你把一张张的纸,印成一本本书,看到新书出版,心里有说不出来的喜悦。今天我们植了树,过一阵子,树长大了,茂盛了,心里也会有喜悦的感觉。"徐守仁想起他关在监牢里参加印刷工作的情景。

"你的话说得对,这是劳动的愉快。过去,别人说劳动创造财富,我不相信。现在看来,确实有道理。以后'民青联'①再号召义务劳动,我一定还要参加。"

"我也要参加。"徐守仁说,"有些劳动知识,从书本上学不

---

① "民青联"系上海民主青年联合会的简称,这次上海工商界青年参加西郊植树义务劳动,是民青联和团市委号召的。

到的。"

潘宏福听到书本,兴致越发浓了。他离开学校以后,很少和书本打交道了。在他的华丽的花园洋房住宅里,收音机,电唱机,录音机,电影放映机,沙发,茶几……啥都有,独缺写字台和书橱。他过去用不到这些东西,一天到晚过着舒适而又悠闲的生活,继承父亲剥削起家的事业,把通达办好。一辈子也不愁吃穿,高兴就到办公室里坐坐,不高兴就在家里沙发上躺躺,以为这样便是最理想的生活。企业公私合营以后,他最初不了解公方代表为啥那么积极,从早忙到晚,不知道休息,也不晓得疲倦,像一头健壮的牛;后来同公方代表闲聊,才知道人生的意义。公方代表说:如果他不辛勤地工作一天,会感到空虚。人活着,不单纯为了吃饭睡觉,那成了酒囊饭袋。应该为革命事业,为人民美好未来贡献出自己的精力,这样才有意义。他像是迎头给浇了一盆冰凉的冷水,发觉自己过去生活虽说富裕和舒适,却是糊里糊涂地过去了。他奇怪公方代表年纪比他轻,晓得的东西哪能比他多,公方代表劝他多读书,多看报,可以知道世界大事,第二天并且给他送来了一本《社会发展史》,要他回家有空的辰光,仔细看看。他这才感到写字台和书橱的重要,把一间客厅改成了书房,在书本里,发现了新的世界。上海市民青联一号召义务劳动,他就报名参加了,以为参加的人一定不多。谁知道单是到西郊公园的就有好几千,各区植树的还不算,并且连徐守仁也参加了。徐守仁最后两句话给他很多感触;他和爸爸在工商界巨头中间,自以为比别人进步,没想到在工商界青年行列里,还没有徐守仁知道得多哩。他问徐守仁:

"你有写字台和书橱吗?"

"写字台和书橱?"徐守仁愣了一下,说,"早就有了。"

"你太好了。"他更加感到不如徐守仁,连写字台和书橱都比他早有,惭愧地说,"不瞒你说,我最近才有,过去,我不是没有钱买这些,生活里用不着,要写字台和书橱做啥,整天贪图享受,从来没有想到读书这件事体。最近看了两本书,觉得学习太重要了,就添置了写字台和书橱。"

"从前,我也不晓得读书,净爱白相,看了书,才了解世界上的一些事体。有本叫做《普通一兵》的小说,你看过没有?可好看哩。你没看,我送你一本。"

"我买了一些新书,啥辰光到我家来,要啥书,我可以送给你。"

"好的……"

徐守仁从虹桥路回来,也顾不上把身上洗洗清爽,兴致勃勃地跑进了书房,一屁股坐在写字台前面的转椅上,右手托着下巴,眼睛望着铺着草绿色呢子的写字台,玻璃板前面是一副红木的文具,里面放着笔筒,镇纸,吸墨纸,墨水缸和装邮票、回形针等等的小盒子,当中是一块椭圆形的端砚,上端刻了云头,朴素而又古雅。旁边有一块徽墨,上面刻了四个金字:"雕龙独步"。他望着文房四宝这些东西,不禁叹息道:

"辜负这些东西了。"

他从提篮桥监狱释放回来,曾经在这间书房里消磨了一些辰光,上了中学,就很少到这里来了;进了大学,更不到这里来了,功课都在学校的教室里或者图书馆里准备。礼拜六回来,他总想白相白相,轻松轻松,不大到书房里来了。今天听潘宏福谈起,觉得有了写字台和书橱不好好利用,未免太可惜了。他的话音还没有落地,忽然听到一声嗔怒的质问:

"架子这么大,进来了,连招呼也不打一声。"

他朝着声音的方向望去。原来吴兰珍坐在靠书橱的沙发那里,手里拿了一本万有文库本的《乌托邦》。他站了起来,过去给她点了点头,说:

"对不起,我不晓得你在这里。"

"到啥地方去哪？怎么礼拜天也不在家？"

他走到她面前摊开双手，说：

"你看。"

她看见他手上满是泥土，再向他浑身上下端详，长统黑胶靴子也有星星点点的泥土，忍不住噗哧一声笑了：

"和啥人打架了？"

"没有和人打架，倒是和泥土打了交道。"他把今天上虹桥路西郊公园义务劳动的事给她说了，笑着问她，"你嫌我脏吗？"

"你脏不脏，同我没啥关系。"她不高兴地拿起《乌托邦》准备来看，瞅见他尴尬地站在前面，便说，"劳动回来了，也不晓得淴浴，换换衣服，已经是大学生了，还像个小孩子。"

"对，我淴浴换衣服去。"他拔起腿来，飞也似的奔出去了。

一转眼的工夫，徐守仁换了一身藏青哔叽的人民装，轻松地回到书房里来了，卖弄地让她看：

"这不像和人打架了吧？"

"现在像个大学生了。"她暗暗又向他觑了一眼，他比过去显得英俊了。大学里的功课不错，许多集体活动他都参加，回到家里来也不像过去那样到处乱跑了。今天又参加了义务劳动，懂得要做个自食其力的劳动者。过去他做的那些坏事体，像是身上的污点，慢慢洗清爽了。

"你还看我不起吗？"他在她面前，老觉得抬不起头来。

"只要你努力改正过去的错误，没有人看不起你的。"

"啥错误我都可以改正，就是有一样没有办法。"

"天下没有不能改正的错误。"

"这回你可说错了。"他从来以为她讲的话一定正确，这句话却不赞成，质问她，"我这个资产阶级家庭的出身怎么改呀？出身不好，怎么努力，也是白搭。"

"那也不见得。党和政府的政策,不单看一个人的出身,要看他的表现,也就是说,主要看一个人的德才,我们那一期毕业的,都分配了工作。没有一个资产阶级出身的子弟失业的。"

"真的吗?"

"为啥要骗你?"

"才倒好办,这德,资产阶级家庭出身的人一定吃不开。"

"德,就是看一个人对人民,对祖国,对社会主义是否忠诚,阶级觉悟和路线觉悟是不是高! 才,就是看一个人为人民服务的能力。你还年轻,可以努力学习,祖国有伟大的前途,你还有啥顾虑的呢?"

"不管怎么说,我这个资产阶级家庭出身的包袱,要背一辈子。"

"刚才你不是说要改造成为自食其力的劳动者吗? 包袱背不背一辈子,要看你努力不努力。"

"在学校里,我用功读书,校团委和学生会有啥号召,我竭力响应;民青联号召义务劳动,我带头参加,还说不努力吗?"他肩膀一耸,左手按了按肩膀,说,"今天挑水,压得肩膀现在还痛哩!"

"不是努力一回就行,要长期锻炼改造。"

"长期锻炼改造?"他暗暗把红腻腻的舌头伸出来,怕她看见,迅速地又缩回去了。

"怕吃苦?"

"要锻炼改造,还怕吃苦?"他挺直了腰,右手从肩膀那里放下来,仿佛现在一点也不痛了。

"那就对了。"

"你……"他蕴藏在心里许多话正要讲出来,忽然客厅那边传来朱瑞芳叫唤的声音,他没有说下去。

"叫你哩,"吴兰珍见他欲语又止,心神不定,怕他说出一些叫她难于回答的话,机警地说,"快去吧。"

六十五

徐义德坐在沙发上,聚精会神地望着长茶几上精致的红木首饰盒子,里面放着各式各样的手表,有瑞士的,美国的,法国的,英国的。有大的,有小的,有圆的,也有方的,排列得整整齐齐,给林宛芝卧房里的吊灯一照,表面闪闪发光。他拿了一块黄嫩嫩的金表壳的美国厄尔金手表,戴在左手脉门上,自己欣赏了一番,然后把左手伸到林宛芝面前,给她欣赏,说:

"你喜欢这厄尔金牌子的手表吗?"

今天徐义德回到家里,一头钻进林宛芝的卧房,啥地方也没有去。他对林宛芝的卧房感到温暖和舒适。想起收藏的心爱的各国手表,要她拿出来,让他仔细赏玩。他拿出一块手表戴上,看看,问她的意见,得到满意的答复,又换一块。她坐在他的身旁,陪伴着他,精神贯注在他取出的每一块手表上,赞美他的选择,欣赏他的眼力,满足他的询问。她抓住他雪白肥厚的手掌,看了一阵,指着厄尔金表说:

"这样的黄金手表,戴在手上,显得富丽堂皇。"

他看了一下手上金晃晃的厄尔金表,觉得她说的不错,又换了一块瑞士劳莱克斯的白金日历手表戴上,问她:

"这一块呢?"

"十分名贵,非常实用,样式新颖,朴素大方,戴在手上并不显眼,却很实惠。"

他满意地点点头,顿时想起在五反运动的辰光,曾经戴过两天,准备万一到提篮桥坐班房,有这块日历表,好派用场。五反运动虽然斗争激烈,场面紧张,但是运动一过,沪江这些企业仍然是徐义德的。过渡时期总路线传达学习和风细雨,既不激烈也不紧张,而是令人兴奋,想到祖国社会主义的光辉灿烂的前途,没有人不欢欣鼓舞的,可是农业合作化高潮一到,资本主义工商业的社会主义改造紧紧跟上,北京带头全市公私合营,上海市私营工商业只有一条出路:紧跟。全市私营工商业合营了,他的沪江那些企业也先后合营了,想起自己的企业,不禁黯然了。他木愣木愣地望着劳莱克斯表,像是瘫痪一般,一阵心酸,忍不住掉下几滴清泪。

林宛芝正想拿出一块瑞士欧米茄的手表逗他开心,见他默默地望着劳莱克斯表,以为他喜爱这日历表,没料到会突然掉下眼泪,大吃一惊,问道:

"义德,有啥心事?"

徐义德没有吭气,她说:

"有啥心事,对我说,别闷在肚里,伤身体啊!"

"我有啥心事!我啥心事也没有!完了,完了,全完了。"

"怎么完了?你收藏的手表不是都在这里吗?一块也没有少,怎么完了呢?"

"你,你不知道。"

"你讲出来,我就知道。"

"你不懂。"他深深地叹了一口气,无可奈何地摇摇头。

"我不懂,你告诉我,我就懂了。"

"晚了,晚了。"他想起解放初期所设想的三道防线,自以为很聪明,现在看来,却有点愚蠢了。为什么不把机器和原物料都设法运到香港去呢?留在上海干什么?幸亏香港那点锭子没有运回来,要是"生儿子"开分厂,全丢到水里去了。如果当初千方百计设法把机器和原物料运走,也不会让人家吃光。他不胜惋惜地说,

"太晚了。"

她不知道他说的什么意思,焦急地说:

"怎么晚了?你办事快得很,总是抢在别人的前面,谁也赶不上你。"

"你不知道,还有人办事比我快哩。"

"谁办事能比你快?我不相信。"她眼睛里露出惊异的光芒,不相信世界上还有办事比徐义德快的,担心地说:"你说晚了,快想办法赶上去就是了。"

"来不及了!"

"来不及了?你说出来,我们一道想想办法。"

"没有办法了。"他说了一句,再也控制不住激动的情绪,幽幽地哭泣了。

"一点办法也没有了吗?"她感到莫名其妙,自从认识徐义德以来,从没有听他说过这样丧气的话。她过去衷心钦佩徐义德一表人材,天大的困难也压不倒他,什么麻烦的事体,他都有办法对付。这回遇到什么强人,叫他束手无策呢?她放下手里的表,摘下塞在腋下的苹果绿的细纱手绢,雪白细嫩的左手扶着他的肩胛,右手用手绢给他拭了拭眼泪,不解地问:

"有啥事体叫你生气吗?"

他摇摇头,鼻子一抽一抽地发出伤心的低微的音响。

"和啥人寻相骂了?"

他举起右手,轻轻摇了摇。她感到奇怪,究竟出了啥事体,这样伤心呢?

"别哭了,把你的心事告诉我,我没办法,还可以托人。你在上海滩上熟人那么多,和工商界大亨都有往来,啥办法都可以想出来的。"

"工商界大亨?唉,他们和我一样:没用。"

663

"为啥工商界大亨没用?你不是说全国工商界看上海,上海工商界看大亨,大亨们看史步云、潘信诚、宋其文和马慕韩他们吗?你找史步云、马慕韩他们想想办法不行吗?"她知道徐义德和史步云、马慕韩比较亲近,几乎无话不谈。

"什么工商界大亨,全完了!"

"工商界大亨全完了?"她大吃一惊,怎么一下子工商界大亨全完了?他越说,她越不明白。

"你忘记中苏友好大厦的申请公私合营大会吗?"徐义德一生中参加过许多大会,几乎都忘记得差不多了,惟独全上海申请公私合营的大会却一辈子也忘记不了。

"没有多久的事体,哪能会忘记?"

"这个会一开,公私合营,我们工商界全完了。"

"哦。"她恍然大悟,这才明白他刚才那一番话的意思。但她还不知道他为什么这么伤心,不解地问道:

"那不是工商界自愿申请的吗?"

"你相信工商界真的自愿申请的吗?别人我不了解,我把心里话告诉你,你可千万不要对人家说,我就不自愿。"

"政府首长不是说,不自愿可以不申请公私合营吗?"

"工商界都自愿,我一个人不自愿,行吗?"

他听了她安慰的话,内心越发伤感,想起整个私营企业都像黄浦江的水一样,流入东海了,一去不复返了,幽幽的哭泣声越来越高。忍不住嚎啕大哭了,传到卧房以外,震动了朱瑞芳。

朱瑞芳坐在她的卧房里红木太师椅上,面前的红木圆桌子上摆着一排一排的大大小小的黄金元宝,有二十两一个的小金元宝,有五十两一个的金元宝,也有十两一根的金条,按照大小不同的顺序,排列得整整齐齐,顺着金元宝一个个望去,一边默默地数着,脸上闪着得意的微笑。她数了一遍,又数了一遍,这不是不相信自己数数的能力,而是对金元宝的爱好,永远也看不够似的,贪婪地看了一遍,还想再看一遍。她看到放在红木床上一大包物事,才不舍地把金元宝一一收进特制的小铁箱里。她吃力地捧起重甸甸的铁箱子,放在地毯上,掀起绣花的天蓝色的缎子被罩,把箱子放在床底下。她有点累了,额角上渗透出几滴晶莹的汗珠子,用手绢拭了拭,坐到红木扶手的丝绒沙发里,舒徐地喘了口气。

红木床上那一包物事又闪上她的眼帘。她坐在沙发上,望了半晌,马上站了起来,走过去,捧起那包物事,慢慢移到红木圆桌前面,解开藏青色府绸包袱皮,里面用紫色漆布又包了一层,打开漆布,里面是一堆大大小小的金戒指。过渡时期总路线的消息一传到上海,经过传达学习,了解生产资料要公私合营,惟有生活资料属于私人所有,她带头买生活资料,并且鼓励徐义德和家里人也分别去买。这正合徐义德的打算,大家分别出去选择抢购。朱瑞芳买了电冰箱一类的高档货,觉得家里早已有了冰箱,顶多再买两三个,花钱不多,而且显眼;她又转而买黄金,凡是金元宝,不论大小,凡是能够弄到手的,她都买来。金元宝和金锭不易买到,即使有,买多了,也容易引起别人注意,她就买金镯头,也不容易买,只是戒指比较多,买起来也不显眼,于是东奔西跑,到处搜购金戒指,原先还买一两一只的,后来八钱七钱的也要,再买下去,不论大小轻重,凡是金戒指,一律都买,她从静安寺一直到了南京路、江西路,又从外滩顺着淮海路一直到了常熟路上,整天收买金戒指,集了一堆,用藏青府绸包袱包起,沉甸甸的,府绸吃不住,里面就加了一层漆布。现在她把金戒指都拿出来,放满圆桌子,还摆不下,远远望去,一片金光闪闪,照得她脸上红光焕发,满面笑容。她把戒指按着大小轻重的次序整理了一下,一排排摆起,用右手涂着红艳艳的食指,一个个数过去,殷红的嘴唇一动一动地念着数字。她看戒指互不相连,拿起来费事,眉头一皱,想了个主意,取出一条小手指粗细的丝织带子,把金戒指一个个穿起,约莫穿了有二尺多长,把带子上的金戒指在腰上围起,她那身堇色哗叽的衬绒旗袍好像拦腰镶了一道圆滚的金边,闪闪发着一片灿烂的金光。她想:必要的辰光,把这些金戒指让她的爱子徐守仁带上,拴在腰里,算作裤带,谁也看不见,谁也偷不走,够他用几年了。她解下身上的金戒指裤带,又取出一根同样的丝带,把戒指一个个穿上,穿到三尺长左右光景,忽然从门外传来嚎啕的哭声。她连忙放下手里的金戒指,蹑起脚尖,走到卧房门口,歪着头,耳朵冲着门缝,凝神对外边静听,听了一阵,她辨别出是从林宛芝卧房里传出来的。哭声好生熟悉,聚精会神仔细一听,是徐义德的。她大吃一惊,原来徐义德已经回家,为啥忽然哭泣,是不是发生了不幸的事故?还是和林宛芝争吵?她神经紧张,捉摸不定出了啥事体,立刻回到红木小圆桌旁边,匆匆把桌子上的两串戒指收起,包好,放到红木衣橱的最低一层的装衣服的抽屉里。她站在深绿色的地毯上,向卧房四周扫了一眼,见没有收拾金元宝、金条和金戒指的痕迹,才扑扑堇色旗袍,擦了擦手,打开卧房门上的弹簧锁,轻轻走到林宛芝卧房的门口,生气地把门推开,板着面孔,望了林宛芝一眼,愤怒地问:

"为啥把他气哭了?"

"是他自己哭的,怎么说是我气的呢?"

"他在啥人房间里哭的?"

"在我的房间里。"

"这就对了。"

"在我的房间里,就是我气他的吗?"

"你房间里有第三个人没有?"朱瑞芳把林宛芝的卧房一扫,理直气壮地追问。

"没有第三个人,但他也不是三岁小孩,你问他好了。"

"这还用问?除了你气他,还有谁?"朱瑞芳看到桌子上摆着各

色各样的手表,以为林宛芝想占有徐义德心爱的手表,可能引起争执,气得他哭了。她撇一撇嘴,说:

"我晓得他是个铁石心肠的人,从来不哭的。我哥哥朱暮堂给镇压了,他没哭;我弟弟朱延年判了死刑,我和丽琳去收尸,回来给他说枪毙的惨状,他没掉一滴泪。这回要不是你气他,想夺他心爱的物事,伤了他的心,他会哭吗?"她说完了,眼光旋即转到双人沙发前面的长茶几上的手表。

林宛芝最初听不懂她的话,见她眼光落在手表上,明白了她的意思,林宛芝辩白说:

"他搁在我房间里的心爱物事,我从来没有动过,更没想夺取它的意思。你不要信口开河,冤枉好人!"

"明摆着的事体,还想抵赖?真是又想吃羊肉,又怕挨一身臊。"

"他今天回来,想看看表,叫我拿出来,他一块块欣赏,我连一块也没向他要。不信,你可以问他!"

不等徐义德开口,朱瑞芳就把林宛芝顶了回去:

"你们两人穿一条裤子,啥事体都依你,你说没要,他还敢说你要吗?"

徐义德心里正烦,讨厌朱瑞芳突然闯进来,不问青红皂白,噼里啪啦地给林宛芝吵了一顿,语言之间还夹着新愁旧怨,怪他对她的两个宝贝兄弟死亡没有痛哭流涕,真不知道人间有羞耻二字。朱暮堂和朱延年血债累累,作恶多端,罪行严重,民愤极大,真是死有余辜,谁了解这两个犯人的罪恶没有不切齿痛恨的,居然还想他伤心掉泪,岂不是天大的笑话!他气得脸色发青,微微低着头,没有理睬朱瑞芳。他的眼光自然而然地落在双人沙发前面的长茶几上的手表,心里稍为得到一点安慰,忍住哭声,拿起劳莱克斯的白金日历手表戴上,接着又戴了欧米茄,西马,厄尔金……一连戴上六块手表,一块紧接一块,把左边小胳臂都戴满了,没有地方可戴了,他卷起府绸衬衫的袖子,想往大胳臂上戴,可是他的大胳臂又肥又粗,手表带子没有那么长,戴不上。他于是戴右边小胳臂,也戴了六块各国名牌手表,样式不同,大小不一,不是黄金壳子,就是白金壳子,两只胳臂上的手表闪闪发光,互相辉映。他看了左胳臂的手表,又看了右胳臂的手表,看了又看,认为这些手表才是永远属于他的,可是又担心有人拿走,舍不得从胳臂上摘下来。

林宛芝了解徐义德为什么现在对手表比过去任何时候喜爱,看到他那两只光芒四射的胳臂,差点要笑出声来,可是看到朱瑞芳一脸不高兴地望着她,她忍住了。

朱瑞芳怀疑徐义德给了林宛芝许多名贵的手表,从来没有给她一块,她又不知道徐义德究竟买了多少块名贵手表,她冒叫了一声:

"义德,你不是买了许多手表吗?怎么只剩下这么一点?"

林宛芝听她话里有话,连忙声明:

"他只买了这些,一块也不少。"

"我不信。我知道他的嗜好,不管哪个国家出了新牌子的好手表,他都要想方设法买来,国内买不到,就托人到香港,到外国去买。哪个国家新式名贵手表没有?为什么这儿没有最新式的名贵手表呢?"

朱瑞芳有根有据,言之确凿,林宛芝朝沙发前面的长茶几上的手表一看:新牌子的名贵手表的确很少,难道新牌子的名贵手表徐义德不再交给她保管,藏到江菊霞手里去了吗?她不禁诧异地说:

"咦,真是的,怎么没有新牌子的名贵手表呢?"

"不要撇清了,义德什么好东西不交给你保管?他把好手表送给你也呒啥关系,直说出来,我也不夺人所爱,何必在我面前撇清呢?"

"义德没有送过我新式名贵手表,你不信,可以当面问义德。"林宛芝不能再受冤枉,她酸溜溜地说,"他是不是把新式名贵手表送给别人,我就不知道了。"

朱瑞芳以为指她,瞪了林宛芝一眼:

"我可没有福气收他新式名贵的手表。"

徐义德知道林宛芝怀疑他送给江菊霞。他心情不好,没有时间和她们谈这些问题。他后悔买的手表太少了,为什么各国出产的新牌子名贵手表只买一块呢?每种牌子买它十块一百块不是很好吗?有钱不花掉,都放在厂里,扩大再生产,生产扩大再扩大,现在可好,叫人家连锅端走了。他不耐烦地回了她们两人一句:

"我啥人也没送。"

"我不信!"

"我也不信!"林宛芝同意朱瑞芳的意见。

徐义德给她们两面夹攻,不说说清楚,是没有平安日子过的。他唉声叹气地说:

"我没有送任何人新式名贵手表,'五反'以后,我就没有买啥新式名贵手表了,一则国外有啥新式名贵手表,看不到广告,也很少有人谈起,叫我怎么买呢?二则,海关限制得很严,出国人员戴什么表出去,都要登记;回国戴什么表,也要登记:如果牌子不对,或者多了一块,都要上关税,少则上百分之百的关税,有的要上百分之二百的关税。我这几年没有机会出国,连香港也没去过,国内能买到的大都是'上海'牌'北京'牌的国产货,白送给我,我也不要。信托商行倒有外国手表卖,可全是旧的,没有新式的,也不名贵,我也不要。'五反'以后,工商界倒是有人申请去香港的,可是回来的少,"徐义德把两手一伸,气呼呼地说,"叫我到啥地方去买新式名贵手表呢?"

徐义德两只胳臂上的手表仿佛也受了委屈一样,在胳臂上摇摇晃晃。

"没买就没买,何必生这么大的气呢?"林宛芝劝他。

"我讲的话,你们不相信!"

"你讲实话,我没有一次不相信的。"朱瑞芳余怒未消,徐义德把手表放在林宛芝的房间里,她早就有意见了。她冷言冷语地说:

"反正这些名贵东西没有交给我替你保管,究竟多少块,谁也不知道。"

"也不是我要他交给我保管的。我反正没要,信不信由你。"

"你不想夺他心爱的物事,他会哭吗? 我了解,他从来不哭的。他啥辰光哭过? 你倒说给我听听。"朱瑞芳坐在单人沙发里,双手向胸前一放,胸口气得一起一落,摆出一副今天非要把问题弄清爽不可的架势。

林宛芝并不激动,沉着地对卧房的门望了一眼,见外边没人,她便说:

"全市敲锣打鼓公私合营第二天,在楼下东客厅里,他不是哇哇哭了好一阵吗?"

"我晓得那是为了他一辈子经营的企业一下子公私合营了,想起来伤心,才哭的。"

"不管为了啥原因,他总是哭过吧?"

朱瑞芳给林宛芝一质问,顿时哑口无言了。但她并不甘心,掉转话锋,歪着头反问:

"就算他过去哭过,可是今天你不气他,他不会无缘无故哭的。"

"究竟为啥哭,反正不是我气的,你问他好了。"

朱瑞芳看林宛芝讲得有凭有据,态度不慌不忙,看上去不像是想要徐义德的手表。她放下笑脸,语气也缓和了,低声地问徐义德:

670

"你为啥伤心呢?"

"我为啥伤心?我不伤心。"徐义德忍受不了两个人都怀疑他,实在太不体谅人了。他一口气把两只胳臂上的手表一一摘了下来,往长茶几上一掼,生气地说,"啥人要,啥人拿去,我一只也不要!不要再吵了,真烦死人!"

"我一只也不要。"林宛芝低声说。

"你一辈子就喜欢收藏各种手表,君子不夺人所爱,我更不会要你的表。以后,有机会,我还打算买些最新式的名贵手表送给你哩。"朱瑞芳放下笑脸,体贴地轻声问道,"那你为啥哭呢?"

"我,我心烦……"徐义德霍地站了起来,不愿和朱瑞芳详谈自己的心事,漫不经心地说,"肚子有点饿了,下楼喝杯咖啡,吃些点心去。"

徐义德走出林宛芝的卧房,回过头来望了茶几上的各式手表一眼,这些手表仍然属于他的,心里稍为得到一些安慰。他径自到楼下的客厅里,一屁股坐在双人沙发里,感觉客厅也比过去温暖和舒适。朱瑞芳跟着他到了客厅,还没走到徐义德面前,又回转身去,朝门外叫道:

"老王,老王。"

老王没有答应,不知道他到啥地方去了。朱瑞芳提高嗓子又叫了两声"老王",外边走进一个中年男子,不是老王,是门房老刘。他笑嘻嘻地报告道:

"老王陪大太太到汽车间去了。"

"这么晚了,到汽车间做啥?"朱瑞芳不解地问。

"怕是要老王陪她去看那副寿材。"

"哦,"朱瑞芳想起来了,对老刘说,"你去把老王叫来。"

"是。"老刘弯腰应了一声,悄悄地走了。

林宛芝在卧房里收拾好手表,也蹒跚地下了楼,走进客厅,坐在徐义德斜对面靠墙的那一排长沙发上,她特地把徐义德两边的单人沙发留给大太太和朱瑞芳坐。在她们两人面前,她总是小心退让,从不抢在她们前头,特别是今天,刚才朱瑞芳在她的卧房里闹了一阵,没闹出个名堂来,说不定啥辰光还要爆发的。朱瑞芳果然坐在徐义德的左边的单人沙发里,她也懂得在徐家的地位,有大太太在的场合,她要让大太太占先。老王扶着大太太的左胳膊,一步一步慢慢走进客厅。送到徐义德右手的单人沙发旁边,让大太太坐好,老王机警地立刻走到朱瑞芳的侧面,低着头,曲着背,小声地问道:

"太太,你叫我,有啥吩咐?"

"老爷饿了,准备些咖啡点心,在大餐厅里吃。"

"是。"老王迅速退出客厅,准备去了。

朱瑞芳在客厅里没看到爱子徐守仁,料想在书房里,便冲着书房大声叫道:

"守仁,守仁!"

徐守仁满脸不高兴,从书房里走了出来,嘟着一张嘴,懒洋洋地走进客厅里,一见爹和娘他们都板着面孔坐在客厅沙发里等他,不了解有啥事体,像个木头人似的站在客厅门口,朱瑞芳气生生地说:

"叫了好半天,为啥不来?"

"没听见。"

"耳朵聋了吗?"

"刚听见,就来了。"

"劳动了一天回来,也不晓得躺到床上休息休息,生就贱骨头坯子,在书房里做啥?"

"和兰珍聊天……"

"她不是上南京路买物事去了吗?"

"早回来了。"

朱瑞芳知道儿子和吴兰珍聊天,心头的气消了大半,后悔不该急着叫儿子出来,应该让他们多接触接触。徐守仁的终身大事未办,她对吴兰珍还没有死心。但既然把儿子叫了出来,当着大太太和林宛芝的面,不好叫儿子再回到书房里去,更不能不叫吴兰珍出来和大家一道喝咖啡。她改口说:

"你去叫兰珍也来吧,等会一道喝点咖啡,吃些点心。"

徐守仁和吴兰珍一同走进客厅。吴兰珍离开徐守仁,坐在林宛芝左边,正好靠近姨妈的沙发。徐守仁不好意思挨过去。他坐到双人沙发里,右边是爹,左边的单人沙发里坐的是娘。他不知道娘叫他做啥,静静地听娘对大太太说:

"这么晚了,怎么又想起看那副寿材?"

"本来想下午去看的,因为念经,忘记了。"

"早几天不是加了两道漆吗?"

"就是因为加了两道漆,要老王陪我到汽车间看看干了没有。"

"干了吗?"林宛芝关心地问。

"这一阵子天气干燥,还没有干哩。"

"天气干燥,应该干得快。"徐守仁问,"怎么还没干呢?"

"漆在阴天,气候潮湿,才容易干。"

吴兰珍替姨妈的话做注解:

"对,福建本来不生产漆,就是因为气候潮湿,容易干,漆器工厂特别发展,漆器也很有名。"

徐守仁钦佩的眼光朝吴兰珍望了望,觉得吴兰珍不但政治上比他进步,就连一般生活知识也比他丰富,惭愧自己各方面都不如她。

"不是已经漆了二十多道漆了吗?"徐义德从大太太的楠木棺材,感到自己的前途黯淡,兴趣缺缺,无精打采地说,"漆那么多道漆做啥?"

"我听老人说,漆的道数越多越好,这样可以保存得年代久远一些。人生在世,劳碌一辈子,生不带来,死不带去,最后入土,只落得一口寿材,你还不让我多漆两道?"

"不是不让你漆,我也不在乎这么一点点钱,你漆上一百道两百道也可以,但有啥用场?"徐义德感慨万端地说,"我一生惨淡经营的企业,好不容易才发展到目前的规模,提起沪江这块牌子,在上海滩上虽数不上第一流的大型企业,但也算是第二流的大型企业,现在可好,一家伙公私合营,全完了!自己创办的企业,我活着都不能保存,你那口楠木棺材,死后就能永远保存吗?"

"难道政府还在死人头上动脑筋?"大太太暗自吃了一惊,她怎么也没想到连口楠木棺材也保存不住,觉得世界太可怕了。她胆颤心惊地说,"菩萨不会答应的,阿弥陀佛。"

"不是政府在死人头上动脑筋,谁也不会要你那口楠木棺材和一把骨头。"徐义德解释说,"现在进行社会主义建设,政府到处建设城市,开办工厂,楠木棺材埋在地下,说不定碰上要在那里建造房屋,不是把棺材掘出来,就是深埋在土里,你到啥地方去找?"

"你不要给我说这些作孽的话。中国这么大地方,我不信连一块坟地也保留不下。"

"现在死人都是火葬,不要坟墓,留个骨灰盒做纪念就行了。"吴兰珍早就不同意姨妈买楠木棺材,漆那么多道漆,更不同意买坟山占许多地。她又一次提出反对,说,"大家都要坟墓,中国六亿人口,要占多大地方?全世界三十亿左右人口,占的地方更多。死了还要霸占地球一块地方不放,叫活着的人哪能生活?"

"你这一套新派的花样经,大小姐,我早领教过了,别再教训我。"大太太对吴兰珍瞪了一眼,气呼呼地说,"老一辈的人,没听过啥火葬的。百年归山,都是埋在土里。我这一辈子算完了,每天吃

674

斋念佛,早烧香,晚叩头,不过修修来生,等到我眼一闭,脚一伸,断了这口气,不要把我这把骨头烧掉,还是让我入土为安!"大太太祈求的眼光转到徐义德的脸上,仿佛在恳求他的同意。徐义德淡然地说:

"我没意见,好在祖坟上还有空的穴位。"

大太太心里得到一点安慰。

"百年以后,那些事好办,重要的是考虑活着的事体。"朱瑞芳认为大太太小题大做,一口楠木棺材没啥了不起,倒是沪江这些企业才是真正的大事体。她一想到沪江这些企业公私合营,心中就十分痛惜,像是挖去心头肉一样,忍不住责怪徐义德道:

"你一生惨淡经营的企业,谁叫你公私合营的?我的话,你不听,当做耳边风。当时,我就劝你不要公私合营,你不听,要是依我,就是不公私合营,共产党不是说要自愿吗?我不自愿,总不能强迫我自愿吧?"

"你想得那么好,公私合营是大势所趋,人心所向,全棉纺业都合营,就留沪江的企业不合营?"

"那肯定不行。"林宛芝说。

"全棉纺业都不合营,不行吗?"朱瑞芳狠狠瞪了林宛芝一眼。

"上海全市私营企业都合营了,单是棉纺业不合营吗?"

"恐怕也不行。"林宛芝给徐义德帮腔。

"如果全上海市都不合营呢?"朱瑞芳感到上海市工商界真奇怪,怎么一下子都要求合营。

"北京市工商界带头要全市大合营,全国私营企业都要求合营,上海能够不合营?上海成了啥地方哪?你想得太天真了,天下哪有这样的好事体?要是棉纺业不合营,全市不合营,沪江的企业还有个奔头。一大合营,啥路子都给堵死了,沪江这些企业只有合营的一条路,听人家摆布……"

"公私合营不是公私各半吗？两家都有份,怎么听人家摆布?"朱瑞芳困惑地问。

"不听人家摆布,难道私方领导公方?"

"当然是公方领导私方。"吴兰珍说。

"这么说,沪江的财产全听人家支配?"大太太一直闹不清啥叫做公私合营,现在听徐义德和朱瑞芳她们的谈话,渐渐有些明白了,但她还不完全相信,担心地问徐义德。

"差不多。"徐义德深深叹息了一声,说,"过去我到厂里去,像是回家一样,感到无比的温暖,厂里生产越多,利润越大,我的收入越多；现在我到厂里,一见了厂房和仓库,心里就冷了半截,有时简直要生气,看到厂里有人走来走去,我便装做没有看到厂房和仓库,好比做客一般,一点也不温暖,生产多少,利润多少,不是我的,我毫不关心。生产多也好,少也好,同我没啥关系。现在只有家里的一切,才是我的,回到家里才感到温暖。"

"啊!"朱瑞芳像是猛然受了一下沉重的打击,吃惊地叫了一声,焦虑地说,"还能挽回吗?"

"挽回?"徐义德摇摇头,语调低沉地说,"难啦!"

"工商界没人想挽回吗?"朱瑞芳想不通上海工商界对自己的企业公私合营竟然那么慷慨,一点不痛心,一点不后悔,不信真的没人想挽回。

"我没听人说过想挽回,不过,要是能挽回,我想工商界有些人心里大概一定很高兴,可是,谁敢开这个口,小心脑袋搬家!"徐义德嘴上虽然这么说,心里却想挽回,但看到目前没有挽回的可能,便想到了香港,想到了徐义信,想到了那几千纱锭,想到了沪江企业是从一个车间少数纱锭发展起来的,如果能到香港去的话,沪江的前途还是大有可为的。过一阵子,他要设法到香港去一趟,见见那边的市面,领领那边的行情,凭他手头的资金和办厂的经验,亲自出马,再创办像沪江在上海这样规模的棉纺企业并不困难的。这么一来,得离开上海。他又想到自己现在进了民建上海分会,是长宁区的政协委员;听江菊霞说,上海市人民政治协商会议,要增加各界代表人士当委员,江菊霞已经给他在史步云面前美言了几句,看来是很有希望的。中国社会主义建设前途远大,陈毅市长传达中共提出来的过渡时期总路线那一番语重心长的话,又在他的耳边回旋:国家有前途,私营工商业者也有前途。同时十里洋场的租界情景在他眼前浮现,红头阿三也好,安南巡捕也好,都比中国人神气活现,私营工商业家在租界上也没有地位,除非当洋行买办,或者是高官巨富,他们虽说是高等华人,但在洋人面前至少矮一个头。香港,他没有去过,知道是英国强占统治的地方,日子不会怎么好过,办企业也不大容易。不然,为什么徐义信在那边发展不大呢?想到这里,他犹豫不决,不知道该怎么是好了。

"挽回?就是资本主义复辟,再压迫劳动人民,剥削劳动人民,又把全国人民推到旧中国的悲惨境地去,全国人民一定不答应,共产党和人民政府也一定不答应!"吴兰珍坐在林宛芝旁边,见朱瑞芳贼心不死,还想骑在劳动人民头上过剥削日子,竭力忍住,耐心听朱瑞芳说下去,朱瑞芳越说越不像话,竟然梦想挽回失去的"天堂"。她就霍地站了起来,冲着徐义德和朱瑞芳说,"共产党和毛主席领导的新中国是铁打的江山,谁也动摇不了。党提出的过渡时期总路线,对农业、手工业和私营工商业进行社会主义改造,得到全国人民热烈拥护,肯定要彻底实行。现在对私营工商业进行社会主义改造,公私合营,只是初步改造,还要进一步改为社会主义所有制,成为社会主义经济的一部分,这是全国人民多年追求的愿望,也是革命的目的,将来还要从社会主义社会进入共产主义社会,实现人类最美好的理想。谁想挽回,谁想复辟资本主义,一定要在工人阶级和全国人民的铁拳前面碰得头破血流。工人阶级一定要战胜资产阶级,社会主义一定要代替资本主义。这是社会发展的规律,任何人改变不了的,也破坏不了的。"

徐义德见吴兰珍站在客厅当中侃侃而谈,滔滔不绝,像是给学生做大报告,神采奕奕,精神焕发,简直不把姨父姨妈这些长辈放在眼里。他真想站起来,当面训斥她几句,杀杀她的威风,但一想到她是青年团员,又是学校的积极分子,共产党的红人,不能得罪。他发觉今天没有压抑住心头的不满情绪,给朱瑞芳三问两问,勾引起蕴藏在心底的怨气。他没注意有吴兰珍在座,后悔失言了。他不露痕迹地把话收回:

"挽回,当然是资本主义复辟,这是永远办不到的,也不应该有这种罪恶的想法。我完全同意兰珍的看法。工商界那些大亨们心里怎么想法,我不大清楚。拿我来说,我们吃过租界洋人的苦,那时候,中国人在上海滩上没有地位,外滩公园门口曾经挂过一块牌子,上面写着:华人与狗不得入内。洋大人把我们和狗一样看待。解放后,肃清了洋人在上海和中国的势力,中国人扬眉吐气了,可以在上海滩上自由走来走去,哪一个公园都可以进去白相,再不受洋人的气了,感到当一个中国人光荣。这些,我们工商界都有亲身的体会。我们又经历了镇反运动,五反运动,民主改革运动,肃反运动……党和人民政府对我们工商界进行团结、教育、改造,我深深体会到过去剥削可耻,今后劳动光荣。要认识社会发展规律,掌握自己的命运。我一生惨淡经营的沪江这些企业,是个人主义、自私自利的打算,自己生前希望生活得好些,死后留给子孙一份产业,也让他们享受享受,如古话所说的,为儿孙做马牛。现在子女国家全管起来了,不用父母操心。我们家里的生活蛮好,也不用操心。这样水平的生活,在全国来说,是最好的,手头的现款和生活资料一辈子也花不光。过这样幸福的生活,接受社会主义改造,全靠共产党和毛主席的英明领导;要是中共像苏联过去采取没收资本家财产的政策,沪江那些企业提也不用提了,就连这座美丽的花园洋房也保不住了,更不要说那些生活资料了。"

"我好好读书,毕业后由国家分配工作,生活也一定不错。"徐守仁原来等待徐义德死后继承沪江企业的希望幻灭了。他心里有一种怅然若失的哀伤和幸灾乐祸的喜悦的复杂情绪,不满意爸爸不给他大笔钱花,害得他坐班房受罪。现在可好,公私合营,爸爸经营的企业积聚的资产也不能随便指挥和动用了。他现在赞成吴兰珍那一番话,他希望将来自己独立生活,不依靠父亲剥削得来的财富,真正做到自食其力。他对爹说:"我今后的生活,你不要操心。"

"我现在啥心也不操了!"

老王从客厅门口探头进来,朝朱瑞芳望了一眼,然后小声地问:

"咖啡、点心都预备好了,啥辰光吃?"

朱瑞芳问徐义德:

"你看呢?"

徐义德看看手上的白金劳莱克斯手表,十二点一刻。他打了个哈欠,说:

"时间过得好快,已经半夜了。快点吃吧,我们该休息了!"

他猛地从沙发里站了起来,迈着沉重的步伐,径自向大餐厅慢慢走去。徐守仁随着徐义德身后走去,意味深长地重复了一句:

"对,我们该休息了!"

(全书完)

1976 年 11 月二稿,广州。

1978 年 4 月改稿,武昌翠柳村客舍。

"新中国70年70部长篇小说典藏"书目

书 名	作 者	书 名	作 者
风云初记	孙 犁	白鹿原	陈忠实
铁道游击队	知 侠	长恨歌	王安忆
保卫延安	杜鹏程	马桥词典	韩少功
三里湾	赵树理	抉 择	张 平
红 日	吴 强	草房子	曹文轩
红旗谱	梁 斌	中国制造	周梅森
我们播种爱情	徐怀中	尘埃落定	阿 来
山乡巨变	周立波	突出重围	柳建伟
林海雪原	曲 波	李自成	姚雪垠
青春之歌	杨 沫	历史的天空	徐贵祥
苦菜花	冯德英	亮 剑	都 梁
野火春风斗古城	李英儒	茶人三部曲	王旭烽
上海的早晨	周而复	东藏记	宗 璞
三家巷	欧阳山	雍正皇帝	二月河
创业史	柳 青	日出东方	黄亚洲
红 岩	罗广斌 杨益言	省委书记	陆天明
艳阳天	浩 然	水乳大地	范 稳
大刀记	郭澄清	狼图腾	姜 戎
万山红遍	黎汝清	秦 腔	贾平凹
东 方	魏 巍	额尔古纳河右岸	迟子建
青春万岁	王 蒙	藏 獒	杨志军
许茂和他的女儿们	周克芹	暗 算	麦 家
冬天里的春天	李国文	笨 花	铁 凝
沉重的翅膀	张 洁	我的丁一之旅	史铁生
黄河东流去	李 準	我是我的神	邓一光
蹉跎岁月	叶 辛	三 体	刘慈欣
新 星	柯云路	推 拿	毕飞宇
钟鼓楼	刘心武	湖光山色	周大新
平凡的世界	路 遥	大江东去	阿 耐
第二个太阳	刘白羽	天行者	刘醒龙
红高粱家族	莫 言	焦裕禄	何香久
雪 城	梁晓声	生命册	李佩甫
浴血罗霄	萧 克	繁 花	金宇澄
穆斯林的葬礼	霍 达	黄雀记	苏 童
九月寓言	张 炜	装 台	陈 彦